COLLECTION
FOLIO CLASSIQUE

Laurence Sterne

La Vie et les Opinions de
Tristram Shandy,

Gentleman

*Édition établie, présentée et annotée
par Alexis Tadié*
Professeur à l'Université de Paris-Sorbonne

*Traduction d'Alfred Hédouin,
revue par Alexis Tadié*

Gallimard

© Éditions Gallimard, 2012.

PRÉFACE

Sterne, romancier européen

« *Ce livre si fou, si sage et si gai est le Rabelais des Anglais. Il est intitulé* La Vie, les Mémoires et les Opinions de Tristram Shandi [sic]. *Il est impossible de vous en donner une autre idée que celle d'une satyre universelle. Mr Sterne qui en est l'auteur est aussi un prêtre*[1]. » *C'est en ces mots que Diderot vante à Sophie Volland l'ouvrage qui eut une si grande influence sur l'auteur de* Jacques le fataliste et son maître. *À la fin de son dialogue, il copie encore un paragraphe de* Tristram Shandy *pour tenter d'achever le récit, « à moins que l'entretien de Jacques le fataliste et de son maître ne soit antérieur à cet ouvrage*[2] ». *La communauté de ton et d'esprit frappe encore le lecteur aujourd'hui, au-delà des réflexions possibles sur ce que Diderot doit exactement à l'écrivain anglais. Cette même parenté se rencontre aux siècles suivants : on peut reconnaître chez nombre de romanciers (James Joyce, Georges Perec, John Barth, Salman Rushdie, Julio Cortázar, Milan*

---

1. D. Diderot, lettre à Sophie Volland du 26 septembre 1762 (voir *Correspondance*, éd. L. Versini, Robert Laffont, coll. « Bouquins », 1997).
2. D. Diderot, *Jacques le fataliste et son maître*, éd. Yvon Belaval, « Folio classique », p. 353.

Kundera, etc.) un esprit partagé avec l'auteur de Tristram Shandy, *qu'il s'agisse d'invention typographique, d'expérimentation romanesque, d'humour débridé.*

Admiré de beaucoup de ses contemporains, en Angleterre comme dans le reste de l'Europe, méprisé par d'autres, Sterne a marqué la littérature du milieu du XVIIIe siècle. La publication des deux premiers volumes de The Life and Opinions of Tristram Shandy, Gentleman *en 1759 — la même année que* Rasselas *de Samuel Johnson et* Candide *de Voltaire — offre au pasteur du Yorkshire un succès immédiat. Il supervise la production de l'ouvrage dans l'atelier de l'imprimeur, et le fait paraître à compte d'auteur, afin, dit-il dans une lettre, de prendre « le pouls du monde » — ce monde fréquemment invoqué par Tristram comme une véritable caisse de résonance pour son récit. Une partie des volumes est mise en vente à York, l'autre partie à Londres par les célèbres imprimeurs Dodsley, à qui Sterne cède les droits de distribution dans la capitale. Et comme le pouls du monde réagit parfaitement à la sollicitation de* Tristram Shandy, *Robert et James Dodsley acquièrent les droits de la deuxième édition. Le succès ne se marque pas tant dans le jugement des critiques, malgré un compte rendu très favorable*[1] *qui le compare, déjà, à Cervantès ou Rabelais, mais auprès du public qui s'arrache à la fois les volumes et leur auteur lorsque celui-ci se rend à Londres, et plus tard à Paris. L'amitié du grand acteur David Garrick, le soutien du peintre William Hogarth, qui lui donne deux dessins pour les volumes I et III, contribuent à faire*

---

1. Voir par exemple *London Magazine*, vol. 29, 1760, p. 111-112.

de Sterne *un auteur recherché dès ses premiers pas dans le monde des lettres. Le rythme de publication — deux ouvrages par livraison — tient le public en haleine et permet à Sterne de se livrer aux plaisirs de l'improvisation continuée. Les deux volumes suivants paraissent en 1761. Une suite factice, publiée l'année précédente, avait contribué à alimenter des débats naissants autour de la morale de* Tristram Shandy *— ce texte trop indécent pour être écrit par un membre du clergé. Ces accusations accompagnent Sterne de façon pressante tout au long de sa carrière. Par contraste avec l'enthousiasme du public, les comptes rendus sont peu amènes, comme le souligne Sterne :* « *ils l'attaquent mais l'achètent*[1] ». *Le clergé continue de trouver l'auteur et son ouvrage déplaisants, en particulier l'influent évêque Warburton*[2]. *La première édition de chacun des volumes bénéficie toutefois d'un tirage de 4 000 exemplaires*[3] *; une nouvelle livraison détermine souvent la réimpression des volumes antérieurs. Des imitateurs cherchent à profiter financièrement de l'indéniable notoriété de* Tristram Shandy. *Avec les volumes V et VI, Sterne reprend l'ini-*

---

1. Voir la lettre du 17 février 1761, dans *The Letters of Laurence Sterne*, éd. M. New et P. de Voogd, Gainesville, University Press of Florida, 2008, t. VII, p. 184.

2. En France aussi, rendant compte de la publication des *Beautés de Sterne*, recueil de morceaux choisis, le *Mercure de France* écrit : « Stern [*sic*] ne plaît au lecteur que parce qu'il semble toujours rêver et ne réfléchir jamais. Aussi sa manière et son style ne sont-ils nullement convenables au genre de la chaire, qui demande de la force et de la dignité. On aurait bien fait de ne point imprimer les extraits de ses sermons à côté des Lettres d'Yorick à Eliza » (An VIII, p. 259).

3. Seul le neuvième volume est tiré à 3 500 exemplaires.

tiative de la production de l'ouvrage, désormais vendu à Londres par Thomas Becket, jusqu'au dernier volume.

La parution du Voyage sentimental, *en 1768, est à peu près contemporaine de la mort de l'auteur. Même si Sterne avait pensé que les dames liraient le* Voyage sentimental *dans leur salon, et* Tristram *dans leur chambre à coucher*[1], *cette parution n'altère pas fondamentalement l'équilibre de la notoriété de Sterne : des critiques peu enthousiastes, parfois hostiles, un public plus accueillant. Au cours du récit, le narrateur n'hésite pas à en appeler au lecteur plutôt qu'au critique, objet privilégié de satire — comme l'avaient fait Swift et Fielding avant lui. En France, la république des lettres accueille Sterne favorablement : Diderot, on l'a dit, Voltaire qui l'avait certainement lu en anglais avant de rédiger le compte rendu (réservé) de la traduction française de Fresnais, Mme de Staël plus tard, applaudissent tous le roman comique. En Angleterre, les avis sont partagés. Si Samuel Johnson le trouve trop excentrique et donc sans avenir, si Richardson le tient pour exécrable et tout bonnement esclave de la mode, d'autres sont plus indulgents, comme Lady Montagu, ou plus tard Godwin ou Southey. Ce n'est qu'à partir du xix*[e] *siècle, grâce au vif intérêt que lui porte l'essayiste Hazlitt, ou encore à la préface élogieuse de Scott à* Tristram Shandy, *que les controverses semblent s'atténuer.*

On ne résume pas ce livre « si fou, si sage et si gai ». Assis à sa table, Tristram Shandy entreprend de relater

---

1. Voir la lettre du 17 février 1768, dans *Letters, op. cit.*, t. VIII, p. 650.

sa vie et ses opinions. Pour satisfaire à un désir d'exhaustivité, il débute dès l'origine, c'est-à-dire dès sa conception, afin de remonter à la source de tous ses problèmes. Tristam se montre au lecteur en train d'écrire ; l'écriture de la vie appartient donc au sujet du récit et redouble la masse d'événements à raconter : « plus j'écris, plus j'aurai à écrire ». Installé dans le salon de Shandy Hall, la demeure familiale, le reste de la famille se plaît à converser, chacun étant animé d'une passion dominante : Walter Shandy, le père de Tristram, professe une dévotion sans limites à la philosophie ; Toby Shandy, l'oncle de Tristram, qui a été blessé à l'aine pendant la guerre de succession d'Espagne, revit le siège de Namur au travers de discours infinis sur la guerre et les fortifications ; le caporal Trim, son aide de camp, partage cette même passion ; Yorick, le pasteur qui reparaît dans le Voyage sentimental *et dont Sterne utilise le nom pour publier ses propres homélies, participe avec sagesse aux échanges et fournit au récit à la fois un sermon (prononcé par Sterne et retrouvé accidentellement entre les pages d'un ouvrage consulté par Toby) et l'anecdote qui clôt l'ouvrage ; le docteur Slop, médecin obstétricien catholique, se doit d'accoucher Mme Shandy qui, femme de peu de mots, sait refuser la joute oratoire privilégiée par son mari ; l'habile veuve Wadman, quant à elle, poursuit l'innocent Toby tout en cherchant à savoir où il a été blessé. Les mésaventures, les interruptions et les accidents ponctuent la vie de Tristram, ainsi que son récit qui ne parvient aucunement à progresser en ligne droite et demeure structurellement inachevé.* Tristram Shandy *partage avec les livres de Rabelais la démesure, la truculence du langage, l'association constante des choses du corps et de celles de l'esprit. Et comme chez Rabelais, le déploiement d'une érudition encyclopédique, le recours à la fiction comme moteur de la méditation philosophique, l'invention de nouvelles formes littéraires se conjuguent pour déclencher le rire du lecteur.*

La dynamique du roman

Pourquoi Tristram Shandy *bouleverse-t-il le paysage littéraire ? Au-delà des débats sur l'indécence de ses écrits ou sur les traditions qu'il prolongerait, la publication de cet ouvrage vient transformer la définition du genre émergent qu'est le roman. On sait que la langue anglaise établit une distinction entre* novel *et* romance, *ce dernier renvoyant à la tradition du roman courtois. Quoique le terme de* novel *n'était pas employé à l'époque, en Angleterre, pour désigner les ouvrages de Fielding, Sterne ou Smollett, on considère parfois que c'est au milieu du XVIIIe siècle que se stabilise la forme romanesque. À bien des égards,* Tristram Shandy *s'inscrit dans un univers littéraire encore considérablement en mouvement, et modifie les principes peu assurés de la fiction en prose. Si la critique du XXe siècle a pu en reconnaître la « modernité[1] », le monde des lettres du XVIIIe siècle doit composer avec un ouvrage qui se déploie selon des principes narratifs d'une très grande diversité.*

---

1. L'article canonique sur le sujet est celui de V. Chklovski, « Le roman parodique », dans *Sur la théorie de la prose* (trad. G. Verret, Lausanne, L'Âge d'Homme, 1973, p. 211-244), qui considère qu'il s'agit du « roman le plus caractéristique de la littérature universelle ».

PRÉFACE

Quoiqu'on puisse le rattacher à des traditions littéraires anciennes, celle de la satire ménippée[1] *par exemple, et que Sterne lui-même, comme Fielding ou Smollett, invoque la tradition du roman comique,* Tristram Shandy *occupe une place d'importance dans l'histoire du roman. Le titre s'inscrit dans la continuité des romans du siècle, qui prétendent tous livrer la vie d'un personnage plus ou moins célèbre :* Tristram Shandy *est le cousin des grands personnages de fiction du* XVIIIe *siècle, Robinson Crusoé, Joseph Andrews, Pamela. Les personnages du livre acquièrent une dimension inconnue de la satire, qui privilégie le type et la figurine en deux dimensions : Tristram, bien sûr, que Sterne incarne souvent à la ville, mais aussi Yorick et Trim offrent aux contemporains l'occasion de discussions sur leur mérites, sur leurs sentiments, ou encore sur leur bonté. Le récit de la vie de Tristram, même spectaculairement inabouti, celui plus développé des amours de l'oncle Toby et de Widow Wadman, le siège de Namur et les retours incessants sur cette bataille de la guerre de succession d'Espagne où a été blessé l'oncle de Tristram, fournissent au texte des éléments narratifs qui ressortissent à une intrigue romanesque. Un rapport au monde se dessine au travers des références à la guerre de succession d'Espagne, qui n'étaient pas sans évoquer au lecteur du milieu du* XVIIIe *siècle la guerre de Sept Ans, comme au travers de l'oisiveté de Walter Shandy, autorisée par des affaires bien menées avec la Compagnie du Levant. Le suspense, propre à la narration, affecte aussi le lecteur de* Tristram Shandy *; il est*

---

1. Cette forme repose sur un mouvement ironique vis-à-vis du savoir et des idées.

accentué par le rythme de publication prévu, deux volumes par an. Le lecteur de l'époque pouvait encore reconnaître dans les nombreux passages « sentimentaux » les qualités célébrées dans l'œuvre de Richardson par exemple.

Tristram Shandy est un roman sur le roman, non seulement en ce qu'il offre une réflexion, souvent ironique, sur les principes narratifs, mais parce qu'il met en scène le processus romanesque lui-même. Le procédé qui consiste à montrer Tristram composant le récit de sa vie, et non plus seulement la racontant a posteriori, *comme Robinson Crusoé par exemple, fait de la vie et de l'écriture de la vie le double sujet du roman. La première phrase du livre évoque à la fois le récit autobiographique et l'exhaustivité recherchée par le narrateur, puisqu'il y est question de l'attitude de ses parents au moment de la conception. La vie et les opinions, annoncées dans le titre, permettront de communiquer au lecteur le caractère de Tristram, et feront sans nul doute quelque bruit dans le monde. Mais le narrateur y insiste : il ne suivra aucune règle d'exposition classique ; il détourne par exemple les principes de la poétique d'Horace, refuse de suivre l'ordonnancement du discours qui doit, selon l'écrivain latin, placer l'auditeur au milieu des faits (*in medias res*), pour commencer son récit dès la conception (*ab ovo*) ; il suit son inspiration et répète à l'envi qu'il refuse toute règle.*

Dès le début, et à maintes reprises, il en appelle au lecteur, pour qu'on le laisse conter son histoire à sa façon. Cette façon de procéder, quelque peu rhapsodique, de son propre aveu, le mène cependant à des apories, puisque le récit de la vie de Tristram inclut nécessairement l'écriture de cette même vie : « Bref, cela n'en finit pas;-----car, pour ma part, je déclare y avoir passé six semaines, en y mettant toute la promptitude possible,—et je ne suis pas encore né :--j'ai tout juste été en état, et c'est tout, de vous dire quand, mais non comment cela est arrivé;---de sorte que vous voyez que la chose est encore loin d'être terminée» (volume I, chapitre XIV, p. 102). Les événements, les chapitres à écrire, les histoires à conter s'accumulent, et au milieu de tout cela bébé Tristram doit être emmailloté. Le narrateur est au demeurant conscient de ces difficultés narratives, au point qu'il énonce lui-même l'équation de l'inachèvement du récit :

> Je suis ce mois-ci plus âgé d'un an que je ne l'étais l'année dernière à pareil jour; et étant parvenu, comme vous voyez, presque au milieu de mon quatrième volume—mais pas au-delà du premier jour de ma vie,—il est évident que j'ai trois cent soixante-quatre jours de ma vie de plus à écrire que quand j'ai commencé; en sorte qu'au lieu d'avancer, comme un écrivain ordinaire, dans mon ouvrage en proportion de ce que j'en ai fait,—au contraire, me voici justement d'autant de volumes en arrière.—Si chaque jour de ma vie devait être aussi affairé que celui-ci,—et pourquoi pas?—et si ses faits et opinions devaient exiger autant de descriptions,—et pourquoi les tronquerais-je? comme de ce train-là je vivrais trois cent soixante-quatre fois plus vite que je n'écrirais,—il en résulte, n'en déplaise à Vos Honneurs, que plus j'écrirai, plus j'aurai à écrire,—et par conséquent plus Vos Honneurs liront, et plus Vos Honneurs auront à lire. (IV, XIII, p. 426)

À la fin du volume VI, il dessine la progression des différents livres qui composent le roman jusque-là, ne désespérant pas d'atteindre à la perfection de la ligne droite.

À l'occasion, il s'avoue perdu (VI, XXXIII, p. 659). Mais c'est la liberté de l'écriture et de l'écrivain qui est toujours réaffirmée, la liberté de la plume plus exactement, qui mène le narrateur plus que celui-ci ne la conduit. Et s'il met en scène l'écriture, c'est aussi le narrateur à sa table qui apparaît dans le texte, à la fois comme un bouffon, affublé d'une jaquette violette et de pantoufles jaunes, parfois aussi d'un bonnet à grelot, et comme l'homme usé par la maladie, dont la santé va s'essoufflant : « et n'y a-t-il pas deux mois à peine, que dans un accès d'hilarité, en voyant un cardinal lâcher de l'eau comme un choriste (à deux mains), tu t'es rompu un vaisseau dans la poitrine, à la suite de quoi, en deux heures, tu as perdu deux pintes de sang ? » (VIII, VI, p. 774). Sterne fait pénétrer le lecteur dans le bureau de l'écrivain : il construit sa narration en même temps qu'il en partage tous les principes. Et la confusion savamment entretenue par Sterne entre le narrateur, Tristram, et l'auteur rend paradoxalement plus sensible encore le caractère fictif du récit.

L'attention portée à la forme même du livre prolonge la mise en scène du roman. Tristram est prompt à rappeler au lecteur les différentes parties du volume qu'il tient entre les mains. La poursuite de la narration repose à l'occasion sur l'ouverture d'un chapitre. Un nouveau volume est parfois indispensable au narrateur pour dérouler son histoire. Le narrateur précise les conditions de parution du roman, deux volumes par année. Le suspense *narratif est lui-même condition de la forme matérielle de l'ouvrage : lorsque Tristram arrache un chapitre de dix pages au volume IV, il insiste sur l'équilibre nécessaire à la narration mais se joue en même temps de la forme immuable d'un ouvrage imprimé. Le lecteur est aussi confronté à divers artifices typographiques, qui le renvoient à la matérialité du livre. La page noire, par exemple, qui signifie la mort de Yorick, et peut-être celle de Tristram par anticipation, interrompt matériellement le texte, rompt la progression du regard sur les lignes des lettres pour opposer au lecteur la fin de tout discours. La page blanche, sur laquelle le lecteur doit dessiner le portrait de la veuve Wadman, se joue des conventions littéraires de représentation de la femme aimée. En offrant au lecteur l'espace d'une page vierge de toute inscription, Tristram le prend dans ses filets : s'il laisse la page blanche, il n'a pas coopéré avec le narrateur ; s'il dessine un visage, il a anéanti toutes les potentialités contenues dans le portrait de la femme idéale. La page marbrée, peinte différemment dans chaque exemplaire de l'édition originale, est, selon Tristram, l'emblème bigarré de tout l'ouvrage. Parce qu'elle renvoie aux pages marbrées de reliure des volumes, elle rappelle en outre au lecteur que le roman qu'il lit est un objet matériel, non plus en ce moment roman sur le roman, mais livre sur le livre. Inséparable de la narration, toute la typographie, dans ses excentricités comme dans le jeu avec les conventions, contribue à la dynamique du roman : c'est pourquoi Sterne l'avait si soigneusement supervisée avec l'imprimeur.*

Tristram érige son roman en véritable mécanique. Le livre entier, c'est-à-dire le résultat de l'écriture, se transforme en mouvement d'horlogerie. Au chapitre XXII du volume I, où la comparaison mécaniste apparaît pour la première fois, Tristram renvoie à l'imbrication complexe des digressions et des progressions : « *j'ai tellement compliqué et entrelacé les mouvements digressifs et progressifs, une roue dans l'autre, que toute la machine, en général, a continué de marcher;---et, qui plus est, elle continuera de marcher d'ici à quarante ans, s'il plaît à la source de la santé de m'accorder aussi longtemps la vie et le courage »* (I, XXII, p. 144-145). *La métaphore de l'horlogerie souligne le mouvement provoqué par la « machinerie » de l'œuvre. Elle met en valeur la complexité de l'écriture, l'imbrication des parties, le caractère indispensable des digressions. Caractéristiques de la méthode de Tristram – du style de Sterne –, les digressions éloignent constamment le narrateur du but qu'il s'est fixé, le récit de la vie. Elles procèdent des péripéties qui interrompent le cours tranquille des événements, des associations d'idées qui occupent un instant le narrateur, ou encore des explications que Tristram se sent obligé de livrer à son lecteur – au risque de se perdre lui-même dans son discours. Comme chez Fielding, qui l'énonce en ces termes, elles ont pour fin de ralentir l'action. Elles amplifient le* suspense *narratif en jouant avec l'attente du lecteur. Mais ces digressions fournissent la chair même du roman, non seulement, comme le dit le narrateur, parce qu'elles n'empêchent pas le récit de continuer, quoique plus lentement, mais encore parce qu'elles sont « la lumière; ———elles sont la vie, l'âme de la lecture!* » (I, XXII, p. 144). *Sterne a pu rencontrer dans* Le Conte du tonneau *de Swift, par exemple, semblable utilisation de la digression, en particulier une digression sur les digressions, mais il érige celle-ci en véritable principe d'écriture, faisant remarquer à Tristram la complexité et le savant équilibre qu'il faut apporter à leur composition : « Car en parlant de ma digression———je déclare devant le ciel que je l'ai faite!»* (IX, xv, p. 878).

Toute cette machinerie ne se concevrait cependant pas sans un ordonnateur attentif, sans une voix qui la fasse vivre. Prenant comme modèle de l'écriture la conversation[1], *Tristram déroule son récit sur un mode oral, dans une dynamique partagée entre le narrateur et le lecteur. Toute la typographie, la ponctuation parfois fantaisiste, la mise en page aérée de l'original, sont là pour inviter à la lecture à haute voix, pour conduire le lecteur à prêter l'oreille au conteur : l'ordonnancement typographique de Sterne ne suit pas les nécessités improbables de la grammaire, mais donne sa respiration au texte. À l'époque, la conversation a ses règles, énoncées dans maints traités, en Italie, en France, en Angleterre. Le principe de politesse et la coopération aisée entre pairs y prévalent; elles reposent sur une sociabilité partagée : la conversation est à la fois le miroir d'une société policée et le moyen de la préserver. Et si le xviii*[e] *siècle anglais préfère à l'occasion l'intimité de la conversation entre amis à l'idéal du salon, le parloir de Shandy Hall est une manière de salon, où les événements du roman se déroulent, vécus ou racontés par les personnages. La passion pour la philosophie du père du narrateur, Walter, le conduit à mener des discussions sans fin, si possible contradictoires, avec d'autres philosophes ainsi qu'avec les membres de sa famille; Mrs Shandy refuse quant à elle le dialogue avec son mari, se bornant à répéter ses arguments à lui, pour ne*

---

1. « Le style, quand il est convenablement manié (comme vous pouvez être sûr que je crois que l'est le mien), n'est qu'un nom différent pour la conversation » (II, xi, p. 165).

pas se laisser entraîner dans un tourbillon rhétorique ; l'oncle Toby est capable de longues envolées au souvenir du siège de Namur mais il n'est pas orateur, et préfère souvent se retirer de la conversation, fumant sa pipe ou sifflotant l'air du Lillabullero. La cuisine est aussi un espace propice à la conversation, où le caporal Trim, lui-même grand conteur, sait toucher le cœur de son auditoire. Nombre des conversations de Tristram Shandy *échappent toutefois à l'idéal de politesse et de sincérité qui s'exprime dans une conversation bien réglée, et l'ironie du roman tient aussi dans cette distance revendiquée par rapport à la norme, dans le refus délibéré de toute coopération conversationnelle.*

Tristram Shandy, *comme le* Voyage sentimental, *se construit à partir de la forme dominante de la conversation, voire de l'oralité, constamment mise en avant : les bruits, les bribes de musique, les onomatopées, les inflexions des voix sont enregistrés par le texte, dessinant de véritables paysages sonores. Le lecteur doit y être attentif, traduire les signes typographiques en autant de caractéristiques orales — ce que Sterne lui-même recherchait, dans les lectures de son texte, à la famille ou aux amis. Le narrateur y insiste afin que ses lecteurs perçoivent à leur tour les variations de ton comme les bruits plus envahissants. Cette présence de l'oral au sein du texte écrit n'est au demeurant elle-même pas sans ironie : contrairement aux manuels de conversation dont le but était de réitérer la norme et de rendre explicites les règles d'un principe civilisateur,* Tristram Shandy *ébranle ces fondements. Suivre les règles de conversation d'un traité de politesse passait sans doute pour une preuve de sociabilité ; si les personnages du roman de Sterne les respectent peu, cela sou-*

ligne peut-être ironiquement l'incapacité des conversations à préserver la sociabilité.

Le mouvement du roman s'incarne dans la figure centrale du texte, celle du hobbyhorse *— ici traduit par «dada». Le* hobbyhorse *est ce bâton surmonté d'une tête de cheval que s'accrochent traditionnellement à la ceinture les danseurs folkloriques anglais. Hérité de* Don Quichotte, *le dada sternien est la passion dominante du personnage, le principe qui le gouverne, l'unique logique de son discours*[1]. *Les personnages sont définis, dessinés par leur dada. Pour Walter Shandy, par exemple, l'art oratoire constitue son dada; pour son frère Toby, c'est le discours sur la guerre; pour le docteur Slop, c'est la science de l'obstétrique : aucun d'eux n'est cependant véritablement capable de tenir un discours clair de bout en bout. Pour Tristram, c'est l'écriture de la vie et des opinions qui constitue le dada. Le dada est monture légère, promesse d'errance bienveillante : «Car mon dada, écrit Tristram, si vous vous en souvenez un peu, n'est nullement bête vicieuse; il n'a pas en lui un seul poil ou un seul trait de l'âne ——C'est la petite pouliche folâtre qui vous enlève à l'heure présente—c'est une lubie, un papillon, un tableau, une bagatelle—un siège d'oncle Toby—ou un n'importe quoi, qu'un homme s'arrange pour enfourcher et galoper dessus loin des soucis et sollicitudes de la vie—C'est une bête aussi utile que pas une de la création—et je ne vois réellement pas comment le monde pourrait s'en passer———» (VIII, XXXI, p. 830).*

La dualité du personnage et de son dada, comme le

---

1. Il est lié à la théorie des humeurs, qui permettait d'expliquer par exemple le personnage de Don Quichotte.

reconnaît bien volontiers Tristram, n'est peut-être pas tout à fait identique à celle de l'âme et du corps – dualisme que le texte récuse ailleurs –, mais il est indéniable que personnage et dada communiquent entre eux, à la façon de corps chauffés par le contact répété : « *au moyen des parties échauffées du cavalier, mises immédiatement en contact avec le dos du* Dada *[…]—à la suite […] de nombreux frottements, il arrive que le corps du cavalier finit par se remplir d'autant de substance* Dadaïque *qu'il en peut contenir* » (I, XXIV, p. 149). Ce dada que l'on chevauche, c'est aussi une façon de placer au centre du roman la métaphore de la route, et de faire de Tristram Shandy *comme un long voyage* – le roman intègre au demeurant, au livre VII, un récit de voyage en France. La tradition picaresque, qui habite le roman anglais du XVIIIe siècle de Fielding à Smollett, s'incarne ici dans le roman de Sterne. Le dada constitue également un principe de tolérance, qui s'exprime par la bouche de Tristram : « *il n'y a pas à discuter à propos des* Dadas » (I, VIII, p. 71). Chacun doit être libre de monter son dada, de le mener où il l'entend, sans être interrompu : « *Et tant qu'un homme chevauche paisiblement et tranquillement son* Dada *sur la grande route royale, et qu'il ne force ni vous ni moi à monter en croupe derrière lui,——je vous le demande, monsieur, qu'avons-nous à y voir, vous ou moi ?* » (I, VII, p. 71). C'est le dada qui permet à la narration d'aller de l'avant, de faire la place aux envolées de Toby comme à celles de Walter, de laisser chacun se plaire à la contemplation d'un discours déjà préétabli. Mais dès qu'un personnage s'en prend au dada de l'autre, *la blessure est profonde : lorsque Walter envoie la science de la fortification à tous les diables, Toby ressent les coups portés. Le dada est source de plaisir comme de douleur, de souffrance comme de rire, combinaison que Sterne tient de Cervantès*[1].

Le lecteur aussi se voit, par conséquence, affublé d'un dada : si celui de Tristram est l'écriture de la vie et des opinions de Tristram Shandy, celui du lecteur tient dans la lecture, toujours interrompue, toujours poursuivie, de Tristram Shandy. *La communauté d'intérêts, le dialogue constant entretenu par Tristram avec un lecteur, qui, tout fictif qu'il est, n'en est pas moins une image du lecteur réel, sont érigés en principes d'écriture. L'amitié revendiquée par Tristram pour son lecteur, que Fielding avait esquissée auparavant dans* Tom Jones *mais qui se trouve bien plus développée dans* Tristram Shandy, *constitue l'un des leitmotive importants : pour que ce roman soit véritablement roman sur le roman, il doit inclure le lecteur dans le processus d'écriture. Communauté à la fois fictionnelle et réelle, l'alliance de l'écrivain et de son lecteur complète la dynamique du récit. Dès le quatrième chapitre du premier livre, Tristram avoue devoir prendre en compte les désirs des lecteurs, leur livrer toutes les informations nécessaires, sans que cela l'empêche d'en appeler à leur patience. Au fur et à mesure que le roman progresse, les contacts entre le narrateur et un lecteur nécessairement curieux sont appelés à s'intensifier, à prendre le tour d'une certaine familiarité, avant de terminer en amitié. C'est pour cette raison, insiste*

---

1. Voir R. Paulson, *Don Quixote in England*, Baltimore et Londres, The Johns Hopkins University Press, 1998, p. 154-155.

Tristram, que le lecteur doit se montrer patient, laisser le narrateur conter son histoire de la façon qui lui semble juste, accepter les escapades occasionnelles, et toujours garder son calme. S'il se joue parfois du lecteur, qu'il soit « candide » (IX, XXIV, p. 896), « chrétien » (VI, XXXIII, p. 658) ou « éclairé » (I, XIX, p. 122), renvoyant par exemple la lectrice inattentive relire un chapitre, enjoignant le lecteur de dessiner le portrait de la femme idéale, réclamant son aide pour débrouiller l'écheveau de la narration, il tient toujours avec celui-ci le compte des épisodes qu'il doit livrer. Il s'interrompt à l'occasion brièvement pour faire le point sur sa dette livresque, il promet des chapitres sur des sujets précis, il s'interroge sur l'opportunité d'un récit, il mesure le cours des événements par la durée de la lecture, prenant toujours à partie son lecteur. Il y a là sans nul doute trace de la fonction du conteur, qui ne saurait exister sans un auditoire régulier, concentré, attentionné. Il y a surtout une écriture qui ne se conçoit pas sans un destinataire, fût-il fictionnel, qui ne trouve son sens que déposée entre les mains de la personne qui tient l'ouvrage. L'adresse au lecteur est la figure centrale de la dynamique du roman, celle qui lui permet d'exister. En retour, cette interpellation fréquente du lecteur impose à celui-ci une réflexion sur l'acte de lecture, une méditation sur la lecture de Tristram Shandy. Au-delà de Tristram, le véritable héros est peut-être le lecteur.

Un roman érudit

Si Tristram Shandy *est avant tout un récit qui met en scène toutes les composantes de l'écriture, du romancier attablé, encrier devant lui, au lecteur attentif, il relève aussi d'un genre, celui du roman érudit.* Tristram Shandy *emprunte à l'ancienne tradition de la satire, parfois appelée, à la suite de Northrop Frye, la satire ménippée. Cette forme repose sur un mouvement ironique vis-à-vis du savoir et de son maniement. Elle compte des antécédents célèbres au cours du XVIIIe siècle anglais : Swift dans le* Conte du tonneau *; Pope et le groupe des « Scriblerians », ces écrivains prompts à moquer le savoir ésotérique, la prétention littéraire, la cuistrerie critique. Sterne s'est nourri de cette tradition, et l'on a pu tenir son roman pour l'aboutissement de cette lignée prestigieuse. Le critique D.W. Jefferson a, l'un des premiers, souligné la parenté de* Tristram Shandy *avec ce qu'il appelle l'esprit savant (*learned wit[1]*) : pour lui, l'aspect comique du roman provient de la rencontre entre le monde du savoir et celui des hommes. Cet esprit appartient à la Renaissance plus qu'aux Lumières, est caractérisé par le jeu avec les idées, la moquerie vis-à-vis d'un savoir contemporain du lecteur, qui, sous les flèches de la satire, est parfois perçu comme dépassé : on peut se gausser de la pédanterie des Anciens en étant Ancien soi-même. L'héritage de Rabelais, qui est publié en traduction anglaise dans la seconde moitié du XVIe siècle, contribue sans nul*

---

1. D.W. Jefferson, « *Tristram Shandy* and the Tradition of Learned Wit », *Essays in Criticism*, 1 (1953), p. 225-248.

doute à la fortune de cette tradition littéraire en Angleterre au XVIIIe siècle. Les différentes sciences des facultés sont tour à tour l'objet de la moquerie de Sterne : la médecine, le droit, la religion, ainsi que cette discipline plus récente qu'est la philosophie naturelle.

*La méthode de la scolastique est elle aussi objet de satire, en particulier la tendance à énumérer sans fin les sources du savoir, les autorités : c'est en particulier chez Robert Burton, l'auteur de l'*Anatomie de la mélancolie*, que Sterne trouve un modèle, des citations, et prétexte à raillerie. Il y puise des références érudites, qu'il reprend à l'occasion sans sourciller, allant jusqu'à dénoncer le plagiat par un plagiat de Burton : « Feronsnous toujours de nouveaux livres, comme les apothicaires font de nouvelles mixtures en versant simplement d'un vase dans un autre[1] ? » (V, 1, p. 498). À l'occasion, la liste de références inclut un auteur inventé, un jeu de mots grivois, comme si la satire du savoir était redoublée par l'inclusion d'une fausse érudition. En suivant Jefferson, on peut caractériser l'attitude de Sterne vis-à-vis du savoir comme de « l'intérêt amusé » : Sterne, qui sait combiner humour et sérieux, n'est pas réformateur, seulement satiriste. De cette tradition, de Lucien à Swift, il retient la provocation et la nuance, la représentation et le jeu. La satire se doit d'intimider le lecteur, de le tenir à distance, de le gaver pour mieux le*

---

1. On doit au demeurant à la vogue de *Tristram Shandy* la redécouverte, au XVIIIe siècle, de l'*Anatomie* de Burton, ou plus exactement à la publication de l'ouvrage de John Ferriar, *Illustrations of Sterne* (Londres, Cadell et Davies, 1798), qui recense tous les « emprunts » de Sterne, et qui attire l'attention sur l'*Anatomie de la mélancolie* comme source de *Tristram Shandy*.

purger, et Sterne, *comme Rabelais, comme Swift, comme Pope, provoque chez le lecteur un questionnement sans fin plutôt qu'il ne lui donne des certitudes. Sans conclusion déterminée, le texte satirique laisse nécessairement le lecteur comme suspendu. Au-delà de sa dimension grivoise, l'histoire du taureau qui clôt* Tristram Shandy *nous rappelle que les grandes satires ne sauraient s'achever : le lecteur abandonne Gulliver dans son écurie, en train de parler aux chevaux ; il attend toujours le livre suivant des « faicts et dicts héroïques » du bon Pantagruel*[1].

À la suite de Jefferson, une partie de la critique sternienne tient Tristram Shandy *pour une satire, catégorie qu'elle préfère à celle de roman. Cette position a notamment présidé aux choix critiques de l'édition scientifique anglaise du texte de* Tristram Shandy. *Les annotations importantes des éditeurs visent à ancrer solidement le texte dans un univers de référence qui appartient avant tout à la Renaissance : pas une allusion qui n'ait été traquée, avec un succès indéniable. Tout cela renforce la position de Sterne comme le dernier des Anciens. À l'opposé des critiques qui avaient considéré le roman de Sterne comme le grand inspirateur des pratiques les plus novatrices des fictions modernistes et postmodernistes, l'équipe de l'édition Florida considère l'œuvre de Sterne comme l'aboutissement d'une tradition ancienne*[2]. *Quel*

---

1. Le lecteur ne quitte Pantagruel que parce que l'auteur se plaint de ce que « la teste me faict un peu de mal et sens bien que les registres de mon cerveau sont quelque peu brouilléz de ceste purée de septembre » (Rabelais, *Pantagruel*, dans *Œuvres complètes*, Gallimard, « Bibliothèque de la Pléiade », 1955, p. 311).

2. Voir par exemple l'introduction de M. New, « Editor's Intro-

est cependant le sens de cette érudition, celle de Sterne, celle des éditeurs? La recherche des références critiques éclaire la méthode de composition du romancier. Sterne s'appuie sur deux types de sources. Les premières, les grandes références littéraires de Tristram Shandy, *Cervantès ou Rabelais, Érasme ou Montaigne, constituent la vraie généalogie du roman : le ton du récit comme la tournure des événements leur doivent beaucoup. Les secondes, les références plus techniques peut-être, traités de rhétorique ou articles d'encyclopédie, manuels d'éducation ou passages de l'*Anatomie de la mélancolie, *constituent pour l'auteur autant de réservoirs de références et de citations et l'inspirent dans leur forme : Tristram affectionne particulièrement l'énumération. La différence entre ces deux types n'est au demeurant pas ferme, puisque Burton apparaît à la fois comme un modèle d'écriture et comme une mine d'informations. On voit Sterne concentrer certaines références à des moments précis du texte : lorsqu'il se penche sur la mort, au chapitre* III *du Livre V, il puise abondamment dans une section de l'*Anatomie de la mélancolie *(2, 3, 5, 1) ; lorsque Tristram se rend en France, c'est avant tout grâce à Jean-Aimar Piganiol de la Force et à son* Nouveau voyage de France[1], *qu'il peut parcourir ce pays et le décrire ; lorsque l'oncle Toby s'adonne au*

---

duction », à son édition du roman de Sterne (Penguin, 1997, p. XL) : « Les sources principales de Sterne, Rabelais, Montaigne, Burton, Cervantès et Swift, considérées ensemble, renvoient à une tradition d'écriture en prose que je préfère appeler *satire*... ».

1. J.-A. Piganiol de la Force, *Nouveau voyage de France, avec un itinéraire et des cartes faites exprès qui marquent exactement les routes qu'il faut suivre pour voyager dans toutes les provinces de ce royaume*, Paris, 1724.

discours sur les fortifications, c'est dans l'article « Fortification » de l'encyclopédie de Chambers, et en particulier l'illustration qui l'accompagne, que Sterne trouve matière à façonner ce discours. L'auteur va au plus pressé, recherche les renseignements dont il a besoin dans les ouvrages à sa disposition, pour construire un récit qui échappe au monde des références qu'il convoque. La logique de l'univers des citations et allusions de Tristram Shandy *est documentaire ; elle ne rend pas compte de la dynamique du roman. Sterne se dirige vers sa bibliothèque pour consulter Walker ou Hall, Burton ou Chambers, mais il garde sur sa table de nuit Cervantès, Rabelais, peut-être aussi Montaigne.*

Si cette méthode de composition qui privilégie la référence savante peut rappeler celle de la satire, qui se joue des savoirs en refusant toute position assurée, c'est que le texte intègre dans la narration une dimension encyclopédique. De Rabelais à Joyce, de Cervantès à Melville, on peut identifier une généalogie du roman encyclopédique[1]. Tristram Shandy *entretient un rapport aux sciences qui se traduit par la présence de plusieurs disciplines, l'obstétrique par exemple, ou encore la science des fortifications. Il s'incarne dans une forme narrative indéterminée, qui englobe plusieurs genres, pour devenir une véritable encyclopédie de la narration, de la satire au pamphlet, du récit de vie au discours savant. Comme pour nombre de romans relevant de cette tradition, la variété des styles, de même que la multiplicité des intrigues, caractérisent* Tristram Shandy. *Le statut marginal de ce roman, anti-roman*

---

1. Voir par exemple E. Mendelson, « Encyclopedic Narrative : From Dante to Pynchon », *MLN*, 91 :6 (1976), 1267-75.

alors que le roman n'existe guère, récit de vie qui les parodie tous, œuvre dans la tradition carnavalesque selon Bakhtine[1], *contribue encore à le rattacher à cette lignée.*

On pourrait appliquer à Tristram Shandy *la célèbre description rabelaisienne :* « *C'est un vray* Cornucopie *de ioyeuseté & raillerie*[2]. » *Loin d'être un tableau raisonné des sciences et des arts, le roman tout entier, à l'instar de ses personnages, est mû par le «désir de savoir» (II, III, p. 166). La quantité d'ouvrages et de documents dont Tristram pressent très tôt qu'ils se dressent entre lui et une narration ordonnée (I, XIV, p. 101), qu'il s'agisse d'ouvrages sur les culottes ou sur les routes de France, participe de cette pulsion encyclopédique. Walter Shandy lui-même tente de composer une* Tristrapédie, *encyclopédie d'éducation modelée sur Xénophon, qui devrait permettre de gouverner l'enfance et l'adolescence de Tristram. Mais la lenteur de Walter à écrire rend sa grande œuvre obsolète avant que d'avoir servi, une ou deux pages devenant chaque jour inutiles. Cela n'empêche pas Tristram d'énoncer une véritable foi en l'accumulation du savoir, en un progrès vers la perfection la plus grande d'une cinquantaine, au moins, de branches de la connaissance, qui permettra d'en*

---

1. Voir par exemple M. Bakhtine, *Problèmes de la poétique de Dostoïevski*, trad. G. Verret, Lausanne, L'Âge d'Homme, 1970, p. 186.

2. Sur Sterne et l'encyclopédie, voir J. Hawley, «Sterne and the Cyclopaedia Revisited», *The Shandean*, 15 (2004), p. 57-77 ; J. Lynch, «The Relicks of Learning : Sterne among the Renaissance Encyclopedists», *Eighteenth-Century Fiction*, Volume 13, Number 1, October 2000, p. 1-17 ; C. Ginzburg, *Nulle île n'est une île. Quatre regards sur la littérature anglaise*, trad. M. Rueff, Verdier, 2005.

finir avec les écrits, d'en finir avec la lecture, d'en finir avec le savoir : « et alors——nous aurons tous à recommencer à nouveau ; ou, en d'autres termes, nous nous trouverons exactement au point d'où nous étions partis » (I, XXI, p. 134).

Le fantasme encyclopédique par excellence est celui du livre unique qui les englobe tous. Une des sources importantes de Sterne est la Cyclopædia *d'Ephraim Chambers, ouvrage qui est à l'origine du projet de l'*Encyclopédie *de Diderot et d'Alembert*[1]. *Chambers voyait dans l'ouvrage qu'il composait le moyen de mettre fin à l'inutile prolifération des livres, car son œuvre proposerait au lecteur un abrégé de tous les savoirs. Dans sa préface, Chambers indique qu'il cherche à répondre à un problème crucial qui préoccupait les lecteurs de l'époque : la prolifération des livres. En s'affichant comme le meilleur livre de tout l'univers, la* Cyclopædia *de Chambers les résume tous et permet d'échapper à l'encombrement de la bibliothèque. Ce fantasme est celui de Walter Shandy qui écrit la* Tristrapédie. *C'est celui qui gouverne l'œuvre entièrement fictive de Slawkenbergius, grâce à laquelle on saura tout sur les nez. C'est surtout celui de Tristram, qui rappelle avec ironie qu'il écrit en « homme d'érudition » (II, II, p. 162), et incorpore dans son livre une bibliothèque entière – au point que John Ferriar, à la fin du XVIIIe siècle, relève tous les emprunts et accuse Sterne de plagiat. De fait, Tristram, comme son lecteur*

---

1. Ephraim Chambers (1680-1740) est l'auteur de *Cyclopædia or Universal Dictionary of Arts and Sciences* (1728), qui est à la source du projet de l'*Encyclopédie* : le mandat initial de Diderot consistait à en proposer une version française.

peut-être, n'aura plus jamais besoin de ne lire qu'un seul livre : « *Pour ma part, je suis décidé à ne lire jamais d'autre livre que le mien, tant que je vivrai* » *(VIII, v, p. 772).*

Un roman philosophique

Le roman aime à mettre en scène la philosophie. Le père du narrateur se plonge avec délices dans les subtilités de cette discipline. Dès le troisième chapitre, Tristram indique le penchant de son père pour la philosophie naturelle en même temps que sa propension à raisonner de façon serrée sur les sujets les plus étroits. Il débat avec lui-même par syllogismes. Orateur-né, lecteur avide et éclectique, il entretient les opinions les plus singulières, avec le plus grand sérieux : « *il était systématique, et, comme tous les raisonneurs systématiques, il eût remué ciel et terre, et tordu et torturé tout dans la nature pour soutenir son hypothèse* » *(I, XIX, p. 123). Cette passion de l'argumentation caractérise ses rapports avec les membres de sa famille, ainsi qu'avec les visiteurs les plus variés : la comédie du roman naît de ces arguties sans fin. Le dîner de la fin du Livre IV rassemble, outre Yorick et Walter Shandy, un certain nombre de convives, doctes discoureurs et philosophes, qui témoignent par exemple, à l'occasion d'un immense juron proféré par l'un des participants, Phutatorius, de leurs capacités de raisonnement. Ce juron vient interrompre une discussion animée entre Yorick et l'un des convives. Si deux d'entre eux, qui ont l'oreille musicale, ne savent comment l'interpréter, d'autres pensent qu'il s'agit du prélude à une attaque contre Yorick, un autre qu'il pourrait émaner d'une respiration involon-*

PRÉFACE

taire, tandis que d'autres encore y voient une insulte proférée à l'encontre de Yorick, et que, pour Walter, ce juron procède d'un processus physiologique qu'il s'empresse de détailler. Et, comme en écho à tout le roman, Tristram de s'exclamer : « Quels beaux raisonnements nous faisons sur des faits erronés ! » (IV, XXVII, p. 464). Ce n'est nullement Yorick qui occupe le cerveau de Phutatorius, mais un événement survenu environ un mètre plus bas — la chute d'un marron chaud dans l'ouverture de ses culottes. Cet accident n'est pas sans donner lieu à des controverses plus poussées, pour savoir si Phutatorius méritait tel traitement, sur la façon d'éteindre le feu, ou encore sur la possibilité de l'annulation du baptême (« Mon père se délectait à ces sortes de subtilités », IV, XXIX, p. 475). La satire du savoir stérile et l'ironie débridée sont alimentées, chez Sterne comme chez Rabelais, de grivoiseries.

Le livre met en scène une philosophie au goût suranné de scolastique. Cependant, toute philosophie dans Tristram Shandy *n'est pas d'un autre siècle – le narrateur convoque également nombre de références contemporaines. Nulle n'est plus importante que l'œuvre de Locke, dont Tristram recommande la lecture dès le volume II :*

> De grâce ! monsieur, dans toutes les lectures que vous avez faites, avez-vous jamais lu un livre tel que celui de *Locke*, l'*Essai sur l'entendement humain* ?
> ———Ne me répondez pas à la légère,--car j'en connais beaucoup qui citent le livre sans l'avoir lu,---et beaucoup qui l'ont lu sans le comprendre :---Si vous êtes dans l'un de ces deux cas, comme j'écris pour instruire, je vous dirai en trois mots ce qu'est ce livre.—C'est une histoire.—Une histoire ! de qui ?

de quoi ? d'où ? de quand ? N'allez pas trop vite.———
C'est une histoire, monsieur (ce qui peut fort bien le recommander au monde), de ce qui se passe dans l'esprit d'un homme... (II, II, p. 162-163)

*Le contexte dans lequel écrit Sterne, la culture dans laquelle il baigne sont évidemment lockiens. Depuis la parution de l'*Essai concernant l'entendement humain, *à la fin du XVII*e *siècle, peu d'ouvrages de philosophie ont été aussi abondamment discutés, en Angleterre comme sur le continent. Les entreprises de vulgarisation dans la presse périodique ont encore augmenté sa célébrité. Le romancier peut donc tout à fait enjoindre son lecteur de lire Locke sans l'avoir fait lui-même. Mais Sterne connaissait l'*Essai, *qu'il mentionne ou cite à diverses reprises. L'association néfaste d'idées qui ne reposent sur aucune connexion dans la nature, dénoncée par Locke, est à la source des malheurs de Tristram. Toby, à l'immense surprise de son frère, rencontre accidentellement les principes de la durée lockienne, définie par la succession des idées. C'est encore l'association d'idées qui fait que Toby ne peut comprendre le mot « train » que comme un train d'artillerie. Le principe du raisonnement par juxtaposition, dont Tristram rappelle la définition lockienne (« la concordance ou la discordance de deux idées entre elles, par l'intervention d'une troisième », III, XL, p. 360), aurait dû permettre de conclure que Toby avait suivi la pensée de son frère sur la question cruciale des nez. L'imperfection des mots, dont Tristram invoque l'analyse dans l'*Essai, *traverse le roman. La méditation sur les deux concepts d'*esprit *et de* jugement, *dans la pré-*

PRÉFACE

face enfin livrée au volume III de Tristram Shandy, *révèle encore la présence de Locke dans le roman.*

*Prenant appui sur le nombre relativement important de références à l'œuvre de Locke, et s'inspirant de l'idée selon laquelle l'*Essai *serait l'histoire de ce qui se passe dans la tête d'un homme, la critique sternienne a un temps considéré l'œuvre du philosophe anglais comme une clé majeure pour la compréhension du roman de Sterne. Fluchère en particulier voit* Tristram Shandy *comme une « illustration concrète, pour comique et parfois bouffonne qu'elle soit, illustration délibérée, soutenue et réussie de l'*Essai[1] *». Or, une lecture attentive de la lettre des citations et emprunts à Locke montre que Sterne s'en démarque souvent de façon ironique, qu'il l'utilise mais ne le suit pas*[2]. *Sterne serait imprégné de Locke plus qu'il ne serait lockien. Il ne critique pas Locke, mais il utilise les références à l'*Essai *pour renforcer les obstacles qui se dressent sur le chemin de ses personnages ou pour développer leur discours : l'association des idées est par exemple source de malentendus constants entre les personnages et d'humour débridé de la part du narrateur. La comédie du roman repose sur les références à l'œuvre de Locke, mais ne prend pas pour cible le raisonnement philosophique ; elle utilise ce discours pour renforcer le caractère fan-*

---

1. H. Fluchère, *Laurence Sterne. De l'homme à l'œuvre*, Gallimard, 1961, p. 255. Voir aussi J. Traugott, Tristram Shandy's World : Sterne's Philosophical Rhetoric, Berkeley, University of California Press, 1954.

2. Voir par exemple W.G. Day, « *Tristram Shandy* : Locke May Not Be the Key », dans V. Grosvenor Myer (éd.), *Laurence Sterne : Riddles and Mysteries*, London, Vision, 1984, p. 75-83.

tasque de l'univers de Shandy Hall. *L'auteur de* Tristram Shandy *n'est donc probablement ni lockien ni anti-lockien, il n'écrit ni pour réfuter l'*Essai *ni pour l'illustrer ; il en exploite certaines des plus importantes théories (l'association des idées, l'imperfection des mots, la durée, etc.) pour composer une narration habitée par la réflexion philosophique, mais ironiquement éloignée de toute doctrine. Conscient de l'inachèvement de la quête philosophique (« Sans fin est la Recherche de la Vérité ! », II, III, p. 168), confronté lui-même à l'inachèvement programmé de sa narration, Tristram joue des potentialités de la philosophie, et s'inspire peut-être d'un scepticisme rencontré chez Montaigne autant que chez Locke. Quoique Sterne sache détourner le texte de l'*Essai *de son argumentation pour le plier à l'ironie de sa fiction, et que « la philosophie [ne soit] pas bâtie sur des contes » (III, XLII, p. 366), la composition du roman, véritable dialogue philosophique à la façon de Diderot, se nourrit de philosophie.*

*Plus encore que la philosophie de l'esprit contenue dans l'*Essai *(« l'histoire de ce qui se passe dans la tête d'un homme »), ce sont les réflexions sur le langage, contenues dans le livre III de l'ouvrage de Locke, qui justifient ironiquement, chez Tristram, le plaisir de conter. L'usage des mots et leur instabilité sont directement invoqués par Tristram comme cause de l'obscurité qui règne dans l'esprit de l'homme : « c'est une source féconde d'obscurité,---et c'en sera toujours une,---j'entends parler de l'emploi incertain des mots, qui a embarrassé les intelligences les plus claires et les plus élevées » (II, II, p. 164). Et tout le roman d'explorer précisément cette source d'obscurité, d'essayer de se* *débarrasser de l'ambiguïté constitutive du discours par des truismes mêlés de grivoiserie (« par le mot* Nez, *dans le cours de tout ce long chapitre des nez, et dans toute autre partie de mon ouvrage où le mot* Nez *se présentera,—je déclare que, par ce mot, j'entends un nez, rien de plus, rien de moins », III, XXXI, p. 337), par des gestes qui, comme celui qui ferait toucher du doigt à la veuve Wadman la blessure de l'oncle Toby, révèlent et renforcent toutes les limites du langage : « ceci exige une seconde traduction :—et prouve le peu d'instruction qu'on retire des simples mots » (IX, XX, p. 885). Roman tout entier construit sur l'imperfection du langage, sur les usages multiples et variés auxquels les discours se prêtent,* Tristram Shandy *exploite tous les modes linguistiques (conversation, dialogue, écriture, etc.) à sa disposition pour révéler au lecteur non seulement l'impossibilité de conter une histoire en ligne droite mais surtout le plaisir qui réside dans les chemins de traverse.*

Un roman *sentimental*

Au cours du dîner, scène de la mésaventure survenue à Phutatorius, Yorick s'inquiète de ce que l'un des sermons soit écrit non avec le cœur mais avec la tête : un sermon ne saurait reposer sur des lectures nombreuses, un esprit subtil, des tournures brillantes ; il doit transmettre lumière et chaleur. Un autre sermon de Yorick, retrouvé au volume I de Tristram Shandy *(au demeurant réellement prêché par Sterne) et lu par Trim, met en valeur la véritable éloquence, celle qui permet de toucher les sentiments de l'assistance. Trim lui-même confesse que c'est le cœur gros, au souvenir de son frère emprisonné par l'Inquisition, qu'il l'a lu. Il en va de l'éloquence religieuse comme de toute forme de discours : sans sentiment, elle n'est que parole creuse. Cette idée réapparaît au moment de l'annonce de la mort du frère de Tristram, Bobby, dans le contraste entre le discours de Walter Shandy, qui s'appuie sur des lectures extensives (Caton, Sénèque, Épictète), et celui de Trim, simplement naturel, entre Walter Shandy qui déroule périodes, métaphores et allusions, et Trim qui va droit au cœur de son assistance. La simplicité de l'expression et du geste qui l'accompagne caractérise l'éloquence du caporal :*

> ———« Ne sommes-nous pas ici maintenant ? »— continua le caporal, « et ne sommes-nous pas »— (laissant tout d'un coup tomber son chapeau par terre—et s'arrêtant avant de prononcer le mot)——— « disparus ! en un moment ? » La descente du chapeau se fit comme si on eût pétri dans sa calotte une lourde masse d'argile.———Rien n'aurait pu exprimer aussi bien le sentiment de mortalité dont il était le type et l'avant-coureur,—la main de *Trim* sembla s'évanouir sous lui,—il tomba mort—l'œil du caporal se fixa sur lui comme sur un cadavre,—et *Susannah* fondit en larmes. (V, VII, p. 524)

C'est encore le caporal Trim qui est à l'origine de l'histoire de Le Fèvre, qu'il devait livrer lui-même, mais que Tristram se trouve finalement obligé de conter à sa place. La fin pathétique de ce lieutenant, qui s'éteint dans une auberge, veillé par son fils de onze ou douze ans, est l'occasion pour Sterne de souligner la grandeur d'âme de l'oncle Toby ainsi que celle de son caporal :

Toby se rend au chevet de Le Fèvre, s'occupe de son enterrement puis de son fils, venant même à le recommander à Walter pour précepteur de Tristram. Cet épisode met en valeur la bonté et la sincérité de Toby : « Il y avait, chez mon oncle Toby *une franchise,—non pas l'effet,—mais la* cause *de la familiarité,—qui vous faisait pénétrer tout d'un coup dans son âme, et vous dévoilait la bonté de sa nature* » (VI, X, p. 610). *Souvent cité de façon favorable, cet épisode « sentimental » se trouve par exemple recueilli au* XVIIIe *siècle avec d'autres morceaux choisis dans* The Beauties of Sterne[1] – *le critique du* Monthly Review *considère ainsi que c'est à cette veine que tient le génie de Sterne. En dépit de son obsession pour la guerre et les fortifications, le personnage de Toby manifeste constamment une générosité de nature à faire taire toutes les critiques. Lorsqu'une mouche vient l'importuner, il l'attrape pour mieux la libérer : « Le monde est sûrement assez grand pour nous contenir tous les deux* » (II, XII, p. 198). *Lorsque Walter insulte son dada, le regard de Toby conduit Walter à se précipiter vers lui et à lui demander pardon. Car, si tout oppose les deux frères dans le discours, l'un obsédé par la rhétorique, l'autre absorbé par le siège de Namur, c'est le sentiment et la communication des cœurs, au-delà des mots, qui les*

---

1. Traduit en français dès la fin du XVIIIe siècle, le titre de l'ouvrage, qui rassemble des morceaux choisis, indique bien l'esprit dans lequel il le fait : *Les Beautés de Sterne, formées de plusieurs de ses Lettres et de ses Sermons, des morceaux les plus touchants, des descriptions les plus graves et des observations sur la vie les plus judicieuses*, Paris, Desenne, 1800, 2 vol. Publié pour la première fois en anglais en 1782, on en compte déjà douze éditions en 1793.

unissent. *La communion dans un geste, un même mouvement de tête partagé, suffit à régler tous les différends : « jamais deux têtes n'ont été secouées ensemble et de concert, par deux ressorts aussi différents » (IV, XII, p. 424-425). À l'occasion, un sursaut d'éloquence de Toby, un geste de réconfort de sa part, peuvent conduire Walter au bord des larmes. La sociabilité et les rapports familiaux reposent sur la communion des âmes, sur les sentiments qui circulent entre les personnages, au-delà des discours qui se croisent et ne se répondent guère. Le sentiment compense l'obsession du dada*[1].

Au XVIIIe siècle en Angleterre, les éloges s'adressent en premier lieu à la sensibilité de l'écrivain : même les critiques les plus acerbes de Tristram Shandy *s'attardent sur les moments sentimentaux. Si l'on a tendance à identifier le* Voyage sentimental *comme l'ouvrage où ils se déploient – de fait, le terme vient en français de la préface de Frénais à sa traduction de cet ouvrage*[2] *–, le thème parcourt déjà* Tristram Shandy. Tristram *en*

---

1. Voir J. Mullan, *Sentiment and Sociability. The Language of Feeling in the Eighteenth Century*, Oxford, The Clarendon Press, 1988, p. 146-200.
2. Voir l'avertissement du traducteur en ouverture de l'édition française du *Voyage sentimental* : « Le titre de Voyage Sentimental qu'il a donné à ses observations, annonce assez leur genre pour que nous nous épargnions la peine de le définir : on y verra partout un caractère aimable de Philanthropie qui ne se dément jamais, & sous le voile de la gaieté, et même quelquefois de la bouffonnerie, des traits d'une sensibilité tendre et vraie qui arrachent des larmes en même temps que l'on rit. Le mot Anglois Sentimental n'a pu se rendre en François par aucune expression qui pût y répondre, & on l'a laissé subsister. Peut-être trouvera-t-on en lisant qu'il mériteroit de passer dans notre langue » (*Voyage sentimental, par*

annonce dès le début la subtilité et l'origine : « Permettez-moi de vous engager à étudier les parties pures et sentimentales des meilleurs romans français ;——— vous serez réellement, madame, étonnée de voir avec quelle variété de chastes expressions est pavé le délicieux sentiment dont j'ai l'honneur de parler » (I, XVIII, p. 118). *On peut déceler cette veine dans la présence discrète de Jenny aux côtés de l'écrivain, comme une figure de la muse à qui Tristram s'adresse lorsqu'il sent le cours du temps le rapprocher de la mort :*

> le Temps passe trop vite : chaque lettre que je trace me dit avec quelle rapidité la Vie suit ma plume ; ses journées et ses heures, plus précieuses, ma chère *Jenny*, que les rubis qui ornent ton cou, s'envolent sur nos têtes comme de légers nuages un jour de vent, pour ne plus revenir———tout fuit——— tandis que tu tresses cette boucle de cheveux,——— vois ! elle grisonne ; et chaque fois que je baise ta main pour te dire adieu, et chaque absence qui suit, sont des préludes à cette éternelle séparation que nous allons bientôt subir.——— (IX, VIII, p. 865-866)

On la perçoit dans le voyage en France, alors que Tristram s'attendrit sur la fille d'un aubergiste de Montreuil, Jeanneton, que Yorick retrouvera dans le Voyage sentimental. *L'histoire de Maria, rencontrée à Moulins, et qui joue de sa flûte pour se consoler d'un chagrin immense, resurgit également dans le* Voyage sentimental. *Elle est ici pour Tristram l'occasion de préciser la disposition de son âme, de mettre en avant le sentiment : « tout ce que je voyais, tout ce qui m'intéressait*

M. Sterne, sous le nom d'Yorick, traduit de l'anglais par M. Frénais, Amsterdam et Paris, 1769, p. 8.)

touchait quelque ressort secret de sentiment ou d'enthousiasme » (IX, XXIV, p. 893). *L'histoire de la jeune femme maure au chapitre* VI *du volume* IX *permet à Toby et à Trim de marquer leur opposition à l'esclavage par bonté d'âme. L'histoire romanesque d'Amandus et d'Amanda, ces amants parfaits dont Tristram recherche la tombe lors du même voyage, afin de verser une larme, pourrait encore participer de la veine sentimentale du roman :* « —*Tendres et fidèles esprits! m'écriai-je, en m'adressant à Amandus et à Amanda* —*longtemps*—*longtemps ai-je tardé à verser cette larme sur votre tombe*————*je viens*————*je viens*———— / *Quand je fus venu*—*il n'y avait pas de tombe où la verser* » (VII, XL, *p. 752*).

L'écriture du sentiment n'exclut pas l'ironie, comme on le lit encore dans l'un des sujets principaux du roman, celui de l'histoire des amours de l'oncle Toby et de la veuve Wadman, qui valut à Sterne, sous la plume d'un critique, comparaison avec Richardson[1]. *La veuve Wadman est déterminée à faire la conquête du vieux soldat, et lance des opérations complexes pour parvenir à ses fins. L'oncle Toby est une victime consentante, qui, s'il avait eu mille cœurs, les aurait tous abandonnés à la veuve Wadman. Mais la victime est absorbée par son dada, et croit que les questions répétées de la dame sur le lieu de sa blessure portent sur la localisation géographique et non anatomique de la blessure. Tout le volume* IX *tresse ce mélange d'humour et de sentiment, cette attention portée aux ressorts secrets de la sensibilité, cette disposition d'âme qui*

---

1. *Monthly Review*, vol. 32, 1765, p. 136.

rejaillit sur l'écriture. La plume qui mène Tristram, plus qu'il ne la gouverne, est la même que celle de Yorick dans le Voyage sentimental, *sensible à tous les battements de son cœur.*

Un roman comique

La dédicace du roman à William Pitt signale au lecteur la tonalité de l'ouvrage ainsi que le bénéfice qu'il en peut retirer : «je vis, en m'efforçant constamment de lutter, par l'enjouement, contre les souffrances de la mauvaise santé et autres maux de la vie, fermement persuadé que je suis que chaque fois qu'un homme sourit—et plus encore lorsqu'il rit, il ajoute quelque chose à ce fragment d'existence » (I, III). Lire Tristram Shandy *permet d'affronter le monde, d'en faire oublier les malheurs, et opère comme un remède. À deux reprises dans sa correspondance, alors qu'il souffre de maladie, Sterne se compare à Cervantès, à Scarron, à Béroalde de Verville, qui écrivaient, l'un en prison, l'autre dans la douleur physique, le troisième en pauvre chanoine*[1]. *Composer un roman comique permet à Sterne comme à ces auteurs d'échapper à la douleur, et peut-être, en retour, au lecteur de faire de même. De fait, toute la narration est orientée vers une véritable éducation du lecteur, qui ne peut qu'être transformé par la lecture du texte. Autant que son esprit, son corps est affecté. Tristram s'intéresse à la physiologie du lecteur, identique à celle des personnages, façonnée par la médecine héritée de Galien. Dans ce roman où il est*

---

1. *Letters*, mars 1768, *op. cit.*, t. VIII, p. 658.

dès la première page question d'humeurs et d'équilibre entre celles-ci, il était inévitable que les humeurs du lecteur soient l'objet de toutes les attentions du narrateur. La santé du lecteur, Tristram le rappelle au beau milieu du roman, s'améliorera nécessairement, pour peu que, descendant direct des bons Pantagruélistes, frère de sang de Sancho Pança, il soit véritable Shandéiste : « Le vrai Shandéisme, *qu'on en pense ce qu'on voudra, dilate le cœur et les poumons ; et comme toutes les affections qui participent de sa nature, il force le sang et les autres fluides vitaux du corps à courir librement dans leurs canaux, et fait tourner longtemps et gaiment la roue de la vie » (IV, XXXII, p. 489). Comme le rire rabelaisien, comme celui de Démocrite avant lui*[1]*, le rire sternien met en jeu une physiologie complète, sollicite tous les organes, car le roman est avant tout écrit contre la bile :*

> S'il est écrit contre quelque chose,——il l'est, n'en déplaise à Vos Honneurs, contre le spleen ; afin que par une plus fréquente et plus convulsive élévation et dépression du diaphragme, et l'ébranlement par le rire des muscles intercostaux et abdominaux, le *fiel* et autres *liqueurs amères* de la vésicule, foie et pancréas des sujets de Sa Majesté, avec toutes les passions hostiles qui leur sont propres, soient précipités dans leurs duodenums. (IV, XXII, p. 446)

Le monde de Tristram Shandy *est un monde où le rire l'emporte toujours, un « royaume de sujets riant de*

---

1. On rapporte souvent que Démocrite, le philosophe « rieur », avait décidé de cultiver le rire afin de soigner son tempérament atrabilaire.

toute chose » (IV, XXXII, p. 489), chez qui se mêlent sagesse et gaieté. C'est le lecteur, cible et compagnon de Tristram tout à la fois, qui se doit de l'habiter : il est entraîné dans des variations sur quelques thèmes, poussées à leur extrême. Toutes les potentialités d'un récit qui commence avant la naissance sont dessinées dès les premières pages, avec la lamentation de Walter Shandy, qui ira en s'amplifiant : « les infortunes de mon Tristram ont commencé neuf mois avant qu'il vînt au monde ! » (I, III, p. 62). Qu'il s'agisse de son nez écrasé ou de la discussion théologique sur un baptême intra-utérin, qu'il soit question du nom que doit porter le nouveau-né ou de l'impossibilité pour le narrateur de dire sa propre naissance, la situation de départ oriente tout le livre. Elle en donne également la tonalité, puisque dans ce récit où les interruptions sont constantes (la procréation à la première page comme la narration même de Tristram), où les échecs sont patents (le baptême ou l'éducation imaginés par Walter pour Tristram, le projet de dire la vie), les blessures sont lourdes de conséquence : le nez écrasé du narrateur, l'aine endommagée de l'oncle Toby, l'accident qui survient à Tristram alors que Susannah tente de le faire uriner par la fenêtre. Dans cette tradition comique, héritée de Cervantès, le personnage principal devient presque un anti-héros. Et ce n'est qu'au prix de circonlocutions sans fin, d'astérisques qui masquent pour mieux dévoiler, d'ambiguïtés lexicales répétées, d'aposiopèses — interruptions brusques dans la construction — commentées, de jeux de mots qui traversent les langues, que le narrateur évite le registre grivois, pour mieux l'ancrer dans l'esprit de son lecteur. La place occupée par les nez, qui ont droit à leur chapitre propre comme à* *leur discours savant, ne saurait être imputée à Tristram, et si confusion de registre il y a, si le lecteur formule des doutes à cet égard, c'est assurément la faute à son imagination :* « ——*Doucement, doucement, gentil lecteur !*——*où ton imagination t'emporte-t-elle ?*——*Si la sincérité existe dans l'homme, par le nez de mon bisaïeul j'entends l'organe extérieur de l'odorat, ou cette partie de l'homme qui fait saillie sur son visage,*—» (III, XXXIII, p. 340).

Malgré les recommandations de Walter à son frère Toby, concernant les lectures auxquelles soumettre une femme, le récit doit être jugé à l'aune des ouvrages qui provoquent le rire :

> il existe certains traités de dévotion qu'il serait bon——que tu pusses l'engager à lire : mais ne souffre pas qu'elle ouvre Rabelais ou Scarron, ou Don Quichotte——
> ——Tous ces livres excitent le rire ; et tu sais, cher Toby, qu'il n'y a pas de passion aussi sérieuse que la luxure » (VIII, XXXIV, p. 841).

Si le titre du grand livre de Scarron, Le Roman comique, *propose déjà un programme littéraire, l'œuvre de Rabelais et celle de Cervantès constituent les deux références tutélaires de Sterne. Le romancier a appris chez eux le sens du récit épisodique, l'incongruité des situations, la force de l'obsession à la fois risible et douloureuse, l'aventure mêlée de médiation philosophique, le mélange d'esprit érudit et de farce*[1], *l'ironie réflexive de la construction littéraire, les jeux avec la*

---

1. «Si ce volume eût été une farce…» (V, XV, p. 536), écrit Tristram par antiphrase.

fiction. Ces livres qui excitent le rire offrent à Sterne une famille littéraire ainsi qu'un rapport physiologique avec le lecteur. Plus encore que la sociabilité partagée du sentiment, ou la sympathie suscitée chez le lecteur par le récit, c'est l'expérience physique du rire qui dessine l'amitié entre Tristram et son lecteur, pour peu que son tempérament ne le pousse pas, en apprenant par exemple l'opinion de Walter sur les noms de baptême, aux réactions les plus extrêmes : « Je crains bien que le lecteur, […] s'il est tant soit peu d'un tempérament colérique, ne jette immédiatement le livre de côté ; qu'il n'en rie de tout son cœur, s'il est mercurien ; —et que, s'il est d'une humeur grave et saturnienne, il ne la condamne absolument, à première vue, comme fantasque et extravagante ; » (I, XIX, p. 119).

ALEXIS TADIÉ

NOTE SUR L'ÉDITION

Le texte

Les deux premiers volumes du roman de Sterne sont imprimés et publiés à York en 1759. La page de garde comporte toutefois la date de 1760, correspondant à la date de la première annonce de la parution du livre, dans le *London Chronicle*. Elle ne comporte pas le nom de l'imprimeur, Ann Ward, Sterne ayant publié à compte d'auteur les deux premiers volumes. Le premier tirage est estimé à 500 exemplaires. Le format est un petit octavo, modélé selon le désir de Sterne sur le *Rasselas* de Samuel Johnson, soit un format d'environ 95 × 150 mm, et une page de 128 mm. Une deuxième édition est très rapidement publiée à Londres par Dodsley, en avril 1760. Au frontispice de la deuxième édition figure la gravure de Hogarth qui représente Trim lisant le sermon retrouvé[1]. Cette deuxième édition ajoute également la dédicace à Pitt, et introduit quelques corrections. Les deux volumes suivants paraissent au début de 1761, chez Dodsley, avec à nouveau un frontispice de Hogarth, représentant le baptême de Tristram. Les volumes V et VI paraissent en décembre 1761 mais portent la date de 1762. C'est le début de la collaboration de Sterne avec T. Becket et P.A. Dehondt. Chaque exemplaire de la première édition du volume V est signé de la main de Sterne (« L. Sterne »), probablement pour démarquer son roman de toutes les imi-

---

1. Voir la lettre à Richard Berenger du 8 mars 1760, dans *The Letters of Laurence Sterne*, éd. M. New et P. de Voogd, Gainesville, University Press of Florida, 2008, t. VII, p. 130-131.

tations et autres suites frauduleuses. Une interruption, due sans doute à sa mauvaise santé, conduit Sterne à publier les volumes VII et VIII seulement en 1765. Sterne signe là encore chaque exemplaire du volume VII. Le volume IX paraît au début de l'année 1767. Sterne se consacre ensuite à la publication du *Voyage sentimental* qui paraît peu de temps avant sa mort, en 1768.

Contrairement au *Voyage sentimental*, il ne subsiste aucun manuscrit de *Tristram Shandy*. Toute édition du texte doit donc s'appuyer sur la première édition, ce que fait l'édition définitive des œuvres de Sterne (« Florida Edition ») qui sert de guide ici. Les ajouts de Sterne, à l'occasion de la deuxième édition des premiers volumes par exemple, sont également intégrés, lorsqu'on peut supposer avec quelque degré de certitude qu'ils sont de Sterne[1]. À partir du volume VII, les noms propres ne sont plus en italiques dans l'édition originale, pratique suivie ici. De même, le volume IX de l'édition originale débute chaque chapitre à la page (ce que fait aussi le *Voyage sentimental*, composé à la même date) : notre édition reprend cette pratique, qui ne se trouve que dans l'édition Florida. Elle est essentielle à la perception et à la compréhension de la dimension orale du texte. On trouvera enfin dans l'édition Florida, par le grand spécialiste de Sterne, Kenneth Monkman, une description bibliographique complète de la première édition et des éditions suivantes parues du vivant de Sterne[2].

La typographie

Notre édition reprend de façon cohérente les particularités typographiques du texte. On a ici restauré l'usage des tirets de longueurs différentes, la numérotation des chapitres

---

1. Voir sur ce point l'introduction à l'édition Florida, *The Life and Opinions of Tristram Shandy, Gentleman*, éd. M. et J. New, Gainesville, University Press of Florida, 1978, t. II, p. 831-839.

2. Édition Florida, *op. cit.*, t. II, appendice 5, p. 907-938.

et des volumes, le foliotage présenté entre crochets, la ponctuation originale, la séparation des paragraphes par une ligne de blanc, et restauré les pages de garde, les pages noires, blanches et marbrées, en suivant l'édition originale. Pour les pages marbrées, comme l'avait fait Sterne, nous avons reproduit un papier de relieur imitant celui employé au XVIIIe siècle. Nous remercions Jacques Baillot, relieur rue de Verneuil à Paris, et Laure Schaufelberger, typographe chez Gallimard.

La traduction

Le texte de la présente édition reprend la traduction d'Alfred Hédouin parue à Paris chez Alphonse Lemerre, en 1890-1891.

J'ai conservé le texte du traducteur, me contentant de corriger au passage quelques inexactitudes, ou d'actualiser certaines expressions moins courantes de nos jours (par exemple, au chapitre III du volume I, le traducteur parle de « lancer mon sabot » ; de nos jours on parle plutôt de « toupie »).

L'annotation

Il est certain que les références invoquées par Sterne, que New, Davies et Day ont su relever dans les lectures probables ou avérées de l'auteur de *Tristram Shandy*, sont d'une utilité considérable pour saisir la composition de l'ouvrage en même temps que la culture dont il procède : toute édition de *Tristram Shandy* contracte une dette considérable envers leur travail. L'annotation de la présente édition n'aurait pas été possible sans le travail extraordinaire d'identification des sources auquel ils se sont livrés.

On peut cependant s'interroger sur le sens exact des références et autres citations qui pullulent dans le roman. Il est indéniable que les textes convoqués par Sterne dans son récit portent la marque d'un homme de son siècle : ce pasteur anglican du nord de l'Angleterre, ancien étudiant à Cambridge, mobilise son savoir et sa bibliothèque pour composer son ouvrage. Combinant la philosophie naturelle et des savoirs plus traditionnels, comme la grammaire, la rhétorique et la logique, l'enseignement qu'a reçu Sterne dans les années 1730 à Cambridge[1] se retrouve dans une bonne part des références de *Tristram Shandy*, en particulier dans la culture de Walter Shandy. Lorsqu'il est question de médecine, par exemple, la théorie des humeurs apparaît comme l'un des fondements de la réflexion de Tristram sur le corps ; utilisée plus que citée avec approbation, elle permet au narrateur d'attribuer aux circonstances de sa conception des conséquences sur son tempérament. Lorsqu'il est question d'une discussion sur le siège de l'intelligence, question qui préoccupe Walter Shandy (II, XIX), le savoir médical résumé dans la *Cyclopædia* d'Ephraim Chambers, l'une des grandes sources de Sterne, est livré à l'appui des théories du père du narrateur. Lorsque le père de Tristram médite sur la mort, le narrateur remarque : « La philosophie a une belle phrase pour chaque chose » (V, III, p. 512), et l'annotateur souligne que les références proviennent de Burton, comme de l'évêque Joseph Hall, auteur satirique du XVIIe siècle. Toutefois, ce qui intéresse Tristram ici, c'est l'effet d'accumulation : « le malheur fut qu'elles se précipitèrent toutes à la fois dans la tête de mon père ». Il en va de même pour toutes les listes que l'on rencontre dans le texte : la référence n'a pas de valeur en soi, c'est l'usage que Tristram en fait qui importe. Walter Shandy se préoccupe-t-il de verbes auxiliaires ? On peut trouver dans l'un des traités d'éducation préférés de Sterne, *Of Education* de Obadiah Walker, semblable théorie ; on peut aussi rechercher la source de la mention d'un ours blanc ; mais l'intérêt de la scène est ailleurs, dans l'emballe-

---

1. Voir par exemple, J. Hawley, « Tristram Shandy, Learned Wit, and Enlightenment Knowledge », dans *The Cambridge Companion to Laurence Sterne*, éd. T. Keymer, Cambridge, Cambridge University Press, 2009, p. 34-48.

ment du discours de Walter, dans l'humour et la légèreté de cet ours blanc dansant dans les dernières lignes du volume V :

> Mon père, ma mère, mon oncle, ma tante, mes frères ou sœurs ont-ils jamais vu un ours blanc ? que donneraient-ils pour en voir ? comment se comporteraient-ils ? comment se serait comporté l'ours blanc ? est-il sauvage ? apprivoisé ? terrible ? a-t-il le poil rude ? ou doux ?
> —L'ours blanc vaut-il la peine d'être vu ?—
> —N'y a-t-il point péché à le voir ?
> Vaut-il mieux qu'UN NOIR ? (V, XLIII, p. 583)

L'annotation a donc essayé de respecter le désir que pourrait avoir le lecteur d'identifier telle ou telle référence précise. Mais elle a cherché aussi à proposer des façons de lire le texte, de mettre en perspective cette érudition, de la considérer pour ce qu'elle est : un univers de références que Sterne convoque, pour mieux se jouer du lecteur – et provoquer son rire.

A.T.

Frontispice du vol. I.

W. Hogarth inv.t   Vol. II, chap. XVII.   S. Ravenet Sculp.

LA
VIE
ET LES
OPINIONS
DE
TRISTRAM SHANDY,
GENTLEMAN

Ταράσσει τοὺς ᾿Ανθρώπους οὐ τὰ Πράγματα,
᾿Αλλὰ τὰ περὶ τῶν Πραγμάτων, Δόγματα[1].

VOL. I.

AU TRÈS HONORABLE

M. PITT[1]

Monsieur,

JAMAIS pauvre auteur n'a fondé moins d'espérance sur sa Dédicace que moi sur la mienne ; car elle est écrite dans un coin retiré[2] du Royaume, et dans une chaumière isolée où je vis en m'efforçant constamment de lutter, par l'enjouement, contre les souffrances de la mauvaise santé et autres maux de la vie, fermement persuadé que je suis que chaque fois qu'un homme sourit,—et plus encore lorsqu'il rit, il ajoute quelque chose à ce fragment d'existence.

Je vous prie humblement, monsieur, de vouloir bien honorer ce livre, en le prenant——(non sous votre Protection,——il doit se protéger lui-même)—c'est-à-dire en l'emportant avec vous à la campagne ; où, si j'apprends jamais qu'il vous a fait sourire, ou si je puis me persuader qu'il vous a allégé d'un moment de douleur——je m'estimerai aussi heureux qu'un ministre d'État ;——et peut-être plus heureux qu'aucun de ceux (sauf un) dont j'aie jamais entendu parler.

Je suis, Grand Monsieur,
(Et ce qui est plus à votre honneur)
Je suis, excellent Monsieur,
Votre dévoué et très humble concitoyen,

L'AUTEUR.

CHAP. Ier.

JE souhaiterais que mon père et ma mère, ou même tous les deux, car ils y étaient en conscience également tenus, eussent songé à ce qu'ils faisaient quand ils m'engendrèrent ; s'ils avaient dûment considéré toute l'importance de l'acte qu'ils accomplissaient ;—que non seulement la production d'un être raisonnable y était intéressée, mais que peut-être l'heureuse conformation et température[1] de son corps, voire même son génie, et la tournure de son esprit ;—et, que savaient-ils du contraire ? la fortune même de toute sa maison, suivraient leur cours d'après les humeurs[2] et dispositions dominant en eux alors :——s'ils avaient dûment pesé et considéré tout cela et agi en conséquence, ——je suis réellement convaincu que j'aurais fait dans le monde une tout autre figure que celle sous laquelle le lecteur va probablement me voir.—Croyez-moi, bonnes gens, ce n'est point là une chose aussi indifférente que beaucoup d'entre vous peuvent le penser ;— vous avez tous, j'ose le dire, entendu parler des esprits animaux[3], de la manière dont ils sont transfusés du père au fils, etc., etc.,—et de bien d'autres choses à ce propos :—Eh bien, vous pouvez m'en croire sur parole, les neuf dixièmes de la raison ou de la déraison d'un homme, ses succès ou ses échecs en ce monde, dépendent des mouvements et de l'activité des esprits animaux et des différentes directions que vous leur donnez; si bien qu'une fois lancés, à tort ou à droit, peu importe,--ils partent à grand bruit comme des fous; et à force de fouler et refouler les mêmes pas ils en font bientôt une route aussi plate et aussi unie qu'une allée de jardin d'où le Diable lui-même ne saurait les chasser, une fois qu'ils s'y sont habitués.

Dites-moi, mon cher, demanda ma mère; *n'avez-vous pas oublié de remonter l'horloge ?*———*Bon D*—*!* s'écria mon père, en prenant soin de modérer sa voix en même temps qu'il poussait cette exclamation,———*jamais femme, depuis la création du monde, a-t-elle interrompu un homme par une aussi sotte question ?* Mais que disait donc votre père ?———Rien.

CHAP. II.

———EH bien, alors, je ne vois positivement rien de bon ou de mauvais dans cette question.———Permettez-moi alors de vous dire, monsieur, que c'était au moins une question fort intempestive,—attendu qu'elle dissipa et dispersa les esprits animaux qui avaient pour mission d'escorter et de conduire par la main l'*HOMUNCULUS*[1], et de le déposer sain et sauf au lieu destiné pour sa réception.

L'HOMUNCULUS, monsieur, sous quelque aspect mesquin et burlesque qu'il puisse paraître, en ce siècle de légèreté, aux yeux de la sottise ou des préjugés;— demeure aux yeux de la raison, dans les investigations scientifiques—un ÊTRE indubitablement protégé et entouré de droits :——Les philosophes les plus minutieux, qui, par parenthèse, possèdent les plus vastes intelligences (leurs âmes étant à l'inverse de leurs recherches), nous démontrent incontestablement que l'HOMUNCULUS est créé par la même main,—engendré suivant la même loi de nature,—doué des mêmes puissances et facultés locomotives que nous :——qu'il se compose, comme nous, de peau, de poils, de graisse, de chair, de veines, d'artères, de ligaments, de nerfs, de cartilages, d'os, de moelle, de cervelle, de glandes, de génitoires, d'humeurs et d'articulations[1] ;——que c'est un Être aussi actif,——et, dans tous les sens du mot, autant et aussi véritablement notre semblable que Mylord le chancelier d'Angleterre[2].—On peut lui faire du bien, on peut lui faire du tort ;—il peut en obtenir le redressement ;—en un mot, il possède tous les titres et droits de l'humanité que *Tullius, Puffendorff*[3], ou les meilleurs moralistes reconnaissent provenir de cet état et de cette relation.

Or, cher monsieur, que fût-il advenu s'il avait rencontré quelque accident pendant la route qu'il accomplissait seul ?——ou si, par suite d'une terreur, naturelle chez un si jeune voyageur, mon petit gentleman eût atteint le terme de son voyage misérablement épuisé ;——sa force et sa virilité musculaire réduites à un fil ;—ses propres esprits animaux bouleversés au-delà de toute description,—et si, dans ce triste état désordonné de ses nerfs, il fût devenu la proie de saisissements subits, ou d'une série de rêves et de fantaisies mélancoliques pendant neuf longs, longs mois de suite ?——Je tremble de penser aux fondements ainsi jetés de mille faiblesses de corps et d'esprit, que l'habileté d'aucun médecin ou philosophe n'aurait jamais pu guérir complètement plus tard.

CHAP. III.

JE dois l'anecdote précédente à mon oncle, Mr. *Toby Shandy*, à qui mon père, qui était un excellent philosophe naturel[1], et très enclin à raisonner serré sur les plus petits sujets, s'était souvent et tristement plaint du tort que j'avais subi ; une fois, entre autres, mon oncle *Toby* se le rappelait bien, observant ce qu'il appelait une inexplicable obliquité dans ma manière de lancer ma toupie, et justifiant les principes d'après lesquels je m'y étais pris,—le vieux gentleman secoua la tête, et, d'un ton exprimant moitié plus de chagrin que de reproche,—il déclara que son cœur avait toujours prédit ce que lui prouvaient cet incident et mille autres observations qu'il avait faites sur moi, Que je ne penserais ni n'agirais comme l'enfant d'aucun autre homme :——*Mais, hélas!* continua-t-il, en secouant la tête une seconde fois, et en essuyant une larme qui coulait le long de sa joue, *les infortunes de mon Tristram ont commencé neuf mois avant qu'il vînt au monde*[2] !

——Ma mère, qui était assise à côté de lui, leva les yeux,—mais elle ne sut pas plus que son derrière ce que voulait dire mon père,--mais mon oncle, Mr. *Toby*

Shandy, qui avait été souvent mis au courant de l'affaire,—le comprit très bien.

CHAP. IV.

JE sais qu'il y a dans le monde des lecteurs, ainsi que beaucoup d'autres braves gens ne lisant pas du tout,—qui se sentent mal à l'aise, si vous ne les mettez pas entièrement, d'un bout à l'autre, dans le secret de tout ce qui vous concerne.

C'est par pure condescendance pour cette humeur, et par ma répugnance naturelle à désappointer toute âme vivante, que j'ai déjà été si minutieux. Comme ma vie et mes opinions sont sans doute destinées à faire quelque bruit dans le monde, et, si j'en augure juste, à charmer tous les rangs, professions et communions d'hommes quelconques,—à n'être pas moins lues que le *Voyage du Pèlerin*[1] lui-même,---et, en fin de compte, à devenir précisément ce que *Montaigne*[2] craignait que ne devinssent ses *Essais*, c'est-à-dire un meuble de salle ;—je trouve nécessaire de consulter un peu chacun à son tour ; et je dois donc demander pardon de suivre encore un peu la même voie : c'est pourquoi je suis enchanté d'avoir commencé mon histoire ainsi que je l'ai fait, et de pouvoir continuer en reprenant, comme dit *Horace*, chaque chose *ab Ovo*[3].

Horace, je le sais, ne recommande pas absolument cette manière de faire : Mais ce gentleman ne parle que d'un poème épique ou d'une tragédie;—(j'oublie lequel)—d'ailleurs, si cela n'était pas, j'en demanderais pardon à M. *Horace*;—car, en écrivant ce que j'ai entrepris, je ne me conformerai ni à ses règles, ni à celles d'aucun autre homme au monde.

Toutefois, à ceux qui ne se soucient pas de remonter aussi loin en pareilles matières, je ne puis donner un meilleur conseil que de sauter le restant de ce chapitre; car je déclare à l'avance qu'il n'est écrit que pour les esprits curieux et inquisitifs.

————————Fermez la porte.————————

J'ai été engendré dans la nuit du premier *dimanche* au premier *lundi* du mois de *mars* de l'an de notre Seigneur mil sept cent dix-huit. Je suis certain du fait.— Mais comment suis-je arrivé à être aussi affirmatif à propos d'une chose qui a eu lieu avant ma naissance ? Je le dois à une autre petite anecdote connue seulement dans notre famille, mais rendue publique aujourd'hui pour le parfait éclaircissement de ce point.

Vous saurez que mon père, qui était dans le principe un négociant en produits de la *Turquie*[1], mais qui avait quitté les affaires depuis quelques années, afin de se retirer et mourir sur son domaine patrimonial dans le comté de———, était, je crois, un des hommes les plus réguliers qui aient jamais existé dans toutes ses actions, soit en matière d'affaire ou en matière d'amusement. Comme un petit échantillon de son extrême exactitude, dont il était véritablement esclave,—il s'était fait une règle depuis plusieurs années,—le premier *dimanche soir* de chaque mois, pendant toute l'année, —aussi ponctuellement qu'arrivait le dimanche soir, ———de remonter de ses propres mains une grande horloge que nous avions sur le palier de l'escalier de derrière :—Et comme, à l'époque dont j'ai parlé, il avait bien entre cinquante et soixante ans d'âge,—il avait également reporté peu à peu à la même date certaines autres petites occupations de famille, afin, disait-il souvent à mon oncle *Toby*, de se débarrasser de toutes à la fois, et de n'en être plus tourmenté et tracassé le reste du mois.

Ce mode d'agir n'avait qu'un malheur, qui, en grande partie, retomba sur moi, et dont j'emporterai, je le crains, les effets dans ma tombe ; c'est que par une fâcheuse association d'idées[1], qui n'ont aucune relation naturelle, il arriva à la fin que ma pauvre mère ne pouvait jamais entendre remonter la dite horloge,— sans qu'infailliblement le souvenir de certaines autres choses lui montât subitement dans la tête,—et *vice versâ* :—le sagace *Locke*[2], qui, certainement, comprenait la nature de ces choses mieux que la plupart des hommes, affirme que cette étrange combinaison d'idées a produit plus d'actions obliques que toutes les autres sources de préjugés quelconques.

Mais ceci par parenthèse.

Maintenant, il appert d'un memorandum du portefeuille de mon père, qui se trouve actuellement sur ma table, « que le jour de l'*Annonciation*, qui tombait le 25 du mois même dont je date ma conception,—mon père partit pour *Londres*, avec mon frère aîné *Bobby*, pour le placer à l'École de *Westminster*[1] ; » et comme il appert, de la même autorité, « qu'il ne revint près de sa femme et de sa famille que dans la *seconde semaine* de *mai* suivant, »—la chose en acquiert presque un caractère de certitude. Toutefois, ce qui suit au commencement du prochain chapitre lui enlève toute possibilité de doute.

————Mais, je vous prie, monsieur, que faisait votre père en *décembre*,—*janvier* et *février*?————Eh bien, madame,—il était, tout ce temps-là, affligé d'une sciatique.

CHAP. V.

LE cinq *novembre* 1718[2], ce qui, par rapport à l'époque précitée, était aussi près de neuf mois du calendrier qu'aucun mari pouvait raisonnablement s'y attendre,—moi, *Tristram Shandy*, Gentleman, je fus introduit dans ce monde misérable et désastreux.—Je souhaiterais être né dans la Lune, ou dans toute autre planète (à l'exception de *Jupiter* ou de *Saturne*, attendu que je n'ai jamais pu supporter le froid), car je n'aurais pas pu me trouver plus mal dans aucune d'elles (je ne réponds pourtant pas de *Vénus*) que dans notre vile et sale planète,—que je tiens en conscience, et révérence parler, pour être fabriquée des rebuts et rognures des autres ;————non pas que la dite planète ne soit assez bien, pourvu qu'un homme puisse y naître avec un grand titre ou de grands biens, ou que, n'importe comment, il puisse être appelé à des charges publiques, et à des emplois donnant honneur ou pouvoir ;—mais ce n'est point mon cas ;----et comme chacun parle de la foire d'après le marché qu'il y a fait ;—j'affirme de nouveau que c'est un des plus vils mondes qui aient jamais été créés ;---car je puis dire en vérité que, depuis la première heure que j'y ai respiré jusqu'à celle-ci, où je puis à peine respirer, à cause d'un asthme que j'ai attrapé en *Flandre* en patinant contre le vent ;--j'ai été le jouet continuel de ce que le monde appelle la Fortune ; et bien que je ne veuille pas lui faire tort en disant qu'elle m'ait jamais fait sentir le poids de quelque grand et signalé malheur ;---cependant, j'affirme, avec la meilleure humeur du monde, qu'à chaque relais de ma vie, et qu'à chaque détour et recoin où elle a pu facilement m'attraper, la maligne Duchesse m'a assailli d'une série de mésaventures et de traverses aussi pitoyables que jamais petit HÉROS en ait subi.

CHAP. VI.

AU commencement du dernier chapitre, je vous ai fait connaître exactement *quand* j'étais né ;—mais je ne vous ai pas dit *comment. Non* ; j'ai réservé cette particularité pour un chapitre à part tout entier ;—d'ailleurs, monsieur, comme nous sommes, en quelque sorte, vous et moi, parfaitement étrangers l'un à l'autre[1], il n'aurait pas été convenable de vous initier tout d'un coup à trop de circonstances me concernant.—Il faut que vous ayez un peu de patience. J'ai entrepris, vous voyez, d'écrire non seulement ma vie, mais encore mes opinions ; dans l'espoir et l'attente que la connaissance de mon caractère et de mon individualité acquise par l'une vous ferait mieux goûter les autres : À mesure que vous ferez route avec moi, la légère connaissance, qui commence actuellement entre nous, deviendra de la familiarité ; et, à moins de la faute de l'un de nous, elle se terminera en amitié.——*O diem præclarum*[1] *!* ——Alors rien de ce qui me touche ne paraîtra futile dans sa nature, ou ennuyeux dans son exposé. C'est pourquoi, mon cher ami et compagnon, si vous me trouvez quelque peu ménager de ma narration à mon début,—pardonnez-moi,—et laissez-moi continuer et raconter mon histoire à ma manière[2] :——ou si j'ai l'air, de temps en temps, de m'amuser en route,—— ou si, parfois, chemin faisant, je m'affuble, pendant un instant ou deux, d'un bonnet de fou à grelots[3],--ne vous enfuyez pas,—mais plutôt faites-moi courtoisement crédit d'un peu plus de sagesse que n'en accuse mon extérieur ;—et à mesure que nous cheminerons, riez avec moi, ou de moi, ou faites n'importe quoi, ——seulement gardez votre sang-froid.

CHAP. VII.

DANS le même village qu'habitaient mon père et ma mère, demeurait également une maigre, rigide, maternelle, notable, bonne vieille personne de sage-femme, qui, à l'aide d'un peu de simple bon sens, et de quelques années de plein exercice de sa profession, dans lequel elle s'était toujours peu fiée à ses propres efforts, et beaucoup à ceux de dame Nature,—avait acquis, dans sa partie, un assez haut degré de réputation dans le monde ; — ai-je besoin, en cet endroit, de prévenir Votre Honneur que je désire qu'il soit bien entendu que je ne désigne, par ce mot *monde*, qu'un petit cercle décrit sur le cercle du grand monde, de quatre milles *anglais* de diamètre environ, et dont la chaumière qu'habitait la bonne vieille femme est supposée être le centre[1] ?——Elle était, à ce qu'il paraît, restée veuve, dans une grande misère, avec trois ou quatre petits enfants, dans sa quarante-septième année ; et comme elle était à cette époque une personne d'un maintien décent,—d'une tenue sévère,——en outre une femme silencieuse, et en même temps un objet de compassion, dont la misère discrète en appelait d'autant plus éloquemment à un coup d'épaule amical : la femme du ministre de la paroisse la prit en pitié ; cette dame avait souvent déploré un inconvénient auquel le troupeau de son mari était depuis plusieurs années exposé, à savoir qu'il n'était pas possible de trouver une sage-femme, d'aucune espèce ou d'aucun degré, à moins d'une course à cheval de six ou sept longs milles ; or, les dits sept longs milles, par de sombres nuits et d'affreux chemins, le pays d'alentour n'étant que terre glaise, équivalaient presque à quatorze ; ce qui, en fait, revenait parfois à peu près à n'avoir pas du tout de sage-femme ; il lui vint donc en tête que ce serait rendre un service, aussi opportun à toute la paroisse qu'à la pauvre créature elle-même, que de lui faire enseigner quelques-uns des simples principes de cette profession, afin qu'elle pût l'exercer. Comme personne dans l'endroit n'était mieux à même qu'elle d'exécuter le plan qu'elle avait conçu, la dame s'en chargea très charitablement ; et comme elle jouissait d'une grande influence sur la partie féminine de la paroisse, elle ne trouva aucune difficulté à l'effectuer au gré de tous ses désirs. À la vérité, le ministre unit son crédit à celui de sa femme dans toute cette affaire ; et afin de faire les choses convenablement, et de donner légalement à la pauvre âme un titre à pratiquer aussi valable que celui que sa femme lui avait donné scientifiquement,——il paya de bon cœur lui-même les droits du diplôme, montant en totalité à la somme de dix-huit shillings et quatre pence ; de sorte que, grâce à eux deux, la bonne femme fut pleinement mise en possession réelle et corporelle de son emploi, avec tous ses *droits, dépendances et appartenances quelconques.*

Ces derniers mots, sachez-le, n'étaient point conformes à l'ancienne rédaction habituelle des diplômes, brevets et pouvoirs qui jusqu'alors avaient été délivrés, en pareils cas, à la corporation des sages-femmes. Mais ils étaient conformes à une jolie *formule* de l'invention de *Didius*[1], qui, ayant une tendance particulière à mettre en pièces et à refaire à neuf toute espèce d'actes de ce genre, non seulement trouva ce délicat amendement, mais amena nombre de vieilles matrones diplômées à rouvrir leurs diplômes pour y faire insérer ses élucubrations.

J'avoue que je n'ai jamais pu envier à *Didius* ces sortes de fantaisies :——Mais chacun son goût.——Le docteur *Kunastrokius*[2], ce grand homme, à ses moments de loisir, ne prenait-il pas le plus grand plaisir imaginable à peigner la queue des ânes et à en arracher avec ses dents les crins blancs, quoiqu'il eût toujours des pinces dans sa poche ? Et même, si vous en venez là, monsieur, les hommes les plus sages de tous les siècles, sans en excepter *Salomon* lui-même,—n'ont-ils pas eu leurs DADAS[1] ;—leurs chevaux de course,—leurs monnaies et leurs cauris, leurs tambours et leurs trompettes, leurs violons, leurs palettes,——leurs lubies et leurs papillons ?—Et tant qu'un homme chevauche paisiblement et tranquillement son DADA sur la grande route royale, et qu'il ne force ni vous ni moi à monter en croupe derrière lui,——je vous le demande, monsieur, qu'avons-nous à y voir, vous ou moi ?

CHAP. VIII.

—*DE gustibus non est disputandum*;—c'est-à-dire, il n'y a pas à discuter à propos des DADAS[2] ; et, pour ma part, je le fais rarement ; je n'y aurais même aucune grâce, fussé-je leur ennemi au fond ; car, ainsi qu'il m'arrive, à certains intervalles et changements de lune, d'être à la fois violoniste et peintre, selon que la mouche me pique :----Sachez que j'ai moi-même une paire de bidets sur lesquels, tour à tour (et il m'est bien égal qu'on le sache), je chevauche fréquemment pour prendre l'air ;—et parfois même, soit dit à ma honte, j'accomplis des voyages un peu plus longs que ne le jugerait tout à fait convenable un homme sage.----Mais à vrai dire,---je ne suis pas un homme sage ;——et de plus, je suis un mortel de si peu de conséquence dans le monde, que ce que je fais n'importe guère : Aussi m'en irrité-je ou m'en tourmenté-je rarement : Cela ne trouble pas non plus grandement mon repos de voir de grands Lords et d'éminents personnages ;---tels, par exemple, que Mylord A, B, C, D, E, F, G, H, I, K, L, M, N, O, P, Q, et ainsi de suite, tous à la file, montés sur leurs différents chevaux ;--les uns, avec de grands étriers, s'avançant d'un pas plus grave et plus modéré ;----les autres, au contraire, courbés jusqu'au menton, et le fouet en travers de la bouche, détalant et s'enfuyant comme autant de petits diables bigarrés, à califourchon sur une hypothèque,——et comme si quelques-uns d'entre eux avaient résolu de se rompre le cou.—Tant mieux—me dis-je ;—car, le pire arrivant, le monde s'arrangera de manière à se passer parfaitement d'eux ;—et quant au reste,----eh bien !----Dieu les protège,----et qu'ils continuent à chevaucher sans opposition de ma part ; car si leurs seigneuries étaient désarçonnées cette nuit même,——il y a dix à parier contre un que beaucoup d'entre eux seraient de moitié plus mal montés avant demain matin.

On ne peut donc dire qu'aucun de ces cas influe sur mon repos.—Mais il en est un, je l'avoue, qui me déconcerte ; c'est quand je vois un homme né pour de grandes actions, et, ce qui est encore plus à son honneur, dont la nature incline toujours vers les bonnes ; ----quand je considère un homme tel que vous, Mylord, dont la conduite et les principes sont aussi généreux et aussi nobles que le sang, et dont, pour cette raison, un monde corrompu ne peut se passer un seul instant ;—quand je vois, Mylord, un tel homme en selle, ne fût-ce qu'une minute au-delà du temps que lui a prescrit mon amour pour mon pays et que désire mon zèle pour sa gloire,—alors, Mylord, je cesse d'être philosophe, et, dans le premier transport d'une honnête impatience, je souhaite au diable le DADA et toute sa confrérie.

Mylord,

Je maintiens que ceci est une dédicace, en dépit de sa singularité sous le triple et essentiel rapport du sujet, de la forme et de la place ; je vous prie donc de l'accepter comme telle, et de me permettre de la déposer, avec la plus respectueuse humilité, aux pieds de Votre Seigneurie,--quand vous serez dessus,--ce qui ne dépend que de vous ;----et c'est, Mylord, toutes les fois qu'il y a lieu, et j'ajouterai, pour les meilleurs résultats aussi. J'ai l'honneur d'être,

Mylord,
de Votre Seigneurie le plus obéissant,
le plus dévoué
et le plus humble serviteur,

TRISTRAM SHANDY.

CHAP. IX.

JE déclare solennellement à tout le genre humain, que la dédicace ci-dessus n'a été faite pour aucun prince, prélat, pape ou potentat,—duc, marquis, comte, vicomte ou baron de ce royaume ou d'aucun autre de la Chrétienté ;-----qu'elle n'a non plus encore été colportée, ni offerte en public ou en particulier, directement ou indirectement, à aucun individu ou personnage, grand ou petit ; mais qu'elle est, en conscience, une dédicace réellement vierge, qui n'a été contrôlée par aucune âme vivante.

J'insiste tout particulièrement sur ce point afin d'écarter simplement toute attaque ou objection que pourrait soulever ma dédicace en raison de la manière dont je me propose d'en tirer parti ;---qui est de la mettre loyalement en vente publique ; ce que je fais actuellement.

——Chaque auteur a sa manière à lui de tendre à ses fins ;--pour ma part, comme je hais de marchander et de batailler pour quelques guinées dans un sombre passage, j'ai résolu en moi-même, dès le principe, de traiter rondement et ouvertement cette affaire avec vos grands personnages, et d'essayer si je ne m'en trouverais pas mieux.

Si donc il existe aucun duc, marquis, comte, vicomte ou baron, dans les États de Sa Majesté, qui ait besoin d'une dédicace nette et distinguée, et à qui convienne la mienne (car, soit dit en passant, je ne m'en déferai que si elle lui va jusqu'à un certain point)——elle est tout à son service pour cinquante guinées ;——ce qui, j'en suis sûr, est vingt guinées de moins que n'en devrait demander tout homme de génie.

Mylord, si vous l'examinez de nouveau, vous reconnaîtrez qu'elle est loin d'être une croûte grossière, comme le sont certaines dédicaces. L'idée, Votre Seigneurie le voit, en est bonne,—le coloris transparent,—le dessin pas mauvais ;—ou, pour parler davantage en homme de science,—et mesurer mon morceau à la balance du peintre[1], divisée en 20,—je crois, Mylord, que les contours répondront à 12,—la composition à 9,—le coloris à 6,—l'expression à 13 et demi,—et l'idée,—s'il m'est permis, Mylord, de comprendre ma propre *idée*, et en supposant la perfection absolue en ce genre représentée par 20,—je pense qu'elle ne peut pas être bien éloignée de 19. En outre,—le portrait est harmonieux et les touches foncées du DADA (qui n'est qu'une figure secondaire et sert d'arrière-plan à l'ensemble), donnent une grande vigueur aux lumières principales de votre propre figure, et la font saillir merveilleusement;——et enfin, il y a un air d'originalité dans le *tout ensemble*[2].

Veuillez, mon excellent Lord, ordonner le paiement de la somme entre les mains de Mr. *Dodsley*[3], au profit de l'auteur; et dans la prochaine édition on aura soin de supprimer ce chapitre, et de placer les titres, distinctions, armes et bonnes actions de Votre Seigneurie en tête du chapitre précédent : Qui, tout entier, à partir des mots *De gustibus non est disputandum*, ainsi que tout ce qui dans ce livre a rapport aux DADAS, mais rien de plus, sera dédié à Votre Seigneurie.---Je dédie le reste à la LUNE, qui, par parenthèse, de tous les PATRONS ou MATRONNES auxquels je puis penser, est la plus capable de lancer mon livre et de faire courir le monde comme un fou après lui.

Brillante déesse,

Si tu n'es pas trop occupée des affaires de CANDIDE et de Mlle CUNÉGONDE[4],--prends aussi sous ta protection celles de *Tristram Shandy.*

CHAP. X.

QUEL degré de petit mérite l'acte de bienveillance accompli en faveur de la sage-femme pouvait-il justement revendiquer, ou à qui cette revendication appartenait-elle réellement,—ne semble pas, à première vue, importer grandement à cette histoire ;——il est cependant certain que la dame, épouse du ministre, s'appropria le tout à cette époque : Et pourtant, sur ma vie, je ne puis m'empêcher de penser que quoique le ministre lui-même n'eût pas eu la bonne fortune d'en avoir le premier l'idée,—néanmoins, comme il y concourut cordialement du moment qu'elle lui fut exposée, et qu'aussi cordialement il donna son argent pour la mettre à exécution, il avait droit à une part,—sinon à la moitié entière, de tout l'honneur qui devait en revenir.

Il plut alors au monde d'en décider autrement.

Posez le livre, et je vous accorderai une demi-journée pour trouver une explication vraisemblable des fondements de cette conduite.

Sachez donc qu'environ cinq ans avant la date du diplôme de la sage-femme, dont vous avez eu un exposé si circonstancié,—le ministre à qui nous avons affaire s'était rendu l'objet des bavardages du pays par une infraction à tout décorum, qu'il avait commise contre lui-même, son rang et ses fonctions ;———c'est-à-dire en ne se montrant jamais mieux ou autrement monté que sur une maigre et triste haridelle, valant environ une livre quinze shillings ; et qui, pour en abréger toute description, était la véritable sœur de *Rossinante*[1], autant que pouvait la rendre une ressemblance familiale ; car elle répondait en tout, de l'épaisseur d'un cheveu, au portrait de *Rossinante*,—excepté que je ne me rappelle pas qu'il soit dit nulle part que *Rossinante* fût poussif ; et en outre, que *Rossinante*, comme c'est le bonheur de la plupart des chevaux *espagnols*, gras ou maigres,—était indubitablement un cheval de tous points.

Je sais très bien que le cheval du HÉROS était un cheval d'une chasteté exemplaire[2], ce qui peut avoir donné lieu à l'opinion contraire : Mais il est en même temps également certain que la continence de *Rossinante* (ainsi qu'on peut le démontrer par l'aventure des muletiers *yangois*) ne provenait d'aucun défaut corporel ou d'aucune autre cause que de la tempérance[3] et du cours régulier de son sang.—Et permettez-moi de vous dire, madame, qu'il y a dans le monde beaucoup d'excellente chasteté en faveur de laquelle vous n'en pourriez dire davantage au prix de votre vie.

Quoi qu'il en soit, comme mon dessein est de rendre justice exacte à chaque créature qui paraîtra sur la scène dans cette œuvre dramatique,—je ne pouvais supprimer cette distinction favorable au cheval de don *Quichotte* ;———sur tous les autres points le cheval du ministre, dis-je, était justement son semblable,———car c'était une rosse aussi maigre, aussi efflanquée et aussi chétive qu'aurait pu en monter l'Humilité elle-même.

Dans l'opinion de quelques hommes de faible jugement, il eût été grandement au pouvoir du ministre de relever la tournure de son cheval,—car il était possesseur d'une très belle selle, piquée, rembourrée sur le siège de peluche verte, garnie d'un double rang de clous à tête d'argent, et d'une magnifique paire de brillants étriers de cuivre, avec une housse parfaitement assortie de drap gris superfin, bordée de galon noir et terminée par une frange de soie d'un noir foncé, *poudrè d'or*[1],—le tout acheté par lui dans l'orgueil et la fleur de sa vie, avec une magnifique bride estampée, ornée de tous points comme il fallait.——Mais ne se souciant pas de ridiculiser sa bête, il avait accroché tout cela derrière la porte de son cabinet;—et, en leur lieu et place, il l'avait sérieusement harnachée avec une bride et une selle telles que la tournure et la valeur d'un pareil coursier pouvaient bien et dûment le mériter.

Dans ses diverses excursions à travers sa paroisse, et dans ses visites de voisin aux propriétaires des environs,——vous comprendrez aisément que le ministre, ainsi équipé, devait en entendre et en voir assez pour empêcher sa philosophie de se rouiller. À dire vrai, il ne pouvait jamais entrer dans un village sans attirer l'attention des vieux et des jeunes.----Le travail s'arrêtait lorsqu'il passait,---le seau restait suspendu au milieu du puits,——le rouet oubliait de tourner,——et même la fossette et le pair ou impair se tenaient bouche béante jusqu'à ce qu'il fût hors de vue; et comme son allure n'était pas des plus vives, il avait en général assez de temps par devers lui pour faire ses observations,—entendre les grognements des gens graves,———et le rire des cœurs légers;—toutes choses qu'il supportait avec une parfaite tranquillité.—Par caractère,———il aimait de cœur la plaisanterie—et comme il se rendait justice à lui-même, au point de vue du ridicule, il prétendait qu'il ne pouvait en vouloir aux autres de le voir sous un jour où il se voyait si clairement lui-même : De sorte qu'avec ses amis, qui savaient que son faible n'était pas l'amour de l'argent, et qui dès lors se faisaient moins de scrupule de railler l'extravagance de son humeur,—au lieu de donner la vraie raison,———il préférait rire avec eux de lui-même; et comme il ne portait jamais une once de chair sur ses propres os, car il était en somme aussi maigre que sa bête,—il insistait parfois sur ce que le cheval était assez bon pour le cavalier;—puisque, comme les Centaures,---les deux ne faisaient qu'un. Dans d'autres moments et d'autres dispositions d'humeur, quand ses esprits étaient au-dessus de la tentation d'une méchante saillie[1],—il disait qu'il se sentait tomber rapidement en comsomption; et, avec un grand sérieux, il prétendait ne pouvoir supporter la vue d'un cheval gras sans un serrement de cœur et une sensible altération du pouls[2]; et qu'il avait fait choix du cheval maigre qu'il montait, non seulement pour faire bonne contenance, mais pour ne pas perdre courage.

D'autres fois, il donnait cinquante raisons comiques et contraires pour monter une rosse débonnaire et poussive, préférablement à un cheval fougueux;—car sur une telle monture il pouvait se tenir machinalement, et méditer aussi agréablement *de vanitate mundi et fugâ sæculi*[1], que s'il eût eu l'avantage d'avoir devant lui une tête de mort ;—dans toute autre exercitation, il pouvait passer son temps, en chevauchant lentement, ——avec autant de profit que dans son cabinet ;—il pouvait raccommoder un argument dans son sermon,—ou un trou dans sa culotte, aussi sûrement dans un cas que dans l'autre ;—un trot rapide et une lente argumentation étaient, comme l'esprit et le jugement[2], deux allures incompatibles.--Mais, sur son coursier—il pouvait unir et concilier toutes choses,—il pouvait composer son sermon,—il pouvait composer avec sa toux,——et en cas que la nature l'y invitât, il pouvait aussi composer avec le sommeil.—Bref, le ministre, dans de telles rencontres, donnait toutes les raisons possibles, excepté la véritable,—qu'il ne taisait que par pure délicatesse, parce qu'il pensait qu'elle lui faisait honneur.

Mais voici la vérité de l'histoire : Dans les premières années de la vie de ce gentleman, et vers l'époque où il acheta les superbes selle et bride, ç'avait été son humeur ou sa vanité, ou appelez-le comme vous voudrez, ——de se jeter à l'autre extrême.—Dans le langage du pays qu'il habitait, il passait pour adorer les beaux chevaux, et il en avait généralement un des meilleurs de toute la paroisse, dans son écurie, toujours prêt à être sellé ; et comme la sage-femme la plus proche, ainsi que je vous l'ai dit, ne demeurait pas à moins de sept milles du village, et dans un pays abominable, ——il en résulta que le pauvre gentleman passait rarement une semaine entière sans qu'on lui empruntât piteusement sa bête ; et comme ce n'était point un homme sans entrailles, et que chaque cas était toujours plus pressant et plus alarmant que le dernier,—quelque amour qu'il portât à sa bête, il n'avait jamais le cœur de la refuser. Il en résultait généralement que son cheval revenait ou morveux, ou avec des éparvins, ou les jambes enflées ;—ou avec un tremblement nerveux, ou poussif, bref, qu'il lui était arrivé une chose ou une autre qui ne lui laissait que la peau sur les os ;—en sorte que notre gentleman avait tous les neuf ou dix mois à se défaire d'un mauvais cheval,—et à en acheter un bon à sa place.

À combien pouvait se monter la perte dans une pareille opération, *communibus annis*[1], je le laisse à déterminer par un jury spécial de perdants au même trafic ;—mais qu'elle soit ce qu'elle voudra, l'honnête gentleman la supporta bien des années sans murmurer, jusqu'à ce que, à la fin, par suite de la répétition de fâcheux accidents de ce genre, il reconnût nécessaire de prendre la chose en considération ; et en pesant et calculant le tout dans son esprit, il trouva que non seulement cette dépense était disproportionnée avec toutes ses autres, mais qu'elle constituait par elle-même un article assez lourd pour lui interdire tout autre acte de générosité dans sa paroisse : Il réfléchit en outre qu'avec la moitié de la somme ainsi dépensée au galop, il pourrait faire dix fois autant de bien ;——et ce qui pesa encore plus sur lui que toutes les autres considérations réunies, ce fut qu'il confinait par là toute sa charité dans un unique canal particulier, et où, s'imaginait-il, elle était le moins réclamée, à savoir la partie enceinte et accouchante de sa paroisse ; ne réservant rien pour les impotents,---rien pour les vieillards,---rien pour les nombreux séjours misérables qu'il était à toute heure appelé à visiter, et où la pauvreté, la maladie et l'affliction habitaient ensemble.

Il résolut, pour ces raisons, de discontinuer cette dépense ; et il ne vit que deux moyens possibles de s'en tirer complètement ;—c'était ou de se faire une loi irrévocable de ne plus jamais prêter son coursier sous aucun prétexte,—ou bien de se contenter de monter le dernier de ces pauvres diables, tel qu'on le lui avait rendu, avec toutes ses souffrances et infirmités, jusqu'à son dernier jour.

Comme il se défiait de sa fermeté dans le premier cas,——il adopta très gaiement le second, et quoiqu'il eût fort bien pu, comme je l'ai dit, expliquer la chose à son honneur,—il dédaigna, pour cette raison même, de le faire ; préférant plutôt supporter le mépris de ses ennemis et les risées de ses amis, que d'endurer la souffrance de raconter une histoire qui pourrait ressembler à son propre panégyrique.

J'ai la plus haute idée des sentiments élevés et raffinés de ce révérend gentleman, d'après ce simple trait de son caractère, qui atteint, je pense, à tous les honnêtes raffinements de l'incomparable chevalier de *la Manche*[1] que, soit dit en passant, avec toutes ses folies, j'aime mieux et j'aurais été certes plus loin pour visiter que le plus grand héros de l'antiquité.

Mais ce n'est pas là la morale de mon histoire : Ce que j'avais en vue, c'était de montrer l'humeur du monde dans l'ensemble de cette affaire.—Car il faut que vous sachiez qu'aussi longtemps que cette explication aurait pu être avantageuse au ministre,—du diable si pas une âme la découvrit,—je suppose que ses ennemis ne le voulurent pas et que ses amis ne le purent pas. ——Mais dès qu'il se fut mis en mouvement dans l'intérêt de la sage-femme, et qu'il eut payé les frais du diplôme pour l'établir,—le secret se révéla tout entier ; chacun des chevaux qu'il avait perdus et même deux de plus qu'il n'en avait jamais eus, avec toutes les circonstances de leur perte, on les connut et on se les rappela distinctement.—L'histoire courut comme un feu grégeois.—« Le ministre venait d'être saisi d'un retour d'orgueil ; il allait encore être bien monté une fois dans sa vie ; et s'il en était ainsi, il était aussi clair que le soleil en plein midi, qu'il empocherait dix fois la valeur du diplôme dès la première année :——en sorte que chacun pouvait juger de ses vues dans cet acte de charité. »

Quelles étaient ses vues en ceci, et dans toutes les autres actions de sa vie,—ou plutôt quelles étaient les opinions qui flottaient dans le cerveau des autres à ce sujet, était une pensée qui flottait trop dans le sien, et qui trop souvent troublait son repos, quand il aurait dû être profondément endormi.

Il y a environ dix ans, ce gentleman eut la bonne fortune d'être mis complètement à l'aise à cet égard, ——car il y a juste aussi longtemps qu'il quitta sa paroisse,——et le monde également,--et qu'il n'a plus de compte à rendre qu'à un juge dont il n'aura aucun motif de se plaindre.

Mais il y a une fatalité attachée aux actions de certains hommes : Qu'ils les règlent comme ils voudront, elles passent à travers un certain milieu qui les tord et les détourne tellement de leur vraie direction——— que, avec tous les titres à la louange que peut donner la droiture du cœur, les auteurs de ces actions n'en sont pas moins forcés de vivre et de mourir sans en obtenir.

Ce gentleman fut un douloureux exemple de cette vérité.———Mais pour savoir par quel moyen cela arriva,----et pour vous rendre utile cette connaissance, j'insiste pour que vous lisiez les deux chapitres suivants, qui contiennent une esquisse de sa vie et de sa conversation[1] qui portera sa morale avec elle.--Cela fait, si rien ne nous arrête en chemin, nous continuerons l'histoire de la sage-femme.

CHAP. XI.

YORICK[2] était le nom de cet ecclésiastique, et ce qu'il y a de très remarquable (ainsi qu'il appert d'une très ancienne histoire de la famille, rédigée sur fort vélin, et aujourd'hui encore en parfait état de conservation), ce nom s'écrivait ainsi depuis près de,——— j'étais sur le point de dire neuf cents ans;———mais je ne voudrais pas ébranler mon crédit en énonçant une vérité improbable, quoique incontestable en elle-même;———je me contenterai donc de dire simplement,---Qu'il s'écrivait exactement ainsi, sans la moindre variation ou transposition d'une seule lettre, depuis je ne sais combien de temps ; ce qui est plus que je ne me hasarderais à dire d'une moitié des plus grands noms du royaume ; qui, dans le cours des ans, ont généralement subi autant de vicissitudes et de changements que leurs possesseurs.—Faut-il l'attribuer à l'orgueil, ou à la honte de leurs propriétaires respectifs ?—De bonne foi, je penche tantôt pour l'un, tantôt pour l'autre, selon que la tentation me pousse. Mais c'est une vilaine affaire et qui, un jour, nous mêlera et confondra tellement tous ensemble, que pas un de nous ne sera capable de se lever et de jurer, « Que son propre bisaïeul était l'homme qui fit ceci ou cela. »

Ce mal avait été suffisamment paré par le soin prudent de la famille *Yorick*, et par leur religieuse conservation des archives que je cite, lesquelles nous informent en outre que la famille était originairement d'extraction *danoise*, et avait été transplantée en *Angleterre* aussi anciennement que sous le règne de *Horwendillus*[1], roi du *Danemark*, à la Cour duquel, il paraît, un ancêtre de ce Mr. *Yorick*, et dont il descendait en ligne directe, avait occupé une charge considérable jusqu'au jour de sa mort. De quelle nature était cette charge, les archives ne le disent pas ;—elles ajoutent seulement que depuis près de deux siècles elle a été totalement abolie, comme entièrement inutile, non seulement dans cette Cour, mais dans toute autre cour du monde chrétien.

Il m'est souvent venu en tête que cette charge ne pouvait être que celle de premier fou du roi ;---et que le *Yorick* de *Hamlet*, dans notre *Shakespeare*, dont la plupart des pièces, vous le savez, sont fondées sur des faits authentiques,--était certainement l'homme en question.

Je n'ai pas le temps de consulter l'*Histoire du Danemark* de *Saxo Grammaticus* pour m'assurer du fait;—mais si vous en avez le loisir, et que vous puissiez facilement vous procurer le livre, vous pouvez tout aussi bien le faire vous-même.

J'eus tout juste le temps, dans mon voyage en *Danemark* avec le fils aîné de M. *Simplet*, que j'accompagnai comme gouverneur, en 1741, traversant avec lui d'un train prodigieux la plus grande partie de l'*Europe*, voyage original accompli par nous deux, dont un fort délicieux récit sera donné dans le cours de cet ouvrage[1]. J'eus tout juste le temps, dis-je, de constater la vérité d'une observation faite par un homme qui avait longtemps séjourné dans le pays;----à savoir, « Que la nature n'était ni très prodige, ni très avare, dans ses dons de talent et de capacité à ses habitants;--mais qu'en mère sage, elle était modérément bienveillante pour tous; gardant une si égale mesure dans la distribution de ses faveurs, qu'ils étaient, sous ce rapport, à peu près de niveau l'un avec l'autre; de sorte que vous rencontrerez dans ce royaume peu d'exemples d'esprits distingués; mais dans tous les rangs de la nation une grande masse de bonne et simple intelligence pratique dont chacun a sa part; » ce que je trouve fort juste.

Avec nous, vous voyez, le cas est tout différent;— nous sommes tous en haut et en bas sous ce rapport;

—vous êtes un grand génie;--ou il y a à parier cinquante contre un, monsieur, que vous êtes un grand sot et une ganache;---non pas qu'il y ait absence totale de degrés intermédiaires!—non,—nous ne sommes pas irréguliers à ce point;—mais les deux extrêmes sont plus communs et plus prononcés dans cette île inconstante, où la nature, dans ses dons et dispositions de ce genre, se montre des plus fantasque et capricieuse; la fortune elle-même ne l'étant pas davantage dans le legs de ses biens et effets mobiliers.

C'est là tout ce qui ébranla jamais ma foi à l'égard de l'extraction de *Yorick*, qui, d'après ce que je me rappelle de lui, et d'après tous les renseignements que j'ai pu me procurer sur lui, ne paraissait pas avoir une seule goutte de sang *danois* dans toute sa constitution; en neuf cents ans, tout avait bien pu s'évaporer :----Je ne veux pas argumenter là-dessus un seul instant avec vous; car n'importe comment cela était arrivé, le fait est que :—Au lieu de ce flegme glacial et de cette exacte régularité de jugement et d'humeur[1] que vous auriez attendus dans un homme de cette origine;---c'était, au contraire, un composé aussi mercuriel et sublimé,----un être aussi hétéroclite dans toutes ses variations;-----avec autant de vie, de fantaisie et de *gaité de cœur*[2] en lui, que le plus doux climat en aurait pu engendrer et amalgamer. Avec toute cette voilure, le pauvre *Yorick* ne portait pas une once de lest; il n'avait aucune expérience du monde, et, à l'âge de vingt-six ans, il savait juste aussi bien y diriger sa route qu'une batifoleuse et confiante fille de treize ans : En sorte qu'au départ la fraîche brise de ses esprits, comme vous pouvez imaginer, le poussait dix fois par jour dans les manœuvres de quelqu'un ; et comme les gens graves et d'allure plus lente se trouvaient le plus souvent sur son chemin,-----vous pouvez imaginer aussi que c'était avec eux qu'il avait généralement la malchance de s'empêtrer le plus. Autant que je sache, il pouvait bien y avoir quelque mélange d'un malicieux esprit au fond d'un tel *Fracas*[1] :---Car, à dire vrai, *Yorick* avait dans sa nature un dégoût et une répugnance invincibles pour la gravité ;----non pas pour la gravité en elle-même ; ----car là où la gravité était requise, il était le plus grave et le plus sérieux des mortels pendant des jours et des semaines de suite ;---mais il était l'ennemi de l'affectation de la gravité, et lui déclarait une guerre ouverte lorsqu'elle paraissait servir seulement de manteau à l'ignorance ou à la sottise ; et alors, toutes les fois qu'elle se rencontrait sur son chemin, quelque abritée et protégée qu'elle fût, il lui faisait rarement quartier.

Quelquefois, dans son langage étourdi, il disait que la Gravité était une fieffée coquine ; et il ajoutait,—de la plus dangereuse espèce aussi,----à cause de son astuce ; et qu'il croyait réellement que plus de gens honnêtes et de bonne foi avaient été escroqués par elle de leurs biens et argent en une année, qu'en sept ans par le vol dans les poches et dans les boutiques. Un caractère mis à nu par un cœur joyeux, disait-il, n'offrait aucun danger,--sauf pour lui-même :—tandis que l'essence même de la gravité, c'était le calcul et par conséquent la tromperie ;---c'était un artifice étudié pour trouver crédit auprès du monde pour plus de sens et de savoir qu'on n'en possédait ; et que, avec toutes ses prétentions,---elle ne valait pas mieux, mais souvent pire que la définition qu'en avait jadis donnée un bel esprit *français*,---savoir : *un mystère du corps, inventé pour cacher les défauts de l'esprit*[1] ;—définition de la gravité qui, prétendait *Yorick* avec une grande imprudence, méritait d'être écrite en lettres d'or.

Mais, en pure vérité, c'était un homme incivilisé et inexpérimenté dans le monde, et qui était tout aussi inconsidéré et malavisé sur tout autre sujet d'entretien auquel la politique a coutume d'imprimer de la retenue. *Yorick* n'avait qu'une seule impression, celle qui naissait de la nature du fait en question ; impression qu'il traduisait d'ordinaire en bon *anglais*, sans aucune périphrase,——et trop souvent sans grande distinction de personne, de temps ou de lieu ;---en sorte que lorsqu'il était fait mention d'un pitoyable ou indigne procédé,---il ne s'accordait jamais un moment pour examiner quel était le Héros de la pièce,----quel était son rang,----ou jusqu'à quel point il pourrait lui nuire plus tard ;---mais si c'était une vilaine action, -----sans plus s'inquiéter,-----L'homme était un vilain drôle,---et ainsi de suite :---Et comme ses commentaires avaient d'habitude la malchance de se terminer par un *bon mot*[2], ou d'être égayés tout du long par quelque drôlerie ou bouffonnerie d'expression, l'indiscrétion de *Yorick* en acquérait des ailes. En un mot, bien qu'il ne courût jamais après, comme, en même temps, il évitait rarement les occasions de dire la première chose qui lui venait, et sans beaucoup de cérémonie ;----il n'avait dans la vie que trop de tentations de répandre autour de lui son esprit et sa gaieté,— ses facéties et sa drôlerie[3].----Et tout cela n'était pas perdu faute d'être recueilli.

Quelles en furent les conséquences, et quelle fut la catastrophe qui en résulta pour *Yorick*, vous l'apprendrez dans le chapitre suivant.

CHAP. XII.

LE *débiteur* et le *créancier hypothécaires* ne diffèrent pas plus l'un de l'autre comme longueur de bourse que le *railleur* et le *raillé* comme longueur de mémoire. Mais la comparaison entre eux court, comme disent les scholiastes, sur quatre pieds; ce qui, par parenthèse, constitue un ou deux pieds de plus que ne peuvent en revendiquer quelques-unes des meilleurs comparaisons d'*Homère*;—c'est-à-dire que l'un prélève une somme et l'autre un éclat de rire à vos dépens, sans s'en préoccuper davantage. L'intérêt néanmoins continue à courir dans les deux cas;----ses paiements périodiques ou accidentels servent tout juste à entretenir le souvenir de l'affaire, jusqu'à ce qu'enfin, à quelque heure maudite,----crac, arrive à chacun son créancier, qui, en réclamant sur-le-champ le capital avec tous les intérêts échus jusqu'à ce jour, leur fait sentir à tous les deux toute l'étendue de leurs obligations.

Comme le lecteur (car je hais vos *si*) possède une profonde connaissance de la nature humaine, point n'ai besoin d'en dire davantage pour le convaincre que mon Héros ne pouvait continuer de ce train sans affronter quelque légère expérience de ses mementos accidentels. À dire vrai, il s'était de gaieté de cœur engagé dans une multitude de menues dettes de ce genre, que, malgré les fréquents avis d'*Eugenius*[1], il négligeait beaucoup trop; dans la croyance que, comme pas une d'elles n'avait été contractée par malice;---mais, au contraire, par honnêteté d'âme et par pure joyeuseté d'esprit, elles devaient toutes s'éteindre naturellement.

Eugenius ne voulut jamais admettre cela; et il lui disait souvent qu'un jour ou l'autre il aurait certainement à en rendre compte; et il ajoutait souvent, avec un accent de douloureuse appréhension,---jusqu'au dernier denier. À quoi *Yorick*, avec son habituelle insouciance de cœur, répondait aussi souvent par un bah!---et si la question avait été soulevée dans les champs,---par un saut, un bond et une cabriole pour en finir; mais s'ils se trouvaient enfermés côte à côte près du coin intime de la cheminée où l'accusé était barricadé derrière une table et deux fauteuils, et ne pouvait ainsi promptement échapper par la tangente,----*Eugenius* alors le sermonnait à son aise en ces termes, mais un peu moins coordonnés.

Crois-moi, cher *Yorick*, tes plaisanteries inconsidérées te jetteront tôt ou tard dans des embarras et difficultés dont toute sagesse tardive ne pourra te dépêtrer.——Dans ces saillies, je le vois, il arrive trop souvent qu'une personne dont on rit se considère comme offensée, et investie de tous les droits que donne une pareille position; et quand tu l'envisages aussi sous ce jour, et que tu comptes ses amis, sa famille, ses parents et alliés,----et qu'avec eux tu passes en revue les nombreuses recrues qui s'enrôleront sous ses ordres par un sentiment de danger commun ;---ce n'est pas un calcul extravagant de dire que pour chaque dizaine de plaisanteries,---tu t'es fait cent ennemis ; et jusqu'à ce qu'en continuant, tu aies soulevé un essaim de guêpes autour de tes oreilles, et que tu sois à moitié mort de leurs piqûres, tu ne seras jamais convaincu qu'il en soit ainsi.

Je ne puis soupçonner dans les saillies de l'homme que j'estime le moindre stimulant de fiel et d'intention malveillante.———Je les crois et les sais vraiment honnêtes et folâtres :---Mais considère, mon cher garçon, que les sots ne peuvent faire cette distinction,--et que les coquins s'y refusent ; et tu ne sais pas ce que c'est que de provoquer les uns, ou de plaisanter les autres,--toutes les fois qu'ils se ligueront pour leur mutuelle défense, compte qu'ils te feront la guerre, mon cher ami, de manière à t'en écœurer, et de la vie aussi.

La Vengeance, de quelque coin empoisonné, lancera sur toi une histoire déshonorante, que ne réfuteront ni innocence de cœur, ni intégrité de conduite. ———La fortune de ta maison chancellera,---ton honneur, qui t'y a conduit, saignera de ses deux flancs,--ta bonne foi sera mise en question,--tes œuvres seront calomniées,--ton esprit sera oublié,--ton savoir foulé aux pieds. Pour couronner la dernière scène de ta tragédie, la Cruauté et la Lâcheté, brigandes jumelles, soudoyées et poussées dans l'ombre par la Méchanceté, attaqueront ensemble tes infirmités et tes erreurs : ---les meilleurs d'entre nous, mon cher garçon, sont à découvert de ce côté,---et crois-moi,----crois-moi, *Yorick, lorsque pour satisfaire un appétit particulier, on s'est résolu à sacrifier une créature innocente et sans défense, il est facile de ramasser assez de branches dans chaque taillis où elle a erré, pour composer un bûcher et l'y sacrifier*[1].

Yorick ne s'entendait presque jamais adresser cette triste prophétie de sa destinée, sans qu'une larme lui échappât de l'œil, accompagnée d'un regard annonçant qu'il était résolu à mener, à l'avenir, son bidet avec plus de prudence.—Mais, hélas! il était trop tard!---une grande ligue, avec ***** et ***** à la tête, s'était formée avant sa première prédiction.----Le plan entier de l'attaque, ainsi que l'avait prédit *Eugenius*, fut mis à exécution tout d'un coup,-----avec si peu d'humanité du côté des alliés,---et si peu de soupçon, chez *Yorick*, de ce qui se tramait contre lui,---que lorsqu'il pensait, pauvre brave homme! que son avancement était mûr,--ils en avaient coupé la racine, et alors il tomba comme nombre de dignes gens étaient tombés avant lui[2].

Yorick, néanmoins, combattit avec toute la bravoure imaginable pendant quelque temps; jusqu'à ce que, accablé par le nombre, et épuisé à la fin par les calamités de la guerre,----mais plus encore par l'indigne manière dont elle était menée,---il jeta bas son épée; et bien qu'en apparence il eût conservé son courage jusqu'au bout,----il mourut cependant, à ce qu'on crut généralement, le cœur tout à fait brisé.

Voici ce qui porta *Eugenius* à partager cette opinion :

Peu d'heures avant que *Yorick* rendît son dernier soupir, *Eugenius* entra chez lui pour recueillir son dernier regard et son dernier adieu : Lorsqu'il tira le rideau de *Yorick*, et lui demanda comment il se sentait, *Yorick*, le regardant en face, lui prit la main,----et après l'avoir remercié des nombreux témoignages de son amitié pour lui, dont il le remercierait encore et toujours, dit-il,---si la destinée les réunissait dans la vie future.—Il lui déclara que dans quelques heures il fausserait pour toujours compagnie à ses ennemis. -----J'espère que non, répondit *Eugenius*, les larmes ruisselant sur ses joues, et du ton le plus tendre dont jamais homme ait parlé,---j'espère que non, *Yorick*, dit-il.--*Yorick* répliqua par un regard au ciel et un doux serrement de main, et ce fut tout,--mais *Eugenius* en eut le cœur fendu.--Allons,--allons, *Yorick*, dit *Eugenius*, en s'essuyant les yeux, et en appelant à son aide toute son énergie,-----mon cher garçon, remonte-toi,---ne laisse pas ton énergie et ta fermeté t'abandonner dans cette crise où tu as le plus besoin d'elles ;——qui sait quelles ressources te restent et ce que la puissance de Dieu peut encore faire pour toi ? ——*Yorick* mit la main sur son cœur, et secoua doucement la tête ;---pour ma part, continua *Eugenius*, en pleurant amèrement,—je déclare, *Yorick*, que je ne sais comment me séparer de toi,——et que je serais fort heureux de me flatter de l'espoir, ajouta *Eugenius*, en raffermissant sa voix, qu'il reste encore assez de toi pour en faire un évêque,---et que je puisse vivre pour le voir.——Je te supplie, *Eugenius*, dit *Yorick*, en enlevant son bonnet de nuit du mieux qu'il put avec sa main gauche,——la droite restant étroitement serrée dans celle d'*Eugenius*,——je te supplie de considérer ma tête.----Je n'y vois aucun mal, répliqua *Eugenius*. Hélas ! alors, mon ami, dit *Yorick*, permettez-moi de vous dire qu'elle est si meurtrie et si déformée par les coups que ***** et ***** et quelques autres m'ont si honteusement portés dans l'ombre, que je pourrais dire avec *Sancho Pança*[1] que si je me rétablissais et « qu'il plût du ciel, dru comme grêle, des mitres sur ma tête, aucune ne pourrait s'y ajuster. »———Le dernier souffle de *Yorick* était suspendu à ses lèvres tremblantes, prêt à partir, au moment où il articulait ces paroles;---et pourtant, il les prononça encore avec une sorte de ton *cervantesque*;--et pendant qu'il parlait, *Eugenius* put voir un jet de flamme légère luire un instant dans ses yeux;----faible image de ces éclairs d'esprit qui (comme *Shakespeare* le disait de son ancêtre) faisaient rugir la table de rires[2] !

Eugenius fut convaincu par là que le cœur de son ami était brisé; il lui serra la main,——et sortit ensuite de la chambre tout en pleurant. *Yorick* suivit *Eugenius* des yeux jusqu'à la porte,----puis il les referma,——et ne les rouvrit plus jamais.

Il repose enterré dans le coin de son cimetière, dans la paroisse de———, sous une simple dalle de marbre que son ami *Eugenius*, avec l'autorisation de ses exécuteurs testamentaires, fit mettre sur son tombeau, sans autre inscription que ces trois mots, qui lui servent à la fois d'épitaphe et d'élégie.

Hélas, pauvre YORICK[3] !

Dix fois par jour l'ombre de *Yorick* a la consolation d'entendre son inscription funéraire lue par une telle variété de tons plaintifs, qu'elle dénote une pitié et une estime générales pour lui ;——comme un sentier traverse le cimetière tout à côté de son tombeau,—pas un passant ne manque de s'arrêter pour y jeter un coup d'œil,——et de soupirer, en reprenant sa marche :

Hélas, pauvre YORICK !

CHAP. XIII.

LE lecteur de cette rapsodie[1] se trouve depuis si longtemps séparé de la sage-femme, qu'il est grandement l'heure de lui en reparler, ne fût-ce que pour lui rappeler que cette créature est encore au monde, et cette fois, autant que je puis juger de mon plan pour l'instant,---je vais la lui présenter tout de bon : Mais comme il peut surgir un nouveau sujet, et qu'il peut survenir, entre le lecteur et moi, bien des affaires inattendues qui réclament une expédition immédiate ;-----il est juste de prendre soin que la pauvre femme ne se perde pas pendant ce temps-là ;---attendu que lorsque nous en aurons besoin, nous ne pourrons en aucune façon nous en passer.

Je crois vous avoir dit que cette brave femme n'était pas une personne de médiocre considération et importance dans tout notre village et sa circonscription ;---que sa réputation s'était répandue jusqu'à la dernière extrémité et circonférence de ce cercle d'importance que tout être vivant, qu'il ait ou non une chemise sur le dos,----a autour de lui ;--cercle que, par parenthèse, toutes les fois qu'il est dit que telle personne jouit d'un grand poids ou importance dans le *monde*,——je désire voir élargir ou resserrer dans l'imagination de Votre Honneur, en raison comparée du rang, de la profession, du savoir, des talents, de la hauteur et de la profondeur (mesurées dans les deux sens) du personnage amené devant vous.

Dans le cas présent, si j'ai bonne souvenance, je l'ai fixé à environ quatre ou cinq milles, qui non seulement comprenaient toute la paroisse, mais s'étendaient à deux ou trois des hameaux adjacents sur les confins de la paroisse voisine ; ce qui ne laissait pas d'être considérable. Je dois ajouter que la sage-femme était, en outre, très bien vue dans un grand manoir, et dans quelques autres maisons et fermes distantes, comme je l'ai dit, de deux ou trois milles de la fumée de sa propre cheminée :----Mais je dois ici, une fois pour toutes, vous informer que tout ceci sera plus exactement tracé et expliqué dans une carte, actuellement entre les mains du graveur, et qui, avec beaucoup d'autres pièces et développements de cet ouvrage, sera ajoutée à la fin du vingtième volume,---non pour grossir l'ouvrage,— j'ai horreur d'une telle pensée ;——mais en guise de commentaire, scholie, illustration et clef de tous passages, incidents ou allusions qui seront jugés susceptibles ou d'une interprétation individuelle, ou d'un sens obscur ou douteux, après que ma vie et mes opinions auront été parcourues (n'oubliez pas, je vous prie, la signification du mot) par tout le *monde*;--ce qui, de vous à moi et en dépit de tous les rédacteurs de Revues de la *Grande-Bretagne*, et de tout ce que Leurs Honneurs entreprendront d'écrire ou de dire contre,----se réalisera, j'en suis convaincu.——Je n'ai pas besoin de dire à Votre Honneur que tout ceci est confidentiel.

CHAP. XIV.

EN examinant le contrat de mariage de ma mère, afin de me fixer, ainsi que le lecteur, sur un point nécessaire à éclaircir avant que nous puissions procéder plus avant dans cette histoire;---j'ai eu la bonne fortune de tomber sur la chose même dont j'avais besoin, après une lecture d'à peine un jour et demi,--ce qui aurait pu me prendre un mois;--et ce qui démontre clairement que lorsqu'un homme s'assied pour écrire une histoire,---fût-ce celle de *Jack Hickathrift* ou de *Tom Pouce*[1], il n'a aucune idée de quels obstacles et maudits empêchements il rencontrera sur sa route,---ou quelle danse il pourra avoir à mener, par une excursion ou par une autre, avant que son livre soit terminé. Si un historiographe pouvait chevaucher sur son histoire, comme un muletier sur sa mule,---droit devant lui;---par exemple, de *Rome* jusqu'à *Lorette*[2], sans tourner une seule fois la tête ni à droite ni à gauche,---il pourrait s'aventurer à vous prédire à une heure près quand il toucherait au terme de son voyage;-----mais la chose est, moralement parlant, impossible : Car si c'est un homme de quelque entrain, il déviera cinquante fois, chemin faisant, de la ligne droite, avec telle ou telle société qu'il ne pourra en aucune façon éviter[3]. Il aura des perspectives et des points de vue personnels qui solliciteront continuellement ses yeux, et qu'il ne pourra pas plus s'empêcher de s'arrêter à regarder qu'il ne saurait voler; il aura de plus une foule :

De relations à concilier :

D'anecdotes à recueillir :
D'inscriptions à déchiffrer :
D'histoires à coudre :
De traditions à éplucher :
De personnages à visiter :
De panégyriques à placarder à cette porte :
De pasquinades à coller sur cette autre :——Toutes choses dont l'homme et sa mule sont exempts. En résumé ; il y a à chaque relais des archives à consulter, et des rôles, registres, documents et généalogies interminables, que de temps à autre la justice le rappelle pour s'arrêter à lire :----Bref, cela n'en finit pas ;----car, pour ma part, je déclare y avoir passé six semaines, en y mettant toute la promptitude possible,—et je ne suis pas encore né[1] :--j'ai tout juste été en état, et c'est tout, de vous dire *quand*, mais non *comment* cela est arrivé ; ---de sorte que vous voyez que la chose est encore loin d'être terminée.

Ces haltes imprévues, dont j'avoue n'avoir eu aucune idée quand je me suis mis en route ;---mais qui, j'en suis convaincu maintenant, augmenteront plutôt qu'elles ne diminueront à mesure que j'avancerai, ---m'ont suggéré une idée que j'ai résolu de suivre ;---et c'est,---de ne pas me presser ;---mais d'aller à loisir, écrivant et publiant chaque année[2] deux volumes de ma vie ;----ce que, si on me laisse aller tranquillement, et si je puis obtenir de mon libraire un marché passable, je continuerai de faire tant que je vivrai.

CHAP. XV.

L'ARTICLE du contrat de mariage de ma mère, que j'ai dit au lecteur m'être donné la peine de chercher, et que, maintenant que je l'ai trouvé, je crois devoir mettre sous ses yeux,—est rédigé dans l'acte même d'une manière tellement plus complète que je ne saurais prétendre le faire, que ce serait une barbarie de le priver du style de l'homme de loi :—Le voici donc :

« **Et il est attesté, en outre, par le présent Acte**, que le dit *Walter Shandy*, négociant, en considération du dit futur mariage, destiné, par la Grâce de Dieu, à être bien et dûment célébré et consommé entre le dit *Walter Shandy* et *Elizabeth Mollineux* susnommée, et de diverses autres bonnes et valables causes et considérations spéciales et déterminantes,—accorde, stipule, concède, consent, arrête, accepte et convient pleinement avec *John Dixon* et *James Turner*, mandataires sus-nommés, etc., etc.—**savoir**,—Que, dans le cas où, ci-après, il arriverait, adviendrait, surviendrait, ou viendrait autrement à se passer,—Que le dit *Walter Shandy*, négociant, quittât le commerce avant le temps ou les époques où la dite *Elizabeth Mollineux* aura, selon le cours de la nature, ou autrement, cessé de concevoir et de mettre au monde des enfants ;—et où, en conséquence de ce que le dit *Walter Shandy* aura ainsi quitté le commerce, il voudra malgré et contre les volonté, consentement et bon plaisir de la dite *Elizabeth Mollineux*,—partir de la cité de *Londres*, afin de se retirer et de vivre sur son domaine de *Shandy hall*, dans le comté de——, ou d'habiter toute autre maison de campagne, castel, château, manoir, propriété ou ferme, actuellement achetés ou à acheter plus tard, ou toute autre partie ou parcelle des dits :—Qu'alors et aussi souvent que la dite *Elizabeth Mollineux* se trouvera enceinte d'enfant ou enfants séparément et légitimement procréés ou à procréer dans le ventre de la dite *Elizabeth Mollineux*, en puissance de mari,———lui, le dit *Walter Shandy* devra, à ses propres coûts et dépens, et de son propre argent personnel, sur bon et raisonnable avis, qui est ici convenu être dans les six semaines du terme définitif, ou de l'époque de la délivrance supposée et supputée par la dite *Elizabeth Mollineux*,— payer, ou faire payer la somme de cent vingt livres en bon et valable argent, à *John Dixon* et *James Turner*, ou à leurs ayants cause,—en DÉPÔT et toute confiance, et pour l'usage ou les usages, intention, fin et but suivants :—𝔄 𝔰𝔞𝔳𝔬𝔦𝔯,—Que la dite somme de cent vingt livres devra être payée aux mains de la dite *Elizabeth Mollineux*, ou, sinon, appliquée par les susdits mandataires à la bonne et due location d'une voiture, avec des chevaux robustes et vigoureux, pour porter et transporter la personne de la dite *Elizabeth Mollineux*, et l'enfant ou les enfants dont elle sera alors, et là, grosse et enceinte,—dans la cité de *Londres*; et, en outre, au payement et au défrai de tous autres coûts, frais et dépenses accidentels quelconques,—pendant, à propos, pour et concernant ses dites couches et délivrance dans la dite cité ou ses faubourgs. Et que la dite *Elizabeth Mollineux* pourra, de temps en temps, et à toutes époque ou époques ici convenues et consenties,—paisiblement et tranquillement louer les dits voi-

CHAP. XV [105]

ture et chevaux et avoir libre entrée, sortie et rentrée, tout le temps de son voyage, dans et hors de la dite voiture, conformément à la teneur, à la véritable intention et au sens des présentes, sans aucun obstacle, procès, trouble, perturbation, molestation, décharge, empêchement, forfaiture, éviction, vexation, interruption ou embarras quelconques.—Et que de plus il sera loisible à et pour la dite *Elizabeth Mollineux*, de temps en temps et toutes et quantes fois qu'elle sera bien et dûment avancée dans sa dite grossesse, jusqu'au temps ci-dessus stipulé et convenu,—de vivre et résider dans tels lieu ou lieux, et dans telles famille ou familles, et avec tels parents, amis, et autres personnes dans la dite cité de *Londres*, qu'à ses propres vouloir et bon plaisir, nonobstant son présent état de femme en puissance de mari, et comme si elle était *femme sole*[1] et non mariée,—elle le jugera à propos.—**Item, il est attesté par le présent Acte**, Que, pour mettre plus efficacement la dite convention à exécution, le dit *Walter Shandy*, négociant, octroie, cède, vend, concède et garantit, par les présentes, aux dits *John Dixon* et *James Turner*, à leurs héritiers, exécuteurs testamentaires et ayants cause, présentement en possession, en vertu d'un acte de cession et vente pour une année ; à eux les dits *John Dixon* et *James Turner*, par lui le dit *Walter Shandy*, négociant, faites d'icelle ; lesquelles susdites cession et vente, pour une année, portent la date du jour précédant immédiatement la date des présentes, et par la force et vertu du statut sur le transfert des usages en possessions,————**Tout** le manoir et seigneurie de *Shandy*, dans le comté de————, avec tous les droits, dépendances et appartenances des dits ; et tout et partie des propriétés, maisons, bâtiments, granges, écuries, vergers, jardins, derrières, masures, clos, arrière-cours, cottages, terres, prés, pâtures, pâturages, marais, communaux, bois, taillis, puisards, pêcheries, eaux et cours d'eau;—ensemble et avec les rentes, réversions, redevances, annuités, censes, biens de chevaliers, vues de cautions, aubaines, secours, mines, carrières, biens et effets mobiliers de criminels et fugitifs, de suicides et contumaces, dons expiatoires, chasse gardée, et tous autres droits régaliens et seigneuriaux, pouvoirs et juridictions, privilèges et hoiries quelconques.—𝔈𝔱 𝔞𝔲𝔰𝔰𝔦 la collation, donation, présentation et libre disposition du rectorat ou bénéfice du susdit *Shandy* et de tout et partie des décimes, dîmes et glèbes»——En trois mots,——« ma mère devait accoucher (si bon lui semblait) à *Londres*.»

Mais afin de prévenir de la part de ma mère toutes les tricheries auxquelles une stipulation matrimoniale de cette nature ouvrait trop évidemment la porte, et auxquelles on n'aurait jamais songé sans mon oncle *Toby Shandy*;--on ajouta, pour la sécurité de mon père, une clause ainsi conçue:—« Que dans le cas où ma mère, dans la suite, et à toute époque, occasionnerait à mon père le dérangement et la dépense d'un voyage à *Londres*, par de fausses alertes et sur de faux indices; ——que pour chaque cas semblable, elle perdrait tous les droits et titres que lui assurait la convention pour la fois suivante;——mais pas davantage,--et ainsi de suite, *toties quoties*[1], d'une manière aussi efficace que si pareille convention n'avait jamais été faite entre eux.»—Ceci, par parenthèse, n'avait rien que de raisonnable;—et cependant, si raisonnable que cela fût, j'ai toujours trouvé dur que tout le poids de cet article soit tombé entièrement sur moi, comme il advint.

Mais j'étais créé et mis au monde pour les infortunes ;—car ma pauvre mère, que ce fût du vent ou de l'eau,—ou un composé des deux,—ou ni l'un ni l'autre ;----ou que ce fût simplement en elle une pure enflure imaginaire ;—ou que l'ardent désir qu'elle en avait eût à ce point égaré son jugement ;—bref, qu'elle fût trompée ou trompeuse dans cette affaire, il ne me convient nullement de le décider. Le fait est que dans les derniers jours de *septembre* 1717, année qui précéda ma naissance, ma mère ayant emmené mon père à Londres, bien mal à propos,—il insista péremptoirement sur la clause ;----en sorte que je fus condamné, par articles matrimoniaux, à avoir le nez aussi écrasé, aussi aplati que si les Parques m'avaient ourdi sans.

Comment survint cet événement,---et quelle série de cruels désappointements m'ont assailli, à l'une ou l'autre époque de ma vie, par suite de la simple perte ou plutôt compression de cet unique membre,---je l'exposerai au lecteur en temps et lieu.

CHAP. XVI.

MON père, comme chacun peut naturellement l'imaginer, revint avec ma mère à la campagne, d'assez mauvaise humeur. Les vingt ou vingt-cinq premiers milles, il ne fit que se tracasser et se tourmenter, et ma mère avec lui, à propos de cette maudite dépense, dont on aurait pu, disait-il, épargner chaque shilling ;—puis, ce qui le vexait plus que tout le reste, c'était cette impatientante époque de l'année,———la fin de *septembre*, comme je vous l'ai dit, où ses fruits d'espaliers et principalement ses reines-claudes, dont il était très fier, se trouvaient justement bons à cueillir :———« Si on l'avait appelé à *Londres* pour quelque niaiserie, dans tout autre mois de l'année, il n'en aurait pas dit trois paroles. »

Pendant les deux relais suivants, il ne fut question que du terrible coup que lui avait porté la perte d'un fils sur lequel, à ce qu'il paraît, il avait pleinement compté, et qu'il avait inscrit sur son portefeuille comme un second bâton de vieillesse, au cas où *Bobby* viendrait à lui manquer. « Le désappointement, disait-il, était dix fois pire pour un homme sage que tout l'argent que le voyage, etc., lui avaient coûté ensemble, ---foin des cent vingt livres !———il s'en souciait comme d'un fétu. »

De *Stilton*, tout le long de la route jusqu'à *Grantham*[1], rien dans toute l'affaire ne l'irrita autant que les condoléances de ses amis, et la sotte figure que sa femme et lui feraient à l'église le premier *dimanche* ;———situation dont, dans la violence satirique de son esprit, un peu aiguisé par la vexation, il faisait des descriptions si comiques et si provocantes,---en plaçant sa côte et lui sous tant d'aspects tourmentants et de telles attitudes en face de toute la congrégation ;---que ma mère déclarait que les deux relais avaient été si réellement tragi-comiques, qu'elle n'avait fait que rire et pleurer tout à la fois d'un bout à l'autre du chemin.

De *Grantham*, jusqu'à ce qu'ils eussent passé la *Trent*[1], mon père perdit toute espèce de patience à l'indigne tour et piperie qu'il s'imaginait que ma mère lui avait joués dans cette affaire.---« Certainement, » se répétait-il à tout instant, « cette femme n'a pu se tromper elle-même ;——si elle l'a pu,———quelle faiblesse ! »——mot tourmentant, qui lança son imagination dans une danse éreintante, et qui, avant qu'elle fût finie, fit le diable et les cent coups avec lui ;——car aussitôt que le mot *faiblesse* fut prononcé et frappa en plein sur son cerveau,—il s'attela à des calculs successifs pour trouver combien il y avait d'espèces de faiblesses ;——qu'il y avait la faiblesse du corps,——aussi bien que la faiblesse de l'esprit,----et alors il ne fit que syllogiser en lui-même, pendant un relais ou deux de suite, pour savoir jusqu'à quel point la cause de toutes ces vexations pouvait, ou non, venir de lui.

Bref, il eut, par suite de cette seule affaire, tant de petits sujets de chagrin, qui tous fermentaient successivement dans son esprit à mesure qu'ils y surgissaient, que ma mère, quel que fût son voyage en allant, n'en eut qu'un pénible au retour.——En un mot, comme elle s'en plaignait à mon oncle *Toby*, mon père aurait épuisé la patience de tout être vivant.

CHAP. XVII.

QUOIQUE mon père, en revenant chez lui, eût voyagé, comme je vous l'ai dit, d'assez mauvaise humeur,---en pestant et maugréant tout le long du chemin,----il eut cependant la complaisance de garder pour lui le pire de l'histoire;—c'est-à-dire la résolution qu'il avait prise de se faire justice lui-même, en se prévalant de la clause insérée par mon oncle *Toby* dans le contrat de mariage; et ce ne fut que la nuit même où je fus engendré, c'est-à-dire treize mois après[1], que ma mère apprit le premier mot de son dessein;---mon père, comme vous vous le rappelez, ayant été légèrement contrarié et impatienté,——en prit occasion, pendant qu'ils causaient ensuite gravement au lit et s'entretenaient de ce qui devait arriver,——pour faire savoir à ma mère qu'elle aurait à s'accommoder de son mieux à l'accord passé entre eux dans leur acte de mariage; c'est-à-dire à accoucher de son prochain enfant à la campagne, pour compenser les frais du voyage de l'année précédente.

Mon père était un gentleman de nombreuses qualités,—mais il avait dans le caractère une forte teinte de ce qui pouvait ou non en augmenter le nombre. ----C'est ce qui porte le nom de persévérance dans une bonne cause,—et celui d'obstination dans une mauvaise : Ma mère le savait si bien qu'elle comprit qu'il ne servirait à rien de faire aucune remontrance,—aussi prit-elle le parti de rester tranquille, et de s'en tirer le mieux qu'elle pourrait.

CHAP. XVIII.

COMME il avait été convenu ou plutôt décidé cette nuit-là qu'elle accoucherait de moi à la campagne, ma mère prit ses mesures en conséquence ; à cet effet, lorsqu'elle fut grosse de trois jours ou environ, elle commença à jeter les yeux sur la sage-femme dont vous m'avez si souvent entendu parler ; et avant la fin de la semaine, comme il n'y avait pas moyen d'avoir le fameux Docteur *Maningham*[1], elle avait pris une détermination définitive,——quoiqu'il y eût, à pas plus de huit milles de nous, un opérateur qui, de plus, avait précisément écrit un livre à cinq shillings sur l'art d'accoucher, dans lequel il avait exposé non seulement les bévues des sages-femmes,——mais avait ajouté également nombre de perfectionnements curieux pour la plus prompte extraction du fœtus dans les accouchements difficiles et autres cas de danger qui nous assiègent à notre entrée dans le monde ; malgré tout cela, dis-je, ma mère s'était absolument résolue à ne confier sa vie, et la mienne avec elle, à aucune autre main que celle de cette vieille femme.—Maintenant, j'aime ceci ;—quand nous ne pouvons atteindre la chose même que nous désirons,-----ne jamais nous contenter de la meilleure immédiatement après ;---non ; cela est pitoyable, au-delà de toute expression ;—il n'y a pas plus d'une semaine, à compter du jour même où j'écris actuellement ce livre pour l'édification du monde,---à savoir le 9 *mars* 1759,——que ma chère, chère *Jenny*[2], remarquant que j'avais l'air un peu sérieux pendant qu'elle marchandait une soie à vingt-cinq shillings l'aune,—dit au marchand qu'elle regrettait de lui avoir donné tant de peine;—et aussitôt alla acheter une étoffe d'une aune de large à dix pence l'aune.—C'est la duplication d'une seule et même grandeur d'âme; seulement ce qui en diminuait un peu le mérite, dans le cas de ma mère, c'était qu'elle ne pouvait pousser l'héroïsme jusqu'à un extrême aussi violent et aussi hasardeux qu'une femme dans sa situation aurait pu le désirer, attendu que la vieille sage-femme avait réellement quelques droits à la confiance,—autant, du moins, que le succès pouvait lui en donner; car, dans le cours d'une pratique de près de vingt années dans la paroisse, elle avait mis au monde les enfants de toutes les mères sans aucun malheur ou accident qu'on pût loyalement porter à son compte.

Ces faits, malgré leur importance, ne satisfaisaient pas complètement certains scrupules et inquiétudes qui pesaient sur l'esprit de mon père relativement à ce choix.—Sans parler des instigations naturelles de l'humanité et de la justice,—ni des angoisses de l'amour paternel et conjugal qui le poussaient également à laisser aussi peu que possible au hasard dans un cas de cette espèce;——il se sentait particulièrement intéressé à ce que tout allât bien dans le cas présent;—à cause de l'accumulation de chagrins auxquels il serait exposé s'il arrivait aucun mal à sa femme et à l'enfant lors de l'accouchement à *Shandy Hall*[1].——Il savait que le monde jugeait sur l'événement, et ajouterait à son affliction d'un tel malheur, en rejetant tout le blâme sur lui.——« Hélas ! bon Dieu !—Si Mme *Shandy,* pauvre dame ! avait seulement accompli son désir d'aller faire ses couches à la ville, et de revenir ;---ce qu'elle avait, dit-on, demandé et imploré à genoux,——et ce qui, à mon avis, vu la fortune qu'elle avait apportée à Mr. *Shandy*,—n'était pas une si grande grâce à lui accorder, la dame et son enfant seraient tous deux en vie à l'heure qu'il est. »

Cette exclamation, mon père le savait, était irréfutable ;----et cependant ce n'était pas simplement pour se mettre à couvert,—et ce n'était pas non plus entièrement par sollicitude pour sa progéniture et pour sa femme qu'il paraissait si extrêmement inquiet à cet égard ;—mon père avait des vues étendues,——et il se croyait en outre profondément intéressé dans l'affaire au point de vue du bien public, par la crainte qu'il avait du mauvais parti qu'on pourrait tirer d'un fait malencontreux.

Il savait fort bien que tous les écrivains politiques qui avaient traité ce sujet, avaient unanimement reconnu et déploré, depuis le commencement du règne de la Reine *Elizabeth*[1] jusqu'à ces jours, que le courant des hommes et de l'argent vers la métropole, par tel ou tel motif frivole,—eut grossi,—de façon à devenir dangereux pour nos droits civils ;—quoique, par parenthèse,——un *courant* ne fût pas l'image qu'il préférait,--une *maladie* était ici sa métaphore favorite, et il la poussait jusqu'à l'allégorie complète, en soutenant qu'elle était identiquement la même dans le corps national que dans le corps humain, où le sang et les esprits animaux montaient plus rapidement à la tête qu'ils n'en pouvaient redescendre ;——et qu'il devait s'ensuivre un arrêt de circulation qui équivalait à la mort dans les deux cas.

Il y avait peu de danger, disait-il, de perdre nos libertés par suite de la politique *française* ou des invasions *françaises* ;——et il ne redoutait guère non plus une consomption amenée par la masse de matière corrompue et d'humeurs ulcérées que renfermait notre constitution,—qu'il espérait n'être pas aussi mauvaise qu'on se l'imaginait ;—mais il craignait sincèrement que, dans quelque violent accès, nous ne périssions tout à coup d'une apoplexie d'état ;—et alors, disait-il, *que le Seigneur ait pitié de nous tous !*

Mon père ne pouvait jamais exposer l'histoire de cette maladie,---sans y joindre le remède.

« Si j'étais un prince absolu, » disait-il en remontant sa culotte des deux mains, comme il se levait de son fauteuil, « j'établirais à chaque avenue de ma métropole des juges compétents qui prendraient connaissance des affaires de chaque fou qui y viendrait ;----et si, après un loyal et candide examen, elles ne paraissaient pas d'une importance suffisante pour quitter sa maison et venir avec armes et bagages, et avec sa femme, ses enfants, les fils de son fermier, etc., derrière lui, on les renverrait tous de constable à constable, comme des vagabonds qu'ils seraient, au lieu de leur résidence légale. De cette manière, je prendrais soin que ma métropole ne chancelât pas sous son propre poids ;—que la tête ne fût pas plus longtemps trop grosse pour le corps ;---que les extrémités, aujourd'hui épuisées et arrêtées dans leur développement, recouvrassent leur portion convenable de nourriture, et regagnassent avec elle leur force et leur beauté naturelles :

--Je pourvoirais efficacement à ce que les prairies et les champs de mes États riassent et chantassent;—à ce que la bonne chère et l'hospitalité refleurissent de nouveau;—et à ce que assez de poids et d'influence rentrât par là entre les mains de la Gentilhommerie campagnarde de mon royaume, pour contrebalancer ce que j'aperçois que ma Noblesse leur enlève aujourd'hui.

Pourquoi, » demandait-il avec quelque émotion, en se promenant par la chambre, « pourquoi y a-t-il si peu de palais et de résidences seigneuriales dans tant de délicieuses provinces de *France*? D'où vient que le peu de *châteaux* qui y restent soient si démantelés,—si dégarnis de meubles, et dans un tel état de ruine et de désolation ?—Parce que, monsieur, » disait-il, « dans ce royaume personne n'a d'intérêt provincial à défendre;---parce que le petit intérêt quelconque que tout homme y possède quelque part est concentré à la Cour et dans les regards du Grand Monarque[1]; aux rayons de la face duquel, ou à l'ombre des nuages qui l'obscurcissent, vit et meurt tout *Français*. »

Une autre raison politique qui portait mon père à se tenir si fort en garde contre le moindre accident lors des couches de ma mère à la campagne,——était que tout fait semblable jetterait infailliblement une balance des pouvoirs, déjà trop grande, dans les membres les plus faibles de la bourgeoisie de son rang, ou des rangs supérieurs;----ce qui, avec toutes les autres usurpations de droit que commettait à toute heure cette partie de la Constitution,—finirait par devenir fatal au système monarchique du gouvernement domestique établi par Dieu lors de la première création des choses.

Sur ce point, il était entièrement de l'avis de Sir *Robert Filmer*[1], que les plans et institutions des plus grandes monarchies dans la partie orientale du monde avaient été originairement tous calqués sur l'admirable modèle et prototype de ce pouvoir domestique et paternel;---qui, pendant un siècle et plus, disait-il, avait peu à peu dégénéré en un gouvernement mixte[2];——— dont la forme, quelque désirable qu'elle fût dans les grandes combinaisons des espèces,———était très importune dans les petites,—et ne produisait guère, à ce qu'il pouvait voir, que chagrin et confusion.

Pour toutes ces raisons, privées et publiques, réunies, —mon père voulait à tout prix l'accoucheur,---ma mère n'en voulait à aucun prix. Mon père la pria et supplia de renoncer pour une fois à sa prérogative dans cette affaire, et de le laisser choisir pour elle;—ma mère, au contraire, insista sur son privilège dans la question de choisir pour elle-même,—et de n'avoir pas d'autre assistance que celle de la vieille femme.—Que pouvait faire mon père? Il était presque au bout de son rouleau;——il reprit la discussion avec ma mère sur tous les tons;—présenta ses arguments sous toutes les formes;—traita la question avec elle en chrétien,—en païen,—en mari,—en père,—en patriote,—en homme : —Ma mère ne répondit à tout qu'en femme; ce qui était un peu dur pour elle;—car, comme elle ne pouvait assumer une aussi grande variété de rôles pour combattre derrière,—la partie n'était pas égale;— c'était une lutte de sept contre un.—Que pouvait faire ma mère?—Elle avait au fond l'avantage (autrement elle eût été certainement vaincue) d'un petit renfort de chagrin personnel qui la soutint, et lui permit de discuter l'affaire avec mon père à armes si égales,——que les deux côtés chantèrent le *Te Deum*[1]. En un mot, ma mère aurait la vieille femme,—et l'opérateur la permission de boire une bouteille de vin avec mon père et mon oncle *Toby Shandy* dans l'arrière-parloir,—ce pourquoi il recevrait cinq guinées.

Avant de finir ce chapitre, je dois demander la permission d'enregistrer un caveat sur la poitrine de ma belle lectrice;—et le voici :——Ne pas tenir pour absolument accordé, d'après un ou deux mots irréfléchis qui me sont échappés,——« Que je suis un homme marié. »---J'avoue que la tendre apostrophe de ma chère, chère *Jenny*,----ainsi que quelques autres traits de science conjugale, semés çà et là, auraient pu assez naturellement fourvoyer le juge le plus candide du monde dans un tel verdict contre moi.---Tout ce que j'invoque, en ce cas, madame, c'est la stricte justice, et que vous nous en rendiez assez, à moi comme à vous,— pour ne rien préjuger ou accepter de moi une pareille opinion avant d'en avoir de meilleures preuves que celles qui peuvent, j'en suis convaincu, être actuellement produites contre moi :---Non que je puisse être assez vain ou déraisonnable, madame, pour désirer que vous en déduisiez que ma chère, chère *Jenny*, soit ma maîtresse;—non,—ce serait flatter mon caractère à l'autre extrême, et lui donner un air de liberté auquel il n'a peut-être aucune espèce de droit. Tout ce que je prétends, c'est l'impossibilité absolue que, d'ici à quelques volumes, ni vous, ni l'esprit le plus pénétrant de la terre, puissiez savoir ce qu'il en est réellement.----Il n'est point impossible que ma chère, chère *Jenny*, si tendre qu'est l'apostrophe, soit ma fille.——Considérez,——je suis né dans l'année dix-huit.—Il n'y a rien non plus d'anti-naturel ou d'extravagant dans la supposition que ma chère *Jenny* puisse être mon amie.——Amie !—Mon amie.—Certes, madame, une amitié entre les deux sexes peut subsister, et se soutenir sans——Fi ! monsieur *Shandy* :—Sans autre aliment, madame, que le tendre et délicieux sentiment qui se mêle toujours à l'amitié, lorsqu'il y a différence de sexe. Permettez-moi de vous engager à étudier les parties pures et sentimentales[1] des meilleurs romans *français*;——vous serez réellement, madame, étonnée de voir avec quelle variété de chastes expressions est pavé le délicieux sentiment dont j'ai l'honneur de parler.

CHAP. XIX.

J'ENTREPRENDRAIS plutôt de résoudre le problème le plus difficile en géométrie, que de prétendre expliquer comment un homme d'aussi grand bon sens que mon père,——savant, comme le lecteur a dû le remarquer, et même raffiné en philosophie,--versé aussi en politique,—(ainsi que le lecteur le verra) nullement ignorant en polémique,---pût être capable de nourrir dans sa cervelle une idée tellement en dehors de la voie commune,---que je crains bien que le lecteur, quand je viendrai à la lui dire, s'il est tant soit peu d'un tempérament colérique, ne jette immédiatement le livre de côté ; qu'il n'en rie de tout son cœur, s'il est mercurien ;—et que, s'il est d'une humeur grave et saturnienne[1], il ne la condamne absolument, à première vue, comme fantasque et extravagante ; cette idée avait rapport au choix et à l'imposition des noms de baptême[2], qu'il croyait être d'une bien plus grande conséquence que les esprits superficiels n'étaient capables de le concevoir.

Son opinion, sur cette matière, était qu'il existait une étrange espèce d'influence magique que les noms bons ou mauvais, comme il les appelait, exerçaient irrésistiblement sur nos caractères et sur notre conduite.

Le héros de *Cervantes* ne discutait pas la question avec plus de sérieux,----et il n'avait pas plus de foi,----ou plus à dire sur le pouvoir de la nécromancie de ravaler ses hauts faits,—ou du nom de Dulcinée de les illustrer, que n'en avait mon père à l'égard de ceux de Trismégiste ou d'Archimède d'une part,—ou de Nyky et Simkin, de l'autre. Combien de Césars et de Pompées[3], disait-il, par la seule inspiration des noms, s'étaient rendus dignes de les porter ? Et combien il y a de gens, ajoutait-il, qui auraient pu faire excellente figure dans le monde, si leur caractère et leur esprit n'avaient pas été totalement déprimés et Nicodémisés[4] à rien ?

Je vois clairement, monsieur, par vos regards (ou autrement, selon le cas), disait mon père,—que vous ne souscrivez pas volontiers à mon opinion,—qui, ajoutait-il, pour ceux qui ne l'ont pas soigneusement sondée jusqu'au fond,—a, je l'avoue, plutôt l'air d'une fantaisie que d'un raisonnement solide ;----et pourtant, mon cher monsieur, si je puis me flatter de connaître votre caractère, je suis moralement convaincu que je hasarderais peu en vous soumettant le cas,---non comme à une partie intéressée dans la discussion,— mais comme à un juge, et en me fiant à mon appel à votre propre bon sens et à votre candide examen de l'affaire ;——vous êtes une personne affranchie d'autant d'étroits préjugés de l'éducation que la plupart des hommes ;—et si je peux me permettre de pénétrer en vous plus avant,—d'une libéralité d'esprit incapable d'écraser une opinion, simplement parce qu'elle manque de partisans. Votre fils !---votre cher fils,---dont le doux et franc naturel vous permet tant d'espérer.— Votre BILLY, monsieur !—Auriez-vous, pour rien au monde, voulu le nommer JUDAS ?—Je vous le demande, mon cher monsieur, disait-il en posant la main sur votre poitrine, de la façon la plus gracieuse,---et dans ce doux et irrésistible *piano*[1] de la voix que la nature de l'*argumentum ad hominem*[2] exige absolument,—Je vous le demande, monsieur, si un *juif* de parrain avait proposé ce nom pour votre enfant, et vous avait en même temps offert sa bourse, auriez-vous consenti à un tel sacrilège ?——Ô mon Dieu ! disait-il en levant les yeux, si je connais bien votre caractère, monsieur,---vous en êtes incapable ;——vous auriez foulé l'offre aux pieds ;---vous auriez jeté avec horreur la tentation à la tête du tentateur.

Votre grandeur d'âme dans cette action, que j'admire, et ce généreux mépris de l'argent que vous m'avez montré dans toute cette affaire, sont réellement nobles ;

---et ce qui les rend plus nobles encore, c'en est le principe ;---c'est l'influence de l'amour paternel sur la vérité et la conviction de cette hypothèse même, que, si votre fils avait été nommé JUDAS,---l'idée de sordidité et de trahison, si inséparable du nom, l'aurait accompagné dans la vie comme son ombre, et, finalement, en aurait fait un avare et un coquin, monsieur, en dépit de votre exemple.

Je n'ai jamais connu personne qui pût répondre à cet argument.——Mais, à la vérité, pour le peindre tel qu'il était ;—mon père était certainement irrésistible, tant dans ses discours que dans ses discussions ;—il était né orateur ;—θεοδίδακτος[1].—La persuasion était suspendue à ses lèvres, et les éléments de la Logique et de la Rhétorique étaient tellement mélangés en lui,—et il avait, en même temps, une telle finesse à deviner les faiblesses et les passions de son interlocuteur,——que la NATURE aurait pu se lever et dire,—« Cet homme est éloquent. » Bref, soit qu'il fût du côté faible ou du côté fort de la question, il était hasardeux de s'attaquer à lui :—Et pourtant, chose étrange, il n'avait jamais lu *Cicéron*, ni *Quintilien*, *De Oratore*, ni *Isocrate*, ni *Aristote*, ni *Longin*, parmi les anciens ;——ni *Vossius*, ni *Skioppius*, ni *Ramus*, ni *Farnaby*, parmi les modernes[2] ; —et ce qu'il y a de plus étonnant, jamais, dans toute sa vie, la moindre lueur ou étincelle de subtilité n'avait jailli dans son esprit par une seule leçon sur *Crackenthorp*, ou *Burgersdicius*[3], ou aucun logicien ou commentateur *hollandais* ;—il ne savait seulement pas en quoi consistait la différence entre un argument *ad ignorantiam*[4] et un argument *ad hominem* ; en sorte que je me rappelle bien que lorsqu'il vint avec moi

pour faire inscrire mon nom à Jesus College[1], à ****,
—ce fut un sujet de juste étonnement pour mon digne
professeur et deux ou trois membres de cette savante
société,---qu'un homme qui ne connaissait pas même
le nom de ses outils, fût capable de s'en servir de la
sorte.

S'en servir du mieux qu'il pouvait, était pourtant ce
que mon père était continuellement obligé de faire ;
——car il avait à défendre un millier de petites idées
du genre comique,——dont la plupart, je le crois réellement, s'étaient d'abord introduites sur le pied de
purs caprices, et de *vive la Bagatelle*[2] ; et, comme telles,
il s'en amusait pendant une demi-heure ou à peu près,
et après avoir aiguisé son esprit dessus, il les renvoyait
à un autre jour.

Je mentionne ce fait, non seulement comme un
sujet d'hypothèse ou de conjecture sur les progrès et
installation des nombreuses opinions bizarres de mon
père,--mais comme un avertissement au lecteur éclairé
contre l'imprudent accueil de tels hôtes qui, après
quelques années de libre et paisible admission dans nos
cerveaux,—y réclament à la fin une sorte d'établissement,——en fermentant quelquefois comme de la
levure ;—mais plus généralement à la façon de la
tendre passion, en commençant par le plaisant,—pour
finir par le plus grand sérieux.

Si c'était là le cas de la singularité des idées de mon
père,—ou si son jugement avait fini par devenir la
dupe de son esprit ;—ou jusqu'à quel point, dans
beaucoup de ses idées, il pouvait, tout bizarre qu'il

était, avoir parfaitement raison ;———le lecteur en décidera lorsqu'il y arrivera. Tout ce que je maintiens ici, c'est que dans celle de l'influence des noms de baptême, de quelque manière qu'elle eût pris pied, il était sérieux ;—il était tout uniformité ;—il était systématique, et, comme tous les raisonneurs systématiques, il eût remué ciel et terre, et tordu et torturé tout dans la nature pour soutenir son hypothèse. En un mot, je le répète encore ;—il était sérieux ;—et, en conséquence, il perdait tout patience quand il voyait des gens, principalement de condition, qui auraient dû être plus éclairés,——aussi insouciants et aussi indifférents à propos du nom qu'ils donnaient à leur enfant,—ou même davantage que dans le choix entre *Ponto* et *Cupidon* pour leur petit chien.

Cela avait mauvaise mine, disait-il ;—et de plus ce tort particulier, qu'une fois qu'un nom vil avait été donné injustement ou injudicieusement, il n'en était pas comme de la réputation d'un homme qui, si elle a été noircie, peut plus tard être éclaircie ;—et, un jour ou l'autre, sinon du vivant de l'homme, au moins après sa mort,—d'une manière ou d'autre, obtenir justice dans ce monde : Mais ce tort-ci, disait-il, était irréparable ;---et il doutait même qu'un acte du Parlement pût y remédier :——Il savait aussi bien que vous que la Législature s'arrogeait un droit sur les noms de famille ;—mais pour de très puissantes raisons, qu'il pouvait donner, elle ne s'était jamais aventurée, disait-il, à faire un pas au-delà.

Il était remarquable que bien que mon père, en conséquence de cette opinion, eût, comme je vous l'ai dit, les préférences et répugnances les plus prononcées pour certains noms;—il y en avait nombre d'autres qui pesaient si également, pour lui, dans la balance, qu'ils lui étaient absolument indifférents. *Jack*, *Dick* et *Tom* appartenaient à cette classe : Ceux-là, mon père les appelait des noms neutres;—affirmant d'eux, sans épigramme, qu'il y avait eu, depuis le commencement du monde, au moins autant de coquins et de sots que de sages et braves gens qui les avaient indifféremment portés;---de sorte que, tels que des forces égales agissant l'une contre l'autre dans des directions contraires, il pensait qu'ils avaient mutuellement détruit leurs effets respectifs; raison pour laquelle, déclarait-il souvent, il ne donnerait pas un noyau de cerise pour choisir entre eux. *Bob*, qui était le nom de mon frère, était un autre de ces prénoms neutres qui n'avaient guère d'influence en aucun sens; et comme mon père se trouvait être à *Epsom*[1] quand on le lui avait donné,— il remerciait fréquemment le ciel qu'il ne fût pas pire. *Andrew* était pour lui une quantité négative en algèbre;---c'était, disait-il, pis que rien.---*William* se trouvait assez haut placé dans son estime :-----mais *Bêta* y était très bas;--et *Nick*, disait-il, était le *Diable*.

Mais de tous les noms de l'Univers, celui de TRISTRAM[2] lui inspirait la plus invincible aversion;---il avait pour lui la plus basse et la plus méprisable opinion du monde,---persuadé qu'il ne pouvait produire, *in rerum naturâ*[3], rien qui ne fût extrêmement vil et pitoyable : En sorte que, au milieu d'une discussion sur ce sujet, où, par parenthèse, il se trouvait souvent engagé,-----il s'interrompait quelquefois par un soudain et chaleureux ÉPIPHONÈME, ou plutôt ÉROTÈSE[4], montait d'une tierce et parfois de toute une quinte au-dessus du ton de la conversation,——et demandait catégoriquement à son adversaire, s'il prendrait sur lui d'avancer qu'il se souvînt,-----ou qu'il eût jamais lu,---ou même entendu parler d'un homme appelé *Tristram* ayant accompli rien de grand ou de digne d'être cité?—Non---, disait-il,—Tristram!---La chose est impossible.

Que pouvait-il manquer à mon père que d'avoir écrit un livre pour répandre cette idée dans le monde? Il sert peu au subtil spéculatif d'être seul de son opinion,----à moins qu'il ne lui donne un libre cours : ---Ce fut identiquement ce que fit mon père;—car dans l'année seize, c'est-à-dire deux ans avant ma naissance, il se donna la peine d'écrire une Dissertation expresse sur ce seul mot *Tristram*,—pour démontrer au monde, avec une grande candeur et modestie, les motifs de sa grande horreur pour ce nom.

Quand il rapprochera cette anecdote du titre de l'ouvrage,---le lecteur bénévole ne plaindra-t-il pas mon père du fond de l'âme?----Voir un homme méthodique et rangé, singulier peut-être,—mais inoffensif dans ses idées,—servant de matière à des propos interrompus;——jeter les yeux sur la scène, et le voir déçu et ruiné dans tous ses petits systèmes et désirs; contempler une série d'événements fondre perpétuellement sur lui, et d'une façon aussi critique et aussi cruelle que s'ils avaient été à dessein préparés et dirigés contre lui, purement pour insulter à ses spéculations. ——En un mot, contempler un tel homme, dans sa vieillesse, si peu faite pour les soucis, en proie dix fois par jour au chagrin;—dix fois par jour appelant l'enfant de ses prières TRISTRAM!—Triste dissyllabe qui résonnait à ses oreilles à l'unisson de *Nigaud* et de tout autre nom injurieux sous le ciel.——Par ses cendres! je le jure,—si jamais esprit malfaisant prit plaisir ou s'occupa à traverser les desseins d'un mortel,---ce dut être ici;---et s'il n'était nécessaire que je fusse né avant d'être baptisé, je raconterais sur-le-champ cette triste histoire au lecteur.

CHAP. XX.

——Comment avez-vous pu, madame, être si inattentive en lisant le dernier chapitre ? Je vous y ai dit *que ma mère n'était point papiste.*——Papiste ! Vous ne m'avez rien dit de pareil, monsieur.—Madame, je demande la permission de répéter encore que je vous l'ai dit aussi clairement, du moins, que des mots pouvaient, par induction directe, vous dire une pareille chose.—Alors, monsieur, j'ai dû avoir passé une page.--Non, madame,—vous n'avez pas passé un mot.——Alors j'ai dormi, monsieur.—Mon amour-propre, madame, ne saurait vous permettre cette excuse.——Alors, je déclare que je n'en sais pas le premier mot.—C'est la faute même, madame, dont je vous accuse; et comme punition, j'exige que vous retourniez en arrière immédiatement, c'est-à-dire aussitôt que vous aurez atteint le premier point, et que vous relisiez à nouveau tout le chapitre.

J'ai imposé cette pénitence à cette dame, non par badinage ni cruauté, mais par le meilleur des motifs ; et je ne lui en ferai donc aucune excuse quand elle reviendra :—C'est pour réprimer un goût vicieux qui s'est glissé chez des milliers d'autres qu'elle,—celui de lire tout droit devant soi, plutôt en quête des aventures que de la profonde érudition et expérience qu'un livre de cette trempe, s'il était lu comme il devrait l'être, vous communiquerait infailliblement.——L'esprit devrait s'accoutumer à faire de sages réflexions, et à tirer de curieuses conclusions chemin faisant ; habitude qui faisait affirmer à *Pline* le Jeune, « qu'il n'avait jamais lu de livre si mauvais qu'il n'en retirât quelque profit[1]. » Les histoires de *Grèce* et de *Rome*, parcourues sans cette disposition et cette application,—rendent moins de service, je l'affirme, que l'histoire de *Parismus* et *Parismenus*, ou celle des Sept Champions d'*Angleterre*[2], lues de la sorte.

————Mais voici ma belle Dame. Avez-vous relu tout le chapitre, madame, comme je vous en avais priée ?—Vous l'avez lu : et n'avez-vous pas, à cette seconde lecture, remarqué le passage qui admet l'induction ?——Pas un mot qui y ressemble ! Alors, madame, veuillez bien peser l'avant-dernière ligne du chapitre, où je prends sur moi de dire, « qu'il était *nécessaire* que je fusse né avant d'être baptisé. » Si ma mère, madame, eût été papiste, cette conséquence ne s'en serait pas suivie*.

---

* Les rituels *romains* ordonnent, en cas de danger, le baptême de l'enfant *avant* qu'il soit né ;—mais sous cette condition, qu'une partie quelconque du corps de l'enfant sera vue par le baptiseur :

C'est un terrible malheur pour ce mien livre, mais plus terrible encore pour la République des lettres[1] ;—et mon propre malheur disparaît entièrement devant cette considération,--que cette ignoble démangeaison d'aventures nouvelles en toute chose soit entrée si avant dans nos habitudes et dans notre humeur,—et que nous soyons si complètement attachés à satisfaire l'avidité de notre concupiscence à cet égard,—qu'il n'y ait que les parties grossières et les plus charnelles d'une composition que l'on digère :—Les subtils aperçus et les fines remarques de la science s'envolent en haut, comme des esprits ;——la pesante morale s'échappe par le bas ; et les uns et les autres sont tout aussi perdus pour le monde que s'ils étaient restés au fond de l'encrier.

Je souhaite que notre lecteur n'ait pas laissé passer nombre d'endroits aussi ingénieux et aussi curieux que celui où nous avons pris sur le fait notre lectrice. Je

---

——Mais les Docteurs de la *Sorbonne*, par une délibération tenue entre eux le 10 *avril* 1733,——ont étendu les pouvoirs des sages-femmes, en décidant que quand même aucune partie du corps de l'enfant n'apparaîtrait,——le baptême lui sera néanmoins administré par injection,—*par le moyen d'une petite Canule*[2].—En anglais *a squirt.*—Il est très étrange que saint *Thomas d'Aquin*[3], qui avait une tête si bien organisée pour nouer et dénouer les nœuds de la théologie scolastique,—après s'être donné tant de peine sur cette question,—ait dû l'abandonner à la fin, comme une seconde *chose impossible*[4] ;—« Infantes in maternis uteris existentes (dit saint *Thomas*), baptizari possunt *nullo modo.* »—Ô *Thomas! Thomas!*

Si le lecteur a la curiosité de lire la question relative au baptême *par injection*, telle qu'elle a été présentée aux Docteurs de la *Sorbonne*, avec leur consultation à ce sujet, il la trouvera à la fin du présent chapitre.

souhaite que cet exemple produise son effet ;—et que tous les braves gens, tant mâles que femelles, apprennent, par lui, à penser aussi bien qu'à lire.

Mémoire presenté a Messieurs les Docteurs de Sorbonne[*1]

UN Chirurgien-Accoucheur represente à Messieurs les Docteurs de Sorbonne, qu'il y a des cas, quoique très-rares, où une mère ne sçauroit accoucher, et même où l'enfant est tellement renfermé dans le sein de sa mere, qu'il ne fait paroître aucune partie de son corps, ce qui seroit un cas, suivant les Rituels, de lui conferer, du moins sous condition, le baptême. Le chirurgien, qui consulte, prétend, par le moyen d'une petite canule, de pouvoir baptiser immédiatement l'enfant, sans faire aucun tort à la mere.—Il demande si ce moyen, qu'il vient de proposer, est permis et légitime, et s'il peut s'en servir dans les cas qu'il vient d'exposer.

RÉPONSE

LE Conseil estime, que la question proposée souffre de grandes difficultés. Les theologiens posent d'un côté pour principe, que le baptême, qui est une naissance spirituelle, suppose une première naissance; il faut être né dans le monde, pour renaître en Jesus Christ, *comme ils l'enseignent.* Saint Thomas, 3ᵉ part., quœst. 68, Article 11. *suit cette doctrine comme une verité constante; l'on ne peut, dit ce saint docteur, baptiser les enfans qui sont renfermés dans le sein de leurs meres, et Saint* Thomas *est*

---

[*] Voir Deventer. Paris, édition in-4º, 1734, p. 366.

fondé sur ce que les enfans ne sont point nés, et ne peuvent être comptés parmi les autres hommes; d'où il conclud, qu'ils ne peuvent être l'objet d'une action exterieure, pour recevoir par leur ministère, les sacrements nécessaires au salut : pueri in maternis uteris existentes nondum prodierunt in lucem ut cum aliis hominibus vitam ducant; unde non possunt subjici actioni humanæ, ut per eorum ministerium sacramenta recipiant ad salutem. *Les rituels ordonnent dans la pratique ce que les theologiens ont établi sur les mêmes matieres, et ils deffendent tous d'une manière uniforme, de baptiser les enfans qui sont renfermés dans le sein de leurs meres s'ils ne font paroître quelque partie de leurs corps. Le concours des theologiens, et des rituels, qui sont les regles des dioceses, paroît former une autorité qui termine la question presente; cependant le conseil de conscience considerant d'un côté, que le raisonnement des theologiens est uniquement fondé sur une raison de convenance, et que la deffense des rituels suppose que l'on ne peut baptiser immédiatement les enfans ainsi renfermés dans le sein de leurs meres, ce qui est contre la supposition presente; et d'un autre côté, considerant que les mêmes théologiens enseignent, que l'on peut risquer les sacremens que* Jesus Christ *a établis comme des moyens faciles, mais nécessaires pour sanctifier les hommes; et d'ailleurs estimant, que les enfans renfermés dans le sein de leurs mères, pourroient être capables de salut, parce qu'ils sont capables de damnation;—pour ces considerations, et eu égard à l'exposé, suivant lequel on assure avoir trouvé un moyen certain de baptiser ces enfans ainsi renfermés, sans faire aucun tort à la mere, le conseil estime que l'on pourroit se servir du moyen proposé, dans la confiance qu'il a, que Dieu n'a point laissé ces sortes d'enfans sans aucuns secours, et supposant, comme il est exposé, que le moyen dont il s'agit est propre à leur procurer le baptême ; cependant comme il s'agiroit, en autorisant la pratique proposée, de changer une regle universellement établie, le conseil croit que celui qui consulte doit s'adresser à son evêque, et à qui il appartient de juger de l'utilité, et du danger du moyen proposé, et comme, sous le bon plaisir de l'evêque, le conseil estime qu'il faudroit recourir au Pape, qui a le droit d'expliquer les regles de l'eglise, et d'y déroger dans le cas, où la loi ne sçauroit obliger, quelque sage et quelque utile que paroisse la manière de baptiser dont il s'agit, le conseil ne pourroit l'approuver sans le concours de ces deux autorités. On conseille au moins à celui qui consulte, de s'adresser à son evêque, et de lui faire part de la presente décision, afin que, si le prélat entre dans les raisons sur lesquelles les docteurs soussignés s'appuyent, il puisse être autorisé dans le cas de nécessité, ou il risqueroit trop d'attendre que la permission fût demandée et accordée d'employer le moyen qu'il propose si avantageux au salut de l'enfant. Au reste le conseil, en estimant que l'on pourroit s'en servir, croit cependant que, si les enfans dont il s'agit venoient au monde contre l'espérance de ceux qui se seroient servis du même moyen, il seroit nécessaire de les baptiser* sous condition, *et en cela le conseil se conforme à tous les rituels qui en autorisant le baptême d'un enfant qui fait paroître quelque partie de son corps, enjoignent neantmoins et ordonnent de le baptiser* sous condition, *s'il vient heureusement au monde.*

Déliberé en *Sorbonne*, le 10 *avril,* 1733.

A. Le Moyne.
L. De Romigny.
De Marcilly.

Mr. *Tristram Shandy* présente ses compliments à MM. *Le Moyne*, *De Romigny* et *De Marcilly*, il espère qu'ils ont bien reposé la nuit qui a suivi une consultation aussi fatigante.—Il désirerait de savoir si après la cérémonie du mariage, et avant celle de la consommation, le baptême de tous les Homunculi à la fois, du même coup, par *injection*, ne serait pas un moyen encore plus court et plus sûr ; à la condition, comme ci-dessus, dans le cas où les Homunculi prospéreraient et viendraient ensuite au monde sains et saufs, de les rebaptiser chacun en particulier *(sous condition)*. ——Et pourvu, en second lieu, que la chose pût se faire, ce que M. *Shandy* croit possible, *par le moyen d'une* petite canule et *sans faire aucun tort a le pere*[1].

CHAP. XXI.

——Je me demande ce que signifient tout ce bruit et ces allées et venues en haut, dit mon père, en s'adressant après une heure et demie de silence à mon oncle *Toby*,——qui, il faut que vous le sachiez, était assis à l'autre coin du feu, fumant tout le temps sa pipe sociable, dans une muette contemplation d'une culotte neuve de peluche noire qu'il portait ce jour-là ;—Que peuvent-ils bien faire, frère ?—dit mon père,—c'est à peine si nous pouvons nous entendre.

Je pense, répondit mon oncle *Toby*, ôtant sa pipe de sa bouche, et en en frappant le fourneau deux ou trois fois sur l'ongle de son pouce gauche tout en commençant sa phrase[1];——je pense, dit-il :——Mais pour bien comprendre les idées de mon oncle *Toby* à ce sujet, il faut d'abord vous faire connaître un peu son caractère, dont je vais vous donner les contours, après quoi le dialogue entre lui et mon père continuera tout aussi bien.

——De grâce, quel était le nom de l'homme,---car j'écris en si grande hâte que je n'ai le temps ni de me le rappeler, ni de le chercher,——qui fit le premier l'observation « que notre air et notre climat étaient d'une grande inconstance ? » Quel qu'il fût, c'était une juste et bonne observation.----Mais le corollaire qu'on en tira, savoir, « que c'est ce qui nous a dotés d'une telle variété de caractères bizarres et fantasques ; »——n'était pas de lui ;----il fut trouvé par un autre homme, au moins un siècle et demi plus tard :——Et encore,——que ce copieux magasin de matériaux originaux est la cause véritable et naturelle de la supériorité de nos comédies sur celles de la *France*, et sur toutes celles qui ont été ou pourront être composées sur le Continent ;——cette découverte n'a été pleinement faite que vers le milieu du règne du roi *Guillaume*,---lorsque le grand *Dryden*[2], en écrivant une de ses longues préfaces (si je ne me trompe), eut le bonheur de mettre le doigt dessus. À la vérité, vers la fin de la reine *Anne*, le grand *Addison*[3] commença à défendre cette idée, et l'expliqua plus complètement au monde dans un ou deux de ses Spectateurs ;——mais la découverte ne lui appartenait pas.——Puis, quatrièmement et finalement, que cette étrange irrégularité dans notre climat, qui produit une si étrange irrégularité dans nos caractères,——

nous dédommage par là jusqu'à un certain point en nous fournissant de quoi nous égayer quand le temps ne nous permet pas de sortir,--cette observation m'est personnelle ;--et je l'ai fait jaillir de mon cerveau aujourd'hui même, ce 26 *mars* 1759, jour très pluvieux, et entre neuf et dix heures du matin.

C'est ainsi,---c'est ainsi, mes collaborateurs et associés dans cette grande moisson de savoir, qui mûrit actuellement sous nos yeux ; c'est ainsi qu'avec la lenteur d'un accroissement accidentel, nos connaissances physiques, métaphysiques, physiologiques, polémiques, nautiques, mathématiques, énigmatiques, techniques, biographiques, romantiques, chimiques et obstétriques, avec cinquante autres de leurs branches (la plupart finissant comme elles en *iques*), se sont depuis ces deux derniers siècles et plus, élevées graduellement vers cette ἀχμή[1] de leur perfection, dont il n'est guère possible que nous soyons bien éloignés, si nous pouvons baser une conjecture sur les progrès de ces sept dernières années.

Quand cela arrivera, il est à espérer que cela mettra fin à toute espèce d'écrits quelconques ;—que le manque de toute espèce d'écrits mettra fin à toute espèce de lectures ;---et qu'avec le temps, *Comme la guerre engendre la pauvreté, et la pauvreté la paix*[2],———cela devra naturellement mettre fin à toute espèce de savoir,---et alors ———nous aurons tous à recommencer à nouveau ; ou, en d'autres termes, nous nous trouverons exactement au point d'où nous étions partis.

CHAP. XXI   [135]

————Heureux, trois fois heureux temps! Je voudrais seulement que l'époque de ma conception, ainsi que son mode et sa manière, eût été un peu changée,--ou qu'elle eût pu être retardée, sans inconvénient pour mon père ni ma mère, de quelque vingt ou vingt-cinq années, alors qu'un homme aurait pu avoir quelque chance dans le monde littéraire.————

Mais j'oublie mon oncle *Toby*, que nous avons laissé tout ce temps faisant tomber les cendres de sa pipe.

Son humeur était de cette espèce particulière qui fait honneur à notre atmosphère; et je ne me serais fait aucun scrupule de le ranger parmi les productions du premier ordre en ce genre, si elle n'avait pas accusé des traits trop prononcés d'une ressemblance de famille, qui prouvait qu'il tirait la singularité de son caractère plutôt du sang que de l'air ou de l'eau, ou de toute autre de leurs modifications ou combinaisons quelconques : Aussi me suis-je souvent étonné que mon père, quoiqu'il eût, je suppose, ses raisons pour cela, en observant certains signes d'excentricité dans ma manière d'être, lorsque j'étais enfant,—n'eût jamais cherché à se les expliquer de cette sorte; car tous les membres de la FAMILLE SHANDY avaient, du premier jusqu'au dernier, un caractère original;————j'entends les mâles, —car les femelles n'avaient aucune espèce de caractère[1],—sauf pourtant ma grand'tante DINAH, qui, il y a environ soixante ans, épousa son cocher et en eut un enfant, ce qui faisait souvent dire à mon père, conformément à son hypothèse sur les noms de baptême, qu'elle pouvait en remercier ses parrains et marraines.

Il semblera fort étrange,——et je songerais autant à jeter une énigme sur la route du lecteur, ce que je n'ai pas d'intérêt à faire, qu'à lui donner à deviner comment il put arriver qu'un événement de ce genre, après tant d'années écoulées, fût destiné à rompre la paix et l'union qui, à cela près, régnaient si cordialement entre mon père et mon oncle *Toby*. On aurait cru que toute la violence de ce malheur se serait amortie et épuisée dans la famille de prime abord,——comme c'est généralement le cas :——Mais rien n'arrive jamais dans notre famille suivant le cours ordinaire. Peut-être à l'époque où cela eut lieu avait-elle quelque autre sujet d'affliction ; or, comme les chagrins sont envoyés ici-bas pour notre bien, et que celui-ci n'en avait jamais fait aucun à la Famille Shandy, il pouvait attendre qu'une époque et des circonstances convenables lui fournissent l'occasion de remplir son office.————Observez que je ne décide rien à cet égard.————Ma méthode est toujours d'indiquer aux curieux différents points d'investigation, pour qu'ils remontent aux sources premières des événements que je raconte ;——non pas pour voir un pédantesque *Fétu*,——ni dans la manière tranchante de *Tacite*, qui se quintessencie lui et son lecteur ;——mais avec l'officieuse humilité d'un cœur voué à secourir uniquement les esprits curieux ;--c'est pour eux que j'écris,——et par eux que je serai lu,——si on peut supposer qu'une pareille lecture s'endure aussi longtemps, jusqu'à la fin du monde.

Pourquoi donc cette cause de chagrin fut-elle réservée à mon père et à mon oncle, je le laisse indécis. Mais comment et dans quelle direction elle se développa au point de devenir entre eux une cause de mécontentement, après qu'elle eut commencé à opérer, c'est ce que je suis en état d'expliquer avec une grande exactitude, et voici le fait :

Mon oncle Toby Shandy, madame, était un gentleman qui, outre les vertus qui constituent d'habitude le caractère d'un homme d'honneur et de droiture,— en possédait, à un degré très éminent, une qui se trouve rarement ou jamais inscrite dans le catalogue ; c'était une extrême et incomparable pudicité de nature ;——— mais je corrige le mot nature, par cette raison que je ne dois pas préjuger un point dont il va bientôt être question, à savoir si sa pudicité était naturelle ou acquise. ————De quelque manière qu'elle fût venue à mon oncle *Toby*, ce n'en était pas moins de la pudicité dans le vrai sens du mot ; et cela, madame, non pas sous le rapport des termes, car il était assez malheureux pour n'en avoir qu'un choix très limité,—mais sous celui des choses ;———et cette espèce de pudicité le dominait tellement, et s'élevait chez lui à un tel degré qu'elle égalait presque, si la chose était possible, la pudicité même d'une femme : Cette délicatesse féminine, madame, et cette pureté intérieure d'esprit et d'imagination qui fait de votre sexe l'admiration et la terreur du nôtre.

Vous allez vous imaginer, madame, que mon oncle *Toby* avait puisé toute cette vertu à sa source même ;----qu'il avait passé une grande partie de son temps dans l'intimité de votre sexe ; et que, grâce à une connaissance approfondie des femmes et à la force d'imitation que de si beaux exemples rendent irrésistible,----il avait acquis cette aimable disposition d'esprit.

Je voudrais pouvoir le dire,----mais à l'exception de sa belle-sœur, femme de mon père, et ma mère,-------mon oncle *Toby* avait à peine échangé trois paroles avec le beau sexe en autant d'années;------non, il devait cette vertueuse disposition, madame, à un coup.------Un coup!---Oui, madame, il la devait à un coup d'une pierre détachée par un boulet du parapet d'un ouvrage à cornes au siège de *Namur*[1], et qui avait frappé en plein dans l'aine de mon oncle *Toby*[2]. ---Comment en avait-il pu résulter cet effet? Cette histoire, madame, est longue et intéressante;----mais ce serait entasser les faits les uns sur les autres que de vous la donner ici.------Je la réserve pour un prochain épisode, et chaque circonstance y relative sera, en son lieu et place, fidèlement placée sous vos yeux :----Jusque-là, il n'est pas en mon pouvoir d'éclaircir davantage ce sujet, ou d'en dire plus que je n'en ai déjà dit,-----Que mon oncle *Toby* était un gentleman d'une incomparable pudicité, laquelle se trouvait quelque peu subtilisée et raréfiée par la chaleur continue d'un petit orgueil de famille,-----aussi ces deux principes agissaient-ils tellement sur lui qu'il ne pouvait jamais entendre parler de l'aventure de ma tante DINAH, sans la plus grande émotion.------La moindre allusion à ce sujet suffisait pour lui faire monter le sang à la face;---mais quand mon père s'étendait sur cette histoire dans des sociétés mélangées, ce à quoi l'obligeait fréquemment l'éclaircissement de son hypothèse,---- cette malheureuse flétrissure d'une des plus belles branches de sa famille faisait saigner l'honneur et la pudicité de mon oncle *Toby*; et souvent il prenait mon père à part, dans le plus grand trouble imaginable, pour se plaindre, et lui dire qu'il lui donnerait tout au monde, seulement pour laisser cette histoire en repos.

Mon père avait, je crois, pour mon oncle *Toby* l'amour et la tendresse les plus vrais que jamais frère ait eus pour son frère, et il aurait fait naturellement tout ce qu'un frère pouvait raisonnablement désirer de son frère, pour mettre à l'aise le cœur de mon oncle *Toby* sur ce point ou sur tout autre. Mais ceci était hors de son pouvoir.

——Mon père, comme je vous l'ai dit, était un philosophe jusqu'à la moelle,—spéculatif,—systématique;—et l'aventure de ma tante *Dinah* était pour lui un fait aussi important que la rétrogradation des planètes pour *Copernic*[1] :—Les écarts de *Vénus* dans son orbite fortifièrent le système de *Copernic*, appelé ainsi d'après son nom; et les écarts de ma tante *Dinah* dans son orbite rendirent le même service au système de mon père, qui, j'en suis certain, sera à jamais appelé par la suite le *système de Shandy*, d'après son nom.

Dans tout autre déshonneur de famille, mon père aurait éprouvé, je pense, un sentiment de honte aussi délicat que qui que ce soit;——et ni lui, ni, je présume, *Copernic*, n'auraient divulgué l'affaire dans l'un et l'autre cas, et n'en auraient jamais soufflé mot au monde, sans ce qu'ils croyaient devoir à la vérité.— *Amicus Plato*, disait mon père, en expliquant au fur et à mesure les mots à mon oncle *Toby*, *Amicus Plato*; c'est-à-dire DINAH était ma tante;—*sed magis amica veritas*—mais la VÉRITÉ est ma sœur.

Cette contrariété d'humeurs entre mon père et mon oncle était la source de mainte chamaillerie fraternelle[1]. L'un ne pouvait supporter d'entendre mentionner une anecdote déshonorante pour la famille,———et l'autre ne laissait guère passer un jour sans y faire quelque allusion.

Pour Dieu, s'écriait mon oncle *Toby*,———et pour moi, et pour nous tous, mon cher frère *Shandy*,— laissez cette histoire de notre tante et ses cendres dormir en paix ;———comment pouvez-vous,———comment pouvez-vous avoir si peu de sympathie et de pitié pour la réputation de notre famille :———Qu'est-ce que la réputation d'une famille auprès d'une hypothèse ? répliquait mon père.———Et même, si vous en venez là—qu'est-ce que la vie d'une famille :———La vie d'une famille !—disait mon oncle *Toby*, se rejetant en arrière dans son fauteuil, et levant les mains, les yeux et une jambe.———Oui, la vie,———répétait mon père, en maintenant son dire. Combien de milliers d'existences sont jetées chaque année à la mer (dans tous les pays civilisés, du moins),———et qui ne pèsent pas plus que de l'air, en comparaison d'une hypothèse. Dans mon simple sentiment des choses, répondait mon oncle *Toby*,———chaque fait de ce genre est un véritable MEURTRE, le commette qui voudra.———C'est là votre erreur, répliquait mon père ;———car, *in Foro Scientiæ*[2], il n'y a pas MEURTRE,———ce n'est que la MORT, frère.

Mon oncle *Toby* n'essayait jamais de répondre à cela par aucune autre espèce d'argument que celui de siffler une demi-douzaine de mesures de *Lillabullero*[3].———Il faut que vous sachiez que c'était le canal habituel par lequel ses passions s'évaporaient, quand quelque chose le choquait ou le surprenait ;——mais surtout quand on avançait quelque chose qu'il jugeait très absurde.

Comme aucun de nos logiciens, ni de leurs commentateurs, autant qu'il m'en souvienne, n'a jugé à propos de donner un nom à ce genre particulier d'argument,—je prends ici la liberté de le faire moi-même pour deux raisons. Premièrement, afin que pour prévenir toute confusion dans les discussions, il soit à jamais aussi distinct de toute autre espèce d'argument, ——que l'*Argumentum ad Verecundiam, ex Absurdo, ex Fortiori*[1], ou tout autre argument quelconque :——Et, secondement, afin qu'il puisse être dit par les enfants de mes enfants, quand ma tête reposera dans la tombe,----que la tête de leur savant grand-père était jadis occupée aussi utilement que celle des autres :— Qu'il avait inventé un nom,---et l'avait généreusement jeté dans le TRÉSOR de l'*Ars Logica*[2], comme l'un des plus incontestables arguments de toute la science. Et si le but de la dispute[3] est plutôt d'imposer silence que de convaincre,--ils pourront ajouter, s'il leur plaît, comme un des meilleurs arguments aussi.

J'ordonne donc et enjoins strictement, par les présentes, Qu'il soit connu et distingué par les nom et titre d'*Argumentum Fistulatorium*, et par nul autre ;---et qu'il soit désormais classé avec l'*Argumentum Baculinum* et l'*Argumentum ad Crumenam*, et traité à tout jamais dans le même chapitre.

Quant à l'*Argumentum Tripodium*, qui n'est jamais employé que par la femme contre l'homme;---et l'*Argumentum ad Rem*[1], qui, au contraire, n'est employé que par l'homme contre la femme :—comme ces deux-là suffisent en conscience pour une leçon;——et, de plus, comme l'un est la meilleure réponse à l'autre, ---laissons-les séparés, et qu'ils soient traités chacun dans un lieu spécial.

CHAP. XXII.

LE savant évêque *Hall*[2], je veux dire, le fameux docteur *Joseph Hall*, qui fut évêque d'Exeter sous le règne du roi *Jacques Ier*, nous dit dans une de ses *Décades*, à la fin de son art divin de la méditation, imprimé à *Londres*, en l'an 1610, par *John Beal*, demeurant *Aldersgate-street*, « qu'il est abominable de se louer soi-même ; »---et je suis réellement de cet avis.

Et pourtant, d'un autre côté, quand une chose est exécutée de main de maître, et qu'il n'est pas probable qu'on le découvre;---je pense qu'il est tout aussi abominable qu'un homme en perde l'honneur et sorte du monde avec sa pensée pourrissant dans sa tête.

C'est là précisément ma situation.

Car dans cette longue digression où je me suis engagé accidentellement, comme dans toutes mes digressions (une seule exceptée) il y a un coup de maître d'habileté digressive, dont le mérite a été tout le temps, je le crains, méconnu de mon lecteur,--non par manque de pénétration,—mais parce que c'est une qualité rarement cherchée ou attendue dans une digression ;---et cette qualité, la voici : Bien que mes digressions soient toutes rondes, comme vous voyez,—et que je m'écarte de mon sujet aussi loin et aussi souvent qu'aucun écrivain de la *Grande-Bretagne*; cependant je prends constamment soin d'arranger les choses de telle sorte que ma principale affaire ne chôme pas en mon absence[1].

J'étais, par exemple, sur le point de vous donner les grands contours du très original caractère de mon oncle *Toby*;—quand ma tante *Dinah* et son cocher sont venus à la traverse, et nous ont capricieusement entraînés à quelques millions de milles dans le cœur même du système planétaire : Malgré tout cela, vous voyez que le dessin du caractère de mon oncle *Toby* a marché doucement tout le temps;---non pas les grands contours,—c'était impossible;---mais des touches familières et de faibles indications ont été jetées çà et là, chemin faisant, de sorte que vous êtes bien mieux informé sur mon oncle *Toby* que vous ne l'étiez auparavant.

Par cette combinaison, la machine[2] de mon ouvrage est d'une espèce à part; j'y ai introduit et concilié deux moteurs contraires, qu'on croyait incompatibles. En un mot, mon ouvrage est digressif, et il est progressif aussi,—et cela en même temps.

C'est là, monsieur, une histoire fort différente de celle du mouvement de la terre autour de son axe dans sa rotation diurne, avec son progrès dans son orbite elliptique qui amène l'année et constitue cette variété et vicissitude des saisons dont nous jouissons;---quoique j'avoue que c'est ce qui m'en a suggéré la pensée,— comme je crois que les plus grandes de nos améliorations et découvertes tant vantées sont venues d'idées aussi insignifiantes.

Les digressions sont incontestablement la lumière; ——elles sont la vie, l'âme de la lecture;---enlevez-les de ce livre, par exemple,--vous pourriez aussi bien supprimer le livre avec elles;—un froid hiver éternel régnerait à chacune de ses pages; rendez-les à l'écrivain;-----il s'avance comme un jeune époux[1],—il salue tout le monde, il apporte la variété, et tient l'appétit en éveil.

Toute l'adresse consiste à les bien cuisiner et employer, de manière à ce qu'elles ne soient pas seulement avantageuses au lecteur, mais aussi à l'auteur, dont l'embarras, en cette circonstance, est vraiment digne de pitié : Car s'il commence une digression,---à dater de ce moment, je remarque que tout son ouvrage s'arrête immobile;—et s'il fait marcher son sujet principal,----alors c'en est fait de sa digression.

——C'est là de pauvre ouvrage.—C'est pourquoi depuis le commencement de celui-ci, vous le voyez, j'en ai construit le corps principal et les parties accessoires avec tant d'intersections, et j'ai tellement compliqué et entrelacé les mouvements digressifs et progressifs, une roue dans l'autre, que toute la machine, en général, a continué de marcher;---et, qui plus est, elle continuera de marcher d'ici à quarante ans, s'il plaît à la source de la santé de m'accorder aussi long-temps la vie et le courage.

CHAP. XXIII.

J'AI en moi une forte propension à commencer ce chapitre très absurdement, et je ne veux pas me priver de cette fantaisie.—En conséquence, je débute ainsi.

Si l'adaptation de la vitre de *Momus*[1] à la poitrine humaine, avait eu lieu conformément à la correction proposée par ce malin critique,——premièrement, il en serait certainement résulté cette ridicule conséquence,--Que les plus sages et les plus graves d'entre nous tous auraient eu à payer chaque jour de leur vie, en telle monnaie ou telle autre, l'impôt des fenêtres[2].

Et, secondement, Que si la dite vitre avait été posée là, on n'aurait plus eu besoin, pour reproduire le caractère d'un homme, que de prendre une chaise, et d'aller doucement, comme vous feriez pour une ruche de verre, regarder dedans,--et voir l'âme toute nue;---observer ses mouvements,—ses machinations;—suivre toutes ses larves depuis l'instant où elles sont engendrées jusqu'à celui où elles se mettent à ramper;---l'épier libre dans ses écarts, ses gambades et ses caprices; et après quelque attention prêtée à son allure plus grave, conséquence logique de pareils écarts, etc.,——prendre alors votre plume et votre encre, et ne rien mentionner que ce que vous auriez vu et pourriez affirmer sous serment :---Mais c'est là un avantage dénié au biographe sur cette planète,—dans la planète de *Mercure* (vraisemblablement) cela peut lui arriver, sinon mieux encore ;----car là, la chaleur intense du pays, que les calculateurs ont prouvé être, à cause de la proximité du soleil, plus qu'égale à celle du fer rouge,—doit, je pense, avoir depuis longtemps vitrifié le corps des habitants, (comme cause efficiente) pour les assortir au climat (qui est la cause finale[1]) ; si bien que, entre ces deux causes, tous les domiciles de leurs âmes, du haut en bas, peuvent n'être, tant que la plus saine philosophie n'aura pu démontrer le contraire, rien autre qu'un beau corps transparent de verre clair (sauf le nœud ombilical) ;---en sorte que, jusqu'à ce que les habitants deviennent vieux et passablement ridés, par suite de quoi les rayons de la lumière, en les traversant, seront si monstrueusement réfractés,-----ou reviendront à l'œil, réfléchis de leurs surfaces en tant de lignes transverses, qu'on ne pourrait voir au travers d'un homme ; ---leur âme pourrait aussi bien, à moins que ce ne soit par pure cérémonie,---ou pour l'insignifiant avantage que lui donne le point ombilical,----pourrait, dis-je, sous tout autre rapport, faire aussi bien ses folies hors de chez elle que dans sa maison[2].

Mais, comme je l'ai dit plus haut, ce n'est pas le cas des habitants de la terre ;—nos esprits ne brillent pas à travers le corps, mais sont enveloppés d'une couverture opaque de chair et de sang non cristallisés ; de façon que si nous voulions pénétrer jusqu'à leurs caractères spécifiques, il nous faudrait procéder autrement.

Nombreuses, en vérité, sont les routes que l'esprit humain a été forcé de prendre pour faire la chose avec exactitude.

Les uns, par exemple, dessinent tous leurs caractères avec des instruments à vent.—*Virgile* mentionne cette méthode dans l'affaire de *Didon* et d'*Énée*[1] ;—mais elle est aussi trompeuse que le souffle de la renommée ;—et, de plus, elle dénote un esprit étroit. Je n'ignore pas que les *Italiens*[2] se piquent d'une exactitude mathématique dans la description d'une espèce particulière de caractère existante chez eux, à l'aide du *forte*[3] ou du *piano* d'un certain instrument à vent qu'ils emploient,—et qu'ils disent infaillible.—Je n'ose pas mentionner ici le nom de cet instrument ;--il suffit que nous le possédions parmi nous,—mais nous ne penserions jamais à nous en servir pour dessiner ;---ceci est énigmatique, et l'est à dessein, du moins *ad populum*[4] :---Et c'est pourquoi je vous prie, madame, quand vous en arriverez ici, de lire aussi vite que vous pourrez, et de ne pas vous arrêter pour faire la moindre recherche à cet égard.

Il en est d'autres encore qui dessineront le caractère d'un homme à l'aide seulement au monde de ses évacuations[5] ;—mais ceci donne souvent un contour fort incorrect,---à moins pourtant que vous ne preniez aussi une esquisse de ses réplétions ; et qu'en corrigeant un dessin par l'autre, vous ne composiez une bonne figure d'après tous les deux.

Je n'aurais rien à objecter à cette méthode, sauf que je pense qu'elle doit sentir trop fort la lampe,—et devenir encore plus pénible, en vous forçant d'avoir l'œil sur le reste de ses *Non-Naturels*[1].——Pourquoi les actes les plus naturels de la vie d'un homme sont-ils appelés Non-Naturels,---c'est une autre question.

Il en est d'autres, quatrièmement, qui dédaignent chacun de ces expédients;—non par aucune fertilité personnelle d'invention, mais à cause des diverses manières de faire qu'ils ont empruntées aux honorables talents que les frères Pantographiques* du pinceau ont montrés à prendre des copies.—Ce sont, sachez-le, vos grands historiens.

Vous en verrez un dessiner un portrait en pied, *à contre-jour*;—ce qui est déloyal,----malhonnête,----et dur pour le caractère de l'homme qui pose.

D'autres, pour corriger la chose, feront de vous un dessin à la *chambre obscure*;----c'est le plus perfide de tous les moyens,---attendu que là vous êtes sûr d'être représenté dans une de vos plus ridicules attitudes.

Pour éviter toutes ces erreurs en vous donnant le portrait de mon oncle *Toby*, je suis résolu à ne le dessiner par aucun moyen mécanique quelconque;—— mon crayon ne sera guidé par aucun instrument à vent dans lequel on ait jamais soufflé, en deçà ou au-delà

---

* *Pantographe*, instrument servant à copier les estampes et les peintures et dans toute espèce de proportions.

des *Alpes*;—je n'examinerai ni ses réplétions ni ses évacuations,—et ne toucherai non plus à ses actes Non-Naturels;—mais, en un mot, je dessinerai le caractère de mon oncle *Toby* d'après son Dada.

CHAP. XXIV.

SI je n'étais moralement sûr que le lecteur doit mourir d'impatience d'avoir le portrait de mon oncle *Toby*,——je voudrais auparavant le convaincre ici qu'il n'y a pas d'instrument aussi convenable, pour dessiner une pareille chose, que celui que j'ai choisi.

Un homme et son Dada, quoique je ne puisse dire qu'ils agissent et réagissent exactement de la même manière que le font l'âme et le corps l'un sur l'autre : Ils ont cependant entre eux, sans aucun doute, une certaine espèce de communication, et je suis quelque peu d'avis qu'elle procède plutôt à la manière de l'électricité des corps,--et qu'au moyen des parties échauffées du cavalier, mises immédiatement en contact avec le dos du Dada.—À la suite de longs voyages et de nombreux frottements, il arrive que le corps du cavalier finit par se remplir d'autant de substance Dadaïque qu'il en peut contenir;----de sorte que si vous êtes seulement capable de donner une claire description de la nature de l'un, vous pouvez vous former une idée passablement exacte du génie et du caractère de l'autre.

Or, le DADA que montait toujours mon oncle *Toby* était, à mon avis, un DADA bien digne d'être décrit, ne fût-ce qu'à cause de sa grande singularité ; car vous auriez pu voyager d'*York* à *Douvres*,——de *Douvres* à *Penzance* en *Cornouailles*, et revenir de *Penzance* à *York*, sans en avoir rencontré un pareil sur la route ; ou si vous en aviez aperçu un, quelque pressé que vous eussiez été, vous vous seriez infailliblement arrêté pour le regarder. En effet, son allure et sa tournure étaient si étranges, et il était, de la tête à la queue, si foncièrement dissemblable de toute son espèce, que c'était de temps à autre un sujet de discussion de savoir,——s'il était réellement ou non un DADA : Mais comme le Philosophe qui n'employait contre le Sceptique qui lui contestait la réalité du mouvement, d'autre argument que de se lever sur ses jambes, et de marcher à travers la chambre ;—ainsi mon oncle *Toby*, pour prouver que son DADA était réellement un DADA, n'employait d'autre argument que de monter sur son dos et de chevaucher çà et là ;—laissant le monde, après cela, décider la chose comme il le jugerait convenable.

En vérité, mon oncle *Toby* le montait avec tant de plaisir, et il portait si bien mon oncle *Toby*,——que celui-ci se cassait fort peu la tête de ce que le monde en disait ou en pensait.

Il est maintenant grand temps, toutefois, que je vous en donne une description :—Mais pour procéder régulièrement, je vous prie seulement de me permettre de vous apprendre d'abord comment mon oncle *Toby* se l'était procuré.

CHAP. XXV.

LA blessure à l'aine de mon oncle *Toby*, qu'il avait reçue au siège de *Namur*, le rendant impropre au service, on jugea convenable qu'il revînt en *Angleterre*, afin de se faire guérir, s'il était possible.

Il fut absolument retenu pendant quatre ans,—une partie au lit, et la totalité dans sa chambre; et dans le cours de sa guérison, qui dura tout ce temps, il subit des souffrances indicibles,—dues à une succession d'exfoliations de l'*os pubis* et du bord extérieur de la partie du *Coxendix*, appelé *os ilium*[1],——lesquels os étaient tous deux horriblement écrasés; autant à cause de l'irrégularité de la pierre, qui, je vous l'ai dit, avait éclaté du parapet,—que par suite de sa grosseur,—(quoiqu'elle fût passablement grosse) qui porta tout le temps le chirurgien à penser que le mal considérable qu'elle avait fait à l'aine de mon oncle *Toby*, était plutôt dû à la pesanteur même de la pierre qu'à sa force projectile,—ce qui, lui disait-il souvent, était un grand bonheur.

Mon père à cette époque venait de commencer son commerce à *Londres*, et y avait pris une maison;—comme la plus franche amitié et cordialité existait entre les deux frères,—et que mon père pensait que mon oncle *Toby* ne pouvait nulle part être aussi bien soigné et choyé que dans sa maison,——il lui en assigna le meilleur appartement.—Et ce qui était encore une marque bien plus sincère de son affection, il ne laissait jamais un ami ou une connaissance pénétrer dans la maison en aucune circonstance, qu'il ne la prît par la main et ne la menât en haut voir son frère *Toby*, et jaser une heure au chevet de son lit.

L'histoire de la blessure d'un soldat en fait oublier la douleur;—les visiteurs de mon oncle étaient du moins de cet avis, et dans leurs visites quotidiennes, par une courtoisie provenant de cette croyance, ils tournaient fréquemment l'entretien sur ce sujet,—et de ce sujet la conversation roulait généralement sur le siège même.

Ces conversations étaient infiniment aimables; mon oncle *Toby* en recevait un grand soulagement, et il en aurait reçu bien davantage, si elles ne l'avaient pas jeté dans certaines perplexités imprévues, qui, pendant trois mois de suite, retardèrent considérablement sa guérison; et s'il n'avait pas trouvé un expédient pour s'en délivrer, je crois en vérité qu'elles l'auraient conduit au tombeau.

Quelles étaient ces perplexités de mon oncle *Toby*, ——il vous est impossible de le deviner;—si vous le pouviez,—j'en rougirais, non comme parent,—non comme homme,—ni même comme femme,—mais j'en rougirais comme auteur; d'autant plus que je ne tire pas médiocrement gloire de moi, par ce motif même que mon lecteur n'a jamais encore été capable de rien deviner. Et en ceci, monsieur, je suis d'une humeur si délicate et si singulière, que si je vous croyais capable de vous former la moindre idée ou une conjecture vraisemblable sur ce qui va arriver à la prochaine page,—je l'arracherais de mon livre.

FIN du Premier Volume.

LA
VIE
ET LES
OPINIONS
DE
TRISTRAM SHANDY,
Gentleman

Ταράσσει τοὺς Ἀνθρώπους οὐ τὰ Πράγματα,
Ἀλλὰ τὰ περὶ τῶν Πραγμάτων, Δόγματα[1].

VOL. II.

CHAP. Ier.

J'AI commencé un nouveau volume afin d'avoir assez de place[1] pour expliquer la nature des perplexités dans lesquelles mon oncle *Toby* était tombé par suite des nombreuses conversations et interrogations sur le siège de *Namur*, où il avait reçu sa blessure.

Je dois rappeler au lecteur, en cas qu'il ait lu l'histoire des guerres du roi *Guillaume*,—mais s'il ne l'a pas lue,--alors je lui apprends qu'une des plus mémorables attaques de ce siège fut celle qui fut faite par les *Anglais* et les *Hollandais* sur la pointe de la contrescarpe avancée, établie devant la porte *Saint-Nicolas*[2], et qui enceignait la grande écluse où les *Anglais* furent terriblement exposés au feu de la contre-garde et du demi-bastion de *Saint-Roch* : L'issue de ce chaud conflit fut, en trois mots ; que les *Hollandais* se logèrent dans la contre-garde,---et que les *Anglais* se rendirent maîtres du chemin couvert devant la porte *Saint-Nicolas*, malgré la bravoure des officiers *français*, qui s'exposèrent sur les glacis l'épée à la main.

Comme c'était la principale attaque dont mon oncle *Toby* eût été témoin oculaire à *Namur*,——l'armée des assiégeants étant coupée par le confluent de la *Meuse* et de la *Sambre*[3] et empêchée ainsi de distinguer grand'chose des opérations de ses divers corps,—mon oncle *Toby* était généralement plus éloquent et plus précis dans le récit qu'il en faisait ; et les nombreuses perplexités où il était provenaient des difficultés presque insurmontables qu'il trouvait à raconter son histoire d'une manière intelligible, et à donner des idées assez claires des différences et distinctions qui existent entre l'escarpe et la contrescarpe,——le glacis et le chemin couvert,——la demi-lune et le ravelin[1],——de manière à faire pleinement comprendre à sa société où il était et ce qu'il faisait.

Les écrivains eux-mêmes sont trop sujets à confondre ces termes ;——de sorte que vous vous étonnerez moins si, dans ses efforts pour les expliquer, et par opposition à bien des notions fausses, mon oncle *Toby* embarrassait souvent ses visiteurs, et s'embarrassait parfois lui-même.

À vrai dire, à moins que la société que mon père amenait en haut n'eût l'esprit passablement clair, ou que mon oncle *Toby* ne fût d'humeur explicative, c'était une chose difficile, quoi qu'il fît, de maintenir l'entretien à l'abri de l'obscurité[2].

Ce qui rendait le récit de cette affaire d'autant plus embrouillé pour mon oncle *Toby*, c'était,——qu'à l'attaque de la contrescarpe, devant la porte *Saint-Nicolas*, laquelle s'étendait depuis le bord de la *Meuse* jusqu'à la grande écluse ;——le terrain était coupé et recoupé en tous sens d'une multitude de tranchées, de rigoles, de petits ruisseaux et d'écluses,——au milieu desquels il se trouvait si cruellement égaré et arrêté, que souvent il n'aurait pu faire un pas en arrière ou en avant, pour sauver sa vie ; et maintes fois, par ce seul motif, il avait été obligé d'abandonner l'attaque.

Ces échecs embarrassants causaient à mon oncle *Toby Shandy* plus de trouble que vous ne l'imagineriez ; et comme la tendresse de mon père lui amenait continuellement de nouveaux amis et de nouveaux questionneurs,—sa tâche ne laissait pas d'être fort pénible.

Sans doute, mon oncle *Toby* avait un grand empire sur lui-même,—et il pouvait, je crois, garder les apparences aussi bien que la plupart des hommes ;—mais tout le monde peut concevoir que lorsqu'il ne pouvait sortir du ravelin sans entrer dans la demi-lune, ni quitter le chemin couvert sans tomber dans la contrescarpe, ni traverser la tranchée sans risquer de glisser dans le fossé, il devait s'irriter et se colérer intérieurement :—C'est ce qu'il faisait ;—et ces petites vexations continuelles peuvent bien paraître futiles et insignifiantes à un homme qui n'a pas lu *Hippocrate*, mais quiconque a lu *Hippocrate*, ou le docteur *James Mackenzie*[1], et a bien observé l'effet des passions et affections de l'âme sur la digestion,—(Pourquoi pas d'une blessure aussi bien que d'un dîner ?)—peut facilement comprendre quels paroxysmes aigus et quelle exacerbation de sa blessure mon oncle *Toby* devait éprouver rien que pour cette raison.

—Mon oncle *Toby* ne pouvait pas philosopher là-dessus ;—c'était assez qu'il sentît qu'il en était ainsi,—et après en avoir supporté la peine et les ennuis pendant trois mois de suite, il résolut de s'en débarrasser de manière ou d'autre.

Il était un matin couché sur le dos, dans son lit, la douleur et la nature de sa blessure à l'aine ne lui permettant pas une autre position, lorsque l'idée lui vint en tête que s'il pouvait acheter et faire coller sur une planche une grande carte des fortifications de la ville et de la citadelle de *Namur,* avec ses environs, ce pourrait être pour lui un moyen de soulagement.—Je mentionne son désir d'avoir les environs avec la ville et la citadelle, par la raison—que mon oncle *Toby* avait reçu sa blessure dans une des traverses, à environ trente toises de l'angle de retour de la tranchée, en face de l'angle saillant du demi-bastion de *Saint-Roch*;——en sorte qu'il se croyait passablement sûr de pouvoir ficher une épingle sur l'endroit même du terrain où il se trouvait quand la pierre l'avait frappé.

Tout cela réussit au gré de ses vœux, et non seulement le délivra d'une foule de pénibles explications, mais, en fin de compte, devint, comme vous le lirez, l'heureux moyen qui procura à mon oncle *Toby* son Dada.

CHAP. II.

IL n'y a rien de si sot, quand vous vous êtes mis en frais pour donner un festin de ce genre, que d'ordonner les choses assez mal pour permettre à vos critiques et à

CHAP. II [161]

la bourgeoisie d'un goût raffiné de le ravaler : Et il n'y a rien de si propre à les y pousser, que de ne pas les inviter, ou, ce qui est tout aussi blessant, d'accorder votre attention au reste de vos convives, aussi particulièrement que s'il n'y avait pas à table le moindre critique (de profession).

————Je me garde de ces deux fautes; car, en premier lieu, j'ai laissé à dessein une demi-douzaine de places vacantes pour eux;—et en second lieu, je leur fais à tous la cour,—Messieurs, je vous baise les mains,—j'atteste qu'aucune compagnie ne pouvait me faire moitié autant de plaisir,—sur mon âme, je suis ravi de vous voir,————tout ce que je vous demande, c'est de ne pas agir comme des étrangers, mais de vous asseoir sans cérémonie, et de vous mettre à l'œuvre de tout cœur.

J'ai dit que j'avais laissé six places, et j'étais sur le point de pousser la complaisance jusqu'à en laisser une septième vacante pour eux,—et à l'endroit même où je me trouve;—mais un critique (pas de profession pourtant,---mais de nature) m'ayant dit que je m'étais suffisamment acquitté de mes devoirs, je vais la remplir sur-le-champ, dans l'espoir, entre temps, d'être en état de disposer de beaucoup plus de place l'an prochain.

————Comment, au nom du ciel ! votre oncle *Toby* qui, à ce qu'il paraît, était un militaire, et que vous n'avez pas représenté comme un sot,----pouvait-il être en même temps un individu assez obtus, assez stupide, assez hébété, pour---Allez-y voir vous-même.

C'est ainsi, Sire Critique, que j'aurais pu répondre ; mais je le dédaigne.————C'est un langage impoli, ----et qui ne convient qu'à l'homme qui ne peut pas rendre un compte clair et satisfaisant des choses, ou plonger assez avant dans les causes premières de l'ignorance et de la confusion humaines. C'est, en outre, la riposte vaillante,----et c'est pourquoi je la rejette ; car bien qu'elle eût convenu supérieurement au caractère de mon oncle *Toby*, en sa qualité de soldat,---et que s'il ne s'était pas accoutumé, en de telles attaques, à siffler le *Lillabullero*,----comme il ne manquait pas de courage, c'eût été la réponse même qu'il eût faite ; cependant elle ne pouvait aucunement faire mon affaire. Vous voyez aussi clairement que possible, que j'écris en homme d'érudition ;---que même mes comparaisons, mes allusions, mes explications, mes métaphores sont érudites,----et que je dois soutenir mon rôle convenablement, et le faire contraster convenablement aussi, ---autrement que deviendrais-je ? Eh ! monsieur, je serais perdu ;----en cet instant même où je vais occuper ici une place pour me débarrasser d'un critique, -----j'aurais ouvert la porte à deux autres.

——C'est pourquoi je réponds ainsi :

De grâce ! monsieur, dans toutes les lectures que vous avez faites, avez-vous jamais lu un livre tel que celui de *Locke*, l'*Essai sur l'entendement humain*[1] ?—— Ne me répondez pas à la légère,--car j'en connais beaucoup qui citent le livre sans l'avoir lu,---et beaucoup qui l'ont lu sans le comprendre :---Si vous êtes dans l'un de ces deux cas, comme j'écris pour instruire, je vous dirai en trois mots ce qu'est ce livre.—C'est une histoire.—Une histoire! de qui? de quoi? d'où? de quand? N'allez pas trop vite.——C'est une histoire, monsieur (ce qui peut fort bien le recommander au monde), de ce qui se passe dans l'esprit d'un homme; et si vous en dites autant de ce livre, et pas plus, croyez-moi, vous ne ferez pas une figure méprisable dans un cercle de métaphysiciens.

Mais ceci en passant.

Maintenant, si vous voulez vous hasarder à m'accompagner et à sonder les profondeurs du sujet, nous trouverons que la cause de l'obscurité et de la confusion dans l'esprit d'un homme est triple[1].

Des organes émoussés, cher monsieur, en premier lieu. Secondement, de légères et passagères impressions faites par les objets, quand les dits organes ne sont point émoussés; et troisièmement, une mémoire pareille à un crible et incapable de retenir ce qu'elle reçoit. ----Faites descendre *Dolly*, votre chambrière, et je veux vous donner mon bonnet et son grelot avec, si je ne rends pas la chose tellement claire que *Dolly* elle-même la comprendra aussi bien que *Malebranche*.——Quand *Dolly* a écrit son épître à *Robin*, et qu'elle a plongé son bras au fond de la poche qui pend à son côté droit;— prenez cette occasion de vous rappeler que les organes et facultés de la perception ne peuvent être si proprement figurés et expliqués par rien au monde que par cette chose unique dont la main de *Dolly* est à la recherche.—Vos organes ne sont pas assez émoussés que je doive vous apprendre---que c'est, monsieur, un bout de cire à cacheter rouge.

Quand la cire a fondu et qu'elle est tombée sur la lettre,—si *Dolly* fouille trop longtemps après son dé, et que la cire soit tout à fait durcie, elle ne prendra pas l'empreinte du dé sous la pression ordinaire qui suffisait à la lui donner. Très bien : Si la cire de *Dolly*, faute de mieux, est de la cire d'abeilles, ou d'une nature trop molle,—quoiqu'elle puisse la recevoir,---elle ne gardera pas l'empreinte, quelque vigoureusement que *Dolly* presse dessus ; et finalement, en supposant la cire bonne, et le dé également, mais appliqué sur la cire avec une précipitation négligente, parce que sa maîtresse sonne ; ——dans chacun de ces trois cas, l'empreinte laissée par le dé ne ressemblera pas plus à un prototype qu'une pièce de cuivre.

Maintenant, il doit être bien entendu pour vous qu'aucun de ces motifs n'était la véritable cause de la confusion des discours de mon oncle *Toby*; et c'est pour cette raison même que je m'étends si longuement dessus, à la manière des grands physiologistes,—afin de montrer au monde d'où elle *ne* provenait pas.

D'où elle provenait, je l'ai indiqué ci-dessus, et c'est une source féconde d'obscurité,---et c'en sera toujours une,---j'entends parler de l'emploi incertain des mots[1], qui a embarrassé les intelligences les plus claires et les plus élevées.

Il y a dix à parier contre un (au club *Arthur*[2]) que vous n'avez jamais lu l'histoire littéraire des siècles passés;—si vous l'avez lue,—que de terribles batailles, appelées logomachies, cette incertitude de mots a occasionnées et perpétuées avec une telle effusion de fiel et d'encre,---qu'un homme d'un bon naturel n'en peut lire les relations sans larmes dans les yeux.

Aimable critique! quand tu auras pesé tout ceci, et considéré à part toi combien de tes connaissances, discours et conversations ont été empestés et défigurés, à une époque ou à une autre, par cette cause, et par elle seule :———Quel tapage et quel tintamarre se sont produits dans les Conciles au sujet de οὐσία et de ὑπόστασις[1]; et dans les Écoles des savants au sujet de la force et de l'esprit;—au sujet des essences et des quintessences;———au sujet des substances et de l'espace.———Quelle confusion sur de plus grands Théâtres pour des mots de peu de valeur, et d'un sens aussi indéterminé;---quand tu considéreras ceci, tu ne t'étonneras pas des perplexités de mon oncle *Toby*,—tu verseras une larme de pitié sur son escarpe et sa contrescarpe;—son glacis et son chemin couvert;—son ravelin et sa demi-lune : Ce n'était point par des idées,———par le ciel! c'était par des mots que sa vie était mise en danger.

CHAP. III.

QUAND mon oncle *Toby* eut sa carte de *Namur* à son idée, il commença immédiatement à s'appliquer à son étude, avec le plus grand soin; car rien n'ayant plus d'importance pour lui que son rétablissement, et son rétablissement dépendant, comme vous l'avez lu, des passions et affections de son âme, il lui importait de prendre le plus grand soin de se rendre assez maître de son sujet pour pouvoir en parler sans émotion.

En quinze jours d'une scrupuleuse et pénible application, qui, par parenthèse, ne fit pas de bien à la blessure de l'aine de mon oncle *Toby*,—il fut capable, à l'aide de quelques notes marginales placées aux pieds de l'éléphant[1], et avec l'architecture militaire et la pyrobologie de *Gobesius*[2], traduite du flamand, de donner à ses discours une clarté passable; et avant qu'il ne se fût écoulé deux mois entiers,—il était devenu véritablement éloquent, et pouvait non seulement procéder en grand ordre à l'attaque de la contrescarpe avancée;—mais ayant à cette époque beaucoup plus approfondi l'art que son premier motif ne le rendait nécessaire,—mon oncle *Toby* était capable de traverser la *Meuse* et la *Sambre*; de faire des diversions jusqu'à la ligne de *Vauban*, l'abbaye de *Salsines*[3], etc., et de donner à ses visiteurs une relation aussi nette de chacune des autres attaques que de celle de la porte *Saint-Nicolas*, où il avait eu l'honneur de recevoir sa blessure.

Mais le désir de savoir, comme la soif des richesses, s'accroît à mesure qu'on l'acquiert. Plus mon oncle *Toby* contemplait sa carte, plus il s'y attachait;—par suite des mêmes procédé et assimilation électrique au moyen desquels, comme je vous l'ai dit, j'estime que les âmes mêmes des connaisseurs, à force de frottement et d'incubation, ont à la fin le bonheur de devenir toutes vertutifiées,—peinturifiées,—papillonifiées et violonifiées.

Plus mon oncle *Toby* buvait à cette délicieuse source de science, plus grandes étaient l'ardeur et l'irritation de sa soif ; en sorte qu'avant l'expiration complète de la première année de sa réclusion, il n'y avait guère de villes fortifiées, en *Italie* ou en *Flandre*, dont, de manière ou d'autre, il ne se fût procuré les plans, qu'il comparait soigneusement, à mesure qu'il les avait, avec les histoires de leurs sièges, de leurs démolitions, de leurs embellissements et nouveaux ouvrages ; lectures qu'il faisait avec une application et un plaisir si intenses, qu'il en oubliait sa personne, sa blessure, sa réclusion et son dîner.

La seconde année, mon oncle *Toby* acheta *Ramelli* et *Cataneo*, traduits de l'italien ;——ainsi que *Stevinus*, *Moralis*, le chevalier *de Ville*, *Lorini*, *Coehorn*, *Sheeter*, le comte de *Pagan*, le maréchal *Vauban*, monsieur *Blondel*[1], avec presque autant d'autres livres d'architecture militaire que Don *Quichotte* se trouva en avoir de chevalerie quand le curé et le barbier envahirent sa bibliothèque[2].

Vers le commencement de la troisième année, c'est-à-dire en *août* 99, mon oncle *Toby* trouva nécessaire de se mettre un peu au fait des projectiles :—Et ayant jugé préférable de tirer son savoir de la source-mère, il commença par *N. Tartaglia*[3], qui, à ce qu'il paraît, fut le premier qui découvrit l'erreur de croire qu'un boulet de canon fit tout ce dégât en droite ligne.—Ceci,

N. Tartaglia prouva à mon oncle *Toby* que c'était une chose impossible.

——————Sans fin est la Recherche de la Vérité!

Mon oncle *Toby* ne connut pas plutôt la route que le boulet de canon ne suivait pas, qu'il fut insensiblement amené et se résolut à chercher et trouver quelle route le boulet suivait : À cet effet, il fut obligé de repartir avec le vieux *Maltus*, et il l'étudia avec ferveur.—Il passa ensuite à *Galilée* et à *Torricellius*[1], où, par certaines règles géométriques, posées d'une manière infaillible, il trouva que la trajectoire précise du boulet est une PARABOLE,—ou autrement une HYPERBOLE,—et que le paramètre ou *latus rectum*[2] de la section conique dudit cours, était à la quantité et amplitude en *ratio* directe, comme toute la ligne, au sinus du double de l'angle d'incidence formé par la culasse sur un plan horizontal;—et que le semi-paramètre,———arrête! mon cher oncle *Toby*,—arrête!—ne fais point un pas de plus dans ce sentier épineux et perdu,—inextricables sont les pas! inextricables sont les replis de ce labyrinthe! inextricables sont les embarras que la poursuite de ce fascinant fantôme, la SCIENCE, attirera sur toi.—Ô mon oncle! Fuis--fuis--fuis-le comme un serpent[3]!—Sied-il, excellent homme! qu'avec ta blessure à l'aine, tu passes des nuits entières à te brûler le sang à force de veilles fiévreuses?—Hélas! cela va irriter tes symptômes,—arrêter tes transpirations,—vaporiser tes esprits,—user ta force animale,—dessécher ton humide radical[4],—t'habituer à la constipation, détériorer ta santé,—et accélérer toutes les infirmités de ta vieillesse.—Ô mon oncle! mon oncle *Toby*.

CHAP. IV.

JE ne donnerais pas un sou du talent d'écrivain de l'homme qui ne comprend pas ceci,——Que le simple et meilleur récit du monde cousu après ma dernière apostrophe chaleureuse à mon oncle *Toby*,——aurait paru froid et éventé au palais du lecteur ;——aussi ai-je sur-le-champ mis fin au chapitre,——quoique je fusse au milieu de mon histoire.

——Les écrivains de ma trempe ont un principe en commun avec les peintres.——Là où une copie exacte rendrait nos tableaux moins frappants, nous choisissons le moindre mal ; jugeant qu'il est encore plus pardonnable de pécher contre la vérité que contre la beauté.——Ceci doit être compris *cum grano salis*[1] ; mais quoi qu'il en soit,——comme le parallèle est plutôt fait pour laisser refroidir l'apostrophe que pour autre chose,——il importe peu que sous tout autre rapport, le lecteur l'approuve ou non.

À la fin de la troisième année, mon oncle *Toby*, s'apercevant que le paramètre et le semi-paramètre de la section conique irritaient sa blessure, abandonna l'étude des projectiles dans un accès d'humeur, et s'adonna seulement à la partie pratique des fortifications ; dont le goût, comme un ressort comprimé, lui revint avec un redoublement de force.

Ce fut dans cette année que mon oncle commença à rompre avec son habitude quotidienne d'une chemise blanche,——à renvoyer son barbier sans être rasé, ——et à laisser à son chirurgien à peine le temps suffisant pour panser sa blessure, dont il s'inquiétait si peu qu'il ne lui demandait pas une fois sur sept pansements, comment elle allait : Quand voici que,—tout à coup, car le changement fut prompt comme l'éclair, il commença à soupirer profondément après sa guérison, —se plaignit à mon père, s'impatienta contre le chirurgien ;—et un matin qu'il entendit son pas montant l'escalier, il ferma ses livres et repoussa ses instruments, afin de lui reprocher la lenteur de sa cure, qui, lui dit-il, aurait pu certainement être achevée, au moins alors :— Il s'étendit longuement sur les souffrances qu'il avait endurées, et sur les ennuis de ses quatre années de triste emprisonnement ;—ajoutant que sans les tendres attentions et les affectueux encouragements du meilleur des frères,—il aurait depuis longtemps succombé à son infortune.—Mon père était là : L'éloquence de mon oncle *Toby* lui fit venir les larmes aux yeux ;—elle était inattendue.—Mon oncle *Toby*, de sa nature, n'était pas éloquent ;——l'effet en fut d'autant plus grand. —Le chirurgien demeura confondu ;—non pas qu'il n'y eût lieu à de telles ou plus grandes marques d'impatience,—mais elles étaient inattendues aussi ; durant les quatre années où il l'avait soigné, il n'avait jamais rien vu de pareil dans la conduite de mon oncle *Toby* ; —qui n'avait jamais laissé échapper un mot d'humeur ou de mécontentement ;—et s'était montré la patience, —la soumission même.

—Nous perdons parfois le droit de nous plaindre en nous en abstenant ;———mais souvent nous en triplons la force :—Le chirurgien fut stupéfait ;—mais il le fut bien davantage encore, quand mon oncle *Toby* continua et insista péremptoirement pour qu'il guérît sa blessure sur-le-champ,———ou qu'il envoyât chercher M. *Ronjat*[1], le chirurgien du roi, pour le faire à sa place.

Le désir de la vie et de la santé est implanté dans la nature de l'homme ;—l'amour de la liberté et de la délivrance est une passion du même genre : Mon oncle *Toby* les possédait en commun avec son espèce ;———et l'une ou l'autre eût suffi pour expliquer son ardent souhait d'aller bien et de sortir ;—mais je vous ai déjà dit que rien n'arrivait dans notre famille comme aux autres ;—et d'après l'époque et la manière dont ce vif désir se manifesta dans la circonstance présente, le lecteur pénétrant soupçonnera qu'il était né de quelque autre cause ou lubie dans la tête de mon oncle *Toby* :— C'est la vérité, et ce sera le sujet du prochain chapitre d'exposer quelle était cette cause ou lubie. J'avoue que, cela fait, il sera temps de retourner au coin du feu du parloir, où nous avons laissé mon oncle *Toby* au milieu de sa phrase.

CHAP. V.

QUAND un homme s'abandonne à une passion dominante,———ou, en d'autres termes, quand son

DADA devient têtu,——adieu calme raison et belle modération[1] !

La blessure de mon oncle *Toby* allait presque bien, et aussitôt que le chirurgien fut remis de sa surprise, et qu'il put obtenir la permission de parler—il lui dit que les chairs commençaient précisément à reprendre, et que s'il ne survenait point de nouvelle exfoliation, ce que rien n'indiquait,—sa blessure se cicatriserait dans cinq ou six semaines. Le son d'autant d'Olympiades, douze heures auparavant, aurait éveillé l'idée d'une plus courte durée dans l'esprit de mon oncle *Toby*[2].—La succession de ses idées était maintenant rapide,—il grillait d'impatience de mettre son dessein à exécution ;—aussi, sans consulter davantage aucune âme vivante,——ce que, par parenthèse, je trouve juste, quand vous êtes décidé à ne prendre l'avis de personne,—il ordonna en particulier à *Trim*, son valet de chambre, de faire un paquet de charpie et d'appareils, et de louer une chaise à quatre chevaux, qui devait être à la porte le jour même à midi précis, heure à laquelle il savait que mon père serait à la Bourse[3].——Puis, laissant sur la table un billet de banque pour payer les soins du chirurgien, et une lettre de tendres remercîments pour ceux de son frère,——il emballa ses cartes, ses livres de fortifications, ses instruments, etc.—et, avec le secours d'une béquille d'un côté et de *Trim* de l'autre,——mon oncle *Toby* s'embarqua pour *Shandy Hall*.

La raison ou plutôt l'origine de cette prompte migration était celle-ci :

CHAP. V [173]

La table de la chambre de mon oncle *Toby*, à laquelle, la veille au soir de ce changement, il était assis avec ses cartes, etc., devant lui,—étant par trop petite pour cette infinité de grands et petits instruments scientifiques qui y étaient habituellement entassés ;—il lui arriva, en se penchant pour atteindre sa boîte à tabac, de jeter par terre son compas, et en se baissant pour ramasser le compas, il jeta à terre, avec sa manche, son étui d'instruments et les mouchettes ;—et comme il jouait de malheur, en tâchant de rattraper les mouchettes dans leur chute,—il fit tomber Monsieur *Blondel* de la table, et le comte de *Pagan* par-dessus.

Il était inutile à un homme estropié, comme l'était mon oncle *Toby*, de songer à réparer lui-même ces malheurs,—il sonna donc son valet *Trim* ;—*Trim* ! dit mon oncle *Toby*, vois, je te prie, le désordre que je viens de faire ici.—Il faut que je trouve un meilleur arrangement, *Trim*.—Ne peux-tu pas prendre ma règle, mesurer la longueur et la largeur de cette table et puis aller m'en commander une plus grande du double ?— Oui, s'il plaît à Votre Honneur, répondit *Trim* en faisant un salut ;———mais j'espère que Votre Honneur sera bientôt assez bien pour aller à sa maison de campagne, où,—puisque Votre Honneur prend tant de plaisir aux fortifications, nous pourrions arranger la chose à merveille.

Je dois ici vous informer que le valet de mon oncle *Toby*, qui répondait au nom de *Trim*, avait été caporal dans la compagnie de mon oncle,—son véritable nom était *James Butler*[1],———mais ayant reçu au régiment le sobriquet de *Trim*, mon oncle *Toby*, à moins qu'il ne lui arrivât d'être fort en colère contre lui, ne l'appelait jamais d'un autre nom.

Le pauvre diable avait été mis hors de service par une blessure produite au genou gauche par une balle de mousquet à la bataille de *Landen*[1], deux ans avant l'affaire de *Namur* ;—et comme le garçon était fort aimé au régiment, et un garçon adroit par-dessus le marché, mon oncle *Toby* le prit pour domestique, et il se montra d'une excellente utilité, en servant à mon oncle *Toby*, au camp et dans ses quartiers, de valet, de groom, de barbier, de cuisinier, de couturière et de garde-malade ; et, en vérité, du premier jour jusqu'au dernier, il le servit et le soigna avec grande fidélité et affection.

Mon oncle *Toby* aimait son valet en retour, et ce qui l'attachait d'autant plus à lui, c'était la similitude de leurs connaissances :—Car le caporal *Trim* (à l'avenir, je l'appellerai ainsi), en quatre années d'attention accidentelle aux discours de son Maître sur les villes fortifiées, et grâce à l'avantage de fureter et de fouiller continuellement dans les plans de son Maître, etc., sans compter en outre ce qu'il gagnait DADAÏQUEMENT, comme valet de corps, *Non Dadaïque per se* ; ——n'était pas devenu peu versé dans la science ; et il passait auprès de la cuisinière et de la femme de chambre pour en savoir autant sur la nature des forteresses que mon oncle *Toby* lui-même.

Je n'ai plus qu'un coup de pinceau à donner pour achever le portrait du caporal *Trim*,--et c'en est le seul trait sombre.—Le garçon aimait à donner des avis,—

ou plutôt à s'entendre parler; son maintien, toutefois, était si parfaitement respectueux, qu'il était facile de lui faire garder le silence quand on voulait qu'il restât muet; mais une fois sa langue partie,—vous ne pouviez plus l'arrêter;—il l'avait bien pendue;--et les éternels *Votre Honneur* dont il entrelardait ses phrases, ainsi que les manières respectueuses du caporal *Trim*, intercédaient si fortement en faveur de son élocution,—que tout ennuyé que vous en pussiez être,—vous ne pouviez vraiment pas en être fâché. Mon oncle *Toby* était rarement l'un ou l'autre,—ou du moins ce défaut, chez *Trim*, ne les brouilla jamais ensemble. Mon oncle *Toby*, je l'ai déjà dit, aimait l'homme;—et d'ailleurs, comme il considérait toujours un domestique fidèle, ———comme un humble ami,—il ne pouvait souffrir de lui fermer la bouche.———Tel était le caporal *Trim*.

Si j'ose me permettre, continua *Trim*, de donner mon avis à Votre Honneur et d'émettre mon opinion sur cette matière.—Tu es le bienvenu, *Trim*, dit mon oncle *Toby*,—parle,—expose sans crainte ce que tu penses sur ce sujet, mon garçon. Eh bien donc, répliqua *Trim* (sans baisser les oreilles et sans se gratter la tête comme un lourdaud de paysan, mais) en rejetant ses cheveux en arrière de son front, et en se tenant droit comme devant son peloton.—Je pense, dit *Trim*, avançant un peu sa jambe gauche, qui était l'estropiée,—et indiquant de sa main droite ouverte, une carte de *Dunkerque*, qui était attachée avec des épingles à la tenture de la chambre,—je pense, dit le caporal *Trim*, avec une humble soumission à la supériorité de jugement de Votre Honneur,—que ces ravelins, bastions, courtines et ouvrages à cornes font une pauvre, misérable et niaise figure ici sur le papier, comparés à ce que Votre Honneur et moi nous pourrions faire si nous étions seuls à la campagne et que nous eussions seulement un quart ou un tiers d'arpent pour en faire ce que nous voudrions : Comme l'été arrive, continua *Trim*, Votre Honneur pourrait s'asseoir dehors, et me donner la nographie—(l'ichnographie[1], dit mon oncle)—de la ville ou de la citadelle devant laquelle il plairait à Votre Honneur de siéger d'abord,—et je veux être fusillé par Votre Honneur sur son glacis, si je ne la fortifiais pas à l'idée de Votre Honneur.—J'ose dire que tu le ferais, *Trim*, dit mon oncle.—Car si Votre Honneur, poursuivit le caporal, pouvait seulement me marquer le polygone, avec ses lignes et angles exacts[2],——je le pourrais très bien, dit mon oncle,—Je commencerais par le fossé, et si Votre Honneur pouvait m'en donner les vraies profondeur et largeur,—je le puis à un cheveu près, *Trim*, répliqua mon oncle,—Je rejetterais la terre de ce côté-ci vers la ville pour l'escarpe,—et de ce côté-là vers la campagne pour la contrescarpe,—très bien, *Trim*, dit mon oncle *Toby*,—et quand je les aurais talutées à votre idée,—s'il plaisait à Votre Honneur, je revêtirais le glacis de mottes de terre, comme sont faites les plus belles fortifications en *Flandre*,—et comme Votre Honneur sait qu'elles doivent l'être,——et je ferais également les murs et les parapets, avec des mottes de terre ;—les meilleurs ingénieurs les appellent gazons, *Trim*, dit mon oncle *Toby*;—que ce soient des gazons ou des mottes de terre, peu importe, répliqua *Trim*; Votre Honneur sait qu'elles valent dix fois mieux qu'un revêtement de brique ou de pierre ;——je le sais, *Trim*, à certains égards, dit mon oncle *Toby*, en inclinant la tête ;—car un boulet de canon entre tout droit dans le gazon sans faire ébouler aucuns décombres qui pourraient remplir le fossé (comme ce fut le cas à la porte *Saint-Nicolas*) et faciliter le passage.

Votre Honneur entend ces choses, repartit le caporal *Trim*, mieux qu'aucun officier au service de Sa Majesté;——mais s'il plaisait à Votre Honneur de laisser là la commande de la table, et de partir tous les deux pour la campagne, je travaillerais comme un cheval sous la direction de Votre Honneur, et je lui ferais des fortifications aux petits oignons, avec toutes leurs batteries, sapes, fossés et palissades, que ce serait la peine de venir de vingt milles à la ronde pour les voir.

Mon oncle *Toby* rougit comme l'écarlate pendant que *Trim* parlait;—mais ce n'était pas une rougeur de honte,—de modestie,—ni de colère;—c'était une rougeur de joie;—il était enflammé par le projet et la description du caporal *Trim*.—*Trim!* s'écria mon oncle *Toby*, tu en as dit assez.—Nous pourrions commencer la campagne, continua *Trim*, le jour même que Sa Majesté et les Alliés entreront en campagne, et démolir les fortifications, ville par ville, aussi vite que—— *Trim*, dit mon oncle *Toby*, n'en dis pas davantage.—Votre Honneur, continua *Trim*, pourrait s'asseoir dans son fauteuil (le montrant) par ce beau temps, me donner ses ordres, et moi je——N'en dis pas davantage, *Trim*, dit mon oncle *Toby*.——De plus, Votre Honneur y trouverait non seulement du plaisir et un bon passe-temps,—mais un bon air, un bon exercice, et une bonne santé,—et la blessure de Votre Honneur serait guérie en un mois. Tu en as dit assez, *Trim*,—dit mon oncle *Toby* (en mettant la main dans le gousset de sa culotte)—ton projet me plaît prodigieusement;—et s'il plaît à Votre Honneur, j'irai à l'instant même acheter une bêche de pionnier pour emporter avec nous, et je commanderai une pelle et une pioche et une paire de———N'en dis pas davantage, *Trim*, dit mon oncle *Toby*, sautant sur une jambe, tout transporté de ravissement,——et mettant une guinée dans la main de *Trim*.——*Trim*, dit mon oncle *Toby*, n'en dis pas davantage;--mais descends, *Trim*, à l'instant même, mon garçon, et monte-moi de suite mon souper.

Trim courut en bas et rapporta le souper de son maître,—mais en pure perte :——Le plan d'opération de *Trim* trottait tellement dans la tête de mon oncle *Toby*, qu'il n'y put toucher.—*Trim*, dit mon oncle *Toby*, mets-moi au lit;—ce fut tout un.—La description du caporal *Trim* avait enflammé son imagination,—et mon oncle *Toby* ne put fermer l'œil.--Plus il l'envisageait, plus la perspective lui apparaissait séduisante;—si bien que deux grandes heures avant le jour, il avait pris une résolution définitive, et avait arrêté tout le plan de son décampement et de celui du caporal *Trim*.

Mon oncle *Toby* possédait une jolie petite maison de campagne, dans le village où se trouvait la terre de mon père, à *Shandy*, elle lui avait été laissée par un vieil oncle avec une petite terre d'environ cent livres de revenu. Derrière cette maison, et y attenant, était un jardin potager d'à peu près un demi-arpent;—et au fond du jardin, dont il était séparé par une grande haie d'ifs, se trouvait un boulingrin, contenant juste autant de terrain qu'en désirait le caporal *Trim*;—en sorte que lorsque *Trim* prononça ces mots : « un tiers d'arpent pour en faire ce qu'ils voudraient : »——Ce boulingrin même se présenta aussitôt, et se peignit curieusement tout à coup sur la rétine de l'imagination de mon oncle *Toby*;——ce qui fut la cause physique qui le fit changer de couleur, ou du moins qui porta sa rougeur au degré immodéré dont j'ai parlé.

Jamais amant ne courut la poste après une maîtresse adorée avec plus d'ardeur et d'espoir, que ne fit mon oncle *Toby* pour jouir du dit boulingrin en particulier;—je dis en particulier;—car il était abrité du côté de la maison, comme je vous l'ai dit, par une grande haie d'ifs, et protégé des trois autres côtés contre tout regard mortel, par des massifs de houx et d'arbustes en fleurs;—en sorte que l'idée de n'être point vu ne contribuait pas peu à celle du plaisir préconçu dans l'esprit de mon oncle *Toby*.—Vaine pensée ! quelque épaisses que soient les plantations à l'entour, ——ou quelque retiré que puisse paraître votre terrain,—pouviez-vous espérer, cher oncle *Toby*, de jouir d'une chose qui occupait tout un tiers d'arpent,—sans qu'on n'en sût rien !

La manière dont mon oncle *Toby* et le caporal *Trim* conduisirent cette affaire,—avec l'histoire de leurs campagnes, qui ne furent nullement stériles en événements,—pourra fournir un intéressant épisode dans l'épitase[1] et le développement de ce drame.—Quant à présent, le rideau doit tomber,—et la scène représenter le coin du feu du parloir.

CHAP. VI.

————Que peuvent-ils bien faire, frère ? dit mon père.—Je pense, répliqua mon oncle *Toby*,—en ôtant, comme je vous l'ai dit, sa pipe de sa bouche, et en en faisant tomber les cendres au commencement de sa phrase ;----je pense, répliqua-t-il,—que nous ne ferions pas mal, frère, de sonner.

Dites-moi, qu'est-ce que c'est que tout ce tintamarre au-dessus de nos têtes, *Obadiah* ?—dit mon père ;—mon frère et moi pouvons à peine nous entendre.

Monsieur, répondit *Obadiah*, en faisant un salut du côté de son épaule gauche,—ma maîtresse souffre très cruellement ;—et où *Susannah* court-elle là-bas, à travers le jardin, comme si on allait la violer ?——Monsieur, elle prend le plus court pour aller à la ville chercher la vieille sage-femme, repartit *Obadiah*.——Alors sellez un cheval, dit mon père, et allez de suite chez le docteur *Slop*, l'accoucheur, avec tous nos compliments,—et dites-lui que votre maîtresse est en travail d'enfant,—et que je désire qu'il revienne avec vous au plus vite.

Il est fort étrange, dit mon père, s'adressant à mon oncle *Toby*, au moment où *Obadiah* fermait la porte,—qu'ayant si près d'ici un opérateur aussi habile que le docteur *Slop*---ma femme persiste jusqu'au bout dans cette manie obstinée de confier la vie de mon enfant, qui a déjà eu une infortune, à l'ignorance d'une vieille femme;——et non seulement la vie de mon enfant, frère,—mais sa propre vie, et, avec elle, la vie de tous les enfants que j'aurais pu, d'aventure, avoir d'elle par la suite.

Peut-être, frère, répliqua mon oncle *Toby*, ma sœur le fait-elle par économie :—De bout de chandelle,—repartit mon père,—il faudra payer de même le docteur, qu'il opère ou non,—sinon mieux,—pour lui faire prendre patience.

—Alors cela ne peut venir de rien au monde, dit mon oncle *Toby*, dans la simplicité de son cœur,—que de la Pudeur:—Ma sœur, je présume, ajouta-t-il, ne se soucie pas de laisser un homme approcher si près de son *****[1]. Je ne saurais dire si mon oncle *Toby* compléta ou non sa phrase;—il est à son avantage de supposer que oui,—attendu que je pense qu'il n'aurait pu ajouter un Seul Mot qui l'améliorât.

Si, au contraire, mon oncle *Toby* n'était pas tout à fait arrivé au bout de la période,—alors le monde est redevable à la subite cassure de la pipe de mon père d'un des plus jolis exemples de cette figure d'ornement dans l'art oratoire, que les Rhétoriciens appellent l'*Aposiopèse*[2].—Juste ciel! comme le *Poco piu* et le *Poco meno*[3] des artistes *italiens*;—l'insensible plus ou moins, déterminent la ligne précise de la beauté dans la phrase, aussi bien que dans la statue! Comme le moindre coup du ciseau, du pinceau, de la plume, de l'archet *et cætera*,—donne le vrai style, qui procure le vrai plaisir!—Ô mes compatriotes!—soyez scrupuleux;—veillez à votre langage;——et jamais, oh! jamais n'oubliez de quelles petites particules dépendent votre éloquence et votre réputation.

——« Ma sœur, peut-être, » dit mon oncle *Toby*, « ne se soucie pas de laisser un homme approcher si près de son *****. » Mettez ces étoiles,——c'est une aposiopèse.—Enlevez les étoiles, et mettez *Derrière*,—c'est obscène.—Effacez Derrière, et remplacez-le par *Chemin couvert*,—c'est une métaphore;—et j'ose dire que les fortifications trottaient tellement dans la tête de mon oncle *Toby*, que si on l'eût laissé ajouter un seul mot à la phrase,—c'eût été celui-là.

Mais si ce fut là le cas ou non;—ou si la cassure de la pipe de mon père survint si à propos par accident ou par colère,—on le verra en temps et lieu.

CHAP. VII.

QUOIQUE mon père fût un bon philosophe naturel,——il était également quelque peu philosophe moraliste; c'est pourquoi, lorsque sa pipe se cassa net par le milieu,——il n'avait rien à faire,—comme tel,—qu'à prendre les deux morceaux, et à les jeter doucement derrière le feu.—Il n'en fit rien;—il les jeta avec toute la violence du monde;—et pour donner à son geste encore plus d'énergie,--il se dressa précipitamment sur ses deux jambes.

Ceci ressemblait quelque peu à de l'emportement ;— et le ton de sa réponse à ce que disait mon oncle *Toby*, prouva que c'en était.

—« Elle ne se soucie pas, » dit mon père, (en répétant les paroles de mon oncle *Toby*), « de laisser un homme approcher si près de son———» Par le ciel, frère *Toby*! vous épuiseriez la patience de *Job*;—et je crois en avoir déjà les plaies sans elle.———Quoi ? ———Où ?———En quoi ?———Pourquoi ?—À quel propos ? repartit mon oncle *Toby*, dans le plus grand étonnement.———Penser, dit mon père, qu'un homme ait vécu jusqu'à votre âge, frère, et connaisse si peu les femmes !—Je ne les connais pas du tout,—répliqua mon oncle *Toby*; et je pense, continua-t-il, que le choc que je reçus l'année qui suivit la démolition de *Dunkerque*[1], dans mon aventure avec la veuve *Wadman*; —choc que je n'aurais pas reçu, vous le savez, sans mon ignorance complète du sexe,---m'a donné de justes motifs de dire que je ne connais ni ne prétends connaître rien d'elles ou de leurs affaires.———Il me semble, frère, repartit mon père, que vous pourriez au moins distinguer le bon bout d'une femme d'avec le mauvais.

Il est dit dans le *chef-d'œuvre d'Aristote*[2], « que lorsqu'un homme pense à quelque chose qui est passé,---il regarde à terre ;---mais que lorsqu'il pense à quelque chose qui est à venir, il regarde aux cieux. »

Mon oncle *Toby*, je suppose, ne pensait ni à l'une ni à l'autre,---car il regardait horizontalement.----Bon bout,---dit mon oncle *Toby*, se répétant tout bas ces deux mots à lui-même, tout en fixant machinalement ses deux yeux sur une petite fente formée dans le chambranle de la cheminée.—Bon bout d'une femme! ——Je déclare, dit mon oncle, que je ne sais pas plus lequel c'est que l'homme dans la lune;--et si j'y pensais tout un mois, continua mon oncle *Toby*, (tenant toujours ses yeux fixés sur la petite fente) je suis certain que je ne serais pas capable de le découvrir.

Alors, frère *Toby*, répliqua mon père, je vais vous le dire.

Chaque chose dans ce monde, continua mon père (en remplissant une nouvelle pipe),----chaque chose dans ce monde, mon cher frère *Toby*, a deux anses;--pas toujours, dit mon oncle *Toby*;---au moins, répliqua mon père, chaque homme a-t-il deux mains,----ce qui revient au même.----Or, si un homme s'asseyait froidement, et considérait en lui-même la façon, la forme, la structure, l'accessibilité et l'accord de toutes les parties qui constituent l'ensemble de cet animal appelé Femme, et les comparait analogiquement—Je n'ai jamais bien compris la signification de ce mot,---dit mon oncle *Toby*.——L'ANALOGIE, répliqua mon père, est une certaine relation et concordance que différents—Ici un diable de coup à la porte cassa en deux la définition de mon père (comme sa pipe),---et, en même temps, écrasa la tête d'une dissertation, aussi remarquable et aussi curieuse qu'il y en eut jamais d'engendrée dans le sein de la spéculation;—il fallut quelques mois avant que mon père pût trouver l'occasion d'en accoucher heureusement :—Et, à cette heure, c'est une chose tout aussi problématique que le sujet même de la dissertation,--(eu égard au désordre et aux embarras de nos mésaventures domestiques, qui vont maintenant s'amonceler l'une sur l'autre), si je serai ou non à même de lui trouver une place dans mon troisième volume.

CHAP. VIII.

IL y a environ une heure et demie de lecture assez courante que mon oncle *Toby* a sonné[1], et qu'*Obadiah* a reçu l'ordre de seller un cheval, et d'aller chercher le docteur *Slop*, l'accoucheur;---en sorte que personne ne peut dire, avec raison, que, poétiquement parlant, et eu égard aussi à l'occurrence, je n'ai pas donné à *Obadiah* assez de temps pour aller et revenir;----quoique, moralement et réellement parlant, le brave homme ait à peine eu le temps de mettre ses bottes.

Si l'hypercritique veut partir de là; et se résout, après tout, à prendre un pendule et à mesurer la vraie distance entre le coup de sonnette et le coup à la porte;—et qu'après avoir trouvé qu'elle n'est que de deux minutes, treize secondes et trois cinquièmes,----il prend sur lui de m'attaquer pour une telle infraction à l'unité, ou plutôt à la probabilité du temps;—je lui rappellerai que l'idée de la durée et de ses simples modes est purement tirée de la suite et succession de nos idées[1],---qu'elle est le vrai pendule scolastique, ----d'après lequel, comme savant, je veux être jugé sur cette question,----récusant et abhorrant la juridiction de tous les autres pendules quelconques.

Je le prierais donc de considérer qu'il n'y a que huit pauvres milles de *Shandy Hall* à la maison du docteur *Slop*, l'accoucheur ;—et que, tandis qu'*Obadiah* a parcouru les dits milles, aller et retour, j'ai ramené mon oncle *Toby*, à travers toute la *Flandre*, de *Namur* en *Angleterre* :---Que je l'ai eu sur les bras malade pendant près de quatre ans ;---et que depuis je lui ai fait faire, ainsi qu'au caporal *Trim*, dans une chaise à quatre chevaux, un voyage de près de deux cents milles dans le *Yorkshire* ;—tout cela réuni doit avoir préparé l'imagination du lecteur à l'entrée du docteur *Slop* sur la scène,——autant, du moins (j'espère), qu'une danse, un air, ou un concerto entre les actes[2].

Si mon hypercritique est intraitable,—alléguant que deux minutes et treize secondes ne feront jamais plus de deux minutes et treize secondes,---malgré tout ce que j'aurai pu dire ;——et que mon plaidoyer, alors même qu'il pourrait m'absoudre dramatiquement, me condamnerait biographiquement, en faisant de mon livre, à dater de cet instant même, un ROMAN avéré, d'un ouvrage apocryphe qu'il était auparavant :——Si je suis ainsi pressé—je mets fin alors, d'un seul coup, à toute objection et controverse,---en l'informant qu'*Obadiah* n'était pas à plus de soixante pas de l'écurie lorsqu'il rencontra le docteur *Slop* ;—et vraiment il donna une sale preuve de sa rencontre avec lui,-----et fut à deux doigts d'en donner aussi une tragique.

Imaginez-vous ;———mais il vaut mieux commencer avec ceci un nouveau chapitre[1].

CHAP. IX.

IMAGINEZ-VOUS la petite figure trapue, rustaude, du docteur *Slop*[2], d'environ quatre pieds et demi de hauteur perpendiculaire, avec une largeur de dos et une sesquipédalité[3] de ventre qui auraient fait honneur à un sergent des Horse-Guards[4].

Tels étaient les contours de la figure du docteur *Slop*, qui,—si vous avez lu l'analyse de la beauté de *Hogarth*[5], et si vous ne l'avez pas lue, je vous engage à le faire ;—vous devez le savoir, peut être aussi sûrement caricaturée et offerte à l'esprit en trois coups de pinceau qu'en trois cents.

Imaginez-vous un tel homme,—car tels étaient, dis-je, les contours de la figure du docteur *Slop*, arrivant lentement, pas à pas, et se dandinant à travers la boue sur les vertèbres d'un tout petit poney,—d'une jolie couleur ;---mais d'une force,---hélas !——à peine capable d'aller l'amble, sous un pareil faix, alors même que l'état des routes le lui eût permis.---Ce qui n'était pas.——Imaginez-vous *Obadiah* monté sur un vigoureux monstre de cheval de carrosse, lancé au grand galop, et allant de toute la vitesse possible en sens contraire.

De grâce, monsieur, permettez-moi de vous arrêter un instant sur cette description.

Si le docteur *Slop* avait vu *Obadiah* à un mille de distance, galopant droit à lui, dans un étroit sentier, de ce train prodigieux,—éclaboussant et plongeant comme un démon, à tort et à travers, à mesure qu'il approchait, un tel phénomène, avec un tel tourbillon de boue et d'eau se mouvant autour de son axe,— n'aurait-il pas été pour le docteur *Slop*, dans sa situation, un plus juste sujet d'appréhension, que la *pire* des comètes de *Whiston*[1]?—Sans parler du NUCLEUS, c'est-à-dire d'*Obadiah* et du cheval de carrosse.—À mon idée, leur seul tourbillon aurait suffi pour envelopper et emporter tout à fait, sinon le docteur, au moins son poney. Que penserez-vous donc qu'aient dû être la terreur et l'hydrophobie du docteur *Slop*, quand vous lirez (ce que vous allez faire) qu'il avançait ainsi prudemment vers *Shandy Hall*, et qu'il en était à soixante pas, et à cinq d'un brusque détour fait par un angle aigu du mur du jardin,—et dans la plus sale partie d'un sale sentier,—quand *Obadiah* et son cheval de carrosse tournèrent le coin, rapides, furieux, ---paff,---en plein sur lui!-----On ne peut, je pense, rien supposer de plus terrible, dans la nature, qu'une telle Rencontre,--si impromptue! et dont le docteur *Slop* était si mal préparé à soutenir le choc.

Que pouvait faire le docteur *Slop*?---Il se signa †——Fi donc!----Mais le docteur, monsieur, était un papiste.———Peu importe; il aurait mieux fait de se tenir au pommeau de la selle.—C'est très vrai;—et même par le fait il eût mieux valu ne rien faire du tout ;---car en se signant il laissa tomber son fouet, ——et en essayant de retenir son fouet, dans sa chute, entre son genou et le quartier de la selle, il perdit l'étrier,—et en le perdant, il perdit son assiette ;——et dans la multitude de toutes ces pertes (ce qui, par parenthèse, montre le peu d'avantage qu'il y a à se signer), l'infortuné docteur perdit sa présence d'esprit. De sorte que sans attendre le choc d'*Obadiah*, il abandonna son poney à sa destinée, en se laissant tomber diagonalement, un peu dans le style et à la manière d'un ballot de laine, et sans aucune autre conséquence de cette chute, que de rester (comme eût fait le ballot) la plus large partie de lui-même enfoncée d'environ douze pouces dans la boue.

Obadiah tira deux fois sa casquette au docteur *Slop* ;——une fois au moment où il tombait,----et l'autre quand il le vit installé.---Politesse hors de saison ! ——le drôle n'aurait-il pas mieux fait d'arrêter son cheval, d'en descendre et de le secourir ?——Monsieur, il fit tout ce que sa situation lui permit ;---mais l'INERTIE du cheval de carrosse était si grande qu'*Obadiah* ne put l'arrêter tout d'un coup ;——il tourna trois fois autour du docteur *Slop*, avant de pouvoir y parvenir ;---et à la fin, quand il arrêta sa bête, ce fut avec une telle explosion de boue, qu'il eût mieux valu qu'*Obadiah* fût à une lieue de là. Bref, il n'y eut jamais de docteur *Slop* si couvert de boue et si transubstancié[1], depuis que la chose est devenue à la mode.

CHAP. X.

QUAND le docteur *Slop* entra dans l'arrière-parloir, où mon père et mon oncle *Toby* étaient à discourir sur la nature des femmes,——il eût été difficile de déterminer ce qui, de la tournure du docteur *Slop* ou de sa présence, leur causa le plus de surprise ; car, comme l'accident était arrivé si près de la maison qu'*Obadiah* n'avait pas jugé à propos de le remettre en selle,----*Obadiah* l'avait amené tel qu'il était, *non essuyé, non équipé* et *non purifié*, avec toutes ses taches et ses souillures sur lui.——Il resta comme le fantôme dans *Hamlet*[1], immobile et muet, une grande minute et demie à la porte du parloir, (*Obadiah* lui tenant toujours la main) dans toute la majesté de la boue[2]. Ses parties postérieures, sur lesquelles il était tombé, étaient totalement souillées,----et toutes les autres éclaboussées d'une telle manière par l'explosion d'*Obadiah*, que vous auriez juré, (sans restriction mentale) que chaque grain de boue avait fait son effet.

C'était là une belle occasion pour mon oncle *Toby* de triompher à son tour de mon père ;---car nul mortel, après avoir vu le docteur *Slop* en pareille saumure, n'aurait pu différer d'opinion avec mon oncle *Toby*, au moins sur ce point, « que peut-être sa sœur ne se souciait pas de laisser un tel docteur *Slop* approcher si près de son ***** » Mais c'était l'*argumentum ad hominem* ; et si mon oncle *Toby* n'y était pas fort expert, vous pourriez penser qu'il ne se souciait pas d'en user.—

Non ; la raison en était,—qu'il n'était pas dans sa nature d'insulter.

La présence du docteur *Slop* en ce moment n'était pas moins problématique que sa façon d'entrer ; quoiqu'il soit certain qu'un instant de réflexion de la part de mon père eût pu résoudre ce problème ; en effet, il avait informé le docteur *Slop*, la semaine précédente, que ma mère touchait à son terme, et, comme le docteur n'avait depuis entendu parler de rien, il était naturel et aussi très politique à lui d'avoir, comme il l'avait fait, chevauché jusqu'à *Shandy Hall*, simplement pour voir comment marchaient les choses.

Mais l'esprit de mon père prit malheureusement une fausse route dans cette investigation en se jetant à la fois, comme celui de l'hypercritique, sur le tintement de la sonnette et sur le coup à la porte,--en mesurant leur distance,—et en s'absorbant dans cette opération au point de n'être plus capable de penser à autre chose,---infirmité commune aux plus grands mathématiciens ! qui travaillent de toutes leurs forces à la démonstration et les épuisent tellement dessus, qu'il ne leur en reste plus pour tirer le corollaire et en profiter.

Le tintement de la sonnette et le coup à la porte frappèrent fortement aussi sur le *sensorium* de mon oncle *Toby*,—mais ils y éveillèrent une série fort différente de pensées ;—ces deux secousses inconciliables évoquèrent aussitôt *Stevinus*[1], le grand ingénieur, dans l'esprit de mon oncle *Toby* :——Qu'avait à faire *Stevinus* dans cette affaire ?—C'est le plus grand de tous les problèmes;—il sera résolu,—mais non dans le prochain chapitre.

CHAP. XI.

LE style, quand il est convenablement manié (comme vous pouvez être sûr que je crois que l'est le mien), n'est qu'un nom différent pour la conversation[1] : De même que personne, sachant se comporter dans la bonne société, ne s'aviserait de tout dire;—ainsi aucun auteur comprenant les justes bornes du *decorum* et du savoir-vivre, ne se permettrait de tout penser : le respect le plus réel que vous puissiez rendre à l'intelligence du lecteur, c'est de partager amicalement la chose par la moitié, et de lui laisser à son tour, ainsi qu'à vous-même, quelque chose à imaginer.

Pour ma part, je lui adresse continuellement des compliments de cette espèce, et je fais tout mon possible pour tenir son imagination aussi occupée que la mienne.

C'est à son tour à présent;—je lui ai donné une ample description de la triste chute du docteur *Slop*, et de sa triste apparition dans l'arrière-parloir;—son imagination peut maintenant aller son train là-dessus pendant quelque temps.

Que le lecteur s'imagine donc que le docteur *Slop* a conté son histoire;——et dans les termes et avec les circonstances aggravantes qui ont plu à son imagination :——Qu'il suppose que *Obadiah* a également conté son histoire, et avec les airs lamentables d'un prétendu chagrin qu'il croira les plus propres à mettre en contraste les deux figures placées à côté l'une de l'autre : Qu'il s'imagine que mon père est monté pour voir ma mère :——Et pour achever ce travail d'imagination,——qu'il s'imagine le docteur lavé,——frotté,——plaint,——félicité,——chaussé d'une paire d'escarpins d'*Obadiah*, marchant vers la porte et sur le point d'entrer en action.

Trêve !——trêve, bon docteur *Slop* !——arrête ta main obstétricale[1] ;——remets-la en sûreté dans ton sein pour la tenir chaude ;——tu sais peu quels obstacles ;——tu te figures peu quelles causes cachées retardent sa mise à l'œuvre !——As-tu, docteur *Slop*,——as-tu reçu confidence des articles secrets du traité solennel qui t'a amené en ce lieu ?——Te doutes-tu qu'en cet instant même une fille de *Lucina*[2] est placée obstétricalement au-dessus de ta tête ? Hélas ! ce n'est que trop vrai.——D'ailleurs, grand fils de *Pilumnus*[3] ! que peux-tu faire ?——Tu es parti sans armes ;——tu as laissé derrière toi ton *tire-tête*,——ton *forceps* de nouvelle invention,——ton *crochet*, ta *seringue*, et tous tes instruments de salut et de délivrance[4].——Par le ciel ! ils sont, en ce moment même, suspendus dans un sac de serge verte, entre tes deux pistolets, à la tête de ton lit !——Sonne ;——appelle ;——renvoie *Obadiah* sur le cheval de carrosse les chercher en toute hâte.

——Va grand train, *Obadiah*, dit mon père, et je te donnerai une couronne ;——et moi, dit mon oncle *Toby*, je lui en donnerai une autre.

CHAP. XII.

VOTRE arrivée subite et inattendue, dit mon oncle *Toby*, en s'adressant au docteur *Slop* (ils étaient tous trois assis auprès du feu quand mon oncle *Toby* commença à parler)----m'a remis à l'instant en tête le grand *Stevinus*, qui, il faut que vous le sachiez, est un de mes auteurs favoris.——Alors, ajouta mon père, en faisant usage de l'argument *ad crumenam*,---je parie vingt guinées contre une simple couronne, (qui sera donnée à *Obadiah* quand il reviendra) que le dit *Stevinus* était quelque ingénieur,----ou qu'il a écrit, directement ou indirectement, quelque chose sur la science des fortifications.

En effet,—répliqua mon oncle *Toby*.—J'en étais sûr, dit mon père;—quoique, sur mon âme, je ne puisse voir quelle espèce de rapport il peut exister entre l'arrivée subite du docteur *Slop* et un traité sur les fortifications;—cependant je le craignais.—Qu'on parle de ce qu'on voudra, frère,—ou que la circonstance soit aussi étrangère ou aussi inappropriée à ce sujet-là que possible,---vous êtes sûr de l'amener. Je ne voudrais pas, frère *Toby*, continua mon père,---je déclare que je ne voudrais pas avoir la tête aussi pleine de courtines et d'ouvrages à cornes.—J'ose dire que vous ne le voudriez pas, dit le docteur *Slop*, en l'interrompant et en riant très immodérément de sa pointe.

Dennis, le critique[1], ne pouvait pas détester et abhorrer une pointe, ou l'insinuation d'une pointe, plus cordialement que mon père;———il en devenait maussade en tout temps;--mais être interrompu par une pointe dans un entretien sérieux, équivalait, disait-il, à une nazarde,—il n'y voyait pas de différence.

Monsieur, dit mon oncle *Toby*, s'adressant au docteur *Slop*,———les courtines dont fait ici mention mon frère *Shandy* n'ont rien à faire avec les lits;—quoique *Du Cange*[2], je le sais, dise que, « selon toute probabilité, c'est d'elles que les courtines de lit ont pris leur nom; »---et les ouvrages à cornes dont il parle n'ont rien au monde à faire non plus avec les ouvrages à cornes du cocuage :—La *courtine*, monsieur, est le terme dont nous nous servons en fortifications, pour désigner la partie du mur ou rempart placée entre les deux bastions et qui les unit.----Les assiégeants essayent rarement de porter directement leurs attaques contre les courtines, par la raison qu'elles sont trop bien *flanquées*; (c'est aussi le cas des autres courtines, dit en riant le docteur *Slop*) cependant, continua mon oncle *Toby*, pour plus de sûreté, nous plaçons ordinairement devant elles des ravelins, en prenant soin seulement de les étendre au-delà du fossé :—Le commun des hommes, qui s'entend fort peu en fortifications, confond le ravelin et la demi-lune,---quoique ce soient des choses fort différentes;---non dans leur figure ou leur construction, car nous les faisons exactement semblables de tout point;---et ils se composent toujours de deux faces, faisant un angle saillant avec les gorges, non en droite ligne, mais en forme de croissant.—Mais alors où gît la différence? (dit mon père avec un peu d'humeur)--Dans leurs situations, répondit mon oncle *Toby* :--Car lorsqu'un ravelin, frère, est devant une courtine, c'est un ravelin ; et lorsqu'un ravelin est devant un bastion, alors le ravelin n'en est plus un ;--c'est une demi-lune ;—une demi-lune pareillement est une demi-lune, et rien de plus, tant qu'elle est devant son bastion ;—mais si elle changeait de place pour se mettre devant la courtine,—ce ne serait plus une demi-lune ; dans ce cas, une demi-lune n'en est pas une ;—elle n'est plus qu'un ravelin.—Je crois, dit mon père, que la noble science de la défense a ses côtés faibles,----aussi bien que les autres.

—Quant aux ouvrages à cornes (ouf! soupira mon père) dont mon frère parlait, continua mon oncle *Toby*, c'est une partie très considérable des ouvrages extérieurs ;---les ingénieurs *français* les appellent *ouvrage à corne*[1], et nous les faisons généralement pour couvrir les endroits que nous supposons plus faibles que le reste ;--ils sont formés de deux épaulements ou demi-bastions,—ils sont très jolis, et si vous voulez faire une promenade, je m'engage à vous en montrer un qui vaudra bien la peine que vous aurez prise.——J'avoue, continua mon oncle *Toby*, que quand nous les couronnons,—ils sont beaucoup plus forts, mais alors ils deviennent très coûteux et occupent beaucoup de terrain ; de sorte que, dans mon opinion, ils sont surtout utiles pour couvrir ou défendre la tête d'un camp ; autrement dit la double tenaille———Par la mère qui nous a portés !——frère *Toby*, dit mon père, incapable d'y tenir plus longtemps,—vous agaceriez un saint ;—non seulement nous avez-vous replongés, je ne sais comment, au beau milieu de votre éternel sujet :—Mais votre tête est si pleine de ces maudits ouvrages, que bien que ma femme soit en ce moment même dans les douleurs de l'enfantement,—et que vous l'entendiez crier,—cependant rien ne vous satisfera que d'emmener l'accoucheur.——*Chirurgien-accoucheur*[1],—s'il vous plaît, dit le docteur *Slop*.---De tout mon cœur, répliqua mon père, peu m'importe comment on vous appelle,——mais je voudrais voir au diable toute la science des fortifications, avec tous ses inventeurs ;—elle a causé la mort de milliers d'hommes,——et elle finira par être cause de la mienne. --Je ne voudrais pas, je ne voudrais pas, frère *Toby*, avoir la cervelle aussi pleine de sapes, de mines, de blindes, de gabions, de palissades, de ravelins, de demi-lunes et autres drogues, pour être propriétaire de *Namur* et de toutes les villes de *Flandre* par-dessus le marché.

Mon oncle *Toby* était un homme patient devant les injures ;—non par manque de courage,—je vous ai dit au chapitre cinq[2] « que c'était un homme courageux : » ——Et j'ajouterai que lorsque de justes occasions se présentaient ou le demandaient,---je ne connais personne sous le bras de qui j'aurais plus vite cherché un abri ; sa patience ne venait pas non plus d'une insensibilité ou lourdeur de ses facultés intellectuelles ;--car il ressentit cette insulte de mon père aussi vivement que tout homme aurait pu faire ;----mais il était d'une nature pacifique, placide,—sans élément discordant,—et tout en lui était si bénignement mélangé que mon oncle *Toby* n'aurait pas eu le cœur de se venger d'une mouche.

—Va,---dit-il un jour à table, à une mouche énorme qui avait bourdonné autour de son nez, et l'avait cruellement tourmenté tout le temps du dîner,—et qu'après des tentatives infinies, il avait enfin attrapée au vol ;---je ne te ferai point de mal, dit mon oncle *Toby*, se levant de sa chaise et traversant la salle, la mouche dans sa main,---je ne t'arracherai pas un cheveu de la tête : ---Va, dit-il en levant le châssis et en ouvrant la main pour la laisser échapper ;—va, pauvre diablesse, va-t'en ; pourquoi te ferais-je du mal ?----Le monde est sûrement assez grand pour nous contenir tous les deux.

Je n'avais que dix ans quand ceci arriva ;—mais si ce fut parce que l'action même était plus à l'unisson de mes nerfs à cet âge de pitié, qu'elle fit à l'instant même vibrer dans tout mon être la plus délicieuse des sensations ;—ou jusqu'où la manière et l'expression avaient pu y contribuer ;—ou à quel degré et par quelle secrète magie,—un ton de voix et une harmonie de mouvement, accordés par la miséricorde, avaient pu trouver passage jusqu'à mon cœur, je l'ignore ;—ce que je sais, c'est que la leçon de bienveillance universelle que me donna et m'imprima alors mon oncle *Toby*, ne s'est jamais, depuis, effacée de mon esprit : Et sans vouloir déprécier ce que l'étude des *Litteræ humaniores*[1], à l'Université, a fait pour moi sous ce rapport, ni discréditer les autres services d'une éducation coûteuse reçue par moi, tant à la maison que depuis à l'étranger ;— cependant je pense souvent que je dois la moitié de ma philanthropie à cette seule impression accidentelle.

☞ Ceci pourra remplacer, pour les parents et gouverneurs, tout un volume sur ce sujet.

Je ne pouvais pas, dans le portrait de mon oncle *Toby*, indiquer ce trait au lecteur, à l'aide de l'instrument qui m'a servi à en dessiner le reste,—attendu qu'il ne prend que la simple ressemblance Dadaïque ; —et que ceci fait partie de son portrait moral. À l'égard de cette patiente endurance des torts que je viens de mentionner, mon père différait fort de mon oncle, comme le lecteur doit l'avoir remarqué depuis longtemps ; il avait une sensibilité de nature beaucoup plus vive et plus aiguë, accompagnée d'une petite irritabilité de caractère ; quoique cette irritabilité ne l'entraînât jamais à rien qui approchât de la malignité ;—cependant, dans les petits frottements et les petites tribulations de la vie, elle était sujette à se trahir par une sorte d'humeur hargneuse, à la fois comique et spirituelle : —Toutefois, il était franc et généreux de sa nature, ———en tout temps accessible à la conviction ; et dans les petites ébullitions de cette humeur aigrelette contre les autres, mais particulièrement contre mon oncle *Toby*, qu'il aimait sincèrement ;—il ressentait dix fois plus de peine (excepté dans l'affaire de ma tante *Dinah*, ou lorsqu'il s'agissait d'une hypothèse) qu'il n'en fit jamais à personne.

Les caractères des deux frères, sous ce point de vue, s'éclaircirent mutuellement, et se montrèrent avec grand avantage dans la difficulté qui s'éleva à propos de *Stevinus.*

Je n'ai pas besoin de dire au lecteur, s'il a un Dada,--que le Dada d'un homme est sa partie la plus sensible ; et que ces coups gratuits portés à celui de mon oncle *Toby* ne pouvaient pas ne pas être sentis par lui.—Non ;—comme je l'ai dit plus haut, mon oncle *Toby* les sentit, et même très vivement.

De grâce, monsieur, que dit-il ?—Comment se conduisit-il ?—Oh ! monsieur,—ce fut grand : Car aussitôt que mon père eut fini d'insulter son DADA, —il détourna, sans la moindre émotion, sa tête du docteur *Slop*, à qui il adressait la parole, et regarda mon père en face, d'un air de si parfaite bonté ;—d'un air si paisible ;—si fraternel ;—si inexprimablement tendre pour lui ;—que mon père en fut pénétré jusqu'au cœur : Il se leva précipitamment de sa chaise et saisit les deux mains de mon oncle *Toby*, tout en parlant :—Frère *Toby*, dit-il,—je te demande pardon ;—excuse, je te prie, cette irascible humeur[1] que je tiens de ma mère.—Mon cher, cher frère, répondit mon oncle *Toby*, se levant avec l'aide de mon père, n'en dites pas davantage ;—vous seriez le bienvenu, frère, eussiez-vous frappé dix fois plus fort. Il est indigne, répliqua mon père, de blesser qui que ce soit,—et surtout un frère ;—mais blesser un frère d'un aussi aimable caractère,—si inoffensif,—et si peu susceptible ;—c'est vil :—Par le ciel, c'est lâche.——Vous seriez le bienvenu, frère, dit mon oncle *Toby*,—eussiez-vous frappé cinquante fois plus fort.——Et puis, qu'ai-je à faire, mon cher *Toby*, s'écria mon père, avec vos amusements ou vos plaisirs, à moins qu'il ne soit en mon pouvoir (ce qui n'est pas) d'en accroître le nombre ?

—Frère *Shandy*, répondit mon oncle *Toby*, en le regardant fixement en face,—vous vous méprenez beaucoup sur ce point ;—car vous augmentez grande-

ment mon plaisir en procréant des enfants pour la famille *Shandy*, à votre âge.——Mais par là, monsieur, dit le docteur *Slop*, Mr. *Shandy* augmente le sien.
———Pas un brin, dit mon père.

CHAP. XIII.

MON frère le fait par *principe*, dit mon oncle *Toby*.—En bon père de famille, je suppose, dit le docteur *Slop*.—Bah!—dit mon père,—cela ne vaut pas la peine d'en parler.

CHAP. XIV.

À LA fin du dernier chapitre, mon père et mon oncle *Toby* sont restés tous deux debout, comme *Brutus* et *Cassius*[1] à la fin de la scène, réglant leurs comptes.

Mon père, en prononçant les trois derniers mots,— s'assit;—mon oncle *Toby* suivit exactement cet exemple, seulement, avant de reprendre son siège, il sonna pour ordonner au caporal *Trim*, qui était dans l'antichambre, d'aller chez lui chercher *Stevinus*;---la maison de mon oncle *Toby* n'étant pas plus éloignée que l'autre côté du chemin.

Bien des gens auraient laissé tomber le sujet de *Stevinus*;—mais mon oncle *Toby* n'avait pas de rancune dans le cœur, et il poursuivit le même sujet pour montrer à mon père qu'il n'en avait pas.

Votre subite apparition, docteur *Slop*, dit mon oncle, en reprenant son discours, m'a ramené à l'instant *Stevinus* dans la tête. (Mon père, vous pouvez en être sûr, ne proposa plus aucun pari sur la tête de *Stevinus*) ——Parce que, poursuivit mon oncle *Toby*, le fameux chariot volant qui appartenait au prince *Maurice*[1], et dont la construction et la rapidité étaient si merveilleuses qu'il voiturait une demi-douzaine de personnes à une distance de trente milles d'Allemagne, en je ne sais plus combien peu de minutes,—avait été inventé par *Stevinus*, ce grand mathématicien et ingénieur.

Vous auriez pu, dit le docteur *Slop*, épargner à votre domestique (d'autant que le garçon est estropié) la peine d'aller chercher la description qu'en a faite *Stevinus*, attendu qu'à mon retour de *Leyde*, par *la Haye*, j'ai été à pied jusqu'à *Scheveningue*, qui est à deux grands milles, exprès pour l'examiner.

—Ce n'est rien, répliqua mon oncle *Toby*, auprès du savant *Peireskius*[2], qui fit à pied cinq cents milles, en comptant de *Paris* à *Scheveningue*, et de *Scheveningue* à *Paris* (aller et retour), afin de le voir,—et rien autre.

Certaines gens ne peuvent souffrir d'être surpassés.

Peireskius n'en était que plus fou, repartit le docteur *Slop*. Mais remarquez que ce n'était nullement par mépris pour *Peireskius*;—mais bien parce que le courage infatigable de *Peireskius* en marchant péniblement si loin, par amour de la science, réduisait à rien l'exploit du docteur *Slop*;—*Peireskius* n'en était que plus fou, répéta-t-il :—Pourquoi cela?—répliqua mon père, prenant le parti de son frère, non seulement pour réparer aussi vite que possible l'insulte qu'il lui avait faite, et qui pesait encore sur la conscience de mon père;—mais, en partie aussi, parce que mon père commençait réellement à s'intéresser lui-même à la conversation;——Pourquoi cela?—dit-il. Pourquoi injurier *Peireskius* ou tout autre, à cause de son appétit pour tel ou tel morceau de vraie science? Car, bien que je ne connaisse rien du chariot en question, continua-t-il, son inventeur doit avoir eu une tête très bien organisée pour la mécanique; et quoique je ne puisse pas deviner d'après quels principes de philosophie il l'a exécutée;— cependant sa machine a été certainement construite sur des bases solides, quelles qu'elles fussent, sans quoi elle n'aurait pu aller du train dont parle mon frère.

Elle allait aussi bien, sinon mieux, repartit mon oncle *Toby*; car, comme *Peireskius* l'exprime élégamment en parlant de la vélocité de son mouvement, *Tam citus erat, quam erat ventus*[1]; ce qui veut dire, à moins que je n'aie oublié mon latin, *qu'elle était aussi rapide que le vent.*

Mais, de grâce, docteur *Slop*, dit mon père, en interrompant mon oncle (mais non sans lui en demander pardon en même temps), sur quels principes ce chariot était-il mis en mouvement?----Sur de très jolis principes, répondit le docteur *Slop*;—et je me suis souvent étonné, continua-t-il, en éludant la question, que pas un de nos gentlemen qui habitent de vastes plaines telles que la nôtre,---(et particulièrement ceux dont les femmes n'ont pas passé l'âge d'avoir des enfants) n'ait rien essayé de ce genre; car ce serait non seulement infiniment expéditif dans les cas urgents auxquels le sexe est sujet,—pourvu seulement que le vent fût favorable,—mais ce serait une excellente économie que de se servir des vents, qui ne coûtent rien et qui ne mangent rien, de préférence aux chevaux, qui (le diable les emporte!) coûtent et mangent beaucoup.

C'est justement, répliqua mon père, « parce qu'ils ne coûtent et ne mangent rien, »—que l'idée est mauvaise;—c'est la consommation de nos produits, aussi bien que leur fabrication, qui donne du pain aux affamés, qui fait aller le commerce,—qui amène l'argent et soutient la valeur de nos terres;—et quoique, je l'avoue, si j'étais prince, je récompensasse généreusement la tête scientifique qui produirait de telles inventions;—néanmoins, j'en supprimerais aussi péremptoirement l'usage.

Mon père était entré dans son élément,—et il poursuivait sa dissertation sur le commerce avec autant de succès que mon oncle *Toby* avait précédemment poursuivi la sienne sur les fortifications;—mais, au préjudice de beaucoup d'excellente science, les destins avaient décrété dans la matinée qu'aucune dissertation d'aucune espèce ne serait ourdie par mon père ce jour-là;——car, comme il ouvrait la bouche pour commencer la phrase suivante,

CHAP. XV.

LE caporal *Trim* entra subitement avec *Stevinus* :——Mais il était trop tard,—le sujet avait été épuisé sans lui, et la conversation avait pris un autre cours.

—Vous pouvez reporter le livre à la maison, *Trim*, dit mon oncle *Toby*, en lui faisant un signe de tête.

Mais je te prie, caporal, dit mon père en plaisantant,—regarde d'abord dedans, et vois si tu peux y découvrir trace d'un chariot volant.

Le caporal *Trim*, au service, avait appris à obéir,—et à ne pas faire d'observations;——aussi portant le livre sur une table placée contre le mur, et le feuilletant; s'il plaît à Votre Honneur, dit *Trim*, je ne vois rien de semblable;—cependant, continua le caporal, plaisantant un peu à son tour, je vais m'en assurer, s'il plaît à Votre Honneur;—et saisissant les deux couvertures du livre, une dans chaque main, et laissant les feuilles retomber, tout en courbant les couvertures en arrière, il imprima au livre une bonne secousse.

Voici pourtant quelque chose qui tombe, dit *Trim*, s'il plaît à Votre Honneur; mais ce n'est point un chariot, ni rien qui y ressemble :—Je te prie, caporal, dit mon père en souriant, qu'est-ce donc?—Je pense, répondit *Trim*, en se baissant pour ramasser la chose,—que ça ressemble plutôt à un sermon,—car ça commence par un texte de l'Écriture, son chapitre et son verset;—et puis ça continue non comme un chariot, mais comme un sermon absolument.

La société sourit.

Je ne puis comprendre, dit mon oncle *Toby*, comment il est possible qu'un sermon se soit fourré dans mon *Stevinus*.

Je pense que c'est un sermon, répliqua *Trim*;—mais s'il plaît à Vos Honneurs, comme l'écriture est belle, je vais leur en lire une page;—car *Trim*, il faut que vous le sachiez, aimait presque autant à s'entendre lire qu'à parler.

J'ai toujours une forte propension, dit mon père, à examiner les choses qui se trouvent sur ma route par des hasards aussi étranges que celui-ci;—et comme nous n'avons rien de mieux à faire, du moins jusqu'au retour d'*Obadiah*, je vous serai obligé, frère, si le docteur *Slop* n'y voit point d'objection, d'ordonner au caporal de nous en lire une ou deux pages,—s'il est aussi capable de le faire qu'il paraît en avoir la bonne volonté. S'il plaît à Votre Honneur, dit *Trim*, j'ai officié pendant deux campagnes, en *Flandre*, comme clerc du chapelain du régiment.—Il peut le lire aussi bien que moi, dit mon oncle *Toby*.—*Trim*, je vous l'assure, était le plus savant de ma compagnie, et il aurait obtenu le premier galon de sergent, sans le malheur qui est arrivé au pauvre garçon. Le caporal *Trim* mit sa main sur son cœur, et fit à son maître un humble salut;--puis posant son chapeau par terre, et prenant le sermon dans sa main gauche, afin d'avoir la droite libre,—il s'avança, sans douter de rien, au milieu de la chambre, où il pouvait mieux voir ses auditeurs et en être mieux vu.

CHAP. XVI.

———SI vous y avez quelque objection,—dit mon père en s'adressant au docteur *Slop* :—Pas la moindre, repartit le docteur *Slop*;—car rien n'indique de quel côté de la question il est écrit;———ce peut être la composition d'un théologien de notre Église aussi bien que de la vôtre,—de sorte que nous courons les mêmes risques.———Il n'est écrit d'aucun côté, dit *Trim*, car il n'a trait qu'à la *Conscience*, s'il plaît à Vos Honneurs.

La raison de *Trim* mit son auditoire de bonne humeur,—à l'exception du docteur *Slop*, qui tourna la tête vers *Trim* d'un air un peu fâché.

Commence, *Trim*,———et lis distinctement, dit mon père;—J'obéis, s'il plaît à Votre Honneur, répliqua le caporal, faisant un salut, et commandant l'attention par un léger mouvement de la main droite.

CHAP. XVII.

————Mais avant que le caporal commence, il faut d'abord que je vous donne la description de son attitude[1] ;————autrement, il se présentera naturellement à votre imagination, dans une posture gênée,—raide,—perpendiculaire,—divisant le poids de son corps également sur ses deux jambes ;—l'œil fixe comme sous les armes ;—l'air déterminé,—tenant le sermon à poigne-main dans la main gauche, comme son fusil :—En un mot vous seriez disposé à vous peindre *Trim* comme s'il était dans son peloton prêt à combattre :————Son attitude était aussi différente de tout cela que vous pouvez vous le figurer.

Il se tenait debout devant eux, le corps courbé et penché en avant, juste assez pour faire un angle de 85 degrés et demi sur le plan de l'horizon ;————ce que les bons orateurs, auxquels j'adresse ceci, savent très bien être le véritable angle persuasif d'incidence ;—dans tout autre angle vous pouvez parler et prêcher ;—c'est certain,—et cela se fait chaque jour ;—mais avec quel effet ?—je laisse au monde à le juger !

La nécessité de cet angle précis de 85 degrés et demi d'une exactitude mathématique,—ne nous montre-t-elle pas, par parenthèse,—combien les arts et les sciences se favorisent l'un l'autre ?

Comment diable le caporal *Trim*, qui ne savait pas même distinguer un angle aigu d'un angle obtus, se trouva tomber si juste ;—ou si ce fut hasard, nature, bon sens ou imitation, etc., tout cela se commente dans cette partie de l'encyclopédie des arts et des sciences[1], où les parties instrumentales de l'éloquence du sénat, de la chaire et du barreau, du café, de la chambre à coucher et du coin du feu, sont prises en considération.

Il se tenait debout,—car je le répète pour faire son portrait d'un coup d'œil, le corps courbé et un peu penché en avant,—sa jambe droite sous lui, portant les sept huitièmes de tout son poids,—le pied de sa jambe gauche, dont la défectuosité n'était nullement désavantageuse à son attitude, un peu allongé,—non pas de côté, ni droit devant lui, mais entre deux ;—le genou plié, mais sans effort,—et de manière à tomber dans les limites de la ligne de beauté[2] ;—et j'ajoute de la ligne de science aussi ;—car considérez qu'il avait un huitième de son corps à soutenir ;—de sorte que, dans ce cas, la position de la jambe est déterminée,—attendu que le pied ne pouvait pas être avancé, ni le genou plié au-delà du point qui lui permettait mécaniquement de recevoir dessus un huitième de tout son poids,—et de le porter en outre.

☞ Je recommande ceci aux peintres ;—ai-je besoin d'ajouter,—aux orateurs ?—je ne le pense pas ; car s'ils ne le pratiquent pas,—ils tomberont nécessairement sur le nez.

Voilà pour le corps et les jambes du caporal *Trim.*— Il tenait le sermon librement,—mais non négligemment, de sa main gauche, un peu élevée au-dessus de son estomac, et un peu éloignée de sa poitrine ;—son bras droit tombant négligemment à son côté, comme l'ordonnaient la nature et les lois de la gravité,—mais la paume de la main ouverte et tournée vers son auditoire, prête à aider au sentiment s'il en était besoin.

Les yeux du caporal *Trim* et les muscles de sa face étaient en parfaite harmonie avec les autres parties de lui-même ;—il avait l'air franc,—à son aise,—assez sûr de lui-même,—mais sans approcher de l'effronterie.

Que le critique ne demande pas comment le caporal *Trim* avait pu en arriver là ; je lui ai dit que cela serait expliqué ;—mais tel il se tenait devant mon père, mon oncle *Toby* et le docteur *Slop*,—le corps penché, les membres contractés, et avec une tournure si oratoire dans toute sa personne,—qu'un statuaire aurait pu le prendre pour modèle ;——et même je doute que le plus vieil enseignant d'une Université,—ou le professeur d'*hébreu* lui-même, eût pu beaucoup l'améliorer.

Trim fit un salut, et lut ce qui suit :

Le SERMON[1].

Hébreux, xiii, 18.

————*Car nous sommes* assurés *que nous avons une bonne conscience.*————

« ASSURÉS !—Assurés que nous avons une bonne conscience ! »

[Certainement, *Trim*, dit mon père en l'interrompant, vous donnez à cette phrase un accent très impropre, car vous allongez le nez, mon brave, et vous lisez d'un ton railleur, comme si le curé allait malmener l'Apôtre.

C'est ce qu'il va faire, n'en déplaise à Votre Honneur, répliqua *Trim*. Bah! dit mon père en souriant.

Monsieur, dit le docteur *Slop*, *Trim* a certainement raison; car l'écrivain (qui, je le vois, est un protestant), à la manière bourrue dont il entreprend l'apôtre, va certainement le maltraiter,—si ce n'est déjà fait. Mais, repartit mon père, d'où avez-vous conclu si vite, docteur *Slop*, que l'écrivain est de notre Église?—car autant que je puis voir jusqu'ici,—il peut être de n'importe quelle Église:—Parce que, répondit le docteur *Slop*, s'il était de la nôtre,—il n'oserait pas plus prendre une pareille licence,—qu'un ours par sa barbe :——Si, dans notre communion, monsieur, un homme s'avisait d'insulter un apôtre,——un saint,—ou même la rognure de l'ongle d'un saint,—il aurait les yeux arrachés.——Quoi, par le saint? dit mon oncle *Toby*. Non, répliqua le docteur *Slop*, il aurait une vieille maison au-dessus de sa tête. De grâce, l'Inquisition est-elle un ancien édifice, répondit mon oncle *Toby*, ou un bâtiment moderne?—Je n'entends rien à l'architecture, repartit le docteur *Slop*.——N'en déplaise à Vos Honneurs, dit *Trim*, l'Inquisition est le plus vil ——Épargne-nous ta description, je t'en prie, *Trim*, j'en déteste jusqu'au nom, dit mon père.—Peu importe, répondit le docteur *Slop*,—elle a son utilité; car, bien que je n'en sois pas un grand partisan, cependant, dans un cas tel que celui-ci, on lui apprendrait bientôt à vivre ; et je peux lui dire que s'il continuait de ce train-là, il serait jeté à l'Inquisition pour sa peine. Dieu l'assiste alors, dit mon oncle *Toby*. Amen, ajouta *Trim* ; car le Ciel sait que j'ai un pauvre frère qui y a été quatorze ans en prison.--Je n'en ai jamais entendu un mot jusqu'à présent, dit vivement mon oncle *Toby* :—Comment cela lui est-il arrivé, *Trim* ?———Oh ! monsieur, cette histoire vous fera saigner le cœur,—comme elle a fait mille fois saigner le mien ;—mais elle serait trop longue à raconter aujourd'hui ;—Votre Honneur l'entendra d'un bout à l'autre quelque jour, quand je serai à travailler à côté de lui à nos fortifications ;——— mais l'abrégé de l'histoire en est :———Que mon frère *Tom* alla comme domestique à *Lisbonne*,—et puis épousa la veuve d'un juif, qui tenait une petite boutique et vendait des saucisses, ce qui, d'une manière ou d'une autre, fut la cause qu'au milieu de la nuit, il fut enlevé de son lit, où il reposait avec sa femme et deux petits enfants, et mené droit à l'Inquisition, où, Dieu l'assiste, continua *Trim*, en tirant un soupir du fond de son cœur,—le pauvre honnête garçon est encore emprisonné à cette heure ;—c'était l'âme la plus honnête, ajouta *Trim* (en prenant son mouchoir), que jamais sang eût échauffée.———

———Les larmes ruisselaient sur les joues de *Trim* plus vite qu'il ne pouvait les essuyer :—Un morne silence régna quelques minutes dans la chambre.——— Preuve certaine de pitié !

Allons, *Trim*, dit mon père, lorsqu'il vit que le chagrin du pauvre garçon s'était un peu exhalé,—continue de lire,—et chasse de ta tête cette triste histoire :—Je regrette de t'avoir interrompu ;—mais, je t'en prie, recommence le sermon ;—car si la première phrase est, comme tu dis, injurieuse, j'ai un grand désir de savoir par quoi l'apôtre l'a provoquée.

Le caporal *Trim* s'essuya le visage, remit son mouchoir dans sa poche, tout en faisant un salut,—et recommença.]

Le SERMON

Hébreux, xiii, 18.

————*Car nous sommes* assurés *que nous avons une bonne conscience.*————

« ASSURÉS ! Assurés que nous avons une bonne conscience ! certainement, s'il est dans cette vie une chose sur laquelle un homme puisse compter, et à la connaissance de laquelle il soit capable d'arriver sur le témoignage le plus incontestable, ce doit être celle-ci,—s'il a ou non une bonne conscience. »

[Je suis certain d'avoir raison, dit le docteur *Slop*.]

« Si un homme réfléchit le moins du monde, il ne peut guère rester étranger au véritable état de cette question ;—il doit être dans la confidence de ses propres pensées et désirs ;—il doit se rappeler son passé et connaître certainement les vrais ressorts et motifs qui, en général, ont dirigé les actions de sa vie. »

[Je l'en défie, sans aide, dit le docteur *Slop*.]

« Sur d'autres sujets nous pouvons être trompés par de fausses apparences ; et comme le Sage s'en plaint, *c'est à peine si nous devinons les choses qui sont sur la terre, et c'est avec labeur que nous trouvons les choses qui sont devant nous*[1]. Mais ici l'esprit a toutes les preuves, et tous les faits en lui-même ;--il sait la toile qu'il a ourdie ;—il en connaît le tissu et la finesse, et la part exacte que chaque passion a prise à l'exécution des différents dessins dont la vertu ou le vice a mis le plan devant lui. »

[Le style est bon, et je déclare que *Trim* lit fort bien, dit mon père.]

« Or,—comme la conscience n'est que la connaissance que l'esprit a intérieurement de ceci, et le jugement, soit approbation ou censure, qu'il porte inévitablement sur les actions successives de notre vie ; il est clair, direz-vous, d'après les termes mêmes de la proposition,—que toutes les fois que ce témoignage intérieur dépose contre un homme, et qu'il s'accuse lui-même,—il doit nécessairement être coupable.—Et, au contraire, quand le rapport lui est favorable, et que son cœur ne le condamne pas ;—il est clair que ce n'est point une affaire *d'assurance*, comme l'apôtre le donne à entendre,—mais une affaire de *certitude* et un fait que la conscience est bonne, et que l'homme aussi doit être bon[2]. »

[Alors l'apôtre a tout à fait tort, je suppose, dit le docteur *Slop*, et le théologien protestant a raison. Monsieur, prenez patience, repartit mon père, car je pense qu'il va tout à l'heure être démontré que saint *Paul* et le théologien protestant sont de la même opinion.— À peu près, dit le docteur *Slop*, comme l'Est avec l'Ouest ;—mais ceci, continua-t-il, en levant les deux mains, vient de la liberté de la presse.

Ce n'est tout au plus que la liberté de la chaire, répliqua mon oncle *Toby* ; car il ne paraît pas que le sermon ait été imprimé, ou doive jamais l'être[1].

Continue, *Trim*, dit mon père.]

« À première vue, ceci peut paraître le véritable état de la question ; et je ne fais pas de doute que la connaissance du bien et du mal ne soit si réellement gravée dans l'esprit humain,—que s'il n'arrivait jamais que la conscience d'un homme pût (ainsi que l'Écriture l'affirme[2]) s'endurcir insensiblement par une longue habitude du péché ;—et comme certaines parties tendres de son corps, à force de tension et de rude exercice, perdre par degrés cette délicatesse de sens et de perception dont Dieu et la nature l'ont doué :——Si cela n'arrivait jamais ;—ou s'il était certain que l'amour-propre ne pût jamais peser en rien sur le jugement ;—ou que les petits intérêts infimes ne pussent se lever et embarrasser les facultés de nos régions supérieures, et les envelopper de nuages et d'épaisses ténèbres[3] :—Si rien de semblable à la faveur et à l'affection ne pouvait avoir accès dans ce Tribunal sacré :—Si l'Esprit dédaignait de s'y laisser suborner ;—ou avait honte de se présenter comme avocat pour une satisfaction inexcusable :——Ou, finalement, si nous étions assurés que l'Intérêt restât impartial pendant que l'affaire se plaide,—et que jamais la Passion ne montât au banc des juges, et ne prononçât la sentence au lieu de la Raison, qu'on suppose toujours présider et dicter l'arrêt :—S'il en était vraiment ainsi que l'objection doit le supposer ;—sans aucun doute, alors, l'état religieux et moral d'un homme serait exactement tel qu'il l'estimerait lui-même ;—et la culpabilité ou l'innocence de la vie de chacun ne pourrait être appréciée, en général, par une meilleure mesure que les degrés de son approbation et de sa censure personnelles.

» Je conviens que, dans un cas, toutes les fois que la conscience d'un homme l'accuse (car elle se trompe rarement à cet égard), il est coupable ; et, sauf les cas de mélancolie et d'hypocondrie, nous pouvons, en toute sûreté, prononcer ici qu'il y a toujours matière suffisante à l'accusation.

» Mais l'inverse de la proposition n'est pas vrai ;——à savoir, que toutes les fois qu'il y a culpabilité, la conscience doit accuser ; et que si elle ne le fait pas, c'est que l'homme est innocent.—Cela n'est pas :—En sorte que la consolation ordinaire qu'un bon chrétien ou autre s'administre à toute heure,—lorsqu'il remercie Dieu d'avoir l'esprit exempt de craintes et qu'il se croit, en conséquence, une conscience nette, parce qu'elle est tranquille,—cette consolation est trompeuse ;—et tout admise qu'est l'induction, et tout infaillible que paraisse la règle à première vue, cependant, quand vous y regardez de plus près et que vous éprouvez la vérité sur de simples faits,—vous la trouvez sujette à tant d'erreurs par suite d'une fausse application ;——et le principe sur lequel elle s'appuie si souvent perverti;—toute sa force perdue, et parfois si indignement gaspillée, qu'il est pénible d'exposer les exemples communs tirés de la vie humaine, qui confirment la chose.

» Un homme sera vicieux et entièrement corrompu dans ses principes;—condamnable dans sa conduite envers le monde; il vivra sans honte, commettant ouvertement un péché que ni raison, ni prétexte ne peuvent justifier;—un péché par lequel, contrairement à toutes les impulsions de l'humanité, il ruinera pour toujours l'aveugle complice de sa faute;—il lui dérobera sa dot la plus précieuse, et non seulement couvrira sa tête de déshonneur,—mais plongera toute une famille vertueuse dans l'opprobre et le chagrin à cause d'elle.—Assurément vous penserez que la conscience doit faire mener à cet homme une vie tourmentée;—que ses reproches ne doivent lui laisser de repos ni jour ni nuit.

» Hélas! la CONSCIENCE avait autre chose à faire, pendant tout ce temps-là, que de s'attaquer à lui; comme *Élie* le reprochait au Dieu *Baal*,—ce dieu domestique ou *parlait à quelqu'un*, ou *poursuivait quelque affaire*, ou *était en voyage*, ou *dormait peut-être et ne pouvait être réveillé*[1].

» Peut-être était-IL parti en compagnie de l'HONNEUR pour se battre en duel;—pour payer quelque dette de jeu;——ou une honteuse pension, prix de sa luxure. Peut-être la CONSCIENCE, pendant tout ce temps-là, était-elle occupée au logis à déclamer contre de petits larcins et à tirer vengeance de ces crimes chétifs que sa fortune et son rang dans la vie le préservaient de la tentation de commettre; de sorte qu'il vit aussi joyeusement, » [s'il était de notre Église, pourtant, dit le docteur *Slop*, il ne le pourrait pas]—« il dort aussi profondément dans son lit;—et enfin il affronte la mort avec autant;—et peut-être beaucoup plus d'indifférence, qu'un bien meilleur homme. »

[Tout ceci est impossible avec nous, dit le docteur *Slop* se tournant vers mon père,—la chose ne pourrait pas arriver dans notre Église.——Elle n'arrive, cependant, que trop souvent dans la nôtre, repartit mon père.—Je conviens, dit le docteur *Slop*, (un peu frappé du franc aveu de mon père),—que dans l'Église *romaine* un homme peut vivre aussi mal;—mais alors il ne peut pas mourir ainsi tranquillement.—Peu importe, répliqua mon père d'un air d'indifférence,—comment meurt un coquin.—J'entends, répondit le docteur *Slop*, qu'on lui refuserait le bénéfice des derniers sacrements.---Je vous prie, combien en avez-vous en tout? dit mon oncle *Toby*,—car je l'oublie toujours.——Sept[1], répondit le docteur *Slop*.—Hum! —dit mon oncle *Toby*;--ne donnant pas à son interjection un ton d'acquiescement,—mais l'accent de cette espèce particulière de surprise d'un homme qui, en cherchant une chose dans un tiroir, en trouve plus qu'il ne s'y attendait.--Hum! répliqua mon oncle *Toby*. Le docteur *Slop*, qui n'était pas sourd, comprit mon oncle *Toby* aussi bien que s'il eût écrit tout un volume contre les sept sacrements.——Hum! répliqua le docteur *Slop*, (renvoyant à mon oncle *Toby* son argument)—Eh bien! monsieur, n'y a-t-il pas sept vertus cardinales?—Sept péchés mortels?—Sept chandeliers d'or?—Sept cieux?—C'est plus que je n'en sais, repartit mon oncle *Toby*.—N'y a-t-il pas sept merveilles du monde?—Sept jours de la création?—Sept planètes[1]?—Sept plaies?—Pour cela, oui, dit mon père avec une gravité très affectée. Mais, je t'en prie, poursuivit-il, continue le reste de tes portraits, *Trim*.]

« Un autre est sordide, impitoyable (ici *Trim* agita la main droite), un misérable égoïste, un cœur étroit, incapable d'amitié privée et d'esprit public. Remarquez comme il passe près de la veuve et de l'orphelin dans la détresse, et voit toutes les misères inhérentes à la vie humaine sans un soupir ni une prière. » [N'en déplaise à Vos Honneurs, s'écria *Trim*, je trouve cet homme-ci plus vil que l'autre.]

« La conscience va-t-elle se lever et le bourreler en pareille occasion?——Non; Dieu merci, il n'y a pas lieu; *je paye à chacun son dû;—je n'ai pas de fornication sur la conscience;—je n'ai pas de manque de foi ou de promesse à réparer;—je n'ai débauché ni la femme ni la fille de personne; Dieu merci, je ne suis pas comme tant d'autres qui sont adultères, injustes, ni même comme ce libertin que voici devant moi*[2].

» Un troisième est cauteleux et artificieux de sa nature. Observez toute sa vie;——ce n'est qu'un adroit tissu de ténébreux artifices et de déloyaux subterfuges bassement employés pour éluder le véritable esprit de toutes les lois,—pour déconfire la bonne foi et la paisible jouissance de nos propriétés diverses.——Vous verrez un tel homme ourdissant un plan de petites machinations contre l'ignorance et les embarras du pauvre et du nécessiteux ;—élever sa fortune sur l'inexpérience d'un jeune homme ou sur le caractère non soupçonneux de son ami qui lui aurait confié sa vie.

» Quand la vieillesse arrive et que le repentir l'invite à reporter les yeux sur ce sombre compte, et à le régler de nouveau avec sa conscience,——la CONSCIENCE consulte les STATUTS GÉNÉRAUX ;—ne trouve aucune loi expresse violée par ce qu'il a fait ;—n'aperçoit aucune amende ou confiscation d'effets mobiliers encourue ;---ne voit ni glaive suspendu sur sa tête, ni prison ouvrant ses portes pour lui :—Qu'y a-t-il là pour effrayer sa conscience ?—La conscience s'est retranchée en sûreté derrière la lettre de la loi[1] ; elle s'y tient invulnérable, flanquée si solidement de 𝕮𝖆𝖘 et de 𝕽𝖆𝖕𝖕𝖔𝖗𝖙𝖘 de tous côtés,—que nulle prédication ne peut lui faire lâcher prise. »

[Ici le caporal *Trim* et mon oncle *Toby* échangèrent un regard.--Oui,—oui, *Trim* ! dit mon oncle *Toby* en secouant la tête,—ce ne sont là que de tristes fortifications, *Trim*.——Oh ! de bien pauvre ouvrage, répondit *Trim*, comparé à ce que nous faisons, Votre Honneur et moi.——Le caractère de ce dernier homme, dit le docteur *Slop*, interrompant *Trim*, est plus détestable que tout le reste ;—et me semble avoir été tracé d'après quelques-uns de vos hommes de chicane :—Parmi nous, la conscience d'un homme ne pourrait pas rester si longtemps *aveuglée* ;—trois fois par an, au moins, il doit aller à confesse. Cela lui rendra-t-il la vue ? dit mon oncle *Toby*.—Continue, *Trim*, dit mon père, ou *Obadiah* sera de retour avant que tu sois au bout de ton sermon ;—il est très court, répliqua *Trim*.—Je voudrais qu'il fût plus long, dit mon oncle *Toby*, car il me plaît extrêmement.— *Trim* continua.]

«Un quatrième homme manquera même de ce refuge;—il se fera jour à travers toutes les formalités d'une lente chicane;——il dédaignera les douteuses machinations de complots secrets et d'embûches circonspectes pour en venir à ses fins :—Voyez l'effronté coquin, comme il trompe, ment, se parjure, vole, assassine.——C'est horrible!——Mais il n'y a vraiment guère mieux à attendre dans le cas présent,—le pauvre homme était dans les ténèbres!—son prêtre avait la garde de sa conscience;—et tout ce qu'il lui laissait savoir, c'était qu'il devait croire au Pape;—aller à la Messe;—faire le signe de la croix;—dire son chapelet;—être bon Catholique, et qu'en conscience, c'en était assez pour le conduire au ciel. Quoi!—s'il se parjure?—Eh bien!—il l'a fait avec une restriction mentale.—Mais si c'est un misérable aussi pervers, aussi dépravé que vous le représentez;—s'il vole,—s'il assassine,——la conscience ne recevra-t-elle pas elle-même une blessure? Oui,—mais l'homme l'a conduite à confesse;—la plaie y suppure, y va assez bien, et dans peu de temps elle sera tout à fait guérie par l'absolution. Ô Papisme! de quoi n'as-tu pas à répondre?—quand, non content des trop nombreuses voies naturelles et fatales, par lesquelles le cœur de l'homme est chaque jour ainsi, par-dessus tout[1], traître à lui-même;—tu as, de propos délibéré, ouvert la grande porte de l'imposture devant la face de ce voyageur imprévoyant, trop sujet, Dieu sait, à s'égarer de lui-même, et à s'entretenir confidemment lui-même d'une paix[2] qui n'existe pas.

» Quant à ceci, les exemples communs que j'ai tirés de la vie sont trop notoires pour exiger beaucoup de preuves. Si quelqu'un doute de leur réalité, ou juge impossible qu'un homme soit à ce point dupe de lui-même,—je n'ai qu'à le renvoyer un moment à ses propres réflexions, et alors je me hasarderai à en appeler à son cœur.

» Qu'il considère à quel degré d'aversion nombre d'actions coupables sont *là*, quoique également mauvaises et vicieuses de leur nature ;—il trouvera bientôt que celles qu'une forte inclination et la coutume l'ont poussé à commettre, sont généralement revêtues et colorées de toutes les fausses beautés qu'une main douce et flatteuse peut leur donner ;—et que les autres, pour lesquelles il ne sent aucune propension, se montrent tout d'un coup nues et difformes, entourées de toutes les vraies circonstances de la folie et du déshonneur.

» Quand *David*[1] surprit *Saül* endormi dans la caverne et lui coupa un pan de sa robe,—nous lisons que son cœur lui reprocha ce qu'il avait fait :—Mais dans l'affaire d'*Urie*[2], où un fidèle et brave serviteur, qu'il aurait dû aimer et honorer, tomba pour faire place à sa luxure,—où la conscience avait une bien plus forte raison de prendre l'alarme, son cœur ne lui reprocha rien. Une année entière s'écoula presque depuis l'accomplissement de ce crime, jusqu'à l'époque où *Nathan*[3] fut envoyé pour le réprimander ; et nous ne lisons pas que, pendant tout ce temps, il ait une seule fois donné la moindre marque de chagrin ou de componction de ce qu'il avait fait.

» Ainsi la conscience, ce moniteur jadis capable,—haut placée comme un juge au dedans de nous, et destinée aussi par notre créateur à en être un juste et équitable,—par une suite malheureuse de causes et d'empêchements, prend souvent une connaissance si imparfaite de ce qui se passe,—fait son office si négligemment,—quelquefois si déloyalement,—qu'on ne peut plus se fier à elle seule; et c'est pourquoi nous trouvons qu'il y a nécessité, nécessité absolue de lui adjoindre un autre principe pour aider, sinon pour diriger ses décisions.

» De sorte que si vous voulez vous former une juste opinion de ce sur quoi il est pour vous d'une importance infinie de ne pas vous tromper,——à savoir à quel degré de mérite réel vous vous trouvez placé, soit comme honnête homme, citoyen utile, sujet fidèle de votre roi, soit comme bon serviteur de votre Dieu,--appelez à votre aide la religion et la morale.—Vois,--Qu'y a-t-il d'écrit dans la loi de Dieu?—Comment la lis-tu?——Consulte la calme raison et les lois invariables de la justice et de la vérité;—que disent-elles?

» Que la CONSCIENCE décide la question d'après ces rapports;—et alors, si ton cœur ne te condamne pas, ce qui est le cas que suppose l'apôtre,—la règle sera infaillible, (ici le docteur *Slop* s'endormit) *tu auras confiance en Dieu*[1];—c'est-à-dire, tu auras de justes motifs de croire que le jugement que tu as porté sur toi-même est le jugement de Dieu; et n'est autre chose qu'une anticipation de l'équitable sentence qui sera un jour prononcée sur toi par l'Être à qui tu dois finalement rendre compte de tes actions.

» *Heureux est l'homme*, en effet, alors, comme s'exprime l'auteur du livre de l'*Ecclésiastique, qui n'est point oppressé par la multitude de ses péchés : Heureux est l'homme que son cœur n'a pas condamné ; qu'il soit riche ou pauvre, si son cœur est pur* (un cœur ainsi guidé et éclairé), *il jouira d'un visage serein ; son esprit lui en dira plus que sept gardiens assis au haut d'une tour*[1].——[Une tour est sans force, dit mon oncle *Toby*, à moins qu'elle ne soit flanquée.] Dans les doutes les plus obscurs, il le conduira plus sûrement que mille casuistes, et donnera à l'état dans lequel il vit une garantie meilleure de sa conduite que toutes les causes et restrictions réunies, que les faiseurs de lois sont forcés de multiplier :—*Forcés*, dis-je, comme vont les choses ; les lois humaines n'étant pas originairement une affaire de choix, mais de pure nécessité, introduite comme un rempart contre les actes pernicieux des consciences qui ne se servent point de loi à elles-mêmes ; dans le but, par les nombreuses dispositions prises,—et dans tous les cas de corruption et d'égarement, où les principes et le frein de la conscience ne nous rendront pas honnêtes,—de suppléer à leur force et de nous obliger à l'être par la terreur de la prison et du gibet. »

[Je vois clairement, dit mon père, que ce sermon a été composé pour être prêché au Temple[2],—ou à quelque Assise.—J'en aime le raisonnement,—et je regrette que le docteur *Slop* se soit endormi avant d'en être convaincu ;—car il est visible maintenant que le prêtre, comme je l'avais pensé d'abord, n'a jamais insulté saint *Paul* le moins du monde ;—et qu'il n'y a pas eu, frère, le moindre différend entre eux.—La grande affaire, quand ils auraient différé d'avis, repartit mon oncle *Toby*,—les meilleurs amis du monde peuvent quelquefois n'être pas d'accord.— C'est vrai,—frère *Toby*, dit mon père en lui serrant la main,—nous allons remplir nos pipes, frère, et puis *Trim* continuera.

Eh bien,—qu'en penses-tu ? dit mon père, en s'adressant au caporal *Trim*, tout en prenant sa boîte à tabac.

Je pense, répondit le caporal, que les sept gardiens sur la tour, qui, je suppose, sont tous là des sentinelles, —sont, s'il plaît à Votre Honneur, plus nombreux qu'il n'était nécessaire ;—et que continuer sur ce pied-là, serait harasser de toutes pièces un régiment, ce qu'un commandant qui aime ses hommes ne fera jamais, s'il peut s'en dispenser ; attendu que deux sentinelles, ajouta le caporal, valent autant que vingt.— J'ai commandé moi-même cent fois au *Corps de Garde*[1], continua *Trim*, en se redressant d'un pouce tout en parlant,——et tout le temps que j'ai eu l'honneur de servir Sa Majesté le roi *Guillaume*, en relevant les postes les plus considérables, jamais de ma vie je n'en ai laissé plus de deux.——Très bien, *Trim*, dit mon oncle *Toby* ;—mais vous ne considérez pas, *Trim*, que les tours, du temps de *Salomon*, n'étaient pas, comme nos bastions, flanquées et défendues par d'autres ouvrages ;—ceci, *Trim*, est une invention postérieure à la mort de *Salomon* ; et de son temps, non plus, il n'existait ni ouvrages à cornes, ni ravelins devant la courtine ;—ni de fossés, comme nous en faisons, avec une cuvette au milieu, et avec des chemins couverts et des contrescarpes palissadées le long, pour garantir d'un *Coup de main*[1] :—En sorte que les sept hommes sur la tour étaient, je présume, un détachement du *Corps de Garde*, placé là non seulement pour veiller, mais pour la défendre.—Ce ne pouvait être, s'il plaît à Votre Honneur, qu'un poste de caporal.—Mon père sourit intérieurement,—et non extérieurement ;—le sujet étant un peu trop sérieux, eu égard à ce qui était arrivé, pour en faire une plaisanterie :—Aussi, portant à sa bouche sa pipe qu'il venait d'allumer,—il se contenta d'ordonner à *Trim* de continuer sa lecture. Ce qu'il fit comme suit :]

« Avoir la crainte de Dieu devant nos yeux, et, dans nos rapports mutuels les uns avec les autres, diriger nos actions d'après les règles éternelles du bien et du mal :—La première de ces règles comprendra les devoirs de la religion ;——la seconde, ceux de la morale, et ces devoirs sont si inséparablement unis, que vous ne pouvez diviser ces deux *Tables*[2] même en imagination (quoique la tentative en soit souvent faite en pratique), sans les briser et les détruire l'une par l'autre.

» Je dis que la tentative en est souvent faite, et il en est ainsi ;—car il n'y a rien de plus commun que de voir un homme dénué de tout sentiment de religion, ——et même assez loyal pour ne pas prétendre en avoir, prendre pour l'affront le plus sanglant le moindre soupçon sur sa moralité,--ou la pensée qu'il n'a pas été consciencieusement juste, et scrupuleux au dernier degré.

» Quand il y a apparence qu'il en est ainsi,—quoiqu'on répugne même à suspecter l'apparence d'une vertu aussi aimable que l'honnêteté morale, cependant, si nous avions à en examiner les bases, dans le cas présent, je suis persuadé que nous trouverions peu de raison d'envier à un tel homme l'honneur de son mobile.

» Qu'il déclame aussi pompeusement qu'il lui plaira sur sa moralité, on trouvera qu'elle n'a pas de meilleur fondement que son intérêt, son orgueil, son bien-être, ou quelque petite et changeante passion qui ne nous donnera qu'une faible confiance en ses actions dans les cas de grande infortune.

» Je vais éclaircir ceci par un exemple.

» Je connais le banquier à qui j'ai affaire, ou le médecin que j'appelle habituellement, [il n'est pas besoin, s'écria le docteur *Slop*, en se réveillant, d'appeler de médecin en pareil cas] pour n'avoir ni l'un ni l'autre beaucoup de religion : Je les entends en plaisanter chaque jour, et en traiter tous les décrets avec assez de mépris pour mettre la question hors de doute. Eh bien ;—malgré cela, je place ma fortune dans les mains de l'un ;—et ce qui m'est plus cher encore, je confie ma vie à l'honnête habileté de l'autre.

» Examinons maintenant quelle est la raison de cette grande confiance.——Eh bien, en premier lieu, je crois qu'il n'y a aucune probabilité qu'aucun d'eux use à mon désavantage du pouvoir que je lui mets entre les mains ;—je considère que l'honnêteté sert les desseins de cette vie :—Je sais que leur succès dans le monde dépend de la bonté de leur réputation.—En un mot,—je suis persuadé qu'ils ne peuvent me faire tort sans s'en faire davantage à eux-mêmes.

» Mais posons autrement la question : à savoir, que, pour une fois, leur intérêt se trouve du côté opposé ; qu'il arrive une circonstance où l'un, sans tacher sa réputation, puisse s'approprier ma fortune et me laisser nu dans le monde ;—et où l'autre puisse m'en faire sortir, et s'assurer, par ma mort, une propriété, sans déshonneur pour lui ni pour son art :—Dans ce cas, quelle prise ai-je sur eux ?—La Religion, le plus fort de tous les mobiles, est hors de la question :—l'Intérêt, après elle le mobile le plus puissant du monde, est fortement contre moi :—Que me reste-t-il à jeter dans le plateau opposé, pour contrebalancer cette tentation ?--Hélas ! je n'ai rien,—rien que ce qui est plus léger qu'une bulle d'air.—Il faut que je sois à la merci de l'HONNEUR, ou de quelque autre capricieux principe de ce genre.——Mince garantie pour deux des biens les plus précieux !—ma propriété et ma vie.

» Donc de même que nous ne pouvons avoir aucune confiance dans la morale sans la religion ;—ainsi, de l'autre côté, il n'y a rien de mieux à attendre de la religion sans la morale ; néanmoins ce n'est point un prodige que de voir un homme d'une moralité fort peu élevée, avoir la plus haute opinion de lui-même, en tant qu'homme religieux.

CHAP. XVII [229]

» Il sera non seulement cupide, vindicatif, implacable,——mais il laissera même à désirer en fait de simple honnêteté ; cependant, attendu qu'il déclame contre l'incrédulité du siècle,——qu'il est zélé, sur certains points de la religion,——qu'il va deux fois par jour à l'église,—qu'il reçoit les sacrements,—et qu'il s'amuse avec quelques parties instrumentales de la religion[1],—il dupera sa conscience en se jugeant pour cela un homme religieux et qui a fidèlement accompli son devoir envers Dieu : Et vous verrez cet homme, grâce à cette illusion, abaisser en général un regard d'orgueil spirituel sur tout autre homme qui a moins d'affectation de piété,--quoique, peut-être, dix fois plus d'honnêteté réelle que lui.

» *C'est encore là un cruel mal sous le soleil*[2] ; et je crois qu'il n'est pas de principe mal entendu qui, pendant sa durée, ait causé de plus graves malheurs.—Comme preuve générale,—examinez l'histoire de l'Église *Romaine* ;—[Mais comment entendez-vous cela ? s'écria le docteur *Slop*.]—voyez quelles scènes de cruauté, de meurtre, de rapine, d'effusion de sang, [Ils peuvent s'en prendre à leur propre obstination, cria le docteur *Slop*] ont toutes été sanctifiées par une religion non strictement dirigée par la morale.

» Dans combien de royaumes du monde, [Ici *Trim* se mit à balancer sa main droite, à partir du sermon jusqu'où pouvait s'étendre son bras, en la ramenant en arrière et en avant, jusqu'à la fin du paragraphe.]

» Dans combien de royaumes du monde l'épée de ce croisé, de ce saint-errant[1] égaré, n'a-t-elle épargné ni âge, ni mérite, ni sexe, ni rang ?—et comme il combattait sous la bannière d'une religion qui le dispensait de justice et d'humanité, il n'en montrait aucune ; les foulait toutes deux impitoyablement aux pieds,——n'entendait pas les cris des infortunés, et n'avait point pitié de leur détresse. »

[J'ai assisté à bien des batailles, s'il plaît à Votre Honneur, dit *Trim* en soupirant, mais jamais à aucune aussi lugubre que celle-ci.—Je n'aurais pas voulu tirer un seul coup contre ces pauvres gens,——quand on m'aurait fait officier général.—Eh bien, quoi ? Qu'est-ce que vous y comprenez ? dit le docteur *Slop*, regardant *Trim* avec un peu plus de mépris que n'en méritait l'honnête cœur du caporal.—Que savez-vous, l'ami, de cette bataille dont vous parlez ?——Je sais, répliqua *Trim*, que jamais de ma vie je n'ai refusé quartier à un homme qui me l'a demandé ;—mais une femme ou un enfant, continua *Trim*, avant de les coucher en joue, je perdrais mille fois la vie.—Voici une couronne pour toi, *Trim*, pour boire ce soir avec *Obadiah*, dit mon oncle *Toby*, et j'en donnerai une autre également à *Obadiah*.--Dieu bénisse Votre Honneur, répliqua *Trim*,—mais j'aimerais mieux que ces pauvres femmes et ces enfants pussent l'avoir.—Tu es un honnête garçon, dit mon oncle *Toby*.----Mon père fit un signe de tête,—comme pour dire,—c'est bien vrai.————

Mais je t'en prie, *Trim*, dit mon père, finis-en,—car je vois qu'il ne te reste plus qu'une ou deux feuilles.]

CHAP. XVII [231]

Le caporal *Trim* continua de lire.

« Si le témoignage des siècles passés à cet égard n'est pas suffisant,——considérez, en cet instant même, comment les dévots de cette religion pensent chaque jour servir et honorer Dieu par des actions qui sont un déshonneur et un scandale pour eux-mêmes.

» Pour en être convaincu, entrez avec moi un moment dans les prisons de l'Inquisition. [Dieu assiste mon pauvre frère *Tom* !]——Contemplez la *Religion* avec la *Miséricorde* et la *Justice* enchaînées sous ses pieds,——siégeant lugubre sur un noir tribunal, appuyée sur des chevalets et des instruments de torture. Écoutez !—écoutez ! quel douloureux gémissement ! [Ici le visage de *Trim* devint pâle comme la cendre.] Voyez le pauvre malheureux qui l'a poussé—[Ici, les larmes de *Trim* commencèrent à couler] on vient de l'amener pour lui faire subir les angoisses d'un procès dérisoire, et endurer les dernières souffrances qu'un système médité de cruauté ait été capable d'inventer.—[Damnés soient-ils tous ! dit *Trim*, les couleurs lui revenant au visage aussi rouges que du sang.] —Contemplez cette victime sans appui, livrée à ses bourreaux,——son corps si usé par le chagrin et la réclusion—[Oh ! c'est mon frère, s'écria le pauvre *Trim*, de l'accent le plus passionné, laissant tomber le sermon à terre, et frappant des mains——je crains que ce ne soit le malheureux *Tom*. Le cœur de mon père et celui de mon oncle *Toby* s'émurent de sympathie pour la douleur du pauvre garçon,——*Slop*, lui-même, avoua en avoir pitié.—Eh ! *Trim*, dit mon père, ce n'est point une histoire,—c'est un sermon que tu lis ;—je t'en prie, recommence la phrase.]—« Contemplez cette victime sans appui, livrée à ses bourreaux,—son corps si usé par le chagrin et la réclusion, que vous verrez souffrir chaque nerf et chaque muscle.

» Observez le dernier mouvement de cet horrible instrument!——[J'aimerais mieux regarder en face un canon, dit *Trim*, frappant du pied.]——Voyez dans quelles convulsions il l'a jeté!—Considérez la nature de la position où maintenant il gît étendu,—quelles tortures raffinées elle lui fait endurer! »——[J'espère que ce n'est point en *Portugal*[1].]—C'est tout ce que la nature peut supporter! Bon Dieu! voyez comme elle retient son âme exténuée, suspendue à ses lèvres tremblantes! [Je ne voudrais pas en lire une ligne de plus, dit *Trim*, pour tout l'Univers!—j'ai peur, s'il plaît à Vos Honneurs, que tout ceci ne se passe en *Portugal*, où est mon pauvre frère *Tom*. Je te répète, *Trim*, dit mon père, que ce n'est point une relation historique,—c'est une description.—Ce n'est qu'une simple description, honnête homme, dit *Slop*, il n'y a pas un mot de vrai là-dedans.—Ceci, c'est une autre affaire, repartit mon père.—Cependant, puisque *Trim* le lit avec tant d'émotion,—ce serait une cruauté de le forcer de continuer.--Passe-moi le sermon, *Trim*,--je le finirai pour toi, et tu peux t'en aller. Je préfère rester et l'entendre, répliqua *Trim*, si Votre Honneur veut me le permettre;—mais je ne voudrais pas le lire moi-même pour la paye d'un colonel.——Pauvre *Trim*! dit mon oncle *Toby*. Mon père continua.]—

« —Considérez la nature de la position où maintenant il gît étendu,—quelles tortures raffinées elle lui fait endurer,—C'est tout ce que la nature peut supporter!—Bon Dieu! Voyez comme elle retient son âme exténuée, suspendue à ses lèvres tremblantes,—et voulant s'en aller,——mais n'ayant pas la permission de partir!——Contemplez le pauvre malheureux reconduit à son cachot! [Alors, Dieu merci, ils ne l'ont pourtant pas tué, dit *Trim*.]—Voyez l'en tirer de nouveau pour être livré aux flammes et aux insultes que, dans son agonie, ce principe,—ce principe qu'il peut exister une religion sans miséricorde, a préparées pour lui. [Alors, Dieu merci,—il est mort, dit *Trim*,—il est hors de peine,—et leur méchanceté en a fini avec lui.—Ô messieurs!—Tais-toi, *Trim*, dit mon père, en reprenant le sermon, de peur que *Trim* n'irritât le docteur *Slop*,—nous n'en finirons jamais de ce train-là.]

« Le plus sûr moyen d'éprouver le mérite de toute idée contestée, c'est de la suivre dans les conséquences qu'elle a produites, et de les comparer avec l'esprit du Christianisme;—c'est la règle courte et décisive que notre Sauveur nous a laissée pour ces sortes de cas, et elle vaut mille arguments,——*Vous les connaîtrez à leurs fruits*[1].

» Je n'ajouterai rien à la longueur de ce sermon que deux ou trois règles courtes et distinctes qu'on en peut déduire.

» *Premièrement*, toutes les fois qu'un homme déclame contre la religion, soupçonnez toujours que ce n'est pas sa raison, mais ses passions qui l'ont emporté sur sa Foi. Une mauvaise vie et une bonne croyance sont des voisines désagréables et querelleuses, et lorsqu'elles se séparent, comptez que ce n'est pas pour une autre cause que pour avoir la paix.

» *Secondement,* quand un homme, tel que nous l'avons représenté, vous dit, dans quelque cas particulier que ce soit,——Que telle chose répugne à sa conscience,—croyez toujours qu'il entend exactement la même chose que lorsqu'il vous dit que telle chose répugne à son estomac;—un manque actuel d'appétit étant généralement la vraie cause de cette double répugnance.

» En un mot,—ne vous fiez en rien à l'homme qui n'a pas de CONSCIENCE en tout.

» Et dans votre propre cas, souvenez-vous de cette simple distinction, qui, mal comprise, a perdu des milliers de gens,—que votre conscience n'est pas une loi :--Non, Dieu et la raison ont fait la loi, et ont placé en vous la conscience pour décider;—non pas comme un Cadi[1] *asiatique,* suivant les flux et reflux de ses passions,—mais comme un Juge *anglais,* qui, sur cette terre de liberté et de bon sens, ne fait pas de loi nouvelle, mais applique fidèlement la loi qu'il sait déjà écrite. »

FINIS.

Tu as lu le sermon extrêmement bien, *Trim,* dit mon père.—S'il nous avait épargné ses commentaires, répliqua le docteur *Slop*, il l'aurait beaucoup mieux lu. Je l'aurais dix fois mieux lu, monsieur, répondit *Trim*, si mon cœur n'avait pas été si gros.—C'est précisément la raison, *Trim*, répliqua mon père, qui t'a fait lire le sermon aussi bien que tu l'as fait ; et si les prêtres de notre Église, continua mon père, en s'adressant au docteur *Slop*, se pénétraient de ce qu'ils débitent aussi profondément que ce pauvre garçon l'a fait,—comme leurs compositions sont belles, (Je le nie, dit le docteur *Slop*) je le maintiens, l'éloquence[1] de notre chaire, avec de tels sujets pour l'enflammer,—serait un modèle pour le monde entier :—Mais, hélas ! continua mon père, et je l'avoue, monsieur, avec chagrin, semblables aux politiques français sous ce rapport, ce qu'ils gagnent dans le cabinet, ils le perdent sur le terrain.

——Ce serait dommage, dit mon oncle, que ce sermon-ci fût perdu. J'aime beaucoup ce sermon, répliqua mon père,—il est dramatique,——et il y a dans ce genre d'écrit, quand il est habilement manié, quelque chose qui s'empare de l'attention.——
Nous prêchons beaucoup dans ce genre chez nous, dit le docteur *Slop*.—Je le sais très bien, dit mon père,—mais d'un ton et d'une manière qui dégoûtèrent le docteur *Slop* tout autant que son simple assentiment aurait pu lui plaire.-----Mais, ajouta le docteur *Slop*, un peu piqué,——nos sermons, en ceci, ont le grand avantage que nous n'y introduisons jamais de personnage au-dessous d'un patriarche, ou de la femme d'un patriarche, ou d'un martyr, ou d'un saint.—Il y a, pourtant, quelques personnages fort méchants dans celui-ci, dit mon père, et je ne l'en crois pas plus mauvais pour cela.————Mais, je vous prie, dit mon oncle *Toby*,——de qui ce sermon peut-il être ?—

Comment a-t-il pu se trouver dans mon *Stevinus*? Il faudrait être aussi grand sorcier que *Stevinus*, dit mon père, pour résoudre cette seconde question :—La première, je pense, n'est pas si difficile ;—car, à moins que mon jugement ne me trompe grandement,——je connais l'auteur de ce sermon, qui a été écrit, certainement, par le pasteur de la paroisse.

La ressemblance de style et de manière de ce sermon avec ceux que mon père avait constamment entendu prêcher dans l'église de sa paroisse, était la base de sa conjecture,—et lui prouvait, aussi fortement qu'un argument *a priori* pouvait le faire à un esprit philosophique, qu'il était d'*Yorick* et de personne autre :——On en eut la preuve *a posteriori*, le jour suivant, lorsque *Yorick* envoya un domestique chez mon oncle *Toby* pour en demander des nouvelles.

Il paraît qu'*Yorick*, qui était curieux de toute espèce de savoir, avait emprunté *Stevinus* à mon oncle *Toby*, et qu'il avait négligemment fourré son sermon, dès qu'il avait été fait, au beau milieu de *Stevinus* ; et que, par un de ces oublis auxquels il était continuellement sujet, il avait renvoyé *Stevinus* avec son sermon pour lui tenir compagnie.

Infortuné sermon! tu fus perdu une seconde fois, après avoir été ainsi retrouvé, ayant glissé par une fente inaperçue de la poche de ton maître, dans une doublure traîtresse et déchirée,—tu fus enfoncé dans la boue par le pied gauche de derrière de sa Rossinante, qui marcha inhumainement sur toi quand tu fus tombé ;—tu fus enseveli dix jours dans la fange,—

ramassé par un mendiant,—vendu un sou à un clerc de paroisse,—porté par lui à son pasteur,—à tout jamais perdu pour ton maître, le restant de ses jours,—et rendu à ses MÂNES sans repos, en cet instant même où je raconte au monde cette histoire.

Le lecteur pourra-t-il croire que ce sermon d'*Yorick* fut prêché aux Assises, dans la cathédrale d'*York*, devant un millier de témoins, prêts à en faire le serment, par un certain prébendier de cette église, et qu'il fut positivement imprimé par lui ensuite,——dans un délai aussi court que deux ans et trois mois après la mort d'*Yorick*?—*Yorick*, il est vrai, n'avait pas été mieux traité pendant sa vie!——mais il était un peu dur de le maltraiter après, et de le piller lorsqu'il était couché dans sa tombe.

Cependant, comme le gentleman qui fit cela avait une bienveillance parfaite pour *Yorick*,—et que, par un esprit de justice consciencieuse, il n'imprima qu'un petit nombre d'exemplaires du sermon, pour les donner;—et qu'en outre, on m'assure qu'il aurait pu en faire un aussi bon lui-même, s'il l'avait jugé à propos,—je déclare que je n'aurais pas publié cette anecdote;—et que je ne la publie pas avec l'intention de nuire à sa réputation et à son avancement dans l'Église;——je laisse cela à d'autres;——mais je m'y trouve poussé par deux raisons, auxquelles je ne puis résister.

La première est qu'en faisant acte de justicier, je puis donner du repos à l'ombre d'*Yorick*;—qui, à ce que croient les gens de la campagne,—et quelques autres,—*revient encore sur terre*[1].

La seconde raison est qu'en révélant cette histoire au monde, je trouve une occasion de l'informer,——Que dans le cas où le caractère du révérend *Yorick* et cet échantillon de ses sermons[2] lui plairaient,—il en existe en la possession de la famille *Shandy* de quoi faire un beau volume, au service du monde,—et grand bien puissent-ils lui faire.

CHAP. XVIII.

OBADIAH gagna les deux couronnes sans discussion ; car il entra en tintant avec tous les instruments contenus dans le sac de serge verte dont nous avons parlé, et qu'il s'était passé en bandoulière, juste au moment où le caporal *Trim* sortait de la chambre.

Il serait convenable, je pense, dit le docteur *Slop* (éclaircissant sa physionomie), maintenant que nous sommes en état de rendre quelques services à madame *Shandy*, d'envoyer là-haut savoir comment elle va.

J'ai donné ordre à la vieille sage-femme, répondit mon père, de descendre nous trouver à la moindre difficulté ;——car il faut que vous sachiez, docteur *Slop*, continua mon père avec une espèce de sourire embarrassé sur son visage, que, par un traité formel, solennellement ratifié entre ma femme et moi, vous n'êtes qu'un auxiliaire en cette affaire,—et même pas tant que cela,—à moins que cette maigre vieille mère de sage-femme qui est là-haut ne puisse se passer de vous.—Les femmes ont leurs idées particulières, et, dans des circonstances de cette nature, continua mon père, où elles portent tout le fardeau et souffrent des douleurs si aiguës pour l'avantage de nos familles et le bien de l'espèce,—elles réclament le droit de décider, *en Soveraines*[1], dans les mains de qui et de quelle façon elles préfèrent les endurer.

Elles en ont le droit,—dit mon oncle *Toby*. Mais, monsieur, repartit le docteur *Slop*, sans tenir compte de l'opinion de mon oncle *Toby*, et en se tournant vers mon père,—elles feraient mieux de gouverner sur d'autres points ;—et un père de famille qui désire perpétuer sa race, ferait mieux, à mon avis, d'échanger avec elles cette prérogative, et de leur céder quelque autre droit à la place de celui-ci.—Je ne sais pas, dit mon père, en répondant un peu trop brusquement pour être tout à fait de sang-froid dans ce qu'il disait, ——je ne sais pas, dit-il, ce qu'il nous reste à céder, à la place de l'homme qui mettra nos enfants au monde,—à moins que ce ne soit,—celui qui les fera. ——On devrait presque céder tout, répliqua le docteur *Slop*.——Je vous demande pardon,—répondit mon oncle *Toby*.——Monsieur, repartit le docteur *Slop*, vous seriez étonné de savoir quels progrès nous avons faits, ces dernières années, dans toutes les branches de l'art d'accoucher, et particulièrement sur ce seul et unique point de la sûre et prompte extraction du *fœtus*,—qui a reçu de tels éclaircissements que, pour ma part (levant les mains), je déclare que je me demande comment le monde a———Je voudrais, dit mon oncle *Toby*, que vous eussiez vu les prodigieuses armées que nous avions en *Flandre*.

CHAP. XIX.

J'AI tiré pour une minute le rideau sur cette scène[1],—afin de vous rappeler une chose,—et de vous en apprendre une autre.

Ce que j'ai à vous apprendre vient, je l'avoue, un peu hors de sa place;—car j'aurais dû le raconter cent cinquante pages plus haut, n'était que je prévoyais alors que cela viendrait à propos plus tard, et plus avantageusement ici qu'ailleurs.----Les écrivains auraient besoin de regarder devant eux pour maintenir la chaleur et l'enchaînement de ce qu'ils ont en main.

Ces deux choses faites,—le rideau se relèvera, et mon oncle *Toby*, mon père et le docteur *Slop* reprendront leur entretien, sans autre interruption.

Premièrement, donc, ce que j'ai à vous rappeler, c'est;—que d'après les échantillons de la singularité des idées de mon père relativement aux noms de baptême et à cet autre point antérieur,—vous avez été amené à penser (et je suis sûr de l'avoir dit) que mon père était un gentleman tout aussi bizarre et fantasque dans cinquante autres opinions. Au fait, il n'y avait pas un degré dans la vie de l'homme, depuis l'acte même de sa conception,—jusqu'au misérable pantalon à pieds de sa seconde enfance[1], qui ne lui suscitât quelque idée personnelle favorite, aussi sceptique et aussi écartée du grand chemin de la pensée, que les deux idées dont l'explication a été donnée.

——Mr. *Shandy*, mon père, ne voyait rien, monsieur, du point de vue où se plaçaient les autres;—il mettait les choses à son propre point de vue;—il ne pesait rien dans les balances ordinaires;—non,—c'était un trop fin explorateur pour prêter le flanc à une imposture aussi grossière.—Pour obtenir le poids exact des choses dans la romaine scientifique, le point d'appui, disait-il, devait être presque invisible, afin d'éviter tout frottement des opinions populaires;—sans quoi, les minuties de la philosophie, qui emportaient toujours la balance, n'y auraient pas le moindre poids.—Le savoir, comme la matière, affirmait-il, était divisible *in infinitum*[2];—les grains et les scrupules en faisaient tout autant partie que la gravitation du monde entier. —En un mot, disait-il, l'erreur était l'erreur,—n'importe où elle tombât,—soit dans une fraction,—soit dans une livre,—elle était également funeste à la vérité, qui était retenue au fond de son puits aussi inévitablement par une méprise sur la poussière de l'aile d'un papillon,—que sur le disque du soleil, de la lune et de toutes les étoiles du ciel mises ensemble.

Il déplorait souvent que ce fût faute d'y réfléchir convenablement et d'en faire habilement l'application aux affaires civiles, aussi bien qu'aux vérités spéculatives, que tant de choses dans ce monde étaient disloquées[3];—que l'arche politique se disloquait;—et que les fondements mêmes de notre excellente constitution dans l'Église et dans l'État, étaient aussi sapés que l'avaient rapporté des experts.

Vous criez, disait-il, que nous sommes un peuple ruiné, fini.——Pourquoi?—demandait-il, en faisant usage du sorite ou syllogisme de *Zénon* et de *Chrysippe*[1], sans savoir qu'il leur appartenait.—Pourquoi? pourquoi sommes-nous un peuple ruiné[2]?—Parce que nous sommes corrompus.——D'où vient, cher monsieur, que nous sommes corrompus?—De ce que nous sommes dans le besoin;—c'est notre pauvreté, et non notre volonté, qui le veut[3].——Et pourquoi, ajoutait-il, sommes-nous dans le besoin?——Pour avoir négligé, répondait-il, nos sous et nos liards :—nos billets de banque, monsieur, nos guinées,--et jusqu'à nos shillings, se gardent eux-mêmes.

Il en est ainsi, disait-il, dans tout le cercle des sciences;—leurs grands points, leurs points établis ne doivent pas être attaqués.—Les lois de la nature se défendent elles-mêmes;—mais l'erreur—(ajoutait-il en regardant fixement ma mère)—l'erreur, monsieur, s'insinue dans les plus petits trous et les plus étroites crevasses que la nature humaine laisse sans défense.

Cette manière de voir de mon père est ce que j'avais à vous rappeler :——Le point que vous avez à apprendre, et que j'ai réservé pour cet endroit, est celui-ci :

Parmi les nombreuses et excellentes raisons par lesquelles mon père avait pressé ma mère d'accepter l'assistance du docteur *Slop* de préférence à celle de la vieille femme,—il en était une d'une très singulière nature ; sur laquelle, après avoir traité la question en chrétien, et en être revenu à la traiter en philosophe,— il avait appuyé de toute sa force, car il comptait réellement dessus comme sur son ancre de salut.———Elle lui manqua, non par aucun défaut de l'argument en lui-même ; mais parce que, quoi qu'il pût faire, il lui fut, sur son âme, impossible de lui en faire comprendre la portée.———Sort maudit !—se dit-il à lui-même, une après-midi, comme il sortait de la chambre après la lui avoir exposée pendant une heure et demie, en pure perte ;—sort maudit ! dit-il en se mordant la lèvre, comme il fermait la porte,—pour un homme, que de posséder un des plus beaux enchaînements de raisonnement dans la nature,—et d'avoir en même temps une femme douée d'une telle caboche, qu'il ne saurait y clouer une seule induction, s'agirait-il du salut de son âme.

Cet argument, quoiqu'il fût entièrement perdu pour ma mère,—avait plus de poids pour lui que tous ses autres arguments réunis :———je tâcherai donc de lui rendre justice,—et de l'exposer avec toute la clarté dont je suis capable.

Mon père s'appuyait sur la force des deux axiomes suivants :

Premièrement, qu'une once de l'esprit d'un homme équivalait à un tonneau de celui d'un autre ; et,

Secondement, (ce qui, par parenthèse, était la base du premier axiome,—quoique arrivant en dernier)—Que l'esprit de chaque homme doit venir de sa propre âme,—et non de celle d'un autre.

Or, comme il était clair pour mon père que toutes les âmes étaient naturellement égales,—et que la grande différence entre l'entendement le plus aigu et le plus obtus,—ne provenait d'aucune supériorité ou infériorité originelle de subtilité d'une substance pensante à l'égard de l'autre,———mais simplement de l'heureuse ou malheureuse organisation du corps, dans la partie où l'âme fixait principalement sa résidence,—il avait pris pour objet de ses recherches de trouver cet endroit même.

Or, d'après les meilleurs renseignements qu'il avait pu se procurer sur cette matière, il s'était convaincu qu'elle ne pouvait pas être où *Descartes* l'avait placée, au sommet de la glande *pinéale*[1] du cerveau ; qui, suivant son raisonnement, formait pour elle un coussin d'environ la grosseur d'un pois carré ;—quoique, à dire vrai, comme tant de nerfs venaient tous aboutir à ce seul endroit,—ce ne fût pas une mauvaise conjecture ;— et mon père serait certainement tombé avec ce grand philosophe en plein dans la méprise, sans mon oncle *Toby*, qui l'en préserva en lui racontant l'histoire d'un officier *wallon* qui, à la bataille de *Landen*, avait eu une partie de sa cervelle emportée par une balle de mousquet,—et une autre partie enlevée ensuite par un chirurgien *français* ; et qui, après tout, s'était rétabli et avait fort bien fait son service malgré cela.

Si la mort, dit mon père, argumentant avec lui-même, n'est que la séparation de l'âme et du corps ;—

CHAP. XIX [245]

et s'il est vrai que des gens puissent aller et venir et faire leurs affaires sans cervelle,—certes alors l'âme n'habite pas là. C.Q.F.D.

Quant à ce certain liquide, très clair, très subtil, et très odorant, que *Coglionissimo Borri*[1], le grand médecin *milanais*, affirme, dans une lettre à *Bartholine*, avoir découvert dans les cellules des parties occipitales du cervelet, et qu'il affirme également être le siège principal de l'âme raisonnable (car il faut que vous sachiez que dans ce siècle actuel de lumières, tout homme vivant se trouve avoir deux âmes,—l'une, suivant le grand *Metheglingius*[2], appelée l'*Animus*; l'autre, l'*Anima*);—quant à l'opinion de *Borri*, dis-je,—— mon père n'y put jamais souscrire en aucune façon; l'idée même d'un être aussi noble, aussi épuré, aussi immatériel et aussi élevé que l'*Anima*, ou même l'*Animus*, faisant sa résidence et barbotant, comme un têtard, tout le long du jour, hiver et été, dans une mare,—ou dans un liquide d'aucune espèce, si épais ou si clair qu'il fût, cette idée, disait-il, choquait son imagination; c'est à peine s'il pouvait consentir à prêter l'oreille à une pareille doctrine.

Celle, donc, qui de toutes lui paraissait la moins susceptible d'objections, c'était que le principal sensorium ou quartier général de l'âme, où venaient aboutir tous les rapports et d'où s'expédiaient tous les ordres,—se trouvait dans l'intérieur, ou près du cervelet,--ou plutôt dans les alentours de la *medulla oblongata*[3], où il a été généralement reconnu par les anatomistes *hollandais* que tous les nerfs minuscules de tous les organes des sept sens[1] aboutissaient, comme les rues et les ruelles tortueuses à une place.

Jusque-là il n'y avait rien de singulier dans l'opinion de mon père,—il avait pour lui les meilleurs des philosophes de tous les siècles et de tous les climats.——Mais ici, il prit une route à lui, en bâtissant une autre hypothèse *shandéenne* sur les pierres angulaires que lui avaient posées ces philosophes;—hypothèse qui défendait aussi son terrain, à savoir si la subtilité et la délicatesse de l'âme dépendaient de la température et de la clarté du liquide, ou de la délicatesse du réseau et du tissu du cervelet lui-même, opinion pour laquelle il penchait.

Il soutenait qu'immédiatement après le soin convenable à prendre dans l'acte de la génération de chaque individu, acte qui réclamait toute la réflexion du monde, comme jetant le fondement de cette contexture incompréhensible qui constitue l'esprit, la mémoire, l'imagination, l'éloquence et tout ce qu'on entend habituellement sous le nom de dispositions naturelles; —qu'immédiatement après ceci et son nom de baptême, les deux causes originelles et les plus efficaces de toutes;—la troisième, ou plutôt ce que les logiciens appellent la *Causa sine quâ non*[2], et sans laquelle tout ce qui a été fait n'avait aucune signification,--c'était l'acte de préserver cette toile délicate et ténue du dégât qui s'y faisait généralement par la violente compression et le froissement que la tête avait à subir, grâce à l'absurde méthode de nous introduire dans le monde la tête la première.

—Ceci exige explication.

Mon père, qui feuilletait toute espèce de livres, en parcourant *Lithopœdus Senonesis de Partu difficili*[*1], publié par *Adrianus Smelvgot*, avait trouvé, Que l'état flasque et flexible de la tête d'un enfant, au moment de l'accouchement, les os du crâne n'ayant pas encore de sutures, était tel,—que par la violence des efforts de la femme, qui, dans les grandes douleurs, équivalaient, en moyenne, au poids de 470 livres avoir-du-poids[2], agissant perpendiculairement dessus;—il arrivait que, 49 fois sur 50, la dite tête était comprimée et moulée dans la forme d'un morceau de pâte oblong et conique tel que généralement le roule un pâtissier pour faire un pâté.——Bon Dieu! s'écria mon père, quel dégât et quel ravage cela doit causer dans le tissu infiniment fin et tendre du cervelet!—ou s'il existe un liquide tel que le prétend *Borri*,—n'est-ce point assez pour rendre le liquide le plus clair du monde féculent et bourbeux?

Mais combien son appréhension fut grande, lorsqu'il apprit en outre que cette force agissant sur le vertex même de la tête, non seulement endommageait le cerveau,——mais que nécessairement elle pressait et

---

* L'auteur commet ici deux méprises;—car *Lithopœdus* devrait être écrit ainsi : *Lithopœdii Senonensis Icon*. La seconde méprise est que ce *Lithopœdus* n'est point un auteur, mais un dessin d'enfant pétrifié. La relation qui en a été publiée par *Athosius*, 1580, peut se voir à la fin des œuvres de *Cordœus* dans *Spachius*. M. *Tristram Shandy* a été induit dans cette erreur, soit en voyant récemment le nom de *Lithopœdus* dans un catalogue de savants écrivains par le Dr——, ou en confondant *Lithopœdus* avec *Trinecavellius*,—à cause de la trop grande similitude des noms.

poussait le cerveau vers le cervelet, qui était le siège immédiat de l'entendement.—Anges et ministres de la grâce, secourez-nous[1] ! s'écria mon père,—aucune âme peut-elle soutenir ce choc ?—Rien d'étonnant à ce que la toile intellectuelle soit aussi déchirée et dépenaillée que nous la voyons ; et que tant de nos meilleures têtes ne valent pas mieux qu'un écheveau de soie embrouillé,---toute perplexité,—toute confusion au dedans.

Mais quand mon père continua de lire, et fut initié à ce secret que lorsqu'un enfant était tourné sens dessus dessous, ce qu'il était aisé de faire à un opérateur, et qu'il était extrait par les pieds[2] ;—au lieu que le cerveau fût poussé vers le cervelet, le cervelet, au contraire, était poussé simplement vers le cerveau, où il ne pouvait causer aucun mal :—Par les cieux ! s'écria-t-il, le monde conspire pour nous enlever le peu d'esprit que Dieu nous a donné,—et les professeurs d'obstétrique sont enrôlés dans la conspiration.—Que m'importe le bout de mon fils qui arrivera le premier dans le monde, pourvu que tout aille bien après, et que son cervelet échappe à l'écrasement !

Il est dans la nature d'une hypothèse, une fois qu'un homme l'a conçue, de s'assimiler toute chose, comme aliment convenable ; et du premier instant que vous l'avez engendrée, elle se renforce généralement de tout ce que vous voyez, entendez, lisez ou apprenez. Ceci est d'une grande importance.

Lorsque mon père eut porté celle-ci environ un mois, il n'y eut guère de phénomène de stupidité ou de génie dont il ne pût se rendre compte immédiatement grâce à elle ;—elle lui expliquait pourquoi le fils aîné était le plus grand sot de la famille.--Pauvre diable, disait-il,--il a frayé la route à la capacité de ses cadets. --Elle donnait la clef des observations sur les radoteurs et les têtes monstrueuses,—en montrant, *a priori*, qu'il n'en pouvait être autrement,—à moins que **** je ne sais quoi. Elle expliquait et justifiait merveilleusement la subtilité du génie *asiatique*, et ce tour plus vif, et cette intuition plus pénétrante des esprits dans les climats plus chauds ; non par cette vague et banale explication d'un ciel plus clair et d'un soleil plus constamment brillant, etc.—qui, autant qu'il en savait, pouvait aussi bien raréfier et réduire à rien les facultés de l'âme, par un extrême,—comme elles sont condensées par l'autre dans des climats plus froids ;—mais il remontait à la source ;—montrait que, dans les climats plus chauds, la nature avait soumis à une taxe plus légère les plus belles parties de la création ;---que leurs plaisirs y étaient plus vifs ;—la nécessité de leurs peines moindre, si bien que la pression et la résistance sur le vertex étaient si légères, que l'organisation entière du cervelet était préservée ;—et même il ne croyait pas que dans les naissances naturelles il y eût un seul fil du réseau de rompu ou déplacé,—de sorte que l'âme pouvait agir juste comme elle voulait.

Quand mon père en fut arrivé là,—quels torrents de lumière les relations de l'opération *césarienne*[1], et la liste des génies sublimes qui, grâce à elle, étaient venus au monde sains et saufs, jetèrent sur cette hypothèse ! Ici, vous le voyez, disait-il, il n'y a pas eu d'atteinte au sensorium ;—pas de pression de la tête contre le pelvis ;—pas de propulsion du cerveau vers le cervelet, soit par l'*os pubis* de ce côté-ci, soit par l'*os coxygis* de ce côté-là ;—et je vous prie, quelles en ont été les heureuses conséquences ? Eh bien ! monsieur, votre *Julius Cesar* qui a donné son nom à l'opération ;—et votre *Hermès Trismegistus* qui est né de la sorte avant même que l'opération eût un nom ;—votre *Scipio Africanus*; votre *Manlius Torquatus*; notre *Édouard* VI,——qui, s'il eût vécu, aurait fait le même honneur à l'hypothèse :——Ces hommes et bien d'autres encore qui ont grandement figuré dans les annales de la renommée,—sont tous entrés *latéralement* dans le monde, monsieur.

L'incision de l'*abdomen* et de l'*uterus* roula six semaines de suite dans la tête de mon père ;—il avait lu et était convaincu que les blessures à l'*épigastre* et celles à la *matrice* n'étaient pas mortelles ;—en sorte que le ventre de la mère pouvait parfaitement bien être ouvert pour donner passage à l'enfant.—Il mentionna la chose une après-midi à ma mère,—simplement comme un fait courant ;—mais en la voyant devenir aussi pâle que la cendre à cette simple mention, et bien que l'opération flattât grandement ses espérances,—il pensa convenable de n'en pas dire davantage,—et de se contenter d'admirer—ce qu'il jugeait complètement inutile de proposer.

Telle était l'hypothèse de mon père, Mr. *Shandy*; relativement à laquelle j'ai seulement à ajouter que mon frère *Bobby* lui fit autant d'honneur (quel que soit celui qu'il fit à la famille) qu'aucun des grands héros dont nous venons de parler :—Car comme il se trouvait non seulement avoir été baptisé, ainsi que je vous l'ai dit, mais être né aussi pendant que mon père était à *Epsom*,--comme de plus il était le *premier* enfant de ma mère,--qu'il était entré dans le monde la tête *la première*,—et qu'il était devenu plus tard un garçon d'une merveilleuse lenteur d'intelligence,—mon père introduisit tout cela ensemble dans son système ; et comme il avait échoué par un bout,—il résolut d'essayer de l'autre.

Ceci ne pouvait s'attendre d'un membre de la confrérie des sages-femmes, qu'on ne fait pas facilement sortir de leur routine,—et ce fut une des grandes raisons qui militaient pour mon père en faveur d'un homme de science, dont il pourrait avoir meilleur marché.

De tous les hommes du monde, le docteur *Slop* était le plus propre au dessein de mon père ;—car bien que son forceps de nouvelle invention fût l'armure qu'il avait éprouvée, et qu'il soutenait être le plus sûr instrument de délivrance,—cependant, à ce qu'il paraît, il avait jeté dans son livre un ou deux mots en faveur de la chose même qui trottait dans l'imagination de mon père ;—non pas pourtant qu'il eût en vue le bien de l'âme dans l'extraction par les pieds, comme l'avait mon père dans son système,—mais par des raisons purement obstétriques.

Ceci expliquera la coalition entre mon père et le docteur *Slop* dans la conversation suivante, qui fut menée un peu rudement contre mon oncle *Toby*.
——Comment un homme simple, n'ayant que du

bon sens, put tenir tête à deux alliés aussi savants,—
c'est difficile à concevoir.——Vous pouvez conjecturer là-dessus, si bon vous semble,—et tandis que
votre imagination est en mouvement, vous pouvez
l'encourager à poursuivre, et à découvrir par quelles
causes et quels effets de la nature, il put se faire que
mon oncle *Toby* dut sa modestie à la blessure qu'il
reçut dans l'aine.—Vous pouvez bâtir un système pour
expliquer la perte de mon nez par les clauses du contrat
de mariage de mes parents,——et montrer au monde
comment il put arriver que j'eusse le malheur d'être
appelé Tristram, contrairement à l'hypothèse de
mon père et au désir de toute la famille, sans en
excepter les parrains et marraines.—Ces problèmes et
cinquante autres restés encore sans explication, vous
pouvez tâcher de les résoudre, si vous en avez le
temps ;—mais je vous déclare à l'avance que ce sera en
vain, car ni le sage *Alquise*, le magicien dans Don
Bélianis de *Grèce*, ni la non moins fameuse *Urgande*[1],
la sorcière sa femme (s'ils étaient en vie), ne pourraient
prétendre à arriver à une lieue de la vérité.

Le lecteur voudra bien consentir à attendre l'entière
explication de ces faits jusqu'à l'année prochaine,—où
se révélera une série de choses qu'il prévoit peu.

FIN du Deuxième Volume.

Vol. IV, chap. xiv.

LA
VIE
ET LES
OPINIONS
DE
TRISTRAM SHANDY,
Gentleman

Multitudinis imperitæ non formido judicia; meis tamen, rogo, parcant opusculis——in quibus fuit propositi semper, a jocis ad seria, in seriis vicissim ad jocos transire.

Joan. Saresberiensis,
Episcopus Lugdun[1].

VOL. III.

CHAP. Ier.

———« *JE voudrais*, docteur *Slop*, dit mon oncle *Toby* (répétant une seconde fois son souhait au docteur *Slop*, avec un degré de plus d'ardeur et de vivacité dans l'expression de son souhait qu'il·n'avait voulu en mettre d'abord*)———« *Je voudrais*, docteur *Slop*, » dit mon oncle *Toby*, « *que vous eussiez vu quelles prodigieuses armées nous avions en Flandre.* »

Le souhait de mon oncle *Toby* rendit au docteur *Slop* un mauvais service que jamais son cœur n'avait eu l'intention de rendre à personne,———il le confondit, monsieur—et en mettant ainsi ses idées d'abord en désordre, puis en déroute, il lui rendit impossible de les rallier pour le salut de son âme.

Dans toutes les discussions,—mâles ou femelles,— qu'il s'agisse d'honneur, d'intérêt ou d'amour,—cela n'y fait aucune différence ;—rien n'est plus dangereux, madame, qu'un souhait arrivant de côté sur un homme, de cette manière inattendue : en général, le moyen le plus sûr de paralyser la force du souhait est pour celui à qui il s'adresse de se mettre à l'instant sur ses jambes —et de souhaiter au *souhaiteur* quelque chose en

---

* Voir Vol. II, p. 240.

retour, d'à peu près la même valeur,——de la sorte, balançant le compte sur-le-champ, vous restez comme vous étiez—et même quelquefois vous gagnez par là l'avantage de l'attaque.

Ceci sera pleinement démontré au monde dans mon chapitre des souhaits[1].——

Le docteur *Slop* ne comprit pas la nature de cette défense ;——il en fut abasourdi et elle arrêta complètement la discussion pendant quatre minutes et demie ; ——la cinquième lui eût été fatale :—mon père vit le danger——la discussion était l'une des plus intéressantes du monde, à savoir, « Si l'enfant de ses prières et de ses efforts naîtrait avec ou sans tête : »——il attendit jusqu'au dernier moment pour laisser au docteur *Slop*, au profit de qui le souhait avait été fait, son droit de riposte ; mais voyant, dis-je, qu'il était confondu et qu'il continuait de regarder, de cet œil vide et perplexe habituel aux âmes déconcertées,——d'abord le visage de mon oncle *Toby*——puis le sien——puis en haut——puis en bas——puis à l'est——est-nord-est, et ainsi de suite,——côtoyant la plinthe de la boiserie jusqu'à ce qu'il fût arrivé au point opposé du compas,—et qu'il venait de commencer à compter les clous de cuivre du bras de son fauteuil——mon père jugea qu'il n'y avait pas de temps à perdre avec mon oncle *Toby*, et il reprit comme suit la conversation.

CHAP. II.

« —QUELLES prodigieuses armées vous aviez en *Flandre!* »——

Frère *Toby*, répliqua mon père enlevant de sa tête sa perruque avec la main droite, et avec la *gauche* tirant de la poche droite de son habit un foulard des Indes[1] rayé, afin de se frotter la tête, tout en argumentant contre mon oncle *Toby*.——

—Eh bien, en cela je trouve que mon père était fort à blâmer ; et je vais vous en donner mes raisons.

Des questions qui ne paraissaient pas avoir en elles-mêmes plus d'importance que celle de savoir « *si mon père aurait dû ôter sa perruque avec la main droite ou avec la gauche,* »——ont divisé les plus grands royaumes, et ont fait chanceler la couronne sur la tête des monarques qui les gouvernaient.—Mais ai-je besoin de vous dire, monsieur, que les circonstances dont chaque chose en ce monde est environnée, donnent à chaque chose en ce monde son volume et sa forme ;——et en la serrant ou la relâchant, par ici ou par là, font la chose ce qu'elle est—grande—petite—bonne—mauvaise—indifférente ou non, tout juste selon le cas.

Comme le foulard des *Indes* de mon père était dans la poche droite de son habit, il ne devait en aucune façon permettre à la main droite de s'occuper ailleurs : au contraire, au lieu d'ôter sa perruque avec, comme il fit, il aurait dû confier entièrement ce soin à la main gauche ; et alors, quand le besoin naturel qu'avait mon père de se frotter la tête aurait réclamé son foulard, il n'aurait eu rien autre au monde à faire qu'à mettre sa main droite dans la poche droite de son habit et à l'y prendre ;—ce qu'il aurait pu faire sans aucun effort et sans la moindre contorsion disgracieuse dans aucun des tendons ou muscles de tout son corps.

Dans ce cas-là, (à moins pourtant que mon père n'eût résolu de se rendre ridicule en tenant sa perruque roide dans sa main gauche—ou en faisant quelque angle absurde avec son coude ou son aisselle)—toute son attitude eût été aisée—naturelle—libre : *Reynolds*[1] lui-même, tout grand et gracieux peintre qu'il soit, aurait pu le peindre comme il était posé.

Or, comme mon père s'y prit,——considérez quelle diable de tournure il se donna.

—À la fin du règne de la reine *Anne* et au commencement de celui du roi *Georges* premier—« *les poches d'habit étaient coupées très bas dans la basque.* »——Je n'ai pas besoin d'en dire plus——le père du mal y eût-il travaillé tout un mois, n'aurait pu inventer une mode plus désavantageuse pour quelqu'un dans la situation de mon père.

CHAP. III.

CE n'eût pas été chose facile, sous le règne de n'importe quel roi, (à moins que vous n'eussiez été un particulier aussi maigre que moi) que de forcer votre main à traverser en diagonale tout votre corps, afin d'atteindre le fond de votre poche d'habit opposée.—En l'année mil sept cent dix-huit, où ceci arriva, c'était extrêmement difficile ; de sorte que lorsque mon oncle *Toby* découvrit les zigzags transversaux de mon père pour en approcher, ils lui rappelèrent à l'instant ceux où il avait fait son service devant la porte *Saint-Nicolas*; ——cette idée détourna si entièrement son attention du sujet en discussion, qu'il avait déjà porté sa main droite à la sonnette pour appeler *Trim* et le prier d'aller chercher sa carte de *Namur*, et avec elle ses compas de proportion et autres, afin de mesurer les angles de retour des traverses de cette attaque,—mais particulièrement de celle où il avait reçu sa blessure dans l'aine.

Mon père fronça le sourcil, et comme il le fronçait, tout le sang de son corps sembla refluer à sa face——mon oncle *Toby* mit pied à terre immédiatement.

—Je n'avais pas compris que votre oncle *Toby* était à cheval.———

CHAP. IV.

LE corps d'un homme et son esprit, je le dis avec le plus profond respect pour tous deux, sont exactement comme un pourpoint et sa doublure ;—froissez l'un—vous froissez l'autre[1]. Il y a pourtant une certaine exception à ce cas, et c'est quand vous êtes un gaillard assez fortuné pour avoir votre pourpoint fait de taffetas glacé, et sa doublure de florence ou marceline légère.

Zénon, Cleanthe, Diogene Babylonius, Dionysius Heracleotes, Antipater, Panœtius et *Possidonius* parmi les Grecs;—*Caton, Varron* et *Sénèque* parmi les Romains;—*Pantenus* et *Clemens Alexandrinus*, et *Montaigne*[1] parmi les chrétiens; et une trentaine de *Shandéens* aussi bons, honnêtes et imprévoyants qu'il en ait jamais vécu, et dont je ne puis me rappeler les noms,—prétendaient tous que leurs pourpoints étaient faits de la sorte,——et que vous auriez pu en froisser et chiffonner, plier et replier, frotter et secouer les dessus à les mettre en pièces; —bref, que vous auriez pu faire le diable avec, et qu'en même temps pas un des dessous n'en aurait valu un bouton de moins, malgré tout ce que vous leur auriez fait.

Je crois en conscience que le mien est fait un peu de cette sorte:—car jamais pauvre pourpoint n'a été autant malmené que lui depuis ces neuf derniers mois[2],——et cependant je déclare que sa doublure, ——autant que je puis en juger,—n'en vaut pas trois deniers de moins;—pêle-mêle, à la débandade, ding-dong, taille et rogne, coup d'arrière et coup d'avant, latéralement et longitudinalement, comme ils me l'ont accommodé!—S'il y avait eu le moindre glaçage dans ma doublure,——par le ciel! elle aurait été depuis longtemps éraillée et usée jusqu'au dernier fil.

—Et vous, messieurs les critiques mensuels[3]! ——Comment avez-vous pu couper et taillader mon pourpoint comme vous l'avez fait?——Comment saviez-vous si vous ne couperiez pas aussi ma doublure?

Du fond du cœur et de l'âme, je vous recommande, vous et vos affaires, à la protection de cet Être qui ne fera de mal à aucun de nous,—ainsi Dieu vous bénisse! —seulement, le mois prochain, si quelqu'un de vous grinçait des dents et jetait feu et flamme contre moi, comme plusieurs l'ont fait en MAI dernier (pendant lequel je me rappelle que le temps était très chaud),— ne vous exaspérez point si je le supporte encore de bonne humeur,——étant déterminé, tant que je vivrai ou écrirai (ce qui, pour moi, signifie la même chose) à ne jamais adresser à l'honnête gentleman un mot ou un souhait pire que celui que mon oncle *Toby* adressa à la mouche qui lui avait bourdonné autour du nez tout le *temps du dîner*,——« Va,——va, pauvre diablesse, » dit-il, «——va-t'en,——pourquoi te ferais-je du mal? Ce monde est sûrement assez grand pour nous contenir tous les deux[1]. »

CHAP. V.

TOUT homme, madame, raisonnant avec logique, et observant sur le visage de mon père le prodigieux afflux de sang,—qui, (tout le sang de son corps paraissant avoir reflué à sa face, comme je vous l'ai dit) devait l'avoir fait rougir, picturalement et scientifiquement parlant, de six teintes et demie, sinon d'une pleine octave au-dessus de son ton naturel :——tout homme, madame, mon oncle *Toby* excepté, qui aurait observé cela, ainsi que le violent froncement de sourcils de mon père et l'extravagante contorsion de son corps durant toute l'affaire,—en aurait conclu que mon père était en fureur ; et le tenant pour certain,——s'il avait été un amateur de ce genre de consonnance que produisent deux instruments de cette sorte mis exactement d'accord,—il aurait à l'instant monté le sien au même point ;——et alors le diable et le reste se seraient déchaînés—tout le morceau, madame, aurait été joué comme le sixième d'*Alessandro* du Scarlatti d'Avison[1] —*con furia*,—comme par des fous.——Accordez-moi de la patience !——Qu'est-ce que *con furia*,— *con strepito*,——ou tout autre vacarme a affaire avec l'harmonie ?

Tout homme, dis-je, madame, excepté mon oncle *Toby*, dont la bénignité de cœur interprétait chaque mouvement du corps dans le sens le plus favorable qu'admettait ce mouvement, aurait conclu que mon père était en colère, et, de plus, l'aurait blâmé. Mon oncle *Toby* ne blâma que le tailleur qui avait coupé l'ouverture de la poche ;——aussi se tint-il tranquille jusqu'à ce que mon père en eût tiré son mouchoir, et le regarda-t-il tout le temps avec une bienveillance inexprimable—et mon père, à la fin, poursuivit en ces termes.

CHAP. VI.

——« QUELLES prodigieuses armées vous aviez en *Flandre* ! »

——Frère *Toby*, dit mon père, je te crois un aussi honnête homme, et un cœur aussi bon et aussi droit que jamais Dieu en ait créé ;——ce n'est donc point ta faute si tous les enfants qui ont été, seront, pourront ou devront être engendrés, viennent au monde la tête la première :——mais, crois-moi, cher *Toby*, les accidents qui leur dressent inévitablement des embûches, non seulement à l'article de la conception,——quoique ceux-ci, à mon avis, méritent considération,——mais les dangers et difficultés qui entourent nos enfants après qu'ils sont venus au monde sont suffisants,—— pour qu'il ne soit guère nécessaire de les exposer à des dangers inutiles lorsqu'ils y entrent.——Ces dangers, dit mon oncle *Toby*, posant sa main sur le genou de mon père et le regardant sérieusement en face dans l'attente d'une réponse,——ces dangers sont-ils plus grands aujourd'hui, frère, que dans le passé ? Frère *Toby*, répondit mon père, si un enfant était convenablement engendré, s'il naissait vivant et en bonne santé, et si la mère se portait bien après ses couches, ——nos ancêtres n'en demandaient pas davantage.

——Mon oncle *Toby* retira aussitôt sa main de dessus le genou de mon père, s'appuya doucement contre le dos de son fauteuil, leva la tête jusqu'à ce qu'il pût voir tout juste la corniche de la chambre, et alors, ordonnant aux muscles buccinateurs le long de ses joues, et aux muscles orbiculaires autour de ses lèvres de faire leur devoir——il se mit à siffler le *Lillabullero*.

CHAP. VII.

TANDIS que mon oncle *Toby* sifflait à mon père le *Lillabullero*,—le docteur *Slop* frappait du pied, jurait et sacrait contre *Obadiah* de la manière la plus effroyable ;——cela vous aurait fait du bien de l'entendre et vous aurait guéri pour toujours, monsieur, de l'ignoble défaut de jurer.—Aussi suis-je décidé à vous raconter toute l'affaire.

Quand la servante du docteur *Slop* remit à *Obadiah* le sac de serge verte qui renfermait les instruments de son maître, elle l'engagea fort sensément à passer la tête et un bras dans les cordons, et à chevaucher avec le sac en sautoir sur le dos : puis, défaisant la rosette, afin d'allonger pour lui les cordons, elle l'aida sans façon à endosser le sac. Mais comme elle avait par là relâché dans une certaine mesure l'ouverture du sac, et dans la crainte que quelque instrument ne s'en échappât, au train dont *Obadiah* menaçait de galoper, ils furent d'avis de reprendre le sac ; et dans la grande sollicitude et précaution de leurs cœurs, ils prirent les deux cordons et (après avoir d'abord froncé l'ouverture du sac) les attachèrent ferme au moyen d'une demi-douzaine de nœuds solides que, pour plus de sûreté, *Obadiah* serra et tira l'un après l'autre de toute la force de son corps.

Ceci répondait aux intentions d'*Obadiah* et de la servante ; mais ce n'était point un remède contre certains maux que ni lui ni elle n'avaient prévus. Les instruments, à ce qu'il paraît, tout serré que fût le haut du sac, avaient au fond tant de place pour y jouer (la forme du sac étant conique), qu'*Obadiah* ne put prendre le trot sans un cliquetis si terrible et du *tire-tête*, du *forceps* et de la *seringue*, qu'il n'en eût pas fallu davantage, si l'*Hymen*[1] avait fait un tour de ce côté-là, pour le chasser d'effroi hors du pays ; mais quand *Obadiah* accéléra son mouvement, et que, d'un simple trot, il essaya de lancer son cheval de carrosse au grand galop —par le ciel ! monsieur,—le cliquetis fut incroyable.

Comme *Obadiah* avait une femme et trois enfants —la turpitude de la fornication et toutes les autres mauvaises conséquences politiques de ce cliquetis ne lui vinrent pas une seule fois à la cervelle,——il lui adressait pourtant un reproche, qui le touchait de près et qui avait de la valeur pour lui comme il en a souvent eu pour les plus grands patriotes.——« *Le pauvre garçon, monsieur, ne pouvait pas s'entendre siffler.* »

CHAP. VIII.

COMME *Obadiah* préférait la musique à vent à toute la musique instrumentale qu'il emportait avec lui,—il mit très sérieusement son imagination en travail pour trouver et inventer par quels moyens il pourrait arriver à en jouir.

Dans tous les embarras (les musicaux exceptés) où on a besoin de petites cordes,——rien n'est si apte à entrer dans la tête d'un homme que son ruban de chapeau :——et la raison philosophique en est si près de la surface—que je dédaigne d'y entrer.

Comme le cas d'*Obadiah* était mixte,——remarquez, messieurs,—que je dis mixte ; car il était obstétrique,—*Sac*-ochique, seringochique, papistique, —et, en tant que le cheval de carrosse y était intéressé,—cabal-istique[1],—et en partie seulement mélodique ;—*Obadiah* ne se fit aucun scrupule de se servir du premier expédient qui s'offrit ;—empoignant donc le sac et les instruments, et les serrant ferme ensemble d'une main et, avec un doigt et le pouce de l'autre, mettant le bout de son cordon de chapeau entre ses dents, et puis coulant sa main au milieu,—il les lia et relia tous ensemble d'un bout à l'autre (comme vous ficelleriez une malle) par une telle multiplicité de tours et de croisements compliqués, avec un nœud solide à chaque intersection ou point où les cordons se rencontraient,—que le docteur *Slop* aurait dû avoir les trois cinquièmes de la patience de *Job* pour les détacher.—Je crois, en conscience, que si la NATURE avait été dans un de ses moments d'agilité, et disposée à une telle joute——et que le docteur *Slop* et elle fussent partis loyalement ensemble—il n'est personne au monde qui, ayant vu le sac et ce qu'en avait fait *Obadiah*,—et sachant également le grand train que peut prendre la Déesse, quand elle le juge convenable, eût conservé dans son esprit le moindre doute——sur celui des deux qui aurait remporté le prix. Ma mère, madame, eût été infailliblement délivrée plus vite que le sac vert—au moins de vingt *nœuds*.——Ô jouet de petits accidents, *Tristram Shandy*! tu l'es, et le seras toujours! Si cette épreuve t'avait été favorable, et il y avait à parier cinquante contre un qu'elle devait l'être,——tes affaires n'auraient pas été aussi déprimées—(au moins par la dépression de ton nez) qu'elles l'ont été ; la fortune de ta maison non plus, ni les occasions de la faire, qui se sont si souvent présentées à toi dans le cours de ta vie, n'auraient pas été si souvent, si fâcheusement, si bénévolement, si irrévocablement abandonnées—que tu as été forcé de le faire !—mais c'est fini,—tout, excepté leur récit que je ne pourrai donner aux curieux que lorsque je serai venu au monde.

CHAP. IX.

LES beaux esprits se rencontrent : car à l'instant où le docteur *Slop* jeta les yeux sur son sac (ce qu'il ne fit que lorsque la discussion avec mon oncle *Toby* au sujet des accouchements l'y fit penser)—la même idée lui vint précisément.——C'est une miséricorde de Dieu, se dit-il (à lui-même), que madame *Shandy* souffre autant,—autrement elle aurait pu accoucher sept fois avant que la moitié de ces nœuds ait pu être défaite.——Mais ici il faut distinguer——l'idée flottait seulement dans l'esprit du docteur *Slop*, sans voiles ni lest, comme une de ces simples propositions, dont des millions, ainsi que le sait Votre Honneur, nagent tous les jours tranquillement au milieu du clair fluide de l'entendement d'un homme, sans avancer ni reculer, jusqu'à ce que quelques petites bouffées de passion ou d'intérêt les poussent d'un côté.

Un trépignement soudain dans la chambre au-dessus, près du lit de ma mère, rendit à la proposition le service même dont je viens de parler. Par tout ce qu'il y a d'infortuné, dit le docteur *Slop*, si je ne me dépêche pas, la chose va m'arriver positivement.

CHAP. X.

À PROPOS de *nœuds*,——je ne voudrais pas, en premier lieu, qu'on me supposât entendre parler de nœuds coulants,——attendu que dans le cours de ma vie et de mes opinions,——mon avis sur eux viendra plus convenablement lorsque je mentionnerai la catastrophe de mon grand oncle, Mr. *Hammond Shandy*, ——un petit homme,——d'une grande imagination :——qui se jeta dans l'affaire du duc de *Monmouth*[1] :——secondement, je n'entends pas non plus parler ici de cette espèce particulière de nœuds appelés rosettes ;——il faut si peu d'adresse, d'habileté ou de patience pour les délier, qu'ils ne valent pas la peine que j'émette aucune opinion sur eux.——Mais par les nœuds dont je parle, que Vos Révérences veuillent bien croire que j'entends de bons nœuds, honnêtes, diablement serrés, solides, faits *bonâ fide*, comme *Obadiah* avait fait les siens ;——et dans lesquels il n'existe pas de disposition équivoque obtenue par le doublage et le ramènement des deux bouts des cordons à travers l'anneau ou la boucle formée par leur second *entrelace-*

ment—afin qu'ils puissent couler et se défaire———
J'espère que vous me comprenez.

À l'égard de ces *nœuds* donc, et des divers obstacles que, n'en déplaise à Vos Révérences, de tels nœuds jettent sur notre route en avançant dans la vie———tout homme vif peut tirer son canif et les couper.——C'est un tort. Croyez-moi, messieurs, le moyen le plus vertueux, et que nous dictent à la fois la raison et la conscience—c'est d'y appliquer nos dents ou nos doigts.——Le docteur *Slop* avait perdu ses dents— son instrument favori, par suite d'une extraction mal dirigée ou d'une fausse application, ayant malheureusement glissé, dans un accouchement difficile, il s'était fait sauter, avec le manche, trois de ses meilleures dents :—il essaya donc de ses doigts—hélas! les ongles de ses doigts et de ses pouces étaient coupés ras.—Le diable emporte le sac! je n'en peux rien tirer d'aucune manière, s'écria le docteur *Slop*.——Le trépignement d'au-dessus, près du lit de ma mère, augmenta.—La vérole emporte le drôle! je ne parviendrai jamais à délier ces nœuds, dussé-je y passer ma vie.—Ma mère poussa un gémissement—Prêtez-moi votre canif—Il faut que j'en finisse en coupant ces nœuds-----Ah!---Diable!---Sacrebleu! je me suis coupé le pouce jusqu'à l'os——maudit soit le drôle——N'y eût-il pas un autre accoucheur à cinquante milles à la ronde—me voilà perdu du coup——Je voudrais que le gredin fût pendu——je voudrais qu'il fût fusillé ——je voudrais que tous les diables de l'enfer le tinssent pour un imbécile!——

Mon père avait une grande considération pour *Obadiah*, et il ne put supporter de l'entendre traiter de cette manière——il avait, de plus, un certain respect de lui-même——et il ne put supporter davantage l'insulte personnelle qui lui était adressée.

Si le docteur *Slop* s'était coupé partout ailleurs qu'au pouce——mon père le lui aurait passé——sa prudence aurait triomphé ; mais dans l'état des choses, il résolut d'avoir sa revanche.

De petites imprécations, docteur *Slop*, dans de grandes circonstances, dit mon père (après avoir d'abord compati à son accident), ne sont qu'une dépense de nos forces et de la santé de notre âme en pure perte.—J'en conviens, repartit le docteur *Slop*.——C'est comme de la cendrée lancée contre un bastion, dit mon oncle *Toby* (interrompant le sifflement de son air).——Elles servent, continua mon père, à exciter les humeurs—mais elles ne leur ôtent rien de leur acrimonie :—pour ma part, je jure ou maudis rarement——je trouve cela mal—mais si cela m'arrive par surprise, je conserve en général assez de présence d'esprit (Très bien, dit mon oncle *Toby*) pour m'arranger de manière à atteindre mon but—c'est-à-dire que je jure jusqu'à ce que je me sente soulagé. Un homme sage et juste, pourtant, devrait toujours tâcher de proportionner l'issue donnée à ses humeurs, non seulement au degré de celles qui s'agitent au dedans de lui—mais à la taille et à la mauvaise intention de l'offense sur laquelle elles doivent tomber.——« *Les injures ne partent que du cœur,* » ——dit mon oncle *Toby*. C'est pour cette raison, continua mon père, avec la plus *Cervantesque*[1] gravité, que j'ai la plus grande vénération du monde pour ce gentleman qui, par défiance de sa modération sur ce point, se mit à son bureau et composa (à son loisir bien entendu) des formules convenables de jurement, applicables à tous les cas, depuis les plus petites jusqu'aux plus grandes provocations qui pouvaient lui survenir, —ces formules, mûrement pesées par lui, et telles, en outre, qu'il pouvait s'y tenir, il les gardait toujours à côté de lui, sur la cheminée, à sa portée et prêtes à être employées.——Je n'ai jamais su, répliqua le docteur *Slop*, qu'on ait jamais pensé à pareille chose,—— encore moins qu'on l'ait exécutée. Je vous demande pardon—répondit mon père ; j'en lisais une, sans l'employer, ce matin, à mon frère *Toby*, tandis qu'il versait le thé—elle est ici, sur la tablette, au-dessus de ma tête ;——mais, si j'ai bonne mémoire, elle est trop violente pour une coupure au pouce.——Pas du tout, dit le docteur *Slop*—le diable emporte le maraud !—Alors, répondit mon père, elle est à votre service, docteur *Slop*——à condition que vous la lirez tout haut ; ——se levant donc et prenant une formule d'excommunication[1] de l'Église de *Rome*, dont (curieux dans ses collections) il s'était procuré une copie d'après le registre de l'église de *Rochester*, écrit par l'évêque *Ernulphus*, mon père—avec un air et un ton des plus sérieux, qui auraient amadoué *Ernulphus* lui-même,—la mit dans les mains du docteur *Slop*.—Le docteur *Slop* enveloppa son pouce dans le coin de son mouchoir, et, avec une mine de travers, quoique sans aucun soupçon, il lut à haute voix ce qui suit,—pendant que mon oncle *Toby* sifflait le *Lillabullero* aussi fort qu'il pouvait.

Textus de Ecclesiâ Roffensi, per Ernulfum Episcopum.

CAP. XXV.
EXCOMMUNICATIO.

EX auctoritate Dei omnipotentis, Patris, et Filii, et Spiritus Sancti, et sanctorum canonum, sanctæque et intemeratæ Virginis Dei genetricis Mariæ,

---

Comme l'authenticité de la consultation de la *Sorbonne* sur la question du baptême a été mise en doute par quelques personnes et niée par d'autres,——on a cru convenable d'imprimer l'original de cette excommunication, pour la copie de laquelle M. *Shandy* adresse ses remerciements au sacristain du doyen et du chapitre de *Rochester*.

CHAP. XI.

« PAR l'autorité de Dieu tout puissant, le Père, le Fils et le Saint-Esprit, et des saints canons, et de l'immaculée Vierge *Marie*, mère et patronne de notre Sauveur. » Je pense qu'il n'y a pas de nécessité, dit le docteur *Slop*, laissant tomber le papier sur son genou et s'adressant à mon père,——puisque vous l'avez lue, monsieur, si récemment, de la lire tout haut;—et comme le capitaine *Shandy* ne paraît pas avoir grande envie de l'entendre,——je puis aussi bien la lire à part moi. C'est contraire au traité, répliqua mon père,—d'ailleurs, elle a quelque chose de si original, surtout dans sa dernière partie, que je serais désolé de perdre le plaisir d'une seconde lecture. Le docteur *Slop* ne s'en souciait pas autrement,——mais mon oncle *Toby* offrant à l'instant de cesser de siffler, et de la leur lire lui-même;——le docteur *Slop* pensa qu'il ferait aussi bien de la lire sous le couvert du sifflet de mon oncle *Toby*,——que de laisser mon oncle *Toby* la lire sans accompagnement;——relevant donc son papier et le tenant parallèle à sa figure, afin de cacher son mécontentement,——il lut à haute voix ce qui suit,——pendant que mon oncle *Toby* sifflait le *Lillabullero*, mais pas tout à fait aussi fort qu'avant.

———Atque omnium cœlestium virtutum, angelorum, archangelorum, thronorum, dominationum, potestatuum, cherubim ac seraphin, & sanctorum patriarcharum, prophetarum, & omnium apostolorum, et evangelistarum, & sanctorum innocentum, qui in conspectu Agni sancti digni inventi sunt canticum cantare novum, et sanctorum martyrum et sanctorum confessorum, et sanctarum virginum, atque omnium simul sanctorum et electorum Dei,—Excommunicamus, et anathematizamus hunc furem, vel hunc malefactorem, N. N. et a liminibus sanctæ Dei ecclesiæ sequestramus, et æternis suppliciis excruciandus, mancipetur, cum Dathan et Abiram, et cum his qui dixerunt Domino Deo, Recede à nobis, scientiam viarum tuarum nolumus : et sicut aquâ ignis extinguitur, sic extinguatur lucerna ejus in secula seculorum, nisi respuerit et ad satisfactionem venerit. Amen.

Maledicat illum Deus Pater qui hominem creavit.

Maledicat illum Dei Filius qui pro homine passus est.

Maledicat illum Spiritus Sanctus qui in baptismo effusus est. Maledicat illum sancta crux, quam Christus pro nostrâ salute hostem triumphans, ascendit.

« Par l'autorité de Dieu tout puissant, le Père, le Fils et le Saint-Esprit, et de l'immaculée Vierge Marie, mère et patronne de notre Sauveur, et de toutes les vertus célestes, anges, archanges, trônes, dominations, puissances, chérubins et séraphins, et de tous les saints patriarches et prophètes, et de tous les apôtres et évangélistes, et des saints innocents qui, en présence de l'Agneau Saint, sont trouvés dignes de chanter le nouveau cantique, et des saints martyrs, et des saints confesseurs, et des vierges saintes, et de tous les saints et élus de Dieu ensemble.——Qu'il soit, » *(Obadiah)* « damné, » (pour avoir fait ces nœuds).——« Nous l'excommunions et l'anathématisons, et nous lui interdisons le seuil de la sainte Église de Dieu tout puissant, afin qu'il soit tourmenté, réservé et livré aux flammes éternelles avec *Dathan* et *Abiram*[1], et avec ceux qui disent au Seigneur Dieu, Retire-toi de nous, nous ne désirons connaître aucune de tes voies. Et comme le feu est éteint par l'eau, qu'ainsi soit éteinte sa lumière jusqu'à la fin des siècles, à moins qu'il ne se repente » (Obadiah, des nœuds qu'il a faits) « et qu'il ne fasse amende » (à leur sujet). Amen.

» Que le Père, qui a créé l'homme, le maudisse.—Que le Fils, qui a souffert pour nous, le maudisse.—Que le Saint-Esprit, qui nous a été donné dans le baptême, le maudisse (Obadiah.)—Que la sainte croix sur laquelle le Christ, triomphant de ses ennemis, pour notre salut, est monté,—le maudisse.

os
Maledicat illum sancta Dei genitrix et perpetua Virgo

os
Maria. Maledicat illum sanctus Michael, animarum

os
susceptor sacrarum. Maledicant illum omnes angeli et archangeli, principatus et postestates, omnesque militiæ cælestis.

os
Maledicat illum patriarcharum et prophetarum lau-

os
dabilis numerus. Maledicat illum sanctus Johannes Prœcursor et Baptista Christi, et sanctus Petrus, et sanctus Paulus, atque sanctus Andreas, omnesque Christi apostoli, simul et cæteri discipuli, quatuor quoque evangelistæ, qui sua prædicatione mundum

os
universum converterunt. Maledicat illum cuneus martyrum et confessorum mirificus, qui Deo bonis operibus placitus inventus est.

os
Maledicant illum sacrarum virginum chori, quæ mundi vana causa honoris Christi respuenda contemp-

os
serunt. Maledicant illum omnes sancti qui ab initio mundi usque in finem seculi Deo dilecti inveniuntur.

os
Madicant illum cæli et terra, et omnia sancta in eis manentia.

» Que la sainte et éternelle *Vierge Marie*, mère de Dieu, le maudisse.—Que saint *Michel*, l'avocat des saintes âmes, le maudisse.—Que tous les anges et archanges, les principautés et puissances, et toutes les milices célestes, le maudissent. » [Nos armées juraient terriblement en *Flandre*, s'écria mon oncle *Toby*,—mais ce n'était rien auprès de ceci.—Pour ma part, je n'aurais pas le cœur de maudire mon chien de cette façon.]

« Que la louable troupe des patriarches et des prophètes le maudisse[1]

» Que saint Jean, le Précurseur, et saint Jean-Baptiste et saint Pierre et saint Paul, et saint André, et tous les autres apôtres du Christ ensemble, le maudissent ! Et que le reste des disciples et les quatre évangélistes, qui par leurs prédications convertirent l'univers,—et le saint et merveilleux corps des martyrs et des confesseurs que leurs bonnes œuvres ont rendus agréables à Dieu tout puissant, le maudissent (Obadiah.)

» Que le saint chœur des vierges saintes qui pour la gloire du Christ ont méprisé les vanités du monde, le maudisse.—Que tous les saints qui, depuis le commencement du monde, jusqu'à la fin des siècles, ont été aimés de Dieu, le maudissent.—Que les cieux et la terre, et toutes les choses saintes qu'ils renferment, le maudissent, lui » (Obadiah) « ou elle, » (ou la main quelconque, qui a contribué à faire ces nœuds.)

Maledictus sit ubicumque fuerit, sive in domo, sive in agro, sive in viâ, sive in semitâ, sive in silvâ, sive in aquâ, sive in ecclesiâ.

Maledictus sit vivendo, moriendo, — — — — —
— — — — — — — — — — — — — —
— — — — — — — — — — — — — —
— — — — — — — — — — — — — —
— — — — — — — — — — — — — —
— — — — — — — — — — — — — —
— — — — — — — — — — — — — —
manducando, bibendo, esuriendo, sitiendo, jejunando, dormitando, dormiendo, vigilando, ambulando, stando, sedendo, jacendo, operando, quiescendo, mingendo, cacando, flebotomando.

Maledictus sit in totis viribus corporis.

Maledictus sit intus et exterius.

Maledictus sit in capillis; maledictus sit in cerebro. Maledictus sit in vertice, in temporibus, in fronte, in auriculis, in superciliis, in oculis, in genis, in maxillis, in naribus, in dentibus mordacibus, in labris sive molibus, in labiis, in gutture, in humeris, in carpis, in brachiis, in manibus, in digitis, in pectore, in corde, et in omnibus interioribus stomacho tenus, in renibus, in inguinibus, in femore, in genitalibus, in coxis, in genubus, in cruribus, in pedibus, et in unguibus.

« Qu'il soit (Obadiah) maudit partout où il sera, —soit dans la maison ou l'écurie, dans le jardin ou dans le champ, ou sur la grande route, ou dans le sentier, ou dans le bois, ou dans l'eau, ou dans l'église —Qu'il soit maudit, en vivant, en mourant ! » [Ici, mon oncle *Toby*, profitant d'une *minime*[1] dans la seconde mesure de son air, continua à siffler la même note jusqu'à la fin de la phrase——tandis que le docteur *Slop* faisait défiler sous lui son régiment de malédictions, comme une basse continue.] « Qu'il soit maudit en mangeant et en buvant, en ayant faim, en ayant soif, en jeûnant, en dormant, en sommeillant, en marchant, en s'arrêtant, en s'asseyant, en se couchant, en travaillant, en se reposant, en pissant, en chiant, et en étant phlébotomisé ! »

« Qu'il soit *(Obadiah)* maudit dans toutes les facultés de son corps.

» Qu'il soit maudit intérieurement et extérieurement.—Qu'il soit maudit dans ses cheveux.—Qu'il soit maudit dans son cerveau et dans son vertex, » (c'est une cruelle malédiction, dit mon père) « dans ses tempes, dans son front, dans ses oreilles, dans ses sourcils, dans ses joues, dans ses mâchoires, dans ses narines, dans ses dents incisives, dans ses molaires, dans ses lèvres, dans son gosier, dans ses épaules, dans ses poignets, dans ses bras, dans ses mains, dans ses doigts.

Maledictus sit in totis compagibus membrorum, a vertice capitis usque ad plantam pedis——non sit in eo sanitas.

Maledicat illum Christus Filius Dei vivi toto suæ majestatis imperio

» Qu'il soit maudit dans sa bouche, dans sa poitrine, dans son cœur et sa fressure, jusqu'à l'estomac.

» Qu'il soit maudit dans ses reins et dans son aine, » (Le Dieu du ciel l'en préserve ! dit mon oncle *Toby*)—« dans ses cuisses, dans ses génitoires, » (mon père secoua la tête) « et dans ses hanches, et dans ses genoux, ses jambes, et ses pieds, et dans ses ongles.

» Qu'il soit maudit dans toutes les jointures et articulations de ses membres, du sommet de la tête à la plante du pied, qu'il n'y ait rien de sain en lui.

» Que le Fils du Dieu vivant, dans toute la gloire de sa majesté »——[Ici mon oncle *Toby*, rejetant sa tête en arrière, poussa un monstrueux, long et bruyant Ho – o – o——quelque chose entre la particule interjective de *Holà !* et le mot lui-même.——

—Par la barbe d'or de *Jupiter*—et de *Junon* (si sa majesté en portait une), et par les barbes du reste de vos divinités païennes qui, par parenthèse, n'étaient pas en petit nombre, car avec les barbes de vos dieux célestes et de vos dieux aériens et aquatiques,—sans parler des barbes des dieux citadins et des dieux ruraux, ni de celles des déesses célestes, vos femmes, ou des déesses infernales, vos putains et concubines (en cas qu'elles en portassent)——toutes ces barbes, à ce que m'assure *Varro*[1], sur sa parole et son honneur, additionnées ensemble, ne faisaient pas moins de trente mille barbes effectives dans l'état païen ;——dont chacune desquelles réclamait, comme droit et privilège, qu'on la frappât et qu'on jurât par elle,—par

———et insurgat adversus illum cœlum cum omnibus virtutibus quæ in eo moventur ad *damnandum* eum, nisi penituerit et ad satisfactionem venerit. Amen. Fiat, fiat. Amen.

toutes ces barbes réunies donc,——je jure mes grands dieux que des deux mauvaises soutanes que je possède en ce monde, j'aurais donné la meilleure aussi volontiers que *Cid Hamet*[1] offrit la sienne,——pour m'être trouvé là, et avoir entendu l'accompagnement de mon oncle *Toby*.]

——« le maudisse, »——continua le docteur *Slop*,——« et puisse le ciel, avec toutes les vertus qui s'y meuvent, se lever contre lui, le maudire et le damner (Obadiah) à moins qu'il ne se repente et qu'il ne fasse amende. Amen. Ainsi soit-il,—ainsi soit-il. Amen. »

Je déclare, dit mon oncle *Toby*, que mon cœur ne me permettrait pas de maudire le diable lui-même avec autant d'amertume.——Il est le père des malédictions, répliqua le docteur *Slop*.——Je ne le suis pas, moi, repartit mon oncle.——Mais il est maudit et damné déjà de toute éternité,——répliqua le docteur *Slop*.

J'en suis fâché, dit mon oncle *Toby*.

Le docteur *Slop* releva les lèvres, et il commençait justement à rendre à mon oncle *Toby* le compliment de son Ho - o - o——ou de sa particule interjective, ——quand la porte, s'ouvrant précipitamment dans le prochain chapitre moins un——mit fin à l'affaire.

CHAP. XII.

MAINTENANT, n'allons pas nous donner des airs et prétendre que les jurements que nous nous permettons dans notre pays de liberté sont nôtres ; et parce que nous avons le courage de les proférer,—— n'allons pas nous imaginer que nous avons eu aussi l'esprit de les inventer.

Je vais entreprendre à l'instant de le prouver à tout homme au monde, excepté à un connaisseur ;—— quoique je déclare n'avoir rien à reprocher à un connaisseur en jurement,—que ce que je pourrais reprocher à un connaisseur en peinture, etc., etc., à savoir que toute leur bande est si surchargée et *enfétichée* des breloques et colifichets de la critique,——ou, pour quitter ma métaphore, ce qui, par parenthèse, est un malheur,——car j'ai été la chercher jusque sur la côte de *Guinée* ;——que leurs têtes, monsieur, sont tellement garnies de règles et de compas, et ont une si éternelle tendance à les appliquer en toute occasion, qu'une œuvre de génie ferait mieux d'aller tout de suite au diable, que de se laisser piquer et torturer à mort par eux.

——Et comment *Garrick* a-t-il dit le monologue hier au soir[1] ?—Oh ! contre toutes les règles, mylord,—tout à fait antigrammaticalement ! entre le substantif et l'adjectif, qui doivent s'accorder en *nombre*, en *cas* et en *genre*, il a mis un intervalle ainsi,—en s'arrêtant comme si le point avait besoin d'être éclairci ;——et

entre le cas nominatif et le verbe, qu'il doit gouverner, comme le sait Votre Seigneurie, il a suspendu sa voix douze fois dans l'épilogue, pendant trois secondes et trois cinquièmes, chaque fois, mylord, d'après une montre à secondes.——Admirable grammairien!
——Mais en suspendant sa voix——le sens était-il également suspendu? L'expression de l'attitude ou de la physionomie ne remplissait-elle pas le vide?— L'œil était-il silencieux? Avez-vous regardé de près?— Je n'ai regardé que ma montre, mylord.——Excellent observateur!

Et que dites-vous de ce nouveau livre[1], autour duquel tout le monde fait une telle queue?—Oh! il n'a pas le moindre aplomb, mylord,——c'est une chose absolument irrégulière!—pas un des angles des quatre coins qui soit un angle droit.——J'avais dans ma poche, mylord, ma règle et mon compas.—— Excellent critique!

—Et quant au poème épique que Votre Seigneurie m'a prié d'examiner;—après en avoir pris la longueur, la largeur, la hauteur et la profondeur, et les avoir vérifiées chez moi sur une échelle exacte de *Bossu*[2],—j'ai constaté, mylord, qu'il la dépasse dans chacune de ses dimensions.——Admirable connaisseur!

—Et en revenant, êtes-vous entré pour jeter un coup d'œil sur le grand tableau?——C'est une pitoyable croûte, mylord! pas un seul principe de la *pyramide*[3] dans aucun des groupes!——et quel prix!——car il n'a rien du coloris de *Titien*,——de l'expression de *Rubens*,—de la grâce de *Raphaël*,——de la pureté de

Dominichino,—de la *corregiscité* de *Corregio*,—de la science de *Poussin*,—des airs de *Guido*,—du goût du *Carrache*,—ou du grand contour d'*Angelo*.———Accorde-moi de la patience, juste Ciel !——De tous les argots qui sont argotisés dans ce monde argotisant, ——bien que l'argot des hypocrites puisse être le pire,—l'argot de la critique est le plus impatientant.

Je ferais volontiers cinquante milles à pied, car je n'ai pas de cheval digne d'être monté, pour baiser la main de l'homme dont le cœur généreux abandonnerait les rênes de son imagination aux mains de son auteur,——et serait charmé sans savoir pourquoi, et sans se soucier comment.

Grand *Apollon*[1] ! si tu es en humeur donnante, ——accorde-moi,——je n'en demande pas plus, un seul trait d'esprit naturel, et avec lui, une seule étincelle de ton propre feu,——et puis envoie *Mercure*[2], si l'on peut s'en passer, avec les *règles* et les *compas*, porter mes compliments à——peu importe.

Maintenant, je me chargerai de prouver à tout autre individu que tous les jurements et imprécations que nous avons lancés sur le monde, comme originaux, depuis deux cent cinquante ans,——à l'exception du *pouce* de saint *Paul*,——de la *chair de Dieu et du poisson de Dieu*[3], qui étaient des jurements monarchiques, et pas trop mauvais, si l'on considère qui les proférait ; et comme jurements de rois, il n'importe guère qu'ils fussent chair ou poisson ;——autrement, dis-je, il n'y a pas parmi eux un jurement, ou du moins une malédiction, qui n'ait été mille fois copié et recopié d'*Ernulphus* : mais, comme toutes les autres copies, à quelle distance infinie de la force et de la verve de l'original !———« Dieu vous damne ! »———n'est pas regardé comme un mauvais jurement,———et seul passe très bien.———Mettez-le à côté de celui d'*Ernulphus* ———« que Dieu le Père tout puissant vous damne,— que Dieu le Fils vous damne,—que Dieu le Saint-Esprit vous damne, »———vous voyez qu'il se réduit à rien.———Il y a dans celui d'*Ernulphus* un orientalisme auquel nous ne pouvons nous élever : *Ernulphus* est, en outre, plus riche d'invention,———il possédait davantage les qualités d'un jureur,———il avait une connaissance si approfondie du corps humain, de ses membranes, nerfs, ligaments, attaches des jointures et articulations,———que lorsqu'il maudissait,———aucune partie ne lui échappait.———Il est vrai qu'il y a une certaine *dureté* dans sa manière,———et, comme dans *Michel-Ange*, un manque de grâce,———mais aussi quelle grandeur de *gusto* !———

Mon père, qui, en général, considérait tout sous un jour très différent de celui du genre humain,———ne voulait jamais, après tout, accorder que ce fût un original.———Il considérait plutôt l'anathème d'*Ernulphus* comme des Institutes de jurement, dans lesquelles, à ce qu'il supposait, lors de la décadence du *jurement*, sous un pontificat plus doux, *Ernulphus*, par ordre du nouveau pape, en avait, avec un grand savoir et un grand soin, recueilli toutes les lois ;———pour la même raison que *Justinien*[1], au déclin de l'Empire, avait ordonné à son chancelier *Tribonien* de colliger toutes les lois *romaines* ou civiles en un code ou digeste,— c'est-à-dire de peur que, par l'effet de la rouille des temps,—et de la destinée de toutes les choses confiées à la tradition orale,—elles ne fussent à jamais perdues pour le monde.

Par ce motif, mon père affirmait souvent qu'il n'y avait pas un jurement, depuis le grand et formidable jurement de *Guillaume* le Conquérant, *(Par la splendeur de Dieu)* jusqu'au plus vil jurement d'un boueur, *(Damnés soient vos yeux)* qui ne se trouvât dans *Ernulphus.*——Bref, ajoutait-il,—je défie un homme de jurer *hors* de là.

L'hypothèse est, comme la plupart de celles de mon père, singulière et ingénieuse aussi ;——je n'ai contre elle qu'une objection, c'est de culbuter la mienne.

CHAP. XIII.

——MISÉRICORDE !——ma pauvre maîtresse est près de se trouver mal,——et les douleurs sont parties,——et les gouttes sont finies,——et la bouteille de julep est cassée,—et la nourrice s'est coupé le bras,——(et moi le pouce, s'écria le docteur *Slop*) et l'enfant est où il était, continua *Susannah,*——et la sage-femme est tombée en arrière sur le coupant du garde-cendres, et elle a la hanche aussi noire que votre chapeau.——Je verrai cela, dit le docteur *Slop.*——Ce n'est point la peine, repartit *Susannah,*——vous feriez mieux de voir ma maîtresse,——mais la sage-femme serait bien aise d'abord de vous rendre compte de l'état des choses et elle vous prie de vouloir bien monter lui parler à l'instant.

La nature humaine est la même dans toutes les professions.

La sage-femme venait justement d'être mise au-dessus du docteur *Slop*.—Il ne l'avait pas digéré. Non, répliqua le docteur *Slop*, il serait tout aussi convenable que la sage-femme descendît me trouver.—J'aime la subordination, dit mon oncle *Toby*,—et sans elle, après la réduction de *Lille*, je ne sais ce qui serait advenu de la garnison de *Gand*, lors de l'émeute pour le pain, dans l'année 10[1].————Et moi, repartit le docteur *Slop* (parodiant la réflexion dadaïque de mon oncle *Toby*, quoique tout aussi dadaïque lui-même)—je ne sais pas, capitaine *Shandy*, ce que serait devenue la garnison de là-haut, dans l'état d'émeute et de confusion où je vois que sont les choses à présent, sans la subordination des doigts et des pouces à ******————dont l'emploi, monsieur, après mon accident, vient si *a propos*, que sans lui la coupure de mon pouce aurait pu être ressentie par la famille *Shandy* aussi longtemps que la famille *Shandy* aurait eu un nom.

CHAP. XIV.

REVENONS au ******————dans le dernier chapitre.

C'est un singulier trait d'éloquence (du moins ce l'était quand l'éloquence florissait à *Athènes* et à *Rome*, et ce le serait encore aujourd'hui, si les orateurs portaient des manteaux) de ne pas prononcer le nom d'une chose, que vous avez sur vous *in petto*[1], prête à produire, crac, à l'endroit où vous en avez besoin. Une cicatrice, une hache, une épée, un pourpoint percé à jour, un casque rouillé, une livre et demie de cendres dans une urne ou dans un pot à cornichons de trois sous,——mais, par-dessus tout, un petit enfant royalement accoutré.—Pourtant, s'il était trop jeune, et l'oraison aussi longue que la seconde *Philippique*[2] de *Tullius*,——il conchierait certainement le manteau de l'orateur.——Et, d'un autre côté, trop âgé,—il serait lourd et incommode à manier,—au point que l'orateur aurait presque autant à perdre qu'à gagner avec son enfant.—Autrement, quand un orateur d'État a mis le doigt sur l'âge précis, à une minute près,—qu'il a caché son BAMBINO dans son manteau si adroitement que pas un mortel n'a pu le flairer,—et qu'il l'a produit si à propos que pas une âme n'a pu dire s'il est venu par la tête et les épaules,——ô messieurs! cela a fait merveille.——Cela a ouvert les écluses, et tourné les cervelles, et ébranlé les principes, et dégondé la politique de la moitié d'une nation.

Ces exploits, néanmoins, ne peuvent se faire, dis-je, que dans les États et aux époques où les orateurs portent des manteaux,—et même d'assez amples, mes frères, employant quelque vingt ou vingt-cinq aunes de bon drap pourpre superfin et bien conditionné,——avec de longs et larges plis flottants, et d'un grand style de dessin.———Ce qui démontre clairement, sous le bon plaisir de Vos Honneurs, que le déclin de l'éloquence, et le peu de services qu'elle rend à présent, tant au dedans qu'au dehors, ne sont dus à rien autre chose dans le monde qu'aux habits courts, et à l'abandon des *chausses*.————Nous ne pouvons, madame, rien cacher sous les nôtres qui vaille la peine d'être montré.

CHAP. XV.

LE docteur *Slop* était à deux pas de faire exception à toute cette argumentation : car, se trouvant avoir son sac de serge verte sur ses genoux, quand il commença à parodier mon oncle *Toby*,———cela valait autant pour lui que le meilleur manteau du monde : à cet effet, lorsqu'il prévit que sa phrase finirait par son *forceps* de nouvelle invention, il fourra sa main dans le sac, afin de l'avoir prêt à lancer, quand Vos Révérences ont fait si fort attention aux ******, et s'il l'avait fait,—mon oncle *Toby* eût certainement été culbuté : car, dans ce cas, la phrase et l'argument se seraient précipités exactement sur le même point, d'une façon si analogue aux deux lignes qui forment l'angle saillant d'un ravelin,— que le docteur *Slop* n'aurait jamais consenti à lâcher son instrument ;———et que mon oncle *Toby* aurait plutôt songé à fuir qu'à s'en emparer de force : mais le docteur *Slop* s'y prit si maladroitement en tirant son instrument, que cela détruisit tout l'effet, et ce qui fut dix fois pis (car un malheur arrive rarement seul dans cette vie), en tirant son *forceps*, son *forceps* amena malheureusement la *seringue* avec lui.

Quand une proposition peut être prise dans deux sens,——il est de règle, en matière de discussion, Que le second interlocuteur peut répondre à celui des deux qu'il préfère, ou qu'il trouve le plus à sa convenance.——Ceci mit tout l'avantage de l'argument du côté de mon oncle *Toby*.——« Bon Dieu ! » s'écria mon oncle *Toby*, « est-ce que les enfants sont mis au monde avec une seringue ? »

CHAP. XVI.

——SUR mon honneur, monsieur, vous m'avez écorché toute la peau du dos de mes deux mains avec votre forceps, s'écria mon oncle *Toby*,——et, par-dessus le marché, vous m'avez mis en compote toutes les jointures des doigts. C'est votre faute, dit le docteur *Slop*,——vous auriez dû tenir vos deux poings fermés l'un contre l'autre en forme de tête d'enfant, comme je vous l'avais dit, et serrer ferme.——C'est ce que j'ai fait, répondit mon oncle *Toby*.——Alors les pointes de mon forceps n'ont pas été suffisamment armées, ou la vis a besoin d'être serrée—ou bien la coupure de mon pouce m'a rendu un peu maladroit,——ou peut-être——Il est heureux, dit mon père, interrompant le détail des possibilités,——que l'expérience n'ait pas été faite d'abord sur la tête de mon enfant.——Il n'en aurait pas été plus mal d'un noyau de cerise, répondit le docteur *Slop*. Je maintiens, dit mon oncle *Toby*, que vous lui auriez brisé le cervelet (à moins pourtant que son crâne n'eût été aussi dur qu'une grenade), et que vous en auriez fait une vraie bouillie. Bah ! répliqua le docteur *Slop*, la tête d'un enfant est naturellement aussi molle que la pulpe d'une pomme ;———les sutures cèdent,———et, d'ailleurs, j'aurais pu ensuite l'extraire par les pieds.———Non pas, dit la sage-femme.———Je préférerais que vous voulussiez bien commencer par là, dit mon père.

Oui, je vous en prie, ajouta mon oncle *Toby*.

CHAP. XVII.

———ET je vous prie, bonne femme, après tout, prendrez-vous sur vous de dire que ce ne peut pas être la hanche de l'enfant, aussi bien que sa tête ?———C'est très certainement la tête, répliqua la sage-femme. Parce que, continua le docteur *Slop* (en se tournant vers mon père), si positives que le soient en général ces vieilles dames,———c'est un point très difficile à connaître,— et pourtant de la plus grande importance à déterminer [1] ;———parce que, monsieur, si la hanche est prise pour la tête,—il y a possibilité (si c'est un garçon) que le forceps *.

———Quelle était cette possibilité, le docteur *Slop* le murmura très bas à mon père, et ensuite à mon oncle

Toby.——Il n'y a pas le même danger, continua-t-il, avec la tête.—Non, en vérité, dit mon père,——mais quand votre possibilité s'est réalisée à la hanche,—— vous pouvez aussi bien trancher la tête également.

——Il est moralement impossible que le lecteur comprenne ceci,——il suffit que le docteur *Slop* l'ait compris;——prenant donc à la main le sac de serge verte, il trotta, à l'aide des escarpins d'*Obadiah*, assez lestement pour un homme de sa taille, du fond de la chambre à la porte,——et de la porte il fut conduit par la bonne vieille sage-femme à l'appartement de ma mère.

CHAP. XVIII.

VOILÀ deux heures dix minutes,—et pas davantage,——s'écria mon père en regardant à sa montre, que le docteur *Slop* et *Obadiah* sont arrivés,——et je ne sais pas comment cela se fait, frère *Toby*,——mais à mon imagination cela paraît presque un siècle.

——Ici——je vous en prie, monsieur, prenez mon bonnet,—et même prenez la sonnette avec, et mes pantoufles[1] également.——

Maintenant, monsieur, le tout est à votre service; et je vous en fais volontiers présent, à condition que vous prêterez toute votre attention à ce chapitre.

CHAP. XVIII [297]

Quoique mon père eût dit « *qu'il ne savait pas comment cela se faisait,* »———il le savait cependant très bien ;———et, à l'instant où il parlait, il avait arrêté dans son esprit de donner à mon oncle *Toby* un exposé clair de la chose, par une dissertation métaphysique sur la *durée et ses modes simples*[1], afin de démontrer à mon oncle *Toby* par quel mécanisme et quels calculs du cerveau il était arrivé que la rapide succession de leurs idées et l'éternel passage de la conversation d'un sujet à un autre, depuis que le docteur *Slop* était entré dans la chambre, eussent donné à une si courte période une étendue si inconcevable.———« Je ne sais pas comment cela se fait,———s'écria mon père,———mais cela me paraît un siècle. »

———C'est entièrement dû, dit mon oncle *Toby*, à la succession de nos idées[2].

Mon père, qui avait, en commun avec tous les philosophes, la démangeaison de raisonner sur tout ce qui arrivait, et aussi d'en rendre compte,———se promettait un plaisir infini de cette question de la succession des idées ; et il n'avait pas la moindre appréhension de se la voir arrachée des mains par mon oncle *Toby*, qui (l'honnête homme !) prenait généralement les choses comme elles arrivaient ;———et qui, de toutes choses au monde, se troublait le moins la cervelle de pensées abstruses ;—les idées du temps et de l'espace,———ou comment nous y arrivons,———ou de quelle matière elles sont faites,—ou si elles sont nées avec nous,———ou si nous les avons ramassées plus tard, chemin faisant,—quand nous étions encore en robe,—ou seulement quand nous portions culottes,—avec mille autres recherches et discussions sur l'INFINI, la PRESCIENCE, la LIBERTÉ, la NÉCESSITÉ, etc., dont les désespérantes et inaccessibles théories ont tourné et fêlé tant de bonnes têtes,—tout cela n'avait jamais fait le moindre mal à celle de mon oncle *Toby*; mon père le savait,——et il ne fut pas moins surpris que désappointé de la solution fortuite de mon oncle.

Comprenez-vous la théorie de cette question ? repartit mon père.

Pas du tout, dit mon oncle *Toby*.

——Mais avez-vous quelque idée de ce dont vous parlez ? dit mon père.——

Pas plus que mon cheval, répliqua mon oncle *Toby*.

Bonté du ciel ! s'écria mon père, en levant les yeux, et en frappant des mains,——ton honnête ignorance a son prix, frère *Toby*,—et ce serait presque dommage de l'échanger pour du savoir.——Mais je vais te dire.——

Pour comprendre ce qu'est bien le *temps*, sans lequel nous n'arriverions pas à comprendre l'*infini*, attendu que l'un fait partie de l'autre,——nous devrions nous mettre sérieusement à considérer quelle idée nous avons de la *durée*, de façon à nous rendre un compte satisfaisant de la manière dont nous y sommes arrivés. —Qu'est-ce que cela fait à personne ? dit mon oncle

Toby*. *Car si vous tournez vos yeux sur votre esprit,* continua mon père, *et que vous l'observiez attentivement, vous apercevrez,* mon frère, *que tandis que vous et moi nous causons ensemble, nous réfléchissons, et nous fumons nos pipes, ou tandis que nous recevons successivement des idées dans notre esprit, nous savons que nous existons ; et ainsi nous estimons notre existence, ou sa continuation, ou toute autre chose, proportionnée à la succession de n'importe quelles idées dans notre esprit, à notre propre durée, ou à celle de toute autre chose coexistante avec notre pensée,*——*et ainsi, conformément à cette préconception*[1]——Vous me troublez l'esprit à en mourir, s'écria mon oncle *Toby*.—

——C'est à cause de cela, reprit mon père, que, dans nos supputations du *temps*, nous sommes si accoutumés aux minutes, aux heures, aux semaines et aux mois,——et dans celles des horloges (je souhaiterais qu'il n'y en eût pas une seule dans le royaume) nous sommes si habitués à en mesurer les diverses parties d'après nous et ceux qui nous appartiennent, ——que ce sera un bonheur, si, dans l'avenir, la *succession de nos idées*[2] nous est encore d'aucune espèce d'usage ou de service.

Maintenant, que nous l'observions ou non, continua mon père, dans toute tête saine il existe une succession régulière d'idées, d'une sorte ou d'une autre, qui se suivent à la suite l'une de l'autre, comme——Un train d'artillerie ? dit mon oncle *Toby*.—Un train de bali-

* Voir Locke.

vernes !—dit mon père,—qui se suivent et se succèdent dans notre esprit, à de certaines distances, juste comme les images que la chaleur d'une chandelle fait tourner dans l'intérieur d'une lanterne[1].—Je déclare, dit mon oncle *Toby*, que les miennes ressemblent plutôt à un tournebroche à courant d'air.——Alors, frère *Toby*, je n'ai rien de plus à vous dire sur ce sujet, dit mon père.

CHAP. XIX.

——QUELLE occasion fut perdue ici !——Mon père, dans une de ses meilleures humeurs explicatives,— poursuivant ardemment un point métaphysique jusque dans les régions même où des nuages et d'épaisses ténèbres l'auraient bientôt environné ;——— mon oncle *Toby*, dans une des plus belles dispositions du monde ; —sa tête comme un tournebroche à courant d'air ; ——la cheminée non ramonée et les idées y tournant et tourbillonnant, tout offusquées et obscurcies par la matière fuligineuse !——Par la tombe en marche de *Lucien*[2]——si elle existe,——sinon, eh bien donc, par ses cendres ! par les cendres de mon cher *Rabelais*, et de mon plus cher *Cervantes*,——l'entretien de mon père et de mon oncle *Toby* sur le TEMPS et l'ÉTERNITÉ,— était un entretien à désirer avec ferveur ! et la pétulance de l'humeur de mon père, en l'arrêtant comme il fit, fut un vol fait au *Trésor ontologique*, d'un joyau tel, qu'aucune combinaison de grandes circonstances et de grands hommes ne paraît devoir jamais le lui restituer.

CHAP. XX.

QUOIQUE mon père persistât à ne point continuer la conversation,—il ne put cependant chasser de sa tête le tournebroche à courant d'air de mon oncle *Toby*,—bien qu'il en eût été piqué de prime abord ; ——il y avait au fond de la comparaison quelque chose qui avait frappé son imagination ; et c'est pourquoi, posant son coude sur la table, et appuyant le côté droit de sa tête sur la paume de sa main,——mais d'abord regardant fixement le feu,—il commença à méditer et à philosopher là-dessus : mais ses esprits étant épuisés par la fatigue de la recherche de nouveaux aperçus, et par l'application constante de ses facultés sur cette variété de sujets qui s'étaient succédé dans la conversation,——l'idée du tournebroche à courant d'air mit toutes ses idées sens dessus dessous,——en sorte qu'il s'endormit presque avant de savoir où il en était.

Quant à mon oncle *Toby*, son tournebroche à courant d'air n'avait pas fait une douzaine de tours qu'il s'endormit également.——La paix soit avec eux.——Le docteur *Slop* est en haut, aux prises avec la sage-femme et ma mère.—*Trim* est occupé à convertir une vieille paire de bottes fortes en une paire de mortiers, destinés à être employés l'été prochain au siège de *Messine*[1],——et, en ce moment, il fore les lumières avec un tisonnier rouge.——Tous mes héros sont hors mes mains ;——c'est la première fois que je peux disposer d'un instant,—et j'en vais profiter pour écrire ma préface.

PRÉFACE DE L'AUTEUR[1].

NON, je n'en dirai pas un mot,—voici mon livre ; ——en le publiant,—j'ai fait appel au monde,——et je le laisse au monde ;——qu'il parle pour lui-même.

Tout ce que j'en sais, c'est que,——quand je me suis mis à table, mon intention était d'écrire un bon livre ; et autant que la ténuité de mon intelligence le comporterait,—un livre sage, oui, et modeste,——en prenant soin seulement, à mesure que j'avancerais, d'y mettre tout l'esprit et le jugement (en plus ou en moins) que leur grand Auteur et Dispensateur a originairement jugé convenable de m'accorder,——en sorte que, comme le voient Vos Honneurs,—il est juste ce qu'il plaît à Dieu.

Maintenant, *Agélaste*[2] (censurant mon livre) déclare que, pour ce qu'il en sait, il peut bien y avoir en lui quelque esprit,—mais nul jugement. Et *Triptolème* et *Phutatorius*[3], d'accord sur ce point, demandent comment il se pourrait faire qu'il y en eût ? car l'esprit et le jugement[4] ne vont jamais de compagnie dans ce monde, attendu que ce sont deux opérations aussi éloignées l'une de l'autre que l'Est de l'Ouest.—Ainsi dit *Locke*, —ainsi que le pet l'est du hoquet, dis-je. Mais, en réponse à ceci, *Didius,* le grand canoniste, dans son code de *fartendi et illustrandi fallaciis*[1], soutient et fait clairement voir qu'une comparaison n'est point un argument,—et moi, je ne soutiens pas que le nettoyage d'un miroir soit un syllogisme;—mais, sous le bon plaisir de Vos Honneurs, vous en voyez tous mieux, ——de sorte que le principal bien que font ces choses est simplement de clarifier l'entendement, avant l'application de l'argument même, afin de le débarrasser de tous les petits atomes ou taches de matière opaque qui, si on les y laissait nager, pourraient entraver la conception et tout gâter.

Maintenant, mes chers Anti-Shandéens, et trois fois habiles critiques et confrères[2] (car c'est pour vous que j'écris cette préface)——et pour vous aussi, très subtils hommes d'État et prudents docteurs (allons—retirez vos barbes) renommés pour votre gravité et votre sagesse;—*Monopolos*, mon politique,—*Didius*, mon conseil; *Kysarcius*, mon ami;—*Phutatorius*, mon guide; —*Gastripheres*, le conservateur de ma vie; *Somnolentius*[3], son baume et son repos,—sans oublier tous les autres, tant endormis qu'éveillés,—tant ecclésiastiques que civils, que, pour abréger et non par aucun ressentiment, j'entasse ici pêle-mêle.——Croyez-moi, mes très dignes,

Mon plus ardent désir et ma plus fervente prière, en votre faveur et en la mienne également, si la chose n'est pas déjà faite pour nous,——c'est que les grands dons et qualités de l'esprit et du jugement, avec tout ce qui les accompagne d'ordinaire,———tels que la mémoire, l'imagination, le génie, l'éloquence, la vivacité d'esprit, et quoi encore? puissent, en ce précieux moment, sans bornes ni mesure, sans empêchement ni obstacle, être versés aussi chauds que chacun de nous pourra le supporter,—écume, sédiment et le reste ; (car je ne voudrais pas qu'il s'en perdît une goutte) dans les divers réceptacles, cases, cellules, domiciles, dortoirs, réfectoires et lieux disponibles de nos cervelles,—de telle sorte qu'ils pussent continuer d'y être injectés et entonnés, conformément au véritable objet et sens de mon désir, jusqu'à ce que chaque vaisseau, grand et petit, en fût si rempli, saturé et comblé, que, y allât-il de la vie d'un homme, on n'y pût rien mettre de plus ni au dedans ni au dehors[1].

Dieu nous bénisse !—quelle noble besogne nous ferions !———quel chatouillement j'en tirerais !———et dans quelle verve je me trouverais, d'écrire pour de tels lecteurs ! et vous,—juste ciel !———avec quel ravissement vous vous mettriez à lire !———mais, oh !——— c'en est trop !———j'en suis indisposé,———je me pâme de délices à cette idée !———c'est plus que la nature n'en peut supporter !———soutenez-moi,—la tête me tourne,—je suis aveugle,———je me meurs,———je suis mort.———Au secours ! au secours ! au secours !——— Mais attendez,—je me sens un peu mieux, car je commence à prévoir, ceci passé, que, comme nous continuerons tous à être de beaux esprits,—nous ne serions jamais d'accord entre nous, un seul instant du jour :———il y aurait tant de satires et de sarcasmes, ———de raillerie et de moquerie, de brocards et de reparties,———de bottes et de parades dans tous les coins,———que la discorde seule régnerait entre nous ! —Chastes étoiles ! que de morsures et d'égratignures ! et quel vacarme et tintamarre nous ferions ! Avec le bris des têtes, les tapes sur les doigts, et les coups sur les endroits sensibles,—il n'y aurait, certes, pas moyen de vivre pour nous.

Mais, d'un autre côté, comme nous serions tous des hommes d'un grand jugement, nous raccommoderions les choses aussi vite qu'elles se dérangeraient; et tout en nous abominant les uns les autres dix fois plus qu'autant de diables et de diablesses, nous n'en serions pas moins, mes chères créatures, toute politesse et toute amabilité,——tout lait et tout miel;——ce serait une seconde terre promise,——un paradis terrestre, si pareille chose était possible,—de sorte qu'après tout, nous nous en tirerions assez bien.

Tout ce qui me tourmente et m'irrite, et ce qui désole le plus mon imagination, c'est le moyen d'amener à bonne fin la chose; car, ainsi que le savent bien Vos Honneurs, de ces émanations célestes d'*esprit* et de *jugement*, que j'ai si libéralement souhaitées à Vos Honneurs et à moi,—il n'existe qu'un certain *quantum* d'emmagasiné pour nous tous, pour l'usage et l'utilité de tout le genre humain; et il n'en est distribué, dans ce vaste univers, que de si petits *modicums*, qui circulent çà et là dans un recoin ou un autre,—et en si minces filets et à de si prodigieux intervalles l'un de l'autre, qu'on se demande comment elles résistent ou peuvent suffire aux besoins et cas imprévus de tant de grands États et de populeux Empires.

À la vérité, il y a à considérer que dans la *Nouvelle-Zemble*[1], dans la *Laponie septentrionale*, et dans toutes les froides et lugubres contrées du globe, qui sont situées plus directement sous les cercles arctique et antarctique,——où l'ensemble des occupations d'un homme se concentre, pendant près de neuf mois de suite, dans l'étroite enceinte de sa caverne,——où les esprits sont réduits presque à rien,——et où les passions d'un homme, avec tout ce qui les concerne, sont aussi froides que la zone elle-même ;—là, la plus petite quantité de *jugement* imaginable y fait l'affaire,—et quant à l'*esprit*,—on en fait une économie totale et absolue,—car, comme pas une étincelle n'en est demandée,——pas une étincelle n'en est donnée. Anges et ministres de grâce, secourez-nous[1] ! Quelle lugubre chose c'eût été que d'avoir gouverné un royaume, ou livré une bataille, ou conclu un traité, ou jouté à la course, ou écrit un livre, ou fait un enfant, ou tenu là un chapitre provincial, avec un *manque si abondant* d'esprit et de jugement autour de nous ! par pitié, n'y pensons plus, mais dirigeons-nous aussi vite que nous pourrons vers le sud, sur la *Norvège*,——en traversant la *Suède*, s'il vous plaît, par la petite province triangulaire de l'*Angermanie* jusqu'au lac de *Bothnie* ; que nous côtoierons à travers la *Bothnie* orientale et occidentale, jusqu'à la *Carélie*, et ainsi de suite, à travers tous les États et Provinces qui bordent le côté opposé du *golfe de Finlande*, et le nord-est de la *Baltique*, jusqu'à *Pétersbourg*, en mettant le pied dans l'*Ingrie* ;——et poursuivant de là directement à travers le nord de l'Empire *russe*—en laissant la *Siberie* un peu à gauche, jusqu'à ce que nous soyons arrivés au cœur même de la *Tartarie russe* et *asiatique*[2].

Maintenant, dans ce long tour que je vous ai fait faire, vous remarquerez que les bonnes gens se tirent beaucoup mieux d'affaire que dans les contrées polaires que nous venons de quitter :—car si vous mettez votre main au-dessus de vos yeux, et que vous regardiez très attentivement, vous pourrez apercevoir (comme qui dirait) de petites lueurs d'esprit, avec une confortable provision de bon et simple jugement *pratique*, dont, à en prendre ensemble la qualité et la quantité, ils s'accommodent très bien,—et qui, s'ils en possédaient plus de l'un que de l'autre, détruiraient l'équilibre nécessaire entre eux, et dont, j'en suis de plus convaincu, ils manqueraient d'occasions pour s'en servir.

Maintenant, monsieur, si je vous ramène chez vous, dans cette île plus chaude et plus fertile, où vous remarquerez que la grande marée de notre sang et de nos humeurs monte haut,—où nous avons sur les bras plus d'ambition, d'orgueil, d'envie, de lubricité et autres infâmes passions à gouverner et à soumettre à la raison, —la *hauteur* de notre esprit et la *profondeur* de notre jugement y sont, vous le voyez, exactement proportionnées à la *longueur* et à la *largeur* de nos besoins,— aussi coulent-ils parmi nous dans une telle mesure d'honnête et décente abondance, que personne ne croit avoir sujet de se plaindre.

Il faut pourtant avouer à cet égard que, comme notre air souffle le chaud et le froid,———l'humide et le sec, dix fois par jour, nous ne les avons pas d'une manière fixe et régulière ;———de sorte que parfois, pendant près d'un demi-siècle de suite, il y aura très peu d'esprit ou de jugement à voir ou à entendre parmi nous :———leurs petits canaux sembleront tout à fait à sec,—puis tout d'un coup les eaux briseront les écluses, et se remettront à courir comme des furies,——vous croiriez qu'elles ne s'arrêteront jamais :——et c'est alors qu'avec la plume, avec l'épée et de vingt autres galantes façons, nous chassons devant nous le monde entier[1].

C'est à l'aide de ces observations, et d'un discret raisonnement par analogie dans cette espèce de procédé d'argumentation, appelé, par *Suidas, induction dialectique*[2],—que je trace et établis comme très vraie et véritable la proposition ci-après :

Que de ces deux luminaires il se répand de temps en temps sur nous autant d'irradiations ; que Celui dont la sagesse infinie dispense chaque chose avec le poids et la mesure exacts, sait qu'il en faut au juste pour éclairer notre route dans cette nuit d'obscurité ; en sorte que Vos Révérences et Vos Honneurs découvrent maintenant, ce qu'il n'est pas en mon pouvoir de leur cacher un moment de plus, Que le souhait fervent en leur faveur par lequel j'ai débuté, n'était que la première visite d'un préfacier enjôleur, réduisant son lecteur au silence, comme le fait quelquefois un amant d'une maîtresse un peu prude. Car, hélas ! si cette effusion de lumière avait pu s'obtenir aussi aisément que l'exorde le demandait—je tremble de penser aux milliers de voyageurs anuités (dans les doctes sciences au moins) qui auraient dû tâtonner et errer dans l'ombre, toutes les nuits de leur vie,—en donnant de la tête contre les poteaux, et se faisant jaillir la cervelle, sans jamais arriver au but de leur course ;——les uns tombant perpendiculairement le nez dans un cloaque,—les autres horizontalement le derrière dans un ruisseau. Ici la moitié d'une profession savante se ruant contre l'autre moitié, et culbutant et roulant l'une sur l'autre dans la fange comme des pourceaux.——Ici les confrères d'une autre profession, qui auraient dû courir en sens contraire, volant comme une troupe d'oies sauvages, tous à la file, dans la même direction.—Quelle confusion!—quelles méprises!—les violonistes et les peintres jugeant par leurs yeux et leurs oreilles—admirable! —se fiant aux passions excitées, par un air chanté ou par une histoire peinte de cœur,—au lieu de les mesurer avec un quart de cercle.

Sur le premier plan de ce tableau, un *homme d'État* tournant la roue politique, comme une brute, à l'envers, —*contre* le courant de la corruption,—par le ciel!— au lieu de le *suivre*!

Dans ce coin, un fils du divin *Esculape*[1] écrivant un livre contre la prédestination ; ou, ce qui est peut-être pire,—tâtant le pouls de son malade, à la place de celui de son apothicaire—dans le fond, un confrère de la Faculté, à genoux et en larmes,—tirant les rideaux d'une de ses victimes mutilée, pour lui demander pardon ;— ou offrant des honoraires,—au lieu d'en prendre.

Dans cette grande SALLE, une coalition de gens de robe, de tous les ressorts, chassant devant eux, de toutes leurs forces et du mauvais côté, une maudite et sale cause vexatoire ;——la jetant à coups de pied *hors* de la grande porte, au lieu de la pousser *dedans*,——et avec la même fureur dans le regard et le même degré d'acharnement dans leur manière de la jeter dehors, que si les lois avaient été faites dans le principe pour la paix et la conservation du genre humain :—peut-être une méprise encore plus énorme commise par eux,—un cas litigieux bellement demeuré en suspens ;——par exemple si le nez de *John O' Nokes* pouvait, ou non, s'établir sur la face de *Tom O' Stiles*[1], sans violation de domicile,—précipitamment résolu par eux en vingt-cinq minutes, alors que, avec les prudents pour et contre requis dans un procès aussi embrouillé, il aurait pu prendre autant de mois,—et que, même militairement, comme Vos Honneurs savent qu'une ACTION doit l'être, avec tous les stratagèmes dont elle est susceptible,—tels que feintes,—marches forcées,— surprises,—embuscades,—batteries masquées, et mille autres mouvements stratégiques qui consistent à saisir tous les avantages de chaque côté,——il aurait pu raisonnablement durer autant d'années, et fournir tout ce temps-là le vivre et le vêtement à un centumvirat de la profession.

Quant au clergé———Non——Si je dis un mot contre lui, je veux être fusillé.—Je n'en ai nulle envie, —et de plus, si j'en avais envie,——je n'oserais pas, sur mon âme, aborder ce sujet,——avec une telle faiblesse de nerfs et d'esprit, et dans l'état où je me trouve à présent, ce serait jouer ma vie que de m'abattre et m'affliger moi-même par un récit aussi pénible et aussi triste,——il est donc plus sûr de tirer dessus le rideau, et de m'en éloigner le plus vite possible pour revenir au point essentiel et principal que j'ai entrepris d'éclaircir, ——c'est-à-dire, Comment il se fait que vos hommes de moins d'*esprit* sont réputés avoir le plus de *jugement*?——Mais remarquez que,—je dis, *sont réputés*, ——car ce n'est, mes chers messieurs, qu'un bruit, qui, comme vingt autres bruits répétés, chaque jour, de confiance, n'est, je le maintiens, qu'un ignoble et méchant bruit par-dessus le marché.

Ceci, à l'aide de l'observation déjà exposée et, je l'espère, déjà pesée et examinée par Vos Révérences et Vos Honneurs, je vais sur-le-champ le prouver.

Je hais les dissertations toutes faites,——et par-dessus tout au monde, c'est l'une de leurs plus sottes choses que d'obscurcir votre hypothèse en plaçant nombre de grands mots opaques, l'un devant l'autre, en droite ligne, entre votre propre conception et celle de votre lecteur,——quand, selon toute vraisemblance, si vous aviez regardé autour de vous, vous auriez aperçu quelque chose debout ou accroché, qui aurait éclairci le point en un instant,——« car quel empêchement, quel tort ou quel mal le louable désir du savoir occasionne-t-il à qui que ce soit, venant même d'un imbécile, d'un pot, d'un sot, d'un tabouret, d'une mitaine d'hiver, d'une roulette de poulie, du couvercle d'un creuset d'orfèvre, d'une bouteille d'huile, d'une vieille pantoufle, ou d'une chaise de canne[1] ? »——Je suis assis en ce moment sur une chaise de cette espèce. Voulez-vous me permettre d'éclaircir cette question de l'esprit et du jugement au moyen des deux pommes placées au sommet de son dossier[2],——elles sont attachées, vous le voyez, par deux chevilles enfoncées légèrement dans deux trous de vrille, et elles placeront ce que j'ai à dire en assez pleine lumière, pour vous laisser pénétrer l'objet et l'intention de toute ma préface aussi clairement que si chacun de ses points et parcelles était composé de rayons du soleil.

Maintenant, j'entre directement en matière.

——Ici se tient l'*esprit*,——et là le *jugement*, tout à côté de lui, juste comme les deux pommes dont je parle sur le dossier de cette même chaise où je suis assis.

——Vous le voyez, ce sont les parties les plus élevées et les plus ornementées de sa *structure*,——comme l'esprit et le jugement le sont de la *nôtre*,——et, comme eux aussi, elles sont indubitablement faites et ajustées pour aller ensemble, afin, comme nous disons dans tous les cas d'embellissements doubles,——*de faire pendant.*

Maintenant, pour l'amour d'une expérience et mieux éclaircir encore la chose,—enlevons pour un moment l'un de ces deux curieux ornements (peu importe lequel) du haut ou pinacle de la chaise où il se trouve;——non, ne riez pas.——Mais avez-vous jamais vu, dans tout le cours de votre vie, un effet aussi ridicule que celui-ci?——Quoi, c'est un spectacle aussi misérable que celui d'une truie qui n'a qu'une oreille; et il a juste autant de sens et de symétrie dans un cas que dans l'autre :—allons,—je vous en prie, levez-vous, ne serait-ce que pour y jeter un coup d'œil.——Maintenant, quel homme ayant un brin d'estime pour sa réputation consentirait à laisser sortir de ses mains un ouvrage dans un pareil état?——bien plus, mettez la main sur votre cœur, et répondez à cette simple question : Cette pomme unique, qui se trouve maintenant ici toute seule, comme une ganache, peut-elle servir à autre chose sur terre qu'à vous rappeler l'absence de l'autre ?———et laissez-moi vous demander en outre si, dans le cas où la chaise serait à vous, vous ne croiriez pas en votre âme et conscience que plutôt que de rester ainsi, il vaudrait dix fois mieux qu'elle fût tout à fait sans pomme ?

Or, ces deux pommes———ou ornements supérieurs de l'esprit de l'homme, qui couronnent tout l'entablement,—étant, comme je l'ai dit, l'esprit et le jugement, qui, de tous, comme je l'ai prouvé, sont les plus indispensables,—les plus estimés,———ceux dont la privation est la plus calamiteuse, et conséquemment les plus difficiles à acquérir,———pour toutes ces raisons réunies, il n'est pas un mortel parmi nous assez dénué de l'amour d'une bonne renommée ou d'une bonne alimentation,———ou assez ignorant de ce qu'il en retirera de bien,—pour ne pas désirer et résoudre fermement dans son esprit d'être, ou du moins de passer pour être possesseur de l'un ou de l'autre, et même de tous deux, si la chose paraît de quelque façon praticable, ou de nature à être acceptée.

Or, vos gentlemen les plus graves n'ayant que peu ou point de chances d'atteindre à l'un,—à moins de tenir l'autre,———que pensez-vous qu'il advint d'eux ? —Eh bien, messieurs, en dépit de toute leur *gravité*, ils durent se résigner à se montrer leur intérieur à nu :—ce qui n'était supportable que par un effort de philosophie inadmissible dans le cas en question,———de sorte que personne n'aurait pu vraiment leur en vouloir de se contenter du peu qu'ils auraient pu agripper et cacher sous leurs manteaux et leurs grandes perruques, s'ils n'avaient pas soulevé, en même temps, une *clameur de haro* contre les propriétaires légitimes.

Je n'ai pas besoin de dire à Vos Honneurs que ceci fut fait avec tant d'astuce et d'artifice,—que le grand *Locke*, qui se laissait rarement tromper par de faux bruits,——n'en fut pas moins dupe ici. La clameur, à ce qu'il paraît, fut si profonde et si solennelle, et devint, à l'aide des grandes perruques, des faces graves et autres instruments de tromperie, si générale contre les *pauvres hommes d'esprit*, en cette occasion, que le philosophe lui-même y fut trompé,—ce fut sa gloire d'affranchir le monde de l'encombrement d'un millier de vulgaires erreurs[1];——mais celle-ci ne fut pas du nombre; de sorte qu'au lieu de se mettre froidement, comme l'aurait dû faire un tel philosophe, à examiner le fait avant de raisonner dessus;——il prit, au contraire, le fait pour acquis, et se joignit au haro, en criant aussi bruyamment que le reste.

Ceci est devenu depuis la *Magna Carta*[2] de la stupidité,—mais Vos Révérences voient clairement qu'elle a été obtenue de telle façon que sa valeur, comme titre, n'atteint pas un sou;——et qu'elle est, par parenthèse, une des nombreuses et basses impostures dont la gravité et les gens graves auront à répondre par la suite.

Quant aux grandes perruques, sur lesquelles on peut penser que j'ai donné trop librement mon avis,——je demande la permission de caractériser tout ce qui a été indiscrètement dit à leur blâme et préjudice, par une déclaration générale, à savoir——Que je n'abhorre, ni ne déteste, ni ne condamne les grandes perruques ou les longues barbes,——qu'autant que je les vois invoquées ou laissées pousser dans le dessein d'entretenir cette même imposture——quel qu'en soit le but,—la paix soit avec elles ;—☞ remarquez seulement,—que je n'écris pas pour elles.

CHAP. XXI.

TOUS les jours, depuis au moins dix ans, mon père prenait la résolution de les faire raccommoder, ——et ils ne le sont point encore ;——nulle autre famille que la nôtre ne l'aurait toléré une heure,—et, ce qui est plus étonnant, c'est qu'il n'y avait pas de sujet au monde sur lequel mon père fût aussi éloquent que sur celui des gonds de porte.——Et pourtant, il en était, en même temps, et certainement, je pense, un des plus grands jouets que l'histoire puisse fournir : sa rhétorique et sa conduite en étant perpétuellement aux coups de poing à leur propos.——Jamais la porte du parloir ne s'ouvrait—que sa philosophie ou ses principes n'en tombassent victimes ;——trois gouttes d'huile sur une plume, et un bon coup de marteau, auraient sauvé pour toujours son honneur.

——Quel être inconséquent que l'homme !—languissant sous des plaies qu'il est en son pouvoir de guérir !—sa vie entière en contradiction avec son savoir ! —sa raison, ce précieux don qu'il a reçu de Dieu—(au lieu de verser de l'huile), ne servant qu'à irriter sa sensibilité,——à multiplier ses peines, et à le rendre plus triste et plus inquiet sous leur poids!—pauvre malheureuse créature qu'il en soit ainsi!——les causes de malheur, nécessaires dans cette vie, ne suffisent-elles pas sans qu'il doive en ajouter de volontaires à sa provision de chagrin;——lutter contre des maux inévitables, et se soumettre à d'autres qu'un dixième de la peine qu'ils lui causent écarterait à jamais de son cœur[1]?

Par tout ce qui est bon et vertueux! s'il y a moyen de se procurer trois gouttes d'huile et de trouver un marteau à dix milles à la ronde de *Shandy Hall*,—les gonds de la porte de son parloir seront raccommodés sous ce règne.

CHAP. XXII.

QUAND le caporal *Trim* eut amené à bonne fin ses deux mortiers, il fut enchanté outre mesure de son chef-d'œuvre, et, sachant quel plaisir aurait son maître à les voir, il ne put résister au désir qu'il avait de les porter de suite au parloir.

Or, à la suite de la leçon morale que j'avais en vue, en mentionnant l'affaire des *gonds*, j'avais une considération spéculative qui en découlait, et la voici.

Si la porte du parloir se fût ouverte et eût tourné sur ses gonds comme devrait le faire une porte———

—Ou, par exemple, aussi habilement que notre gouvernement a tourné sur ses gonds,——(c'est-à-dire pourvu que les choses aient bien marché tout du long pour Votre honneur,—car autrement j'abandonne ma comparaison)—en ce cas, dis-je, il n'y aurait eu aucun danger, ni pour le maître, ni pour les valets, à ce que le caporal *Trim* regardât par la porte : dès l'instant où il aurait aperçu mon père et mon oncle *Toby* profondément endormis,——la nature respectueuse de ses manières était telle qu'il se serait retiré aussi silencieux que la mort, et qu'il les eût laissés tous deux dans leurs fauteuils, aussi heureux de rêver qu'il les aurait trouvés : mais la chose était, moralement parlant, tellement impraticable, que pendant tant d'années que ces gonds restèrent dérangés, et parmi les tourments continuels auxquels mon père se soumettait à ce sujet,—était celui-ci : qu'il ne croisait jamais les bras pour faire son somme, après dîner, sans que l'idée d'être inévitablement réveillé par la première personne qui ouvrirait la porte, ne dominât dans son imagination et ne vînt incessamment se placer entre lui et le premier présage balsamique de son repos, de manière à lui en dérober, comme il le déclarait souvent, toutes les douceurs.

« *Quand les choses tournent sur de mauvais gonds*, n'en déplaise à Vos Seigneuries, *comment peut-il en être autrement ?* »

Je vous prie, qu'y a-t-il ? Qui est là ? cria mon père, en s'éveillant au moment où la porte commençait à craquer.——Je voudrais que le serrurier vînt jeter un coup d'œil sur ces maudits gonds.——Ce n'est rien, s'il plaît à Votre Honneur, dit *Trim*, que deux mortiers que j'apporte.——On ne fera pas de tapage avec eux ici, s'écria vivement mon père.——Si le docteur *Slop* a quelques drogues à piler, qu'il le fasse dans la cuisine.——S'il plaît à Votre Honneur, s'écria *Trim*, —ce sont deux mortiers pour le siège de l'été prochain, que j'ai fabriqués avec une paire de bottes fortes qu'*Obadiah* m'a dit que Votre Honneur ne mettait plus.——Par le ciel! s'écria mon père, qui s'élança de sa chaise tout en jurant,—je n'ai pas un effet d'équipement, à moi appartenant, dont je fisse autant de cas que de ces bottes fortes,——elles venaient de notre aïeul, frère *Toby*,——elles étaient *héréditaires*. Alors je crains, dit mon oncle *Toby*, que *Trim* n'ait entamé la succession.——Je n'ai entamé que le haut, n'en déplaise à Votre Honneur, s'écria *Trim*.——Je hais les *perpétuités* autant qu'homme vivant, reprit mon père, ——mais ces bottes fortes, continua-t-il (en souriant, bien qu'en même temps très fâché), sont restées dans la famille, frère, depuis les guerres civiles;——Sir *Roger Shandy* les portait à la bataille de *Marston Moor*[1].—Je déclare que je n'en aurais pas accepté dix livres sterling.——Je vous payerai la somme, frère *Shandy*, dit mon oncle *Toby*, en regardant les deux mortiers avec un plaisir infini, et en mettant la main dans le gousset de sa culotte tout en les admirant.——Je vous payerai à l'instant les dix livres sterling de tout mon cœur.——

Frère *Toby*, repartit mon père, en changeant de ton, vous ne regardez pas à l'argent que vous dissipez et gaspillez, pourvu, continua-t-il, que ce soit pour un SIÈGE.—N'ai-je pas cent vingt livres par an en plus de ma demi-solde ? s'écria mon oncle *Toby*.———Qu'est-ce que cela, répliqua vivement mon père,—auprès de dix livres sterling pour une paire de bottes fortes ?———de douze guinées pour vos *pontons*;———de moitié autant pour votre pont-levis *hollandais*;—sans parler du petit train d'artillerie en cuivre que vous avez commandé la semaine dernière, avec vingt autres préparatifs pour le siège de *Messine*; croyez-moi, cher frère *Toby*, continua mon père, en lui prenant affectueusement la main,—ces opérations militaires sont au-dessus de vos forces;—vos intentions sont bonnes, frère,—mais elles vous entraînent dans de plus grandes dépenses que vous n'aviez prévu;—et, croyez-moi,———cher *Toby*, elles finiront par vous ruiner et faire de vous un mendiant.———Qu'importe, frère, répliqua mon oncle *Toby*, tant que nous saurons que c'est pour le bien de la nation ?—

Mon père ne put s'empêcher de sourire au fond de son âme;—sa colère, au plus fort, n'étant jamais qu'une étincelle,—et le zèle et la simplicité de *Trim*, ———et la généreuse (quoique dadaïque) galanterie de mon oncle *Toby* le raccommodèrent à l'instant avec eux.

Âmes généreuses!—Que Dieu vous fasse prospérer, et vos mortiers aussi! se dit mon père à lui-même.

CHAP. XXIII.

TOUT est calme et silencieux, du moins en haut, s'écria mon père,—je n'entends pas un pied remuer. ——Je te prie, *Trim*, qui est dans la cuisine? Il n'y a pas une âme dans la cuisine, répondit *Trim*, en faisant un profond salut tout en parlant, excepté le docteur *Slop*.——Malédiction! s'écria mon père (en se mettant une seconde fois sur ses jambes)——pas une seule chose n'a marché droit aujourd'hui! Si j'avais foi dans l'astrologie, frère, (et par parenthèse mon père y avait foi) je jurerais que quelque planète rétrograde est suspendue sur mon infortunée maison, et y met sens dessus dessous tous les individus qui s'y trouvent. ——Ainsi, je croyais que le docteur *Slop* était en haut, près de ma femme, et vous me l'aviez dit vous-même. —Que diable ce drôle peut-il fourgonner dans la cuisine?——Il est occupé, n'en déplaise à Votre Honneur, repartit *Trim*, à fabriquer un pont.—— C'est très aimable à lui, dit mon oncle *Toby*;——je t'en prie, *Trim*, présente mes humbles devoirs au docteur *Slop*, et dis-lui que je le remercie de tout cœur.

Il faut que vous sachiez que mon oncle *Toby* se méprenait sur le pont, aussi complètement que mon père s'était mépris sur les mortiers;——mais pour vous faire comprendre comment mon oncle *Toby* avait pu se méprendre sur le pont,—je crains d'avoir à vous donner l'itinéraire exact du chemin qui l'y avait amené; ——ou, pour laisser de côté ma métaphore (car il n'y a rien de plus déloyal chez un historien que d'en faire usage),——afin de vous rendre concevable la probabilité exacte de l'erreur de mon oncle *Toby*, il faut que je vous raconte, bien contre mon gré, une aventure de *Trim*. Je dis bien contre mon gré, simplement parce que l'histoire, en un sens, est certainement ici hors de sa place ; puisque, de droit, elle devrait venir, soit parmi les anecdotes des amours de mon oncle *Toby* avec la veuve *Wadman*, où le caporal *Trim* ne fut pas un mince acteur,—soit au milieu de ses campagnes et de celles de mon oncle *Toby* sur le boulingrin,——car elle figurerait très bien dans l'un ou l'autre de ces endroits ;——mais si je la réserve pour l'une ou l'autre de ces parties de mon histoire,—je ruine celle où j'en suis,—et si je la raconte ici—j'anticipe sur les faits, et je ruine l'autre.

—Qu'est-ce que Vos Honneurs désirent que je fasse en ce cas ?

—Racontez-la, monsieur *Shandy*, assurément.——Vous êtes un sot, *Tristram*, si vous le faites.

Ô vous Puissances ! (car vous êtes des puissances, et de grandes, qui plus est)—qui rendez l'homme mortel capable de raconter une histoire digne d'être écoutée,—qui lui montrez bénévolement où il doit la commencer,—et où il doit la finir,—ce qu'il doit y mettre,—et ce qu'il doit laisser de côté,—combien il en doit laisser dans l'ombre,—et sur quels endroits il doit jeter la lumière !——Vous, qui régnez sur ce vaste empire des contrebandiers biographiques, et qui voyez dans combien de passes et de bourbiers tombent à toute heure vos sujets ;—voulez-vous faire une chose ?

Je vous prie et vous conjure (dans le cas où vous ne voudriez rien faire de mieux pour nous), toutes les fois que, dans une partie quelconque de vos États, il arrivera que trois routes différentes aboutiront au même point, comme elles viennent de le faire ici,—d'établir au moins un poteau indicateur au milieu d'elles, par pure charité, afin de désigner à un pauvre diable incertain quelle est celle des trois qu'il doit prendre.

CHAP. XXIV.

QUOIQUE le choc que mon oncle *Toby* avait reçu l'année qui suivit la démolition de *Dunkerque*, dans son affaire avec la veuve *Wadman*, lui eût fait prendre la résolution de ne plus jamais penser au beau sexe,——ou à rien qui y eût rapport;—néanmoins le caporal *Trim* n'avait pas fait un tel pacte avec lui-même. À la vérité, dans le cas de mon oncle *Toby*, il y avait eu un étrange et inexplicable concours de circonstances, qui l'avait insensiblement amené à mettre le siège devant cette belle et forte citadelle.——Dans le cas de *Trim*, il n'y avait eu d'autre rencontre au monde que la sienne avec *Bridget* dans la cuisine;——quoique, à vrai dire, l'affection et le respect qu'il portait à son maître fussent tels, et qu'il fût si avide de l'imiter en tout ce qu'il faisait, que si mon oncle *Toby* eût employé son temps et son génie à ferrer des aiguillettes,——je suis persuadé que l'honnête caporal aurait mis bas les armes et suivi son exemple avec plaisir. Lors donc que mon oncle *Toby* mit le siège devant la maîtresse,—incontinent le caporal *Trim* mit le sien devant la suivante.

Or, mon cher ami *Garrick*, vous que j'ai tant sujet d'estimer et d'honorer,—(le pourquoi importe peu)—peut-il échapper à votre pénétration,—je l'en défie,—que tant de faiseurs de pièces et de fabricants de bavardages ont toujours travaillé, depuis, sur le modèle de *Trim* et de mon oncle *Toby*.—Je ne me soucie pas de ce que disent *Aristote*, ou *Pacuvius*, ou *Bossu*, ou *Ricaboni*[1],—(quoique je n'aie jamais lu ni les uns ni les autres)——mais il n'existe pas une plus grande différence entre une chaise à un cheval et le *vis-à-vis*[2] de madame de *Pompadour*, qu'entre un seul amour et un amour ainsi noblement doublé et allant à quatre chevaux, qui caracolent d'un bout à l'autre d'un grand drame.—Monsieur, une simple, unique et insignifiante affaire de ce genre-là,——est absolument perdue dans cinq actes,——mais ici c'est autre chose.

Après une série d'attaques et de défaites entamées et subies par mon oncle *Toby* pendant le cours de neuf mois, et dont je donnerai, en temps convenable, la relation la plus minutieuse et la plus détaillée, mon oncle *Toby*, l'honnête homme ! jugea nécessaire de retirer ses forces et de lever le siège, avec une certaine indignation.

Le caporal *Trim*, je l'ai dit, n'avait fait un tel pacte ni avec lui-même——ni avec personne autre,——cependant, la loyauté de son cœur ne lui permettant pas d'aller dans une maison que son maître avait abandonnée avec dégoût,———il se contenta de convertir son siège personnel en blocus;———c'est-à-dire qu'il tint l'ennemi à distance de chez lui,—car, bien qu'il ne retournât jamais depuis dans la maison, il ne rencontrait pourtant jamais *Bridget* dans le village sans lui faire un signe de la tête ou de l'œil, ou sans lui sourire ou la regarder tendrement,—ou (selon que les circonstances l'y invitaient) il lui donnait une poignée de main,———ou il lui demandait amoureusement comment elle allait,—ou il lui offrait un ruban,———et de temps à autre, mais seulement lorsqu'il pouvait le faire avec décorum, il donnait à *Bridget* un———

Les choses demeurèrent exactement en cet état pendant cinq ans; c'est-à-dire depuis la démolition de *Dunkerque*, en l'an 13, jusqu'à la fin de la campagne de mon oncle *Toby*, en l'an 18, environ six ou sept semaines avant l'époque dont je parle.—Après avoir mis au lit mon oncle *Toby*, comme c'était sa coutume, *Trim* étant descendu, par un beau clair de lune, pour constater que ses fortifications étaient en bon état, ———aperçut sa *Bridget*—dans l'allée séparée du boulingrin par les arbrisseaux et le houx en fleurs.

Comme le caporal trouvait qu'il n'y avait rien au monde d'aussi digne d'être montré que les glorieux ouvrages construits par lui et mon oncle *Toby*, *Trim* la prit courtoisement et galamment par la main et la fit entrer : ceci ne se passa pas si secrètement que la scandaleuse trompette de la Renommée ne le portât, en fin de compte, d'oreille en oreille, jusqu'à celles de mon père, avec cette fâcheuse circonstance que le curieux pont-levis de mon oncle *Toby*, construit et peint à la façon *hollandaise* et qui traversait tout le fossé,—avait été rompu et, de manière ou d'autre, mis en pièces ce soir-là même.

Mon père, comme vous l'avez observé, n'avait pas grande estime pour le dada de mon oncle *Toby*,—qu'il regardait comme le cheval le plus ridicule que jamais gentleman eût monté; et même, à moins que mon oncle *Toby* ne le vexât à son propos, il n'y pouvait jamais songer sans sourire,——en sorte que le dada ne pouvait jamais boiter, ou essuyer quelque désastre, sans chatouiller outre mesure l'imagination de mon père; mais cet accident-ci, cadrant beaucoup plus avec son humeur qu'aucun de ceux qui l'avaient précédé, devint pour lui une source inépuisable d'amusement. ——Allons,—cher *Toby*, disait mon père, racontez-moi sérieusement comment cette affaire du pont est arrivée.——Comment pouvez-vous me taquiner autant à ce sujet? répliquait mon oncle *Toby*,—je vous l'ai racontée vingt fois, mot pour mot, comme *Trim* me l'a racontée.—Eh bien! je t'en prie, comment cela est-il donc arrivé, caporal? s'écriait mon père, en se tournant vers *Trim*.—Ça a été un pur malheur, n'en déplaise à Votre Honneur,——je montrais nos fortifications à Mrs. *Bridget*, et, en marchant trop au bord du fossé, j'ai malheureusement glissé dedans. ——Très bien, *Trim*! s'écriait mon père,—(en souriant mystérieusement, et en faisant un signe de tête, ——mais sans l'interrompre)——et, n'en déplaise à Votre Honneur, ayant le bras enchevêtré dans celui de Mrs. *Bridget*, je l'ai entraînée après moi, ce qui fait qu'elle est tombée doucement, à la renverse, contre le pont,——et le pied de *Trim* (interrompait mon oncle

Toby en lui ôtant l'histoire de la bouche) étant entré dans la cuvette, il est tombé aussi en plein contre le pont.—Il y avait mille chances contre une, ajoutait mon oncle *Toby*, pour que le pauvre garçon se cassât la jambe.——Oui, vraiment, disait mon père,——un membre est bientôt cassé, frère *Toby*, dans de telles rencontres.———Et c'est ainsi, n'en déplaise à Votre Honneur, que le pont, qui, comme le sait Votre Honneur, était très faible, a été rompu par nous deux, et mis en pièces.

D'autres fois, mais surtout quand mon oncle *Toby* était assez malheureux pour dire un mot des canons, des bombes ou des pétards,——mon père épuisait toutes les ressources de son éloquence (qui étaient vraiment très grandes) dans un panégyrique des BÉLIERS[1] des Anciens,—de la VINEA dont se servit *Alexandre* au siège de *Tyr*.———Il parlait à mon oncle *Toby* des CATAPULTES des *Syriens*, qui jetaient de si monstrueuses pierres à tant de centaines de pieds, et qui ébranlaient les plus forts boulevards jusque dans leurs fondements; —il continuait et décrivait le merveilleux mécanisme de la BALISTE, dont *Marcellinus* fait tant de bruit,— les terribles effets des PYROBOLES, qui lançaient du feu,—le danger de la TEREBRA et du SCORPION, qui lançaient des javelines.—Mais qu'est-ce que cela, disait-il, auprès de la machine destructive du caporal *Trim*?—Croyez-moi, frère *Toby*, pas un des ponts, de bastions, ou des portes de sortie, qui ont jamais été construits dans ce monde, ne saurait tenir contre une telle artillerie.

Mon oncle *Toby* n'essayait jamais de résister à la force de cette raillerie, qu'en redoublant de vigueur à fumer sa pipe ; ce que faisant, il répandit, un soir après souper, une vapeur si épaisse, qu'elle provoqua chez mon père, qui était un peu phtisique, un violent accès de toux suffocante : sur quoi mon oncle *Toby* fit un saut, sans plus sentir sa douleur à l'aine,—et, avec une pitié infinie, il s'établit à côté de la chaise de son frère, lui tapant le dos avec une main et de l'autre lui tenant la tête, et de temps en temps lui essuyant les yeux avec un mouchoir blanc de batiste qu'il avait tiré de sa poche.——La manière affectueuse et tendre dont mon oncle *Toby* lui rendait ces petits services,——perça le cœur de mon père pour la peine qu'il venait de lui causer.——Que ma cervelle saute sous un bélier ou une catapulte, peu m'importe lequel, se dit mon père, ——si jamais j'insulte encore cette digne âme !

CHAP. XXV.

LE pont-levis ayant été jugé irréparable, *Trim* reçut immédiatement l'ordre d'en fabriquer un autre,—— mais pas sur le même modèle ; car les intrigues récentes du cardinal *Alberoni*[1] ayant été découvertes, et mon oncle *Toby* prévoyant justement qu'une guerre allait inévitablement éclater entre l'*Espagne* et l'Empire, et que, selon toutes probabilités, les opérations de la prochaine campagne auraient lieu à *Naples* ou en *Sicile*, ——il se décida pour un pont *italien*,—(entre parenthèses, mon oncle *Toby* n'était pas loin de son compte) ——mais mon père, qui était infiniment meilleur politique, et qui prenait le pas sur mon oncle *Toby* dans le cabinet, comme mon oncle *Toby* le prenait sur lui sur le champ de bataille,——le convainquit que si le roi d'*Espagne* et l'Empereur se prenaient aux oreilles, l'*Angleterre*, la *France* et la *Hollande* se verraient forcées, en vertu de leurs engagements antérieurs, d'entrer également en lice;——et dans ce cas, disait-il, les combattants, frère *Toby*, aussi sûrement que nous sommes en vie, en viendront encore aux mains, pêle-mêle, sur le vieux champ de bataille de la *Flandre*;——et alors, que ferez-vous de votre pont *italien*?

——Nous allons, en ce cas, le reprendre sur l'ancien modèle, s'écria mon oncle *Toby*.

Quand le caporal *Trim* l'eut à moitié fini dans ce style,——mon oncle *Toby* y trouva un défaut capital auquel il n'avait jamais sérieusement songé auparavant. Le pont tournait, à ce qu'il paraît, sur des gonds placés aux deux bouts, et s'ouvrait au milieu, une moitié tournant d'un côté du fossé, et l'autre de l'autre ; ce qui présentait l'avantage de diviser le poids du pont en deux portions égales, et de permettre à mon oncle *Toby* de le lever ou l'abaisser avec le bout de sa béquille et d'une seule main, et c'était là, vu la faiblesse de la garnison, tout ce dont il pouvait convenablement disposer, ——mais les désavantages d'une telle construction étaient insurmontables,——car de la sorte, disait-il, je laisse la moitié de mon pont au pouvoir de l'ennemi,——et, je vous prie, à quoi sert l'autre ?

Le remède naturel à cela était, sans doute, de n'attacher son pont par des gonds que d'un seul côté, de façon qu'il pût se lever tout d'une pièce et se tenir tout droit,——mais ceci fut rejeté, pour la raison donnée ci-dessus.

Pendant toute la semaine suivante, mon oncle *Toby* résolut dans son esprit d'avoir un pont de cette construction particulière qui permet de le tirer en arrière horizontalement, pour empêcher le passage, et de le repousser en avant pour l'opérer,——Vos Honneurs ont pu en voir de cette espèce, trois fameux à *Spire*, avant leur destruction,—et un actuellement existant à *Brisach*[1], si je ne me trompe;——mais mon père conseillant avec une grande chaleur à mon oncle *Toby* de n'avoir plus rien à faire avec les ponts-levis,—et mon oncle prévoyant en outre que cela ne ferait que perpétuer le souvenir de la mésaventure du caporal, ——il renonça à son idée pour prendre l'invention du marquis de *L'Hospital*, que *Bernouilli* le jeune a si bien et si savamment décrite, comme peuvent le voir Vos Honneurs,—*Act. Erud. Lips.*, an. 1695[2],—ceux-là, un plomb les tient en éternel équilibre, et les garde aussi bien que deux sentinelles, attendu que leur construction est une ligne courbe approchant d'une cycloïde,——sinon une cycloïde même.

Mon oncle *Toby* comprenait la nature d'une parabole aussi bien que personne en *Angleterre*,—mais il n'était pas tout à fait aussi ferré sur la cycloïde;—il en parlait cependant chaque jour;——mais le pont n'avançait pas.——Nous consulterons quelqu'un là-dessus, cria mon oncle *Toby* à *Trim.*

CHAP. XXVI.

QUAND *Trim* entra et dit à mon père que le docteur *Slop* était dans la cuisine, occupé à fabriquer un pont,—mon oncle *Toby*,——à qui l'affaire des bottes fortes venait de faire monter au cerveau une série d'idées militaires,——prit pour constant que le docteur *Slop* fabriquait un modèle du pont du marquis *de L'Hospital*.——C'est très obligeant à lui, dit mon oncle *Toby*;——je te prie de présenter mes humbles devoirs au docteur *Slop*, *Trim*, et de lui dire que je la remercie cordialement

Si la tête de mon oncle *Toby* eût été une *lanterne magique*, et que mon père eût regardé dedans tout le temps par un bout,——elle n'aurait pas pu lui donner une idée plus distincte des opérations de l'imagination de mon oncle *Toby* que celle qu'il en avait; aussi, malgré la catapulte et le bélier, et son amère imprécation contre eux, commençait-il à triompher———

Quand la réponse de *Trim*, en un instant, lui arracha les lauriers du front et les mit en pièces.

CHAP. XXVII.

——VOTRE malheureux pont-levis, dit mon père—Dieu bénisse Votre Honneur, s'écria *Trim*, c'est un point pour le nez de monsieur votre fils.——En l'amenant au monde avec ses infâmes instruments, le docteur lui a écrasé le nez, à ce que dit *Susannah*, aussi plat qu'une crêpe sur la face, et il est en train de fabriquer un faux pont avec un morceau de coton et un petit bout de baleine du corset de *Susannah*, pour le redresser.

———Frère *Toby*, s'écria mon père, conduisez-moi à ma chambre à l'instant.

CHAP. XXVIII.

DEPUIS le premier moment que je me suis mis à écrire ma vie pour l'amusement du monde, et mes opinions pour son instruction, un nuage s'est insensiblement amassé sur mon père.———Un courant de petits maux et de petits chagrins s'est déclaré contre lui. ———Pas une chose, comme il l'a observé lui-même, n'a marché droit : et maintenant l'orage a grossi et menace de crever et de tomber en plein sur sa tête.

J'aborde cette partie de mon histoire dans la disposition d'esprit la plus pensive et la plus mélancolique où jamais cœur sympathique se soit trouvé.———Mes nerfs se relâchent en la racontant.———À chaque ligne que j'écris, je sens l'affaiblissement de la célérité de mon pouls, et celui de cette insoucieuse vivacité qui, tous les jours de ma vie, me pousse à dire et à écrire un millier de choses que je devrais taire.———Et au moment où pour la dernière fois j'ai trempé ma plume dans l'encre, je n'ai pu m'empêcher de remarquer de quel air circonspect de tristesse calme et solen-

nelle s'était empreinte ma manière de le faire.——
Seigneur! quelle différence avec les élans inconsidérés et les folles boutades qui te sont habituelles, *Tristram*, quand tu t'en acquittes sous l'influence d'une autre humeur,——laissant tomber ta plume,—faisant jaillir ton encre sur ta table et tes livres,——comme si ta plume et ton encre, tes livres et ton mobilier ne te coûtaient rien!

CHAP. XXIX.

——JE ne veux pas discuter ce point avec vous,——c'est un fait,——et j'en suis persuadé, madame, autant qu'on peut l'être, « que l'homme et la femme supportent mieux la souffrance ou le chagrin (et, autant que j'en sache, le plaisir également) dans une position horizontale. »

Aussitôt que mon père fut dans sa chambre, il se jeta tout du long en travers de son lit, dans le plus violent désordre imaginable, mais, en même temps, dans la plus lamentable attitude d'un homme accablé par le chagrin, sur lequel l'œil de la pitié ait jamais versé une larme.——La paume de sa main droite, au moment où il était tombé sur le lit, avait reçu son front, et, couvrant la plus grande partie de ses yeux, s'était affaissée doucement avec sa tête (son coude reculant pour lui faire place) jusqu'à ce que son nez eût touché le couvre-pied;——son bras gauche pendait insensible au bord du lit, les jointures de ses doigts reposant sur l'anse du pot de chambre qui dépassait la cantonnière,——sa jambe droite (la gauche étant relevée vers son corps) pendait à demi sur le bord du lit, dont le bois lui coupait le tibia.———Il ne le sentait pas. Un chagrin fixe, inflexible, avait pris possession de chaque ligne de son visage.—Il soupira une seule fois,—sa poitrine se soulevait fréquemment,—mais il ne proféra pas une parole.

Une vieille chaise en tapisserie, garnie alentour d'une cantonnière et de franges à glands d'estame de plusieurs couleurs, se trouvait au chevet du lit, à l'opposite du côté où s'appuyait la tête de mon père. ———Mon oncle *Toby* s'y assit.

Avant qu'une affliction soit digérée,———les consolations viennent toujours trop tôt ;———et après qu'elle est digérée,—elles viennent trop tard : en sorte que, vous le voyez, madame, il n'existe, entre ces deux extrêmes, qu'un but, presque aussi fin qu'un cheveu, que puisse viser le consolateur : or, mon oncle *Toby* était toujours en deçà ou au-delà, et Il disait souvent qu'il croyait au fond du cœur pouvoir aussi aisément toucher la longitude[1] ; c'est pourquoi, quand il s'assit sur la chaise, il tira le rideau un peu en avant, et, ayant une larme au service de tout le monde,—il prit un mouchoir de batiste,———poussa un soupir étouffé, ———mais garda le silence.

CHAP. XXX.

———« *TOUT n'est pas gain qui entre dans la bourse.* »
———De façon que, bien que mon père eût le bonheur

d'avoir lu les livres les plus bizarres de l'univers, et qu'il eût, en outre, par lui-même, la plus bizarre manière de voir dont jamais homme ait été doué, ces avantages avaient pourtant après tout ce mauvais côté,———de l'exposer aux infortunes les plus bizarres et les plus originales ; et celle-là même qui l'accablait en ce moment en est l'exemple le plus frappant qu'on en puisse donner.

Sans doute, la fracture de la racine du nez d'un enfant par le tranchant d'une paire de forceps,——— quoique appliquée scientifiquement,———vexerait tout homme au monde qui aurait eu autant de peine à faire un enfant qu'en avait eue mon père,———cependant, cela n'explique pas l'extravagance de son affliction, ni ne justifie la manière antichrétienne dont il s'y abandonna et s'y livra.

Pour expliquer ceci, il faut que je le laisse sur son lit pendant une demi-heure,———et mon oncle *Toby* assis à côté de lui, sur sa vieille chaise à franges.

CHAP. XXXI.

———JE trouve que c'est une demande très déraisonnable,——— s'écria mon bisaïeul, en tordant le papier et le jetant sur la table.———D'après ce compte, madame, vous n'avez que deux mille livres de fortune, et pas un shilling de plus,———et vous prétendez, pour cela, avoir un douaire de trois cents livres par an.———

—« Parce que, » répliqua ma bisaïeule, « vous avez peu ou point de nez, monsieur. »———

Or, avant de m'aventurer à faire usage une seconde fois du mot *Nez*,———et pour éviter toute confusion dans ce qui sera dit à ce sujet, dans cette intéressante partie de mon histoire, il ne serait pas mal d'expliquer ma propre pensée, et de définir, avec toute l'exactitude et la précision possibles, ce que je voudrais bien qu'il fût compris que j'entends par ce terme : car je suis d'avis que c'est grâce à la négligence et à l'entêtement des écrivains à dédaigner cette précaution, et à nulle autre cause,———que tous les écrits polémiques en théologie ne sont ni aussi clairs ni aussi concluants que ceux sur le *Feu follet*, ou toute autre saine partie de la philosophie et de l'histoire naturelle ; pour y mettre ordre, qu'avez-vous à faire avant de vous mettre en route, à moins que vous n'entendiez vous alambiquer l'esprit jusqu'au jour du jugement dernier,———que de donner au monde une bonne définition du mot principal dont vous avez le plus besoin, et de vous y tenir, —en le changeant, monsieur, comme vous feriez d'une guinée, en petite monnaie ?—ceci fait,—que le Père de la confusion vous embarrasse, s'il le peut ; ou qu'il mette une idée différente dans votre tête ou dans celle de vos lecteurs, s'il sait comment faire.

Dans les livres de stricte morale et de raisonnement serré, comme celui que j'ai entrepris,—cette négligence est inexcusable ; et le Ciel m'est témoin que le monde s'est bien vengé sur moi d'avoir laissé tant de prétextes aux équivoques,——et d'avoir compté autant que j'ai fait, tout le temps, sur la pureté d'imagination de mes lecteurs.

————Voici deux sens, s'écria *Eugenius*, en se promenant avec moi et en posant l'index de sa main droite sur le mot *fente*, à la cent quatre-vingt quatrième page du second volume de ce livre des livres,——voici deux sens,——dit-il.——Et voici deux routes, répliquai-je, en me tournant brusquement vers lui,——une sale et une propre,——laquelle prendrons-nous?——La propre,—certainement, repartit *Eugenius*. *Eugenius*, dis-je, en passant devant lui et en posant ma main sur sa poitrine,——définir——c'est se méfier.——C'est ainsi que je triomphai d'*Eugenius*; mais je triomphai de lui, selon mon habitude, comme un sot.——C'est ma consolation, néanmoins, de ne pas être un sot entêté, c'est pourquoi,

Je définis un nez en ces termes,——en priant seulement à l'avance, et conjurant mes lecteurs, tant mâles que femelles, de quelque âge, complexion ou condition qu'ils soient, pour l'amour de Dieu et de leurs propres âmes, de se tenir en garde contre les tentations et suggestions du diable, et de ne pas souffrir que, par adresse ou fourberie, il leur mette dans l'esprit aucune autre idée que celle que je mets dans ma définition. ——Car, par le mot *Nez*, dans le cours de tout ce long chapitre des nez, et dans toute autre partie de mon ouvrage où le mot *Nez* se présentera,——je déclare que, par ce mot, j'entends un nez, rien de plus, rien de moins.

CHAP. XXXII.

——« PARCE que, » dit ma bisaïeule en répétant ses paroles,——« vous avez peu ou point de nez, monsieur »——

Sacrebleu ! s'écria mon bisaïeul en appliquant sa main sur son nez,—il n'est pas si petit qu'il en a l'air ; —il est d'un grand pouce plus long que celui de mon père.——Or le nez de mon bisaïeul était absolument pareil aux nez de tous les hommes, femmes et enfants que *Pantagruel* trouva habiter l'île d'ENNASIN[1].—— Soit dit en passant, si vous désirez connaître l'étrange mode de s'allier chez un peuple si camus,——il faut lire le livre ;—le découvrir vous-même, vous ne le pourriez jamais.——

——Il était fait, monsieur, comme un as de trèfle.

——Il est d'un grand pouce, continua mon bisaïeul, en pinçant la crête de mon nez entre le doigt et le pouce, et en répétant son assertion,——il est d'un grand pouce plus long, madame, que celui de mon père—. Vous voulez dire votre oncle, répliqua ma bisaïeule.

——Mon bisaïeul fut réduit au silence.—Il détordit le papier, et signa l'article.

CHAP. XXXIII.

——QUEL douaire exorbitant nous payons, mon cher, sur un aussi petit bien que le nôtre! dit ma grand'mère à mon grand-père.

Mon père, répliqua mon grand-père, n'avait pas plus de nez, ma chère, sauf la place, qu'il n'y en a sur le dos de ma main.——

——Or, il faut que vous sachiez que ma bisaïeule survécut douze ans à mon grand-père; de sorte que mon père eut à payer le douaire, cent cinquante livres tous les six mois——(à la *Saint-Michel* et à l'*Annonciation*)—pendant tout ce temps-là.

Personne ne s'acquittait de ces obligations pécuniaires de meilleure grâce que mon père.————Et tant qu'il ne s'agissait que des cent premières livres, il les jetait sur la table, guinée par guinée, avec ce geste vif d'honnête bon vouloir dont les âmes généreuses, et les âmes généreuses seules, sont capables en payant de l'argent : mais dès qu'il entamait les cinquante livres d'appoint,—il poussait généralement un bruyant *hum!* —frottait à loisir le côté de son nez avec le plat de son index,—passait avec précaution la main entre sa tête et la coiffe de sa perruque,—examinait les deux côtés de chaque guinée en s'en séparant,—et arrivait rarement à la fin des cinquante livres, sans tirer son mouchoir et s'essuyer les tempes.

Défends-moi, Ciel miséricordieux! contre ces esprits

persécuteurs qui se montrent implacables pour ces opérations mentales en nous.—Que jamais,—oh! jamais je ne couche sous les tentes de ceux qui ne peuvent relâcher l'écrou, ni ressentir de la pitié pour la force de l'éducation, et pour la prédominance des opinions transmises de longue date par les ancêtres!

Pendant trois générations au moins, ce *dogme* en faveur des grands nez avait graduellement pris racine dans notre famille.——La Tradition était tout entière pour lui, et l'Intérêt venait, chaque semestre, le fortifier; en sorte que l'originalité de la cervelle de mon père était loin d'en avoir tout l'honneur, comme elle l'avait de presque toutes ses autres idées étranges.— On pouvait dire, dans une grande mesure, qu'il avait sucé celle-ci avec le lait de sa mère. Mais il y avait pourtant sa bonne part.——Si l'éducation avait planté l'erreur (en cas que c'en fût une), mon père l'avait arrosée et amenée à parfaite maturité.

Il déclarait souvent, en émettant sa pensée sur ce sujet, qu'il ne concevait pas comment la plus grande famille de l'*Angleterre* avait pu tenir contre une succession ininterrompue de six ou sept nez camus.—Et pour la raison contraire, il ajoutait généralement que ce devait être un des plus grands problèmes de la vie civile, que le même nombre de longs et joyeux nez, se suivant l'un l'autre en ligne directe, sans s'élever et se hisser aux meilleures charges du royaume.——Il se vantait souvent que la famille *Shandy* occupa un très haut rang du temps du roi *Henri* VIII, et qu'elle ne dut son élévation à aucune intrigue politique,—disait-il,— mais à son nez seulement;——mais comme d'autres familles, ajoutait-il,—elle avait vu tourner la roue, et ne s'était jamais remise du coup que lui avait porté le nez de mon bisaïeul.——C'était en réalité un as de trèfle, s'écriait-il, en secouant la tête,——et aussi funeste à une famille infortunée qu'aucun qui ait jamais été retourné comme atout.

——Doucement, doucement, gentil lecteur!—— Où ton imagination t'emporte-t-elle?——Si la sincérité existe dans l'homme, par le nez de mon bisaïeul j'entends l'organe extérieur de l'odorat, ou cette partie de l'homme qui fait saillie sur son visage,—et que les peintres disent, dans les beaux et joyeux nez, et dans les figures bien proportionnées, devoir être d'un grand tiers,—en les mesurant de haut en bas à partir de la racine des cheveux.——

——Quelle existence que celle d'un auteur dans une pareille situation!

CHAP. XXXIV.

C'EST une singulière bénédiction, que la nature ait doué l'esprit de l'homme de cette même et heureuse répugnance et résistance, que l'on remarque chez les vieux chiens, à se laisser convaincre,——« qu'il faille apprendre de nouveaux tours. »

En quel volant le plus grand philosophe qui ait jamais existé ne se métamorphoserait-il pas tout d'un coup, s'il lisait des livres, observait des faits, et concevait des pensées qui le feraient éternellement changer de côté !

Or, mon père, comme je vous l'ai dit l'an dernier, détestait tout cela.—Il ramassait une opinion, monsieur, comme un homme dans l'état de nature ramasse une pomme.—Elle devient sienne,—et s'il est homme de courage, il perdrait plutôt la vie que de s'en dessaisir.——

Je me doute que *Didius*, le grand jurisconsulte, va contester ce point ; et me crier : D'où vient le droit de cet homme à cette pomme ? *ex confesso*[1], dira-t-il, ——les choses étaient dans l'état de nature.—La pomme[2] est autant celle de *Frank* que celle de *John*. Je vous prie, Mr. *Shandy*, quelle patente peut-il nous exhiber en sa faveur ? et quand cette pomme est-elle devenue sienne ? est-ce quand il a jeté dessus son dévolu ? ou quand il l'a cueillie ? ou quand il l'a croquée ? ou quand il l'a fait cuire ? ou quand il l'a pelée ? ou quand il l'a apportée chez lui ? ou quand il l'a digérée ?——ou quand il—— ?——. Car il est clair, monsieur, que si le premier acte de ramasser la pomme ne l'a pas rendue sienne,——aucun acte subséquent n'a pu le faire.

Frère *Didius*, répondra *Tribonien*[3],—(or la barbe de *Tribonien*, docteur en droit civil et en droit canon, étant de trois pouces et demi et trois huitièmes plus longue que celle de *Didius*,—je suis charmé qu'il rompe une lance pour moi, et je ne m'embarrasse plus de la réponse.)—Frère *Didius*, dire *Tribonien*, c'est un fait reconnu, comme vous pouvez le voir dans les fragments des codes de *Gregorius* et d'*Hermogène*, et dans tous les codes depuis ceux de *Justinien* jusqu'à ceux de *Louis* et *Des Eaux*[1],—Que la sueur du front d'un homme, et les exsudations de son cerveau, sont autant sa propriété que les culottes qu'il a au derrière ;——or, les dites exsudations, etc., étant tombées sur la dite pomme par suite de la peine de la trouver et de la ramasser, et étant, en outre, irrévocablement perdues et non moins irrévocablement annexées, par le ramasseur, à la chose ramassée, emportée au logis, cuite, pelée, mangée, digérée, etc. ;——il est évident que le cueilleur de la pomme, en ce faisant, a mélangé quelque chose qui était sien, avec la pomme qui n'était pas sienne, au moyen de quoi il a acquis une propriété ;— ou, en d'autres termes, la pomme est à *John*.

C'est par la même chaîne savante de raisonnements que mon père soutenait toutes ses opinions : il n'avait épargné aucunes peines pour les ramasser, et plus elles gisaient hors de la voie commune, plus il y avait de titres.——Nul mortel ne les réclamait : en outre, elles lui avaient coûté autant de mal à cuire et à digérer que dans le cas précité, en sorte qu'on pouvait dûment et véritablement affirmer qu'elles faisaient partie de ses biens et effets mobiliers.——Aussi y tenait-il ferme, des dents et des griffes,——et se jetait-il sur tout ce qu'il pouvait atteindre de la main,——en un mot, il les retranchait et les fortifiait par autant de circonvallations et de parapets que mon oncle *Toby* en aurait mis autour d'une citadelle.

Il y avait un maudit obstacle à cette manière d'agir, ——la rareté des matériaux nécessaires pour faire une défense quelconque en cas d'une vive attaque ; attendu que peu d'hommes d'un grand génie avaient exercé leurs facultés à écrire sur les grands nez : par le trot de mon cheval maigre, la chose est incroyable! et mon esprit demeure confondu, quand je considère quel trésor de temps et de talents précieux a été gaspillé sur de pires sujets,——et combien de millions de livres, dans toutes les langues et dans tous les caractères et reliures possibles, ont été fabriqués sur des points ne tendant pas autant de moitié à l'union et à la pacification du monde. Mon père, néanmoins, attachait le plus grand prix à ce qu'il pouvait s'en procurer; et, quoiqu'il plaisantât souvent de la bibliothèque de mon oncle *Toby*,——laquelle par parenthèse, était assez ridicule,——il rassemblait en même temps tous les livres et traités systématiquement écrits sur les nez, avec autant de soin que mon brave oncle *Toby* l'avait fait pour ceux d'architecture militaire.——Il est vrai qu'ils auraient tenu sur une bien plus petite table,—— mais ce n'était pas ta faute, mon cher oncle.——

Ici,——mais pourquoi ici,——plutôt que dans toute autre partie de mon histoire?——Je ne suis pas en état de le dire;——mais c'est ici——que mon cœur m'arrête pour te payer, mon cher oncle *Toby*, une fois pour toutes, le tribut que je dois à ta bonté.—Permets-moi ici de pousser ma chaise de côté et de m'agenouiller à terre, afin de donner cours au plus chaud sentiment d'amour pour toi, et de vénération pour ton excellent caractère, que jamais la vertu et la nature aient allumé dans le sein d'un neveu.——Que la paix et le contentement reposent éternellement sur ta tête!—Tu n'as envié le bien-être de personne,——ni insulté aux opinions de personne.——Tu n'as noirci la réputation de personne,——ni dévoré le pain de personne! Doucement, avec le fidèle *Trim* derrière toi, tu as trottiné dans le petit cercle de tes plaisirs, sans heurter aucune créature sur ton chemin;——pour les chagrins de chacun, tu as eu une larme,——pour les besoins de tout homme, tu as eu un shilling.

Tant que j'aurai de quoi payer un sarcleur,——le sentier qui va de la porte à ton boulingrin ne sera jamais couvert d'herbes.——Tant qu'il restera un tiers d'arpent de terre à la famille *Shandy*, tes fortifications, mon cher oncle *Toby*, ne seront jamais démolies.

CHAP. XXXV.

LA collection de mon père n'était pas grande, mais, en revanche, elle était curieuse; et, par conséquent, il avait mis quelque temps à la former; il avait eu, pourtant, la grande bonne fortune de bien débuter, en se procurant, presque pour rien, le prologue de *Bruscambille*[1] sur les grands nez,—car il n'avait payé *Bruscambille* que trois demi-couronnes; grâce encore à la violente envie que l'étalagiste avait vu que mon père avait de ce livre, à l'instant où il mit la main dessus. ——Il n'y a pas trois *Bruscambilles* dans la *Chrétienté*, ——dit l'étalagiste, excepté ceux qui sont enfermés sous clef dans les bibliothèques des curieux. Mon père lui jeta l'argent aussi vite que l'éclair,—mit *Bruscambille* dans son sein,——courut avec chez lui, de *Piccadilly* à *Coleman-Street*, comme il l'aurait fait avec un trésor, et sans retirer une seule fois sa main de dessus *Bruscambille* pendant toute la route.

Ceux qui ne savent point encore de quel genre est *Bruscambille*,——attendu qu'un prologue sur les grands nez peut être facilement fait par n'importe qui,——n'auront rien à objecter contre la comparaison,—si je dis que, lorsque mon père fut rentré chez lui, il se délecta avec *Bruscambille* comme, il y a dix à parier contre un, Votre Honneur s'est délecté avec sa première maîtresse[1],——c'est-à-dire du matin au soir ; ce qui, par parenthèse, tout délicieux que cela puisse être pour l'amoureux,—n'est que peu ou point divertissant du tout pour les spectateurs,—Faites attention que je ne pousse pas plus loin la comparaison,—mon père avait les yeux plus grands que le ventre,—le zèle plus grand que le savoir,——il se refroidit——ses affections se divisèrent,——il mit la main sur *Prignitz*,—acheta *Scroderus* (*Andrea*), *Paræus*, les *Sérées* de *Bouchet*, et leur maître à tous, le grand et savant *Hafen Slawkenbergius*[2], dont, ayant beaucoup à parler prochainement,——je ne dirai rien pour l'instant.

CHAP. XXXVI.

DE tous les traités que mon père prit la peine de se procurer et d'étudier à l'appui de son hypothèse, il n'y en eut pas un qui lui fît éprouver d'abord un plus cruel désappointement que le célèbre dialogue entre *Pamphagus* et *Coclès*[3], écrit par la chaise plume du grand et vénérable *Erasmus*, sur les divers usages et emplois convenables des grands nez.——Maintenant, ma chère fille, ne laissez pas Satan profiter, dans ce chapitre, du moindre monticule pour enfourcher votre imagination, si vous pouvez l'en empêcher de quelque façon que ce soit; ou, s'il est assez léger pour s'y glisser,—— permettez-moi de vous supplier, pareille à une pouliche indomptée, de *gambader*, de *cabrioler*, de *sauter*, de vous *cabrer*, de *bondir*,—et de *ruer*, *avec de longues et de lourdes ruades*, jusqu'à ce que, comme la jument de *Tickletoby*, vous cassiez une courroie ou la croupière, et jetiez Son Honneur dans la boue.———Inutile de le tuer.——

——Mais, je vous prie, qu'était-ce que la jument de *Tappecoue*[1]?—C'est là une question aussi déshonorante et aussi illettrée, monsieur, que de demander en quelle année (*ab. urb. con.*) éclata la seconde guerre punique[2].—Qu'était-ce que la jument de *Tappecoue*?— Lisez, lisez, lisez, lisez, mon ignorant lecteur! lisez[3], —ou, par le savoir du grand saint *Paraleipomenon*[4] —je vous déclare d'avance que vous feriez mieux de jeter là le livre une bonne fois; car, sans *beaucoup de lecture*, par quoi Votre Révérence sait que j'entends *beaucoup de savoir*, vous ne serez pas plus capable de pénétrer la moralité de la page marbrée[5] suivante (emblème bigarré de mon ouvrage!) que le monde avec toute sa sagacité n'a été capable de découvrir les nombreuses opinions, faits et vérités qui demeurent encore mystiquement cachés sous le sombre voile de la page noire.

CHAP. XXXVI [347]

[348]   VOLUME III

CHAP. XXXVII.

« *NIHIL me pœnitet hujus nasi,* » dit *Pamphagus*;—c'est-à-dire :——« Mon nez m'a fait ce que je suis. »——« *Nec est cur pœniteat*[1], » répondit *Coclès*; c'est-à-dire : « Comment diable un tel nez pourrait-il faillir ? »

La doctrine, vous le voyez, avait été posée par *Érasme*, comme le souhaitait mon père, avec la plus extrême simplicité; mais le désappointement de mon père fut de ne trouver d'une plume si habile que le simple fait lui-même, sans rien de cette subtilité spéculative ou de cette ambidextérité d'argumentation, que le ciel a donnée à l'homme pour chercher la vérité et combattre pour elle de tous les côtés.——Bah! fi donc! fit d'abord terriblement mon père,—il fait bon d'avoir un grand nom. Mais comme le dialogue était d'*Érasme*, mon père se remit bientôt, et le relut et relut avec une grande application, étudiant chaque mot et chaque syllabe, d'un bout à l'autre, dans leur plus stricte et littérale interprétation,—il n'en put rien tirer de cette manière. Peut-être cela veut-il dire plus que cela ne dit, reprit mon père.—Les savants, frère *Toby*, n'écrivent pas des dialogues sur les longs nez pour rien.——J'en étudierai le sens mystique et allégorique,—il y a là place pour un homme pour s'y retourner, frère.

Mon père continua à lire.——

Or, je trouve nécessaire d'informer Vos Révérences et Vos Honneurs, qu'outre les nombreux usages nautiques des longs nez énumérés par *Érasme*, le dialogiste affirme qu'un long nez n'est pas non plus sans utilité domestique ; attendu qu'en cas de malheur,—et faute de soufflet, il servira parfaitement bien *ad excitandum focum* (pour activer le feu).

La nature avait été prodigue de ses dons envers mon père outre mesure, et elle avait semé en lui aussi profondément les germes de la critique des mots que ceux de toute autre science,—en sorte qu'il avait tiré son canif et faisait des expériences sur la phrase pour voir s'il ne pourrait pas, à force de gratter, lui trouver un meilleur sens.—Il s'en faut d'une lettre, frère *Toby*, s'écria mon père, que je ne tienne le sens mystique d'*Érasme*.—Vous en êtes assez près, frère, en conscience, repartit mon oncle.———Bah ! s'écria mon père, continuant à gratter,—autant vaudrait en être à sept milles.—J'y suis,——dit mon père, en claquant des doigts.—Voyez, mon cher frère *Toby*, comment j'ai rectifié le sens.—Mais vous avez estropié un mot, répliqua mon oncle *Toby*.—Mon père mit ses lunettes, —se mordit la lèvre,—et déchira la page de colère.

CHAP. XXXVIII.

Ô *Slawkenbergius* ! toi, le fidèle analyseur de mes *Disgrazias*[1],——toi, le triste prophète de tant de coups de fouet et de brusques vicissitudes qui à tel ou tel relais de ma vie sont venus me souffleter à cause de l'exiguïté de mon nez, et non pour aucun autre motif que je sache.———Dis-moi, *Slawkenbergius*! quelle secrète impulsion était-ce ? quelle intonation de voix ? d'où venait-elle ? comment résonna-t-elle à tes oreilles ? —es-tu sûr de l'avoir entendue ?—qui te cria la première :—va,—va, *Slawkenbergius*! consacres-y les travaux de ta vie,———néglige tes amusements,—évoque toutes les puissances et facultés de ta nature,——— macère-toi au service des hommes, et écris pour eux un grand IN-FOLIO sur le sujet de leurs nez.

Comment la communication s'en fit au sensorium de *Slawkenbergius,*———de façon que *Slawkenbergius* sut quel doigt frappa la touche,———et quelle main fit aller le soufflet,—comme *Hafen Slawkenbergius* est mort et déposé dans sa tombe depuis plus de quatre-vingt-dix ans,———nous ne pouvons que faire là-dessus des conjectures.

On joua de *Slawkenbergius*, autant que j'en sache, comme d'un des disciples de *Whitefield*[1],———c'est-à-dire, monsieur, avec une assez nette intelligence de celui des deux *maîtres* qui avait pratiqué son *instrument*,———pour rendre inutile tout raisonnement sur ce sujet.

———Car dans le compte que *Hafen Slawkenbergius* rend au monde de ses motifs et raisons d'écrire, et de sacrifier tant d'années de sa vie à ce seul ouvrage— vers la fin de son prolégomène, lequel, par parenthèse, aurait dû venir en premier,———mais le relieur l'a fort injudicieusement placé entre l'index analytique du livre et le livre lui-même,———il informe son lecteur que, depuis qu'il est arrivé à l'âge de discernement, et qu'il a été en état de se mettre froidement à considérer en lui-même l'état et la condition véritables de l'homme, et à distinguer le principal but et objet de son existence;——ou,——pour abréger ma traduction, car le livre de *Slawkenbergius* est en *latin*, et n'est pas peu prolixe en cet endroit,——depuis, dit *Slawkenbergius*, que j'ai compris quelque chose,——ou plutôt *ce qui était bon*,——et que j'ai pu m'apercevoir que la question des longs nez avait été trop négligemment maniée par tous mes prédécesseurs;——moi, *Slawkenbergius*, j'ai senti une forte impulsion, et au dedans de moi un appel puissant et irrésistible à ceindre mes reins pour cette entreprise.

Et pour rendre justice à *Slawkenbergius*, il est entré dans la lice avec une plus forte lance, et il y a fourni une bien plus longue carrière qu'aucun de ceux qui y étaient entrés avant lui,——et vraiment, à beaucoup d'égards, il mérite d'être *enniché* comme un prototype sur lequel tous les écrivains, au moins ceux d'ouvrages volumineux, doivent modeler leurs livres,——car il a, monsieur, embrassé le sujet tout entier,——il en a examiné chaque partie *dialectiquement*,——puis il l'a mis en plein jour, en l'éclaircissant de toute la lumière que la collision de ses facultés naturelles pouvait y faire jaillir,——ou que la plus profonde connaissance des sciences le mettait à même d'y jeter,——comparant, colligeant et compilant,—quêtant, empruntant et pillant, sur sa route, tout ce qui avait été écrit et débattu là-dessus dans les écoles et portiques des savants : si bien que le livre de *Slawkenbergius* peut être proprement considéré non seulement comme un modèle, ——mais comme un DIGESTE complet et de véritables

Institutes[1] des *nez* ; comprenant tout ce qu'il est ou peut être nécessaire de savoir sur eux.

C'est pourquoi je m'abstiens de parler de tant de livres et traités (autrement) précieux de la collection de mon père, écrits soit en plein sur les nez,—ou y touchant incidemment ;——tel par exemple que *Prignitz*, actuellement placé devant moi sur la table, et qui, avec un savoir infini, et après le plus candide et le plus scientifique examen de plus de quatre mille crânes différents, dans plus de vingt charniers de la *Silésie*[2], fouillés par lui,—nous a informés que la mesure et la configuration des parties osseuses des nez humains, dans n'importe quelle contrée donnée, excepté la *Crimée*, où ils sont tous écrasés avec le pouce, en sorte qu'on ne peut former sur eux aucun jugement[3],—— sont beaucoup plus semblables que le monde ne l'imagine ;——la différence entre eux étant, dit-il, une pure bagatelle qui ne vaut pas la peine d'être remarquée,——mais que la taille et la gaillardise de chaque nez individuel, et ce par quoi un nez s'élève au-dessus d'un autre, et acquiert un plus grand prix, sont dus à ses parties cartilagineuses et musculaires, dans les conduits et sinus desquelles le sang et les esprits animaux étant poussés et chassés par la chaleur et la force de l'imagination, qui n'en est qu'à un pas (sauf le cas des idiots que *Prignitz*, qui avait vécu nombre d'années en *Turquie*, suppose placés sous la tutelle plus immédiate du ciel)——il arrive et doit toujours arriver, dit *Prignitz*, que la supériorité du nez est en proportion arithmétique directe de la supériorité de l'imagination de son porteur.

C'est pour la même raison, c'est-à-dire, parce que tout cela est compris dans *Slawkenbergius*, que je ne dis rien non plus de *Scroderus* (*Andrea*), qui, tout le monde le sait, se mit à attaquer *Prignitz* avec une grande violence,——en prouvant à sa manière, d'abord *logiquement*, et puis par une série de faits inflexibles, « que *Prignitz* était si loin de la vérité en affirmant que l'imagination engendrait le nez, qu'au contraire,—c'était le nez qui engendrait l'imagination. »

—Les savants soupçonnèrent ici *Scroderus* d'un indécent sophisme,——et *Prignitz* s'écria, dans la discussion, que *Scroderus* l'avait traîtreusement affublé de cette idée,—mais *Scroderus* continua de maintenir sa thèse.——

Mon père pesait justement en lui-même de quel côté il se rangerait dans cette affaire, lorsque *Ambroise Paré* la décida en un moment, et, en culbutant les systèmes et de *Prignitz* et de *Scroderus*, renvoya d'un seul coup mon père aussi loin de l'un que de l'autre[1].

Soyez témoin——

Je n'apprends rien au savant lecteur,—en le disant ; je ne le mentionne que pour montrer aux savants que je connais le fait moi-même.——

Que cet *Ambroise Paré* était le chirurgien en chef et le raccommodeur de nez de *Charles* IX de *France*, et fort en crédit auprès de lui et des deux rois précédents ou suivants (je ne sais lequel)—et qu'excepté la méprise qu'il commit dans son histoire des nez de *Taliacotius*, et dans sa manière de les poser,———il fut considéré, par le collège entier des médecins de ce temps, comme se connaissant mieux en fait de nez qu'aucun de ceux qui y avaient jamais mis la main.

Or, *Ambroise Paré* convainquit mon père que la vraie cause efficiente de ce qui avait si fort engagé l'attention du monde, et de ce sur quoi *Prignitz* et *Scroderus* avaient gaspillé tant de savoir et de belles facultés,—n'était rien de tout cela,——mais que la longueur et la bonne qualité du nez étaient dues simplement à la mollesse et à la flaccidité de la gorge de la nourrice,———comme l'aplatissement et la petitesse des nez *camus* l'étaient à la fermeté et à la répulsion élastique du même organe de nutrition dans les sujets robustes et bien portants,—ce qui, quoique heureux pour la femme, était la ruine de l'enfant, attendu que son nez était si rabroué, si repoussé, si comprimé et si réfrigéré par là qu'il n'arrivait jamais *ad mensuram suam legitimam*[1] ;———mais que dans le cas de flaccidité et de mollesse de la gorge de la nourrice ou de la mère, le nez,—en s'y enfonçant, dit *Paré*, comme dans du beurre, était fortifié, nourri, engraissé, rafraîchi, restauré, et en voie perpétuelle de croissance.

Je n'ai que deux observations à faire sur *Paré*; premièrement, c'est qu'il prouve et explique tout ceci avec la plus extrême chasteté et décence d'expression :—ce pourquoi, puisse son âme reposer éternellement en paix !

Et deuxièmement, c'est qu'outre les systèmes de *Prignitz* et de *Scroderus* qu'elle ruina complètement,— l'hypothèse d'*Ambroise Paré* renversa en même temps le système de paix et d'harmonie de notre famille; et que, pendant trois jours de suite, elle brouilla non seulement les cartes entre mon père et ma mère, mais retourna aussi sens dessus dessous toute la maison et tout ce qui s'y trouvait, à l'exception de mon oncle *Toby*.

Jamais assurément, dans aucun siècle ni dans aucun pays, récit aussi ridicule d'une dispute entre un homme et sa femme, n'a passé par le trou de la serrure d'une porte de rue.

Ma mère, il faut que vous le sachiez,——mais j'ai cinquante choses plus nécessaires à vous apprendre d'abord,—j'ai cent difficultés que j'ai promis d'éclaircir, et mille infortunes et mésaventures domestiques qui s'accumulent sur moi dru et menu, à la file l'une de l'autre,——une vache a fait irruption (demain matin) dans les fortifications de mon oncle *Toby*, et a dévoré deux rations et demie d'herbe sèche, en arrachant, avec, les mottes de terre qui formaient le revêtement de son ouvrage à cornes et de son chemin couvert.—*Trim* insiste pour passer devant un conseil de guerre,—la vache à fusiller,—*Slop* à *crucifier*,—moi-même à *tristramiser* et à martyriser dès mon baptême;——pauvres malheureux diables que nous sommes tous!—j'ai besoin d'être emmaillotté,——mais je n'ai pas de temps à perdre en exclamations.——J'ai laissé mon père étendu au travers de son lit, et mon oncle *Toby* assis à côté de lui sur sa vieille chaise à franges, et j'ai promis de revenir à eux dans une demi-heure; et voilà déjà trente-cinq minutes d'écoulées.——De toutes les perplexités où jamais ait été vu un auteur mortel,——celle-ci est certainement la plus grande, car j'ai à finir, monsieur, l'in-folio de *Hafen Slawkenbergius*——à rapporter un dialogue entre mon père et mon oncle *Toby* sur la solution de *Prignitz, Scroderus, Ambroise Paré, Ponocrates* et *Grandgousier*[1],—à traduire un conte de *Slawkenbergius*, et tout cela en cinq minutes de moins que pas de temps du tout;—quelle tête!—plût au ciel que mes ennemis en vissent seulement l'intérieur!

CHAP. XXXIX.

IL n'y avait pas dans notre famille de scène plus amusante,——et pour lui rendre justice sur ce point; ——j'ôte ici mon bonnet et je le pose sur la table, tout près de mon écritoire, afin de rendre plus solennelle ma déclaration au monde sur cet article,——que je crois dans mon âme (à moins que mon amour et ma partialité pour mon entendement ne m'aveuglent) que la main de l'Auteur suprême et premier Architecte de toutes choses n'a jamais fait ou réuni de famille (du moins dans la période dont je me suis mis à écrire l'histoire)——dont les caractères aient été tracés ou combinés pour cette fin avec un bonheur aussi dramatique que les nôtres; ou à laquelle la faculté de présenter des scènes aussi exquises, et le pouvoir de les changer perpétuellement du matin au soir, aient été conférés et réunis avec une confiance aussi illimitée qu'à la FAMILLE SHANDY.

Aucune de ces scènes de notre fantasque théâtre n'était plus divertissante, dis-je,—que celle qu'occasionnait fréquemment ce chapitre même des longs nez, ——principalement quand l'imagination de mon père était échauffée par ses recherches, et que rien ne pouvait le satisfaire que d'échauffer également celle de mon oncle *Toby*.

Mon oncle *Toby* donnait à mon père le plus beau jeu possible dans ces tentatives ; et avec une patience infinie, il restait assis des heures entières à fumer sa pipe, tandis que mon père s'exerçait sur sa tête, et en sondait toutes les avenues accessibles pour y faire pénétrer les solutions de *Prignitz* et de *Scroderus*.

Si elles étaient au-dessus de la raison de mon oncle *Toby*,——ou si elles y étaient contraires,——ou si sa cervelle était comme de l'amadou *humide*, qu'aucune étincelle ne saurait embraser,——ou si elle était trop pleine de sapes, de mines, de blindes, de courtines, ou autres obstacles militaires à ce qu'il vît clair dans les doctrines de *Prignitz* et de *Scroderus*,—je ne le dirai pas,—que les savants—les marmitons, les anatomistes et les ingénieurs se battent là-dessus entre eux.——

C'était un malheur, je n'en fais aucun doute, dans cette affaire, que mon père eût à en traduire chaque mot, au profit de mon oncle *Toby*, du *latin* de *Slawkenbergius*, qu'il ne possédait pas parfaitement ; aussi sa traduction n'était-elle pas toujours des plus pures,— et l'était-elle généralement le moins là où elle aurait dû l'être le plus,—ceci ouvrit naturellement une porte à un second malheur ;——c'est que dans les plus chauds paroxysmes de son zèle à dessiller les yeux de mon oncle *Toby*——les idées de mon père devançaient d'autant plus en courant la traduction, que la traduction surexcitait davantage celles de mon oncle *Toby*;——ce qui, d'un côté ou de l'autre, n'ajoutait guère à la clarté de la leçon de mon père.

CHAP. XL.

LE don de ratiocination et de faire des syllogismes,— j'entends chez l'homme,—car dans les classes supérieures des êtres, tels que les anges et les esprits,—cela se fait, me dit-on, et n'en déplaise à Vos Honneurs, par INTUITION ;—quant aux êtres inférieurs, comme Vos Honneurs le savent tous,——ils syllogisent par le nez[1] ; quoiqu'il y ait une île nageant dans la mer (mais pas tout à fait à son aise) dont les habitants, si mes renseignements ne me trompent pas, sont si merveilleusement doués, qu'ils syllogisent de la même façon, et souvent aussi s'en trouvent très bien :——mais ce n'est pas de cela qu'il s'agit——

Le don de syllogiser comme il faudrait parmi nous, —ou le grand et principal acte de la ratiocination chez l'homme, à ce que nous disent les logiciens, est de trouver la concordance ou la discordance de deux idées entre elles, par l'intervention d'une troisième (appelée le *medius terminus*[2]) ; tout juste comme un homme, ainsi que l'observe fort bien *Locke*, s'assure, au moyen d'une aune, que deux rangées de quilles sont de même longueur, alors qu'on ne pourrait les assembler, pour en mesurer l'égalité par *juxtaposition*[3].

Si le même grand raisonneur, quand mon père expliquait ses systèmes des nez, eût regardé et observé le maintien de mon oncle *Toby*,—quelle grande attention il prêtait à chaque parole,—et, toutes les fois qu'il ôtait sa pipe de sa bouche, avec quel admirable sérieux il en contemplait la longueur,—l'examinant en travers pendant qu'il la tenait entre l'index et le pouce,—puis de face,—puis de ce côté-ci, puis de celui-là, dans tous les sens et raccourcis possibles,——il en aurait conclu que mon oncle *Toby* tenait le *medius terminus*; et qu'il syllogisait et mesurait avec la vérité de chaque hypothèse des grands nez, dans l'ordre où mon père les plaçait devant lui. Ceci, par parenthèse, était plus que n'en demandait mon père,—dont le but, dans toute la peine qu'il se donnait dans ces leçons philosophiques,— était de mettre mon oncle *Toby* à même, non de *discuter*,——mais de *comprendre*——de *contenir* les grains et scrupules du savoir,—non de les peser.—Mon oncle *Toby*, comme vous le verrez dans le prochain chapitre, ne fit ni l'un ni l'autre.

CHAP. XLI.

C'EST une pitié, s'écria mon père, un soir d'hiver, après trois heures de traduction pénible de *Slawkenbergius*,—c'est une pitié, s'écria mon père, en mettant, tout en parlant, comme un signet dans le livre le papier à fil[1] de ma mère——que la vérité, frère *Toby*, s'enferme dans des forteresses si imprenables, et qu'elle soit assez obstinée pour ne pas se rendre quelquefois après le siège le plus rigoureux.——

Or il arriva alors, comme cela était au reste déjà arrivé souvent, que l'imagination de mon oncle *Toby*, pendant que mon père lui expliquait *Prignitz*,—— n'ayant rien qui la retînt là, avait fait une courte fugue vers le boulingrin ;——son corps aurait aussi bien pu y faire un tour également,——de sorte qu'avec toute l'apparence d'un profond savant appliqué au *medius terminus*,——mon oncle *Toby* était en fait aussi étranger à la leçon entière, et à tous ses pour et contre, que si mon père eût traduit *Hafen Slawkenbergius* du *latin* en langue *Cherokee*. Mais le mot *siège*, dans la métaphore de mon père, ayant, comme un talisman, ramené l'imagination de mon oncle *Toby*, aussi vite que la note suit la touche,—il ouvrit les oreilles,—et mon père, remarquant qu'il ôtait sa pipe de sa bouche, et qu'il rapprochait sa chaise de la table,—comme avec le désir de profiter, mon père recommença sa phrase avec grand plaisir,——en en changeant seulement l'ordonnance, et en laissant de côté la métaphore du siège, afin de se préserver de certains dangers qu'il en appréhendait.

C'est une pitié, dit mon père, que la vérité ne puisse être que d'un seul côté, frère *Toby*,—quand on considère quelle ingénuité ces doctes hommes ont tous montrée dans leurs solutions des nez.——Est-ce que les nez peuvent être dissous ? repartit mon oncle *Toby*.

——Mon père repoussa sa chaise,——se leva,—— mit son chapeau,—fit quatre grandes enjambées vers la porte,—l'ouvrit avec violence,—passa la tête à moitié dehors,—la referma,—sans faire aucune attention aux mauvais gonds,—revint à la table,—arracha le papier à fil de ma mère du livre de *Slawkenbergius*,—courut en hâte à son bureau,—en revint lentement,—tortilla le papier à fil de ma mère autour de son pouce,—déboutonna son gilet,——jeta dans le feu le papier à fil de ma mère,—mordit sa pelote de satin pliée en deux, —se remplit la bouche de son,—la maudit ;—mais remarquez !—la malédiction était dirigée contre la cervelle de mon oncle *Toby*,——qui était déjà assez troublée,——l'imprécation ne sortit que chargée de son,—et le son, n'en déplaise à Vos Honneurs,— n'était que ce que la poudre est à la balle.

Il était heureux que les colères de mon père ne durassent pas longtemps ; car tant qu'elles duraient, elles lui donnaient de l'occupation ; et c'est un des problèmes les plus inexplicables que j'aie jamais rencontrés dans mes observations sur la nature humaine, que rien ne fît plus voir la fougue de mon père, ou éclater sa colère comme la poudre, que les coups inattendus que recevait sa science de l'originale simplicité des questions de mon oncle *Toby*.——Quand dix douzaines de frelons l'auraient tous piqué à la fois par derrière, en autant de places différentes,—il n'aurait pas pu exercer plus de fonctions machinales en moins de secondes,—ou bondir à moitié autant, qu'à une simple *question* de trois mots tombant mal à propos en plein sur lui au milieu de sa carrière dadaïque.

C'était tout un pour mon oncle *Toby*,—qui continuait à fumer sa pipe avec une tranquillité imperturbable,—son cœur n'avait jamais l'intention d'offenser son frère,—et comme sa tête pouvait rarement découvrir où gisait l'aiguillon,——il laissait toujours à mon père le soin de se calmer lui-même.——Il n'y parvint, cette fois, qu'au bout de cinq minutes et trente-cinq secondes.

Par tout ce qu'il y a de bon! dit mon père, en jurant, lorsqu'il revint à lui, et en empruntant son juron au digeste de malédictions d'*Ernulphus*,—(quoique, pour rendre justice à mon père, ce fût une faute que, comme il l'avait dit au docteur *Slop* dans l'affaire d'*Ernulphus*, il commettait aussi rarement qu'homme sur terre). ——Par tout ce qu'il y a de bon et de grand! frère *Toby*, dit mon père, n'était l'aide de la philosophie, qui nous favorise tant,—vous feriez perdre toute patience à un homme.—Eh! par les *solutions* des nez dont je vous parlais, j'entendais, comme vous l'auriez compris si vous m'aviez accordé un grain d'attention, les comptes divers que des hommes versés dans différentes espèces de connaissances ont rendus au monde des causes des nez courts et longs.—Il n'y a qu'une seule cause, répliqua mon oncle *Toby*,—pourquoi le nez d'un homme est-il plus long que celui d'un autre, si ce n'est parce que Dieu l'a voulu ainsi.—C'est la solution de *Grandgousier*, dit mon père.—C'est lui, continua mon oncle *Toby*, les yeux au ciel, et sans avoir égard à l'interruption de mon père, qui nous fait tous, et nous fabrique, et nous combine dans les formes et proportions et pour les fins qui sont agréables à sa sagesse infinie.——C'est là un pieux conte, s'écria mon père, mais non philosophique,—il y a dedans plus de religion que de vraie science. Ce n'était pas une inconséquence dans le caractère de mon oncle *Toby*,

——de craindre Dieu et de respecter la religion.——
Aussi, dès que mon père eut fini sa remarque,—mon oncle *Toby* se mit à siffler le *Lillibullero* avec plus de zèle (quoique plus faux) qu'à l'ordinaire.——

Qu'est devenu le papier à fil de ma femme ?

CHAP. XLII.

N'IMPORTE,——comme accessoire de la couture, le papier à fil pouvait avoir quelque importance pour ma mère,—mais il n'en avait aucune pour mon père, comme signet dans *Slawkenbergius*. *Slawkenbergius*, à chaque page, était pour mon père un riche trésor d'inépuisable savoir,—il ne pouvait pas l'ouvrir à faux, et il disait souvent, en fermant le livre, que si tous les arts et toutes les sciences du monde, ainsi que tous les livres qui en traitent, étaient perdus,——si la sagesse et la politique des gouvernements, disait-il, venaient, faute de pratique, à être oubliées, ainsi que tout ce que les hommes d'État avaient écrit ou fait écrire sur le fort et la faible des cours et des royaumes,—et que *Slawkenbergius* restât seul,—ce serait assez de lui, en conscience, disait-il, pour remettre le monde en mouvement[1]. C'était donc un vrai trésor ! un code de tout ce qu'il était nécessaire de savoir sur les nez et sur toute autre chose,——à *matines*, à midi, et à vêpres, *Hafen Slawkenbergius* était sa récréation et ses délices : il l'avait toujours à la main,—vous auriez juré, monsieur, que c'était un bréviaire,—tant il était usé, luisant, froissé et maculé par les doigts et les pouces dans toutes ses parties, d'un bout jusqu'à l'autre.

Je ne suis pas aussi bigot que mon père, à l'endroit de *Slawkenbergius*;—il y a du fond chez lui, sans aucun doute; mais, à mon avis, la meilleure, je ne dis pas la plus profitable, mais la plus amusante partie de *Hafen Slawkenbergius*, ce sont ses contes,———et, attendu qu'il était *Allemand*, beaucoup d'entre eux ne manquent pas d'imagination :———ils composent son second livre, qui occupe près de la moitié de son in-folio, et ils sont compris en dix décades, contenant chacune dix contes. ———La philosophie n'est pas bâtie sur des contes; et par conséquent *Slawkenbergius* a eu certainement tort de les lancer dans le monde sous ce nom;—il y en a quelques-uns dans ses huitième, neuvième et dixième décades, qui, j'en conviens, semblent plutôt badins et folâtres que spéculatifs,—mais, en général, ils doivent être regardés par les savants comme un détail d'autant de faits indépendants, tournant toujours, de façon ou d'autre, sur les gonds principaux de son sujet, et rassemblés par lui avec une grande fidélité, et ajoutés à son ouvrage comme autant d'éclaircissements des doctrines des nez.

Comme nous avons passablement de loisir devant nous,—si vous le permettez, madame, je vais vous conter le neuvième conte de sa dixième décade.

Fin du Troisième Volume.

LA
VIE
ET LES
OPINIONS
DE
TRISTRAM SHANDY,
Gentleman.

Multitudinis imperitæ non formido judicia; meis tamen, rogo, parcant opusculis——in quibus fuit propositi semper, a jocis ad seria, a seriis vicissim ad jocos transire.

JOAN SARESBERIEENSIS,
Episcopus Lugdum[1].

VOL. IV.

SLAWKENBERGII.
Fabella*.

VESPERA quâdam frigidulâ, posteriori in parte mensis Augusti, *peregrinus, mulo fusco colore incidens, manticâ a tergo, apucis indusis, binis calceis, braccisque sericis coccineis repletâ* Argentoratum *ingressus est.*

Militi eum percontanti, quum portus intraret, dixit, se apud Nasorum promontorium fuisse, Francofortum proficisci, et Argentoratum, transitu ad fines Sarmatiæ mensis intervallo, reversurum.

Miles peregrini in faciem suspexit—Di boni, nova forma nasi!

At multum mihi profuit, inquit peregrinus, carpum amento extrahens, e quo pependit acinaces : Loculo manum inseruit; & magnâ cum urbanitate, pilei parte anteriore tactâ manu sinistrâ, ut extendit dextram, militi florinum dedit et processit.

Dolet mihi, ait miles, tympanistam nanum et valgum alloquens, virum adeo urbanum vaginam perdidisse; iti-

---

* Comme *Hafen Slawkenbergius de Nasis* est extrêmement rare, il sera peut-être agréable au lecteur de voir un échantillon de quelques pages de l'original; je ne ferai dessus aucune réflexion, si ce n'est que son style comme conteur est beaucoup plus concis que comme philosophe—et qu'il est, je pense, d'une meilleure latinité.

Conte de SLAWKENBERGIUS.

CE fut par une fraîche soirée, au déclin d'une journée très étouffante de la fin du mois d'*août*, qu'un étranger, monté sur un mulet brun, avec une petite valise derrière lui, contenant quelques chemises, une paire de souliers, et une culotte de satin cramoisi, entra dans la ville de *Strasbourg*[1].

Il dit à la sentinelle qui le questionna lorsqu'il se présenta à la porte, qu'il avait été au Promontoire des Nez—qu'il allait à *Francfort*—et qu'il repasserait à *Strasbourg* dans un mois, jour pour jour, en se rendant aux frontières de la *Crimée*.

La sentinelle regarda l'étranger à la face—il n'avait jamais vu un pareil nez de sa vie !

—J'en ai tiré un très bon parti, dit l'étranger—là-dessus, retirant son poignet d'un ruban noir d'où pendait un court cimeterre : Il fourra sa main dans sa poche, et touchant avec une grande politesse le devant de son bonnet de sa main gauche, tandis qu'il étendait la droite—il mit un florin dans celle de la sentinelle et passa.

Il me peine, dit la sentinelle, parlant à un petit nabot de tambour bancroche, qu'un homme aussi poli ait *nerari haud poterit nudâ acinaci, neque vaginam toto Argentorato, habilem inveniet.—Nullam unquam habui, respondit peregrinus respiciens,—seque comiter inclinans—hoc more gesto, nudam acinacem elevans, mulo lentò progrediente, ut nasum tueri possim.*

Non immerito, benigne peregrine, respondit miles.

Nihili æstimo, ait ille tympanista, e pergamenâ factitius est.

Prout christianus sum, inquit miles, nasus ille, ni sexties major sit, meo esset conformis.

Crepitare audivi, ait tympanista.

Mehercule! sanguinem emisit, respondit miles.

Miseret me, inquit tympanista, qui non ambo tetigimus!

Eodem temporis puncto, quo hæc res argumentata fuit inter militem et tympanistam, disceptabatur ibidem tubicine & uxore suâ, qui tunc accesserunt, et peregrino prætereunte, restiterunt.

Quantus nasus! æque longus est, ait rubicina, ac tuba.

perdu son fourreau—il ne peut voyager sans, et il lui sera impossible d'en trouver un qui aille à son cimeterre, dans tout *Strasbourg*.———Je n'en ai jamais eu, répliqua l'étranger en se retournant vers la sentinelle, et en portant la main à son bonnet———Je le porte ainsi, continua-t-il,—en levant son cimeterre nu, pendant que son mulet continuait à avancer lentement, afin de défendre mon nez.

Il en vaut bien la peine, aimable étranger, répliqua la sentinelle.

—Il ne vaut pas un liard, dit le tambour bancroche—c'est un nez de parchemin.

Aussi vrai que je suis bon catholique—et sauf qu'il est six fois plus gros—c'est un nez comme le mien, dit la sentinelle.

—Je l'ai entendu craquer, dit le tambour.

Tonnerre! dit la sentinelle, je l'ai vu saigner.

Quel malheur que nous ne l'ayons pas touché! s'écria le tambour bancroche.

Au moment même où cette dispute avait lieu entre la sentinelle et le tambour—la même question se débattait entre un trompette et sa femme qui arrivaient et s'étaient arrêtés pour voir passer l'étranger.

Benedicité!———Quel nez! dit la femme du trompette; il est aussi long qu'une trompette.

Et ex eodem metallo, ait tubicen, velut sternutamento audias.

Tantum abest, respondit illa, quod fistulam dulcedine vincit.

Æneus est, ait tubicen.

Nequaquam, respondit uxor.

Rursum affirmo, ait tubicen, quod æneus est.

Rem penitus explorabo; prius, enim digito tangam, ait uxor, quam dormivero.

Mulus peregrini, gradu lento progressus est, ut unumquodque verbum controversiæ, non tantum inter militem et tympanistam, verum etiam inter tubicinem et uxorem ejus, audiret.

Nequaquam, ait ille, in muli collum fræna demittens, & manibus ambabus in pectus positis (mulo lentè progrediente), nequaquam ait ille, respiciens, non necesse est ut res isthæc dilucidata foret. Minime gentium! Meus nasus nunquam tangetur, dum spiritus hos reget artus—ad quid agendum? ait uxor burgomagistri.

Et de même métal, dit le trompette, comme te le prouve son éternuement.

—Il est aussi doux qu'une flûte, dit-elle.

—C'est du cuivre, dit la trompette.

—C'est un bout de boudin—dit sa femme.

Je te répète, dit la trompette, que c'est un nez de cuivre.

J'en aurai le cœur net, dit la femme du trompette, car je le toucherai du doigt avant de me coucher.

Le mulet de l'étranger avançait si lentement, qu'il entendit chaque mot de la dispute, non seulement de la sentinelle et du tambour ; mais du trompette et de sa femme.

Non ! dit-il, laissant tomber ses rênes sur le cou de son mulet, et croisant ses deux mains sur sa poitrine, dans une attitude de saint (sa mule continuant d'aller doucement) Non ! dit-il, les yeux au ciel,—je ne suis pas assez redevable au monde—calomnié et désappointé comme je l'ai été———pour lui donner cette conviction—non ! dit-il, mon nez ne sera jamais touché, tant que le ciel me donnera la force—De quoi faire ? dit la femme d'un bourgmestre.

Peregrinus illi non respondit. Votum faciebat tunc temporis sancto Nicolao, quo facto, sinum dextram inserens, e quâ negligenter pependit acinaces, lento gradu processit per plateam Argentorati latam quæ ad diversorium templo ex adversum ducit.

Peregrinus mulo descendens stabulo includi, manticam inferri jussit : quâ apertâ et coccineis sericis femoralibus extractis cum argenteo laciniato περιζώματὲ, *his sese induit, statimque, acinaci in manu, ad forum deambulavit.*

Quod ubi peregrinus esset ingressus, uxorem tubicinis obviam euntem aspicit; illico cursum flectit, metuens ne nasus suus exploraretur, atque ad diversorium regressus est—exuit se vestibus; braccas coccineas sericas manticæ imposuit, mulumque educi jussit.

Francofurtum proficiscor, ait ille, et Argentoratum quatuor abhinc hebdomadis revertar.

Bene curasti hoc jumentum (ait) muli faciem manu demulcens——me, manticamque meam, plus sexcentis mille passibus portavit.

L'étranger ne fit point attention à la femme du bourgmestre—il faisait un vœu à saint *Nicolas*; cela fait, il décroisa ses bras avec la même solennité qu'il les avait croisés, reprit les rênes de la bride de sa main gauche, et mettant dans sa poitrine sa main droite, au poignet de laquelle pendait négligemment son cimeterre, il chemina aussi lentement qu'un pied de mulet peut suivre l'autre, par les principales rues de *Strasbourg*, jusqu'à ce que le hasard l'amenât à la grande auberge sur la place du marché, vis-à-vis de l'église.

Dès que l'étranger eut mis pied à terre, il ordonna de conduire son mulet à l'écurie, et d'apporter sa valise; puis l'ouvrant et y prenant sa culotte de satin cramoisi, avec un accessoire à franges d'argent—(que je n'ose pas traduire)—il mit sa culotte et sa braguette à franges, et aussitôt, son court cimeterre en main, il partit pour la grande place d'armes.

L'étranger venait de faire trois tours sur la place d'armes, lorsqu'il aperçut la femme du trompette à l'autre bout—aussi, faisant volte-face, dans la crainte que son nez ne fût profané, il revint précipitamment à son auberge———se déshabilla, remit sa culotte de satin cramoisi, *etc.*, dans sa valise, et demanda son mulet.

Je vais à *Francfort*, dit l'étranger———et je reviendrai à *Strasbourg* dans un mois, jour pour jour.

J'espère, continua l'étranger, en caressant de la main gauche la tête de son mulet au moment de le monter, que vous avez été bon pour ce fidèle serviteur———il

Longa via est! respondit hospes, nisi plurimum esset negoti.——Enimvero, ait peregrinus, a Nasorum promontorio redii, et nasum speciosissimum, egregiosissimumque quem unquam quisquam sortitus est, acquisivi!

Dum peregrinus hanc miram rationem de seipso reddit, hospes et uxor ejus, oculis intentis, peregrini nasum contemplantur—Per sanctos, sanctasque omnes, ait hospitis uxor, nasis duodecim maximis in toto Argentorato major est!—estne, ait illa mariti in aurem insusurrans, nonne est nasus prægrandis?

Dolus inest, anime mi, ait hospes—nasus est falsus.—

Verus est, respondit uxor.—

Ex abiete factus est, ait ille, terebinthinum olet——

Carbunculus inest, ait uxor.

Mortuus est nasus, respondit hospes.

Vivus est, ait illa,——& si ipsa vivam tangam.

Votum feci sancto Nicolao, ait peregrinus, nasum

m'a porté, moi et ma valise, plus de six cents lieues, continua-t-il, en tapotant le dos du mulet.

—C'est un long voyage, monsieur, répliqua l'aubergiste——à moins qu'on n'ait une affaire importante.—Bah! Bah! dit l'étranger, j'ai été au promontoire des Nez; et j'en ai rapporté, grâce au ciel, un des plus beaux qui soient jamais échus à un homme.

Tandis que l'étranger donnait ces étranges renseignements sur lui-même, l'aubergiste et sa femme tenaient leurs yeux fixés sur le nez de l'étranger—Par sainte *Radegonde*[1], se dit la femme de l'aubergiste, il est plus grand que les douze plus grands nez de tout *Strasbourg* réunis! N'est-ce pas, dit-elle à l'oreille de son mari, n'est-ce pas que c'est un noble nez?

C'est une imposture, ma chère, dit l'aubergiste—c'est un faux nez.—

C'est un vrai nez, dit sa femme.—

Il est en sapin, dit-il,—je sens la térébenthine.—

Il y a un bouton dessus, dit-elle.

C'est un nez mort, repartit l'aubergiste.

C'est un nez vivant, et si je suis en vie moi-même, dit la femme de l'aubergiste, je le toucherai.

J'ai fait aujourd'hui même un vœu à saint *Nicolas*, dit l'étranger, que mon nez ne sera pas touché jusqu'à *meum intactum fore usque ad—Quodnam tempus? illico respondit illa.*

Minimo tangetur, inquit ille (manibus in pectus compositis) usque ad illam horam—Quam horam? ait illa.—Nullam, respondit peregrinus, donec pervenic, ad—Qem locum,—obsecro? ait illa—Peregrinus nil respondens mulo conscenso discessit.

ce que—Ici l'étranger, suspendant sa voix, regarda le ciel—Jusqu'à quand? dit-elle vivement.

Il ne sera jamais touché, dit-il, en croisant les mains et en les rapprochant de sa poitrine, jusqu'à l'heure ———Quelle heure? s'écria la femme de l'aubergiste. ———Jamais!—jamais! dit l'étranger, jusqu'à ce que je sois arrivé—Au nom du ciel, dans quel endroit? dit-elle.—L'étranger partit sans prononcer un mot.

L'étranger n'était pas à une demi-lieue sur la route de *Francfort*, que toute la ville de *Strasbourg* était en rumeur au sujet de son nez. Les cloches des *Complies* sonnaient pour appeler les *Strasbourgeois* à leurs dévotions, et les inviter à terminer les devoirs du jour par la prière :———pas une âme ne les entendait dans tout *Strasbourg*—la ville était comme un essaim d'abeilles ——les hommes, les femmes et les enfants (les cloches des *Complies* tintant tout le temps) couraient çà et là—entrant par une porte et sortant par une autre—par ici et par là—en long et en large—montant une rue, descendant l'autre—enfilant cette allée, débouchant par celle-là———l'avez-vous vu?—l'avez-vous vu? l'avez-vous vu? Oh! l'avez-vous vu?—qui l'a vu? qui donc l'a vu? De grâce, qui l'a vu?

Hélas! j'étais à vêpres!———je lavais, j'amidonnais, je savonnais, je cousais—Dieu m'assiste! je ne l'ai pas vu —je ne l'ai pas touché!———que n'étais-je la sentinelle, le tambour bancroche, le trompette, la femme du trompette! tels étaient le cri général et la lamentation universelle dans chaque rue et chaque coin de *Strasbourg*.

Tandis que toute cette confusion et ce désordre régnaient dans la grande cité de *Strasbourg*, le courtois étranger s'acheminait aussi tranquillement sur son mulet, vers *Francfort*, que si l'affaire ne l'eût concerné en rien—parlant tout le long de la route, en phrases entrecoupées, tantôt à son mulet—tantôt à lui-même ——tantôt à sa Julia.

Ô Julia, mon adorable Julia !—non, je ne peux pas m'arrêter pour te laisser mâcher ce chardon—faut-il que la langue suspecte d'un rival m'ait enlevé le bonheur au moment où j'étais sur le point de le goûter !—

—Bah !—ce n'est qu'un chardon—ne t'en préoccupe pas—tu auras ce soir un meilleur souper.—

——Banni de mon pays—loin de mes amis—loin de toi.—

Pauvre diable, tu es cruellement fatigué de ton voyage !—allons—un peu plus vite—il n'y a dans ma valise que deux chemises—une culotte de satin cramoisi, et une à franges—Chère Julia !

—Mais pourquoi à *Francfort* ?—Est-ce qu'une main invisible me conduit secrètement par ces méandres et détours inattendus ?

—Tu trébuches, par saint *Nicolas* ! à chaque pas ——Eh ! de ce train-là, nous serons toute la nuit pour arriver à———

—Au bonheur—ou bien, suis-je destiné à être le jouet de la fortune et de la calomnie—et à être chassé sans avoir été déclaré coupable—entendu—touché ?——s'il en est ainsi, pourquoi ne suis-je pas resté à *Strasbourg*, où la justice——mais j'avais juré ! Allons, tu boiras—à *Saint-Nicolas*—Ô Julia !——Qui est-ce qui te fait dresser les oreilles ?—ce n'est qu'un homme, etc.———

L'étranger chevaucha en conversant de la sorte avec son mulet et Julia—jusqu'à son auberge, où, dès qu'il fut arrivé, il mit pied à terre—veilla, comme il l'avait promis, à ce qu'on eût soin de son mulet——prit sa valise contenant sa culotte de satin cramoisi, etc.—— commanda une omelette pour son souper, se coucha à environ minuit, et en cinq minutes tomba profondément endormi.

Il était à peu près la même heure, quand le tumulte de *Strasbourg* s'étant calmé pour cette nuit-là,——les *Strasbourgeois* se mirent tous paisiblement au lit—mais non comme l'étranger, pour le repos de leur esprit ou de leur corps ; la reine *Mab*[1], comme un lutin qu'elle est, avait pris le nez de l'étranger, et sans aucune réduction de volume s'était, cette nuit-là, donné la peine de le fendre et de le diviser en autant de nez, de coupes et de façons différentes, qu'il y avait de têtes dans *Strasbourg* pour les contenir. L'abbesse de *Quedlinberg*[2], qui, avec les quatre grandes dignitaires de son chapitre, la prieure, la doyenne, la sous-chantre et la première chanoinesse, était venue cette semaine à *Strasbourg* pour consulter l'Université sur un cas de conscience relatif à la fente de leurs jupes—en fut malade toute la nuit.

Le nez du courtois étranger s'était perché au sommet de la glande pinéale du cerveau de l'abbesse, et il avait fait un tel remue-ménage dans l'imagination des quatre grandes dignitaires de son chapitre, qu'elles n'avaient pu attraper un brin de sommeil de toute la nuit——il n'y avait pas eu moyen entre elles de tenir un membre tranquille—bref, elles s'étaient levées comme autant de revenants.

Les pénitentes du tiers ordre de saint *François* ——les nonnes du Mont *Calvaire*—les *Prémontrees* ——les *Clunistes**—les *Chartreuses*[1], et tous les ordres les plus sévères de nonnes qui couchaient cette nuit-là dans des couvertures ou des cilices, se trouvèrent dans une situation pire encore que celle de l'abbesse de *Quedlinberg*—à force de remuer et de s'agiter, de s'agiter et de remuer, toute la nuit, d'un côté à l'autre de leurs lits—les diverses communautés s'étaient égratignées et meurtries à mort—et elles sortirent de leurs lits presque écorchées vives—chacune croyait que saint *Antoine*, pour l'éprouver, lui avait communiqué son feu—— bref, elles n'avaient pu fermer l'œil de toute la nuit, de vêpres à matines.

Les nonnes de sainte *Ursule*[2] furent les mieux avisées—elles n'essayèrent même pas de se mettre au lit.

---

* *Hafen Slawkenbergius* veut parler des nonnes bénédictines de *Cluny*, fondées l'an 940, par *Odon*, abbé de *Cluny*.

Le doyen de *Strasbourg*, les chanoines-prébendiers, les capitulants et les mansionnaires (capitulairement assemblés le matin pour examiner le cas des michetonneuses) regrettèrent tous de n'avoir pas suivi l'exemple des nonnes de sainte *Ursule*.——Dans le désordre et la confusion où tout avait été la veille au soir, les boulangers avaient tous oublié de préparer leur levain—pas une michetonneuse à se procurer, dans tout *Strasbourg*, pour déjeuner—toute l'enceinte de la cathédrale se trouvait dans un état de commotion sempiternelle —pareille cause d'insomnie et d'inquiétude, et semblable enquête ardente sur la cause de cette insomnie, n'étaient jamais survenues à *Strasbourg* depuis que *Martin Luther*[1], avec ses doctrines, avait mis la ville sens dessus dessous.

Si le nez de l'étranger prit la liberté de se jeter ainsi dans les plats* des ordres religieux, etc., quel carnaval ne fit-il pas dans ceux des laïques!—c'est plus que ma plume, usée comme elle l'est jusqu'au trognon, ne peut en peindre; quoique je reconnaisse (*s'écrie Slawkenbergius, avec plus de gaieté de pensée que je n'en aurais attendu de lui*) qu'il existe actuellement dans le monde mainte bonne comparaison qui pourrait en donner quelque idée à mes compatriotes; mais à la fin d'un in-folio comme celui-ci, écrit pour eux, et auquel j'ai consacré la plus grande partie de ma vie—bien que je

---

* Mr. *Shandy* présente ses compliments aux orateurs—Il sait fort bien que *Slawkenbergius* a changé ici sa métaphore—ce dont il se rend très souvent coupable;—comme traducteur, Mr. *Shandy* a fait tout le temps ce qu'il a pu pour l'y tenir ferme—mais ici c'était impossible.

leur accorde que la comparaison existe, ne serait-il pas cependant déraisonnable à eux d'espérer que j'aurai le temps ou l'envie de me mettre en quête d'elle ? Qu'il me suffise de dire que le tumulte et le désordre que ce nez occasionna dans l'imagination des *Strasbourgeois* furent si généreux—que l'empire qu'il prit sur toutes les facultés intellectuelles des *Strasbourgeois* fut si absolu —que tant d'étranges choses furent dites et affirmées à son propos, avec une égale confiance de chaque côté, et une éloquence égale en tous lieux, que le courant de toutes les conversations et de tous les étonnements en fut détourné vers lui—toutes les âmes, bonnes et mauvaises—riches et pauvres—lettrés et illettrés—docteurs et étudiants—maîtresses et servantes—doux et simples—chairs de nonnes et chairs de femmes, passèrent leur temps dans *Strasbourg* à en écouter des nouvelles —chaque œil, dans *Strasbourg*, languissait de le voir ——chaque doigt—chaque pouce, dans *Strasbourg*, brûlait de le toucher.

Maintenant, ce qui aurait pu ajouter à un désir si violent, si on avait pu juger nécessaire d'y ajouter quelque chose—c'est que la sentinelle, le tambour bancroche, le trompette, la femme du trompette, la veuve du bourgmestre, l'aubergiste et la femme de l'aubergiste, quelque grandement qu'ils différassent l'un de l'autre dans leurs témoignages et descriptions du nez de l'étranger—s'accordaient tous sur deux points —à savoir, qu'il était allé à *Francfort* et ne reviendrait à *Strasbourg* que dans un mois, jour pour jour ; et secondement que, soit que son nez fût vrai ou faux, l'étranger lui-même était un des plus parfaits modèles de beauté —l'homme le mieux fait !—le plus distingué !—le plus généreux de sa bourse—le plus poli dans ses manières qui fût jamais entré par les portes de *Strasbourg*—que lorsqu'il avait chevauché à travers les rues, avec son cimeterre négligemment suspendu à son poignet—et s'était promené sur la place d'Armes avec sa culotte de satin cramoisi—c'était d'un air si charmant d'insouciante modestie, et si mâle en même temps—que (si son nez ne lui avait pas barré le passage) il aurait mis en péril le cœur de toute vierge qui aurait jeté les yeux sur lui.

Je ne m'adresse pas au cœur qui demeure étranger aux palpitations et aux élans d'une curiosité aussi excitée, pour justifier l'abbesse de *Quedlinberg*, la prieure, la doyenne et la sous-chantre d'avoir envoyé querir en plein midi la femme du trompette, qui traversa les rues de *Strasbourg* avec la trompette de son mari à la main ;—c'était le meilleur appareil que l'exiguïté du temps lui eût permis de prendre pour expliquer sa théorie—elle n'y resta que trois jours.

Quant à la sentinelle et au tambour bancroche !—rien, depuis l'ancienne *Athènes*, n'aurait pu les égaler ! ils débitaient leurs leçons aux allants et venants sous les portes de la ville, avec toute la pompe d'un *Chrysippe* et d'un *Crantor*[1] sous leurs portiques.

L'aubergiste, son palefrenier à sa gauche, débitait aussi la sienne dans le même style,—sous le portique ou vestibule de sa cour d'écurie—sa femme débitait la sienne plus en particulier dans une chambre de derrière. Tous affluaient à leurs leçons ; non pas confusément—mais à celle-ci ou à celle-là, comme cela arrive toujours, suivant que la foi et la crédulité les dirigeaient—en un mot, chaque *Strasbourgeois* accourait aux renseignements—et chaque *Strasbourgeois* obtenait le renseignement qu'il demandait.

Il est digne de remarque, pour le bénéfice de tous les démonstrateurs de philosophie naturelle, etc., que, dès que la femme du trompette eut fini la leçon particulière de l'abbesse de *Quedlinburg*, et commencé à professer en public, ce qu'elle fit sur un escabeau au milieu de la grande place d'Armes—elle gêna grandement les autres démonstrateurs en gagnant immédiatement pour auditoire la partie la plus fashionable de la ville de *Strasbourg*—Mais quand un démonstrateur en philosophie (s'écrie *Slawkenbergius*) possède une *trompette* pour appareil, quel rival en science, je vous prie, pourrait prétendre à se faire écouter à côté de lui?

Tandis que les ignorants étaient tout occupés à descendre, par ce canal de renseignements, au fond du puits où la VÉRITÉ tient sa petite cour—les savants étaient tout aussi occupés, à leur manière, à la pomper par le canal de l'induction dialectique—ils ne se préoccupaient pas des faits—ils raisonnaient—

Aucune profession n'aurait jeté plus de lumière sur le sujet que la Faculté[1]—si toutes ses discussions n'avaient roulé sur la question des *loupes* et des enflures œdémateuses, dont, en dépit de tout, elle ne put se dépêtrer—le nez de l'étranger n'avait rien à faire ni avec les loupes, ni avec les enflures œdémateuses.

Il fut démontré, toutefois, d'une manière très satisfaisante, qu'une aussi lourde masse de matière hétérogène ne pouvait s'amonceler et s'agglomérer sur le nez, pendant que l'enfant était *in Utero*, sans détruire la balance statique du fœtus, et le faire tomber sur la tête neuf mois avant le temps.——

——Les opposants accordaient la théorie—ils niaient les conséquences.

Et s'il n'était pas fait, disaient-ils, une provision convenable de veines, d'artères, etc., pour nourrir suffisamment un pareil nez, dans les premiers principes et rudiments de sa formation, avant qu'il vînt au monde (sauf le cas des loupes), il n'aurait pu régulièrement croître et se sustenter après.

Il fut répondu à tout cela par une dissertation sur la nutrition et sur l'effet que la nutrition a de dilater les vaisseaux et d'accroître et prolonger les parties musculaires jusqu'au plus grand développement et à la plus grande expansion imaginables—À l'appui de cette théorie, ils allèrent jusqu'à affirmer qu'il n'y avait pas de raison, dans la nature, pour qu'un nez ne devînt pas aussi gros que l'homme lui-même.

Les répondants prouvèrent au monde que cet événement ne pouvait jamais arriver tant qu'un homme n'aurait qu'un estomac et qu'une paire de poumons— Car l'estomac, disaient-ils, étant le seul organe destiné à la réception de la nourriture et à sa conversion en chyle,—comme les poumons la seule machine à sanguification—il ne pouvait manufacturer plus que ne lui apportait l'appétit : ou, en admettant la possibilité qu'un homme surchargeât son estomac, la nature, quoi qu'il en soit, avait mis des bornes à ses poumons—la machine était d'une grandeur et d'une force déterminée, et ne pouvait élaborer qu'une certaine quantité dans un temps donné—c'est-à-dire, qu'elle pouvait produire juste autant de sang qu'il en fallait pour un homme seul et pas davantage ; en sorte que s'il y avait autant de nez que d'homme—ils prouvaient qu'il devait nécessairement s'ensuivre une gangrène, et qu'attendu qu'il ne pouvait y avoir d'alimentation pour les deux, ou le nez devait se détacher de l'homme, ou l'homme se détacher inévitablement du nez.

La nature s'accommode à ces occurrences, s'écriaient les opposants—autrement, que dites-vous du cas de tout un estomac—et de toute une paire de poumons pour une *moitié* d'homme, quand ses deux jambes ont malheureusement été emportées par un boulet ?—

Il meurt de pléthore, disaient les répondants—ou il doit cracher le sang, et en deux ou trois semaines être enlevé par une consomption—

—C'est le contraire qui arrive—répliquaient les opposants.——

Cela ne devrait pas être, disaient les répondants.

Les plus curieux et les plus profonds investigateurs de la nature et de ses actes, quoiqu'ils eussent fait, bras dessus, bras dessous, passablement de chemin ensemble, finirent pourtant tous par se séparer au sujet du nez, presque autant que la Faculté elle-même.

Ils posèrent à l'amiable en principe qu'il existait entre les diverses parties du corps humain et leurs divers offices, destinations et fonctions, un arrangement, une proportion juste et géométrique, qui ne pouvait être transgressée que dans de certaines limites —que la nature, bien qu'elle prît ses ébats—ne les prenait que dans un certain cercle ;—mais ils ne purent s'entendre sur son diamètre.

Les logiciens se tinrent beaucoup plus près du point qui leur était soumis qu'aucune classe de savants ;—ils commencèrent et finirent par le mot Nez ; et n'eût été une *petitio principii*[1] contre laquelle un des plus habiles d'entre eux vint donner de la tête au commencement du combat, toute la controverse eût été terminée séance tenante.

Un nez, soutenait le logicien, ne peut saigner sans du sang—et non seulement du sang—mais du sang qui y circule pour fournir au phénomène une succession de gouttes—(un torrent n'étant qu'une succession plus prompte de gouttes, je n'en parle pas, disait-il)— Or la mort, continuait le logicien, n'étant qu'une stagnation du sang[2]—

Je nie la définition—La mort est la séparation de l'âme et du corps, dit son antagoniste—Alors nous ne sommes pas d'accord sur nos armes, dit le logicien— Alors ceci met fin à la discussion, repartit l'antagoniste.

Les docteurs en droit civil furent encore plus concis ; ce qu'ils proposaient étant plutôt de la nature d'un arrêt—qu'une discussion.

—Un nez aussi monstrueux, disaient-ils, si c'eût été un vrai nez, n'auraient pu être souffert dans une société civile—et s'il eût été faux—en imposer à la société par ces faux signes et indices, aurait été une violation encore plus grande de ses droits, et aurait mérité encore moins d'indulgence.

La seule objection à ces conclusions était que, si elles prouvaient quelque chose, elles prouvaient que le nez de l'étranger n'était ni vrai ni faux.

Ceci laissait le champ libre à la controverse. Il fut maintenu par les avocats de la cour ecclésiastique, qu'il n'y avait rien qui s'opposât à un arrêt, puisque l'étranger avait avoué *ex mero motu*[1] qu'il avait été au Promontoire des Nez, et qu'il en avait rapporté un des plus beaux, etc., etc.—À ceci il fut répondu qu'il était impossible qu'il existât un endroit tel que le Promontoire des Nez, et que les savants ignoraient où il était situé. Le commissaire de l'évêque de *Strasbourg* réfuta les avocats, et expliqua la chose dans un traité sur les phrases proverbiales, par lequel il leur prouvait que le Promontoire des Nez était une simple expression allégorique, ne signifiant pas autre chose que la nature avait doué l'étranger d'un long nez ; en preuve de quoi, avec une grande érudition, il citait les autorités ci-dessous*, ce

---

* Nonnulli ex nostratibus eadem loquendi formulâ utuntur. Quinimo et Logistæ & Canonistæ—Vid. Parce Barne Jas in d.

qui aurait incontestablement décidé la question, si l'on ne s'était pas aperçu qu'une discussion sur certaines franchises de terres de doyen et de chapitre avait été terminée par là dix-neuf ans auparavant.

Il advint—je ne dirai pas malheureusement pour la Vérité, parce qu'elles lui donnaient un coup d'épaule d'une autre manière, en ce faisant; que les deux Universités de *Strasbourg*—la *Luthérienne*, fondée en l'an 1538, par *Jacobus Surmis*, conseiller du Sénat,—et la *Papiste*, fondée par *Léopold*, archiduc d'Autriche, employaient pendant tout ce temps-là toute la profondeur de leur savoir (excepté ce qu'en pouvait réclamer l'affaire des fentes de jupes de l'abbesse de *Quedlinberg*)—à décider la question de la damnation de *Martin Luther*[1].

Les docteurs *papistes* avaient entrepris de démontrer *a priori* que par l'influence nécessaire des planètes le 22 *octobre* 1483——quand la lune était dans la douzième maison—*Jupiter*, *Mars* et *Vénus* dans la troisième,

---

L. Provincial. Constitut. de conject. Vid. Vol., Lib. 4. Titul. I, n. 7. quâ etiam in re conspir. Om de Promontorio Nas. Tichmak., ff. d. tit. 3., fol. 189, passim. Vid. Glos de contrahend. empt. etc., nec non J. Scrudr. in cap. § refut. ff. per totum. cum his cons. Rever. J. Tubal, Sentent. et Prov., cap. 9. ff. 11, 12. obiter. V et Librum, cui Tit. de Terris et Phras. Belg. ad finem, cum Comment. N. Bardy Belg. Vid. Scrip. Argentotarens. de Antiq. Ecc. in Episc. Archiv. fid. coll. per Von Jacobum Koinshoven, Folio Argent. 1583, præcip. ad finem. Quibus add. Rebuff in L. obvenire de Signif. Nom. ff. fol. et de Jure Gent. et Civil de prohib. aliena feud. per federa, test. Joha. Luxius in prolegom. quem velim videas, de Analy. Cap. 1, 2, 3. Vid. Idea[2].

et le *Soleil*, *Saturne* et *Mercure*, tous les trois dans la quatrième—*Martin Luther* devait naturellement et inévitablement être damné—et que ses doctrines, par un corollaire direct, devaient être des doctrines également damnées.

D'après l'examen de son horoscope, où cinq planètes se trouvaient toutes à la fois en conjonction avec le Scorpion* (en lisant ceci, mon père secouait toujours la tête) dans la neuvième maison, que les *Arabes* assignaient à la religion—il paraît que *Martin Luther* se souciait comme d'un fétu de tout cela—et, d'après l'horoscope rapporté à la conjonction de *Mars*—les docteurs *papistes* prouvèrent également qu'il devait mourir dans les imprécations et les blasphèmes—au souffle desquels son âme (trempée dans le péché) voguerait vent en poupe sur le lac de feu de l'enfer.

La petite objection des docteurs *luthériens* à ceci était que ce devait être nécessairement l'âme d'un autre homme, né le 22 *octobre* 1483, qui était forcée de voguer vent en poupe de cette manière—attendu qu'il ressortait du registre d'*Eisleben*, dans le comté de *Mansfeld*, que *Luther* n'était pas né dans l'année 1483,

---

* Hæc mira, satisque horrenda. Planetarum coitio sub Scorpio Asterismo in nonâ cœli statione, quam Arabes religioni deputabant efficit *Martinum Lutherum* sacrilegum heriticum, christianæ religionis hostem acerrimum atque prophanum, ex horoscopi directione ad Martis coitum, religiosissimus obiit, ejus Anima scelestissima ad infernos navigavit—ab Alecto, Tisiphone et Megara, flagellis igneis cruciata perenniter.

—Lucas Gauricus in Tractatu astrologico de præteritis multorum hominum accidentibus per genituras examinatis.

mais en 84 ; et non le 22 *octobre*, mais le 10 *novembre*, la veille au soir du jour de la *Saint-Martin*, d'où lui fut donné le nom de *Martin*.

[—Il me faut interrompre ma traduction pour un moment ; car, si je ne le faisais pas, je sens que je ne serais pas plus en état de fermer l'œil au lit que l'abbesse de *Quedlinberg*—C'est pour dire au lecteur que mon père ne lisait jamais ce passage de *Slawkenbergius* à mon oncle *Toby*, sans triompher—non de mon oncle *Toby*, qui ne le contredisait jamais là-dessus—mais du monde entier.

—Eh bien ! vous voyez, frère *Toby*, disait-il en levant les yeux, « que les noms de baptême ne sont pas choses si indifférentes ; »—si *Luther*, que voici, eût été appelé de tout autre nom que *Martin*, il eût été damné de toute éternité—Non pas, ajoutait-il, que je considère *Martin* comme un bon nom—loin de là—il vaut un peu mieux qu'un neutre, et guère plus—mais, si peu qu'il en soit, vous voyez qu'il lui a rendu service.

Mon père connaissait, aussi bien qu'aurait pu la lui démontrer le meilleur logicien, la faiblesse de cet étai pour son hypothèse—mais la faiblesse de l'homme est en même temps si étrange, que, le trouvant sous sa main, il n'aurait pu, au prix de sa vie, s'empêcher d'en faire usage ; et c'était certainement pour cette raison que, bien qu'il y eût dans les Décades de *Hafen Slawkenbergius* mainte histoire tout aussi intéressante que celle que je traduis, cependant il n'y en avait pas une que mon père lût avec moitié autant de plaisir—elle flattait à la fois deux de ses plus étranges hypothèses—

ses NOMS et ses NEZ—J'oserai dire qu'il aurait pu lire tous les livres de la bibliothèque d'*Alexandrie*[1], si le destin n'en avait pas disposé autrement, et n'y pas rencontrer un livre ou un passage qui fît si bien d'une pierre deux coups.]

Les deux Universités de *Strasbourg* s'évertuaient durement au sujet de cette affaire de la navigation de *Luther*. Les docteurs protestants avaient démontré qu'il n'avait pas vogué le vent pleinement arrière, ainsi que l'avaient prétendu les docteurs papistes; et comme chacun savait qu'il n'y avait pas moyen de voguer en plein contre le vent,—ils étaient en train d'établir, au cas que *Martin* eût vogué, de combien de degrés il avait dévié; s'il avait doublé le cap, ou avait échoué dans une crique. Et, sans aucun doute, comme c'était une enquête fort édifiante, du moins pour ceux qui entendaient cette sorte de NAVIGATION, ils l'auraient continuée en dépit de la taille du nez de l'étranger, si la taille du nez de l'étranger n'avait pas détourné l'attention du monde de ce dont ils s'occupaient—ce fut leur devoir de suivre.——

L'abbesse de *Quedlinberg* et ses quatre dignitaires n'étaient point un obstacle; car l'énormité du nez de l'étranger leur trottant tout autant dans l'imagination que leur cas de conscience—l'affaire de leurs fentes de jupes se refroidit—En un mot, les imprimeurs reçurent l'ordre de distribuer leurs caractères—toutes controverses cessèrent.

C'était parier un bonnet carré[2] surmonté d'un gland d'argent—contre une coquille de noix—que de chercher à deviner sur quel côté du nez se diviseraient les deux Universités.

C'est au-dessus de la raison, criaient les docteurs d'un côté.

C'est au-dessous, criaient les autres.

C'est un article de foi, criait l'un.

C'est une baliverne, disait l'autre.

C'est possible, criait l'un.

C'est impossible, criait l'autre.

Le pouvoir de Dieu est infini, criaient les Naséens. Il peut tout faire.

Il ne peut rien faire qui implique contradiction[1], répliquaient les Antinaséens.

Il peut faire penser la matière, disaient les Naséens.

Aussi certainement que vous pouvez tirer un bonnet de velours de l'oreille d'une truie, répliquaient les Antinaséens.

Il ne peut pas faire que deux et deux fassent cinq[2], répliquaient les docteurs papistes.——C'est faux, disaient les autres opposants.——

Le pouvoir infini est le pouvoir infini, disaient les docteurs qui soutenaient la *réalité* du nez.——Il ne s'étend qu'à toutes les choses possibles, répliquaient les *Luthériens*.

Par Dieu qui est au ciel, criaient les docteurs papistes, il peut, s'il le juge convenable, faire un nez aussi gros que le clocher de *Strasbourg*.

Or, le clocher de *Strasbourg* étant le plus gros et le plus grand clocher d'église qui se puisse voir dans le monde entier, les Antinaséens nièrent qu'un nez de 575 pieds géométriques de long pût être porté, du moins par un homme de moyenne taille—Les docteurs papistes jurèrent que cela se pouvait—Les docteurs *luthériens* dirent que non ;—cela ne se pouvait pas.

Ceci souleva immédiatement une nouvelle discussion, qu'ils poursuivirent longtemps, sur l'étendue et la limite des attributs moraux et naturels de Dieu —Cette controverse les conduisit naturellement à *Thomas d'Aquin*, et *Thomas d'Aquin* au diable.

On n'entendit plus parler du nez de l'étranger dans la discussion—il avait justement servi de frégate pour lancer les discuteurs dans le golfe de la théologie scolastique,—et maintenant ils voguaient tous vent arrière.

La chaleur est en proportion du manque de vrai savoir.

La controverse sur les attributs, etc., au lieu de refroidir l'imagination des *Strasbourgeois*, l'avait, au contraire, enflammée au degré le plus désordonné—

CONTE DE SLAWKENBERGIUS

Moins ils comprenaient la question, plus ils en étaient émerveillés—ils restaient dans toute l'anxiété d'un désir inassouvi—ils voyaient leurs docteurs, les *Parcheminiens*, les *Cuivriens*, les *Térébenthiniens*[1], d'un côté—les docteurs papistes de l'autre, comme *Pantagruel* et ses compagnons en quête de l'oracle de la bouteille, tous embarqués et hors de vue.

———Les pauvres *Strasbourgeois* laissés sur le rivage !

—Que faire ?—Pas de délai—le tumulte accru—chacun en désordre—les portes de la ville toutes grandes ouvertes.—

Infortunés *Strasbourgeois* ! y avait-il dans le magasin de la nature—y avait-il dans le grenier du savoir—y avait-il dans le grand arsenal du hasard un seul instrument oublié pour torturer votre curiosité et outrer vos désirs que la main du Destin n'eût pas désigné pour jouer sur vos cœurs ?—Je ne trempe pas ma plume dans l'encre pour excuser votre reddition—mais pour écrire votre panégyrique. Montrez-moi une ville aussi émaciée par l'attente—qui, n'ayant ni mangé, ni bu, ni dormi, ni prié, ni répondu aux appels de la religion ou de la nature pendant vingt-sept jours consécutifs, aurait pu tenir un jour de plus.

Le courtois étranger avait promis de revenir à *Strasbourg* le vingt-huitième.

Sept mille carrosses (*Slawkenbergius* doit certainement avoir commis quelque erreur de chiffres), 7 000 carrosses—15 000 chaises à un cheval—

20 000 chariots, aussi pleins qu'ils en pouvaient contenir, de sénateurs, de conseillers, de syndics—béguines, veuves, épouses, vierges, chanoinesses, concubines, toutes dans leurs voitures—L'abbesse de *Quedlinberg*, avec la prieure, la doyenne et la sous-chantre, menant la procession dans un carrosse, et le doyen de *Strasbourg*, à sa gauche, avec les quatre grands dignitaires de son chapitre—le reste suivant pêle-mêle, comme ils pouvaient ; quelques-uns à cheval——quelques-uns à pied—quelques-uns conduits—quelques-uns entraînés—quelques-uns sur le *Rhin*—quelques-uns par ici—quelques-uns par là—tous se mirent en route au lever du soleil pour aller au-devant du courtois étranger.

Hâtons-nous maintenant vers la catastrophe de mon conte—Je dis *catastrophe* (s'écrie *Slawkenbergius*), attendu qu'un conte dont les parties sont bien agencées se réjouit (*gaudet*), non seulement dans la *catastrophe* et la *péripétie* d'un DRAME, mais se réjouit en outre dans toutes ses parties essentielles et intégrantes—il a sa *protase*, son *épitase*, sa *catastase*, sa *catastrophe* ou *péripétie*, qui croissent l'une de l'autre, dans l'ordre où *Aristote* les a primitivement plantées[1]—et sans lesquelles il vaudrait mieux, dit *Slawkenbergius*, ne jamais raconter un conte, mais le garder pour soi.

Dans tous mes dix contes, dans toutes mes dix décades, j'ai, moi, *Slawkenbergius*, astreint chacun de leurs contes aussi rigoureusement à cette règle que je l'ai fait pour celui de l'étranger et de son nez.

—Depuis son premier pourparler avec la sentinelle jusqu'à son départ de la cité de *Strasbourg*, après avoir ôté sa culotte de satin cramoisi, c'est la *protase* ou première entrée en scène——dans laquelle les caractères des *personæ dramatis* sont indiqués, et le sujet légèrement entamé.

L'*épitase*, où l'action s'engage plus pleinement et grandit jusqu'à ce qu'elle arrive à l'état ou degré de hauteur appelé la *catastase*, et qui occupe habituellement les deuxième et troisième actes, est comprise dans cette période agitée de mon conte qui s'écoule entre le tumulte du premier soir au sujet du nez, et la fin des leçons de la femme du trompette sur le nez, au milieu de la grande place d'Armes ; et depuis le premier embarquement des savants dans la dispute—jusqu'au moment où les docteurs mettent définitivement à la voile, et laissent les *Strasbourgeois* en détresse sur le rivage, c'est la *catastase*, ou maturation des incidents et passions qui doivent éclater au cinquième acte.

Celui-ci commence au départ des *Strasbourgeois* sur la route de *Francfort*, et se termine par l'élucidation du labyrinthe et le passage du héros d'un état d'agitation (comme l'appelle *Aristote*) à un état de repos et de tranquillité.

Ceci, dit *Hafen Slawkenbergius*, constitue la catastrophe ou péripétie de mon conte—et c'en est la partie que je vais raconter.

Nous avons laissé l'étranger endormi derrière la toile —maintenant il entre en scène.

—Qu'est-ce qui te fait dresser les oreilles?—Ce n'est qu'un homme à cheval—était le dernier mot adressé à son mulet par l'étranger. Il n'était pas à propos de dire alors au lecteur que le mulet avait cru son maître sur parole, et, sans plus de *si* ou de *mais*, avait laissé passer le voyageur et son cheval.

Le voyageur se hâtait avec toute la diligence possible pour atteindre *Strasbourg*, ce soir-là——Quel sot je fais, se dit le voyageur, quand il eut chevauché encore une lieue de plus, de songer à entrer dans *Strasbourg* ce soir!—*Strasbourg*!—le grand *Strasbourg*!—*Strasbourg*, la capitale de toute l'*Alsace*! *Strasbourg*, une cité impériale! *Strasbourg*, un État souverain! *Strasbourg*, défendue par une garnison de cinq mille des meilleurs soldats du monde!—Hélas! si j'étais en ce moment même aux portes de *Strasbourg*, je n'obtiendrais pas d'y entrer pour un ducat,—ni même pour un ducat et demi—c'est beaucoup trop—mieux vaut retourner à la dernière auberge devant laquelle j'ai passé—que de coucher je ne sais où—ou de donner je ne sais quoi. Le voyageur, tout en faisant ces réflexions, tourna la tête de son cheval, et, trois minutes après que l'étranger eut été conduit à sa chambre, il arriva à la même auberge.

—Nous avons du lard à la maison, dit l'hôte, et du pain——et jusqu'à onze heures, ce soir, nous y avons eu trois œufs—mais un étranger, arrivé il y a une heure, les a fait accommoder en omelette, et nous n'avons plus rien.———

—Hélas! dit le voyageur, harassé comme je suis, je

n'ai besoin que d'un lit—J'en ai un aussi doux qu'il y en ait en *Alsace*, dit l'hôte.

—L'étranger, continua-t-il, aurait couché dedans, car c'est mon meilleur lit, si ce n'eût été son nez—Il a une fluxion? dit le voyageur—Non pas que je sache, s'écria l'hôte—Mais c'est un lit de camp, et *Jacinta*, dit-il en regardant la servante, s'est imaginé qu'il n'y aurait pas assez de place pour tourner son nez—Pourquoi cela? s'écria le voyageur en reculant—C'est un si long nez! répliqua l'hôte—Le voyageur fixa les yeux sur *Jacinta*, puis sur le plancher—mit le genou droit en terre—et posa la main sur son cœur—Ne vous jouez pas de mon anxiété, dit-il en se relevant—Ce n'est pas une plaisanterie, dit *Jacinta*, c'est le plus magnifique des nez!—Le voyageur retomba sur son genou—remit la main sur son cœur—alors, dit-il en regardant le ciel, tu m'as conduit au terme de mon pèlerinage———C'est *Diego*!

Le voyageur était le frère de la Julia si souvent invoquée cette nuit-là par l'étranger, pendant qu'il chevauchait sur son mulet après sa sortie de *Strasbourg*; et il avait été envoyé par elle à sa recherche. Il avait accompagné sa sœur de *Valladolid*[1] en *France*, par les *Pyrénées*, et il avait eu à démêler plus d'un écheveau embrouillé en poursuivant *Diego* à travers les nombreux méandres et brusques détours des sentiers épineux d'un amant.

—Julia avait succombé à la peine—et n'avait pas été capable de faire un pas au-delà de *Lyon*, où, avec toutes les inquiétudes d'un tendre cœur dont tout le monde parle—mais que peu de gens éprouvent—elle était tombée malade, mais avait conservé assez de force pour écrire une lettre à *Diego*; et après avoir conjuré son frère de ne pas la revoir qu'il ne l'eût trouvé, et lui avoir remis la lettre entre les mains, Julia s'était mise au lit.

Fernandez (c'était le nom de son frère)—quoique le lit de camp fût aussi doux que pas un en *Alsace*, n'y put cependant fermer les yeux.—Dès que le jour parut, il se leva, et, apprenant que *Diego* était levé aussi, il entra dans sa chambre et s'acquitta de la commission de sa sœur.

La lettre était ainsi conçue :

Seigneur DIEGO,

Si mes soupçons sur votre nez étaient fondés ou non—ce n'est pas le moment de s'en informer—il suffit que je n'aie pas eu la fermeté de les soumettre à une autre épreuve.

Comment ai-je pu si peu me connaître quand j'ai envoyé ma Duègne *vous défendre de reparaître sous ma jalousie? ou comment ai-je pu vous connaître assez peu,* Diego, *pour m'imaginer que vous ne resteriez pas un jour à* Valladolid *pour me permettre de dissiper mes doutes? —Devais-je être abandonnée,* Diego, *parce que j'avais été trompée? ou était-il généreux de me prendre au mot, que mes soupçons fussent justes ou non, et de me laisser, comme vous l'avez fait, en proie à tant d'incertitude et de chagrin?*

De quelle manière Julia a ressenti ceci—mon frère, en remettant cette lettre entre vos mains, vous le dira : Il vous dira combien elle a été prompte à se repentir du message imprudent qu'elle vous avait envoyé—avec quelle précipitation frénétique elle a volé à sa jalousie, et combien de jours et de nuits consécutifs elle s'est appuyée, immobile, sur son coude, regardant à travers du côté par où Diego *avait coutume de venir.*

Il vous dira, quand elle a appris votre départ—comment ses forces l'ont abandonnée—comment son cœur s'est soulevé—comment elle a gémi piteusement—comment elle a laissé tomber sa tête. Ô Diego *! que de pas pénibles la pitié de mon frère, me guidant par la main, m'a fait faire, languissante, à la recherche des vôtres ! Combien le désir m'a entraînée au-delà de mes forces—et que de fois je me suis évanouie en chemin, et je suis tombée dans ses bras, avec seulement le pouvoir de m'écrier—Ô mon* Diego *!*

Si la douceur de votre physionomie n'est pas démentie par votre cœur, vous volerez vers moi presque aussi vite que vous m'avez fuie—mais, si prompt que vous soyez, vous n'arriverez que pour me voir expirer.—C'est un breuvage amer, Diego, *mais, oh! ce qui le rend plus amer encore, c'est de mourir sans avoir été* dé—.

Elle n'avait pu aller plus loin.

Slawkenbergius suppose que le mot qu'elle avait en vue était *détrompée*, mais ses forces ne lui avaient pas permis d'achever sa lettre.

Le cœur du courtois *Diego* déborda en lisant cette lettre—il ordonna de seller à l'instant son mulet et le cheval de *Fernandez*, et comme, en de tels conflits, aucune émission en prose n'équivaut à la poésie—le hasard, qui nous indique aussi souvent les remèdes que les *maladies*, ayant jeté sur la fenêtre un morceau de charbon—*Diego* en profita; et, tandis que le palefrenier apprêtait son mulet, il soulagea son esprit contre le mur de la façon suivante:

ODE.

Durs et discords sont les accents de l'amour,
À moins que ma Julia ne donne le ton;
Sa main seule peut frapper la touche
    Dont l'harmonieux mouvement
    Charme le cœur,
Et gouverne tout l'homme avec un sympathique empire.

2^e

Ô Julia!

Les vers étaient très naturels—car ils ne signifiaient rien, dit *Slawkenbergius*, et c'est un malheur qu'il n'y en eût pas davantage; mais soit que le seigneur *Diego* fût lent à composer des vers—ou le palefrenier prompt à seller les mulets—ce qui n'a point été éclairci, toujours est-il que le mulet de *Diego* et le cheval de *Fernandez* furent prêts à la porte de l'auberge avant que *Diego* le fût pour sa seconde stance; aussi, sans s'arrêter à finir son ode, ils enfourchèrent tous deux leurs montures, piquèrent des deux, passèrent le *Rhin*, traversèrent l'*Alsace*, dirigèrent leur course vers *Lyon*, et avant

CONTE DE SLAWKENBERGIUS [405]

que les *Strasbourgeois* et l'abbesse de *Quedlinberg* fussent partis pour leur cavalcade, *Fernandez, Diego* et sa *Julia* avaient franchi les *Pyrénées*, et étaient arrivés sains et saufs à *Valladolid.*

Il est inutile d'informer le lecteur géographe qu'une fois *Diego* en *Espagne*, il était impossible de rencontrer le courtois étranger sur la route de *Francfort*; il suffira de dire que, de tous les désirs sans repos, la curiosité étant le plus fort—les *Strasbourgeois* en sentirent toute la puissance, et que, pendant trois jours et trois nuits, ils furent ballottés çà et là sur la route de *Francfort* par l'orageuse fureur de cette passion, avant de pouvoir se résigner à rentrer chez eux—Où, hélas! les attendait l'événement le plus affligeant qui puisse arriver à un peuple libre.

Comme on parle souvent de cette révolution dans les affaires des *Strasbourgeois*, et qu'elle est peu comprise, je vais, en dix mots, dit *Slawkenbergius*, en donner au monde l'explication et terminer mon conte par là.

Tout le monde connaît le grand système de Monarchie universelle, écrit par ordre de M. *Colbert*, et remis manuscrit entre les mains de *Louis XIV*, en l'an 1664.

On sait également qu'une des nombreuses branches de ce système était la prise de possession de *Strasbourg*, pour favoriser en tout temps une entrée dans la *Souabe*, afin de troubler le repos de l'*Allemagne*—et qu'en conséquence de ce plan, *Strasbourg* finit malheureusement par tomber aux mains des Français.

C'est le lot du petit nombre de remonter aux vraies sources de semblables révolutions—Le vulgaire les cherche trop haut—Les hommes d'État les cherchent trop bas—La vérité (pour une fois) gît au milieu.

Quelle chose fatale que l'orgueil populaire d'une ville libre! s'écrie un historien—Les *Strasbourgeois* réputaient une diminution de leur liberté de recevoir une garnison impériale—ils devinrent la proie d'une garnison *française*.

La destinée des *Strasbourgeois*, dit un autre, peut servir d'avertissement à tout peuple libre d'avoir à économiser son argent—Ils avaient anticipé sur leurs revenus—s'étaient surchargés de taxes, avaient épuisé leurs forces, et, en fin de compte, étaient devenus si faibles qu'ils n'eurent pas l'énergie de tenir leurs portes fermées, aussi les *Français* n'eurent-ils qu'à pousser pour les ouvrir.

Hélas! hélas! s'écrie *Slawkenbergius*, ce ne furent pas les *Français*—ce fut la CURIOSITÉ qui les ouvrit—Seulement les *Français*, qui sont toujours à l'affût, voyant les *Strasbourgeois*, hommes, femmes et enfants, sortir tous pour suivre le nez de l'étranger—suivirent chacun le leur et entrèrent.

Le commerce et les manufactures ont dépéri et diminué graduellement depuis lors—mais non par aucune des causes assignées par les têtes commerciales; car ce résultat n'est dû qu'à ceci: que les Nez leur ont toujours tellement trotté dans la tête, que les *Strasbourgeois* n'ont pu depuis s'occuper de leurs affaires.

Hélas! hélas! s'écrie *Slawkenbergius,* en poussant une exclamation—ce n'est pas la première—et je crains que ce ne soit pas la dernière forteresse conquise ——ou perdue grâce aux Nez!

FIN

du Conte de *Slawkenbergius*

CHAP. Ier.

AVEC toute cette érudition sur les Nez trottant perpétuellement dans la cervelle de mon père—avec tant de préjugés de famille—et dix décades de pareils contes marquant le pas avec eux—comment était-il possible, avec d'aussi exquis—était-ce un vrai nez?— Qu'un homme avec d'aussi exquis sentiments qu'en avait mon père, pût supporter le choc d'en bas—ou même d'en haut, dans une autre posture que celle-là même que j'ai décrite?

—Jetez-vous sur le lit une douzaine de fois—en prenant soin seulement de placer au préalable un miroir sur une chaise à côté du lit——Mais le nez de l'étranger était-il véritable—ou était-ce un faux nez?

Vous dire cela à l'avance, madame, ce serait faire tort à un des meilleurs contes de la chrétienté; c'est-à-dire au dixième de la dixième décade qui suit immédiatement celui-ci.

Ce conte, s'écrie *Slawkenbergius* un peu triomphalement, je l'ai réservé pour être le dernier conte de tout mon ouvrage, sachant fort bien que, quand je l'aurai raconté, et que mon lecteur l'aura lu jusqu'au bout—il sera grandement temps pour nous deux de fermer le livre, attendu, continue *Slawkenbergius*, que je ne connais pas de conte qui pût venir après.

—C'est là un conte, en effet.

Il commence à la première entrevue dans l'auberge de *Lyon*, lorsque *Fernandez* a laissé le courtois étranger et sa sœur seuls dans la chambre de *Julia*, et il est intitulé :

Les Embarras
de
Diego et *Julia*

Par les cieux ! tu es une étrange créature, *Slawkenbergius* ! Quelle vue bizarre des replis du cœur féminin tu nous as déroulée ! Comment pouvoir jamais traduire ce conte ? Et cependant, si cet échantillon des contes de *Slawkenbergius* et de son exquise morale plaît au monde—il en sera traduit une paire de volumes.— Autrement, comment celui-ci pourra jamais être traduit en bon *anglais*, je n'en ai pas la moindre idée.—Il semble, dans certains passages, qu'il faille un sixième sens pour le faire convenablement.———Que peut-il vouloir dire par douce confidentialité d'un babil lent, bas, sec, cinq notes au-dessous du ton naturel,—que vous savez, madame, n'être au plus qu'un chuchotement ? Du moment où j'ai prononcé ces mots, j'ai pu remarquer une tentative de vibration dans les cordes voisines de la région du cœur.—Le cerveau n'a fait aucune réponse.—Il leur arrive souvent de ne pas s'entendre.—J'ai senti, moi, que je percevais la vibration.———Je n'avais pas une idée.—Le mouvement

n'avait pu exister sans cause.—Je m'y perds. Je n'y comprends rien,—à moins, s'il plaît à Vos Honneurs, que la voix, étant en ce cas un peu au-dessus d'un chuchotement, ne force inévitablement les yeux, non seulement à s'approcher à six pouces l'un de l'autre—mais à regarder dans les pupilles—n'est-ce pas dangereux?— Mais on ne peut l'éviter—car si on regarde au plafond, les deux mentons, en ce cas, se rencontrent inévitablement—et si on s'entre-regarde le giron, les fronts viennent en contact immédiat, ce qui, du coup, met fin à la conférence—je veux dire à sa partie sentimentale.
——Ce qui reste, madame, ne vaut pas qu'on se baisse pour le ramasser.

CHAP. II.

MON père resta étendu en travers du lit, aussi immobile que si la main de la Mort l'y eût jeté, pendant une grande heure et demie avant de commencer à jouer sur le plancher avec l'orteil du pied qui pendait sur le bord du lit; le cœur de mon oncle *Toby* en fut plus léger d'une livre.—Au bout de quelques instants, la main gauche de mon père, dont les jointures avaient reposé tout le temps sur l'anse du pot de chambre, reprit sa sensibilité—il le repoussa un peu plus sous la cantonnière—et, ceci fait, il posa sa main sur sa poitrine—et articula un hum!—Mon bon oncle *Toby* y répondit avec un plaisir infini, et aurait bien volontiers profité de cette ouverture pour y greffer une parole de consolation; mais n'ayant, comme je l'ai dit, aucun talent de ce genre, et craignant en outre de débuter par quelque chose qui empirerait encore les affaires, il se contenta de poser paisiblement son menton sur la traverse de sa béquille.

Or, était-ce la compression qui raccourcissait la figure de mon oncle *Toby* en un ovale plus agréable,—ou la philanthropie de son cœur, en voyant son frère commencer à sortir de cette mer d'afflictions, qui avait resserré ses muscles,—en sorte que la compression de son menton ne faisait que doubler la bénignité déjà répandue sur ses traits? La question n'est pas difficile à résoudre.—En tournant les yeux, mon père fut si vivement frappé de l'éclat qui rayonnait sur le visage de mon oncle, que les ombres de son chagrin se dissipèrent en un moment.

Il rompit le silence en ces termes.

CHAP. III.

JAMAIS un homme, frère *Toby*, s'écria mon père en se relevant sur son coude, et en se retournant du côté du lit, où mon oncle *Toby* était assis sur la vieille chaise à franges, le menton appuyé sur sa béquille—jamais un pauvre malheureux homme, frère *Toby*, s'écria mon père, a-t-il reçu autant de coups d'étrivière?——Le plus que j'en ai vu donner, dit mon oncle *Toby* (en sonnant *Trim* avec la sonnette placée au chevet du lit), c'était à un grenadier du régiment de *Makay*[1], je crois.

—Si mon oncle *Toby* lui avait traversé le cœur d'une balle, mon père ne serait pas tombé plus soudainement le nez sur la courtepointe.

Miséricorde! dit mon oncle *Toby*.

CHAP. IV.

ÉTAIT-CE dans le régiment de *Mackay*, dit mon oncle *Toby*, que ce pauvre grenadier fut si impitoyablement fustigé à *Bruges* au sujet des ducats?—Ô Christ! il était innocent! s'écria *Trim* avec un profond soupir. ——Et il fut fustigé, n'en déplaise à Votre Honneur, presque à mort.—Ils auraient mieux fait de le fusiller sur-le-champ, comme il le demandait, et il serait allé droit au ciel, car il était aussi innocent que Votre Honneur.——Je te remercie, *Trim*, dit mon oncle *Toby*.—Je ne pense jamais à ses malheurs, continua *Trim*, et à ceux de mon pauvre frère *Tom*, car nous étions tous les trois camarades d'école, sans pleurer comme un lâche.—Les pleurs ne sont pas une preuve de lâcheté, *Trim*.—J'en verse souvent moi-même, s'écria mon oncle *Toby*.—Je le sais, Votre Honneur, répliqua *Trim*, aussi n'ai-je pas honte de pleurer.— Mais penser, s'il plaît à Votre Honneur, continua *Trim*, une larme se glissant dans le coin de son œil comme il parlait—penser que deux garçons vertueux, ayant dans le corps des cœurs aussi chauds et aussi honnêtes que Dieu les pouvait faire—que des enfants de gens honnêtes, partis d'aussi vaillante ardeur pour chercher fortune dans le monde—soient tombés dans de pareils malheurs!—pauvre *Tom*! être mis à la torture pour rien—pour avoir épousé la veuve d'un juif qui vendait des saucisses—l'âme de l'honnête *Dick Johnson* être chassée à coups de fouet de son corps pour les ducats qu'un autre avait mis dans son havresac! Oh!—ce sont là des infortunes, s'écria *Trim*, en tirant son mouchoir—ce sont là des infortunes, n'en déplaise à Votre Honneur, qui valent la peine de se jeter par terre et de pleurer.

—Mon père ne put s'empêcher de rougir.

—Ce serait un malheur, *Trim*, dit mon oncle *Toby*, que tu éprouvasses jamais un chagrin personnel—tu ressens si tendrement celui des autres.—Hélas! repartit le caporal dont la physionomie s'éclaircit—Votre Honneur sait que je n'ai ni femme ni enfant——je ne puis donc avoir de chagrin dans ce monde.—Mon père ne put s'empêcher de sourire.—Aussi peu que personne, *Trim*, répliqua mon oncle *Toby*; et je ne vois pas ce qu'un garçon d'un cœur léger comme toi pourrait avoir à souffrir, si ce n'est de la misère dans ton vieil âge—quand tu ne pourras plus faire aucun service, *Trim*,—et que tu auras survécu à tes amis—N'en déplaise à Votre Honneur, ne craignez rien, répliqua *Trim* gaiement—Mais c'est toi que je voudrais voir ne rien craindre, *Trim*, repartit mon oncle *Toby*; aussi, continua mon oncle *Toby* en jetant sa béquille et en se levant sur ses jambes comme il prononçait le mot *aussi*—en récompense, *Trim*, de la longue fidélité pour moi et de cette bonté de cœur dont j'ai eu tant de preuves—tant que ton maître aura un schilling à lui—tu n'iras jamais, *Trim*, demander ailleurs un penny. *Trim* essaya de remercier mon oncle *Toby*,—mais il n'en eut pas la force—les larmes ruisselaient sur ses joues plus vite qu'il ne pouvait les essuyer—Il mit sa main sur son cœur—fit un salut jusqu'à terre, et ferma la porte.

—Je laisse à *Trim* mon boulingrin, s'écria mon oncle *Toby*—Mon père sourit—Je lui laisse, en outre, une pension, continua mon oncle *Toby*—Mon père prit un air sérieux.

CHAP. V.

EST-CE un moment convenable, se dit mon père, pour parler de PENSIONS et de GRENADIERS ?

CHAP. VI.

QUAND mon oncle *Toby* avait parlé pour la première fois du grenadier, mon père, ai-je dit, était tombé le nez à plat sur la courtepointe, et aussi subitement que si mon oncle *Toby* l'eût fusillé ; mais je n'ai pas ajouté que tous les autres membres et parties du corps de mon père étaient retombés, en même temps que son nez, précisément dans la même attitude que celle déjà décrite. En sorte que quand le caporal *Trim* quitta la chambre, et que mon père se trouva disposé à se relever de son lit,—il eut à repasser par tous les mêmes petits mouvements préparatoires avant de pouvoir le faire.—Les attitudes ne sont rien, madame,—c'est la transition[1] d'une attitude à une autre comme la préparation et résolution de la dissonante en harmonie, qui fait tout.

C'est pourquoi mon père rejoua la même gigue avec son orteil sur le plancher—repoussa le pot de chambre encore un peu plus avant sous la cantonnière—articula un hem—se leva sur le coude—et allait commencer à adresser la parole à mon oncle *Toby*—lorsque, se rappelant l'insuccès de son premier effort dans cette attitude,—il se mit sur ses jambes, et, au troisième tour qu'il fit dans la chambre, s'arrêta court devant mon oncle *Toby*; posant alors les trois premiers doigts de sa main droite dans la paume de sa gauche, et se baissant un peu, il s'adressa à mon oncle *Toby* en ces termes.

CHAP. VII.

QUAND je réfléchis sur l'HOMME; frère *Toby*, et que j'observe ce côté sombre de lui qui représente sa vie comme exposée à tant de causes de trouble—quand je considère, frère *Toby*, combien nous mangeons souvent le pain de l'affliction, et que nous y sommes prédestinés comme à une part de notre héritage[2]—Je n'ai été prédestiné à rien, dit mon oncle *Toby*, interrompant mon père—qu'à mon brevet. Sacrebleu! dit mon père, est-ce que mon oncle ne vous a pas laissé cent vingt livres par an?—Qu'aurais-je pu faire sans cela? repartit mon oncle *Toby*.—C'est une autre affaire, dit sèchement mon père—Mais je dis, *Toby*, que quand on parcourt la liste de tous les mécomptes et déplorables *Items* dont le cœur de l'homme est surchargé, c'est une chose merveilleuse que les ressources cachées par lesquelles l'esprit est mis en état de les supporter, et de tenir bon, comme il fait, contre les charges imposées à notre nature.——C'est par l'assistance de Dieu, Tout Puissant, s'écria mon oncle *Toby*, en levant les yeux au ciel et en pressant ses deux mains l'une contre l'autre—ce n'est pas par notre propre force, frère *Shandy*—une sentinelle dans une guérite de bois pourrait aussi bien prétendre à tenir contre un détachement de cinquante hommes,—nous sommes soutenus par la grâce et l'assistance du meilleur des Êtres.

—C'est trancher le nœud, au lieu de le dénouer, dit mon père.—Mais permettez-moi, frère *Toby*, de vous faire pénétrer un peu plus avant dans ce mystère.

De tout mon cœur, repartit mon oncle *Toby*.

Mon père aussitôt changea d'attitude pour prendre celle que *Raphaël* a si habilement donnée à *Socrate* dans son École d'*Athènes*[1]; attitude que votre jugement de connaisseur sait être si parfaitement imaginée, qu'elle exprime jusqu'à la manière particulière de raisonner de *Socrate*—car il tient l'index de sa main gauche entre l'index et le pouce de la droite, et semble dire au libertin qu'il corrige—« *Vous m'accordez* ceci—et ceci : et quant à ceci et ceci, je ne vous le demande pas—cela va sans dire. »

Ainsi se tenait mon père, son index serré entre l'autre index et le pouce, et raisonnant avec mon oncle *Toby*, assis dans la vieille chaise à franges, garnie alentour d'une cantonnière à glands d'estame de plusieurs couleurs—Ô *Garrick!*—quelle admirable scène tu ferais de ceci avec ton talent exquis! et avec quel plaisir j'en écrirais une autre analogue pour profiter de ton immortalité et abriter la mienne derrière.

CHAP. VIII.

QUOIQUE l'homme soit le plus curieux de tous les véhicules, dit mon père, sa structure est en même temps si fragile et si peu solidement ajustée, que les brusques secousses et les divers cahots qu'il rencontre inévitablement dans ce rude voyage, le renverseraient et le mettraient en pièces une douzaine de fois par jour—si nous n'avions pas, frère *Toby*, un ressort secret[1] au dedans de nous—Et ce ressort, dit mon oncle *Toby*, je suppose que c'est la Religion.—Cela raccommodera-t-il le nez de mon fils? s'écria mon père, laissant tomber son doigt, et frappant une main contre l'autre—Elle redresse tout, répondit mon oncle *Toby*—Métaphoriquement parlant, cher *Toby*, elle le peut, pour ce que j'en sais, dit mon père; mais le ressort dont je parle est cette grande et élastique faculté intérieure de contrebalancer le mal, et qui, comme un ressort secret dans une machine bien ordonnée, si elle ne peut prévenir le choc—nous trompe du moins sur la sensation.

Or, mon cher frère, dit mon père, qui releva son index en se rapprochant de la question,—si mon fils était arrivé au jour sain et sauf, sans avoir été martyrisé dans cette précieuse partie de lui-même—tout fantasque et extravagant que je puisse paraître au monde avec mon opinion sur les noms de baptême, et sur cette tendance magique que les bons ou mauvais noms impriment irrésistiblement à notre caractère et à notre conduite—le ciel m'est témoin que, dans les plus ardents transports de mes désirs pour la prospérité de mon enfant, je n'eusse jamais désiré de couronner sa tête de plus de gloire et d'honneur que GEORGE ou EDOUARD[1] n'en aurait jeté autour d'elle.

Mais, hélas! continua mon père, comme le plus grand des maux lui est arrivé—je dois le combattre et l'annuler par le plus grand des biens.

Il sera baptisé sous le nom de *Trismegistus*, frère.

Je souhaite que cela lui réussisse—repartit mon oncle *Toby* en se levant.

CHAP. IX.

QUEL chapitre de hasards, dit mon père, en se retournant sur le premier palier, comme il descendait l'escalier avec mon oncle *Toby*——quel long chapitre de hasards nous ouvrent les événements de ce monde! Prenez une plume et de l'encre, frère *Toby*, et calculez loyalement—Je ne sais pas plus calculer que cette rampe, dit mon oncle *Toby* (en manquant la rampe avec sa béquille et en donnant à mon père un coup terrible et inattendu sur l'os de la jambe)—Il y avait cent à parier contre un—s'écria mon oncle *Toby*. ——Je croyais, dit mon père (en se frottant la jambe), que vous n'entendiez rien aux calculs, frère *Toby*.— C'est un pur hasard, dit mon oncle *Toby*.—Alors c'en est un de plus à ajouter au chapitre—répliqua mon père.

Le double bonheur des reparties de mon père dissipa à l'instant la douleur de sa jambe—et ce fut heureux qu'il en fût ainsi—(encore un hasard!)—ou le monde jusqu'à ce jour n'aurait jamais connu le sujet des calculs de mon père—quant à le deviner—il n'y avait pas chance—Quel heureux chapitre de hasards est devenu celui-ci! car il m'a épargné la peine d'en écrire un exprès, et, en vérité, j'en ai déjà bien assez sur les bras ——N'ai-je pas promis au monde un chapitre sur les nœuds? deux chapitres sur le bon et le mauvais bout d'une femme? un chapitre sur les moustaches? un chapitre sur les souhaits?—un chapitre sur les nez?— Non; j'ai fait celui-là—un chapitre sur la modestie de mon oncle *Toby*? sans parler d'un chapitre sur les chapitres, que je terminerai avant de dormir—par les favoris de mon bisaïeul, je ne pourrai jamais en faire la moitié cette année.

Prenez une plume et de l'encre, et calculez au juste, frère *Toby*, dit mon père, et il arrivera un million de fois contre une que, de toutes les parties du corps, la seule dont la chute dût briser la fortune de notre maison sera précisément celle que le tranchant du forceps aurait la malechance d'atteindre et de faire tomber.

Il aurait pu arriver pis, répliqua mon oncle *Toby*—Je ne comprends pas, dit mon père—Supposez que la hanche se fût présentée, comme l'avait pronostiqué le docteur *Slop*, repartit mon oncle *Toby*.

Mon père réfléchit une demi-minute—regarda à terre—toucha légèrement du doigt le milieu de son front—

—C'est vrai, dit-il.

CHAP. X.

N'EST-ce pas une honte de faire deux chapitres de ce qui s'est passé en descendant un étage ? Car nous n'en sommes encore qu'au premier palier, et il nous reste quinze marches de plus à descendre jusqu'en bas ; et, pour ce que j'en sais, comme mon père et mon oncle *Toby* sont en humeur de causer, il pourrait bien y avoir autant de chapitre que de marches ;—qu'il en soit ce qu'il voudra, monsieur, je n'y puis rien, pas plus qu'à ma destinée :—Une impulsion soudaine me traverse l'esprit——Baisse le rideau, *Shandy*—Je le baisse

CHAP. X

——Tire une ligne en travers du papier, *Tristram*—Je la tire—et vive un nouveau chapitre!

Du diable si j'ai d'autre règle pour me diriger dans cette affaire[1]—et si j'en avais une—comme je fais tout en dehors de toute règle—je la tordrais et la mettrais en pièces et je la jetterais au feu quand j'aurais fini— Suis-je échauffé? Je le suis, et la cause le réclame—la belle histoire! est-ce à un homme à suivre les règles— ou aux règles à le suivre?

Or, ce chapitre-ci, il faut que vous le sachiez, étant mon chapitre sur les chapitres, que j'ai promis d'écrire avant d'aller dormir, j'ai jugé convenable de soulager entièrement ma conscience, avant de me coucher, en racontant tout de suite au monde tout ce que je sais sur la matière : Cela ne vaut-il pas dix fois mieux que de débuter dogmatiquement par une sentencieuse parade de sagesse, et de dire au monde, en lui racontant une histoire à dormir debout—que les chapitres soulagent l'esprit—qu'ils assistent—ou impressionnent l'imagination—et que dans un ouvrage de cette trempe dramatique ils sont aussi nécessaires que les changements de scènes—avec cinquante autres froides idées suffisantes pour éteindre le feu qui l'a rôti?—Oh! mais pour comprendre ceci, qui est un coup de soufflet donné au feu du temple de *Diane*—il vous faut lire *Longin*[2]—le lire en entier—et si vous n'êtes pas plus avancé d'un iota pour l'avoir lu une première fois—ne craignez rien—relisez-le—*Avicenne* et *Licetus*[3] lurent quarante fois d'un bout à l'autre la métaphysique d'*Aristote*, et n'en comprirent jamais un seul mot.—

Mais remarquez-en la conséquence—*Avicenne* devint un furieux écrivain en tout genre d'écrits—car il écrivit des livres *de omni scribili*[1]; et quant à *Licetus* (*Fortunio*), quoique tout le monde sache qu'il était né à l'état de fœtus*, n'ayant pas plus de cinq pouces et demi de long, il ne s'en éleva pas moins en littérature à cette hauteur étonnante d'écrire un livre avec un titre aussi long que lui——Les érudits savent que je veux

---

* *Ce Fœtus* n'etoit pas plus grand que la paúme de la main ; mais son pere l'ayant éxaminè en qualitè de Médecin, & ayant trouvé que c'etoit quelque chose de plus qu'un Embryon, le fit transporter tout vivant à Rapallo, ou il le fit voir à Jerôme Bardi & à d'autres Medecins du lieu. On trouva qu'il ne lui manquoit rien d'essentiel a la vie ; & son pere pour faire voir un essai de son expérience, entreprit d'achever l'ouvrage de la Nature, & de travailler a la formation de l'Enfant avec le même artifice que celui dont on se sert pour faire éclore les Poulets en Égypte. Il instruisit une Nourrisse de tout ce qu'elle avoit à faire, & ayant fait mettre son fils dans un four proprement accommodè, il reussit à l'élever et a lui faire prendre ses accroissemens necessaires, par l'uniformité d'une chaleur étrangére mesurée éxactement sur les dégrés d'un Thermométre, ou d'un autre instrument équivalent. (Vide Mich. Giustinian, ne gli Scritt. Liguri á Cart. 223. 488.)

On auroit toujours été très-satisfait de l'industrie d'un Pere si experimenté dans l'Art de la Generation, quand il n'auroit pû prolonger la vie a son fils que pour quelques mois, ou pour peu d'années.

Mais quand on se represente que l'Enfant a vecu pres de quatre-vingts ans, & que il a composé quatre-vingts Ouvrages differents tous fruits d'une longue lecture,—il faut convenir que tout ce qui est incroyable n'est pas toujours faux, & que la *Vraisemblance n'est pas toujours du coté de la Veritè.*

Il n'avoit que dix-neuf ans lors qu'il composa Gonospychanthropologia de Origine Animæ humanæ.

(Les Enfans celebres[2], revûs & corriges par M. De la Monnoye de l'Academie Françoise.)

parler de sa *Gonopsychanthropologia,* sur l'origine de l'âme humaine.

En voilà assez pour mon chapitre sur les chapitres, que je tiens pour le meilleur de tout mon ouvrage ; et croyez-en ma parole, quiconque le lira, emploiera tout aussi bien son temps qu'à ramasser des brins de paille.

CHAP. XI.

NOUS raccommoderons les choses, dit mon père en posant le pied sur la première marche du palier ——Ce *Trismegistus,* continua mon père en retirant sa jambe et en se tournant vers mon oncle *Toby*—était le plus grand (*Toby*) de tous les Êtres terrestres—c'était le plus grand roi—le plus grand législateur—le plus grand philosophe—et le plus grand prêtre—et ingénieur—dit mon oncle *Toby.*—

—Naturellement, dit mon père.

CHAP. XII.

—ET comment va votre maîtresse ? s'écria mon père, redescendant la même marche, et s'adressant à *Susannah* qu'il voyait passer au bas de l'escalier, avec une grosse pelote à la main—comment va votre maîtresse ? Aussi bien qu'on peut s'y attendre, dit *Susannah*, courant légèrement, mais sans lever la tête—Quel sot je fais! dit mon père en retirant de nouveau sa jambe—que les choses aillent comme elles veulent, frère *Toby*, c'est toujours la même réponse—Et comment va l'enfant, je vous prie?—Pas de réponse. Et où est le docteur *Slop*? ajouta mon père, élevant la voix et regardant par-dessus la rampe—*Susannah* était hors de portée d'entendre.

De toutes les énigmes de la vie conjugale, dit mon père en traversant le palier, afin de s'adosser au mur tandis qu'il s'adresserait à mon oncle *Toby*—de toutes les énigmes embarrassantes, dit-il, de l'état de mariage,—et vous pouvez m'en croire, frère *Toby*, il y en a plus de charges d'âne que n'en auraient pu porter tous les ânes de *Job*[1]—il n'en est pas de plus embrouillée que celle-ci, à savoir—que dès l'instant où la maîtresse de la maison accouche, toutes les femmes qui s'y trouvent, depuis la femme de chambre de milady jusqu'à la fille de cuisine, en deviennent plus grandes d'un pouce, et se donnent plus d'airs pour ce seul pouce que pour tous les autres pouces ensemble.

Je crois plutôt, repartit mon oncle *Toby*, que c'est nous qui rapetissons d'un pouce.——Quand je rencontre une femme avec un enfant—je l'éprouve—C'est une lourde taxe sur cette moitié de nos semblables, frère *Shandy*, dit mon oncle *Toby*—C'est un cruel fardeau pour elles, continua-t-il en secouant la tête.—Oui, oui, c'est une chose pénible—dit mon père, en secouant aussi la tête—mais certainement, depuis que secouer la tête est devenu à la mode, jamais deux têtes n'ont été secouées ensemble et de concert, par deux ressorts aussi différents.

Dieu les bénisse ⎫ toutes—se disaient mon
Le Diable les emporte ⎬ oncle *Toby* et mon père,
chacun de son côté.

CHAP. XIII.

HOLÀ!—vous, porteur!—voici six pence—Rendez-vous dans la boutique de ce libraire, et appelez-moi un des *grands* critiques *du jour*. Je suis tout disposé à donner une couronne à l'un d'eux pour m'aider, avec ses armes, à faire descendre l'escalier à mon père et mon oncle *Toby*, et à les mettre au lit.—

—Il est grandement temps; car, excepté un petit somme qu'ils ont fait pendant que *Trim* forait les bottes fortes—et qui, par parenthèse, n'a fait aucun bien à mon père, à cause du mauvais gond—ils n'avaient pas fermé les yeux depuis neuf heures au moment où le docteur *Slop* fut introduit par *Obadiah* dans l'arrière-parloir, et accommodé à l'abominable sauce que l'on sait.

Si chaque jour de ma vie devait être aussi affairé que celui-ci,—et prendre,—un instant!—

Je ne veux pas finir cette phrase avant d'avoir fait une observation sur l'étrange état de mes affaires avec le lecteur, dans la circonstance présente—observation qui n'a jamais été applicable auparavant à aucun autre biographe que moi depuis la création du monde—et qui, je crois, ne sera jamais bonne pour un autre jusqu'à la destruction finale——aussi, rien que pour sa nouveauté, doit-elle mériter l'attention de Vos Honneurs.

Je suis ce mois-ci plus âgé d'un an que je ne l'étais l'année dernière à pareil jour ; et étant parvenu, comme vous voyez, presque au milieu de mon troisième volume—mais pas au-delà du premier jour de ma vie—il est évident que j'ai trois cent soixante-quatre jours de ma vie de plus à écrire que quand j'ai commencé ; en sorte qu'au lieu d'avancer, comme un écrivain ordinaire, dans mon ouvrage en proportion de ce que j'en ai fait—au contraire, me voici justement d'autant de volumes en arrière—si chaque jour de ma vie devait être aussi affairé que celui-ci—Et pourquoi pas ?—et si ses faits et opinions devaient exiger autant de description—Et pour quelle raison les tronquerais-je ? comme de ce train-là je vivrais 364 fois plus vite que je n'écrirais—Il en résulte, n'en déplaise à Vos Honneurs, que plus j'écrirai, plus j'aurai à écrire—et par conséquent plus Vos Honneurs liront, et plus Vos Honneurs auront à lire[1].

Sera-ce bon pour les yeux de Vos Honneurs ?

Les miens s'en trouveront bien ; et n'était que mes OPINIONS causeront ma mort, je pressens que, grâce à ma vie écrite, je mènerai une belle vie ; ou, en d'autres termes, que je mènerai de front une paire de belles vies.

Quant au projet de douze volumes par an, ou un volume par mois, cela ne modifie en rien mes vues—que j'écrive comme je voudrai, et que je me lance comme je pourrai au milieu des choses, ainsi que le conseille *Horace*[1],—je ne me rattraperai jamais—dussé-je me fouetter et me pousser à en crever. Au pis aller, je gagnerai un jour d'avance sur ma plume—et un jour suffit pour deux volumes—et deux volumes suffiront pour une année[2].—

Que le Ciel fasse prospérer les fabricants de papier sous le règne propice qui s'ouvre en ce moment pour nous,—comme j'espère que sa Providence fera prospérer toutes les autres choses qu'on y entreprendra!

Quant à la propagation des Oies—je ne m'en inquiète pas—la Nature est si libérale—Je ne manquerai jamais d'outils pour travailler.

—Ainsi donc, l'ami, vous avez fait descendre l'escalier à mon père et à mon oncle *Toby*, et vous les avez menés coucher.—Et comment vous y êtes-vous pris? —Vous avez fait tomber un rideau au bas de l'escalier—Je pensais bien que vous n'aviez pas d'autre moyen—Voici une couronne pour votre peine.

CHAP. XIV.

—ALORS, passez-moi ma culotte qui est sur la chaise, dit mon père à *Susannah*—Vous n'avez pas le temps de vous habiller, monsieur, s'écria *Susannah*—l'enfant a la face aussi noire que mon—Que votre quoi? dit mon père qui, comme tous les orateurs, était un grand approfondisseur de comparaisons—Miséricorde, monsieur, dit *Susannah*, l'enfant a une convulsion—Et où est Mr. *Yorick*—Jamais où il devrait être, dit *Susannah*, mais son curé est dans le cabinet de toilette, l'enfant sur les bras et attendant le nom——et ma maîtresse m'a priée de courir, aussi vite que je pourrais, savoir si, comme le capitaine *Shandy* est le parrain, l'enfant ne doit pas être appelé comme lui.

Si l'on était sûr, se dit mon père en se grattant le sourcil, que l'enfant fût mourant, on pourrait aussi bien en faire la politesse à mon frère *Toby*—car ce serait une pitié, en pareil cas, de lui donner un aussi grand nom que *Trismegistus*—Mais il peut en revenir.

Non, non,—dit mon père à *Susannah*, je vais me lever——Vous n'en avez pas le temps, cria *Susannah*, l'enfant est aussi noir que mon soulier. *Trismegistus*, dit mon père—Mais attends—tu es un vase fêlé, *Susannah*, ajouta mon père; pourras-tu porter *Trismegistus* dans ta tête, le long du corridor, sans le répandre? —Si je pourrai! s'écria *Susannah* en refermant la porte avec colère—Si elle le peut, je veux être fusillé, dit mon père en sautant à bas du lit dans l'obscurité, et cherchant à tâtons sa culotte.

Susannah courait en toute hâte dans le corridor.

Mon père se hâtait le plus possible pour trouver sa culotte.

Susannah avait l'avance, et la garda—C'est *Tris*—quelque chose, cria *Susannah*—Il n'y a pas, dit le curé, d'autre nom de baptême au monde commençant par *Tris*—que *Tristram*. Alors, c'est *Tristram-gistus*, dit *Susannah*.

—Il n'y a pas de *gistus* au bout, imbécile!—c'est mon propre nom[1], répliqua le curé, tout en plongeant la main dans le bassin— *Tristram*! dit-il, etc., etc., etc., etc. je fus donc appelé *Tristram*, et *Tristram* je resterai jusqu'au jour de ma mort.

Mon père suivit *Susannah* avec sa robe de chambre sur le bras, et n'ayant que sa culotte attachée, dans sa précipitation, par un seul bouton et ce bouton, dans sa précipitation, à moitié passé seulement dans la boutonnière.

—Elle n'a pas oublié le nom? s'écria mon père en entr'ouvrant la porte—Non, non, dit le curé d'un ton d'intelligence—Et l'enfant va mieux, s'écria *Susannah*—Et comment se trouve votre maîtresse? Aussi bien, dit *Susannah*, qu'on peut s'y attendre—Bah! dit mon père, le bouton de sa culotte s'échappant de la boutonnière—en sorte que la question de savoir si l'interjection fut dirigée contre *Susannah* ou contre la boutonnière,—si Bah! était une interjection de mépris ou une interjection de pudeur, est douteuse et le restera jusqu'à ce que j'aie le temps d'écrire les trois chapitres favoris suivants, c'est-à-dire mon chapitre des *femmes de chambre*—mon chapitre des *Bah!* et mon chapitre des *boutonnières*.

Tout l'éclaircissement que je puis actuellement fournir au lecteur, c'est qu'au moment où mon père cria Bah! il fit volte-face—et, sa culotte retenue d'une main et sa robe de chambre jetée sur le bras de l'autre, il retourna à son lit par le corridor, un peu plus lentement qu'il n'était venu.

CHAP. XV.

JE souhaiterais pouvoir écrire un chapitre sur le sommeil.

Il ne pourrait jamais se présenter une occasion plus convenable que celle offerte en ce moment où tous les rideaux de la maison sont tirés—les chandelles éteintes—et où pas un œil humain n'est ouvert, sauf l'unique de la garde de ma mère, dont l'autre est fermé depuis vingt ans.

C'est un beau sujet!

Et cependant, si beau qu'il soit, je me chargerais d'écrire plus vite et avec plus de succès une douzaine de chapitres sur les boutonnières, qu'un seul chapitre là-dessus.

Les boutonnières!——leur idée seule a quelque chose de piquant—et, croyez-moi, quand je serai avec elles—Gentlemen à grandes barbes—ayez l'air aussi grave que vous voudrez—je ferai une joyeuse besogne de mes boutonnières—je les aurai à moi seul—c'est un sujet vierge—et je ne m'y heurterai ni à la sagesse ni aux belles phrases de personne.

Mais le sommeil—je sens, avant de commencer, que je n'en tirerai rien—je n'ai pas le chic de vos belles phrases, premièrement—et en second lieu, il me serait impossible, sur mon âme, de donner une forme grave à un mauvais fond, et de dire au monde—que c'est le refuge de l'infortuné—l'affranchissement du prisonnier—le giron duveté du désespoir, de l'épuisement et du cœur brisé ; je ne pourrais pas non plus débuter, un mensonge à la bouche, en affirmant que de toutes les douces et délicieuses fonctions de notre nature, par lesquelles il a plu, dans sa bonté, au grand Auteur des êtres, de compenser les souffrances dont sa justice et son bon plaisir nous ont harassés,—c'est la principale (je connais des plaisirs qui valent dix fois autant) ou quel bonheur c'est pour l'homme, quand les anxiétés et les passions du jour sont évanouies, et qu'il est étendu sur le dos, d'avoir son âme placée en lui de telle sorte que, partout où elle tourne les yeux, le ciel paraisse calme et riant au-dessus d'elle—sans désir—ni crainte —ni doute qui trouble l'air, sans aucune difficulté passée, présente ou future que l'imagination ne puisse franchir, sans se blesser, dans cette charmante retraite.

—« Béni soit, dit *Sancho Pança*, l'homme qui le premier inventa ce qu'on appelle le sommeil——et qui couvre un homme de la tête aux pieds comme un manteau[1]. » Or ceci a plus de valeur pour moi, et parle plus vivement à mon cœur que toutes les dissertations exprimées des têtes de tous les savants réunis sur ce sujet.

—Non que je désapprouve entièrement ce que *Montaigne*[1] avance à cet égard—c'est admirable dans son genre.——(Je cite de mémoire.)

Le monde jouit des autres plaisirs, dit-il, comme il fait de celui du sommeil, sans le goûter ou le sentir au passage—Nous devrions l'étudier et le ruminer, pour en rendre grâces convenables à celui qui nous l'octroie—dans ce but, je me fais troubler dans mon sommeil, afin de le mieux sentir et savourer—Et cependant, je vois peu de gens, dit-il encore, qui vivent avec moins de sommeil, quand il est besoin ; mon corps est capable d'une agitation ferme, mais non pas violente et soudaine—J'évite depuis peu les exercices violents—je ne suis jamais las de marcher—mais dès ma jeunesse je n'ai jamais aimé chevaucher sur le pavé. J'aime à coucher dur, et seul, et même sans ma femme —Ce dernier mot peut ébranler la foi du monde— mais souvenez-vous : « La vraisemblance (comme dit *Baylet* dans l'affaire de *Liceti*) n'est pas toujours du Côté de la Verité[2]. » Et en voilà assez sur le sommeil.

CHAP. XVI.

SI ma femme veut en courir le risque—frère *Toby*, on habillera *Trismegistus* et on nous le descendra, tandis que nous déjeunerons ensemble, vous et moi.—

—*Obadiah*, va dire à *Susannah* de venir.

Elle vient de monter l'escalier en courant, répondit *Obadiah*, à l'instant même, et en sanglotant, criant et se tordant les mains comme si son cœur se brisait.——

Nous aurons eu un joli mois à passer, dit mon père, en tournant le dos à *Obadiah* et regardant fixement en face mon oncle *Toby*, pendant quelques instants— nous aurons eu un mois diabolique à passer, frère *Toby*, dit mon père, en croisant les bras et secouant la tête ; le feu, l'eau, les femmes, le vent—frère *Toby*!—C'est quelque malheur, dit mon oncle *Toby*—C'en est un, s'écria mon père,—que d'avoir tant d'éléments discordants, déchaînés et triomphants dans chaque coin de la maison d'un gentleman—Peu importe à la paix d'une famille, frère *Toby*, que nous nous possédions, vous et moi, et que nous restions ici silencieux et immobiles,—tandis qu'une pareille tempête siffle sur nos têtes.——

—Et qu'y a-t-il, *Susannah*? Ils ont appelé l'enfant *Tristram*——et ma maîtresse vient, à ce propos, d'avoir une attaque de nerfs—Non!—ce n'est pas ma faute, dit *Susannah*—je lui ai dit que c'était *Tristramgistus*.

——Faites le thé pour vous, frère *Toby*, dit mon père, en décrochant son chapeau—mais quelle différence avec ces emportements et agitations de voix et de membres, qu'un lecteur ordinaire imaginerait!

—Car il parla avec la plus suave modulation—et décrocha son chapeau avec le geste le plus doux que jamais l'affliction ait harmonisés et accordés ensemble.

—Va au boulingrin chercher le caporal *Trim*, dit mon oncle *Toby* à *Obadiah*, aussitôt que mon père eut quitté la chambre.

CHAP. XVII.

QUAND le malheur de mon NEZ tomba si pesamment sur la tête de mon père,—le lecteur se souvient qu'il monta aussitôt et se jeta sur son lit ; et d'après cela, à moins qu'il n'ait une profonde connaissance de la nature humaine, il sera disposé à attendre de lui une succession des mêmes mouvements ascendants et descendants, à ce malheur de mon NOM ;——eh bien, pas du tout.

La différence de poids, cher monsieur,—et même la différence d'emballage de deux vexations du même poids,—fait une énorme différence dans notre manière de les supporter et de nous en tirer.—Il n'y a pas une demi-heure que (dans la grande hâte et précipitation d'un pauvre diable qui écrit pour son pain quotidien) j'ai jeté une belle feuille de papier, que je venais de finir et de copier soigneusement, doit dans le feu, au lieu du brouillon.

Aussitôt j'ai arraché ma perruque, et, avec toute la violence imaginable, je l'ai lancée perpendiculairement au plafond—à la vérité, je l'ai rattrapée comme elle retombait—mais cela a mis fin à l'affaire, et je ne pense pas que rien autre dans la *Nature* eût pu me procurer un soulagement si immédiat : C'est cette chère Déesse qui, par une impulsion instantanée, dans tous les *cas irritants*, détermine en nous l'action de tel ou tel membre— ou autrement qui nous met dans telle ou telle place, ou posture de corps, sans que nous sachions pourquoi— Mais observez, madame, que nous vivons au milieu d'énigmes et de mystères[1]—que les choses les plus claires qui se présentent sur notre chemin ont leurs côtés obscurs, que la vue la plus perçante ne peut pénétrer ; et que les intelligences les plus nettes et les plus élevées parmi nous se trouvent elles-mêmes embarrassées et en défaut devant presque chaque recoin des œuvres de la nature ; en sorte que ceci, comme mille autres choses, nous arrive d'une façon dont nous ne pouvons raisonner,—mais dont nous tirons profit, n'en déplaise à Vos Révérences et à Vos Honneurs—et cela nous suffit.

Or, mon père n'aurait pu, pour sauver sa vie, se coucher avec cette affliction—il n'aurait pas pu davantage l'emporter en haut comme l'autre—Il alla donc se promener posément avec elle au bord de l'étang.

Si mon père avait appuyé sa tête sur sa main, et réfléchi une heure au chemin qu'il devait prendre—la raison, avec toute sa force, n'aurait pu le diriger vers rien de comparable à un étang : il y a quelque chose, monsieur, dans les étangs—mais ce que c'est, je laisse aux faiseurs de systèmes et aux cureurs d'étangs à le découvrir entre eux—mais il y a quelque chose, lors du premier transport désordonné des humeurs, de si étrangement calmant dans une marche sage et réglée vers un étang, que je me suis souvent étonné que ni *Pythagore*, ni *Platon*, ni *Solon*, ni *Lycurgue*[1], ni *Mahomet*, ni aucun de vos fameux législateurs, n'aient jamais rien prescrit à ce sujet.

CHAP. XVIII.

VOTRE Honneur, dit *Trim*, en fermant la porte du parloir avant de commencer à parler, a appris, j'imagine, ce malheureux accident——Oh! oui, *Trim*, dit mon oncle *Toby*, et il me chagrine fort—J'en suis aussi peiné dans l'âme, répliqua *Trim*, mais j'espère que Votre Honneur me rend la justice de croire qu'il n'y a eu en rien de ma faute—De ta faute—*Trim*!— s'écria mon oncle *Toby*, en le regardant en face avec bonté—c'est une sottise de *Susannah* et du curé, à eux deux—Que pouvaient-ils, n'en déplaise à Votre Honneur, avoir à faire dans le jardin?—Dans le corridor, veux-tu dire, repartit mon oncle *Toby*.

Trim sentit qu'il avait pris le change, et s'arrêta court avec un profond salut—Deux malheurs, se dit le caporal, c'est deux de plus au moins qu'il n'en faut parler en une fois,—le dégât qu'a fait la vache en pénétrant dans les fortifications peut être annoncé plus tard à Son Honneur—Le casuisme et l'adresse de *Trim*, sous le couvert de son profond salut, prévinrent tout

CHAP. XVIII

soupçon chez mon oncle *Toby*, aussi continua-t-il en ces termes ce qu'il avait à dire à *Trim*.

—Pour ma part, *Trim*, quoique je voie peu ou prou de différence pour mon neveu, de s'appeler *Tristram* ou *Trismegistus*—cependant la chose tient si fort à cœur à mon frère, *Trim*,—que j'aurais volontiers donné cent livres pour qu'elle ne fût pas arrivée—Cent livres! n'en déplaise à Votre Honneur, répliqua *Trim*,—je ne donnerais pas un noyau de cerise de retour—Ni moi non plus, *Trim*, pour mon propre compte, dit mon oncle *Toby*—mais mon frère, avec qui il n'y a pas moyen de raisonner là-dessus—soutient qu'il dépend beaucoup plus de choses, *Trim*, des noms de baptême, que les ignorants ne l'imaginent;——car il dit que depuis le commencement du monde il n'y a pas eu une seule action grande ou héroïque accomplie par un homme appelé *Tristram*—il affirme même, *Trim*, qu'un tel homme ne peut être ni instruit, ni sage, ni brave—C'est pure imagination, n'en déplaise à Votre Honneur—je me suis battu tout aussi bien, repartit le caporal, quand le régiment m'appelait *Trim*, que quand il m'appelait *James Butler*—Et pour ma part, dit mon oncle *Toby*, je rougirais de me vanter moi-même, *Trim*,—mais si je m'étais appelé *Alexandre*, je n'aurais pu faire à *Namur* que mon devoir—Béni soit Votre Honneur! s'écria *Trim*, en avançant de trois pas, est-ce qu'un homme pense à son nom de baptême quand il marche à l'attaque?—Ou lorsqu'il se tient dans la tranchée, *Trim*? s'écria mon oncle *Toby* d'un air résolu—Ou lorsqu'il entre dans la brèche? dit *Trim*, en pénétrant entre deux chaises—Ou lorsqu'il force les lignes? s'écria mon oncle, en se levant et portant sa béquille en avant comme une pique—Ou en face d'un peloton ? cria *Trim*, en présentant sa canne en guise de fusil—Ou quand il monte sur le glacis ? cria mon oncle *Toby*, d'un air animé et mettant son pied sur son tabouret.——

CHAP. XIX.

MON père était revenu de sa promenade à l'étang—et ouvrait la porte du parloir au plus fort de l'attaque, juste au moment où mon oncle *Toby* montait sur le glacis—*Trim* mit bas les armes—jamais de sa vie, mon oncle *Toby* n'avait été surpris galopant d'un train aussi désespéré! Hélas! mon oncle *Toby*! Si un sujet plus important n'avait réclamé toute la facile éloquence de mon père,—comme vous auriez été insultés alors, toi et ton pauvre DADA!

Mon père accrocha son chapeau du même air qu'il l'avait décroché; et après avoir jeté un coup d'œil sur le désordre de la chambre, il prit une des chaises qui avaient formé la brèche du caporal, et la plaçant vis-à-vis de mon oncle *Toby*, il s'y assit, et aussitôt que le thé eut été enlevé et la porte fermée, il se mit à se lamenter de la manière suivante.

LAMENTATION DE MON PÈRE

Il est inutile, dit mon père, s'adressant autant à la malédiction d'*Ernulphus*, qui était posée sur le coin du manteau de la cheminée,—qu'à mon oncle *Toby* qui était assis dessous—il est inutile, dit mon père avec la plus plaintive monotonie imaginable, de lutter plus longtemps que je n'ai fait contre cette persuasion, la plus désagréable des persuasions humaines—Je vois clairement que, soit pour mes propres péchés, frère *Toby,* soit pour les péchés[1] et folies de la famille *Shandy,* le Ciel a jugé convenable de faire avancer contre moi sa plus grosse artillerie ; et que la prospérité de mon enfant est le point de mire sur lequel toute sa force va être dirigée——Il y aurait de quoi faire écrouler tout l'univers sur nos têtes, frère *Shandy,* dit mon oncle *Toby,*—s'il en était ainsi—Malheureux *Tristram* ! enfant de la colère[2] ! enfant de la décrépitude ! de l'interruption ! de la méprise ! et du mécontentement ! Quelle infortune ou quel désastre du livre des maux embryoniques, capable de désorganiser ta structure, ou d'embrouiller tes ligaments, n'est pas tombé sur ta tête avant même ton arrivée dans le monde—que de maux à ton entrée !—Que de maux depuis !—engendré au déclin des jours de ton père—quand les forces de son imagination et de son corps s'affaiblissaient——quand le chaud radical et l'humide radical, éléments qui auraient tempéré les tiens, se desséchaient ; et qu'il ne restait plus, pour établir ta force vitale, que des négations— c'est déplorable—frère *Toby,* pour le moins, et cela réclamait tous les petits secours que le soin et l'attention pouvaient donner des deux côtés. Mais comme nous avons été déconfits ! vous connaissez l'événement, frère *Toby,*—il est trop triste pour être répété ici,— alors que le peu d'esprits animaux que je possédasse au monde, et qui auraient dû transporter la mémoire, l'imagination, la vivacité et l'intelligence,—furent tous dispersés, emmêlés, confondus, éparpillés et envoyés au diable[1]!—

C'était alors le moment de mettre fin à cette persécution contre lui;—et d'essayer au moins—si le calme et la sérénité d'esprit chez votre sœur, avec une attention convenable, frère *Toby*, à ses évacuations et réplétions—et au reste de ses antinaturels, ne pourraient pas, dans le cours de neuf mois de gestation, remettre toutes choses en ordre.—Mon enfant fut privé de cette ressource!—Quelle vie tourmentée elle s'est imposée à elle-même, et, par conséquent, à son fœtus aussi, avec cette absurde envie d'accoucher à *Londres*! Je pensais que ma sœur s'était résignée avec la plus grande patience, repartit mon oncle *Toby*——je ne lui ai jamais entendu proférer une parole de mauvaise humeur à ce sujet—Elle bouillait intérieurement, s'écria mon père; et cela, permettez-moi de vous le dire, frère, était dix fois pis pour l'enfant et puis que de combats elle m'a livrés, et quels orages perpétuels au sujet de la sage-femme!—Là elle s'est donné libre cours, dit mon oncle *Toby*—Libre cours! s'écria mon père en levant les yeux—

Mais qu'était tout cela, mon cher *Toby*, auprès du tort que nous a fait l'arrivée de mon enfant dans le monde la tête la première, quand tout ce que je désirais, dans ce naufrage général de sa structure, c'était d'éviter à cette petite cassette d'être brisée et pilée—

Malgré toutes mes précautions, comme mon système a été retourné sens dessus dessous dans la matrice de la mère avec mon enfant! sa tête exposée à la main de la violence, et une pression de quatre cent soixante-dix livres avoir-du-poids agissant si perpendiculairement sur le sommet—qu'à cette heure l'assurance que le fin tissu de la toile intellectuelle n'est pas déchiré et mis en lambeaux, est de quatre-vingt-dix pour cent.

—Pourtant nous aurions pu nous en tirer.——Sot, fat, freluquet—donnez-lui seulement un NEZ—Boiteux, Nain, Radoteur, Oison—(taillez-le comme vous voudrez) la porte de la fortune reste ouverte—Ô *Licetus! Licetus!* si j'avais eu le bonheur d'avoir un fœtus de cinq pouces et demi de long, tel que toi—j'aurais pu braver le Destin.

Et après tout, frère *Toby*, il restait encore un coup de dés à notre enfant—Ô *Tristram! Tristram! Tristram!*

Nous allons envoyer chercher M. *Yorick*, dit mon oncle *Toby*.

—Vous pouvez envoyer chercher qui vous voudrez, répliqua mon père.

CHAP. XX.

DE quel train j'ai été, sautant et gambadant, deux pas en avant et deux en arrière, pendant trois volumes de suite, sans regarder une seule fois derrière moi, ou même de côté, pour voir qui j'écrasais!—Je n'écraserai personne,—me dis-je en mettant le pied à l'étrier—je prendrai un rapide et bruyant galop; mais je ne blesserai pas le plus pauvre baudet sur la route—Je partis donc—montant une ruelle—descendant l'autre; traversant cette barrière de péage—sautant celle-là, comme si l'Archijockey des jockeys était monté en croupe derrière moi.

Or, chevauchez de ce train avec les meilleures intentions et résolutions possibles,—il y a mille à parier contre un que vous causerez un malheur à quelqu'un, sinon à vous-même—Il est démonté—il est désarçonné—il a perdu son chapeau—il est par terre—il va se casser le cou—voyez!—s'il n'a pas galopé au beau milieu de la tribune des critiques de profession!—il se brisera la cervelle contre un de leurs poteaux—le voilà lancé!—regardez—il chevauche maintenant, tête baissée, comme un fou, à travers toute une foule de peintres, de musiciens, de poètes, de biographes, de médecins, de légistes, de logiciens, d'acteurs, d'érudits, d'ecclésiastiques, d'hommes d'État, de soldats, de casuistes, de connaisseurs, de prélats, de papes et d'ingénieurs—Ne craignez rien, dis-je—Je ne blesserai pas le plus pauvre baudet sur le grand chemin du roi—Mais votre cheval envoie de la boue; voyez, vous avez éclaboussé un évêque[1]—J'espère, pour Dieu, que ce n'était qu'*Ernulphus*, dis-je—Mais vous avez aspergé en pleine figure MM. *Le Moyne, de Romigny* et *de Marcilly*, docteurs en Sorbonne[2]—C'était l'année dernière, répliquai-je—Mais vous venez à l'instant même d'écraser un roi.——Les rois jouent de malheur, dis-je, d'être écrasés par de pauvres diables tels que moi.

—Vous l'avez fait, répliqua mon accusateur.

Je le nie, dis-je, et là-dessus je me suis échappé, et me voici debout, ma bride dans une main, et ma casquette dans l'autre, prêt à raconter mon histoire—Et quelle est-elle? Vous le saurez dans le prochain chapitre.

CHAP. XXI.

UN soir d'hiver que *François* Ier, de France, était à se chauffer aux cendres d'un feu de bois, et à causer, avec son premier ministre, de diverses choses pour le bien de l'État*—il ne serait pas mal, dit le roi en remuant les cendres avec sa canne, que la bonne intelligence qui existe entre nous et la *Suisse* fût un peu raffermie—On n'en finit pas, Sire, répliqua le ministre, de donner de l'argent à ces gens-là—ils dévoreraient le trésor de la *France*—Bah! Bah! répondit le roi——Il y a d'autres manières, Monsieur *le Premier*, de gagner les États, que celle de donner de l'argent——Je ferai l'honneur à la *Suisse* de la prendre pour parrain de mon premier enfant—Votre Majesté, dit le ministre, en ce faisant, aurait tous les grammairiens de l'*Europe* sur

---

* Voir Menagiana[1], vol. I.

son dos;—la *Suisse*, comme République, étant femme, ne peut en aucun sens être parrain—Elle peut être marraine, repartit vivement *François*—ainsi, annoncez mes intentions par un courrier demain matin.

Je suis étonné, dit *François* Ier (quinze jours après), parlant à son ministre qui entrait dans le cabinet, que nous n'ayons pas eu de réponse de la *Suisse*—Sire, dit Monsieur *le Premier*, je viens précisément mettre sous vos yeux mes dépêches relatives à cette affaire.—Ils le prennent bien? dit le roi—Oui, Sire, répliqua le ministre, et ils sont grandement sensibles à l'honneur que Votre Majesté leur a fait—mais la République, comme marraine, réclame le droit de nommer l'enfant.

C'est trop juste, dit le roi—elle le baptisera *François*, ou *Henri*, ou *Louis*, ou de tout autre nom qu'elle sait devoir nous être agréable. Votre Majesté se trompe, répliqua le ministre—Je viens de recevoir sur l'heure une dépêche de notre résident, avec la décision de la République sur ce point aussi—Et à quel nom la République s'est-elle arrêtée pour le Dauphin?—*Sidrach, Misach, Abdenago*[1], répliqua le ministre—Par le ceinturon de saint *Pierre*, je ne veux rien avoir à faire avec les *Suisses*, s'écria *François* Ier, remontant sa culotte et marchant à grands pas par la chambre.

Votre Majesté, répliqua le ministre avec calme, ne peut pas se dégager.

Nous leur donnerons de l'argent—dit le roi.

Sire, il n'y a pas soixante mille écus dans le trésor, répondit le ministre——Je mettrai en gage le plus beau joyau de ma couronne, dit *François* Ier.

Votre honneur est déjà engagé dans cette affaire, répondit Monsieur *le Premier.*

Alors, Monsieur *le Premier,* dit le roi, par——nous leur ferons la guerre.

CHAP. XXII.

AMI lecteur, quoique j'aie passionnément désiré et tâché soigneusement (dans la mesure des faibles talents que Dieu m'a départis, et autant que les autres occasions d'un profit nécessaire et d'un salutaire amusement m'en ont laissé le loisir) que ces petits livres que je mets ici dans tes mains, pussent tenir lieu de maint plus gros livres[1]—cependant je me suis comporté envers toi avec une si fantasque espèce d'insouciant badinage, que j'ai bien grandement honte, à présent, de solliciter sérieusement ton indulgence—en te priant de croire que dans l'histoire de mon père et de ses noms de baptême,—je n'ai eu aucune idée d'écraser *François* Ier—ni, dans l'affaire du nez—*François* IX[2]—ni dans le caractère de mon oncle *Toby*—de caractériser l'esprit guerroyant de mon pays—sa blessure à l'aine en serait une à toute comparaison de ce genre,—et que par *Trim,*—je n'ai pas voulu parler du duc d'*Ormond* —et que mon livre n'est pas écrit contre la prédestination, ni contre le libre arbitre, ni contre les taxes—S'il est écrit contre quelque chose,——il l'est, n'en déplaise à Vos Honneurs, contre le spleen ; afin que par une plus fréquente et plus convulsive élévation et dépression du diaphragme, et l'ébranlement par le rire des muscles intercostaux et abdominaux, le *fiel* et autres *liqueurs amères* de la vésicule, foie et pancréas des sujets de Sa Majesté, avec toutes les passions hostiles qui leur sont propres, soient précipités dans leurs duodénums[1].

CHAP. XXIII.

—MAIS peut-on défaire la chose, *Yorick*? dit mon père—car, dans mon opinion, continua-t-il, cela ne se peut pas. Je suis un pauvre canoniste, repartit *Yorick*— mais de tous les maux, l'incertitude étant le plus tourmentant, nous saurons au moins à quoi nous en tenir. Je hais ces grands dîners[2]—dit mon père—La taille du dîner n'est point la question, répondit *Yorick*—nous avons besoin, Mr. *Shandy*, d'approfondir ce doute : le nom peut-il être changé, oui ou non ?—et comme les barbes de tant de commissaires, d'officiaux, d'avocats, de procureurs, de greffiers, et des plus éminents de nos théologiens scolastiques, et autres, doivent toutes se rencontrer au milieu d'une table, et que *Didius* vous a invité d'une manière si pressante,— qui, dans votre malheur, laisserait échapper une telle occasion ? Tout ce qu'il faut, continua *Yorick*, c'est de prévenir *Didius*, afin qu'après dîner il amène la conversation sur ce sujet—Alors, s'écria mon père en frappant des mains, mon frère *Toby* viendra avec nous.

—*Trim*, dit mon oncle *Toby*, que ma vieille perruque et mon uniforme galonné soient étendus devant le feu toute la nuit.

CHAP. XXV.

—SANS aucun doute, monsieur—il manque ici tout un chapitre—et cela fait dans le livre un vide de dix pages[1]—mais le relieur n'est ni un sot, ni un coquin, ni un drôle—et le livre n'est pas d'un iota plus imparfait, (du moins sous ce rapport)—il est au contraire plus parfait et plus complet sans ce chapitre qu'avec, comme je le démontrerai à Vos Révérences de cette manière—Je me demande d'abord, soit dit en passant, si la même expérience ne pourrait pas être faite avec autant de succès sur divers autres chapitres ——mais on n'en finirait pas, n'en déplaise à Vos Révérences, à faire des expériences sur les chapitres[2]—nous en avons eu assez comme cela—La chose en restera donc là.

Mais avant de commencer ma démonstration, permettez-moi seulement de vous dire que le chapitre que j'ai arraché, et qu'autrement vous auriez tous été à lire en ce moment, au lieu de celui-ci,—contenait la description du départ et du voyage de mon père, de mon oncle *Toby*, de *Trim* et d'*Obadiah* en visite à ****.

Nous irons en carrosse, dit mon père—À propos, les armes ont-elles été changées, *Obadiah*?—J'aurais rendu mon histoire bien meilleure en commençant par vous dire qu'à l'époque où les armes de ma mère avaient été ajoutées à celles des *Shandy*, et que le carrosse avait été repeint pour le mariage de mon père, il était arrivé que le peintre, soit qu'il exécutât tous ses ouvrages de la main gauche, comme *Turpilius* le *Romain*, ou *Hans Holbein*[1] de *Bâle*—soit que la bévue vînt plus de sa tête que de sa main—soit enfin la tendance à donner à gauche de tout ce qui concernait notre famille—Il était arrivé, quoi qu'il en soit, à notre honte, qu'au lieu de la *bande dextre* qui, depuis le règne de *Henri* VIII, nous était légitimement due——une *bande senestre*[2], par quelqu'une de ces fatalités, avait été tirée tout en travers du champ des armes des *Shandy*. Il est à peine croyable que l'esprit d'un homme aussi sage que mon père pût être si fort incommodé d'une si petite chose. Le mot de carrosse—n'importe à qui il appartint—ou de cocher, ou de cheval de carrosse, ou de louage de carrosse, ne pouvait jamais être prononcé dans la famille, que mon père ne se plaignît toujours de porter cette avilissante marque de bâtardise sur la portière du sien ; jamais il ne lui arrivait de monter dans son carrosse, ou d'en sortir, sans tourner autour pour regarder les armes, et sans faire en même temps le serment que c'était la dernière fois qu'il y remettrait le pied, jusqu'à ce que la *bande senestre* en eût été enlevée—mais, comme l'affaire des gonds, c'était une des mille choses dont les *Destins* avaient écrit dans leurs livres—qu'on en grognerait toujours (et cela se voit dans des familles plus sages que la nôtre)—mais qu'on n'y remédierait jamais.

—A-t-on passé la brosse sur la *bande senestre*, dis-moi ? demanda mon père—Il n'y a eu de brossé que le drap, monsieur, répondit *Obadiah*. Nous irons à cheval, dit mon père, se tournant vers *Yorick*—De toutes les choses du monde, excepté la politique, auxquelles le clergé s'entend le moins, c'est le blason, dit *Yorick*—Peu importe, s'écria mon père—je serais désolé de paraître devant eux avec une tache sur mon écusson———Moquez-vous de la *bande senestre*, dit mon oncle *Toby*, en mettant sa perruque—Pas du tout, dit mon père,—vous pouvez accompagner en visite ma tante *Dinah*, avec une *bande senestre*, si cela vous plaît—Mon pauvre oncle *Toby* rougit. Mon père s'en voulut.—Non—mon cher frère *Toby*, dit mon père, en changeant de ton—mais l'humidité de la doublure du carrosse contre mes reins, me redonnerait ma sciatique, comme en *décembre, janvier* et *février* de l'hiver dernier—si vous le voulez bien, vous monterez donc le cheval de ma femme—et comme vous devez prêcher, *Yorick*, vous ferez mieux de gagner les devants,—et de me laisser prendre soin de mon frère *Toby*, et vous suivre du train que nous voudrons.

Or, le chapitre que j'ai été obligé d'enlever était la description de cette cavalcade, dans laquelle le caporal *Trim* et *Obadiah*, de front sur deux chevaux de carrosse, ouvraient la marche aussi lentement qu'une patrouille—tandis que mon oncle *Toby*, en uniforme galonné et en perruque, gardait son rang avec mon père, dans les routes et dissertations profondes sur l'avantage du savoir et des armes où ils s'enfonçaient selon que chacun d'eux pouvait prendre les devants.

—Mais la peinture de ce voyage, en la relisant, paraissait tellement au-dessus du style et de la manière de tout ce que j'ai été capable de peindre dans ce livre, qu'elle n'aurait pu y rester, sans déprécier toutes les autres scènes, et sans détruire en même temps cet équilibre et cette balance nécessaires (en bien ou en mal) entre les chapitres, d'où résultent les justes proportions et l'harmonie de tout l'ouvrage. Pour ma part, je n'en suis qu'à mon début dans le métier et je ne m'y connais guère—mais, à mon avis, écrire un livre est pour tout le monde comme fredonner un air—pourvu que vous soyez d'accord avec vous-même, madame, peu importe que le ton que vous prenez soit élevé ou bas[1].—

—C'est la raison, n'en déplaise à Vos Révérences, pour laquelle certaines compositions des plus basses et des plus plates passent très bien—(comme *Yorick* le disait un soir à mon oncle *Toby*) d'assaut—Mon oncle *Toby* tressaillit au mot *assaut*, mais il n'en put tirer ni queue ni tête.

Je dois prêcher à la cour dimanche prochain, dit *Homenas*[2]—revoyez donc mes notes—je me mis à fredonner les notes du docteur *Homenas*—la modulation est excellente—cela ira, *Homenas*, si elle se soutient à cette hauteur—je continuai donc de fredonner—et je trouvai le morceau passable ; et jusqu'à cette heure, n'en déplaise à Vos Révérences, je n'aurais jamais découvert combien il était pauvre, plat, froid et vide, si, tout d'un coup, n'avait surgi au milieu une mélodie si belle, si riche, si céleste—qu'elle emporta mon âme dans l'autre monde ; or, si (comme *Montaigne*[3] s'en plaignait dans une circonstance pareille)—j'eusse trouvé la pente facile, ou la montée accessible—certes, j'étais attrapé—Vos notes, *Homenas*, aurais-je dit, sont d'excellentes notes,—mais c'était un précipice si perpendiculairement—si complètement isolé du reste de l'ouvrage, que, dès la première note que je fredonnai, je me trouvai volant dans l'autre monde, et de là j'aperçus la vallée d'où je venais, si creuse, si basse et si sombre, que je n'aurai jamais le cœur d'y redescendre.

☞ Un nain qui porte sur lui la mesure de sa taille—croyez-en ma parole, est un nain sous plus d'un rapport—Et en voilà assez sur la suppression des chapitres.

CHAP. XXVI.

—VOYEZ s'il ne le coupe pas en bandes, et s'il ne les leur donne pas autour de lui pour allumer leurs pipes!—C'est abominable, répondit *Didius*; il ne faut pas laisser passer cela, dit le docteur *Kysarcius*—☞ il était des *Kysarcii* des *Pays-Bas*.

Il me semble, dit *Didius* se levant à demi de sa chaise pour écarter une bouteille de vin et une grande carafe qui se trouvaient en ligne directe entre lui et *Yorick*—que vous auriez pu vous abstenir de ce trait sarcastique, et trouver un endroit plus convenable, monsieur *Yorick*—ou au moins une occasion plus convenable pour manifester votre mépris de ce dont nous nous sommes occupés : Si le sermon n'est bon qu'à allumer des pipes—assurément, monsieur, il ne l'était pas assez pour être prêché devant un corps si savant ; et s'il était assez bon pour être prêché devant un corps si savant—assurément, monsieur, il l'était trop pour allumer ensuite leurs pipes.

—Je le tiens enferré, se dit *Didius*, sur l'une des deux cornes de mon dilemme—qu'il s'en tire comme il pourra.

J'ai souffert de si indicibles tourments en accouchant cette fois de ce sermon, dit *Yorick*,—que je déclare, *Didius*, que je subirais le martyre—et, s'il était possible, je le ferais subir à mon cheval avec moi, mille fois de suite, avant de me mettre à en faire un pareil : j'en ai été délivré du mauvais côté—il est venu de la tête au lieu du cœur[1]—et c'est pour la peine qu'il m'a donnée, et à écrire et à prêcher, que je me venge de lui de cette manière.—Prêcher pour montrer l'étendue de notre érudition, ou les subtilités de notre esprit—pour parader aux yeux du vulgaire avec les misérables lambeaux d'un petit savoir, pailletés de quelques mots qui brillent, mais ne donnent que peu de lumière et encore moins de chaleur—c'est faire un malhonnête usage de la pauvre et unique demi-heure par semaine que l'on nous met dans les mains—Ce n'est point prêcher l'Évangile—mais nous prêcher nous-mêmes—Pour ma part, continua *Yorick*, j'aimerais mieux lancer cinq mots au cœur de but en blanc—

Au mot de *but en blanc* prononcé par *Yorick*, mon oncle *Toby* se levait pour dire quelque chose sur les projectiles——quand un seul mot, pas davantage, prononcé de l'autre côté de la table, attira à lui toutes les oreilles—le dernier de tous les mots du dictionnaire auquel on dût s'attendre en pareil lieu—un mot que j'ai honte d'écrire—et qui pourtant doit être écrit— doit être lu ;—un mot illégal—non canonique—faites dix milles suppositions multipliées par elles-mêmes—

mettez à la question—à la torture votre imagination indéfiniment, vous en êtes juste au même point—Bref, je vous le dirai dans le prochain chapitre.

CHAP. XXVII.

SACREBLEU !————————————

—————— S————bleu ! s'écria *Phutatorius*, en partie à lui-même—et pourtant assez haut pour être entendu—et ce qui parut singulier, c'est que cela fut prononcé avec une expression de physionomie et d'un ton de voix tenant à la fois de la stupéfaction et de la souffrance corporelle.

Un ou deux convives qui avaient l'oreille très juste, et qui pouvaient distinguer l'expression et le mélange des deux tons aussi clairement qu'une *tierce* ou une *quinte*, ou tout autre accord en musique—furent les plus embarrassés et les plus en peine—la *consonnance* était bonne en elle-même—mais elle était tout à fait hors du ton, et nullement applicable au sujet mis en avant;—en sorte que, avec tout leur savoir, ils n'auraient pu dire quel parti on en pouvait tirer.

D'autres, qui n'entendaient rien à l'expression musicale, et ne prêtèrent l'oreille qu'à la simple valeur du *mot*, s'imaginèrent que *Phutatorius*, qui était tant soit peu colère, allait arracher le bâton des mains de *Didius* afin de rouer *Yorick* d'importance—et que les furieuses syllabes S—bleu, étaient l'exorde d'un discours qui, à en juger par cet échantillon, lui présageait un rude traitement; de sorte que le bon cœur de mon oncle *Toby* ressentit une angoisse à l'idée de ce que *Yorick* allait souffrir. Mais voyant *Phutatorius* s'arrêter court sans tentative ni désir d'aller plus loin—un troisième parti commença à supposer que ce n'était qu'une respiration involontaire, assumant accidentellement la forme d'un jurement passible d'une amende d'un shilling[1] —sans en avoir ni le péché ni la substance.

D'autres, et particulièrement un ou deux assis à côté de lui, regardèrent, au contraire, ce jurement comme réel et substantiel, et intentionnellement dirigé contre *Yorick*, à qui on savait qu'il ne portait aucune bienveillance—ce jurement qui, à ce que prétendait mon père, fermentait et bouillait précisément en ce moment-là dans les régions supérieures de la fressure de *Phutatorius*, avait été, naturellement et conformément au cours voulu des choses, lancé par le flux soudain de sang qu'avait chassé dans le ventricule droit du cœur de *Phutatorius* l'effet de la surprise qu'une si étrange théorie de prédication avait excitée en lui.

Quels beaux raisonnements nous faisons sur des faits erronés!

Il n'y avait pas une âme occupée à toutes ces argumentations diverses sur le monosyllabe prononcé par *Phutatorius*,—qui ne tînt pour accordé et ne partît de là comme d'un axiome, que l'esprit de *Phutatorius* était attentif au sujet du débat qui s'était élevé entre *Didius* et *Yorick*; et, en effet, comme il regarda d'abord l'un et ensuite l'autre, de l'air d'un homme écoutant ce qui va survenir,—qui n'aurait pas pensé de même ? Mais la vérité est que *Phutatorius* ne savait pas un mot, pas une syllabe de ce qui se passait—et que toutes ses pensées et toute son attention étaient absorbées par un incident qui se produisait à l'instant même dans l'intérieur de sa *culotte*, et dans une partie où plus qu'en toute autre il avait le plus grand intérêt à surveiller les accidents : En sorte que, bien qu'il regardât *Yorick*, qui était assis vis-à-vis de lui, avec toute l'attention du monde et qu'il eût graduellement monté chacun des nerfs et des muscles de sa face au plus haut degré que l'instrument pouvait supporter, afin, pensait-on, de lui adresser une mordante réplique—Cependant, dis-je, *Yorick* n'avait pas une seule fois occupé la moindre case du cerveau de *Phutatorius*—et la véritable cause de son exclamation gisait au moins un yard[1] plus bas.

Je vais tâcher de vous expliquer cela avec toute la décence imaginable.

Il faut donc que vous sachiez que *Gastriphères*, qui avait fait un tour à la cuisine un peu avant le dîner, pour voir comment allaient les choses—remarquant sur le buffet une corbeille de beaux marrons, avait ordonné d'en rôtir un ou deux cents et de les servir aussitôt que le dîner serait fini—et que *Gastriphères* avait appuyé ses ordres sur ce que *Didius* et surtout *Phutatorius* étaient particulièrement amateurs de marrons.

Environ deux minutes avant que mon oncle *Toby* interrompît la harangue de *Yorick*—on avait apporté les marrons de *Gastriphères*—et comme le goût de *Phutatorius* pour eux préoccupait la tête du domestique, il les plaça directement devant *Phutatorius*, enveloppés tout bouillants dans une blanche serviette damassée.

Or, soit qu'il fût physiquement impossible qu'avec une demi-douzaine de mains fourrées à la fois sous la serviette—quelque marron, doué de plus de vie et de rotondité que le reste, ne fût mis en mouvement—ou pour toute autre cause, toujours est-il qu'il en roula un hors de la table, et comme *Phutatorius* était assis au dessous, les jambes écartées—ledit marron tomba perpendiculairement dans cette ouverture particulière de la culotte de *Phutatorius*, pour laquelle, soit dit à la honte et à l'indélicatesse de notre langue, il n'y a pas un mot chaste dans tout le dictionnaire de *Johnson*[1]—qu'il me suffise de dire—que c'était cette ouverture particulière que, dans toutes les bonnes sociétés, les lois du décorum exigent strictement de tenir fermée, comme le temple de *Janus* (en temps de paix du moins[2]).

La négligence de cette petite formalité de la part de *Phutatorius* (ce qui, par parenthèse, devrait servir de leçon à tout le genre humain) avait ouvert la porte à cet accident.—

—Je l'appelle accident, par condescendance pour le langage reçu,—et nullement par opposition à l'opinion d'*Acrites* ou de *Mythogeras*[3] sur cette matière ; je sais qu'ils étaient tous les deux pleinement convaincus et persuadés—et qu'ils le sont encore à cette heure, qu'il n'y avait rien d'accidentel dans tout cet événement—mais que la direction particulière, et en quelque sorte de son propre mouvement, prise par le marron—et sa chute, tout bouillant, à cette place particulière, et non à une autre——étaient un châtiment réel infligé à *Phutatorius* pour ce sale et obscène traité *De concubinis retinendis*[1] que *Phutatorius* avait publié environ vingt ans auparavant—et dont, cette semaine même, il allait donner au monde une seconde édition.

Ce n'est point mon affaire de tremper ma plume dans cette controverse——on peut, sans contredit, beaucoup écrire sur chaque côté de la question—tout ce qui me concerne, comme historien, c'est de présenter le fait et de le rendre croyable au lecteur, à savoir que l'hiatus de la culotte de *Phutatorius* était suffisamment grand pour recevoir le marron ;—et que le marron, de manière ou d'autre, y tomba perpendiculairement, et tout bouillant, sans que *Phutatorius* s'en aperçût, ni personne autre sur le moment.

La chaleur naturelle que communiquait le marron ne fut pas désagréable pendant les vingt ou vingt-cinq premières secondes,—et ne fit que solliciter doucement l'attention de *Phutatorius* vers cette partie :—Mais la chaleur croissant graduellement, et, au bout de peu de secondes, dépassant les bornes d'un plaisir modéré, puis s'avançant en toute hâte dans les régions de la douleur,—l'âme de *Phutatorius*, ainsi que toutes ses idées, ses pensées, son attention, sa conception, son jugement, sa résolution, sa délibération, son raisonnement, sa mémoire, son imagination, et dix bataillons d'esprits animaux, se précipitèrent tous tumultueusement, à travers différents circuits et défilés, au lieu du danger, laissant toutes les régions supérieures, comme vous pouvez imaginer, aussi vides que ma bourse.

Malgré les excellents renseignements que purent lui rapporter tous ces messagers, *Phutatorius* fut incapable de pénétrer le secret de ce qui se passait en bas, ni de conjecturer en aucune façon ce que diable ce pouvait être : Toutefois, comme il ignorait quelle en pouvait être la véritable cause, il jugea plus prudent, dans sa situation présente, de supporter, s'il était possible, son mal en stoïcien, ce qu'à l'aide de quelques grimaces et contorsions de la bouche, il eût certainement accompli, si son imagination fût restée neutre—mais les emportements de l'imagination sont ingouvernables dans les choses de ce genre—la pensée lui vint tout à coup à l'esprit que quoique sa souffrance fût une sensation de chaleur ardente—elle pouvait néanmoins venir aussi bien d'une morsure que d'une brûlure ; et que, dans ce cas, un *Seps* ou une *Salamandre*, ou quelque affreux reptile de ce genre, avait pu se glisser là et y enfonçait ses dents—cette horrible idée, accompagnée d'un surcroît de douleur produit en ce moment par le marron, saisit *Phutatorius* d'une terreur panique, et, dans le premier désordre de son effroi, lui fit perdre la tête, comme il est arrivé aux meilleurs généraux du monde ; —le résultat en fut qu'il sauta incontinent en l'air, tout en proférant cette interjection de surprise, objet de tant de commentaires, suivie de l'aposiopèse, ainsi figurée : S——bleu—qui, bien que non strictement canonique, était encore le moins qu'un homme pût dire dans la circonstance ;——et dont, par parenthèse, canonique ou non, *Phutatorius* ne pouvait pas plus se défendre que de la cause qui l'avait provoquée.

Quoique ceci ait pris assez de temps à raconter, le fait lui-même n'en prit pas plus qu'il n'en fallait à *Phutatorius* pour retirer le marron et le lancer avec violence sur le parquet—et à *Yorick* pour se lever de sa chaise et ramasser le marron.

Il est curieux d'observer le triomphe des petits incidents sur l'esprit :—Quel poids incroyable ils ont dans la formation et la direction de nos opinions, tant sur les hommes que sur les choses,—pour que des riens, légers comme l'air[1], portent une croyance à l'âme, et l'y plantent si inébranlablement,—que les démonstrations d'*Euclide*[2], pussent-elles être amenées à la battre en brèche, n'auraient pas à elles toutes la force de la renverser.

Yorick, dis-je, ramassa le marron que la colère de *Phutatorius* avait jeté à terre—l'acte était insignifiant—j'ai honte de l'expliquer—il ne l'avait accompli que par la raison qu'il pensait que le marron n'en était pas plus mauvais pour cela—et qu'il tenait qu'un bon marron valait la peine de se baisser.—Mais cet incident, tout insignifiant qu'il fût, agit différemment dans la tête de *Phutatorius* : Il considéra l'acte de *Yorick*, d'avoir quitté sa chaise et ramassé le marron, comme un aveu manifeste que le marron lui appartenait originairement,—et par suite que ce devait être le propriétaire du marron, et personne autre, qui lui avait joué ce mauvais tour : Ce qui le confirma grandement dans cette opinion, c'est que la table étant parallélogrammatique et très étroite, elle fournissait à *Yorick*, qui était assis juste en face de *Phutatorius*, une belle occasion de lui glisser le marron dans—et il en conclut que *Yorick* l'avait fait. Le regard plus que soupçonneux que *Phutatorius* lança en plein sur *Yorick*, quand cette pensée lui survint, révélait trop clairement son opinion—et comme *Phutatorius* était naturellement supposé en savoir sur l'affaire plus que tout autre, son opinion devint aussitôt l'opinion générale ;—et pour une raison très différente de toutes celles déjà données—en peu de temps la chose fut tout à fait mise hors de question.

Quand des événements importants ou inattendus surviennent sur le théâtre de ce monde sublunaire—l'esprit de l'homme, qui est une espèce de substance inquisitive, prend naturellement son vol derrière la scène, pour en voir la cause et les premiers mobiles—La recherche ne fut pas longue cette fois.

Il était bien connu que *Yorick* n'avait jamais eu bonne opinion du traité que *Phutatorius* avait écrit *de Concubinis retinendis*, comme d'un ouvrage qu'il craignait avoir fait du mal dans le monde—et il fut aisément découvert qu'il y avait une intention allégorique dans le tour de *Yorick*—et que l'envoi du marron bouillant dans la ********** de *Phutatorius* était un trait sarcastique contre son livre—dont les doctrines, disait-on, avaient enflammé plus d'un honnête homme au même endroit.

Cette idée réveilla *Somnolentus*—fit sourire *Agelastes*—et si vous pouvez vous rappeler exactement le regard et l'air d'un homme appliqué à deviner une énigme—c'était l'aspect qu'elle donna à *Gastriphères*—

bref, beaucoup y virent un chef-d'œuvre de suprême malice.

Cette idée, comme le lecteur l'a vu d'un bout à l'autre, était aussi mal fondée que les rêves de la philosophie : *Yorick*, sans doute, comme *Shakespeare* l'a dit de son ancêtre—«était un garçon d'une drôlerie infinie,[1] » mais elle était tempérée par quelque chose qui se refusait à ce méchant tour, et à maint autre dont il portait aussi injustement le blâme;—mais ce fut son malheur, toute sa vie, de subir l'imputation d'un millier de paroles et d'actions dont (à moins que mon estime pour lui ne m'aveugle) sa nature était incapable. Tout ce dont je le blâme—ou plutôt tout ce dont je le blâme et l'en aime alternativement, c'était de cette singularité de caractère qui ne lui permit jamais de prendre la peine de rétablir les faits aux yeux du monde, quelque aisément qu'il eût pu le faire. Dans tout mauvais procédé de cette sorte, il agissait précisément comme dans l'affaire de son cheval maigre—il aurait pu l'expliquer à son honneur, mais son esprit était au-dessus d'une explication; et d'ailleurs il regardait l'inventeur, le propagateur et le croyant d'un bruit malveillant, comme si également injustes envers lui,—qu'il ne pouvait s'abaisser à leur conter son histoire—et il s'en rapportait au temps et à la vérité pour le faire.

Cette héroïque tendance lui attira des inconvénients dans bien des cas—dans celui-ci, elle lui valut le ressentiment durable de *Phutatorius*, qui, au moment où *Yorick* venait de finir son marron, se leva de sa chaise une seconde fois pour le prévenir—ce qu'il fit, il est vrai, avec un sourire ; et par ces seules paroles—qu'il tâcherait de ne pas oublier l'obligation qu'il lui avait.

Mais vous devrez remarquer, et soigneusement séparer et distinguer ces deux choses dans votre esprit.

—Le sourire était pour la société.
—La menace était pour *Yorick*.

CHAP. XXVIII.

—POUVEZ-vous me dire, demanda *Phutatorius* à *Gastriphères*, qui était assis à côté de lui,—car personne ne voudrait s'adresser à un chirurgien pour une affaire aussi ridicule,—pouvez-vous me dire, *Gastriphères*, ce qu'il y a de mieux contre le feu[1] ?—Demandez à *Eugène*, dit *Gastriphères*—Cela dépend grandement, dit *Eugène* feignant d'ignorer l'aventure, de la nature de la partie malade—Si c'est une partie délicate et une partie qui puisse commodément être enveloppée—C'est l'une et l'autre, repartit *Phutatorius*, tout en mettant sa main, avec un emphatique signe de tête, sur la partie en question, et levant en même temps la jambe droite, pour la soulager et la ventiler—Si c'est là le cas, dit *Eugène*, je vous conseillerais, *Phutatorius*, de n'employer aucun remède ; mais si vous voulez envoyer chez l'imprimeur le plus proche, et confier votre guérison à une chose aussi simple qu'une feuille de papier mou sortant de la presse—vous n'avez rien autre à faire que de la tortiller autour—Le papier humide, dit *Yorick* (qui était assis à côté de son ami *Eugène*), possède, je le sais, une fraîcheur calmante—mais je présume, pourtant, qu'il n'agit que comme véhicule—et que ce sont l'huile et le noir de fumée, dont le papier est si fortement imprégné, qui font l'affaire—Parfaitement, dit *Eugène*, et c'est de toutes les applications externes que je me hasarderais à recommander, la plus anodine et la plus sûre.

Si c'était moi, dit *Gastriphères*, puisque la principale chose c'est l'huile et le noir de fumée, j'en étalerais une couche épaisse sur un chiffon, que je plaquerais dessus à l'instant même. Cela en ferait un vrai diable, repartit *Yorick*—Et en outre, ajouta *Eugène*, cela ne remplirait pas le but, qui est l'extrême élégance et netteté de l'ordonnance, estimée par la Faculté à 50 %—car considérez, si le caractère est très petit (ce qu'il doit être), les parcelles curatives qui entrent en contact sous cette forme ont l'avantage d'être étalées si infiniment minces, et avec une égalité si mathématique (les alinéas et les majuscules exceptés), qu'il n'est pas d'art ou de maniement de la spatule qui puisse arriver là. Il se trouve fort heureusement, répliqua *Phutatorius*, que la seconde édition de mon traité *de Concubinis retinendis* est en ce moment sous presse—Vous pouvez en prendre une feuille, dit *Eugenius*—N'importe laquelle—pourvu, dit *Yorick,* qu'elle ne contienne pas de saletés—

On est en train, répliqua *Phutatorius*, d'imprimer le neuvième chapitre—qui est l'avant-dernier du livre—Et quel est le titre de ce chapitre, je vous prie? dit *Yorick*, tout en faisant un salut respectueux à *Phutato-*

rius—Je crois, répondit *Phutatorius*, que c'est celui *de re concubinariâ*[1].

Pour l'amour du ciel, gardez-vous de ce chapitre, dit *Yorick*.

—À tout prix—ajouta *Eugenius*.

CHAP. XXIX.

—OR, dit *Didius*, se levant et posant sa main droite, les doigts écartés, sur sa poitrine—si une telle méprise au sujet d'un nom de baptême était arrivée avant la Réforme—(Elle est arrivée avant-hier, se dit mon oncle *Toby*) et quand le baptême s'administrait en *latin*——(C'était en anglais, dit mon oncle)—Bien des choses auraient pu coïncider avec et, sur l'autorité de divers arrêts précédents, faire annuler le baptême, avec faculté de donner à l'enfant un nouveau nom—Si, par exemple, un prêtre, ce qui n'était point une chose rare, par ignorance de la langue *latine*, avait baptisé un enfant de Tom O' Stiles, *in nomine patriæ et filia et spiritum sanctos*[2],—le baptême était tenu pour nul—Je vous demande pardon, repartit *Kysarcius*,—dans ce cas-là, comme la méprise ne portait que sur les *terminaisons*, le baptême était valide—et pour l'avoir rendu nul, la bévue du prêtre aurait dû tomber sur la première syllabe de chaque nom—et non pas, comme dans votre cas, sur la dernière[3].—

Mon père se délectait à ces sortes de subtilités; aussi écoutait-il avec une attention infinie.

Gastriphères, par exemple, continua *Kysarcius,* baptise un enfant de *John Stradling*[1] in *Gomine* gatris, etc., etc., au lieu de *in Nomine* patris, etc.—Est-ce là un baptême? Non,—disent les plus habiles canonistes; attendu que par là la racine de chaque mot a été arrachée, et ses sens et signification détournés et changés entièrement en un autre sujet; car *gomine* ne signifie pas nom, ni *gatris* père—Que signifient-ils? demanda mon oncle *Toby*—Rien du tout—dit *Yorick*—Ergo, un tel baptême est nul, dit *Kysarcius*—Naturellement, répondit *Yorick,* sur un ton deux tiers plaisanterie et un tiers sérieux—

Mais dans le cas cité, continua *Kysarcius,* où *patrim* est mis pour *patris, filia* pour *filii,* et ainsi du reste—comme ce n'est qu'une faute de déclinaison, et que les racines des mots restent intactes, les inflexions de leurs branches de tel ou tel côté n'empêchent en aucune façon le baptême, attendu que les mots conservent le même sens qu'auparavant—Mais alors, dit *Didius,* l'intention du prêtre de les prononcer grammaticalement aurait dû être prouvée avoir persisté—D'accord, répondit *Kysarcius*; et de ceci, frère *Didius,* nous avons un exemple dans une décision des Décrétales du pape *Léon* III.—Mais l'enfant de mon frère, s'écria mon oncle *Toby,* n'a rien à faire avec le pape—c'est simplement l'enfant d'un protestant, baptisé *Tristram* contre les intentions et vœux de son père et de sa mère, et de tous ses parents—

Si les intentions et vœux, dit *Kysarcius*, interrompant mon oncle *Toby*, de ceux-là seuls qui sont parents de l'enfant de Mr. *Shandy* devaient avoir du poids dans cette matière, Mrs. *Shandy* serait la dernière qui aurait à y voir—Mon oncle *Toby* posa sa pipe, et mon père rapprocha sa chaise de la table pour entendre la conclusion d'une introduction aussi étrange.

—Ce n'a pas été seulement une question, capitaine *Shandy*, entre les meilleurs jurisconsultes et docteurs en droit civil* de ce pays, continua *Kysarcius*, de savoir « *Si la mère est parente de son enfant,* »—mais après nombreux et impartiaux examen et discussion des arguments pour ou contre,—on s'est décidé pour la négative,—à savoir, « *que la mère n'est point parente de son enfant*†. » Mon père plaqua aussitôt sa main sur la bouche de mon oncle *Toby*, sous prétexte de lui parler à l'oreille— mais, en réalité, il avait peur du *Lillabullero*—et comme il avait un grand désir d'entendre la suite d'un aussi curieux argument—il pria, au nom du ciel, mon oncle *Toby* de ne pas l'en frustrer—Mon oncle *Toby* fit un signe de tête—reprit sa pipe, et se contenta de siffler intérieurement le *Lillabullero*—*Kysarcius*, *Didius* et *Triptolemus* continuèrent à discourir en ces termes.

Cette décision, continua *Kysarcius*, quelque contraire qu'elle puisse paraître au courant des idées reçues, avait cependant la raison fortement de son côté ; et la chose a été mise tout à fait hors de question par la fameuse cause vulgairement connue sous le nom de procès du

---

* Voir Swinburn sur les Testaments, partie 7, § 8[1].
† Voir Broock, Abridg, Tit. Administr., n° 47.

Duc de *Suffolk* :—Il est cité dans *Brook*, dit *Triptolemus*—Et mentionné par Lord *Coke*, ajouta *Didius*—Et vous pouvez le trouver dans *Swinburn*, Des testaments, dit *Kysarcius*.

Le cas, Mr. *Shandy*, était celui-ci.

Sous le règne d'*Édouard* VI, *Charles*, duc de *Suffolk*, ayant eu un fils d'un lit, et une fille d'un autre lit, fit son testament où il légua ses biens à son fils, et mourut ; après sa mort, son fils mourut aussi—mais sans testament, sans femme et sans enfant—et du vivant de sa mère et de sa sœur consanguine (car elle était née du premier lit). La mère prit l'administration des biens de son fils, conformément au Statut de la 21ᵉ année de *Henri* VIII, lequel porte que dans le cas où une personne meurt intestat, l'administration de ses biens devra être confiée au plus proche parent.

L'administration ayant été ainsi (subrepticement) accordée à la mère, la sœur consanguine intenta un procès devant le juge ecclésiastique, alléguant : 1° qu'elle était elle-même le plus proche parent ; et 2° que la mère n'était nullement parente de la partie décédée ; et elle priait, en conséquence, la cour de révoquer l'administration accordée à la mère, et de la lui confier à elle-même, comme au plus proche parent du défunt, en vertu du dit statut.

Là-dessus, comme c'était une cause capitale dont l'issue était de grave conséquence—et que bien des causes d'une grande importance pécuniaire seraient vraisemblablement décidées, dans les temps à venir, par le précédent qu'on allait créer—les hommes les

CHAP. XXIX [479]

plus instruits, tant dans les lois de ce royaume que dans le droit civil, furent consultés ensemble sur la grande question de savoir si la mère était ou non parente de son fils.—Sur ce point, non seulement les légistes temporels—mais les légistes en droit canon—les jurisconsultes—les jurisprudents—les légistes en droit civil —les avocats—les commissaires—les juges du consistoire et des cours de prérogative[1] de *Canterbury* et d'*York*, avec le Maître des Facultés, furent unanimement d'avis que la mère n'était point parente* de son enfant—

Et que dit à cela la duchesse de *Suffolk*? dit mon oncle *Toby*.

L'inattendu de la question de mon oncle *Toby* confondit *Kysarcius* plus que n'aurait fait le plus habile avocat———Il s'arrêta une grande minute, en regardant en face mon oncle *Toby* sans répondre—et pendant cette seule minute, *Triptolemus* le rattrapa et prit les devants de cette manière.

C'est une base et un principe du droit, dit *Triptolemus*, que les choses ne remontent pas, mais descendent ; et je ne fais pas de doute que c'est pour cette cause que tout vrai qu'il soit que l'enfant doive être du sang et de la semence de ses parents—néanmoins les parents ne sont pas de son sang et de sa semence ; attendu que les parents ne sont point procréés par l'enfant, mais bien l'enfant par les parents—Car c'est ainsi

---

* Mater non numeratur inter consanguineos. Bald. in ult. C. de Verb. signific.[2].

qu'il est écrit : *Liberi sunt de sanguine patris et matris, sed pater et mater non sunt de sanguine liberorum*[1].

—Mais ceci, *Triptolemus*, s'écria *Didius*, prouve trop—car, d'après l'autorité que vous citez, il s'ensuivrait non seulement, ce qui en effet est accordé de tous côtés, que la mère n'est pas parente de son enfant—mais que le père ne l'est pas non plus——Cette opinion, dit *Triptolemus*, est réputée la meilleure; parce que le père, la mère et l'enfant, bien qu'étant trois personnes, ne sont cependant que (*una caro**) une seule chair, et, conséquemment, ils n'ont aucun degré de parenté—ni aucun moyen d'en acquérir *in nature*—Voilà encore que vous poussez l'argument trop loin, s'écria *Didius*—car il n'existe *in nature*, s'il en est une dans la loi lévitique[2],—aucune interdiction à un homme de faire un enfant à sa grand'mère—auquel cas, en supposant que l'enfant fût une fille, elle se trouverait parente à la fois de——Mais qui a jamais songé, s'écria *Kysarcius*, à coucher avec sa grand'mère?——Le jeune gentleman dont parle *Selden*[3], repartit *Yorick*—qui non seulement y songea, mais justifia son intention auprès de son père par cet argument tiré de la loi du talion——«Vous couchez bien, monsieur, avec ma mère, dit le garçon—pourquoi ne pourrais-je pas coucher avec la vôtre?»——C'est l'*Argumentum commune*[4], ajouta *Yorick*.—Il est assez bon pour eux, répliqua *Eugène* en prenant son chapeau.

La société se sépara——

---

* Voy. Brook, Abridg. tit. Administr., N. 47.

CHAP. XXX.

—ET je vous prie, dit mon oncle *Toby*, en s'appuyant sur *Yorick*, qui l'aidait avec mon père à descendre doucement l'escalier—ne vous effrayez pas, madame, cette conversation d'escalier n'est pas aussi longue que la dernière—Et je vous prie, *Yorick*, dit mon oncle *Toby*, comment cette affaire de *Tristram* a-t-elle été enfin réglée par ces savants ? D'une manière très satisfaisante, répondit *Yorick* ; personne n'a rien à démêler avec elle—car Mrs. *Shandy*, la mère, ne lui est pas du tout parente—et comme le côté maternel est le plus sûr—Mr. *Shandy*, par conséquent, lui est moins que rien—Bref, il ne lui est pas, monsieur, autant parent que moi—

—Cela pourrait bien être, dit mon père en secouant la tête.

—Que les savants disent ce qu'ils veulent, dit mon oncle *Toby*, il devait certainement y avoir une sorte de consanguinité entre la duchesse de *Suffolk* et son fils—

Le vulgaire est de cet avis, dit *Yorick*, jusqu'à cette heure.

CHAP. XXXI.

QUOIQUE mon père eût été excessivement chatouillé par les subtilités de ces savants entretiens—ce n'était après tout que l'onction d'un os cassé—Dès qu'il fut rentré chez lui, le poids de ses afflictions en retomba sur lui d'autant plus lourd, comme c'est toujours le cas quand le bâton sur lequel nous nous appuyons se dérobe sous nous—Il devint pensif—alla fréquemment se promener à l'étang—abaissa une corne de son chapeau—soupira souvent—cessa de gronder—et comme les rapides étincelles de colère qui produisent la gronderie favorisent d'autant la transpiration et la digestion, à ce que nous dit *Hippocrate*—il serait certainement tombé malade de leur extinction si ses pensées n'eussent été détournées à temps, et sa santé préservée, par une nouvelle série de tracas qui lui furent laissés, avec un legs de mille livres sterling, par ma tante *Dinah*—

Mon père avait à peine lu la lettre que, prenant la chose du bon côté, il commença aussitôt à se creuser et torturer la tête à propos du mode d'emploi de cet argent le plus honorable pour sa famille—Cent cinquante projets bizarres prirent tour à tour possession de son cerveau—il ferait ceci, et cela, et cela encore—Il irait à *Rome*—il plaiderait—il achèterait des rentes—il achèterait la ferme de *John Hobson*—il referait la façade de sa maison et ajouterait une aile pour la rendre régulière—Il y avait un beau moulin à eau en deçà de la rivière, il bâtirait un moulin à vent de l'autre côté, bien en vue, pour faire pendant—Mais par-dessus toutes choses au monde, il entourerait d'une clôture le grand *Ox-moor*, et enverrait immédiatement mon frère *Bobby* en voyage.

Mais comme la somme était *limitée*, et conséquemment ne pouvait pas suffire à tout—et en réalité à fort peu de choses utilement,—de tous les projets qui s'offrirent d'eux-mêmes en cette occasion, les deux derniers parurent faire sur lui l'impression la plus profonde ; et il se serait infailliblement déterminé pour tous les deux à la fois sans le petit inconvénient précité, lequel le mit absolument dans la nécessité de se décider en faveur de l'un ou de l'autre.

Ceci n'était pas tout à fait aussi aisé à faire ; car, bien qu'il soit certain que mon père avait depuis longtemps à cœur cette partie nécessaire de l'éducation de mon frère et, en homme prudent, avait positivement résolu de la mettre à exécution avec le premier argent qui lui rentrerait de la seconde création d'actions de l'affaire du *Mississipi*[1], dans laquelle il était intéressé—cependant l'*Ox-moor*, qui était une belle grande plaine couverte de genêts, inculte et non desséchée, appartenant au domaine des *Shandy*, avait sur lui des droits presque aussi anciens : Il avait depuis longtemps et vivement à cœur d'en tirer également parti.

Mais n'ayant jusqu'alors jamais été pressé par un concours de choses qui lui rendît nécessaire d'établir ou la priorité ou la justice de leurs droits,—en homme sage il s'était abstenu d'entrer à cet égard dans un examen rigoureux ou délicat : En sorte que, lors du rejet de tout autre projet, amené car cette crise,—les deux anciens, l'Ox-moor et mon FRÈRE, partagèrent derechef mon père, et ils se trouvèrent d'assez égale force l'un contre l'autre, pour devenir l'occasion d'un débat non médiocre dans l'esprit du vieux gentleman,— pour décider lequel des deux prendrait le pas.

—On peut en rire si l'on veut——mais voici le fait.

Ç'avait toujours été la coutume dans la famille, et, par la suite des temps, c'était presque devenu une chose de droit commun, que le fils aîné eût libre entrée, sortie et rentrée à l'étranger avant son mariage,—non seulement pour l'amélioration de ses avantages personnels, grâce au bénéfice de l'exercice et du changement d'air—mais simplement pour la pure satisfaction de sa fantaisie, et la plume mise à son chapeau pour avoir été à l'étranger—*tantum valet*, disait mon père, *quantum sonat*[1].

Or, comme c'était une raisonnable et par conséquent une très chrétienne tolérance—l'en priver, sans pourquoi ni comment,—et par là faire de lui un exemple du premier *Shandy* non roulé par l'Europe en chaise de poste, et seulement parce que c'était un garçon lourd—ce serait le traiter dix fois pis qu'un *Turc*.

D'un autre côté, le cas de l'*Ox-moor* était aussi difficile.

À part les premiers frais d'acquisition, qui étaient de huit cents livres—ce bien avait coûté à la famille huit cents livres de plus par suite d'un procès, environ quinze ans auparavant—outre Dieu sait combien d'ennuis et de tracas.

De plus, il avait été en la possession de la famille *Shandy* depuis le milieu du dernier siècle; et quoiqu'il fût situé en plein devant la maison, borné à une extrémité par le moulin à eau et à l'autre par le moulin à vent projeté, dont il a été parlé ci-dessus,—et que pour toutes ces raisons il semblât avoir plus de titres qu'aucune autre partie du domaine aux soins et à la protection de la famille—cependant, par une fatalité inexplicable, commune aux hommes aussi bien qu'au sol qu'ils foulent aux pieds,—il avait toujours été honteusement dédaigné; et pour dire la vérité, il en avait tant souffert, que cela aurait fait saigner (disait *Obadiah*) le cœur de tout homme qui connaissait la valeur de la terre, que d'y passer à cheval et de voir seulement dans quel état elle était.

Quoi qu'il en soit, comme ni l'achat de ce fonds de terre—ni assurément l'emplacement qu'il occupait, n'étaient, à proprement parler, ni l'un ni l'autre, du fait de mon père—il ne s'était jamais cru en aucune façon intéressé dans l'affaire—jusqu'à la naissance, quinze ans auparavant, de ce maudit procès mentionné ci-dessus (et qui avait éclaté au sujet de ses limites)— lequel, étant absolument de la volonté et du fait de mon père, éveilla naturellement tous les autres arguments en faveur de l'*Ox-moor*; de sorte qu'en les récapitulant tous ensemble, il vit qu'il était obligé, non pas simplement par intérêt, mais par honneur, de faire quelque chose pour lui—et que c'était le moment ou jamais.

Je pense qu'il doit certainement y être entré quelque guignon, pour que les raisons, de chaque côté, se soient trouvées se contre-balancer si également l'une l'autre ; car, bien que mon père les eût pesées dans toute espèce d'humeur et de conditions—qu'il eût passé mainte heure d'angoisse dans la plus profonde et la plus abstraite méditation sur ce qu'il y avait de mieux à faire ——lisant un jour des livres d'agriculture—un autre des livres de voyage—mettant de côté toute passion— examinant les arguments de chaque partie sous toutes leurs faces et circonstances——conférant chaque jour avec mon oncle *Toby*—discutant avec *Yorick*, et causant avec *Obadiah* de toute l'affaire de l'*Ox-moor*— néanmoins, pendant tout ce temps-là, rien ne se présenta de si fort en faveur de l'une des causes qui ne fût ou strictement applicable à l'autre, ou du moins assez contre-balancé par quelque considération d'un poids égal, pour maintenir les plateaux de niveau.

Car, à coup sûr, si avec l'assistance convenable, et dans les mains de certaines gens, l'*Ox-moor* eût indubitablement fait dans le monde une figure différente de celle qu'il y faisait, ou y pouvait jamais faire dans la condition où il se trouvait—tout cela était également vrai, appliqué à mon frère *Bobby*—quoi qu'en pût dire *Obadiah*.——

Au point de vue de l'intérêt—la lutte, je l'avoue, ne paraissait pas à première vue aussi peu décisive ; car chaque fois que mon père prenait en main plume et encre, et se mettait à calculer la simple dépense exigée pour faucher, brûler et enclore dans l'*Ox-moor*, etc. etc.—avec le profit certain qu'il en retirerait—ce profit grossissait si prodigieusement par sa façon d'opérer, que vous auriez juré que l'*Ox-moor* allait tout renverser devant lui. Car il était clair que mon père recueillerait une centaine de lasts de graine de colza, à vingt livres le last, la première année—de plus, une excellente récolte de froment l'année suivante—et l'année d'après, pour ne rien exagérer, cent——mais, selon toute probabilité, cent cinquante—sinon deux cents quarts de pois et de fèves—outre des pommes de terre à l'infini—Mais alors, la pensée qu'il élevait pendant tout ce temps-là mon frère, comme un pourceau, à les manger—renversait de nouveau tous ces calculs, et laissait le vieux gentleman dans un tel état d'indécision—que, comme il le déclarait souvent à mon oncle *Toby*—il n'avait pas la moindre idée de ce qu'il devait faire.

Personne, que celui qui l'a éprouvé, ne peut comprendre quel fléau c'est que d'avoir l'esprit déchiré par deux projets d'égale force, qui le tirent obstinément en sens contraire : Car, sans parler du ravage que, par une conséquence certaine, ils produisent inévitablement dans la plus fine partie du système nerveux, qui, vous le savez, conduit les esprits animaux et les sucs les plus subtils du cœur à la tête, et ainsi de suite——On ne saurait dire jusqu'à quel point une aussi capricieuse espèce de frottement agit sur les parties plus grossières et plus solides, en détruisant l'embonpoint et diminuant la force d'un homme par ses mouvements de va-et-vient.

Mon père aurait succombé sous ce malheur aussi certainement qu'il l'eût fait sous celui de mon NOM DE BAPTÊME—s'il n'avait pas été tiré de l'un, comme il l'avait été de l'autre, par un nouveau malheur—celui de la mort de mon frère *Bobby*.

Qu'est-ce que la vie de l'homme ? N'est-ce point se retourner d'un côté sur un autre ?—passer d'un chagrin à un chagrin ?———boutonner une cause de vexation !— et en déboutonner une autre ?

CHAP. XXXII.

À dater de ce moment, je dois être considéré comme l'héritier présomptif de la famille *Shandy*—et c'est ici proprement que commence[1] l'histoire de ma VIE et de mes OPINIONS ; malgré toute ma diligence et ma précipitation, je n'ai fait que déblayer le terrain pour élever l'édifice———et je prévois qu'il deviendra un édifice tel qu'on n'en a jamais conçu, ni jamais exécuté depuis *Adam*. Dans moins de cinq minutes j'aurai jeté ma plume au feu, et à sa suite la petite goutte d'encre épaisse qui est restée au fond de mon écritoire—Je n'ai qu'une dizaine de choses à faire dans l'intervalle——— j'ai une chose à nommer—une chose à déplorer—une chose à espérer—une chose à promettre, et une chose menaçante à dire—J'ai une chose à supposer—une chose à déclarer—une chose à cacher—une chose à choisir, et une chose à demander.—J'*appelle* donc ce chapitre, le chapitre des CHOSES—et mon prochain, c'est-à-dire le premier chapitre de mon prochain volume, si je vis, sera mon chapitre sur les MOUSTACHES, afin de conserver quelque liaison dans mes ouvrages.

La chose que je déplore, c'est que les faits se soient tellement accumulés sur moi, que je n'ai pu aborder cette partie de mon œuvre à laquelle je me suis tout le temps efforcé d'arriver, avec le plus ardent désir ; c'est-à-dire les campagnes, et particulièrement les amours de mon oncle *Toby*, dont les incidents sont d'une nature si singulière et d'une trempe si Cervantesque[1], que si je puis parvenir à produire seulement sur les autres cerveaux les mêmes impressions que ces incidents éveillent dans le mien——je réponds que mon livre fera son chemin dans le monde beaucoup mieux que son maître ne l'a fait avant lui——Ô *Tristram*! *Tristram*! que ceci s'accomplisse seulement——et la réputation dont tu jouiras comme auteur contre-balancera les nombreux malheurs qui te sont échus comme homme—tu te régaleras de l'une—quand tu auras perdu tout sentiment et tout souvenir des autres !——

Rien d'étonnant qu'il me démange tant d'arriver à ces amours—Elles sont le morceau le plus exquis de toute mon histoire ! et quand j'y arriverai—soyez certains, braves gens,—(car je m'embarrasse peu des estomacs trop délicats qui s'en offenseront) que je ne serai pas du tout scrupuleux sur le choix des mots ;——et c'est là la chose que j'avais à *déclarer*.—Je n'en viendrai jamais à bout en cinq minutes, cela, je le crains—et la chose que j'*espère*, c'est que Vos Honneurs et Révérences ne sont pas scandalisés—si vous l'êtes, comptez, mes braves gens, que je vous donnerai l'an prochain de quoi vous scandaliser——c'est la méthode de ma chère *Jenny*—mais qui est ma *Jenny*—et quel est le bon ou le mauvais bout d'une femme, est la chose à *cacher*—ce qui vous sera dit dans l'avant-dernier chapitre qui précédera celui des boutonnières,—et pas un chapitre plus tôt.

Et maintenant que vous voici arrivés à la fin de ces quatre volumes——la chose que j'ai à *demander* est : comment se portent vos têtes ? la mienne me fait terriblement mal—quant à vos santés, je sais qu'elles sont bien meilleures——Le vrai *Shandéisme*[1], qu'on en pense ce qu'on voudra, dilate le cœur et les poumons ; et comme toutes les affections qui participent de sa nature, il force le sang et les autres fluides vitaux du corps à courir librement dans leurs canaux, et fait tourner longtemps et gaiement la roue de la vie.

Si j'étais libre, comme *Sancho Pança*, de choisir mon royaume, il ne serait pas maritime—ni un royaume de nègres[2] pour en tirer deux sous——non, ce serait un royaume de sujets riant de tout cœur : Et comme les passions bilieuses et mélancoliques, en créant des désordres dans le sang et les humeurs, ont une aussi mauvaise influence, je le vois, sur le corps politique que sur le corps humain—et que l'habitude de la vertu peut seule maîtriser ces passions et les soumettre à la raison—j'ajouterais à ma prière—que Dieu voulût bien faire à mes sujets la grâce d'être aussi SAGES qu'ils seraient GAIS ; et alors je serais le plus heureux monarque, et eux le plus heureux peuple sous le ciel—

Et maintenant, avec cette morale pour le présent, et la permission de Vos Honneurs et de Vos Révérences, je prends congé de vous jusqu'à un an d'ici, époque à laquelle (à moins que cette vilaine toux ne me tue dans l'intervalle[1]) je viendrai de nouveau vous tirer la barbe, et exposer au monde une histoire à laquelle vous songez peu.

FINIS.

LA VIE ET LES OPINIONS DE TRISTRAM SHANDY, GENTLEMAN

Dixero si quid fortè jocosius, hoc mihi juris Cum venia dabis.——

HOR.

—*Si quis calumnietur levius esse quam decet theologum, aut mordacius quam deceat Christianum—non Ego, sed Democritus dixit.*—

ERASMUS.

Si quis Clericus, aut Monachus, verba joculatoria, visum moventia sciebat anathema esto.

Second Concile de Carthage[1].

VOL. V.

Au Très Honorable

JOHN,

Lord Vicomte SPENCER[1]

MYLORD,

Je vous prie humblement de me permettre de vous offrir ces deux volumes ; ils sont aussi bons que mes talents et ma mauvaise santé ont pu les produire :—si la Providence m'avait gratifié d'une plus grande provision de l'un et de l'autre, ces volumes auraient été un cadeau plus digne de Votre Seigneurie.

Je prie Votre Seigneurie de me pardonner si, en même temps que je lui dédie cette œuvre, je prends la liberté d'accoler le nom de Lady SPENCER à l'histoire de *Le Fèvre* ; mon cœur ne m'en a suggéré d'autre motif que l'humanité de cette histoire.

Je suis,
  Mylord,
   de Votre Seigneurie
    Le plus dévoué
    Et le plus humble serviteur,

LAUR. STERNE.

CHAP. Ier.

SANS ces deux fougueux bidets et cet écervelé de postillon qui les mena de Stilton à Stamford[1], l'idée n'en serait jamais entrée dans ma tête. Il volait comme un éclair——il y avait une descente de trois milles et demi——nous touchions à peine la terre——le mouvement était des plus rapides—des plus impétueux—il se communiqua à mon cerveau—mon cœur en eut sa part——Par le grand Dieu du jour, dis-je en regardant le soleil et passant le bras par la glace de devant de la chaise, comme je faisais mon vœu, « je fermerai la porte de mon cabinet dès que je serai arrivé chez moi, et j'en jetterai la clef à quatre-vingt-dix pieds au-dessous de la surface de la terre, dans le puits situé à l'arrière de ma maison. »

Le coche de Londres me confirma dans ma résolution : il gravissait en chancelant la côte, avançant à peine, tiré—tiré par huit *lourdes bêtes*——« à force de reins!—dis-je en secouant la tête—mais d'autres qui valent mieux que vous tirent de la même manière—et quelque chose de chacun!——la belle rareté! »

Dites-moi, savants, ajouterons-nous toujours autant au *volume*—et aussi peu à la *valeur*?

Ferons-nous toujours de nouveaux livres, comme les apothicaires font de nouvelles mixtures en versant simplement d'un vase dans un autre ?

Devons-nous à jamais tordre et détordre la même corde ? à jamais suivre la même ornière—à jamais marcher du même pas[1] ?

Sommes-nous destinés jusqu'à l'éternité, les jours de fête aussi bien que les jours ouvrables, à montrer les *reliques de la science*, comme les moines montrent les reliques de leurs saints—sans opérer un miracle—un seul miracle avec elles ?

Qui donc a forcé à ramper de ce pitoyable train— d'entremetteur—et d'écumeur d'affaires,—l'HOMME doué de facultés qui en un instant l'enlèvent de la terre au ciel—la grande, la plus excellente et la plus noble créature du monde—le *miracle* de la nature, comme l'a appelé Zoroastre[2] dans son livre περὶφύσεως—le SHEKINAH de la présence divine, selon Chrysostome[3]—l'*image* de Dieu, selon Moïse— le *rayon* de la Divinité, selon Platon—la *merveille* des *merveilles*, selon Aristote ?

Je dédaigne d'être aussi injurieux qu'Horace[4] à cette occasion——mais s'il n'y a pas de catachrèse dans ce vœu, ni de péché non plus, je souhaite du fond de l'âme que tous les imitateurs de la *Grande-Bretagne*, de la *France*, et de l'*Irlande*, aient le farcin pour leur peine ; et qu'il y ait une bonne maison farcinière, assez grande pour les contenir—oui—et les sublimer tous ensemble, *pelés et tondus*, mâles et femelles : et ceci m'amène à l'affaire des *Moustaches*——mais par quel enchaînement d'idées?—Je laisse en legs de *mainmorte*[1] aux Prudes et aux Tartuffes le plaisir de le trouver et d'en tirer le meilleur parti possible.

Sur les Moustaches.

Je suis fâché de l'avoir faite——c'est la promesse la plus inconsidérée qui soit jamais entrée dans la tête d'un homme——Un chapitre sur les moustaches! hélas! le monde ne le supportera pas——c'est un monde délicat—mais je ne savais pas quelle était son humeur—et je n'avais jamais vu non plus le fragment ci-dessous; autrement, aussi sûr que des nez sont des nez, et des moustaches sont des moustaches (que le monde soutienne, s'il veut, le contraire), j'aurais gouverné loin de ce dangereux chapitre.

Le Fragment.

* * * * * * * * * * * * * * *
* * * * * * * * * * * * * * *
* * *——Vous êtes à moitié endormie, ma bonne dame, dit le vieux monsieur, en prenant la main de la vieille dame, et la lui serrant doucement comme il prononçait le mot *Moustaches*——Changerons-nous de sujet? Nullement, repartit la vieille dame—votre récit me plaît : et jetant un voile de gaze légère sur sa tête, qu'elle appuya en arrière sur sa chaise, le visage tourné vers lui, et allongeant ses deux pieds comme elle se penchait—je désire, reprit-elle, que vous continuiez.

Le vieux monsieur continua ainsi.———Des moustaches ! s'écria la reine de *Navarre*[1] laissant tomber sa pelote de nœuds au moment où *La Fosseuse* prononçait le mot——Des moustaches, madame, dit *La Fosseuse*, en attachant avec une épingle la pelote au tablier de la reine, et faisant une révérence comme elle le répétait.

La voix de *La Fosseuse* était naturellement douce et basse, mais c'était une voix articulée : et chaque lettre du mot *moustaches* parvint distinctement à l'oreille de la reine de *Navarre*—Des moustaches ! s'écria la reine en appuyant davantage sur le mot, et comme si elle se défiait encore de ses oreilles—Des moustaches ! répliqua *La Fosseuse*, répétant le mot une troisième fois—Il n'y a pas, madame, un cavalier de son âge, en *Navarre*, continua la fille d'honneur, prenant vivement les intérêts du page auprès de la reine, qui en ait une si belle paire—De quoi ? s'écria *Marguerite* en souriant—— De moustaches, dit *La Fosseuse*, avec une pudeur infinie.

Le mot moustaches tint bon, et continua à être employé dans la plupart des meilleures sociétés du petit royaume de *Navarre*, malgré l'usage indiscret qu'en avait fait *La Fosseuse* : il est vrai que *La Fosseuse* avait prononcé ce mot, non seulement devant la reine, mais en mainte autre occasion à la cour, avec un accent qui impliquait toujours une sorte de mystère———Et comme la cour de *Marguerite*, tout le monde le sait, était à cette époque un mélange de galanterie et de dévotion———et que les moustaches s'appliquaient à l'une comme à l'autre, le mot naturellement tint bon

—il gagna tout autant qu'il perdit, c'est-à-dire que le clergé fut pour lui—les laïques contre—et quant aux femmes,——*elles* se partagèrent.——

La beauté de la personne et de la mine du jeune sieur *de Croix* commençait à cette époque à attirer l'attention des filles d'honneur vers la terrasse située devant la porte du palais et où se montait la garde. La dame *de Baussière* tomba éperdument amoureuse de lui,—*La Battarelle* en fit autant—c'était par le temps le plus favorable pour cela dont on ait jamais eu souvenir en *Navarre*—*La Guyol, La Maronette, La Sabatiere*, s'amourachèrent également du Sieur *de Croix*—*La Rebours* et *La Fosseuse* furent plus avisées—*De Croix* avait échoué dans une tentative pour se recommander à *La Rebours*; et *La Rebours* et *La Fosseuse* étaient inséparables.

La reine de *Navarre* était assise avec ses dames près de la fenêtre cintrée à vitraux coloriés qui faisait face à la porte de la seconde cour, au moment où *De Croix* passait—Il est beau, dit la dame *De Baussière*.—Il a bonne mine, dit *La Battarelle*.—Il est bien fait, dit *La Guyol*.—Je n'ai de ma vie vu, dit *La Maronette*, un officier des gardes à cheval avec de pareilles jambes—Ou qui se tînt si bien dessus, dit *La Sabatiere*——Mais il n'a pas de moustaches, s'écria *La Fosseuse*—Pas un poil, dit *La Rebours*.

La reine alla droit à son oratoire, rêvant sur ce sujet tout le long de la galerie, et le tournant en tous sens dans son imagination——*Ave Maria*†—que peut vouloir dire *La Fosseuse*? dit-elle en s'agenouillant sur le coussin.

La Guyol, La Battarelle, La Maronette, La Sabatiere se retirèrent aussitôt dans leurs chambres—Des moustaches! se dirent-elles toutes quatre en fermant leurs portes au verrou.

La dame *Carnavalette* comptait de ses deux mains les grains de son chapelet, sans qu'on s'en doutât, sous son vertugadin—de saint *Antoine* à sainte *Ursule* inclusivement, pas un saint ne lui passa entre les doigts sans moustaches; saint *François*, saint *Dominique*, saint *Benoît*, saint *Basile*, sainte *Brigitte*[1], tous avaient des moustaches.

La dame *Baussière* était tombée dans un égarement d'idées à force de commentaires embrouillés sur le texte de *La Fosseuse*—Elle monta sur son palefroi, son page la suivit—le Saint Sacrement vint à passer—la dame *Baussière* continua son chemin.

Un dernier, cria l'Ordre de la Merci[2]—un seul denier pour mille patients captifs, qui lèvent les yeux au ciel et vers vous pour leur rachat.

—La dame *Baussière* continua son chemin.

Ayez pitié des malheureux, dit un pieux et vénérable homme à tête blanche, tendant humblement une boîte cerclée de fer dans ses mains desséchées——Je quête pour les infortunés—ma bonne dame, c'est pour une prison—pour un hôpital—c'est pour un vieillard—

pour un pauvre homme ruiné par un naufrage, par une caution à payer, par un incendie——j'en prends Dieu et tous ses anges à témoin——c'est pour vêtir ceux qui sont nus——nourrir ceux qui ont faim——c'est pour soulager les malades et les affligés.

——La dame *Baussière* continua son chemin.

Un parent ruiné salua jusqu'à terre.

——La dame *Baussière* continua son chemin.

Il courut tête nue à côté de son palefroi, l'implorant, la conjurant par les liens antérieurs de l'amitié, de l'alliance, de la parenté, etc.——Ma cousine, ma tante, ma sœur, ma mère——pour l'amour de la vertu, pour l'amour de vous, pour l'amour de moi, pour l'amour du Christ, souvenez-vous de moi——ayez pitié de moi !

——La dame *Baussière* continua son chemin.

Tenez mes moustaches, dit la dame *Baussière*—— Le page tint son palefroi. Elle mit pied à terre au bout de la terrasse.

Il est certains enchaînements d'idées qui laissent leur impression autour de nos yeux et de nos sourcils ; et la conscience qu'on en a aux alentours du cœur ne sert qu'à en accuser plus fortement la trace——nous les voyons, nous les épelons, et nous les assemblons sans dictionnaire.

Ah! ah! eh! hi! s'écrièrent *La Guyol* et *La Sabatiere*, en examinant mutuellement leurs impressions——Oh! oh! s'écrièrent *La Battarelle* et *La Maronette*, en faisant de même :—Silence! cria l'une,—st, st, dit une autre,—chut! reprit une troisième—bah! bah! répliqua une quatrième—grand merci! s'écria la dame *Carnavalette*;—c'était elle qui avait emmoustaché sainte *Brigitte*.

La Fosseuse tira l'épingle de son chignon, et ayant avec le gros bout tracé le contour d'une petite moustache sur un des côtés de sa lèvre supérieure, elle mit l'épingle dans la main de *La Rebours*—*La Rebours* secoua la tête.

La dame *Baussière* toussa trois fois dans l'intérieur de son manchon—*La Guyol* sourit—Fi! dit la dame *De Baussière*. La reine de *Navarre* se toucha l'œil du bout de l'index—comme pour dire : Je vous comprends toutes.

Il était clair pour toute la cour que le mot était perdu : *La Fosseuse* lui avait porté un coup, et il n'en allait pas mieux pour avoir passé par tous ces défilés ——Il fit pourtant une faible résistance pendant quelques mois, à l'expiration desquels le sieur *de Croix* ayant trouvé qu'il était grand temps de quitter la *Navarre*, faute de moustaches—le mot devint en conséquence indécent, et (après quelques efforts) absolument impossible à employer.

Le meilleur mot du meilleur langage du meilleur monde aurait succombé sous une pareille ligue. — Le curé d'*Estella*[1] écrivit contre lui un livre exposant les dangers des idées accessoires, et prémunissant contre elles les *Navarrais*.

Le monde sentier ne sait-il pas, disait le curé d'*Estella* à la fin de son ouvrage, qu'il y a quelques siècles, dans la plus grande partie de l'*Europe*, les Nez ont subi le même sort que viennent d'avoir les Moustaches dans le royaume de *Navarre*—Le mal, il est vrai, ne s'étendit pas alors plus loin—, mais les lits et les traversins, les bonnets de nuit et les pots de chambre n'ont-ils pas toujours été depuis à la veille de leur ruine ? Les chausses et les fentes de jupe, les manches de pompe—et les robinets et les faussets ne sont-ils pas toujours en danger par suite de cette même association ?—La chasteté est, de sa nature, la plus douce de toutes les qualités—mais lâchez-lui la bride—c'est un lion bondissant et rugissant.

Le but de l'argument du curé d'*Estella* ne fut point compris.—Ses lecteurs avaient perdu la piste.—Le monde brida son âne par la queue.—Et quand les *extrêmes* de la DÉLICATESSE et les *commencements* de la CONCUPISCENCE tiendront leur prochain chapitre provincial, ils pourront aussi qualifier celui-ci d'obscène.

CHAP. II.

QUAND mon père reçut la lettre qui lui apportait la triste nouvelle de la mort de mon frère *Bobby*, il était occupé à calculer les frais de poste de *Calais* à *Paris*, et de là à *Lyon*.

C'était un bien malencontreux voyage ; mon père ayant eu à le refaire depuis le premier jusqu'au dernier pas, et à recommencer son calcul, arrivé presque à la fin, par la faute d'*Obadiah*, qui avait ouvert la porte pour l'informer qu'il n'y avait plus de levure dans la maison—et lui demander s'il pourrait prendre le grand cheval de carrosse le lendemain matin de bonne heure pour en aller chercher.—De tout mon cœur, *Obadiah*, dit mon père (continuant son voyage)—prends le cheval de carrosse, j'y consens volontiers.—Mais il lui manque un fer, pauvre créature ! dit *Obadiah*.—Pauvre créature ! dit mon oncle *Toby*, refaisant vibrer la note, comme une corde à l'unisson. Alors monte le cheval *écossais*, dit brusquement mon père.—Il ne supporte pas la selle sur son dos, dit *Obadiah*, pour rien au monde.——Ce cheval a le diable au corps ; eh bien ! prends PATRIOTE[1], s'écria mon père, et ferme la porte.——PATRIOTE est vendu, dit *Obadiah*.—C'est votre affaire, s'écria mon père, faisant une pause, et regardant en face mon oncle *Toby*, comme si la chose n'eût point été un fait accompli.—Votre Honneur m'a ordonné de le vendre en avril dernier, dit *Obadiah*.— Alors allez à pied pour votre peine, s'écria mon père.— J'aime mieux aller à pied qu'à cheval, dit *Obadiah*, en fermant la porte.

Quel fléau ! s'écria mon père, en continuant son calcul.—Mais les eaux ont débordé, dit *Obadiah*,— rouvrant la porte.

Jusqu'à ce moment, mon père, qui avait devant lui une carte de *Sanson*[1] et un livre de poste, avait gardé la main sur la tête de son compas, dont une des pointes était posée sur *Nevers*, le dernier relais où il eût payé— se proposant de poursuivre à partir de là son voyage et son calcul, aussitôt qu'*Obadiah* aurait quitté la chambre; mais cette seconde attaque d'*Obadiah* rouvrant la porte et mettant tout le pays sous l'eau, c'en était trop.—Il lâcha son compas—ou plutôt, moitié accident, moitié colère, il le jeta sur la table; et alors il ne lui restait plus rien à faire que de retourner à *Calais* (comme tant d'autres) aussi avancé qu'en partant.

Lorsqu'on apporta dans le parloir la lettre qui contenait la nouvelle de la mort de mon frère, mon père s'était remis en voyage jusqu'à une enjambée de compas de ce même relais de *Nevers*.—Avec votre permission, M. *Sanson*, s'écria mon père, enfonçant au travers de *Nevers* la pointe de son compas dans la table,—et faisant signe à mon oncle *Toby* de voir ce qu'il y avait dans la lettre,—c'est trop pour un gentleman anglais et son fils, M. *Sanson*, d'être renvoyés deux fois en une soirée d'une sale bicoque telle que *Nevers*,—qu'en penses-tu, *Toby*? ajouta mon père d'un ton animé.—À moins que ce ne soit une ville de garnison, dit mon oncle *Toby*,—car alors—Je serai un sot toute ma vie, dit mon père, en souriant à part lui.—Là-dessus, faisant un second signe de tête—et tenant toujours d'une main son compas sur *Nevers*, et son livre de poste dans l'autre—moitié calculant et moitié écoutant, il se pencha en avant, les deux coudes sur la table, tandis que mon oncle *Toby* lisait la lettre en fredonnant.

— — — — — — — — — — — — —
— — — — — — — — — — — — —
— — — — — — — — — — il est parti!
dit mon oncle *Toby*.—Où?—Qui? s'écria mon père.
—Mon neveu, dit mon oncle *Toby*.——Quoi!—sans
permission—sans argent——sans gouverneur? s'écria
mon père stupéfait.—Non:—il est mort, mon cher
frère, dit mon oncle *Toby*.—Sans avoir été malade?
s'écria de nouveau mon père.—J'ose affirmer que non,
dit mon oncle *Toby* à voix basse, et tirant un gros
soupir du fond de son cœur; il a été assez malade,
pauvre enfant! J'en réponds—puisqu'il est mort.

Quand *Agrippine*[1] apprit la mort de son fils, *Tacite*
nous informe qu'étant incapable de modérer la violence de son émotion, elle interrompit brusquement
son ouvrage—Mon père n'en enfonça que plus profondément son compas dans *Nevers*.—Quel contraste!
L'attitude de mon père était assurément affaire de
calcul—Celle d'*Agrippine* avait dû être tout autre
chose, autrement qui pourrait prétendre à raisonner
sur l'histoire?

Ce que fit ensuite mon père mérite, à mon avis, un
chapitre à part.—

CHAP. III.

———————— ————————Et un chapitre il aura, et de plus un diable de chapitre—ainsi, tenez-vous bien.

C'est ou *Platon*, ou *Plutarque*, ou *Sénèque*, ou *Xénophon*, ou *Épictète*, ou *Théophraste*, ou *Lucien*—ou bien quelqu'un de date plus récente—soit *Cardan*, soit *Budœus*, soit *Pétrarque*, soit *Stella*—ou peut-être encore quelque théologien ou père de l'Église, saint *Augustin*, ou saint *Cyprien*, ou saint *Bernard*[1], qui affirme que c'est un sentiment irrésistible et naturel que de pleurer la perte de nos amis ou enfants[2]—et *Sénèque* (j'en suis certain) nous dit quelque part que de tels chagrins s'écoulent mieux par ce canal particulier[3].—Aussi voyons-nous que *David* pleura son fils *Absalon*, *Adrien* son *Antinoüs*—*Niobé* ses enfants, et qu'*Appollodore* et *Criton* versèrent des larmes sur *Socrate* avant sa mort[4].

Mon père gouverna autrement son affliction; et même différemment de la plupart des hommes, tant anciens que modernes; car il n'en eut pas raison par les larmes, comme les *Hébreux* et les *Romains*—ni par le sommeil, comme les *Lapons*—ni par la pendaison, comme les *Anglais*, ni par la noyade, comme les *Allemands*[5]—il ne la maudit pas non plus, ni ne la damna, ni ne l'excommunia, ni ne la versifia, ni ne la lillibullerisa.———

————Il s'en débarrassa, néanmoins.

Vos Honneurs veulent-ils me permette d'étrangler une histoire entre ces deux pages ?

Quand *Tullius* perdit sa fille *Tullia*, il prit d'abord la chose à cœur,—il écouta la voix de la nature, et régla dessus la sienne.—Ô ma *Tullia*! ma fille! mon enfant!—toujours, toujours, toujours,——c'était : ô ma *Tullia*!——ma *Tullia*! Il me semble voir ma *Tullia*, entendre ma *Tullia*, causer avec ma *Tullia*.—Mais dès qu'il eut commencé à examiner les ressources de la philosophie, et à considérer combien il y avait d'excellentes choses à dire sur la circonstance—personne sur terre ne peut concevoir, dit le grand orateur, quel bonheur, quelle joie cela me procura[1].

Mon père était aussi fier de son éloquence qu'avait pu l'être MARCUS TULLIUS CICERO pendant sa vie, et avec autant de raison, je le crois, jusqu'à ce qu'on me prouve le contraire : c'était, en vérité, son fort—et son faible aussi.——Son fort—car il était naturellement éloquent,—et son faible—car il en était la dupe à toute heure ; et pourvu qu'une circonstance dans la vie lui permît seulement de déployer ses talents, ou de dire une chose sensée, spirituelle ou maligne—(sauf le cas d'une infortune systématique)—c'était tout ce qu'il demandait.—Un bonheur qui liait la langue de mon père, et un malheur qui la déliait de bonne grâce, lui étaient à peu près égaux : quelquefois même il préférait le malheur ; par exemple, quand le plaisir de la harangue était comme *dix*, et le chagrin du malheur comme *cinq*—mon père y gagnait cent pour cent, et, conséquemment, s'en trouvait aussi bien que si le malheur ne lui était jamais arrivé.

Ce fil éclaircira ce qui autrement semblerait fort contradictoire dans le caractère privé de mon père ; et c'est ce qui faisait que dans les irritations causées par les négligences et bévues des domestiques, ou autres contretemps inévitables dans une famille, sa colère, ou plutôt la durée de sa colère allait éternellement à l'encontre de toute conjecture.

Mon père avait une petite jument favorite qu'il avait attribuée à un très beau cheval arabe, afin d'en tirer un coursier pour sa monture personnelle : il était ardent dans tous ses projets, aussi parlait-il chaque jour de son coursier avec une sécurité aussi absolue que s'il eût été élevé et dressé,—sellé et bridé à sa porte, prêt à être monté. Par suite d'une négligence quelconque d'*Obadiah*, il advint que les espérances de mon père n'aboutirent qu'à un mulet, et encore à la plus laide bête de l'espèce qui jamais ait été produite.

Ma mère et mon oncle *Toby* s'attendaient à ce que mon père exterminât *Obadiah*—et à ne voir jamais la fin de ce désastre.——Regardez, coquin, ce que vous avez fait ! s'écria mon père en montrant le mulet.—Ce n'est pas moi, dit *Obadiah*.—Qu'est-ce que j'en sais ? répliqua mon père.

La joie nagea dans les yeux de mon père à cette repartie—le sel *attique*[1] y avait attiré l'eau—et *Obadiah* n'entendit plus parler de rien.

Maintenant revenons à la mort de mon frère.

La philosophie a une belle phrase pour chaque chose. —Pour la *mort*, elle en a un assortiment complet; le malheur fut qu'elles se précipitèrent toutes à la fois dans la tête de mon père, en sorte qu'il était difficile de les coudre ensemble de façon à en faire quelque chose de consistant.—Il les prit comme elles se présentèrent.

« C'est une chance inévitable—le premier statut de la *Magnâ Chartâ*—c'est un acte éternel du Parlement, mon cher frère,—*nous devons tous mourir*[1].

» Si mon fils avait pu ne pas mourir, c'eût été un sujet d'étonnement,—mais non qu'il soit mort.

» Les monarques et les princes dansent le même branle que nous[2].

» —*Mourir*[3] est la grande dette et le tribut de la nature; les tombes et les monuments, qui devraient perpétuer notre mémoire, le payent eux-mêmes, et la plus orgueilleuse des pyramides que la richesse et la science ont érigées, a perdu son sommet, et se dresse tronquée à l'horizon du voyageur. » (Mon père trouva qu'il éprouvait un grand soulagement et poursuivit) —« Les royaumes et les provinces, les villes et les cités n'ont-ils pas leurs périodes? et quand les principes et forces, qui d'abord les cimentaient et les unissaient, ont accompli leurs diverses évolutions, ils rétrogradent. » —Frère *Shandy*, dit mon oncle *Toby*, posant sa pipe au mot *évolutions*—Révolutions, voulais-je dire, reprit mon père,—par le ciel! je voulais dire révolutions, frère *Toby*;—évolutions est un non-sens.—Ce n'est point un non-sens—dit oncle *Toby*.——Mais n'en est-ce pas un que de rompre le fil d'un tel discours dans une telle occasion ? s'écria mon père—de grâce—mon cher *Toby*, continua-t-il, en lui prenant la main, de grâce— de grâce, je t'en conjure, ne m'interromps pas dans cette crise.—Mon oncle *Toby* mit sa pipe à sa bouche.

« Où sont *Troie* et *Mycènes*, et *Thèbes* et *Délos*, et *Persépolis* et *Agrigente* ? »—continua mon père en reprenant le livre de poste qu'il avait déposé sur la table.— « Qu'est-il advenu, frère *Toby*, de *Ninive* et de *Babylone*, de *Cyzique* et de *Mitylène* ? Les plus belles villes sur lesquelles le soleil se soit jamais levé, n'existent plus aujourd'hui ; il ne reste que leurs noms, et ceux-ci (car beaucoup d'entre eux s'écrivent mal) tombent eux-mêmes pièce à pièce en ruine, et par la suite des temps seront oubliés, et enveloppés avec toutes choses dans une nuit perpétuelle : le monde lui-même, frère *Toby*, doit—doit finir.

» À mon retour d'*Asie*, quand je fis voile d'*Égine* à *Mégare* » (*Quand donc pouvait-ce bien être ? pensa mon oncle Toby*), « je me mis à contempler le pays à l'entour. *Égine* était derrière moi, *Mégare* devant, le *Pirée* à droite, *Corinthe* à gauche.—Quelles villes florissantes maintenant couchées sur la terre ! Hélas ! hélas ! me dis-je, faut-il que l'homme se trouble l'âme pour la perte d'un enfant, lorsque tant de grandeurs gisent magnifiquement enterrées devant lui——Souviens-toi, me répétai-je—souviens-toi que tu es un homme[1]. »—

Or, mon oncle *Toby* ignorait que ce dernier paragraphe était un extrait de la lettre de condoléance de *Servius Sulpicius* à *Tullius*.—Il était aussi peu versé, l'honnête homme, en fragments qu'en pièces entières d'antiquité.—Et comme mon père, lorsqu'il s'occupait du commerce de la *Turquie*, avait été à trois ou quatre reprises dans le *Levant*, et qu'il était même resté une fois un an à *Zante*[1], mon oncle *Toby* en conclut naturellement qu'à l'une ou l'autre de ces époques il avait fait une pointe en *Asie*, à travers l'*Archipel* ; et que toute cette traversée, avec *Égine* derrière lui, et *Mégare* devant, et le *Pirée* à droite, etc., etc., n'était rien de plus que le récit fidèle du voyage de mon père et de ses réflexions.— C'était bien certainement sa *manière* ; et plus d'un entrepreneur critique aurait bâti deux étages de plus sur de pires fondements.—Et je te prie, frère, dit mon oncle *Toby*, en posant le bout de sa pipe sur la main de mon père, par voie aimable d'interruption—mais après avoir attendu qu'il eût fini sa relation—en quelle année de Notre-Seigneur était-ce ?—Ce n'était en aucune année de Notre-Seigneur, repartit mon père.—C'est impossible ! s'écria mon oncle *Toby*.—Nigaud ! dit mon père,—c'était quarante ans avant la naissance du Christ.

Mon oncle *Toby* n'avait que deux suppositions à faire : ou que son frère était le *Juif* errant[2], ou que ses malheurs lui avaient dérangé la cervelle.—« Puisse le Seigneur Dieu du ciel et de la terre le protéger et le rétablir ! » dit mon oncle *Toby*, en priant silencieusement pour mon père, et les larmes aux yeux.

—Mon père attribua les larmes à un motif convenable, et poursuivit sa harangue avec ardeur.

« Il n'y a pas, frère *Toby*, une si grande différence entre le bien et le mal, que le monde s'imagine »

CHAP. III [515]

——(ce mode de repartir n'était pas, par parenthèse, de nature à guérir les soupçons de mon oncle *Toby*).—« Le labeur, le chagrin, la peine, la maladie, le besoin et l'infortune sont les sauces de la vie[1]. »—Grand bien leur fasse—se dit mon oncle *Toby*.—

« Mon fils est mort[2]!—tant mieux;—c'est une honte dans une pareille tempête de n'avoir qu'une ancre[3]. »

« Mais il est à jamais séparé de nous!—soit. Il est sorti des mains de son barbier avant d'être chauve—il s'est levé d'un festin avant l'indigestion—d'un banquet avant l'ivresse. »

« Les *Thraces* pleuraient à la naissance d'un enfant »—(et nous en avons été bien près, dit mon oncle *Toby*)—« et banquetaient et se réjouissaient quand un homme quittait ce monde[4]; et avec raison.—La Mort ouvre la porte de la Renommée, et ferme sur elle celle de l'Envie[5],—elle détache la chaîne du captif, et met aux mains d'un autre homme la tâche de l'esclave. »

« Montre-moi l'homme qui, sachant ce qu'est la vie, redoute la mort, et je te montrerai le prisonnier qui redoute la liberté[6]. »

Ne vaut-il pas mieux, mon cher frère *Toby*, (car note que—nos appétits ne sont que des maladies)—ne vaut-il pas mieux ne pas avoir faim du tout que de manger?—ne pas avoir soif, que de prendre médecine pour en guérir?

Ne vaut-il pas mieux d'être délivré des soucis et des fièvres, de l'amour et de la mélancolie, et des autres accès chauds ou froids de la vie, que d'être forcé de se remettre en route, comme un voyageur harcelé qui arrive éreinté à son auberge ?

L'aspect de la mort, frère *Toby*, n'a de terreur que ce qu'elle en emprunte aux gémissements et aux convulsions—et au mouchage des nez et à l'essuyage des larmes après les bords des rideaux, dans la chambre d'un mourant.—Dépouillez-la de tout cela, qu'est-ce—Elle est meilleure au combat qu'au lit[1], dit mon oncle *Toby*.—Enlevez-lui ses corbillards, ses muets et son deuil,—ses panaches, ses écussons, et autres accessoires mécaniques—Qu'est-ce ?—*Meilleure au combat !* continua mon père en souriant, car il avait absolument oublié mon frère *Bobby*—elle n'est terrible d'aucune manière—car considère, frère *Toby*,—quand nous *sommes*,—la mort n'est *pas* ;—et quand la mort *est*,—nous ne sommes *pas*[2]. Mon oncle *Toby* posa sa pipe pour examiner la proposition ; l'éloquence de mon père était trop rapide pour s'arrêter pour qui que ce fût—elle continua sa course,—et entraîna avec elle les idées de mon oncle *Toby*.——

Pour cette raison, poursuivit mon père, il est digne de se rappeler le peu d'altération que les approches de la mort ont produit sur les grands hommes.—*Vespasien* mourut d'un bon mot, sur sa chaise percée—*Galba*, d'une sentence—*Septime Sévère*, d'une dépêche—*Tibere*, d'une dissimulation, et *César Auguste*, d'un compliment.—J'espère qu'il était sincère—dit mon oncle *Toby*.

—C'était à sa femme[3],—dit mon père.

CHAP. IV.

——Et finalement—car entre toutes les anecdotes de choix que l'histoire puisse offrir sur cette matière, continua mon père,—celle-ci, comme le dôme doré qui recouvre le monument—couronne le tout.—

C'est celle de *Cornelius Gallus*[1], le préteur—que vous avez lue, je présume, frère *Toby*.—Je ne le pense pas, repartit mon oncle.—Il mourut, dit mon père, en ********—Et si c'était avec sa femme, dit mon oncle *Toby*—il n'y avait pas de mal à cela.—C'est plus que je n'en sais—répliqua mon père.

CHAP. V.

MA mère traversait très doucement dans l'obscurité le couloir qui conduisait au parloir, comme mon oncle *Toby* prononçait le mot *femme*.—Ce mot a par lui-même un son aigu et perçant, et *Obadiah* avait aidé à la chose en laissant la porte un peu entr'ouverte, de sorte que ma mère en entendit assez pour s'imaginer qu'elle était le sujet de la conversation : posant donc le bout de son doigt en travers de ses lèvres—retenant sa respiration, et penchant un peu la tête, avec une torsion du cou—(non pas vers la porte, mais à l'opposé, de manière à rapprocher son oreille de la fente)—elle écouta de tout son pouvoir :——l'esclave qui écoute, avec la Déesse du Silence derrière lui, n'aurait pu fournir un meilleur modèle pour une intaille.

Je suis décidé à la laisser cinq minutes dans cette attitude, jusqu'à ce que j'aie ramené les affaires de la cuisine (comme *Rapin*[1] celles de l'Église) au même point.

CHAP. VI.

QUOIQUE, en un sens, notre maison fût certainement une machine simple, attendu qu'elle se composait de peu de roues ; il y avait pourtant ceci à dire, que ces roues étaient mises en mouvement par tant de ressorts différents et qu'elles agissaient l'une sur l'autre d'après une telle variété de principes et impulsions étranges,——que, bien que ce fût une machine simple, elle possédait tout l'honneur et tous les avantages d'une machine compliquée,——et nombre de mouvements aussi bizarres au dedans d'elle qu'on en a jamais vu dans l'intérieur d'un moulin à soie *hollandais.*

Parmi ces mouvements, il y en avait un, dont je vais parler, et qui peut-être n'était pas tout à fait aussi singulier que bien d'autres ; c'était que, quelle que fût l'espèce de motion, débat, harangue, dialogue, projet ou dissertation qui se poursuivît dans le parloir, il s'en élevait généralement un autre, au même instant et sur le même sujet, parallèlement dans la cuisine.

Or, pour amener ce résultat, toutes les fois qu'une lettre ou message extraordinaire était apporté au parloir,—ou qu'une conversation était suspendue jusqu'à la sortie du domestique—ou qu'on apercevait des traces de mécontentement sur le front de mon père ou de ma mère—ou enfin quand on supposait sur le tapis quelque chose valant la peine d'être sue ou écoutée, c'était une règle de laisser la porte, non tout à fait fermée, mais tant soit peu entrebâillée—comme elle l'est en ce moment,—ce qui, sous le couvert des gonds en mauvais état (et ce pouvait bien être une des nombreuses raisons pour lesquelles ils n'étaient jamais raccommodés), n'était pas difficile à exécuter; par ce moyen, dans chacun de ces cas, on laissait en général un passage, non pas sans doute aussi large que les *Dardanelles*[1], mais assez large, après tout, pour effectuer autant de ce commerce aérien qu'il en fallait pour épargner à mon père l'embarras de gouverner sa maison; — ma mère est là en ce moment qui en profite.—*Obadiah* en avait agi ainsi, dès qu'il avait laissé sur la table la lettre qui apportait la nouvelle de la mort de mon frère, en sorte qu'avant que mon père fût bien revenu de sa surprise, et eût entamé sa harangue,—*Trim* s'était mis sur ses jambes pour émettre son sentiment à ce sujet.

Un curieux observateur de la nature, eût-il possédé toutes les richesses portées sur l'inventaire de *Job*— quoique, soit dit en passant, *vos curieux observateurs possèdent rarement une obole*—en aurait donné la moitié pour entendre le caporal *Trim* et mon père, deux orateurs si opposés par leur nature et leur éducation, haranguant sur la même bière.

Mon père, homme d'une profonde érudition—de prompte mémoire—possédant *Caton*, et *Sénèque*, et *Épictète* sur le bout du doigt.—

Le caporal—avec rien—à se rappeler—n'ayant jamais lu que son contrôle—et ne possédant sur le bout du doigt pas de plus grands noms que ceux qu'il contenait.

L'un procédant de période en période par métaphore et allusion, et frappant l'imagination, chemin faisant (comme font les gens d'esprit et d'imagination), par l'agrément et le charme de ses peintures et images.

L'autre, sans esprit ni antithèse, ni pointe, ni tour d'aucune espèce, mais laissant les images d'un côté, et les peintures de l'autre, pour aller, comme la nature le menait, droit au cœur[1]. Ô *Trim*! plût au ciel que tu eusses un meilleur historien!—plût au ciel!—que ton historien eût une meilleure paire de culottes!——Et vous, critiques! est-ce que rien ne vous attendrira?

CHAP. VII.

————Mon jeune maître est mort à *Londres*! dit *Obadiah*.—

—Une robe de chambre de satin vert de ma mère, qui avait été dégraissée deux fois, fut la première idée que l'exclamation d'*Obadiah* éveilla dans la tête de *Susannah*.—*Locke* a eu raison d'écrire un chapitre sur les imperfections des mots[1].—Alors, dit *Susannah*, il va falloir nous mettre tous en deuil.—Mais remarquez-le une seconde fois : le mot *deuil*, quoique *Susannah* elle-même en eût fait usage—faillit à faire son office ; il n'éveilla pas une seule idée teinte de noir, ou de gris,—tout était vert.——La robe de chambre de satin vert était toujours accrochée là.

—Oh ! ma pauvre maîtresse en mourra, s'écria *Susannah*.—Toute la garde-robe de ma mère défila.—Quelle procession ! son damas rouge,—son orange basané,—ses lustrines blanches et jaunes,—son taffetas brun,—ses bonnets de dentelle, ses chemises de nuit, et ses confortables jupons de dessous.—Pas un chiffon n'était oublié.—« *Non,—elle ne s'en relèvera jamais,* » dit *Susannah*.

Nous avions une grosse idiote laveuse de vaisselle—mon père, je crois, la gardait à cause de sa bêtise ;—elle avait été, tout l'automne, aux prises avec une hydropisie.—Il est mort, dit *Obadiah*,—il est certainement mort !—Mais moi pas, dit l'idiote laveuse de vaisselle.

——Voilà de tristes nouvelles, *Trim*, s'écria *Susannah*, s'essuyant les yeux comme *Trim* entrait dans la cuisine,—maître *Bobby* est mort et *enterré*,—les funérailles étaient une interpolation du fait de

Susannah,—il va falloir nous mettre tous en deuil, dit *Susannah*.

J'espère que non, dit *Trim*.—Vous espérez que non! s'écria vivement *Susannah*.—Le deuil ne trottait pas dans la tête de *Trim*, quoi qu'il pût faire dans celle de *Susannah*.—J'espère—dit *Trim*, s'expliquant, j'espère, pour Dieu! que la nouvelle est fausse. J'ai entendu lire la lettre de mes propres oreilles, dit *Obadiah*; et cela nous vaudra une terrible besogne pour défricher l'Oxmoor.—Oh! il est mort, dit *Susannah*.—Aussi sûr que je suis en vie, dit la laveuse de vaisselle.

Je le pleure de tout mon cœur et de toute mon âme, dit *Trim* en poussant un soupir.—Pauvre créature!—pauvre garçon!—pauvre gentleman!

—Il était en vie à la *Pentecôte* dernière, dit le cocher.—La *Pentecôte*! hélas! s'écria *Trim* étendant le bras droit et prenant aussitôt la même attitude qu'en lisant le sermon,—que fait la *Pentecôte*, *Jonathan*, (c'était le nom du cocher) ou le *Carnaval*, ou toute autre fête ou époque passée? Ne sommes-nous pas ici maintenant, continua le caporal (en frappant perpendiculairement le plancher du bout de sa canne, de façon à donner une idée de santé et de stabilité)—et ne sommes-nous pas—(laissant tomber son chapeau à terre) disparus! en un moment!—C'était infiniment frappant! *Susannah* fondit en larmes.—Nous ne sommes pas des souches et des pierres.—*Jonathan*, *Obadiah*, la fille de cuisine, tous s'attendrirent.—La grosse et idiote laveuse de vaisselle elle-même, qui récurait une poissonnière sur ses genoux, en fut émue.—Toute la cuisine se pressa autour du caporal.

Or, comme je vois clairement que le salut de notre constitution, dans l'Église et dans l'État,—et peut-être bien le salut du monde entier—ou, ce qui revient au même, la distribution et la balance de sa propriété et de son pouvoir, peuvent, dans les temps à venir, grandement dépendre de la juste intelligence de ce trait d'éloquence du caporal—je réclame votre attention,— Vos Honneurs et Révérences pourront en échange dormir à l'aise dix pages de suite, qu'ils prendront où ils voudront dans toute autre partie de l'ouvrage.

J'ai dit « que nous n'étions ni des souches ni des pierres »—c'est très beau. J'aurais dû ajouter que nous ne sommes pas non plus des anges, je désirerais que nous en fussions,—mais des hommes revêtus de corps et gouvernés par notre imagination ;—et à quelle ripaille ils se livrent avec nos sept sens, et surtout avec quelques-uns d'entre eux, j'avoue, pour ma part, que je suis honteux de le confesser. Qu'il me suffise d'affirmer que de tous les sens, l'œil (car je récuse absolument le toucher, quoique la plupart de vos *Barbati*[1], je le sais, soient pour lui) a le commerce le plus rapide avec l'âme[2],—donne un coup plus vigoureux à l'imagination et lui laisse quelque chose de plus inexprimable que ce que les mots peuvent transmettre—ou quelquefois rejeter.

—J'ai fait un petit détour—n'importe, c'est pour ma santé—seulement ramenons-le dans notre esprit à la mortalité du chapeau de *Trim*.—« Ne sommes-nous pas ici maintenant,—et disparus en un moment ? »—Il n'y avait rien dans cette phrase—c'était une de ces vérités de toute évidence que nous avons l'avantage d'entendre tous les jours, et si *Trim* ne s'était pas fié plus à son chapeau qu'à sa tête—il n'aurait pu rien en tirer.

————« Ne sommes-nous pas ici maintenant ; »—continua le caporal, « et ne sommes-nous pas »—(laissant tout d'un coup tomber son chapeau par terre—et s'arrêtant avant de prononcer le mot)————« disparus ! en un moment ? » La descente du chapeau se fit comme si on eût pétri dans sa calotte une lourde masse d'argile.————Rien n'aurait pu exprimer aussi bien le sentiment de mortalité dont il était le type et l'avant-coureur,—la main de *Trim* sembla s'évanouir sous lui,—il tomba mort,—l'œil du caporal se fixa sur lui comme sur un cadavre,—et *Susannah* fondit en larmes[1].

Or—Il y a dix mille et dix mille fois dix mille manières (car la matière et le mouvement sont infinis) dont un chapeau peut tomber à terre sans produire aucun effet.————Si *Trim* l'avait jeté, ou lancé, ou lâché, ou poussé, ou dardé, ou laissé glisser, ou tomber dans n'importe quelle direction possible sous le ciel,—ou dans la meilleure direction qui pût lui être donnée,—s'il l'avait laissé échapper comme une oie—comme un caniche—comme un âne—ou si, en ce faisant, ou même après l'avoir fait, il avait eu l'air d'une bête,—d'un benêt—d'un nigaud—le coup était manqué, et l'effet sur le cœur était perdu.

Vous qui gouvernez ce puissant univers et ses puissants intérêts avec les *engins* de l'éloquence,——qui l'échauffez, le refroidissez, l'attendrissez et l'amollissez,——puis le rendurcissez *à votre gré*——

Vous qui tournez et virez les passions avec ce grand cabestan,—et qui, l'ayant fait, conduisez ceux qui les possèdent où bon vous semble—

Vous, enfin, qui menez——et pourquoi pas? vous aussi qui êtes menés comme des dindons au marché, avec un bâton et une loque rouge—méditez—méditez, je vous en supplie, sur le chapeau de *Trim*.

CHAP. VIII.

ATTENDEZ——j'ai un petit compte à régler avec le lecteur avant que *Trim* puisse continuer sa harangue.—Ce sera fait en deux minutes.

Entre autres nombreuses créances que j'acquitterai en temps opportun,—je me reconnais débiteur envers le monde de deux articles,—un chapitre sur *les femmes de chambre et les boutonnières*, que j'avais promis dans la première partie de mon ouvrage, et que j'avais eu pleine intention de payer cette année : mais quelques-uns de Vos Honneurs et Révérences m'ayant dit que ces deux sujets, surtout réunis de la sorte, pourraient compromettre la morale du monde,—je les prie de me dispenser du chapitre sur les femmes de chambre et les boutonnières, et d'accepter en échange le chapitre précédent qui n'est, sous le bon plaisir de Vos Révérences, qu'un chapitre de *femmes de chambre*, de *robes vertes* et de *vieux chapeaux*[1].

Trim ramassa le sien,—le mit sur sa tête,—et continua ensuite son oraison sur la mort, en la manière et forme suivante.

CHAP. IX.

——POUR nous, *Jonathan*, qui ne savons pas ce que c'est que le besoin et l'inquiétude—qui vivons ici au service de deux des meilleurs maîtres—(j'en excepte, pour ce qui me regarde, Sa Majesté le roi *Guillaume* III[2], que j'ai eu l'honneur de servir en *Irlande* et en *Flandre*)—je conviens que de la *Pentecôte* à trois semaines avant *Noël*,—ce n'est pas long—c'est comme rien ;—mais pour ceux, *Jonathan*, qui savent ce que c'est que la mort, et quel ravage et quelle destruction elle peut faire, avant qu'un homme ait pu se retourner—c'est comme un siècle entier.—Ô *Jonathan*! ce serait à faire saigner le cœur d'un brave homme, que de considérer, continua le caporal (se tenant perpendiculairement), combien de braves et loyaux garçons ont été mis bas depuis cette époque !—Et croyez-moi, *Suzy*, ajouta le caporal en se tournant vers *Susannah*, dont les yeux débordaient d'eau,—avant que ce temps revienne,—plus d'un œil brillant sera terni.—*Susannah* prit la chose du bon côté—elle pleura—mais elle fit aussi une révérence.—Ne sommes-nous pas, continua *Tim*, regardant toujours *Susannah* —ne sommes-nous pas comme la fleur des champs— une larme d'orgueil se glissa entre deux larmes d'humiliation—aucune langue n'aurait pu décrire autrement l'affliction de *Susannah*—toute chair n'est-elle pas de l'herbe?—C'est de la terre,—c'est de la boue.—Tous aussitôt regardèrent la laveuse de vaisselle,—qui venait justement de récurer une poissonnière.—Ce n'était pas généreux.——

—Qu'est-ce que la plus belle figure qu'ait jamais vue un homme?—Je pourrais entendre *Trim* parler ainsi toute ma vie, s'écria *Susannah*,—qu'est-ce? (*Susannah* mit sa main sur l'épaule de *Trim*)—si ce n'est corruption?——*Susannah* retira sa main.

—Or je vous aime pour cela—et c'est ce délicieux mélange intérieur qui fait de vous les adorables créatures que vous êtes—et celui qui vous hait pour cela ——tout ce que je puis en dire, c'est—qu'il a une courge pour tête—ou une reinette pour cœur,—et quand on le disséquera, on s'en apercevra.

CHAP. X.

OU *Susannah*, en retirant trop subitement sa main de dessus l'épaule du caporal (par suite du revirement de ses passions),——rompit un peu le fil des réflexions de *Trim*——

Ou le caporal commença à soupçonner qu'il marchait sur les brisées du docteur, et qu'il parlait plutôt comme le chapelain que comme lui-même———

Ou bien - - - - - - - - - - - -
Ou bien———car en pareil cas un homme d'esprit et d'invention peut, avec plaisir, remplir de suppositions une paire de pages———que le curieux physiologiste, ou le curieux n'importe qui, détermine quelle en fut la cause———mais il est certain, au moins, que le caporal reprit ainsi sa harangue.

Pour ma part, je déclare que, hors du logis, je ne fais pas plus de cas de la mort :—que de cela... ajouta le caporal, en faisant claquer ses doigts,—mais d'un air que le caporal seul pouvait donner à ce sentiment.— En bataille, je me soucie de la mort comme de cela... mais qu'elle ne me prenne pas en traître, comme ce pauvre *Joe Gibbins,* pendant qu'il nettoyait son fusil.— Qu'est-ce? Une pression sur la détente—un coup de baïonnette entrant d'un pouce ici ou là—en fait toute la différence.—Regardez le long de la ligne—à droite— voyez! *Jack* est par terre! eh bien,—cela équivaut pour lui à un régiment de cavalerie.—Non—c'est *Dick.* Alors *Jack* ne s'en porte pas plus mal.—N'importe qui c'est,—nous passons,—dans la chaleur de la poursuite, la blessure même qui donne la mort ne se sent pas[1],—le mieux est de lui tenir tête,—l'homme qui fuit est dix fois plus en danger que l'homme qui se précipite dans sa gueule.—Je l'ai vue, ajouta le caporal, cent fois en face,—et je sais ce que c'est.—Ce n'est rien du tout,

Obadiah, sur le champ de bataille.—Mais elle est très effrayante dans une maison, dit *Obadiah*.——Je n'y songe jamais sur mon siège, dit *Jonathan*.—Elle doit être, à mon avis, plus naturelle au lit, repartit *Susannah*.—Et si je pouvais lui échapper en me fourrant dans la pire peau de veau qui ait jamais été convertie en havre-sac, je le ferais—dit *Trim*—mais c'est dans la nature[1].

——La nature est la nature, dit *Jonathan*.—Et c'est pourquoi, s'écria *Susannah*, je plains tant ma maîtresse. —Elle ne s'en remettra jamais.—Moi, je plains le capitaine plus que tout autre de la famille, répondit *Trim*.——Madame se soulagera le cœur à pleurer,— et Monsieur à en parler,—mais mon pauvre maître gardera tout pour lui en silence.—Je l'entendrai soupirer dans son lit tout un mois, comme il a fait pour le lieutenant *Le Fèvre*. S'il plaît à Votre Honneur, ne soupirez pas si douloureusement, lui disais-je, couché près de lui. Je ne puis m'en empêcher, *Trim*, disait mon maître,——c'est un si triste accident—je ne puis me l'ôter du cœur.—Votre Honneur ne craint pas la mort lui-même.—J'espère, *Trim*, ne rien craindre, disait-il, que de faire le mal.——Eh bien, ajoutait-il, quoi qu'il arrive, je prendrai soin du fils de *Le Fèvre*.—Et avec cela, comme avec une potion calmante, Son Honneur s'endormait.

J'aime à entendre les histoires de *Trim* sur le capitaine, dit *Susannah*.—C'est le meilleur gentleman qui ait jamais existé, dit *Obadiah*.—Oui,—et le plus brave qui ait jamais marché en tête d'un peloton, dit le caporal.—Il n'y a jamais eu de meilleur officier dans l'armée du roi,—ni de meilleur homme dans le monde de Dieu ; car il marcherait à la bouche d'un canon, quand il verrait la mèche allumée sur la lumière,—et cependant, après tout, il a le cœur aussi tendre qu'un enfant pour les autres.——Il ne ferait pas de mal à un poulet.——J'aimerais mieux, dit *Jonathan*, conduire un pareil gentleman pour sept livres par an—que certains autres pour huit.—Je te remercie, *Jonathan*, de tes vingt shillings,—oui, *Jonathan*, dit le caporal en lui secouant la main, autant que si tu m'avais mis l'argent dans ma poche.——Je le servirais pour rien jusqu'au jour de ma mort. C'est un ami et un frère pour moi,—et si je pouvais être sûr que mon pauvre frère *Tom* fût mort,—continua le caporal en tirant son mouchoir,—j'aurais à moi dix mille livres, que j'en laisserais jusqu'au dernier shilling au capitaine.—— *Trim* ne put retenir ses larmes à cette preuve testamentaire d'affection qu'il donnait à son maître.——Toute la cuisine fut affectée.——Dites-nous donc l'histoire du pauvre lieutenant, dit *Susannah*.——De tout mon cœur, répondit le caporal.

Susannah, la cuisinière, *Jonathan*, *Obadiah* et le caporal *Trim* formèrent un cercle autour du feu ; et dès que la laveuse de vaisselle eut fermé la porte de la cuisine,— le caporal commença.

CHAP. XI.

QUE je sois un *Turc*, si je n'avais point oublié ma mère autant que si la Nature m'eût coulé en plâtre et déposé nu sur les bords du *Nil*, sans mère.——Votre très humble serviteur, madame—je vous ai causé bien du mal,—je souhaite que vous en tiriez satisfaction ;—mais vous m'avez laissé une crevasse dans le dos,—et voici un grand morceau de tombe par devant,—et que puis-je faire de ce pied-là ?——Je n'arriverai jamais en *Angleterre* avec.

Pour ma part, je ne m'étonne jamais de rien ;—et mon jugement m'a si souvent trompé dans ma vie, que je m'en défie toujours, à tort ou à raison,—du moins m'échauffé-je rarement sur de froids sujets. Malgré tout cela, je respecte la vérité autant que qui que ce soit ; et quand elle nous a échappé, si quelqu'un veut seulement me prendre par la main, et aller tranquillement à sa recherche, comme d'une chose que nous avons perdue tous les deux, et dont nous ne pouvons nous passer ni l'un ni l'autre,—j'irai avec lui jusqu'au bout du monde :——Mais je hais les disputes,—et (sauf les questions religieuses, ou celles qui intéressent la société) je préférerais donc presque mieux souscrire à tout ce qui ne m'étranglerait pas tout d'abord au passage, plutôt que de me laisser entraîner à en avoir une——Mais je ne peux supporter la suffocation, ——et encore moins les mauvaises odeurs.——C'est pourquoi j'ai résolu dès le commencement que, si jamais on augmentait l'armée des martyrs,—ou qu'on en levât une nouvelle,—je ne m'en mêlerais ni d'une façon ni de l'autre.

CHAP. XII.

——MAIS revenons à ma mère.

L'opinion de mon oncle *Toby*, madame, « qu'il ne pouvait y avoir de mal à ce que *Cornelius Gallus*, le préteur *romain*, couchât avec sa femme ; »——ou plutôt le dernier mot de cette opinion,—(car c'était tout ce que ma mère en avait entendu) la prit par le côté faible de tout son sexe :——Ne vous méprenez pas sur moi,—je parle de sa curiosité,—elle en conclut aussitôt qu'elle était le sujet de la conversation, et avec cette préoccupation dans l'esprit, vous concevrez assez facilement qu'elle rapporta chaque parole de mon père, soit à elle-même, soit à ses intérêts de famille.

——Dans quelle rue, je vous prie, madame, demeure la femme qui n'en aurait pas fait autant ?

De la mort étrange de *Cornelius*, mon père avait passé à celle de *Socrate*, et donnait à mon oncle *Toby* un extrait de son plaidoyer devant ses juges ;——c'était irrésistible :——non pas le discours de *Socrate*,—mais la tentation qu'il donnait à mon père.——Il avait lui-même écrit, un an avant de quitter le commerce, une* Vie de *Socrate*[1], qui, je le crains, avait été le motif de son abandon hâtif des affaires ;——de sorte que per-

---

* Mon père ne voulut jamais consentir à publier ce livre ; il existe en manuscrit, avec quelques autres traités de lui, dans la famille, et tous ou la plupart seront imprimés en temps et lieu.

CHAP. XII [533]

sonne dans l'occasion n'était capable de voguer à si pleines voiles et sur une mer si grosse d'héroïque sublimité que l'était mon père. Pas une période dans le discours de *Socrate* qui se terminât par un mot plus court que *transmigration* ou *annihilation*,—pas une pensée au milieu inférieure à *être—ou ne pas être*[1],—à l'entrée dans un état de choses nouveau et inconnu,—ou dans un long, profond et paisible sommeil sans rêves, sans troubles ;——*Que nous et nos enfants étions nés pour mourir,—mais qu'aucun de nous n'était né pour être esclave.*——Non—ici je me trompe ; ceci faisait partie du discours d'*Éleazar,* tel que le rapporte *Josèphe*[2] (*De Bell. Judaïc.*)——*Éleazar* avoue le tenir des philosophes de l'*Inde*. Selon toute vraisemblance, *Alexandre* le Grand[3], lors de son irruption dans l'*Inde*, après avoir ravagé la *Perse*, entre autres choses qu'il vola,—vola aussi cette pensée ; au moyen de quoi elle fut portée, sinon par lui tout le chemin (car nous savons tous qu'il mourut à *Babylone*), du moins par quelqu'un de ses maraudeurs, en *Grèce*,—de *Grèce* elle alla à *Rome*,—de *Rome* en *France*,—et de *France* en *Angleterre* :——C'est par de telles étapes que les choses nous arrivent.——

Par la voie de terre, je ne puis concevoir d'autre chemin.——

Par eau, la pensée a pu aisément descendre le *Gange*, jusqu'au *Sinus Gangeticus*, ou baie de *Bengale*, et de là dans la mer de l'*Inde* ; et en suivant la voie du commerce[4] (la route de l'*Inde* par le *Cap de Bonne-Espérance* étant alors inconnue) elle a pu être portée, avec d'autres drogues et épices, sur la *Mer Rouge* à *Jeddah*, le port de la *Mecque*, ou autrement à *Tor* ou à *Suez*, villes situées au fond du golfe ; et de là par caravanes à *Coptos*, qui n'est qu'à trois journées de marche ; puis, en descendant le *Nil*, directement à *Alexandrie*, où la PENSÉE aura débarqué au pied même du grand escalier de la bibliothèque *Alexandrienne*,——magasin d'où on l'aura tirée.———Dieu me bénisse ! quel commerce faisaient les savants à cette époque-là !

CHAP. XIII.

——OR mon père avait une habitude un peu semblable à celle de *Job*[1] (au cas qu'un tel homme ait jamais existé——sinon, n'en parlons plus.——

Cependant, soit dit en passant, parce que vos érudits ont trouvé quelque difficulté à fixer l'ère précise dans laquelle a vécu un si grand homme ;—si, par exemple, c'était avant ou après les patriarches, etc.——décréter, en conséquence, qu'il n'a pas vécu *du tout*, est un peu cruel,—ce n'est point agir comme ils voudraient qu'on en agît avec eux—quoi qu'il fût arrivé)——Mon père, dis-je, avait l'habitude, quand les choses tournaient extrêmement mal pour lui, particulièrement dans la première saillie de son impatience,—de se demander pourquoi il avait été conçu,—de se souhaiter la mort ; —et quelquefois pis :——Et quand son irritation s'élevait, et que le chagrin douait ses lèvres de facultés plus qu'ordinaires,—monsieur, vous auriez eu peine à le distinguer de *Socrate* lui-même.——Chaque parole respirait les sentiments d'une âme dédaigneuse de la vie, et indifférente à tous les moyens d'en sortir ; aussi, quoique ma mère fût une femme peu lettrée, cependant l'extrait du discours de *Socrate*, que mon père donnait à mon oncle *Toby*, n'était pas tout à fait nouveau pour elle.—Elle l'écouta avec recueillement, et aurait continué ainsi jusqu'à la fin du chapitre, si mon père ne s'était enfoncé (ce qu'il n'avait aucun motif de faire) dans cette partie du plaidoyer où le grand philosophe récapitule ses liaisons, ses alliances et ses enfants, mais renonce à gagner son salut en s'adressant aux passions de ses juges.—« J'ai des amis—j'ai des parents,—j'ai trois enfants désolés, »—dit *Socrate.*—

——Alors, s'écria ma mère en ouvrant la porte, ——vous en avez un de plus, Mr. *Shandy*, que je n'en connais.

—Par le ciel ! j'en ai un de moins,—dit mon père, se levant et sortant de la chambre.

CHAP. XIV.

——Ce sont les enfants de *Socrate*, dit mon oncle *Toby*. Il est mort il y a cent ans, répliqua ma mère.

Mon oncle *Toby* n'était pas chronologiste—aussi, ne se souciant point de faire un pas sur un terrain dangereux, il posa délibérément sa pipe sur la table, et se levant, et prenant très affectueusement ma mère par la main, sans lui adresser un seul mot, bon ou mauvais, il la conduisit à la recherche de mon père, afin que celui-ci complétât lui-même l'éclaircissement.

CHAP. XV.

SI ce volume eût été une farce, ce que je n'ai aucune raison de supposer, à moins que la vie et les opinions de chacun ne doivent être regardées comme une farce aussi bien que les miennes—le chapitre précédent, monsieur, en eût terminé le premier acte, et alors ce chapitre-ci eût débuté ainsi

Ptr..r..r.. ing—twing—twang—prut—trut——c'est un exécrable violon[1].—Savez-vous si mon violon est d'accord ou non?—trut.. prut..—Ce devraient être des *quintes*.——Il est abominablement accordé—tr... a.e.i.o.u.-twang.—Le chevalet est d'un mille trop haut, et l'âme tout à fait en bas,—autrement—trut... prut—écoutez! ce n'est pas un si mauvais ton.—Diddle diddle, diddle diddle, diddle diddle, dum. Ce n'est rien de jouer devant de bons juges,—mais voilà un homme là—non—pas celui qui tient un paquet sous le bras—cet homme grave en noir.—Sacrebleu! pas le gentleman qui a une épée.—Monsieur, je préférerais jouer un *capriccio* à *Calliope*[2] elle-même, que de passer mon archet sur mon violon devant cet homme-là; et pourtant je gagerais mon *Crémone*[3] contre une *guimbarde*, ce qui est le plus grand enjeu musical qu'on ait jamais aventuré, que je vais à l'instant me tenir à trois cent cinquante lieues du ton sur mon violon, sans

froisser un seul des nerfs qui lui appartiennent.—
Twaddle diddle, tweddle diddle,—twiddle diddle,——
twoddle diddle,—twuddle diddle,——prut-trut—
krish-krash—krush.—Je vous ai tué, monsieur,—mais
vous voyez qu'il n'en va pas plus mal,—et si *Apollon*
prenait après moi son violon, il ne pourrait le mettre
en meilleur état.

Diddle diddle, diddle diddle, diddle diddle—
hum—dum—drum.

—Vos Honneurs et Vos Révérences aiment la
musique—et Dieu vous a donné à tous de bonnes
oreilles—et plusieurs d'entre vous jouent eux-mêmes
délicieusement——trut-prut,—prut-trut.

Oh! il y a un homme—que je pourrais rester des
jours entiers à écouter,—dont le talent consiste à faire
sentir ce qu'il joue,—qui m'inspire ses joies et ses espérances, et met en mouvement les ressorts les plus cachés
de mon cœur.——Si vous voulez m'emprunter cinq
guinées, monsieur,—ce qui, en général, est dix guinées
de plus que je n'en ai de reste—ou vous, messieurs
l'Apothicaire et le Tailleur, si vous désirez que je paye
vos mémoires,—voici le moment.

CHAP. XVI.

LA première chose qui entra dans la tête de mon
père, après que le calme se fut un peu rétabli dans la

maison, et que *Susannah* eut pris possession de la robe de chambre en satin vert de ma mère,—ce fut de s'installer froidement, à l'exemple de *Xénophon*[1], et d'écrire une TRISTRA*pédie*, ou un système d'éducation pour moi ; en rassemblant d'abord à cet effet ses propres pensées, opinions et notions éparses, et en les reliant ensemble de manière à en former des INSTITUTES pour la direction de mon enfance et de mon adolescence[2]. J'étais le dernier enjeu de mon père—il avait perdu entièrement mon frère *Bobby*,—il avait perdu, d'après son propre calcul, les trois quarts de moi—c'est-à-dire qu'il avait été malheureux dans ses trois premiers coups de dés à mon intention—ma procréation, mon nez et mon nom,—il ne lui en restait plus qu'un à jouer ; et mon père s'y abandonna donc avec autant de ferveur que mon oncle *Toby* en avait jamais mis à sa doctrine des projectiles.—La différence entre eux était que mon oncle *Toby* tirait toute sa science des projectiles de *Nicolas Tartaglia*—Mon père tirait la sienne, fil à fil, de son propre cerveau,—ou dévidait et entortillait ce que tous les autres fileurs et fileuses avaient filé avant lui, de telle sorte que c'était presque la même torture pour lui.

Au bout d'environ trois ans, ou un peu plus, mon père était parvenu presque à la moitié de son ouvrage.—Comme tous les autres écrivains, il avait rencontré des désappointements.—Il s'était imaginé pouvoir réduire tout ce qu'il avait à dire à de si petites dimensions, qu'une fois terminé et broché, le volume pourrait être enroulé dans le sac à ouvrage de ma mère.—La matière croît sous nos mains.—Qu'aucun homme ne dise :—« Allons,—j'écrirai un *in-douze*. »

Mon père se livra néanmoins à sa besogne avec la plus laborieuse activité, avançant pas à pas à chaque ligne, avec la même espèce de prudence et de circonspection (quoique je ne puisse dire par un principe tout à fait aussi religieux) dont usait *Jean de la Casse*[1], l'archevêque de *Bénévent*, en élaborant son *Galateo*; sur lequel Sa Grandeur de *Bénévent* passa près de quarante années de sa vie; et quand le livre parut, il n'avait pas plus que moitié de la dimension ou épaisseur d'un Almanach de *Rider*[2].—Comment s'y prit le saint homme, à moins qu'il ne passât la plus grande partie de son temps à peigner ses moustaches, ou à jouer à la *prime* avec son chapelain,—embarrasserait tout mortel non initié dans le secret;—et cela vaut donc la peine d'être expliqué au monde, ne fût-ce que pour l'encouragement du petit nombre de ceux qui n'écrivent pas tant pour vivre—que pour être célèbres[3].

J'avoue que si *Jean de la Casse*, l'archevêque de *Bénévent*, dont la mémoire (malgré son *Galateo*) m'inspire toujours la plus haute vénération,—eût été, monsieur, un maigre clerc—à esprit lourd—à conception lente—à cervelle dure, etc.,—lui et son *Galateo* auraient pu arriver ensemble cahin caha à l'âge de *Mathusalem*,—sans que le phénomène me parût digne d'une parenthèse.—

Mais c'était tout le contraire : *Jean de la Casse* était un génie d'un beau talent et d'une imagination fertile; et pourtant, avec tous ces grands avantages naturels, qui auraient dû l'aiguillonner, lui et son *Galateo*, il était en même temps dans l'impuissance d'avancer de plus d'une ligne et demie dans l'espace de tout un jour d'été : cette incapacité de Sa Grandeur venait d'une opinion dont elle était tourmentée,—opinion qui était celle-ci :—que toutes les fois qu'un Chrétien écrivait un livre (non pour son amusement personnel, mais) avec l'intention et le dessein, *bonâ fide*, de l'imprimer et de le publier pour le monde, ses premières pensées étaient toujours des tentations du Malin.—Ceci, c'était la condition des écrivains ordinaires ; mais quand un personnage d'un caractère vénérable et d'une haute position, soit dans l'Église ou dans l'État, devenait auteur,—Sa Grandeur soutenait que dès l'instant où il prenait la plume—tous les diables de l'enfer s'élançaient de leurs trous pour le cajoler.—C'était session d'assises pour eux,—chaque pensée, de la première à la dernière, était captieuse ;—telle spécieuse et bonne qu'elle fût,—c'était tout un ;—sous quelque forme ou couleur qu'elle se présentât à l'imagination,—c'était toujours un coup dirigé contre lui par quelqu'un d'entre eux, et qu'il fallait parer.—En sorte que la vie d'un écrivain, quelque différente qu'il pût se la figurer, n'était pas tant un état de *paix* qu'un état de *guerre*[1] ; et que son épreuve était précisément celle de tout autre homme militant sur terre,—l'une et l'autre ne dépendant pas à moitié autant de son degré d'ESPRIT—que de son degré de RÉSISTANCE.

Mon père était grandement ravi de cette théorie de *Jean de la Casse*, archevêque de *Bénévent*; et (si elle ne l'eût pas un peu gêné dans sa croyance) je pense qu'il aurait donné dix des meilleurs arpents de la terre de *Shandy* pour en avoir été l'inventeur.—Jusqu'à quel point mon père croyait réellement au diable, on le

verra dans le cours de cet ouvrage, lorsque j'en viendrai à parler des idées religieuses de mon père : il suffit de dire ici que ne pouvant avoir l'honneur de la doctrine, dans le sens littéral—il se contenta de l'allégorie ;—et il répétait souvent, surtout quand sa plume se montrait un peu rebelle, qu'il y avait autant de bon sens, de vérité et de savoir cachés sous le voile de la parabole de *Jean de la Casse*,—qu'on en pouvait trouver dans toutes les fictions poétiques ou annales emblématiques de l'antiquité.—Le préjugé d'éducation, disait-il, *c'est le diable*,—et la multitude de préjugés que nous suçons avec le lait[1] de notre mère—*c'est le diable et son train.*
——Nous sommes hantés par eux, frère *Toby*, dans toutes nos élucubrations et recherches ; et si un homme était assez sot pour se soumettre docilement à leurs injonctions,—que deviendrait son livre ? Rien,—ajoutait-il, en jetant sa plume avec violence,—rien qu'un ramassis de caquets de nourrices et d'absurdités des vieilles femmes (des deux sexes) de tout le royaume.

C'est là la meilleure raison que je sois décidé à donner de la lenteur apportée par mon père dans sa *Tristrapédie*; il y travailla (comme je l'ai dit) infatigablement trois ans et un peu plus, au bout desquels, d'après son propre calcul, il en avait à peine terminé la moitié. Le malheur voulut que, pendant tout ce temps, je fus totalement négligé et abandonné à ma mère ; et ce qui fut presque aussi fâcheux, c'est que, grâce à ce délai même, la première partie de l'ouvrage, pour laquelle mon père s'était donné le plus de peine, devint entièrement inutile[2],——chaque jour, une page ou deux cessant d'être opportunes.——

―――Certainement, c'est à titre de châtiment infligé à l'orgueil de la sagesse humaine, qu'il fut décrété que les plus sages de nous tous seraient leurs propres dupes, et dépasseraient éternellement leur but dans l'immodération de leur poursuite.

Bref, mon père fut si long dans tous ses actes de résistance,—ou, en d'autres termes,—il avança si lentement dans sa besogne, et je me mis à vivre et à croître d'un tel train, que s'il n'était pas survenu un événement,―――qui, lorsque nous y arriverons, s'il peut être raconté avec décence, ne sera pas caché un instant au lecteur―――je crois vraiment que j'aurais laissé mon père en arrière, occupé à tracer un cadran solaire sans autre destination possible que d'être enterré sous le sol.

CHAP. XVII.

―――CE n'était rien,—je n'en perdis pas deux gouttes de sang―――cela ne valait pas la peine d'appeler un chirurgien, eût-il demeuré la porte à côté―――des milliers d'hommes souffrent par choix ce que je souffris par accident.―――Le docteur *Slop* en fit dix fois plus de bruit qu'il n'y avait lieu :―――certaines gens s'élèvent par leur art à suspendre de grands poids à de petits fils d'archal,—et aujourd'hui (10 août 1761) je paye ma part du prix de la réputation de cet homme.―――Oh ! il y aurait de quoi émouvoir une pierre, de voir comment vont les choses dans ce monde !

——La femme de chambre n'avait pas laissé de *** ** ******* sous le lit :——Ne pouvez-vous vous arranger, maître, dit *Susannah*, en levant le châssis d'une main et m'aidant de l'autre à me tenir sur la saillie de la fenêtre,—ne pouvez-vous faire en sorte, mon cher, pour une fois, de ****** *** ** ******* ?

J'avais cinq ans.——*Susannah* ne réfléchit pas que rien n'était solidement établi dans notre famille,—— aussi, patatras ! le châssis s'abattit sur nous comme l'éclair ;—Plus rien,—s'écria *Susannah*,—plus rien à faire—pour moi, que de me sauver dans mon pays.——

La maison de mon oncle *Toby* était un sanctuaire beaucoup plus bienveillant ; aussi *Susannah* y vola-t-elle.

CHAP. XVIII.

QUAND *Susannah* raconta au caporal la mésaventure du châssis, avec toutes les circonstances de mon *assassinat*,—(comme elle l'appelait)—le sang abandonna les joues du caporal ;—tous les complices d'un meurtre étant aussi coupables que leurs auteurs,—la conscience de *Trim* lui dit qu'il était autant à blâmer que *Susannah*,—et si le principe était vrai, mon oncle *Toby* avait autant qu'aucun d'eux à répondre devant le ciel du sang versé ;—en sorte que ni la raison ni l'instinct, séparés ou réunis, n'auraient pu guider les pas de *Susannah* vers un plus convenable asile. Il est inutile de laisser ceci à l'imagination du Lecteur :——— pour former une hypothèse qui rendît ces propositions possibles, il lui faudrait se casser cruellement la tête, —et sans cela,—il lui faudrait avoir un cerveau tel que n'en a jamais eu lecteur avant lui.———Pourquoi le mettrais-je à l'épreuve, ou à la torture ? C'est mon affaire : je l'expliquerai moi-même.

CHAP. XIX.

C'EST dommage, *Trim*, dit mon oncle *Toby*, en s'appuyant de la main sur l'épaule du caporal, tandis qu'ils inspectaient tous deux leurs travaux,—que nous n'ayons pas une paire de pièces de campagne à monter dans la gorge de cette nouvelle redoute ;——elles assureraient les lignes tout du long par là, et rendraient de ce côté l'attaque tout à fait complète :——Fais-m'en fondre une paire, *Trim*.

Votre Honneur les aura avant demain matin, répliqua *Trim*.

C'était la joie du cœur de *Trim*,—et jamais sa tête fertile n'était à court d'expédients pour cela, de fournir à mon oncle *Toby*, dans ses campagnes, tout ce que sa fantaisie réclamait ; en eût-il été à son dernier écu, qu'il l'eût martelé en un *sou tapé* pour prévenir un seul des désirs de son maître. Déjà,—en coupant le bout des gargouilles de mon oncle *Toby*—en hachant et ciselant le bord de ses gouttières de plomb,—en fondant son plat à barbe d'étain,—en montant, enfin, comme *Louis* XIV, jusqu'au sommet de l'église, à la recherche des débris inutiles, etc.——le caporal, dans cette même campagne, n'avait pas mis en ligne moins de huit canons de batterie, et trois demi-coulevrines; la demande de mon oncle *Toby* de deux pièces de plus pour la redoute avait remis le caporal à l'œuvre; et faute de ressource meilleure, il avait pris les deux contrepoids en plomb de la fenêtre de la chambre d'enfants : et comme les poulies du châssis, le plomb enlevé, ne servaient plus à rien, il les avait prises aussi, pour en faire une paire de roues à l'un des affûts.

Il avait depuis longtemps démantelé toutes les fenêtres à châssis de la maison de mon oncle *Toby*, de la même manière,—mais pas toujours dans le même ordre; car quelquefois c'était des poulies et non du plomb qu'il avait eu besoin,—et alors il avait commencé par les poulies,—et les poulies enlevées, le plomb devenait inutile,—et alors le plomb allait les rejoindre.

—Je pourrais bellement tirer de là une grande MORALITÉ, mais je n'ai pas le temps—il me suffit de dire que n'importe par où commençât la démolition, elle était également fatale à la fenêtre à châssis.

CHAP. XX.

LE caporal n'avait pas si mal pris ses mesures dans ce coup de maître d'artilleur, qu'il n'eût pu tenir l'affaire secrète, et laisser *Susannah* porter tout le poids de l'attaque comme elle pourrait;—le vrai courage n'aime pas à s'en tirer ainsi.——Le caporal, soit comme général ou contrôleur de l'artillerie,—peu importe,——avait commis l'acte sans lequel, à ce qu'il croyait, le malheur ne serait jamais arrivé,—*du moins par les mains* de Susannah;——Comment Vos Honneurs se seraient-ils conduits?——Il se détermina sur-le-champ à ne pas se mettre à l'abri derrière *Susannah*,—mais à lui en servir; et cette résolution prise, il entra tête levée dans le parloir pour soumettre toute la *manœuvre* à mon oncle *Toby*.

Mon oncle *Toby* venait précisément alors de faire à *Yorick* le récit de la bataille de *Steinkerque*[1] et de l'étrange conduite du comte *Solmes* en ordonnant à l'infanterie de faire halte et à la cavalerie de marcher là où elle ne pouvait agir; ce qui était directement contraire aux ordres du roi, et fut cause de la perte de la journée.

Il y a dans quelques familles des incidents si adaptés à l'effet de ce qui doit suivre,—qu'ils sont à peine surpassés par les inventions d'un écrivain dramatique;—d'autrefois, j'entends.——

Trim, à l'aide de son inde posé à plat sur la table, et du coupant de la main le frappant en travers à angles droits, s'arrangea pour raconter son histoire de telle sorte que des prêtres et des vierges auraient pu l'écouter ;—et, l'histoire racontée,—le dialogue continua en ces termes.

CHAP. XXI.

——J'expirerais sous les baguettes, s'écria le caporal, en terminant l'histoire de *Susannah*, plutôt que de souffrir que la pauvre femme en éprouvât aucun mal,—c'était ma faute, n'en déplaise à Votre Honneur, —et non la sienne.

Caporal *Trim*, répliqua mon oncle *Toby*, en mettant son chapeau qui était posé sur la table,——si on peut appeler faute ce que le service exige absolument de faire,—c'est certainement moi qui mérite le blâme, ——vous avez exécuté vos ordres.

Si le comte *Solmes*, *Trim*, avait agi de même à la bataille de *Steinkerque*, dit *Yorick*, raillant un peu le caporal, qui avait été culbuté par un dragon dans la retraite,——il t'aurait sauvé ;——Sauvé ! s'écria *Trim*, interrompant *Yorick*, et finissant pour lui la phrase à sa manière,——il aurait sauvé cinq bataillons, s'il plaît à Votre Révérence, jusqu'au dernier homme :——il y avait celui de *Cutt*—continua le caporal en appliquant l'index de sa main droite sur le pouce de la gauche, et comptant sur chaque doigt,——il y avait celui de *Cutt*,——celui de *Mackay*,——celui d'*Angus*,——celui de *Graham*——et celui de *Leven*, tous taillés en pièces;——et les gardes du corps *anglais* l'auraient été aussi, sans quelques régiments de la droite qui marchèrent hardiment à leur secours et reçurent le feu de l'ennemi au visage, avant qu'un soldat de leurs pelotons eût tiré un coup de fusil,——ils iront au ciel pour cela,—ajouta *Trim*.—*Trim* a raison, dit mon oncle *Toby*, en faisant un signe de tête à *Yorick*,——il a parfaitement raison. Que signifiait, continua le caporal, l'envoi de la cavalerie sur un terrain si étroit et où les *Français* avaient une telle multitude de haies, et de taillis, et de fossés, et d'arbres abattus çà et là pour se mettre à couvert; (comme ils en ont toujours.)——Le comte *Solmes* aurait dû nous y envoyer,——nous nous serions mutuellement fusillés à brûle-pourpoint jusqu'à la mort.——Il n'y avait rien à faire là pour la cavalerie :——quoi qu'il en soit, continua le caporal, il eut pour sa peine le pied emporté dans la campagne suivante, à *Landen*[1].—C'est là que le pauvre *Trim* reçut sa blessure, dit mon oncle *Toby*.——Je le dois entièrement au comte *Solmes*, s'il plaît à Votre Honneur,——s'il les avait étrillés ferme à *Steinkerque*, ils ne nous auraient pas battus à *Landen*.——Peut-être non,——*Trim*, dit mon oncle *Toby*;——quoique, s'ils ont l'avantage d'un bois, ou que vous leur laissiez un moment pour se retrancher, ce soit une nation à vous harceler sans fin.——Il n'y a d'autre moyen que de marcher à eux de sang-froid,——d'essuyer leur feu, et de tomber dessus pêle-mêle——Ding-dong, ajouta *Trim*.——À pied et à cheval, dit mon oncle *Toby*. ——À la débandade, dit *Trim*.——De droite et de gauche, s'écria mon oncle *Toby*.———Sans trêve ni merci, vociféra le caporal;———le combat s'échauffait,—pour se mettre en sûreté, *Yorick* rangea sa chaise un peu de côté, et après une pause d'un moment, mon oncle *Toby*, baissant la voix d'un ton,—reprit la conversation comme suit.

CHAP. XXII.

LE roi *Guillaume*, dit mon oncle *Toby*, s'adressant à *Yorick*, fut si terriblement irrité contre le comte *Solmes*, pour avoir désobéi à ses ordres, qu'il ne lui permit pas, de plusieurs mois, de paraître en sa présence.———Je crains, répondit *Yorick*, que M. *Shandy* ne soit aussi irrité contre le caporal, que le roi contre le comte. ———Mais ce serait singulièrement dur dans cette circonstance, continua-t-il, si le caporal *Trim*, dont la conduite a été si diamétralement opposée à celle du comte *Solmes*, avait la chance d'être récompensé par la même disgrâce;———les choses vont trop souvent de ce train-là dans ce monde.———J'aimerais mieux faire jouer une mine, s'écria mon oncle *Toby* en se levant, ———et faire sauter mes fortifications et ma maison avec, et nous ensevelir sous leurs ruines, que d'assister à pareille chose.———*Trim* adressa un léger,———mais reconnaissant salut à son maître,———et ainsi finit le chapitre.

CHAP. XXIII.

――――Eh bien, *Yorick*, reprit mon oncle *Toby*, vous et moi, nous ouvrirons la marche de front,――――et vous, caporal, vous suivrez à quelques pas derrière nous. ――――Et *Susannah*, s'il plaît à Votre Honneur, dit *Trim*, sera placée à l'arrière-garde.――――C'était une excellente disposition,――et dans cet ordre, sans tambours battant, ni enseignes déployées, ils marchèrent lentement de la maison de mon oncle *Toby* à *Shandy-Hall*.

――――Je voudrais bien, dit *Trim*, comme ils entraient par la porte,――au lieu des contre-poids du châssis, avoir coupé les gargouilles de l'église, ainsi que j'en avais eu une fois l'idée.――Vous avez assez coupé de gargouilles, repartit *Yorick*.――――

CHAP. XXIV.

QUEL que soit le nombre des portraits qui aient été donnés de mon père, quelque ressemblants qu'ils soient dans leurs airs et attitudes variés,――ni l'un ni tous ne sauraient jamais aider le lecteur à prévoir en aucune façon ce que mon père aurait pu penser, dire ou faire, à chaque nouvelle occasion ou occurrence de sa vie.――Il y avait en lui une telle infinité de bizarreries, et avec cela de chances, dans sa manière de prendre les choses,――qu'elles déjouaient, monsieur, tous les calculs.

——Le fait est que sa route s'éloignait tellement d'un côté de celle que suivaient la plupart des hommes,—que chaque objet présentait à son œil une face et une section tout à fait différentes du plan et de l'élévation perçus par le reste du genre humain.—En d'autres termes, c'était un objet différent,—et, par conséquent, différemment envisagé :

C'est la véritable raison pour laquelle ma chère *Jenny* et moi, ainsi que tout le monde également, nous avons d'éternelles disputes à propos de rien.—Elle regarde son extérieur,—et moi, son intérieur—. Comment serait-il possible que nous fussions d'accord sur sa valeur ?

CHAP. XXV.

C'EST un point réglé,—et j'en fais mention pour l'agrément de *Confucius**, qui est sujet à s'embrouiller en racontant une simple histoire,—que pourvu qu'il garde le fil de son histoire,—il peut aller en arrière et en avant, à sa volonté,—sans que cela soit considéré comme une digression.

Ceci étant établi, je profite moi-même du bénéfice de l'*acte d'aller en arrière.*

---

* M. *Shandy* veut parler, on suppose, de ***********, Esq., membre pour ******,——et non du législateur *chinois.*

CHAP. XXVI.

CINQUANTE mille pannerées de diables[1]—(non pas ceux de l'archevêque de *Benevent*,—je parle de ceux de *Rabelais*) la queue coupée au rasibus du croupion, n'auraient pu jeter un cri aussi diabolique que le mien,—quand l'accident m'arriva : il attira aussitôt ma mère dans la chambre des enfants,—de sorte que *Susannah* n'eut que juste le temps de s'échapper par l'escalier de derrière, tandis que ma mère montait par celui de devant.

Or, quoique je fusse assez âgé pour raconter l'histoire moi-même,—et assez jeune, j'espère, pour le faire sans malignité ; néanmoins *Susannah* en passant par la cuisine, par crainte d'accidents, l'avait laissée en abrégé à la cuisinière—la cuisinière l'avait racontée, avec un commentaire, à *Jonathan*, et *Jonathan* à *Obadiah*; si bien que lorsque mon père eut sonné une demi-douzaine de fois pour savoir ce qui se passait en haut, —*Obadiah* se trouvait en état de lui faire un récit détaillé de ce qui était arrivé.—Je m'y attendais, dit mon père en retroussant sa robe de chambre ;—et il monta en haut.

On pourrait s'imaginer d'après ceci——(quoique, pour ma part, j'en doute un peu)—que mon père, avant cette époque, avait réellement écrit ce remarquable chapitre de la *Tristrapédie*, qui pour moi est le plus original et le plus divertissant de tout le livre ;

—à savoir le *chapitre sur les fenêtres à châssis*, terminé par une amère *Philippique* sur la négligence des femmes de chambre.—Je n'ai que deux raisons de penser autrement.

La première, C'est que s'il avait pris la chose en considération, avant que l'événement eût lieu, mon père aurait certainement cloué la fenêtre à châssis une fois pour toutes;— ce que, vu la difficulté avec laquelle il composait ses livres,—il eût pu faire avec dix fois moins de peine que d'écrire le chapitre : cet argument, je le prévois, s'oppose à ce qu'il en ait écrit un, même après l'événement; mais il est anticipé par la seconde raison que j'ai l'honneur d'offrir au monde à l'appui de mon opinion, que mon père n'écrivit pas le chapitre sur les fenêtres à châssis et les pots de chambre à l'époque supposée,—et cette raison, la voici.

——C'est qu'afin de compléter la *Tristrapédie*,— j'ai moi-même[1] écrit le chapitre.

CHAP. XXVII.

MON père mit ses lunettes—regarda,—les ôta,— les remit dans l'étui—le tout en moins d'une minute appréciable ; et, sans ouvrir la bouche, il tourna les talons et descendit précipitamment l'escalier : ma mère s'imagina qu'il était allé chercher de la charpie et du basilocon[2], mais le voyant revenir avec une paire d'in-folio sous le bras, et suivi d'*Obadiah* chargé d'un grand pupitre, elle tint pour assuré que c'était un herbier, et elle lui approcha une chaise à côté du lit, pour qu'il pût délibérer sur le cas à son aise.

——Si seulement l'opération est bien faite,——dit mon père, consultant la Section—*de sede vel subjecto circumcisionis,*——car il avait apporté *Spencer, De Legibus Hebræorum Ritualibus*—et *Maimonide*[1], afin de nous confronter et examiner ensemble.——

——Si seulement l'opération est bien faite, dit-il :—Dites-nous simplement quelles herbes ? s'écria ma mère, l'interrompant.——Pour cela, répliqua mon père, il vous faut envoyer chercher le docteur *Slop.*

Ma mère descendit, et mon père continua à lire la section comme suit :

* * * * * * * * * * * * *
* * * * * * * * * * * * *
* * * * * *——Très bien,——dit mon père,
* * * * * * * * * * * * *
* * * * * * * * * * * * *
* * * * * * *—ma foi, si elle a cet avantage,——et sans s'arrêter un moment pour décider d'abord dans son esprit, si les *Juifs* la tenaient des *Égyptiens,* ou les *Égyptiens* des *Juifs,*—il se leva, et se frottant deux ou trois fois le front avec la paume de sa main, de la manière dont nous effaçons les traces du souci, quand le mal a passé sur nous plus légèrement que nous n'avions prévu,—il ferma le livre, et descendit.—Ma foi, dit-il, en citant le nom d'une grande nation à chaque marche sur laquelle il posait le pied—

si les Égyptiens,—les Syriens,—les Phéniciens,—les Arabes,—les Cappadociens,——si les Colchidiens et les Troglodytes la firent——si Solon et Pythagore s'y soumirent,—qu'est Tristram?——Qui suis-je, pour m'en tracasser une minute?

CHAP. XXVIII.

CHER *Yorick*, dit mon père en souriant (car *Yorick* avait rompu les rangs et précédé mon oncle *Toby* en passant par le couloir qui était étroit, en sorte qu'il était entré le premier dans le parloir),—notre *Tristram*, à ce que je vois, accomplit bien péniblement tous ses rites religieux.—Jamais fils de *Juif*, de *Chrétien*, de *Turc* ou d'*Infidèle*, n'y fut initié d'une façon si oblique et si pitoyable.—Mais il n'en est pas plus mal, j'espère, dit *Yorick*.—Il faut, certainement, continua mon père, qu'il y ait eu le diable et son train dans quelque partie de l'écliptique, quand cet enfant a été formé.—Vous êtes meilleur juge de cela que moi, repartit *Yorick*.— Les astrologues, dit mon père, en savent plus long que nous deux :—le trin aspect et le sextile ont sauté de travers,—ou les opposés de leurs ascendants ne se sont pas rencontrés comme ils auraient dû,—ou les seigneurs des génitures (comme ils les appellent) ont joué à *cache-cache*,—ou quelque chose a été de travers au-dessus ou au-dessous de nous.

C'est possible, répondit *Yorick*.—Mais l'enfant en est-il plus mal? s'écria mon oncle *Toby*.—Les *Troglodytes* disent que non, répliqua mon père.—Et vos théologiens, *Yorick*, nous disent—Théologiquement? dit *Yorick*,—ou en parlant à la manière des apothicaires*?—des hommes d'État†?—ou des blanchisseuses‡?

——Je n'en suis pas certain, répliqua mon père,—mais ils nous disent, frère *Toby*, qu'il ne s'en trouve que mieux.——Pourvu, dit *Yorick*, que vous l'envoyiez voyager en *Égypte*.——Il aura cet avantage, répondit mon père, quand il verra les *Pyramides*.——

Chaque mot de tout ceci, dit mon oncle *Toby*, est de l'*arabe* pour moi.——Je voudrais, dit *Yorick*, qu'il en fût ainsi pour la moitié du monde.

—ILUS §, continua mon père, fit circoncire un matin toute son armée.—Pas sans une cour martiale? s'écria mon oncle *Toby*.——Quoique les savants, continua mon père, sans prendre garde à la remarque de mon oncle *Toby*, mais en se tournant vers *Yorick*,—soient toujours grandement divisés sur ce qu'était *Ilus*;—les uns disent *Saturne*;—les autres l'Être suprême;—d'autres, tout simplement un brigadier général sous

---

* Χαλεπῆς νόσου, καὶ δυσιάτου ἀπαλλαγὴ, ἣν ἄνθρακα καλοῦσιν.   PHILO.

† Τὰ τεμνόμενα τῶν ἐθνῶν πολυγονώτατα, καὶ πολυανθρωπότατα εἶναι.

‡ Καθαριότητος εἵνεκεν.   BOCHART[1].

§ Ὁ Ἶλος τὰ αἰδοῖα περιτεμνέται. Ταυτὸ ποιῆσαι καὶ τοὺς ἅμ' αὐτῷ συμμάχους καταναγκάσας.   SANCHONIATHO[2].

Pharaon Néco.——Qu'il soit ce qu'il voudra, dit mon oncle *Toby*, je ne sais par quel article des lois de la guerre il pourrait se justifier.

Les controversistes, répondit mon père, allèguent à l'appui vingt-deux raisons différentes :—d'autres, il est vrai, qui ont dirigé leur plume de l'autre côté de la question, ont démontré au monde la futilité de la plupart d'entre elles.—Mais aussi, nos meilleurs théologiens polémiques—Je voudrais, dit *Yorick*, qu'il n'y eût pas un seul théologien polémique dans le royaume ;—une once de théologie pratique[1]—vaut une cargaison en peinture de tout ce que Leurs Révérences ont importé depuis cinquante ans.—Je vous en prie, monsieur *Yorick*, dit mon oncle *Toby*,—dites-moi ce que c'est qu'un théologien polémique.——La meilleure description que j'aie jamais lue de deux d'entre eux, capitaine *Shandy*, répliqua *Yorick*, se trouve dans le récit du combat singulier entre *Gymnaste* et le capitaine *Tripet*[2], que j'ai là dans ma poche.——Je voudrais bien l'entendre, dit vivement mon oncle *Toby*.—Vous l'entendrez, dit *Yorick*.—Et comme le caporal m'attend à la porte,—et que je sais que le récit d'un combat fera plus de bien au pauvre garçon que son souper,—je vous demande, frère, de lui permettre d'entrer.—De tout mon cœur, dit mon père.——*Trim* entra, droit et heureux comme un empereur ; et lorsqu'il eut fermé la porte, *Yorick* tira un livre de la poche droite de son habit, et lut, ou fit semblant de lire ce qui suit.

CHAP. XXIX.

—« Ces mots entendus (par tous les soldats qui étaient là), aulcuns d'entre eulx commencarent avoir frayeur, et départoient de la compaignie : le tout notant et considérant *Gymnaste*. Pourtant feit semblant descendre de cheval, et quand feut pendant du costé du montouer feit soupplement le tour de l'estrivière, son espée bastarde au costé, et par dessoubz passé, se lança en l'aer et se tint des deux pieds sus la selle, le cul tourne vers la teste du cheval.—Puis dist : Mon cas va au rebours. Adonq en tel poinct qu'il estoit, feit la gambade sus ung pied, et tournant à senestre ne faillit oncq de rencontrer sa propre assiette sans en rien varier.——Dont dist *Tripet* : Ha, ne feray pas cestuy-là pour ceste heure,—et pour cause. Bren, dist *Gymnaste*, j'ay failli,—je voys deffaire cestuy sault ; lors par grande force et agilité feit en tournant à dextre la gambade, comme devant. Ce faict, mist le poulce de la dextre sus l'arson de la selle, et leva tout le corps en l'aer, se soustenant tout le corps sus le muscle et nerf du dict poulce, et ainsi se tourna trois fois : à la quatriesme, se renversant tout le corps sans *à rien toucher*, se guinda entre les deux aureilles du cheval, et se donna tel branle qu'il s'assist sus la croppe——»

(Cela n'est pas se battre, dit mon oncle *Toby*.——Le caporal secoua la tête.——Un peu de patience, dit *Yorick*.)

« Ce faict, tout à l'aise (*Tripet*) passe la jambe droicte par sus la selle, et se mist en estat de chevaul-cheur sus la croppe.—Mais (dit-il) mieulx vault que je me mette entre les arsons : adoncq s'appuyant sus les poulces des deux mains à la croppe, devant soy, se renversa cul sus teste en l'aer, et se trouva entre les arsons en bon maintien, puis d'ung sobresault leva tout le corps en l'aer, et là tournoya plus de cent tours. »— Grand Dieu, s'écria *Trim*, perdant toute patience,— un bon coup de baïonnette vaut mieux que tout cela.———Je le pense aussi, répliqua *Yorick*.———

—Je suis d'un avis contraire, dit mon père.

CHAP. XXX.

———Non,—je pense que je n'ai rien[1] avancé, répliqua mon père, en réponse à une question que *Yorick* avait pris la liberté de lui poser,—que je n'ai rien avancé dans la *Tristrapédie*, qui ne soit aussi clair qu'aucune des propositions d'*Euclide*.—Prends-moi, *Trim*, ce livre sur le secrétaire :———j'ai souvent eu l'intention, continua mon père, de vous la lire à vous, *Yorick*, et à mon frère *Toby*, et je trouve que c'est peu amical à moi de ne l'avoir pas fait depuis longtemps : ———en aurons-nous un ou deux courts chapitres à présent,—et un chapitre ou deux plus tard, quand l'occasion s'en trouvera; et ainsi de suite, jusqu'à ce que nous arrivions au bout? Mon oncle *Toby* et *Yorick* s'inclinèrent comme il convenait; et le caporal, quoiqu'il ne fût pas compris dans le compliment, mit la main sur sa poitrine et fit son salut en même temps qu'eux.——La compagnie sourit. *Trim*, dit mon père, a payé place entière pour assister à toute la *représentation*.——Il n'a pas eu l'air de goûter la pièce, répliqua *Yorick*.——C'était une bataille pour rire, s'il plaît à Votre Révérence, que celle du capitaine *Tripet* et de cet autre officier qui faisait autant de sauts périlleux que de pas;——les *Français* de temps à autre avancent bien en cabriolant de cette manière,—mais pas tout à fait autant.

Mon oncle *Toby* n'éprouva jamais la conscience de vivre avec plus de satisfaction que ne lui en donnèrent en ce moment les réflexions du caporal et les siennes propres;——il alluma sa pipe,——*Yorick* rapprocha sa chaise de la table,—*Trim* moucha la chandelle,—mon père attisa le feu,—prit le livre,—toussa deux fois, et commença.

CHAP. XXXI.

LES trente premières pages, dit mon père en tournant les feuillets,—sont un peu arides; et comme elles ne sont pas étroitement liées au sujet,——nous les passerons pour le moment : c'est une introduction-préface, continua mon père, ou une préface-introduction (car je n'ai pas encore arrêté le nom que je lui donnerai) sur le gouvernement politique ou civil; et comme le fondement en a été jeté par la première association du mâle et de la femelle pour la procréation de l'espèce——j'y ai été insensiblement amené.——C'était naturel, dit *Yorick*.

L'origine de la société, continua mon père, est, j'en suis convaincu, ce que *Politien*[1] nous dit, *i. e.*, purement conjugale ; et rien de plus que la réunion d'un homme et d'une femme ;—auxquels (d'après *Hésiode*[2]) le philosophe ajoute un serviteur :——mais supposant que, tout au commencement, il n'était pas encore né de serviteurs——il en pose le fondement sur un homme, —une femme—et un taureau.——Je crois que c'est un bœuf, dit *Yorick*, en citant le passage (οἶκον μὲν πρώτιστα, γυναικά τε, Βοῦν τ' ἀροτῆρα).——Un taureau aurait donné plus d'embarras qu'il ne valait.——Mais il y a encore une meilleure raison, dit mon père (en trempant sa plume dans l'encre), c'est que le bœuf étant le plus patient des animaux, et le plus utile en même temps pour labourer la terre pour la nourriture du ménage,—était aussi l'instrument et l'emblème le plus convenable que la création eût pu associer au couple nouvellement uni.—Et il y a une raison plus forte que tout cela en faveur du bœuf, ajouta mon oncle *Toby*.—Mon père n'eut pas la force de retirer sa plume de l'encrier avant d'avoir entendu la raison de mon oncle *Toby*.—Car, lorsque le sol fut labouré, dit mon oncle *Toby*, et valut la peine d'être enclos, on commença alors à le protéger par des murs et des fossés, ce qui fut l'origine des fortifications.——C'est juste, c'est juste ; cher *Toby*, s'écria mon père, en effaçant le taureau, et mettant le bœuf à sa place.

Mon père fit signe à *Trim* de moucher la chandelle, et reprit son discours.

——J'entre dans ces considérations, dit mon père négligemment, et en fermant à moitié le livre tout en parlant,—simplement pour montrer le fondement de la relation naturelle entre un père et son enfant[1], sur lequel il acquiert son droit et sa juridiction des diverses manières suivantes—

1° par mariage ;

2° par adoption ;

3° par légitimation ;

Et 4° par procréation ; que j'examine toutes dans leur ordre.

J'attache peu d'importance à cette dernière, repartit *Yorick*——l'acte, surtout quand il finit là, impose, à mon avis, aussi peu d'obligation à l'enfant qu'il confère de pouvoir au père.—Vous avez tort,—dit mon père subtilement, et par cette simple raison * * * *
* * * * * * * * * * * * * * * * * *
* * * * * * * * * * * * *.—J'avoue, ajouta mon père, que l'enfant, à ce compte, n'est pas autant sous la puissance et juridiction de la *mère*.— Mais la raison, repartit *Yorick*, se trouve également bonne pour elle.——Elle est elle-même sous une autorité, dit mon père :—et de plus, continua-t-il, en secouant la tête et posant son doigt sur un des côtés de son nez, tout en alléguant sa raison,—*elle n'est pas l'agent*

principal, Yorick.—Dans quoi ? dit mon oncle *Toby*, en quittant sa pipe.—Quoique sans contredit, ajouta mon père (sans prêter attention à mon oncle *Toby*) « *le fils lui doive du respect*, » comme vous pouvez le lire, *Yorick*, tout au long, dans le premier livre des *Institutes* de *Justinien*, titre onze, section dix[1].—Je puis aussi bien le lire dans le catéchisme, répliqua *Yorick*.

CHAP. XXXII.

TRIM peut le répéter mot à mot par cœur, dit mon oncle *Toby*.—Bah ! dit mon père, ne se souciant pas d'être interrompu par *Trim* répétant son catéchisme. Il le peut, sur mon honneur, repartit mon oncle *Toby*.—Faites-lui, monsieur *Yorick*, telle question qui vous plaira.——

—Le cinquième commandement, *Trim*—dit *Yorick*, lui parlant doucement et avec un signe de tête bienveillant, comme à un modeste catéchumène. Le caporal garda le silence.—Vous ne le questionnez pas bien, dit mon oncle *Toby*, élevant la voix, et parlant bref, comme d'un ton de commandement ;——Le cinquième———s'écria mon oncle *Toby*.—Il faut que je commence par le premier, s'il plaît à Votre Honneur, dit le caporal.——

—*Yorick* ne put s'empêcher de sourire.—Votre Révérence ne considère pas, dit le caporal, mettant sa canne sur l'épaule en guise de mousquet, et s'avançant au milieu de la chambre pour plus de clarté,—que c'est exactement la même chose que de faire l'exercice sur le terrain.—

« *Apprêtez armes !* » s'écria le caporal, en commandant et exécutant le mouvement.—

« *Portez armes !* » cria le caporal, faisant à la fois l'office d'adjudant et de simple soldat.—

« *Posez armes !* »—un mouvement, s'il plaît à Votre Révérence, en amène, vous le voyez, un autre.—Si Son Honneur veut seulement commencer par le *premier*—

LE PREMIER !—cria mon oncle *Toby*, mettant sa main sur sa hanche—* * * * * * * * *
* * * * * * * * * * * * * * *.

LE SECOND !—cria mon oncle *Toby*, brandissant sa pipe, comme il eût fait de son épée à la tête d'un régiment.—Le caporal débita son *manuel* avec exactitude, et ayant *honoré ses père et mère*, fit un profond salut, et se remit à l'écart.

Toute chose dans ce monde, dit mon père, est grosse de plaisanterie,—et possède de l'esprit, et aussi de l'instruction,—si nous pouvons seulement l'y découvrir.

—Ceci c'est l'*échafaudage* de l'INSTRUCTION, son vrai point de folie, sans l'ÉDIFICE derrière.—

—Ceci c'est le miroir où les pédagogues, précepteurs, tuteurs, gouverneurs, émouleurs de gérondifs et montreurs d'ours, peuvent se voir dans leurs véritables dimensions.—

Oh! il y a une cosse et une coque, *Yorick*, qui croissent pleines de savoir, et dont leur maladresse ne sait comment se débarrasser!

—Les Sciences peuvent s'apprendre par routine, mais non la Sagesse[1].

Yorick crut mon père inspiré.—Je prends à l'instant même, dit mon père, l'engagement d'employer tout le legs de ma tante *Dinah* en œuvres charitables (dont, soit dit en passant, mon père n'avait pas haute opinion), si le caporal attache une seule idée déterminée[2] à aucun des mots qu'il vient de réciter.—Je te prie, *Trim*, dit mon père, en se tournant vers lui,—qu'entends-tu par « *honorer tes père et mère?* »

Leur donner, s'il plaît à Votre Honneur trois sous par jour sur ma paye, quand ils vieillissent.—Et l'as-tu fait, *Trim*? dit *Yorick*.—Oui, vraiment, répliqua mon oncle *Toby*.—Alors, *Trim*, dit *Yorick*, s'élançant de sa chaise et prenant le caporal par la main, tu es le meilleur commentateur de cette partie du *Décalogue*; et je t'honore plus pour cela, caporal *Trim*, que si tu avais mis la main au *Talmud* lui-même.

CHAP. XXXIII.

Ô BIENHEUREUSE santé! s'écria mon père, en poussant une exclamation comme il tournait les feuillets pour arriver au chapitre suivant,—tu es au-dessus de tout or et de tout trésor[1]; c'est toi qui agrandis l'âme,—et disposes toutes ses facultés à recevoir l'instruction et à goûter la vertu.—Celui qui te possède n'a guère rien de plus à désirer;—et celui qui est assez malheureux pour être privé de toi,—est avec toi privé de tout.

J'ai concentré dans un très petit espace, dit mon père, tout ce qu'on peut dire sur ce sujet important; nous lirons donc le chapitre en entier.

Mon père lut ce qui suit.

« Tout le secret de la santé dépendant de la lutte convenable pour la prééminence entre le chaud et l'humide radicaux »—Vous avez prouvé ce fait plus haut, je suppose, dit *Yorick*. Suffisamment, répliqua mon père.

En ce disant, mon père ferma le livre,—non pas comme s'il avait résolu de n'en pas lire davantage, car il garda l'index dans le chapitre :——ni avec humeur, —car il ferma le livre lentement; son pouce, ceci fait, reposant sur le dessus de la couverture, tandis que les trois autres doigts en soutenaient le dessous, sans la moindre pression violente.——

J'ai démontré la vérité de ce point, dit mon père, en faisant à *Yorick* un signe de tête, plus que suffisamment dans le chapitre précédent.

Or, si l'on pouvait dire à l'homme de la lune qu'un homme de la terre a écrit un chapitre démontrant suffisamment que le secret de toute santé dépend de la lutte convenable pour la prééminence entre le *chaud et l'humide radicaux,*—et qu'il a si bien traité ce point qu'il n'y a pas dans tout le chapitre un seul mot, sec ou mouillé, sur le chaud ou l'humide radical,—ni une seule syllabe, *pour* ou *contre*, directement ou indirectement, sur la lutte entre ces deux puissances dans n'importe quelle partie de l'économie animale——

« Ô toi, éternel auteur de tous les Êtres ! »—s'écrierait-il en se frappant la poitrine de sa main droite (en cas qu'il en eût une)—« Toi dont la puissance et la bonté peuvent étendre les facultés de tes créatures à ce degré infini d'excellence et de perfection,—Que t'avons-nous fait, nous, LUNIENS ? »

CHAP. XXXIV.

EN deux traits lancés, l'un à *Hippocrate*, l'autre à lord *Verulam*[1], mon père acheva l'affaire.

Le trait lancé au prince des médecins, par lequel il commença, n'était qu'une brève insulte à propos de sa plainte dolente de l'*Ars longa,*—et *Vita brevis*[1].——La vie coure, s'écria mon père,—et l'art de guérir long ! Et qui devons-nous remercier de l'un et de l'autre, si ce n'est l'ignorance des charlatans eux-mêmes,—et les tréteaux chargés de panacées chimiques, et le fatras péripatétique, avec lesquels, dans tous les siècles, ils ont d'abord flatté, puis enfin trompé le monde ?

——Ô mylord *Verulam* ! s'écria mon père, abandonnant *Hippocrate* et dirigeant son second trait sur *Bacon* comme sur le principal débitant d'orviétan, et le plus propre à servir d'exemple aux autres,——Que te dirai-je, mon grand lord *Verulam* ? que dirai-je de ton souffle intérieur,—de ton opium,—de ton salpêtre, ——de tes onctions grasses,—de tes purgations diurnes, —de tes clystères nocturnes et de tes succédanés ?

——Mon père n'était jamais embarrassé de savoir que dire à un homme, sur quelque sujet que ce fût ; et il avait moins que personne besoin d'exorde : comment il traita l'opinion de Sa Seigneurie,——vous le verrez ; ——mais quand——Je ne le sais pas : il nous faut d'abord voir ce qu'était l'opinion de Sa Seigneurie.

CHAP. XXXV.

« LES deux grandes causes qui conspirent ensemble à abréger la vie, dit lord *Verulam,* sont premièrement——

» Le souffle intérieur qui, comme un feu doux, consume le corps :—Et, secondement, l'air extérieur, qui le réduit en cendres :—deux ennemis qui, nous attaquant des deux côtés à la fois, finissent par détruire nos organes, et les mettent hors d'état de continuer les fonctions de la vie. »

Tel étant l'état des choses, la voie qui mène à la Longévité est simple ; il n'était besoin, dit Sa Seigneurie, que de réparer le dégât commis par le souffle intérieur, en rendant la substance du corps plus épaisse et plus dense, par un usage régulier d'opiats d'un côté, et en modérant sa chaleur de l'autre, par la prise chaque matin, avant de se lever, de trois grains et demi de salpêtre.——

Notre enveloppe restait encore exposée aux assauts hostiles de l'air extérieur ;—mais on s'en défendait également par une série d'onctions grasses qui saturaient si pleinement les pores de la peau, que pas un spicule n'y pouvait entrer ;——ni pas un en sortir. ——Ceci, supprimant toute transpiration sensible et insensible, devenait la cause de tant de maladies pellagreuses—qu'il fallait recourir aux clystères pour entraîner le superflu des humeurs,—et compléter le système.

Ce que mon père avait à dire des opiats de mylord *Verulam*, de son salpêtre, de ses onctions grasses et de ses clystères, vous le lirez,—mais pas aujourd'hui—ni demain : le temps me presse,—mon lecteur est impatient—il faut que j'avance.——Vous lirez le chapitre à loisir (si bon vous semble) aussitôt que la *Tristrapédie* sera publiée.——

Il suffit pour l'instant de dire que mon père rasa l'hypothèse, et, en ce faisant, les érudits savent qu'il bâtit et édifia la sienne[1].——

CHAP. XXXVI.

TOUT le secret de la santé, dit mon père, recommençant sa phrase, dépendant évidemment de la lutte convenable entre le chaud et l'humide radicaux, au dedans de nous ;—le moindre degré d'habileté aurait suffi pour la maintenir, si les gens de l'École n'avaient pas embrouillé la besogne, uniquement (comme l'a prouvé *Van Helmont*[2], le fameux chimiste) en prenant tout le temps l'humide radical pour le suif et la graisse des corps animaux.

Or, l'humide radical n'est pas le suif ou la graisse des animaux, mais une substance huileuse et balsamique ; car la graisse et le suif, comme aussi le flegme ou parties aqueuses, sont froides, tandis que les parties huileuses et balsamiques sont pleines de vie, de chaleur et d'ardeur, ce qui explique l'observation d'*Aristote* : « *Quod omne animal post coitum est* triste[3]. »

Or il est certain que le chaud radical vit dans l'humide radical, mais si c'est *vice versâ*, il y a doute : quoi qu'il en soit, quand l'un dépérit, l'autre dépérit aussi ; et alors il se produit, soit un chaud anti-naturel qui cause une sécheresse anti-naturelle——soit un humide anti-naturel qui cause des hydropisies.——De sorte que, pourvu qu'on puisse enseigner à un enfant, quand il grandit, à éviter de se jeter dans le feu ou dans l'eau, qui, l'un et l'autre, le menacent de destruction,—— ce sera tout ce qu'il est nécessaire de faire à cet égard.——

CHAP. XXXVII.

LA description du siège de *Jéricho*[1] lui-même n'aurait pas pu captiver l'attention de mon oncle *Toby* plus puissamment que le dernier chapitre;—ses yeux restèrent tout le temps fixés sur mon père;—qui ne mentionna pas une seule fois le chaud et l'humide radicaux sans que mon oncle *Toby* n'ôtât sa pipe de sa bouche et secouât la tête; et dès que le chapitre fut terminé, il fit signe au caporal de s'approcher de sa chaise, afin de lui adresser la question suivante,—*à part.*——* *. C'était au siège de *Limerick*[2], s'il plaît à Votre Honneur, répondit le caporal, en faisant un salut.

Le pauvre garçon et moi, dit mon oncle *Toby*, en s'adressant à mon père, nous étions à peine en état de nous traîner hors de nos tentes, à l'époque où fut levé le siège de *Limerick*, pour la maison même dont vous parlez.——Maintenant que peut-il être entré dans ta précieuse caboche, mon cher frère *Toby*? s'écria mon père, mentalement.——Par le ciel! continua-t-il se parlant toujours à lui-même, le deviner embarrasserait un *Œdipe*.——

Je crois, s'il plaît à Votre Honneur, dit le caporal, que sans la quantité d'eau-de-vie que nous brûlions chaque soir, et le bordeaux et la cannelle dont j'abreuvais Votre Honneur;—Et le genièvre, *Trim*, qui nous fit plus de bien que tout le reste, ajouta mon oncle *Toby*——Je crois, en vérité, s'il plaît à Votre Honneur, continua le caporal, que nous aurions tous deux perdu la vie dans la tranchée, et qu'on nous y aurait enterrés aussi.——C'est la plus noble tombe, caporal, que puisse désirer un soldat! s'écria mon oncle *Toby*, les yeux étincelants.——Mais c'est une mort lamentable pour lui, s'il plaît à Votre Honneur, repartit le caporal.

Tout ceci était autant de l'*arabe* pour mon père, que les rites des *Colchidiens* et des *Troglodytes* l'avaient été précédemment pour mon oncle *Toby*; mon père ne put décider s'il devait froncer le sourcil ou sourire.——

Mon oncle *Toby*, se tournant vers *Yorick*, reprit l'affaire de *Limerick* plus intelligiblement qu'il ne l'avait commencée,—et résolut ainsi d'un coup la question pour mon père.

CHAP. XXXVIII.

CE fut indubitablement, dit mon oncle *Toby*, un grand bonheur pour moi et le caporal d'avoir eu tout le temps une fièvre brûlante, accompagnée d'une soif des plus violentes, pendant les vingt-cinq jours que la dyssenterie régna dans le camp; autrement, ce que mon frère appelle l'humide radical aurait, à ce que j'imagine, eu le dessus.———Mon père remplit ses poumons d'air, et regardant le plafond, les vida aussi lentement qu'il put.———

———C'est la miséricorde du ciel, continua mon oncle *Toby*, qui mit dans la tête du caporal de maintenir cette lutte convenable entre le chaud et l'humide radicaux, en renforçant la fièvre, comme il fit tout le temps, avec du vin chaud et des épices; le caporal entretint ainsi (comme qui dirait) un feu continuel, en sorte que le chaud radical tint bon du commencement jusqu'à la fin, et se montra un digne adversaire de l'humide, tout terrible qu'il était.———Sur mon honneur, ajouta mon oncle *Toby*, vous auriez pu entendre à vingt toises, frère *Toby*, la lutte qui se livrait dans nos corps.—Si le feu avait cessé, dit *Yorick*.

Eh bien—dit mon père, avec une forte aspiration, et en s'arrêtant un peu après ce mot———Si j'étais juge, et que les lois du pays qui m'aurait conféré ce titre le permissent, je condamnerais quelques-uns des plus grands malfaiteurs, pourvu qu'ils eussent joui du bénéfice de clergie——— ——— ——— ——— ——— ——— ———
———*Yorick*, prévoyant que la phrase était de nature à finir sans aucune miséricorde, mit la main sur la poitrine de mon père, et le pria de la suspendre pendant quelques minutes, jusqu'à ce qu'il eût adressé une question au caporal.———Je te prie, *Trim*, dit *Yorick*, sans attendre la permission de mon père,—dis-nous

franchement—quelle est ton opinion sur ce chaud et cet humide radicaux ?

Avec l'humble soumission que je dois au jugement supérieur de Son Honneur, dit le caporal en faisant un salut à mon oncle *Toby*—Émets ton opinion librement, caporal, dit mon oncle *Toby*.—Le pauvre garçon est mon serviteur,—et non pas mon esclave,—ajouta mon oncle *Toby* en se tournant vers mon père.——

Le caporal mit son chapeau sous son bras gauche ; et avec sa canne suspendue à son poignet par un cordon de cuir noir, terminé, près du nœud, par un gland, il revint à l'endroit où il avait récité son catéchisme ; puis, se touchant la mâchoire inférieure avec le pouce et les doigts de la main droite avant d'ouvrir la bouche, ——il exposa son opinion en ces termes.

CHAP. XXXIX.

JUSTE comme le caporal toussait pour commencer—le docteur *Slop* entra en se dandinant.—Le mal n'est pas grand—le caporal continuera dans le prochain chapitre, arrive qui voudra.——

Eh bien, mon bon docteur, s'écria joyeusement mon père, car les transitions de son humeur étaient inconcevablement brusques,—que dit de l'affaire mon petit drôle ?——

Si mon père s'était informé de l'amputation de la queue d'un petit chien—il ne l'aurait pu faire d'un air plus insouciant ; le système que le docteur *Slop* avait émis pour le traitement de l'accident n'admettait en aucune façon un tel mode d'enquête.—Il s'assit.

Je vous prie, monsieur, dit mon oncle *Toby*, d'un ton qui ne pouvait rester sans réponse,—dans quel état est l'enfant ?—Cela finira par un *phimosis*[1], répliqua le docteur *Slop*.

Je n'en suis pas plus avancé, dit mon oncle *Toby*,— remettant sa pipe dans sa bouche.——Alors, dit mon père, que le caporal continue sa leçon de médecine.— Le caporal fit un salut à son vieil ami le docteur *Slop*, et exposa ensuite son opinion sur le chaud et l'humide radicaux, dans les termes suivants.

.

CHAP. XL.

LA ville de *Limerick*, dont le siège fut commencé sous les ordres de Sa Majesté le roi *Guillaume* en personne, l'année d'après que je fus entré au service—est située, s'il plaît à Vos Honneurs, au milieu d'un pays diablement humide et marécageux.—Elle est entièrement entourée par le *Shannon*, dit mon oncle *Toby*, et elle constitue, par sa situation, une des plus importantes places fortifiées de l'*Irlande*.——

Je pense que c'est là une nouvelle mode, dit le docteur *Slop*, de commencer une leçon de médecine.—Tout en est vrai, répondit *Trim*.—Alors je voudrais que la Faculté en adoptât la coupe, dit *Yorick*.—Elle est toute coupée, s'il plaît à Votre Révérence, dit le caporal, de rigoles et de fondrières; et en outre, il était tombé une telle quantité de pluie pendant le siège, que tout le pays ressemblait à une mare,—ce fut cela, et rien autre, qui amena la dyssenterie, et qui faillit nous tuer, Son Honneur et moi. Or, au bout des dix premiers jours, continua le caporal, il n'y avait pas moyen pour un soldat de coucher à sec dans sa tente, sans creuser un fossé à l'entour pour faire écouler l'eau; —et cela ne suffisait pas pour ceux qui, comme Son Honneur, pouvaient se permettre d'allumer tous les soirs un vase d'étain plein d'eau-de-vie, ce qui chassait l'humidité de l'air, et rendait l'intérieur de la tente aussi chaud qu'une étuve.———

Et quelle conclusion, caporal *Trim*, s'écria mon père, tires-tu de toutes ces prémisses?

J'en infère, s'il plaît à Votre Honneur, répliqua *Trim*, que l'humide radical n'est rien autre au monde que de l'eau de fossé—et que le chaud radical de ceux qui peuvent s'en permettre la dépense, est de l'eau-de-vie brûlée—le chaud et l'humide radicaux d'un simple particulier, s'il plaît à Votre Honneur, ne sont rien que de l'eau de fossé—et une goutte de genièvre———et donnez-nous-en assez, avec une pipe de tabac, pour ranimer nos esprits et chasser les vapeurs—et nous ignorerons ce que c'est que la crainte de la mort.

Je suis en peine, capitaine *Shandy*, dit le docteur *Slop*, de décider dans quelle branche de savoir votre domestique brille le plus; si c'est en physiologie ou en théologie.—*Slop* n'avait pas oublié le commentaire de *Trim* sur le sermon[1].—

Il n'y a qu'une heure, répliqua *Yorick*, que le caporal a subi son examen de théologie, et qu'il l'a passé avec beaucoup d'honneur.——

Le chaud et l'humide radicaux, dit le docteur *Slop*, en se tournant vers mon père, sont, il faut que vous le sachiez, la base et le fondement de notre être,—comme la racine d'un arbre est la source et le principe de sa végétation.—Ils sont inhérents à la semence de tous les animaux, et peuvent se conserver de diverses manières, mais principalement, à mon avis, par les *consubstantiels*, les *imprimants* et les *occlusifs*[2].——Or, ce pauvre garçon, continua le docteur *Slop*, en désignant le caporal, a eu le malheur d'entendre quelque discours superficiel d'empirique sur ce point délicat.——Je le crois, —dit mon père.——Très probablement,—dit mon oncle.—J'en suis sûr—dit *Yorick*.——

CHAP. XLI.

LE docteur *Slop* ayant été appelé dehors pour voir un cataplasme qu'il avait ordonné, mon père en profita pour entamer un autre chapitre de la *Tristrapédie*. ——Allons! courage, mes enfants; je vais vous montrer la terre———car lorsque nous aurons traversé ce chapitre, le livre ne sera pas rouvert d'ici à un an.—Hourra!—

CHAP. XLII.

———CINQ ans avec une bavette sous le menton ;

Quatre ans à voyager de la Croix de par Dieu à *Malachie*[1] ;

Un an et demi pour apprendre à écrire son nom ;

Sept longues années et plus à le τύπτω-er[2], en grec et en latin ;

Quatre années à ses *probations* et à ses *négations* ; —la belle statue restant toujours au milieu du bloc de marbre,—et rien de fait, que ses outils aiguisés pour l'en tirer!—C'est un retard pitoyable!—Le grand *Julius Scaliger* ne fut-il pas sur le point de ne jamais avoir ses outils aiguisés du tout!————Il avait quarante-quatre ans avant de pouvoir manier son grec ; —et *Pierre Damianus*, évêque d'*Ostie*, comme tout le monde sait, pouvait à peine lire, lorsqu'il atteignit l'âge viril.—Et *Baldus* lui-même, tout éminent qu'il devint après, entra si tard au barreau, que chacun s'imagina qu'il se proposait d'être avocat dans l'autre monde[3] : rien d'étonnant à ce qu'*Eudamidas*, le fils d'*Archidamas*, lorsqu'il entendit *Xenocrate*, à soixante-quinze ans, discuter sur la *sagesse*, demandât gravement,—*Si ce vieillard en est encore à discuter et à faire des recherches sur la sagesse,—quel temps lui restera-t-il pour la pratiquer*[1] ?

Yorick écoutait mon père avec une grande attention ; il y avait un assaisonnement de sagesse inconcevablement mêlé à ses plus étranges fantaisies, et il avait quelquefois, au plus profond de ses éclipses, des illuminations qui les rachetaient presque :—soyez prudent, monsieur, quand vous l'imiterez.

Je suis convaincu, *Yorick*, continua mon père, moitié lisant et moitié discourant, qu'il existe un passage nord-ouest[2] au monde intellectuel ; et que l'esprit de l'homme a des voies de travail, pour acquérir le savoir et l'instruction, plus courtes que celles que nous prenons généralement.——Mais, hélas ! tous les champs n'ont pas une rivière ou une source qui coule près d'eux ; —chaque enfant, *Yorick*! n'a pas un père pour le guider.

——Le tout dépend entièrement, ajouta mon père à voix basse, des *verbes auxiliaires*,[3] monsieur *Yorick*.

Yorick eût marché sur le serpent de *Virgile*[4], qu'il n'eût pas eu l'air plus surpris.—Je suis surpris aussi, s'écria mon père, qui s'en aperçut,—et j'estime comme une des plus grandes calamités qui aient jamais affligé la république des lettres, que ceux qui ont été chargés de l'éducation de nos enfants, et dont le devoir était de leur ouvrir l'esprit, et de le garnir de bonne heure d'idées, afin de donner libre cours sur elles à l'imagination, aient fait si peu usage des verbes auxiliaires ——En effet, excepté *Raymond Lullius* et surtout *Pelegrini*[1] l'aîné qui arriva à les employer à un tel degré de perfection, avec ses topiques, qu'en peu de leçons il pouvait enseigner à un jeune homme à discourir plausiblement sur toute espèce de sujets, *pro* et *contra*, et à dire et écrire tout ce qui pouvait être dit et écrit dessus, sans raturer un mot, à l'admiration de tous les spectateurs——Je serais charmé, dit *Yorick*, en interrompant mon père, que vous me fissiez comprendre ceci. Vous allez le comprendre, dit mon père.

Le plus haut effort de perfectionnement dont soit capable un simple mot, est une métaphore hardie, ——à laquelle, à mon avis, l'idée perd en général plus qu'elle ne gagne ;——mais, quoi qu'il en soit,——quand l'esprit en a produit une—c'est fini,—l'esprit et l'idée se reposent,—jusqu'à ce qu'arrive une seconde idée ; ——et ainsi de suite.

Or, l'utilité des *auxiliaires* est de faire travailler immédiatement l'esprit lui-même sur les matériaux qui lui sont apportés ; et, par l'aptitude rotative de cette grande machine autour de laquelle ils sont entrelacés, d'ouvrir de nouvelles voies d'investigation, et de faire que chaque idée en engendre des millions.

Vous excitez grandement ma curiosité, dit *Yorick*.

Pour ma part, dit mon oncle *Toby*, j'y renonce. ——Les *Danois*, s'il plaît à Votre Honneur, dit le caporal, qui occupaient la gauche au siège de *Limerick*, étaient tous des auxiliaires.———Et de très bons, dit mon oncle *Toby*.—Mais les auxiliaires, *Trim*, dont parle mon frère,—sont, je crois, tout autre chose.———

———Vous croyez? dit mon père en se levant.

CHAP. XLIII.

MON père fit un seul tour par la chambre, puis se rassit et finit le chapitre.

Les verbes auxiliaires dont nous nous occupons ici, continua mon père, sont : *suis, étais*; *ai, avais*; *fais, faisais*; *laisse*; *veux, voulais*; *peux, pouvais*; *dois, devais*; *a coutume* ou *est habitué*.—Et dans toutes leurs variétés de temps, *présent, passé, futur*, et conjugués avec le verbe *voir*,—ou avec ces questions à leur suite :—*Est-ce? Était-ce? Sera-ce? Serait-ce? Se peut-il? Se pourrait-il?* Et les mêmes négativement : *N'est-ce pas? N'était-ce pas? Ne devrait-ce pas?*—Ou affirmativement :—*C'est, C'était, Ce devrait être.*—Ou chronologiquement :— *Cela a-t-il toujours été? Dernièrement? Depuis combien de temps?*—Ou hypothétiquement :—*Si c'était? Si ce n'était pas?* Que s'ensuivrait-il?———Si les *Français* battaient les *Anglais*? Si le *soleil* sortait du *zodiaque*?

Or, par un emploi et application convenable de ces auxiliaires, continua mon père, la mémoire d'un enfant pourrait être exercée de façon qu'il n'entrerait pas une idée dans sa tête, si stérile qu'elle fût, sans qu'il en pût tirer un magasin de conceptions et de conclusions. ——As-tu jamais vu un ours blanc? s'écria mon père, en retournant la tête vers *Trim*, qui était debout derrière sa chaise :—Non, s'il plaît à Votre Honneur, repartit le caporal.——Mais tu pourrais en parler, *Trim*, dit mon père, en cas de besoin?——Comment serait-ce possible, frère, dit mon oncle *Toby*, si le caporal n'en a jamais vu?—C'est ce qu'il me faut, répliqua mon père,—et en voici la possibilité.

Un ours blanc! Très bien. En ai-je jamais vu? Aurais-je jamais pu en voir? Dois-je jamais en voir? Ai-je jamais dû en voir? Ou puis-je jamais en voir[1]?

Que n'ai-je vu un ours blanc? (car comment m'en faire une idée?)

Si je voyais un ours blanc, que dirais-je? si je ne voyais jamais d'ours blanc, qu'en résulterait-il?

Si je n'ai jamais vu, ni pu, dû ou dois voir un ours blanc vivant, en ai-je jamais vu la peau? En ai-je jamais vu un portrait?—une description? n'en ai-je jamais vu en rêve?

Mon père, ma mère, mon oncle, ma tante, mes frères ou sœurs ont-ils jamais vu un ours blanc? Que donneraient-ils pour en voir? Comment se comporteraient-ils? Comment se serait comporté l'ours blanc? Est-il sauvage? Apprivoisé? Terrible? A-t-il le poil rude? Ou doux?

—L'ours blanc vaut-il la peine d'être vu?—

—N'y a-t-il point péché à le voir?—

Vaut-il mieux qu'un noir ?

Fin du Cinquième Volume.

LA
VIE
ET LES
OPINIONS
DE
TRISTRAM SHANDY,
Gentleman.

Dixero si quid fortè jocosius, hoc mihi juris
Cum venia dabis.

Hor.

-----Si quis calumnietur levius esse quam decet theo-
logum, aut mordacius quam deceat Christianum
----non Ego, sed Democritus dixit.----

Erasmus[1].

VOL. VI.

CHAP. Ier.

——NOUS ne nous arrêterons pas deux instants, mon cher monsieur,—seulement, comme nous avons terminé ces cinq volumes (de grâce, monsieur, asseyez-vous sur un exemplaire——cela vaut mieux que rien), jetons un coup d'œil en arrière, sur le pays que nous venons de traverser.——

——Quel désert c'était ! et quelle grâce du ciel de ne pas nous y être égarés tous les deux, ou de n'y avoir pas été dévorés par des bêtes féroces !

Pensiez-vous, monsieur, que le monde lui-même contînt un aussi grand nombre d'ânes ?——Comme ils nous ont passés en revue quand nous avons traversé le petit ruisseau, au fond de cette petite vallée !——et lorsque nous avons gravi cette colline, et qu'ils allaient nous perdre de vue—bon Dieu ! comme ils se sont mis à braire tous ensemble !

——Je te prie, berger, à qui appartiennent tous ces ânes ?***

——Que le ciel les assiste !——Quoi ! est-ce qu'on ne les étrille jamais ?——Est-ce qu'on ne les rentre jamais l'hiver ?——Brayez brayez—brayez. Continuez à braire,—le monde est grandement votre débiteur ;

———encore plus fort—ce n'est rien;—en vérité, vous êtes maltraités :———Si j'étais un âne, je le déclare solennellement, je brairais en sol-ré-ut du matin jusqu'au soir.

CHAP. II.

QUAND mon père eut fait danser son ours blanc en avant et en arrière à travers une demi-douzaine de pages, il ferma le livre tout de bon,—et, avec une sorte de triomphe, il le remit dans les mains de *Trim*, en lui faisant signe de le poser sur le secrétaire, où il l'avait trouvé.———*Tristram*, dit-il, conjuguera chacun des mots du dictionnaire, en avant et en arrière, de la même façon;———par ce moyen, *Yorick*, chaque mot, vous le voyez, est converti en thèse ou en hypothèse;— chaque thèse et hypothèse engendre des propositions;— et chaque proposition a ses propres conséquences et conclusions, qui, chacune, ramènent l'esprit sur de nouvelles voies d'investigations et de doutes.———La force de cette machine, ajouta mon père, est incroyable pour ouvrir la tête d'un enfant.———Elle suffirait, frère *Shandy*, pour la faire éclater en mille morceaux, s'écria mon oncle *Toby*.———

Je présume, dit *Yorick* en souriant,—que c'est grâce à cette méthode,———(car, que les logiciens disent ce qu'ils voudront, cela ne s'expliquerait pas suffisamment par le simple usage des dix prédicaments[1])———Que le fameux *Vincent Quirino*[2], entre autres nombreux prodiges de son enfance, dont le cardinal *Bembo* a donné au monde une histoire si exacte,——fut capable d'afficher dans les écoles publiques de *Rome*, dès l'âge de huit ans, non moins de quatre mille cinq cent cinquante thèses différentes, sur les points les plus abstraits de la plus abstraite théologie ;——et de les défendre et soutenir de façon à confondre et réduire au silence ses adversaires.———Qu'est-ce que cela, s'écria mon père, auprès de ce qu'on nous dit d'*Alphonsus Tostatus*, qui, presque dans les bras de sa nourrice, apprit toutes les sciences et tous les arts libéraux sans qu'on lui en enseignât rien?———Que dirons-nous du grand *Piereskius*[1]?—C'est précisément le même, s'écria mon oncle *Toby*, dont je vous ai parlé une fois, frère *Shandy*, qui fit à pied un voyage de cinq cents milles, de *Paris* à *Scheveningue* et de *Scheveningue* à *Paris*, uniquement pour voir le chariot volant de *Stevinus*.———C'était un très grand homme! ajouta mon oncle *Toby*; (sous-entendant *Stevinus*)—Très grand, frère *Toby*, dit mon père (sous-entendant *Piereskius*)——et il avait si vite multiplié ses idées et acquis un fond si prodigieux de connaissances, que, si nous devons ajouter foi à une anecdote qui le concerne, et que nous ne pouvons rejeter ici sans ébranler l'autorité de toutes les anecdotes quelconques—à l'âge de sept ans son père confia entièrement à ses soins l'éducation de son frère cadet, âgé de cinq ans,—ainsi que la direction exclusive de toutes ses affaires.—Le père en savait-il autant que le fils? demanda mon oncle *Toby*:—Je ne le pense pas, dit *Yorick*:—Mais qu'est-ce que cela, continua mon père—(pris soudain d'une sorte d'enthousiasme)— qu'est-ce que cela, auprès des prodiges de l'enfance de *Grotius, Scioppius, Heinsius, Politien, Pascal, Joseph*

Scaliger, Ferdinand de Cordoue et autres—dont les uns laissèrent là leurs *formes substantielles*[1] à l'âge de neuf ans, ou plus tôt, et continuèrent à raisonner sans;—et les autres avaient vu tous leurs classiques à sept ans;—et écrivaient des tragédies à huit;—*Ferdinand de Cordoue* était si savant à neuf ans,—qu'on le crut possédé du démon;——et, à *Venise*, il donna tant de preuves de son savoir et de son mérite, que les moines s'imaginèrent qu'il ne pouvait être que l'*Antechrist*.[2]——D'autres, à dix ans, possédaient quatorze langues,—terminaient leurs cours de rhétorique, de poésie, de logique et de morale, à onze ans,—publiaient leurs commentaires sur *Servius* et *Martianus Capella*, à douze ans,—et à treize, recevaient leurs degrés de philosophie, de droit et de théologie :——Mais vous oubliez le grand *Lipsius*[3], dit *Yorick*, qui composa un ouvrage le jour de sa naissance*;——On aurait dû l'en torcher, dit mon oncle *Toby*, sans ajouter un mot de plus.

---

* Nous aurions quelque intérêt, dit *Baillet*, de montrer qu'il n'y a là rien de ridicule, si c'était véritable, au moins dans le sens énigmatique que *Nicius Erythrœus* a tâché de lui donner. Cet auteur dit que pour comprendre comment *Lipse* a pu composer un ouvrage le premier jour de sa vie, il faut s'imaginer que ce premier jour n'est pas celui de sa naissance charnelle, mais celui auquel il a commencé d'user de la raison ; il veut que ç'ait été à l'âge de neuf ans ; et il nous veut persuader que ce fut en cet âge que *Lipse* fit un poème. ——Le tour est ingénieux, etc., etc.

CHAP. III.

QUAND le cataplasme fut prêt, un scrupule de *decorum* s'était élevé mal à propos dans la conscience de *Susannah*, qui devait tenir la chandelle pendant que *Slop* le poserait; *Slop* n'avait pas traité la mauvaise humeur de *Susannah* avec des anodins,——et il s'en était suivi entre eux une querelle.

——Oh! oh!——dit *Slop*, en jetant un regard d'inconvenante liberté sur le visage de *Susannah*, comme elle déclinait la fonction;——alors, je crois vous connaître, madame——Vous me connaissez, monsieur! s'écria *Susannah* dédaigneusement, et avec un mouvement de tête en arrière qui s'adressait non à la profession, mais à la personne même du docteur,—— vous me connaissez! répéta *Susannah*.——Le docteur *Slop* appliqua aussitôt son doigt et son pouce sur ses narines;——à ce geste, la colère de *Susannah* fut près d'éclater;——C'est faux, dit *Susannah*.—Allons, allons, madame Modeste, dit *Slop*, non peu fier du succès de sa dernière botte——si vous ne voulez pas tenir la chandelle et regarder—vous pouvez la tenir et fermer les yeux :—C'est là un de vos expédients papistes! s'écria *Susannah* :—Mieux vaut cela, dit *Slop*, avec un hochement de tête, que pas de chemise du tout, jeune femme;——Je vous défie, monsieur! s'écria *Susannah*, en tirant sa manche de chemise au-dessous de son coude.

Il était presque impossible à deux personnes de s'assister l'une l'autre dans une opération chirurgicale avec une cordialité plus atrabilaire.

Slop saisit le cataplasme,——*Susannah* saisit la chandelle ;——Un peu de ce côté-ci, dit *Slop* ; *Susannah*, regardant d'un côté et ramant de l'autre, mit à l'instant le feu à la perruque de *Slop*, laquelle, étant quelque peu touffue et en même temps onctueuse, fut consumée avant d'être bien enflammée.——Impudente garce ! s'écria *Slop*,—(car la colère n'est-elle pas une vraie bête féroce ?)—impudente garce ! s'écria *Slop*, en se redressant, le cataplasme à la main ;——Je n'ai jamais démoli le nez[1] de personne, dit *Susannah*,—et c'est plus que vous n'en pouvez dire :——Vraiment ? s'écria *Slop*, en lui jetant le cataplasme à la figure ;——oui, vraiment, s'écria *Susannah*, en lui rendant le compliment avec ce qui restait dans le poêlon.——

CHAP. IV.

LE docteur *Slop* et *Susannah* échangèrent entre eux des plaintes contradictoires dans le parloir ; après quoi, comme le cataplasme était manqué, ils se retirèrent dans la cuisine pour me préparer une fomentation ;—et tandis qu'elle se faisait, mon père décida la question comme vous allez le lire.

CHAP. V.

VOUS voyez qu'il est grand temps, dit mon père, en s'adressant également à mon oncle *Toby* à *Yorick*, de retirer cette jeune créature des mains de ces femmes, et de la mettre dans celles d'un gouverneur. *Marcus Antoninus*[1] prit quatorze gouverneurs à la fois pour surveiller l'éducation de son fils *Commodus*,—et en six semaines il en congédia cinq;—Je sais très bien, continua mon père, que la mère de *Commodus* était amoureuse d'un gladiateur à l'époque où elle conçut, ce qui explique un grand nombre des cruautés de *Commodus* quand il devint empereur;—mais je n'en suis pas moins d'avis que les cinq gouverneurs que renvoya *Antoninus* firent au caractère de *Commodus*, dans ce court espace de temps, plus de mal que les neuf autres n'en purent réparer dans tout le cours de leur vie.

Or, comme je considère la personne qui doit être auprès de mon fils comme un miroir dans lequel il doit se regarder du matin au soir, et d'après lequel il doit ajuster son air, son maintien, et peut-être les plus intimes sentiments de son cœur;—j'en voudrais un, *Yorick*, s'il était possible, poli de tous points, et propre à ce que mon enfant s'y pût mirer.——Ceci est très sensé, se dit à lui-même mon oncle *Toby*.

——Il y a, continua mon père, un certain air et mouvement du corps et de toutes ses parties, soit en agissant, soit en parlant, qui dénote qu'un homme est *bien au dedans*; et je ne suis pas du tout surpris que

Grégoire de Naziance[1], en observant les gestes brusques et disgracieux de *Julien*, ait prédit qu'il deviendrait un jour un apostat ;——ni que saint *Ambroise* ait mis à la porte son *secrétaire*, à cause d'un mouvement messéant de sa tête, qui allait et venait comme un fléau ;——ni que *Démocrite* ait compris que *Protagoras* était un érudit, en le voyant attacher un fagot et rentrer les petites branches en dedans.——Il y a un millier d'ouvertures inaperçues, continua mon père, qui introduisent immédiatement un œil pénétrant dans l'âme d'un homme ; et je maintiens, ajouta-t-il, qu'un homme de sens ne pose pas son chapeau en entrant dans une chambre,—ou ne le reprend pas en en sortant, sans qu'il lui échappe quelque chose qui le trahisse.

C'est pour ces raisons, continua mon père, que le gouverneur dont je ferai choix ne devra ni* bégayer, ni loucher, ni clignoter, ni parler haut, ni avoir l'air farouche, ou bête ;——ni mordre ses lèvres, ni grincer des dents, ni parler du nez, ni le farfouiller, ni se moucher avec ses doigts.——

Il ne devra, non plus, ni marcher vite,—ou lentement, ni se croiser les bras,—car c'est de la paresse ;—ni les avoir ballants,—car c'est de la niaiserie ; ni cacher ses mains dans ses poches, car c'est de l'absurdité.——

Il ne devra ni frapper, ni pincer, ni chatouiller,—ni mordre, ou couper ses ongles, ni graillonner, ni cracher, ni renifler, ni battre du tambour avec ses pieds ou ses

---

* Vid. *Pellegrina*[2].

doigts en société;——il ne devra (suivant *Érasme*) ne parler à personne en urinant,—ni montrer du doigt une charogne ou un excrément.——Ah! pour ceci, c'est encore de l'absurdité, se dit mon oncle *Toby* à lui-même.——

Je veux, continua mon père, qu'il soit gai, facétieux, jovial; en même temps, prudent, attentif à sa besogne, vigilant, clairvoyant, délié, inventif, prompt à résoudre les doutes et les questions spéculatives;——il devra être sage, judicieux, et instruit :—Et pourquoi pas humble, modéré, et doux et bon? dit *Yorick* :——Et pourquoi pas, s'écria mon oncle *Toby*, franc, et généreux, et libéral, et brave?——Il le sera, mon cher *Toby*, répliqua mon père, en se levant et lui secouant la main.—Alors, frère *Shandy*, répondit mon oncle *Toby*, en quittant son siège et posant sa pipe pour prendre l'autre main de mon père,—je demande humblement à vous recommander le fils du pauvre *Le Fèvre*; ——une larme de joie de la plus belle eau étincela dans l'œil de mon oncle *Toby*,—et une autre, toute pareille, dans celui du caporal, à cette demande;—— vous verrez pourquoi, quand vous lirez l'histoire de *Le Fèvre* :——Sot que je suis! je ne puis me rappeler (ni vous non plus peut-être) sans retourner à l'endroit, ce qui m'a empêché de laisser le caporal la raconter à sa manière;—mais l'occasion est perdue,—il faut maintenant que je la raconte à la mienne.

CHAP. VI.

Histoire de Le Fèvre.[1]

C'ÉTAIT pendant l'été de l'année où *Dendermonde*[2] fut pris par les alliés,—c'est-à-dire sept ans avant que mon père vînt habiter la campagne,—et environ autant après que mon oncle *Toby* et *Trim* eurent décampé secrètement de la maison de ville de mon père, afin d'entreprendre quelques-uns des plus beaux sièges de quelques-unes des plus belles places fortes de l'*Europe*—mon oncle *Toby* était un soir à souper, avec *Trim*, assis derrière lui à un petit buffet,— Je dis assis—car en considération du genou malingre du caporal (dont il souffrait parfois excessivement)—quand mon oncle *Toby* dînait ou soupait seul, il ne tolérait jamais que le caporal se tînt debout ; et la vénération du pauvre garçon pour son maître était telle, qu'avec une artillerie convenable, mon oncle *Toby* aurait eu moins de peine à prendre *Dendermonde* même qu'à obtenir cela de lui ; aussi mainte fois, quand mon oncle *Toby* supposait la jambe du caporal au repos, et se retournait, il le découvrait se tenant debout derrière lui, avec le plus profond respect. Ceci engendra plus de petites querelles entre eux que toute autre cause pendant vingt-cinq ans de suite——Mais ce n'est pas de cela qu'il s'agit— pourquoi en fais-je mention?——Demandez à ma plume,—elle me dirige,—je ne la dirige pas[3].

Mon oncle *Toby* était un soir assis de la sorte à souper, quand le maître d'une petite auberge du village entra dans le parloir, une fiole vide à la main, pour demander un ou deux verres de xérès. C'est pour un pauvre monsieur,—un militaire, je pense, dit l'aubergiste, qui est tombé malade chez moi, il y a quatre jours, et n'a pas relevé la tête depuis, ni eu le désir de prendre quoi que ce soit jusqu'à ce moment, où il vient d'avoir envie d'un verre de xérès et d'une petite rôtie, ——*Je crois*, a-t-il dit, en retirant sa main de son front, que *cela me soulagerait*.————

——Si je n'en pouvais ni demander, ni emprunter, ni acheter,—ajouta l'aubergiste,—j'en volerais presque pour ce pauvre monsieur, tant il est malade.—— J'espère encore qu'il se rétablira, continua-t-il,—nous sommes tous affligés de son état.

Tu es une bonne âme, j'en réponds, s'écria mon oncle *Toby*; et tu boiras à la santé du pauvre monsieur un verre de xérès toi-même,—porte-lui-en une paire de bouteilles avec mes compliments, et dis-lui que je les lui offre de tout cœur, et une douzaine de plus, si elles peuvent lui faire du bien.

Quoique je sois persuadé que cet homme est fort compatissant—*Trim*, dit mon oncle *Toby*, comme l'aubergiste fermait la porte,—cependant je ne puis m'empêcher d'avoir aussi une très bonne opinion de son hôte; il doit y avoir en lui quelque chose au-dessus du commun, pour avoir, en si peu de temps, gagné à ce point l'affection de son aubergiste;——Et celle de toute la maison, ajouta le caporal, car ils sont tous affligés de son état.——Cours après lui, dit mon oncle *Toby*,—va, *Trim*,—et demande-lui s'il sait son nom.

———Je l'ai, ma foi, tout à fait oublié, dit l'aubergiste, en rentrant dans le parloir avec le caporal,—mais je puis le redemander à son fils :———Il a donc un fils avec lui ? dit mon oncle *Toby*.—Un garçon de onze à douze ans, répondit l'aubergiste ;—mais le pauvre enfant n'a guère plus mangé que son père ; il ne fait que pleurer et se lamenter jour et nuit :———Il n'a pas quitté le chevet du lit depuis deux jours.

Mon oncle *Toby* posa son couteau et sa fourchette, et repoussa son assiette loin de lui, au récit que lui faisait l'aubergiste ; et *Trim*, sans avoir reçu d'ordres, sortit, sans dire un mot, et quelques instants après, lui apporta sa pipe et son tabac.

———Reste un peu dans la chambre, dit mon oncle *Toby*.———

Trim !———dit mon oncle *Toby*, après avoir allumé sa pipe et fumé environ une douzaine de bouffées. ———*Trim* avança vis-à-vis de son maître, et fit son salut ;—mon oncle *Toby* continua de fumer, sans rien dire.———Caporal ! dit mon oncle *Toby*———Le caporal fit son salut.———Mon oncle *Toby* n'alla pas plus loin, mais finit sa pipe.

Trim ! dit mon oncle *Toby*, j'ai en tête le projet, comme il fait mauvais ce soir, de m'envelopper chaudement dans ma roquelaure, et de rendre une visite à ce pauvre monsieur.———La roquelaure de Votre Honneur, répliqua le caporal, n'a pas servi une seule fois depuis la nuit où Votre Honneur reçut sa blessure, quand nous montions la garde dans la tranchée devant la porte *Saint-Nicolas*;——et d'ailleurs, la soirée est si froide et si pluvieuse, que, tant la roquelaure que le temps, il y aura de quoi donner la mort à Votre Honneur, et infliger à Votre Honneur ses douleurs dans l'aine. J'en ai peur, réplique mon oncle *Toby*; mais je n'ai pas l'esprit tranquille, *Trim*, depuis le récit que m'a fait l'aubergiste.——Je voudrais n'en pas tant savoir,—ajouta mon oncle *Toby*,—ou en savoir davantage :——Comment y parvenir ?—Laissez-moi faire, s'il plaît à Votre Honneur, dit le caporal. Je vais prendre mon chapeau et ma canne, pousser une reconnaissance jusqu'à l'auberge, et agir en conséquence ; et dans une heure, je viendrai rendre compte de tout à Votre Honneur.——Va, *Trim*, dit mon oncle *Toby*, et voici un shilling pour boire avec son domestique.——Je saurai tout de lui, dit le caporal, en fermant la porte.

Mon oncle *Toby* remplit sa seconde pipe, et si, de temps à autre, il ne s'était pas écarté de la question pour considérer s'il ne valait pas tout autant avoir la courtine de la tenaille en droite ligne qu'en ligne courbe,—on pourrait dire que tant que sa pipe dura, il ne pensa à rien autre chose qu'au pauvre *Le Fèvre* et à son fils.

CHAP. VII.

Suite de l'histoire de Le Fèvre

CE ne fut que lorsque mon oncle *Toby* eut fait tomber les cendres de sa troisième pipe, que le caporal *Trim* revint de l'auberge, et lui fit le récit suivant.

J'ai désespéré d'abord, dit le caporal, de pouvoir rapporter à Votre Honneur aucune espèce de renseignements sur le pauvre lieutenant malade—Il est donc au service ? dit mon oncle *Toby*——Oui, dit le caporal——Et dans quel régiment ? dit mon oncle *Toby*——Je vais, répliqua le caporal, tout raconter à Votre Honneur au fur et à mesure, dans l'ordre où je l'ai appris.—Alors, *Trim*, je vais remplir une autre pipe, dit mon oncle *Toby*, et je ne t'interromprai pas que tu n'aies fini ; assieds-toi donc à ton aise, *Trim*, sur la saillie de la fenêtre, et recommence ton histoire. Le caporal fit son ancien salut, qui en général signifiait aussi clairement qu'un salut peut le dire—*Votre Honneur est bien bon* :——Après quoi, *Trim* s'assit, comme il en avait reçu l'ordre,—et recommença son histoire à mon oncle *Toby* à peu près dans les mêmes termes.

J'ai désespéré d'abord, dit le caporal, de pouvoir rapporter à Votre Honneur aucun renseignement sur le lieutenant et son fils ; car, lorsque j'ai demandé où était son domestique, de qui je comptais apprendre tout ce dont il était convenable de m'informer,—Voilà une bonne distinction, *Trim*, dit mon oncle *Toby*—on me répondit, s'il plaît à Votre Honneur, qu'il n'avait pas de domestique avec lui ;———qu'il était arrivé à l'auberge avec des chevaux de louage que, se trouvant hors d'état d'aller plus loin (pour rejoindre son régiment, je suppose), il avait renvoyés le lendemain matin.—Si je vais mieux, mon cher, avait-il dit, en donnant sa bourse à son fils pour payer l'homme,— nous pourrons louer des chevaux ici.——Mais, hélas ! le pauvre monsieur ne partira jamais d'ici, me dit la femme de l'aubergiste,—car j'ai entendu toute la nuit l'horloge de la mort ;——et quand il mourra, son jeune fils mourra certainement aussi, car il a déjà le cœur brisé.

J'étais à écouter ce récit, continua le caporal, quand l'enfant entra dans la cuisine pour commander la petite rôtie dont l'aubergiste a parlé ;——mais je vais la préparer moi-même pour mon père, dit l'enfant.—— Permettez que je vous en évite la peine, mon jeune monsieur, dis-je, en prenant une fourchette, et en lui offrant une chaise pour s'asseoir auprès du feu pendant que je préparerais la rôtie.——Je crois, monsieur, me dit l'enfant, avec une grande modestie, qu'elle lui plaira mieux faite par moi.——Je suis certain, lui dis-je, que Son Honneur n'en aimera pas moins la rôtie pour avoir été grillée par un vieux soldat.——L'enfant saisit ma main, et fondit à l'instant en larmes.——Pauvre enfant ! dit mon oncle *Toby*,—il a été élevé à l'armée dès son bas âge, et le nom d'un soldat, *Trim*, a sonné à ses oreilles comme le nom d'un ami ;—je voudrais qu'il fût ici.

―――Jamais, dans la plus longue marche, dit le caporal, je n'ai eu une aussi grande envie de dîner, que j'en ai eu de pleurer avec lui de compagnie :―――Que pouvais-je bien avoir, s'il plaît à Votre Honneur ? Rien du tout, *Trim*, dit mon oncle *Toby*, en se mouchant,―――seulement, tu es un brave garçon.

Quand je lui eus donné la rôtie, continua le caporal, je crus convenable de lui dire que j'étais le domestique du capitaine *Shandy*, et que Votre Honneur (quoique étranger) était extrêmement affligé de l'état de son père ;―――et que tout ce qu'il y avait dans votre maison ou dans votre cave―――(Et tu aurais pu ajouter, dans ma bourse aussi, dit mon oncle *Toby*)―――était de tout cœur à son service :―――Il me fit un salut très profond (qui s'adressait à Votre Honneur), mais sans me répondre,―――car il avait le cœur plein―――puis il monta avec la rôtie ;―――Je vous réponds, mon cher, lui dis-je, en ouvrant la porte de la cuisine, que votre père se rétablira.―――Le vicaire de M. *Yorick* fumait une pipe auprès du feu de la cuisine,―――mais il n'a pas dit une parole, bonne ou mauvaise, pour consoler cet enfant. ―――J'ai trouvé cela mal ; ajouta le caporal―――et je le trouve aussi, dit mon oncle *Toby*.

Quand le lieutenant eut pris son verre de xérès et sa rôtie, il se sentit un peu ranimé, et m'envoya prévenir, dans la cuisine, que si je voulais monter dans dix minutes environ, je lui ferais plaisir.―――Je crois, dit l'aubergiste, qu'il va dire ses prières,―――car il y avait un livre sur une chaise à côté de son lit, et quand j'ai fermé la porte, j'ai vu son fils prendre un coussin.―――

Je pensais, dit le vicaire, que vous autres, messieurs de l'armée, monsieur *Trim*, vous ne disiez jamais vos prières.——J'ai entendu hier au soir ce pauvre monsieur dire les siennes, dit l'hôtesse, très dévotement, et de mes propres oreilles, sans quoi je n'aurais pas pu le croire.——En êtes-vous sûre ? repartit le vicaire. ——Un soldat, n'en déplaise à Votre Révérence, dis-je, prie aussi souvent (de son propre mouvement) qu'un prêtre ;——et quand il se bat pour son roi, et pour sa vie, et pour son honneur aussi, il a plus de raisons de prier Dieu que qui que ce soit au monde ——C'était bien dit à toi, *Trim*, dit mon oncle *Toby*.——Mais quand un soldat, dis-je, n'en déplaise à Votre Révérence, est resté debout, douze heures consécutives, dans la tranchée, et dans l'eau froide jusqu'aux genoux,—ou qu'il est engagé, dis-je, pendant des mois entiers dans de longues et dangereuses marches ;—harcelé, peut-être, sur ses derrières aujourd'hui ;—harcelant les autres demain ;—détaché ici ;—contremandé là ;—passant cette nuit dehors sous les armes ;—surpris en chemise, la nuit suivante ;—engourdi dans ses articulations ;—peut-être sans paille dans sa tente pour s'agenouiller ;—il faut bien qu'il dise ses prières *comme* et *quand* il peut.—Je crois, dis-je,—car j'étais piqué pour la réputation de l'armée, dit le caporal,—je crois, n'en déplaise à Votre Révérence, dis-je, que lorsqu'un soldat trouve le temps de prier,—il prie d'aussi bon cœur qu'un prêtre,—quoique avec moins de tapage et d'hypocrisie.——Tu n'aurais pas dû dire cela, *Trim*, dit mon oncle *Toby*,—car Dieu seul sait qui est hypocrite, et qui ne l'est pas :——À notre grande revue générale, à nous, caporal, au jour du jugement (et pas avant)—on verra qui a fait son devoir en ce monde,—et qui ne l'a pas fait ; et nous aurons, *Trim*, de l'avancement en conséquence.——Je l'espère, dit *Trim*.——C'est dans l'Écriture, dit mon oncle *Toby* ; et je te le montrerai demain :—En attendant, nous pouvons compter, *Trim*, pour notre consolation, dit mon oncle *Toby*, que Dieu tout-puissant est un maître du monde si bon et si juste, que pourvu que nous y ayons accompli notre devoir,—il ne s'enquerra jamais si nous l'avons fait en habit rouge ou en habit noir :——J'espère que non, dit le caporal ——Mais continue ton histoire, *Trim*, dit mon oncle *Toby*.

Quand je montai dans la chambre du lieutenant, poursuivit le caporal, ce que je ne fis qu'après l'expiration des dix minutes,—il était couché dans son lit, sa tête appuyée sur sa main, avec son coude sur l'oreiller, et un mouchoir blanc de batiste à côté :——L'enfant se baissait pour ramasser le coussin, sur lequel je supposais qu'il s'était agenouillé,—le livre était sur le lit, —et comme il se relevait, en ramassant le coussin d'une main, il étendit l'autre pour emporter le livre en même temps.——Laisse-le là, mon cher, dit le lieutenant.

Il ne m'adressa pas la parole avant que je me fusse approché tout près du lit :—Si vous êtes le domestique du capitaine *Shandy*, me dit-il, vous présenterez à votre maître mes remerciements, ainsi que ceux de mon petit garçon, pour sa courtoisie envers moi ;—s'il était du régiment de *Leven*[1]—dit le lieutenant.—Je lui répondis que Votre Honneur en était—alors, me dit-il, j'ai servi trois campagnes avec lui en *Flandre*, et je me souviens de lui,—mais comme je n'ai pas eu l'honneur de faire sa connaissance, il est très probable qu'il ne se souvient pas de moi.——Vous lui direz, toutefois, que la personne que son bon cœur vient d'obliger, est un nommé *Le Fèvre*, lieutenant au corps d'*Angus*[1]——mais il ne me connaît pas,—répéta-t-il une seconde fois, en rêvant;——peut-être, cependant, connaît-il mon histoire—ajouta-t-il—je vous prie, dites au capitaine que je suis cet enseigne dont la femme a été si malheureusement tuée à *Bréda*[2], d'un coup de mousquet, comme elle reposait dans ses bras, sous sa tente.——Je me rappelle très bien cette histoire, s'il plaît à Votre Honneur, dis-je.——Vraiment? dit-il, en s'essuyant les yeux avec son mouchoir,—alors puis-je bien me la rappeler aussi.—En disant cela, il tira de son sein une petite bague qui paraissait attachée à son cou avec un ruban noir, et la baisa deux fois——Ici, *Billy*, dit-il, ——l'enfant accourut à travers la chambre auprès du lit,—et tombant à genoux, il prit la bague dans sa main, et la baisa aussi,—puis il embrassa son père, et s'assit sur le lit en pleurant.

Je voudrais, dit mon oncle *Toby*, avec un profond soupir,—je voudrais, *Trim*, être endormi.

Votre Honneur, répliqua le caporal, s'afflige trop;—verserai-je à Votre Honneur un verre de xérès pour accompagner sa pipe?——Verse, *Trim*, dit mon oncle *Toby*.

Je me rappelle, dit mon oncle *Toby*, en soupirant de nouveau, l'histoire de l'enseigne et de sa femme, ainsi qu'une circonstance que sa modestie a omise;—je me souviens particulièrement bien que lui et sa femme, pour une raison ou une autre (j'ai oublié laquelle), furent universellement plaints par tout le régiment;—mais finis ton histoire :—Elle est finie, dit le caporal,—car je ne pus rester plus longtemps,—je souhaitai donc une bonne nuit à Son Honneur; et le jeune *Le Fèvre* se leva de dessus le lit, et me reconduisit jusqu'au bas de l'escalier; et comme nous descendions ensemble, il me dit qu'ils arrivaient d'*Irlande*, et étaient en route pour rejoindre le régiment en *Flandre*.——Mais, hélas! dit le caporal,—le dernier jour de marche du lieutenant est passé.—Alors que va devenir son pauvre enfant? s'écria mon oncle *Toby*.

CHAP. VIII.

Suite de l'histoire de Le Fèvre

CE fut à l'éternel honneur de mon oncle *Toby*, ——mais je ne le dis que pour ceux qui, lorsqu'ils se trouvent enfermés entre une loi naturelle et une loi positive[1], ne savent pas au fond de leur âme de quel côté se tourner——Que bien que mon oncle *Toby* fût chaudement occupé alors à pousser le siège de *Dendermonde* parallèlement aux alliés, qui pressaient le leur si vigoureusement qu'ils lui laissaient à peine le temps de dîner——il n'en abandonna pas moins *Dendermonde*, quoiqu'il eût déjà fait un logement sur la contrescarpe;—et tendit toutes ses pensées vers les malheurs privés de l'auberge. Et sauf qu'il donna l'ordre de fermer le jardin au verrou, ce qui aurait pu faire dire qu'il avait converti le siège de *Dendermonde* en blocus,—il abandonna *Dendermonde* à lui-même,—pour être secouru ou non par le roi de *France*, selon que le roi de *France* le jugerait convenable, pour ne plus songer, quant à lui, qu'à secourir le pauvre lieutenant et son fils.

———L'ÊTRE SUPRÊME, qui est l'ami de ceux qui n'ont pas d'amis, t'en récompensera.

Tu as incomplètement conduit cette affaire, dit mon oncle *Toby* au caporal qui le mettait au lit,———et je vais t'expliquer en quoi, *Trim*.———En premier lieu, quand tu as fait l'offre de mes services à *Le Fèvre*,—comme la maladie et les voyages sont deux choses coûteuses, et que tu savais qu'il n'était qu'un pauvre lieutenant qui n'a que sa paye pour vivre avec son fils,—tu aurais dû lui offrir ma bourse ; car, s'il en avait eu besoin, tu sais, *Trim*, qu'il aurait été aussi bien venu à y puiser que moi-même.———Votre Honneur sait, dit le caporal, que je n'avais pas d'ordre ;———C'est vrai, dit mon oncle *Toby*,—tu as eu raison, *Trim*, comme soldat,—mais certainement grand tort comme homme.

En second lieu, et tu as ici, il est vrai, la même excuse, continua mon oncle *Toby*,———quand tu lui as offert tout ce qui était dans ma maison,—tu aurais dû lui offrir aussi ma maison :———Un frère d'armes malade devrait avoir les quartiers les meilleurs, *Trim*, et si nous l'avions avec nous,—nous pourrions le veiller et le soigner :———Toi-même, *Trim*, tu es un excellent garde-malade,—et avec tes soins et ceux de la vieille femme et de son garçon, et les miens réunis, nous pourrions le ravitailler tout de suite et le remettre sur pied.———

———En quinze jours ou trois semaines, ajouta mon oncle *Toby* en souriant,—il pourrait marcher.———Il ne marchera plus jamais en ce monde, s'il plaît à Votre Honneur, dit le caporal :———Il marchera, dit mon oncle *Toby*, en se levant sur le bord de son lit, avec un soulier de moins :———S'il plaît à Votre Honneur, dit le caporal, il ne marchera qu'à sa tombe :———Il marchera, s'écria mon oncle *Toby*, en remuant son pied chaussé, mais sans avancer d'un pouce,—il marchera à son régiment.———Il n'en aura pas la force, dit le caporal ;—On le soutiendra, dit mon oncle *Toby* ; ———Il finira par tomber, dit le caporal, et que deviendra son garçon ?———Il ne tombera pas, dit mon oncle *Toby*, avec fermeté.———Hélas,—nous aurons beau faire, dit *Trim* maintenant son dire,—le pauvre homme mourra :———Il ne mourra pas, nom de D—, s'écria mon oncle *Toby*.

—L'ange accusateur, qui vola avec ce jurement à la chancellerie du ciel, rougit en l'y déposant ;—et l'ange greffier en l'inscrivant laissa tomber une larme sur le mot, et l'effaça pour jamais.

CHAP. IX.

——MON oncle *Toby* alla à son bureau,—mit sa bourse dans son gousset de culotte, et après avoir ordonné au caporal d'aller le lendemain matin de bonne heure chercher un médecin,—il se mit au lit et s'endormit.

CHAP. X.
Fin de l'histoire de LE FÈVRE

LE lendemain matin, le soleil brilla pour tous les yeux du village, sauf ceux de *Le Fèvre* et de son fils affligé ; la main de la mort s'appesantissait sur ses paupières,——et la roue de la citerne[1] venait à peine de décrire son cercle,—quand mon oncle *Toby*, qui s'était levé une heure plus tôt que d'habitude, entra dans la chambre du lieutenant, et sans préambule ni apologie, s'assit sur une chaise auprès du lit. Puis, sans se soucier des modes et coutumes, il ouvrit le rideau comme l'eût fait un ancien ami et compagnon d'armes, et demanda à *Le Fèvre* comment il se portait,—comment il avait passé la nuit,—quel était son mal,—où il souffrait,—et ce qu'il pouvait faire pour l'assister : ——et sans lui donner le temps de répondre à aucune de ces questions, il continua en lui exposant le petit plan qu'il avait concerté à son propos la veille au soir avec le caporal.——

——Vous allez venir tout de suite chez moi, *Le Fèvre*, dit mon oncle *Toby*, dans ma maison,—et nous ferons venir un médecin pour voir ce qu'il y a à faire,—et nous aurons un apothicaire,—et le caporal sera votre garde-malade,——et moi, je serai votre domestique, *Le Fèvre*.

Il y avait chez mon oncle *Toby* une franchise,—non pas l'*effet*,—mais la *cause* de la familiarité,—qui vous faisait pénétrer tout d'un coup dans son âme, et vous dévoilait la bonté de sa nature; à cela se joignait dans ses regards, dans sa voix et dans ses manières, quelque chose qui invitait éternellement les malheureux à venir s'abriter sous lui; si bien qu'avant que mon oncle *Toby* eût fini à moitié les offres bienveillantes qu'il faisait au père, le fils s'était insensiblement rapproché tout contre de ses genoux, et s'était emparé du revers de son habit pour l'attirer vers lui.——Le sang et les esprits de *Le Fèvre*, qui se refroidissaient et se ralentissaient en lui, et qui se retiraient dans leur dernière citadelle, le cœur, revinrent sur leurs pas,—le voile qui couvrait ses yeux les quitta pour un moment,—il les leva avec anxiété sur le visage de mon oncle *Toby*,—puis il jeta un regard sur son enfant,——et ce *lien*, tout faible qu'il était,—ne fut jamais rompu.——

La nature aussitôt eut un nouveau reflux,——le voile revint à sa place,——le pouls tressaillit ——s'arrêta——repartit——battit——s'arrêta de nouveau——remua——s'arrêta——poursuivrai-je?—— Non[1].

CHAP. XI.

JE suis si impatient de revenir à ma propre histoire, que ce qui reste de celle du jeune *Le Fèvre*, c'est-à-dire depuis ce changement dans sa destinée jusqu'à l'époque où mon oncle *Toby* le recommanda à mon père pour devenir mon précepteur, sera raconté en très peu de mots dans le chapitre suivant.—Voici tout ce qu'il est nécessaire d'ajouter au chapitre précédent.—

Mon oncle *Toby*, et le jeune *Le Fèvre*, qu'il tenait par la main, conduisirent le deuil du pauvre lieutenant, et l'accompagnèrent jusqu'à sa tombe.

Le gouverneur de *Dendermonde* lui rendit, à ses obsèques, tous les honneurs militaires,—et *Yorick*, pour ne pas rester en arrière—lui rendit tous les honneurs ecclésiastiques—car il l'enterra dans son église :—Et il paraît aussi qu'il prononça sur lui une oraison funèbre———Je dis *il paraît*,—car c'était la coutume d'*Yorick*, et je suppose qu'elle lui était commune avec tous ceux de sa profession, de noter sur le premier feuillet de chaque sermon qu'il composait, l'époque, le lieu et l'occasion où il l'avait prêché ; après quoi, il avait toujours l'habitude d'ajouter quelque court commentaire ou critique sur le sermon lui-même, et, en vérité, rarement à sa louange :—Par exemple : *Ce sermon sur la loi mosaïque—je ne l'aime pas du tout;—j'avoue qu'il renferme un monde de savoir à la* WATERLAND[1],—*mais tout cela est trivial, et très trivialement* ordonné.———*Ce n'est qu'une flasque composition; qu'avais-je dans la tête, quand je la fis ?*

———N. B. *Le mérite de ce texte-ci, c'est qu'il peut convenir à tous les sermons,———et celui de ce sermon,———c'est qu'il peut convenir à tous les textes.*———

———*Je serai pendu pour ce sermon-ci,* ———*car j'en ai volé la plus grande partie. Le Docteur* Paidagunes *m'a découvert.* ☞ *Prenez un voleur pour en attraper un autre.*———

Sur le dos d'une demi-douzaine de sermons, je trouve écrit *Couci couça* et rien de plus———et sur deux autres, *Moderato*; annotations par lesquelles, autant qu'on en peut inférer du dictionnaire *italien* d'*Altieri*[1],———mais surtout de l'autorité d'un bout de ficelle verte qui paraissait avoir servi de mèche au fouet d'*Yorick* et avec laquelle il nous a laissé les deux sermons marqués *Moderato* et la demi-douzaine de *Couci couça* fortement attachés ensemble en un seul paquet,———on peut sûrement supposer qu'il entendait à peu près la même chose.

Il n'y a qu'une seule difficulté à cette conjecture, c'est que les *moderato* sont cinq fois meilleurs que les *couci couça*;———qu'ils dénotent dix fois plus de connaissance du cœur humain;———qu'ils ont soixante-dix fois plus d'esprit et de chaleur;———(et, pour m'élever convenablement dans ma gradation)———qu'ils dévoilent mille fois plus de génie;———et, pour couronner le tout, qu'ils sont infiniment plus intéressants que ceux avec lesquels ils sont attachés;———c'est pourquoi, quand les sermons *dramatiques* d'*Yorick*[1] seront offerts au monde, si je n'en admets qu'un de tout le nombre des *couci couça*, je me hasarderai cependant à imprimer les deux *moderato*, sans aucune espèce de scrupule.

Ce que *Yorick* pouvait entendre par les mots *lentamente*,—*tenutè*,—*grave*,—et quelquefois *adagio*, —appliqués à des compositions théologiques, et par lesquels il a caractérisé quelques-uns de ses sermons, je n'ose me hasarder à le deviner.——Je suis encore plus embarrassé en trouvant *all' octava alta!* sur l'un ;—— *Con strepito* sur le dos d'un autre ;——*Scicilliana* sur un troisième ;——*Alla capella* sur un quatrième ;—— *Con l'arco* sur celui-ci ;——*Senza l'arco*[2] sur celui-là. ——Tout ce que je sais, c'est que ce sont des termes musicaux, et qu'ils ont un sens ;——et, comme il était musicien, je ne doute pas que, par quelque ingénieuse application de ces métaphores aux compositions en question, elles ne présentassent à son esprit des idées très distinctes de leurs divers caractères,—quelque effet qu'elles puissent faire sur celui des autres.

Dans le nombre, se trouve ce sermon particulier qui m'a inconcevablement conduit à cette digression—— L'oraison funèbre du pauvre *Le Fèvre*, fort bien écrite, comme si elle avait été copiée d'après un brouillon rapide.—J'y prends surtout garde, parce que ce sermon paraît avoir été sa composition favorite——Il roule sur la mort ; et il est attaché en long et en travers avec un fil de grosse laine, puis roulé et entortillé dans une demi-feuille de sale papier bleu[3], qui semble avoir servi jadis de couverture à une revue générale, et qui encore aujourd'hui exhale l'horrible odeur des drogues de vétérinaire.——Que ces marques de mortification aient été mises à dessein,—je m'en doute un peu;——attendu qu'à la fin du sermon, (et non au commencement)—ce qui diffère de sa manière de traiter le reste, *Yorick* avait écrit——

Bravo!

——Mais ce mot n'a rien de très choquant,——car il est tracé à deux pouces et demi au moins de distance et au-dessous de la dernière ligne du sermon, tout à l'extrémité de la page, et dans ce coin à droite qui, vous savez, est généralement recouvert par votre pouce; et, pour lui rendre justice, il est, en outre, tracé si légèrement, d'une petite écriture *italienne*[1], avec une plume de corbeau, qu'il attire à peine l'œil sur l'endroit, que votre pouce y repose ou non,—en sorte que la *manière* dont il est écrit l'excuse à moitié, et comme il l'est, d'ailleurs, avec une encre très pâle, diluée presque à rien,—c'est plutôt un *ritratto*[2] de l'ombre de la vanité, que celui de la Vanité elle-même—il ressemble plus à une faible pensée de satisfaction passagère, s'élevant en secret dans le cœur de l'auteur, qu'à un grossier témoignage, brutalement imposé au monde.

Malgré toutes ces atténuations, je sens bien qu'en publiant ceci je ne rends pas service à la réputation de modestie d'*Yorick*;—mais tous les hommes ont leurs faiblesses! et ce qui diminue encore celle-ci, et l'efface presque, c'est que le mot a été rayé quelque temps après (comme le prouve la teinte différente de l'encre) par une barre qui le traverse de cette manière, ~~BRAVO~~——comme si *Yorick* s'était rétracté, ou qu'il eût été honteux de l'opinion qu'il en avait eue jadis.

Ces courts jugements sur ses sermons étaient toujours écrits, sauf cette seule fois, sur la première feuille qui leur servait de couverture ; et, d'ordinaire, intérieurement, du côté qui faisait face au texte ;—mais à la fin de son oraison funèbre, qui lui fournissait peut-être cinq ou six pages ou même toute une vingtaine pour se retourner,—*Yorick* avait pris un grand, et, en vérité, un plus fougueux circuit ;—comme s'il eût saisi l'occasion de se débarrasser de quelques boutades contre le vice, un peu plus folâtres que ne le comportait l'étroitesse de la chaire.—Si ces boutades, à la hussarde, escarmouchent légèrement et sans aucun ordre, elles n'en sont pas moins des auxiliaires de la vertu—; Dites-moi donc, Mynheer Vander Blonederdondergewdenstronke[1], pourquoi elles ne seraient point imprimées avec le reste ?

CHAP. XII.

QUAND mon oncle *Toby* eut fait argent de tout, et réglé tous les comptes entre l'agent du régiment et *Le Fèvre*, et entre *Le Fèvre* et tout le genre humain, ——il ne resta plus rien dans les mains de mon oncle *Toby* qu'un vieil uniforme et une épée ; en sorte que mon oncle *Toby* trouva peu ou point d'opposition de la part du monde dans la liquidation de la succession. L'uniforme, mon oncle *Toby* le donna au caporal ; ——Porte-le, *Trim*, dit mon oncle *Toby*, aussi longtemps qu'il durera, pour l'amour du pauvre lieutenant ——Et ceci,——dit mon oncle *Toby*, en prenant l'épée et la tirant du fourreau——et ceci, *Le Fèvre*, je le garderai pour toi,—c'est toute la fortune, continua mon oncle *Toby*, en accrochant l'épée à une patère et en la montrant,—c'est toute la fortune, mon cher *Le Fèvre*, que Dieu t'a laissée ; mais s'il t'a donné un cœur pour te frayer avec elle un chemin dans le monde,—et que tu le fasses en homme d'honneur,—cela nous suffira.

Dès que mon oncle *Toby* eut arrêté son plan, et eut enseigné au jeune *Le Fèvre* à inscrire un polygone régulier dans un cercle, il l'envoya à une école publique où, excepté la *Pentecôte* et *Noël*, époques auxquelles le caporal allait ponctuellement le chercher,—il resta jusqu'au printemps de l'année dix-sept ; alors la nouvelle que l'empereur envoyait son armée en *Hongrie* contre les *Turcs*, allumant dans son sein une étincelle de feu, il quitta sans congé son *grec* et son *latin*, et, se jetant à genoux devant mon oncle *Toby*, il demanda l'épée de son père, et, en même temps, la permission de mon oncle *Toby*, pour aller tenter la fortune sous *Eugène*[1]. —Deux fois mon oncle *Toby* oublia sa blessure et s'écria : *Le Fèvre*, j'irai avec toi, et tu combattras à mes côtés !——Et, deux fois, il porta la main à son aine, et pencha la tête de chagrin et de désespoir.——

Mon oncle *Toby* décrocha l'épée de la patère où elle était restée suspendue depuis la mort du lieutenant, et la remit au caporal pour la fourbir ;——et ayant retenu *Le Fèvre* quinze jours seulement pour l'équiper et traiter de son passage à *Livourne*,—il lui mit l'épée dans la main,——Si tu es brave, *Le Fèvre*, dit mon oncle *Toby*, cette épée ne te fera pas défaut,——mais la Fortune, dit-il (en rêvant un peu)——la Fortune peut——Et dans ce cas,—ajouta mon oncle *Toby*, en l'embrassant, reviens-moi, *Le Fèvre*, et nous t'ouvrirons une autre carrière.

La plus grande injure n'aurait pu oppresser le cœur de *Le Fèvre* plus que ne le fit la tendresse paternelle de mon oncle *Toby*;——il se sépara de mon oncle *Toby* comme le meilleur des fils du meilleur des pères—— tous deux fondirent en larmes——et, en lui donnant un dernier baiser, mon oncle *Toby* lui glissa dans la main soixante guinées enfermées dans une vieille bourse de son père, où se trouvait la bague de sa mère,—et pria Dieu de le bénir.

CHAP. XIII.

LE Fèvre joignit l'armée impériale juste à temps pour éprouver de quel métal était faite son épée, à la défaite des *Turcs* devant *Belgrade*[1]; mais une série de malchances imméritées l'avait poursuivi depuis lors, et s'était acharnée à ses trousses pendant les quatre années suivantes : il avait supporté tous ces assauts jusqu'au jour où, la maladie l'ayant atteint à *Marseille*, il écrivit à mon oncle *Toby* pour le prévenir qu'il avait perdu son temps, ses services, sa santé, tout enfin, excepté son épée;——et qu'il attendait le premier navire pour revenir près de lui.

Comme cette lettre arriva à destination environ six semaines avant l'accident de *Susannah*, *Le Fèvre* était attendu à toute heure ; et il occupait la première place dans l'esprit de mon oncle *Toby* tout le temps que mit mon père à lui donner, ainsi qu'à *Yorick*, la description de l'espèce de personne qu'il me voulait choisir pour précepteur : mais comme mon oncle *Toby* trouva d'abord mon père quelque peu fantasque dans les perfections qu'il exigeait, il s'abstint de prononcer le nom de *Le Fèvre*,———jusqu'au moment où, par l'intervention d'*Yorick*, le portrait aboutissant, inopinément, à la douceur, à la générosité et à la bonté, l'image de *Le Fèvre* et ses intérêts s'imposèrent si fortement à mon oncle *Toby*, qu'il se leva instantanément de sa chaise ; et posant sa pipe, afin de saisir les deux mains de mon père———Permettez-moi, frère *Shandy*, dit mon oncle *Toby*, de vous recommander le fils du pauvre *Le Fèvre* ———Je vous supplie de le prendre, ajouta *Yorick*———Il a un bon cœur, dit mon oncle *Toby*———Et un brave aussi, s'il plaît à Votre Honneur, dit le caporal.

———Les meilleurs cœurs, *Trim*, sont toujours les plus braves, répliqua mon oncle *Toby*.———Et les plus grands poltrons de notre régiment, s'il plaît à Votre Honneur, en étaient aussi les plus grands gredins. ———Il y avait le sergent *Kumber*, et l'enseigne———

———Nous parlerons d'eux une autre fois, dit mon père.

CHAP. XIV.

QUEL jovial et joli monde serait celui-ci, n'en déplaise à Vos Honneurs, sans ce labyrinthe inextricable de dettes, de soucis, de malheurs, de besoins, d'affliction, de mécontentement, de mélancolie, de gros douaires, de tromperies et de mensonges!

Le docteur *Slop*, en vrai fils de p——, comme l'appela mon père à cette occasion,—pour se rehausser,—m'avilit mortellement,—et fit dix mille fois plus de tapage de l'accident de *Susannah* qu'il n'y avait lieu; si bien qu'en une semaine ou même moins, toutes les bouches répétaient que *le pauvre petit Shandy*
* * * * * * * * * *
* * * * * * * entièrement.
—Et la Renommée, qui aime à doubler toute chose,—au bout de trois jours, avait juré qu'elle avait positivement vu,—et tout le monde, comme de coutume, avait ajouté foi à son témoignage——
« Que la fenêtre de la chambre d'enfants avait non seulement * * * * * *
* * * * * * * * *
* * *;——mais que* * * *
* * * * * * * * *
* * * * * * *aussi. »

S'il eût été possible de poursuivre le monde comme une CORPORATION,—mon père lui aurait intenté une action, et l'aurait étrillé congrûment; mais s'attaquer à des individus——qui, tous, avaient parlé de l'affaire avec la plus grande pitié imaginable;——c'était sauter au visage de ses meilleurs amis :——Et pourtant, acquiescer à ce bruit par le silence—c'était le reconnaître ouvertement,—du moins dans l'opinion de la moitié du monde; et faire un esclandre en le contredisant,—c'était le confirmer aussi fortement dans l'opinion de l'autre moitié.———

———Y eut-il jamais un pauvre diable de gentleman campagnard aussi empêtré ? dit mon père.

Je l'exposerais publiquement, en plein marché, dit mon oncle *Toby*.

———Cela ne servirait à rien, dit mon père.

CHAP. XV.

———JE le mettrai, néanmoins, en culottes, dit mon père,—que le monde en dise ce qu'il voudra.

CHAP. XVI.

IL y a mille résolutions dans l'Église et dans l'État, monsieur, aussi bien que dans des affaires d'un intérêt plus privé, madame ;—qui, bien qu'elles aient gardé l'apparence d'avoir été prises et adoptées à la hâte, follement et inconsidérément, ont été, malgré cela (et si vous ou moi nous avions pu pénétrer dans le cabinet, ou nous tenir derrière le rideau, nous aurions constaté le fait), pesées, examinées, et considérées———discutées ———ballottées———délibérées et envisagées sous toutes les faces, avec tant de sang-froid que le DIEU du SANG-FROID lui même (je ne me charge pas de prouver son existence) n'aurait pu en désirer plus, ou mieux faire.

De ce nombre était la résolution de mon père de me mettre en culottes, laquelle, bien qu'ayant été prise tout d'un coup,—dans une sorte d'accès de colère et de défi au genre humain, n'en avait pas moins été *contradictoirement* examinée, et judiciairement plaidée entre lui et ma mère, environ un mois auparavant, dans deux *lits de justice*[1] différents que mon père avait tenus à cet effet. J'expliquerai la nature de ces lits de justice dans mon prochain chapitre ; et, dans le chapitre suivant, vous passerez avec moi, madame, derrière le rideau, seulement pour entendre de quelle manière mon père et ma mère débattirent entre eux cette affaire de culottes,—et vous pourrez alors vous former une idée de celle dont ils débattaient toutes les affaires de moindre importance.

CHAP. XVII.

LES anciens *Goths* de *Germanie*, qui (le savant *Cluverius*[2] l'affirme) étaient d'abord établis dans le pays situé entre la *Vistule* et l'*Oder*, et qui plus tard s'incorporèrent les *Herculi*, les *Bugiens*[3] et quelques autres clans *Vandaliques*,—avaient tous la sage coutume de débattre deux fois chaque question importante pour l'État ; à savoir,—une fois ivres, et une fois sobres :
——Ivres—afin que leurs conseils ne manquassent

pas de vigueur;——et sobres—afin qu'ils ne manquassent pas de prudence.

Or, mon père, qui était un buveur d'eau absolu,—fut longtemps presque mortellement empêtré pour tourner cette coutume à son avantage, comme il le faisait de tout ce que les anciens avaient fait ou dit; et ce ne fut qu'à la septième année de son mariage, et après mille expériences et combinaisons infructueuses, qu'il mit le doigt sur un expédient qui répondît à ses vues;——et cet expédient, le voici : Quand il y avait à régler dans la famille quelque point difficile et important, dont la décision réclamait à la fois une grande sobriété et une grande vigueur d'esprit,——mon père fixait et réservait la nuit du premier *dimanche* du moins, et la nuit du *samedi* précédent, pour discuter ce point au lit, avec ma mère. Par ce moyen, si vous réfléchissez, monsieur, à part vous, * * * * * *
* * * * * * * * *
* * * * * * * * *
* * * * * * * * *
* * * * * *.

C'est là ce que mon père appelait assez plaisamment ses *lits de justice*;——car de ces deux différentes délibérations prises dans ces deux humeurs différentes, sortait généralement un terme moyen qui se rapprochait autant de la sagesse, que si mon père eût été cent fois ivre et sobre.

Il n'en faut pas faire un secret au monde, ce moyen réussit aussi bien dans les discussions littéraires que dans les discussions militaires ou conjugales; mais ce ne sont pas tous les auteurs qui peuvent en faire l'expérience telle que la faisaient les *Goths* et les *Vandales* ——ou s'ils le peuvent, Dieu veuille que ce soit toujours pour le bien de leur corps ; et quant à le faire comme le faisait mon père,—je suis sûr que ce serait toujours pour le bien de leur âme.——

Ma manière est celle-ci :——

Dans toutes les discussions délicates et chatouilleuses,—(et Dieu sait qu'il n'y en a que trop dans mon livre)—où je vois que je ne puis faire un pas sans courir le danger d'avoir, soit Leurs Honneurs, soit leurs Révérences, sur mon dos——j'en écris une moitié le *ventre plein,*—et l'autre *à jeun* ;——ou bien j'écris tout le ventre plein,—et je le corrige à jeun ;——ou bien je l'écris à jeun,—et je le corrige le ventre plein, car tout cela revient au même :——De sorte qu'avec une variation du plan de mon père, moindre que celle de mon père du plan des *Goths*——je me trouve de pair avec lui dans son premier lit de justice,——et nullement inférieur à lui dans le second.——Ces effets différents et presque inconciliables découlent uniformément du sage et merveilleux mécanisme de la nature,—dont—tout l'honneur lui revient.——Tout ce que nous pouvons faire, c'est de tourner et diriger la machine vers le perfectionnement et la fabrication meilleure des arts et des sciences.——

Or, quand j'écris le ventre plein,—j'écris comme si je ne devais plus jamais écrire à jeun[1] de tout le reste de ma vie ;——c'est-à-dire que j'écris libre des soins ainsi que des terreurs du monde.——Je ne compte pas le nombre de mes cicatrices,—et mon imagination ne s'enfonce pas dans les allées sombres et dans les recoins pour antidater mes coups du poignard.——En un mot, ma plume prend sa course ; et j'écris autant dans la plénitude de mon cœur que de mon estomac.——

Mais quand, s'il plaît à Vos Honneurs, je compose à jeun, c'est une autre histoire.——Je témoigne au monde toute l'attention et le respect possibles,—et j'ai (tant que cela dure) une aussi grande part de cette vertu subalterne qu'on appelle prudence, que le meilleur d'entre vous.——De façon qu'entre ces deux manières, j'écris une insouciante espèce de livre *shandéen*, civil, extravagant et facétieux, qui vous fera à tous du bien au cœur———

———Et à la tête aussi,—pourvu que vous le compreniez.

CHAP. XVIII.

NOUS devrions commencer, dit mon père, en se tournant à moitié dans son lit, et rapprochant son oreiller de celui de ma mère, comme il ouvrait les débats———nous devrions commencer, Mrs. *Shandy*, à songer à mettre ce garçon en culottes.——

C'est ce que nous devrions faire,—dit ma mère. ——Nous tardons honteusement à le faire, ma chère, dit mon père.——

CHAP. XVIII

C'est mon avis, Mr. *Shandy*,—dit ma mère.

———Ce n'est pas que l'enfant, dit mon père, n'ait extrêmement bonne mine en brassières et en jaquette.———

———Il a très bonne mine avec,—répliqua ma mère.———

———Et pour cette raison ce serait presque un péché, ajouta mon père, de les lui retirer.———

———C'en serait un,—dit ma mère :———Mais aussi il devient un très grand garçon,—reprit mon père.

———Il est en effet très grand pour son âge,—dit ma mère.———

———Je ne puis (appuyant sur chaque syllabe) imaginer, dit mon père, de qui diable il tient.———

Ni moi non plus, sur ma vie,—dit ma mère.———

Hum !———dit mon père.

(Le dialogue cessa pour un moment.)

———Je suis très petit moi-même,—continua gravement mon père.

Vous êtes très petit, Mr. *Shandy*,—dit ma mère.

Hum ! se dit une seconde fois mon père ; et en marmottant ceci, il éloigna un peu son oreiller de celui de ma mère,—et s'étant retourné de nouveau, les débats furent clos pendant trois minutes et demie.

——Quand ces culottes seront faites, s'écria mon père d'un ton plus élevé, il aura l'air d'une bête dedans.

Il y sera très emprunté d'abord, répliqua ma mère.———

——Et ce sera un bonheur, si c'est là le pis, ajouta mon père.

Oui, ce sera un grand bonheur, répondit ma mère.

Je suppose, repartit mon père,—après une pause préliminaire,—qu'il sera exactement comme tous les autres enfants.———

Exactement, dit ma mère.———

——Pourtant j'en serais fâché, ajouta mon père ; et les débats s'arrêtèrent de nouveau.

——Elles devront être en peau, dit mon père, en se retournant derechef.—

Elles lui dureront plus longtemps, dit ma mère.

Mais il ne pourra y avoir de doublure, repartit mon père.———

Certes non, dit ma mère.

Il vaudrait mieux les avoir en futaine, dit mon père.

Rien ne saurait être meilleur, dit ma mère.———

———Excepté le basin,—répliqua mon père :———C'est ce qui vaut le mieux de tout,—répondit ma mère.

———On ne peut pourtant pas le tuer,—interrompit mon père.

Sans aucun doute, dit ma mère :———et le dialogue s'arrêta de nouveau.

Je suis décidé cependant, dit mon père, en rompant le silence pour la quatrième fois, qu'il n'y aura pas de poches.———

———Il n'y a pas de raisons pour en mettre, dit ma mère.———

J'entends à son habit et son gilet,—s'écria mon père.

———C'est ce que j'entends aussi,—répliqua ma mère.

———Cependant s'il a une toupie ou un sabot———

pauvres enfants! C'est pour eux une couronne et un sceptre,—il leur faut où les serrer.———

Ordonnez-en comme il vous plaira, Mr. *Shandy*, répliqua ma mère.———

———Mais ne trouvez-vous pas cela raisonnable? ajouta mon père, en la mettant au pied du mur.

Parfaitement, dit ma mère, si cela vous convient, Mr. *Shandy*.———

———Vous voilà bien! s'écria mon père en s'emportant———Si cela me convient!—Vous ne distinguerez jamais, Mrs. *Shandy*, et je ne parviendrai jamais à vous apprendre à distinguer entre une question de plaisir et une question de convenance[1].———C'était dans la nuit du *dimanche*;———et ce chapitre n'en dira pas plus long.

CHAP. XIX.

APRÈS que mon père eut débattu l'affaire des culottes avec ma mère,—il consulta *Albertus Rubenius*[2]; et *Albertus Rubenius* traita mon père dans la consultation dix fois pis (s'il est possible) que mon père même n'avait traité ma mère : Car, comme *Rubenius* avait *expressément* écrit un in-quarto, *De re vestiaria veterum*,—il appartenait à *Rubenius* de fournir quelques lumières à mon père.—Et tout au contraire mon père aurait aussi bien pu songer à extraire d'une vieille barbe les sept vertus cardinales,—qu'à extraire de *Rubenius* un seul mot sur ce sujet.

Sur tout autre article de l'habillement des anciens, *Rubenius* fut très communicatif avec mon père ;—il lui donna une pleine et satisfaisante description de :

La Toga, ou robe flottante.
La Chlamys.
L'Éphod.
La Tunica, ou jaquette.
La Synthesis.
La Pœnula.
La Lacema, avec son Cucullus.
Le Paludamentum.
La Prœtexta.
Le Sagum, ou justaucorps de soldat.
La Trabea, dont, suivant *Suetone*[1], il y avait trois espèces.—

———Mais quel rapport tout cela a-t-il avec les culottes ? dit mon père.

Rubenius lui jeta sur le comptoir toutes les espèces de souliers qui avaient été de mode chez les *Romains*.
——— Il y avait :

    Le soulier ouvert.
    Le soulier fermé.
    La savate.
    Le sabot.
    Le brodequin.
    Le cothurne.

Et Le soulier militaire à gros clous, dont parle Juvenal[1].

Il y avait Les claques.
Les patins.
Les pantoufles.
Les galoches.
Les sandales à cordons.

Il y avait Le soulier de feutre.
Le soulier de toile.
Le soulier lacé.
Le soulier tressé.
Le calceus incisus.
Et Le calceus rostratus.

Rubenius montra à mon père comme ils allaient tous bien,—de quelle manière on les attachait,—avec quelles aiguillettes, courroies, lanières, cordons, rubans, boucles et ferrets.———

———Mais ce sont sur les culottes que j'ai besoin d'informations, dit mon père.

Albertus Rubenius apprit à mon père que les *Romains* fabriquaient des étoffes de diverses espèces,———d'unies,—de rayées,—d'autres ouvrées de soie et d'or tissés avec la laine———Que la toile ne commença à devenir d'un usage commun que vers la décadence de l'*Empire*, lorsque les *Égyptiens*, venant s'établir parmi eux, la mirent en vogue.

———Que les gens de qualité et de fortune se distinguaient par la finesse et la blancheur de leurs vêtements ; couleur (qu'après la pourpre qui était réservée aux hauts emplois) ils préféraient et portaient le jour de leur naissance et aux réjouissances publiques.—— Qu'il paraissait, d'après les meilleurs historiens du temps, qu'ils envoyaient fréquemment leurs vêtements au dégraisseur pour les faire nettoyer et blanchir ;—— mais que la classe inférieure, pour éviter cette dépense, portait généralement des étoffes brunes et d'un tissu un peu plus commun,—jusque vers le commencement du règne d'*Auguste*, où l'esclave s'habilla comme son maître, et où presque toutes les distinctions d'habillement se perdirent, excepté le *Latus Clavus*.

Et qu'était-ce que le *Latus Clavus*? dit mon père.

Rubenius lui dit que la question était encore en litige parmi les savants :——Qu'*Egnatius, Sigonius, Bossius Ticinensis, Bayfius, Budæus, Salmasius, Lipsius, Lazius, Isaac Casaubon* et *Joseph Scaliger*[1], différaient tous entre eux,—et lui d'eux tous : Que ceux-ci prenaient le *Latus Clavus* pour le bouton,—ceux-là pour l'habit même,—d'autres seulement pour sa couleur :—Que le grand *Bayfius*[2], dans sa *Garde-robe des Anciens*, chapitre 12—avouait honnêtement qu'il ignorait ce que c'était,—si c'était une bande,—un double bouton,—un bouton simple,—une bride,—une boucle,—ou un fermoir.——

——Mon père n'y perdit pas tout——Ce sont des *portes* et des *agrafes*[3], dit mon père—et il ordonna que mes culottes fussent faites avec des portes et des agrafes.

CHAP. XX.

NOUS allons maintenant entrer sur une nouvelle scène d'événements.———

———Laissons donc les culottes entre les mains du tailleur, avec mon père placé au-dessus de lui, armé de sa canne, et lui lisant, tandis qu'il est assis à son travail, une dissertation sur le *latus clavus*, et lui désignant l'endroit précis de la ceinture où il a résolu de le faire coudre.———

Laissons ma mère—(la plus véritable *Pococurante*[1] de son sexe)—insouciante là-dessus comme sur tout ce qui la concerne dans le monde ;—c'est-à-dire,—indifférente qu'on le fasse d'une manière ou d'une autre,—pourvu que ce soit fait après tout.———

Laissons également *Slop* à tous les profits de mon déshonneur.———

Laissons le pauvre *Le Fèvre* se rétablir et arriver de *Marseille* comme il le pourra.———Et en dernier lieu,—parce que c'est le plus difficile de tout———

Laissons *moi*, si c'est possible :———Mais c'est impossible,—il faut que je vous accompagne jusqu'à la fin de l'ouvrage.

CHAP. XXI.

SI le lecteur n'a pas une idée nette de ce tiers d'arpent qui se trouvait au fond du potager de mon oncle *Toby*, et qui fut pour lui le théâtre de tant d'heures délicieuses,—la faute n'en est pas à moi,—mais à son imagination;—car je suis certain de lui en avoir donné une description tellement minutieuse, que j'en avais presque honte[1].

Une après-midi que le DESTIN, jetant les yeux sur les grands événements des temps futurs,—se rappela l'avenir réservé à ce petit terrain par un décret profondément gravé sur l'airain,—il fit un signe à la NATURE—et ce fut assez—La Nature jeta dessus une demi-pelletée de son plus généreux engrais, avec juste *autant* d'argile qu'il en fallait pour conserver la forme des angles et des dentelures,—et assez *peu* aussi pour que la terre ne pût s'attacher à la bêche, et rendre d'aussi glorieux ouvrages malpropres par le mauvais temps.

Mon oncle *Toby* arriva de la capitale, comme le lecteur en a été informé, en apportant avec lui des plans de presque toutes les places fortifiées d'*Italie* et de *Flandre*; aussi, que le duc de *Marlborough*[2] ou les alliés missent le siège devant telle ville qu'il leur plût, mon oncle *Toby* était prêt à les suivre.

Sa méthode, qui était la plus simple du monde, consistait en ceci; dès qu'une ville était investie—

(mais plutôt quand il en connaissait le projet), en prendre le plan (quelle que fût la ville) et le développer sur une échelle de la grandeur exacte de son boulingrin, sur la surface duquel, au moyen d'un gros peloton de ficelle, et d'une quantité de petits piquets fichés en terre, aux divers angles et redans, il transportait les lignes de son papier ; puis prenant le profil de la place et de ses ouvrages, pour déterminer la profondeur et l'inclinaison des fossés,—le talus du glacis, et la hauteur précise des divers parapets, banquettes, etc.—il mettait le caporal à l'œuvre——et la besogne avançait délicieusement :——La nature du sol,—la nature de la besogne elle-même,—et par-dessus tout, la bonne nature de mon oncle *Toby*, assis là du matin au soir, et causant amicalement avec le caporal des faits du temps passé, —ne laissaient guère au TRAVAIL que l'étiquette de son nom.

Quand la place était terminée de cette manière, et mise en état convenable de défense,—elle était investie, —et mon oncle *Toby* et le caporal commençaient à ouvrir leur première parallèle.——Je demande qu'on ne m'interrompe pas dans mon histoire, en me disant, *que la première parallèle devrait être au moins à trois cents toises de distance du corps principal de la place,—et que je ne lui ai pas laissé un seul pouce de terrain*[1] ;——car mon oncle *Toby* prenait la liberté d'empiéter sur son jardin potager, afin d'agrandir ses ouvrages sur le boulingrin, et pour cette raison, il ouvrait en général ses première et seconde parallèles entre deux rangées de ses choux et choux-fleurs ; système dont les avantages et les inconvénients seront examinés en détail dans l'histoire des campagnes de mon oncle *Toby* et du caporal, dont ce que j'écris en ce moment n'est qu'une esquisse, et sera fini en trois pages, si je conjecture bien (mais il n'y a pas moyen de le deviner)——Les campagnes elles-mêmes occuperont autant de volumes, et c'est pourquoi je craindrais d'imposer un poids trop lourd d'une seule espèce de sujet à un ouvrage aussi léger que celui-ci, si je les intercalais, comme j'en avais eu d'abord l'intention, dans le corps de mon livre ——il vaudrait certainement mieux les imprimer à part,——nous y réfléchirons——en attendant, prenez-en donc l'esquisse suivante.

CHAP. XXII.

QUAND la ville et ses ouvrages étaient terminés, mon oncle *Toby* et le caporal commençaient à ouvrir leur première parallèle——non pas au hasard, ou n'importe comment——mais des mêmes points et distances que les alliés avaient commencé à ouvrir les leurs ; et en réglant leurs tranchées et attaques sur les relations que mon oncle *Toby* recevait par les feuilles quotidiennes,—ils suivaient, pendant tout le siège, les alliés pas à pas.

Quand le duc de *Marlborough* faisait un logement, ——mon oncle *Toby* en faisait un aussi.——Et quand la face d'un bastion était abattue, ou une défense ruinée,—le caporal prenait sa pioche et en faisait autant,—et ainsi de suite ;——gagnant du terrain, et s'emparant des ouvrages, l'un après l'autre, jusqu'à ce que la ville tombât entre leurs mains.

Pour quelqu'un qui aurait pris plaisir au bonheur des autres,—il n'aurait pu y avoir de plus beau spectacle au monde que de se placer derrière la charmille le matin d'un jour de courrier, lorsqu'une brèche praticable avait été faite par le duc de *Marlborough* dans le principal corps de la place,—et d'observer l'ardeur avec laquelle mon oncle *Toby*, ayant *Trim* derrière lui, marchait à l'attaque;——l'un, la *Gazette*[1] en main,—l'autre, une bêche sur l'épaule pour en exécuter le contenu.——Quel honnête triomphe dans les regards de mon oncle *Toby*, quand il marchait aux remparts ! Quel plaisir intense nageait dans ses yeux quand il se tenait au-dessus du caporal, lui relisant dix fois le paragraphe, pendant que celui-ci était à l'ouvrage, de peur que, par aventure, il ne fît la brèche d'un pouce trop grande,—ou qu'il ne la laissât d'un pouce trop étroite ——Mais quand la *chamade* battait et que le caporal aidait mon oncle à monter sur les remparts, et le suivait le drapeau à la main, pour l'y planter——Ciel ! Terre ! Mer !——mais à quoi servent les apostrophes ?—— avec tous vos éléments secs ou humides, vous n'avez jamais composé un breuvage aussi enivrant.

C'est dans cette voie de félicité que pendant plusieurs années, sans aucune interruption, excepté de temps à autre quand le vent continuait à souffler plein ouest une semaine ou dix jours de suite, ce qui retardait le courrier de *Flandre*, et les tenait tout ce temps-là à la torture,—mais c'était encore la torture des bienheureux——C'est dans cette voie, dis-je, que mon oncle *Toby* et *Trim* marchèrent pendant plusieurs années, dont chacune, et quelquefois chaque mois, ajoutant, grâce à l'invention de l'un ou de l'autre, quelque idée nouvelle ou amélioration ingénieuse à leurs opérations, ouvrait toujours de nouvelles sources de délices à leur exécution.

La campagne de la première année fut conduite du commencement à la fin d'après la simple et facile méthode que j'ai rapportée.

Dans la seconde année, où mon oncle *Toby* prit *Liège* et *Ruremonde*[1], il crut pouvoir faire la dépense de quatre beaux ponts-levis, dont j'ai donné la description exacte de deux dans la première partie de mon ouvrage.

À la fin de la même année, il ajouta une paire de portes avec des herses :——Ces dernières furent ensuite converties en orgues, comme valant mieux ; et durant l'hiver de la même année, mon oncle *Toby*, au lieu d'un nouvel habit complet, qu'il s'accordait toujours à *Noël*, se régala d'une belle guérite à placer au coin du boulingrin, entre lequel point et le bas du glacis, avait été réservée une petite espèce d'esplanade, où le caporal et lui pouvaient conférer et tenir leurs conseils de guerre.

——La guérite devait servir en cas de pluie.

Le tout fut peint en blanc et à trois couches, le printemps suivant, ce qui permit à mon oncle *Toby* d'entrer en campagne avec une grande splendeur.

Mon père disait souvent à *Yorick* que si dans l'univers entier quelque autre mortel que son frère *Toby* eût fait pareille chose, le monde y aurait vu la satire la plus raffinée de l'ostentation et de la fanfaronnade avec laquelle *Louis* XIV, dès le commencement de la guerre, mais particulièrement cette même année, était entré en campagne——Mais il n'est pas dans la nature de mon frère *Toby*, tendre âme! ajoutait mon père, d'insulter qui que ce soit.

——Mais poursuivons.

CHAP. XXIII.

JE dois faire observer que bien que dans la campagne de la première année le mot *ville* soit souvent mentionné,—il n'y avait pourtant pas de ville, à cette époque, dans le polygone ; cette addition n'eut lieu que l'été qui suivit le printemps où les ponts et la guérite furent peints, c'est-à-dire dans la troisième année des campagnes de mon oncle *Toby*,—alors qu'après la prise successive d'*Amberg*, de *Bonn* et de *Rhinberg*, et de *Huy* et de *Limbourg*[1], l'idée surgit dans la tête du caporal que de parler de prendre tant de villes, *sans en avoir une seule à montrer comme échantillon*,—c'était une manière absurde d'aller en besogne. Il proposa donc à mon oncle *Toby* de se faire bâtir pour eux un petit modèle de ville,—qu'on construirait de planchettes de sapin, qu'on peindrait ensuite, et qu'on placerait dans l'intérieur du polygone pour servir à tout besoin.

Mon oncle *Toby* sentit de suite l'avantage de ce projet, et il l'adopta instantanément, mais en y ajoutant deux singulières améliorations, dont il se montra presque aussi fier que s'il eût été l'inventeur original du projet même.

L'une était de faire bâtir la ville exactement dans le style de celles qu'elle devait le plus vraisemblablement représenter :——avec des fenêtres grillées, et les pignons des maisons faisant face aux rues, etc., etc.—comme cela existe à *Gand* et à *Bruges*, et dans le reste des villes du *Brabant* et de la *Flandre*.

L'autre était de ne point monter ensemble les maisons, comme le proposait le caporal, mais d'avoir chaque maison indépendante, afin de les accrocher ou décrocher de manière à réaliser le plan de telle ville qui leur conviendrait. Ceci fut aussitôt mis en main, et mon oncle *Toby* et le caporal échangèrent maint et maint regard de congratulation mutuelle, pendant que le charpentier y travaillait.

——L'effet en fut merveilleux l'été suivant——la ville était un vrai *Protée*——Elle fut *Landen*, et *Trerebach*, et *Santvliet*, et *Drusen*, et *Haguenau*,—et puis elle fut *Ostende* et *Menin*, et *Aeth* et *Dendermonde*[1].——

——Certes, jamais VILLE, depuis *Sodome* et *Gomorrhe*, ne joua autant de rôles que celle de mon oncle *Toby*.

Dans la quatrième année, mon oncle *Toby*, trouvant qu'une ville avait l'air ridicule sans église, en ajouta une très belle avec clocher.——*Trim* était d'avis d'y mettre des cloches;——mais mon oncle *Toby* dit qu'il valait mieux fondre le métal en canons.

Ceci amena à avoir pour la campagne suivante une demi-douzaine de pièces de campagne en cuivre,——à placer trois par trois de chaque côté de la guérite de mon oncle *Toby*; et en peu de temps celles-ci conduisirent à un train d'artillerie plus considérable,——et ainsi de suite——(comme c'est toujours le cas dans les affaires dadaïques), depuis les pièces d'un demi-pouce de calibre, jusqu'à ce qu'elles arrivassent enfin aux bottes fortes de mon père.

L'année suivante, qui fut celle où *Lille* fut assiégé, et à la fin de laquelle *Gand* et *Bruges* tombèrent dans nos mains[1],——mon oncle *Toby* fut cruellement embarrassé à propos de munitions *convenables*;——je dis munitions convenables——parce que sa grosse artillerie ne pouvait supporter la poudre; et c'était bien heureux pour la famille *Shandy*——Car les gazettes, depuis le commencement jusqu'à la fin du siège, étaient si pleines des volées incessantes lancées par les assiégeants,——et l'imagination de mon oncle *Toby* était si échauffée par leurs récits, qu'il aurait infailliblement fait sauter tout son manoir.

Il lui manquait donc, comme *succédané*, surtout dans un ou deux des plus violents paroxysmes du siège, QUELQUE CHOSE pour entretenir une sorte de feu continuel dans l'imagination,——et ce *quelque chose*, le caporal, dont le fort était l'invention, y pourvut par un système entièrement nouveau de batteries à lui,—sans lequel les critiques militaires auraient objecté jusqu'à la fin du monde que c'était un des plus grands *desiderata* du matériel de mon oncle *Toby*.

Ceci n'en sera pas plus mal expliqué pour dévier, comme je le fais généralement, à quelque distance du sujet.

CHAP. XXIV.

AVEC deux ou trois autres bagatelles de peu de valeur en elles-mêmes, mais moralement d'un grand prix, que le pauvre *Tom*, l'infortuné frère du caporal, lui avait envoyées, en lui faisant part de son mariage avec la veuve du *juif*——se trouvaient

Une casquette *Montero*[1] et deux pipes turques.

Je décrirai tout à l'heure la casquette *Montero*. ——Les pipes *turques* n'avaient en elles-mêmes rien de particulier ; elles étaient ajustées et ornées comme d'habitude, avec des tuyaux flexibles de *maroquin* et de fil d'or, et montées au bout, l'une en ivoire,—l'autre en ébène garni d'argent.

Mon père, qui voyait tout d'un point de vue différent du reste du monde, disait au caporal qu'il devait considérer ces deux cadeaux plutôt comme des témoignages de la délicatesse de son frère que comme des marques de son affection.——*Tom* ne se souciait pas, *Trim*, disait-il, de porter la casquette, ou de fumer la pipe d'un *juif*.——Dieu bénisse Votre Honneur, disait le caporal (en donnant une forte preuve du contraire)—comment est-ce possible ?——

La casquette *Montero* était écarlate, d'un drap d'*Espagne* superfin, teint en graine, et bordé tout autour de fourrure, excepté environ quatre pouces du devant qui étaient garnis en drap bleu de ciel légèrement brodé,—et il paraissait avoir appartenu à un quartier-maître *portugais*, non d'infanterie, mais de cavalerie, comme le mot l'indique.

Le caporal n'en était pas peu fier, tant pour l'amour de la casquette que pour celui du donateur ; aussi ne le mettait-il rarement ou jamais que les jours de *gala* ; et cependant, jamais casquette *Montero* ne fut employée à autant d'usages ; car dans tous les points controversés, soit de guerre, soit de cuisine, pourvu que le caporal fût sûr d'avoir raison,—il lui servait de *serment*,—de *gageure*,—ou de *cadeau*.

——Ce fut son cadeau dans le cas présent.

Je m'engage, dit le caporal, se parlant à lui-même, à *donner* ma casquette *Montero* au premier mendiant qui viendra à la porte, si je n'arrange pas cette affaire à la satisfaction de Son Honneur.

L'exécution ne dépassa pas le matin suivant, qui était celui de l'assaut de la contrescarpe entre le *Lower Deule* à droite, et la porte *Saint-André*,—et à gauche, entre *Sainte-Madeleine* et la rivière.

Comme c'était l'attaque la plus mémorable de toute la guerre,—la plus vaillante et la plus opiniâtre des deux côtés,—et je dois ajouter, la plus sanglante aussi, car elle coûta aux alliés, ce matin-là, plus de onze cents hommes,—mon oncle *Toby* s'y prépara avec une solennité plus qu'ordinaire.

La veille au soir, en allant se mettre au lit, mon oncle *Toby* ordonna que sa perruque à la Ramillies[1], qui gisait depuis plusieurs années dans un coin d'un vieux coffre de soldat, placé à côté de son lit, en fût tirée et placée sur le couvercle, toute prête pour le lendemain matin ;—et la première chose que fit mon oncle *Toby*, en chemise, après avoir sauté de son lit, et tourné en dehors le côté poilu de la perruque,—ce fut de la mettre :——Puis il passa à ses culottes, et ayant boutonné sa ceinture, il boucla son ceinturon, et il y avait à moitié entré son épée,—quand il réfléchit qu'il lui faudrait se raser, ce qui serait bien incommode avec une épée au côté,—il la retira donc :——En essayant d'endosser son habit et sa veste d'uniforme, mon oncle *Toby* rencontra la même difficulté à propos de sa perruque,—il l'enleva donc aussi :—Si bien que, soit une chose, soit une autre, comme il arrive toujours à quelqu'un de très pressé,—il était dix heures, c'est-à-dire une demi-heure plus tard qu'à l'ordinaire, avant que mon oncle *Toby* fît sa sortie.

CHAP. XXV.

MON oncle *Toby* avait à peine tourné le coin de sa haie d'ifs, qui séparait son potager de son boulingrin, qu'il s'aperçut que le caporal avait commencé l'attaque sans lui.——

Laissez-moi m'arrêter pour vous faire le tableau du matériel d'artillerie du caporal, et du caporal lui-même au fort de l'attaque, tel qu'il apparut à mon oncle *Toby*, lorsque celui-ci se dirigea vers la guérite, où le caporal était à l'œuvre,——car il n'en existe pas de pareil dans la nature,——et nulle combinaison de tout ce qui se trouve de grotesque et de fantasque dans ses œuvres n'en produirait pas un semblable.

Le caporal———

———Marchez légèrement sur ses cendres, vous hommes de génie,——car il était votre parent :

Sarclez proprement sa fosse, vous hommes de bien, —car il était votre frère.—Ô caporal! si je t'avais aujourd'hui,—aujourd'hui que je suis en état de te donner un dîner et ma protection,—comme je te choierais! Tu porterais ta casquette *Montero* chaque heure du jour, et chaque jour de la semaine,—et quand elle serait usée, je t'en achèterais deux pareilles :—— Mais, hélas! hélas! hélas! aujourd'hui que je pourrais le faire en dépit de Leurs Révérences—l'occasion en est perdue—car tu n'es plus;—ton génie s'est envolé aux étoiles d'où il était venu;—et ton cœur chaud, avec tous ses vaisseaux généreux et dilatés, est comprimé en une *motte de terre de la vallée*[1]!

——Mais qu'est-ce——qu'est-ce que cela auprès de cette page future et redoutée, où je porte mes regards vers ce poêle de velours, décoré des insignes militaires de ton maître—le premier—le meilleur des êtres créés; ——où je te verrai, fidèle serviteur! déposer d'une main tremblante son épée et son fourreau en travers de sa bière, et puis retourner pâle comme la cendre vers la porte pour prendre son cheval de deuil par la bride, et suivre son corbillard, conformément à ses instructions; ——où—tous les systèmes de mon père se verront déjoués par son chagrin; et où, en dépit de sa philosophie, je l'apercevrai, lorsqu'il examinera la plaque funéraire vernie, ôtant deux fois ses lunettes de son nez, pour essuyer la rosée que la nature y aura répandue——Quand je le verrai jeter le romarin[2] d'un air de désolation, qui me criera aux oreilles,——Ô *Toby*! dans quel coin du monde chercherai-je ton pareil?

——Bienveillantes puissances! qui jadis avez ouvert les lèvres du muet dans sa détresse, et fait parler clairement la langue du bègue[3]——quand j'arriverai à cette page redoutée, n'en usez pas alors, avec moi, d'une main avare.

CHAP. XXVI.

LE caporal, qui, la veille au soir, avait pris la résolution de combler ce grand *desideratum* d'entretenir un simulacre de feu continu contre l'ennemi pendant la chaleur de l'attaque,—n'avait pas en ce moment d'autre idée en tête que de lancer contre la ville de la fumée de tabac, par l'intermédiaire d'une des six pièces de campagne de mon oncle *Toby*, qui étaient placées de chaque côté de sa guérite ; et comme les moyens d'exécution s'offrirent en même temps à son imagination, il pensa que sa casquette, bien qu'il l'y eût engagée, ne courait nul danger de l'insuccès de ses plans.

En tournant et retournant un peu la chose dans son esprit, il ne tarda pas à trouver qu'au moyen de ses deux pipes *turques*, avec le supplément de trois plus petits tuyaux de peau de chamois à chacun de leurs bouts, qu'il allongerait par le même nombre de tubes d'étain adaptés aux lumières, et scellés avec de l'argile contre le canon, puis attachés hermétiquement avec de la soie cirée à leurs différentes insertions dans le tuyau de *maroquin*,—il pourrait faire tirer les six pièces de campagne ensemble, et avec la même facilité qu'une seule.———

———Que nul homme ne dise de quelles babioles ne peut être taillée quelque idée pour le progrès des connaissances humaines. Que nul homme, ayant lu la relation des premier et second *lits de justice* de mon père, ne se lève et répète de la collision de quelles espèces de corps on peut ou on ne peut pas faire jaillir la lumière pour porter les arts et les sciences à leur perfection.———Ciel ! tu sais combien je les aime ;——— tu connais les secrets de mon cœur, et tu sais qu'à l'instant même je donnerais ma chemise———Tu es fou, *Shandy*, dit *Eugenius*,—car tu n'en as qu'une douzaine au monde,—et cela la dépareillerait.———

Peu importe, *Eugenius* ; je m'ôterais la chemise du dos, pour en faire de l'amadou, ne fût-ce qu'afin de fixer un fiévreux investigateur sur le nombre d'étincelles que, d'un bon coup, une bonne pierre et un bon briquet pourraient en envoyer dans son pan.———Ne pensez-vous pas qu'en les faisant jaillir *dedans*,—on pourrait, par aventure, en faire jaillir quelque chose *dehors* ? aussi certainement que d'un fusil.———

———Mais ce projet n'est qu'en passant.

Le caporal passa la meilleure partie de la nuit à amener le *sien* à perfection ; et ayant fait une épreuve suffisante de ses canons, en les chargeant de tabac jusqu'à la gueule,—il alla se coucher satisfait.

CHAP. XXVII.

LE caporal s'était glissé hors de la maison environ dix minutes avant mon oncle *Toby*, afin de disposer son matériel d'artillerie et d'envoyer une ou deux volées à l'ennemi avant l'arrivée de mon oncle *Toby*.

À cette fin, il avait traîné les six pièces de campagne toutes à côté l'une de l'autre, en tête de la guérite de mon oncle *Toby*, laissant seulement un pas et demi d'intervalle entre les trois de droite et les trois de gauche, pour la commodité de la manœuvre, etc.—et peut-être aussi pour avoir deux batteries, ce qui, pensait-il, doublerait l'honneur à tirer d'une seule.

À l'arrière-garde, et en face de cette ouverture, le dos contre la porte de la guérite, de crainte d'être pris en flanc, le caporal avait sagement établi son poste :—— Il tenait la pipe d'ivoire, appartenant à la batterie de droite, entre l'index et le pouce de la main droite,—et la pipe d'ébène, garnie d'argent, qui appartenait à la batterie de gauche, entre l'index et le pouce de l'autre main——et le genou droit appuyé ferme sur le sol, comme s'il eût été au premier rang de son peloton, le caporal, sa casquette *Montero* sur la tête, faisait jouer furieusement à la fois ses deux batteries croisées sur la contre-garde, qui faisait face à la contrescarpe, où l'attaque devait avoir lieu le matin. Sa première intention, comme je l'ai dit, n'était que d'envoyer une ou deux bouffées à l'ennemi ;—mais le plaisir des *bouffées* et de *souffler* s'était insensiblement emparé du caporal, et l'avait entraîné, de bouffée en bouffée, au plus fort de l'attaque, au moment où mon oncle *Toby* le rejoignit.

Ce fut heureux pour mon père que mon oncle *Toby* n'eût pas à faire son testament ce jour-là.

CHAP. XXVIII.

MON oncle *Toby* prit la pipe d'ivoire de la main du caporal,——la regarda une demi-minute, et la lui rendit.

En moins de deux minutes, mon oncle *Toby* reprit la pipe au caporal, et la leva à mi-chemin de sa bouche ——puis la lui redonna précipitamment une seconde fois.

Le caporal redoubla l'attaque,——mon oncle *Toby* sourit,——puis devint sérieux,——puis sourit un moment,——puis devint sérieux pendant un assez long temps;——Passe-moi la pipe d'ivoire, *Trim*, dit mon oncle *Toby*——mon oncle *Toby* la porta à ses lèvres,——l'en retira sur-le-champ,——jeta un coup d'œil par-dessus la charmille;——jamais de sa vie pipe n'avait tant fait venir l'eau à la bouche de mon oncle *Toby*.——Mon oncle *Toby* se retira dans la guérite, sa pipe à la main.——

——Cher oncle *Toby*! n'entre pas dans la guérite avec ta pipe,——on n'est pas sûr de soi avec une pareille chose dans un pareil coin.

CHAP. XXIX.

JE prie le lecteur de m'aider ici à rouler l'artillerie de mon oncle *Toby* derrière la scène,——à enlever sa guérite, et à débarrasser le théâtre, *si c'est possible*, des ouvrages à cornes et des demi-lunes, et à mettre de côté le reste de son attirail militaire;——après quoi, mon cher ami *Garrick*[1], nous moucherons les chandelles,—nous balayerons la scène avec un balai neuf,—nous lèverons le rideau, et nous présenterons mon oncle *Toby* revêtu d'un nouveau rôle, dont le monde ne peut se faire aucune idée de la manière qu'il le jouera; et pourtant, si la pitié est parente de l'amour,—et que la bravoure ne lui soit point étrangère, vous avez assez vu mon oncle *Toby* sous ces deux aspects, pour découvrir ces ressemblances de famille (au cas qu'il en existe) entre les deux passions, à la satisfaction de votre cœur.

Vaine science! tu ne nous assistes dans aucun des cas de cette espèce—et tu nous embarrasses dans tous.

Il y avait, madame, dans mon oncle *Toby*, une sincérité de cœur qui l'égarait si loin des petites voies tortueuses que suivent ordinairement les choses de cette nature; que vous ne pouvez—vous ne pouvez en avoir aucune idée : avec cela, il y avait en lui une ingénuité et une simplicité de pensée, accompagnées d'une si confiante ignorance des plis et replis du cœur de la femme;——et il se tenait devant vous tellement nu et sans défense (quand il n'avait pas de siège dans la tête), que vous auriez pu vous tenir derrière une de vos allées tortueuses, et tirer à mon oncle *Toby* dix coups par jour au milieu du foie[2], si neuf par jour, madame, n'avaient pas suffi à vos vues.

Avec tout cela, madame,—et ce qui d'un autre côté confondait autant chaque chose, mon oncle *Toby* possédait cette incomparable pudeur naturelle dont je vous ai parlé jadis, et qui, soit dit en passant, veillait comme une sentinelle éternelle sur ses sentiments, en sorte que vous auriez pu aussi——Mais où vais-je ? Ces réflexions affluent sur moi au moins dix pages trop tôt, et me prennent un temps que je devrais consacrer aux faits.

CHAP. XXX.

DANS le petit nombre des fils légitimes d'*Adam*, dont le sein n'a jamais senti l'aiguillon de l'amour,—(en maintenant d'abord que tous les misogynes sont des bâtards)—les plus grands héros de l'histoire ancienne et moderne ont emporté entre eux les neuf dixièmes de cet honneur ; et je voudrais, pour l'amour d'eux, tirer de mon puits la clef de mon cabinet, ne fût-ce que pour cinq minutes, afin de vous dire leurs noms—me les rappeler, je ne le puis—contentez-vous donc, pour le moment, d'accepter ceux-ci à leur place.——

Il y avait le grand roi *Aldrovandus*, et *Bosphorus*, et *Cappadocius*, et *Dardanus*, et *Pontus*, et *Asius*[1]——pour ne rien dire de *Charles* XII, au cœur de fer, dont la comtesse de K*****[2] elle-même ne put rien faire. ——Il y avait *Babylonius*, et *Mediterraneus*, et *Polyxenes*, et *Persicus*, et *Prusicus*, dont pas un (excepté *Cappadocius* et *Pontus*, qui furent tous les deux un peu soupçonnés) ne courba son cœur devant cette divinité——Le fait est qu'ils avaient tout autre chose à faire—et mon oncle *Toby* aussi—jusqu'à ce que la Destinée—jusqu'à ce que la Destinée, dis-je, enviant à son nom la gloire d'être transmis à la postérité avec celui d'*Aldrovandus* et des autres,—plâtrât traîtreusement la paix d'*Utrecht*[1].

——Croyez-moi, messieurs, c'est ce qu'elle fit de pis cette année-là.

CHAP. XXXI.

ENTRE ses nombreuses et fâcheuses conséquences, le traité d'*Utrecht* fut sur le point de dégoûter des sièges mon oncle *Toby*; et quoique l'appétit lui en revînt par la suite, cependant *Calais* même ne laissa pas dans le cœur de *Mary*[2] une cicatrice plus profonde, qu'*Utrecht* dans celui de mon oncle *Toby*. Jusqu'à la fin de sa vie, il ne put entendre parler d'*Utrecht*, n'importe sous quel rapport,—ni même lire un article tiré de la *Gazette d'Utrecht*, sans pousser un soupir, comme si son cœur allait se fendre en deux.

Mon père, qui était un grand FURETEUR DE MOTIFS, et par conséquent un très dangereux voisin, soit qu'on rît, soit qu'on pleurât,—car généralement il connaissait votre motif de faire l'un et l'autre beaucoup mieux que vous ne le connaissiez vous-même— mon père, dis-je, consolait toujours mon oncle *Toby* en ces occasions, de manière à démontrer clairement qu'il s'imaginait que mon oncle *Toby* ne déplorait rien autant dans toute cette affaire, que la perte de son *dada*.——Peu importe, frère *Toby*, lui disait-il,—grâce à Dieu, il éclatera une autre guerre quelqu'un de ces jours ; et alors,—les puissances belligérantes, dussent-elles s'en pendre elles-mêmes, ne pourront nous empêcher d'être de la partie.——Je les défie, mon cher *Toby*, ajoutait-il, de prendre des pays sans prendre des villes,——ou des villes sans faire des sièges.

Mon oncle *Toby* ne prenait jamais en bonne part ce coup de patte lancé par mon père à son dada.——Il trouvait le coup peu généreux, et d'autant plus qu'en frappant le cheval il cinglait aussi le cavalier, et dans l'endroit le plus déshonorant que pût atteindre un coup ; de sorte que dans ces occasions, mon oncle posait toujours sa pipe sur la table pour se défendre avec plus d'ardeur que de coutume.

J'ai dit au lecteur, il y a deux ans de cela, que mon oncle *Toby* n'était point éloquent ; et précisément dans la même page j'ai donné un exemple du contraire : ——Je répète l'observation, et j'y joins un fait qui la contredit de nouveau.—Il n'était point éloquent,—il n'était point facile à mon oncle *Toby* de faire de longs discours,—et il détestait les harangues fleuries ; mais il y avait des circonstances où le torrent emportait l'homme, et roulait si contrairement à son cours habituel, que, dans certaines parties, mon oncle *Toby* se montrait parfois au moins égal à *Tertullus*[1]——mais dans d'autres, à mon avis, infiniment supérieur à lui.

Mon père fut si grandement enchanté d'un de ces discours apologétiques de mon oncle *Toby*, prononcé un soir devant lui et *Yorick*, qu'il l'écrivit avant de se mettre au lit.

J'ai eu la bonne fortune de le trouver parmi les papiers de mon père, avec, çà et là, une intercalation de lui, entre deux crochets, ainsi [ ], et avec cette suscription :

Justification de mon frère TOBY *au sujet de ses principes et de sa conduite en désirant la continuation de la guerre.*

Je puis dire en toute sûreté que j'ai relu cent fois ce discours apologétique de mon oncle *Toby*, et que je le trouve un si beau modèle de défense,—et un témoignage d'un si charmant mélange de bravoure et de bons principes en lui, que je le donne au monde, mot pour mot (intercalations comprises), tel que je l'ai trouvé.

CHAP. XXXII.

Discours apologétique de mon oncle TOBY

JE ne me dissimule pas, frère *Shandy*, que lorsqu'un homme qui professe les armes, désire, comme j'ai fait, la guerre,—cela fait mauvais effet dans le monde ; ——et que, quelque justes et droits que puissent être ses motifs et intentions,—il occupe une position désavantageuse pour se justifier de toute vue personnelle en le faisant.

C'est pourquoi, si un soldat est prudent, et il peut l'être sans cesser un instant d'être brave, il se gardera bien d'exprimer son désir en présence d'un ennemi ; car, quoi qu'il dise, un ennemi ne le croira pas.——Il évitera même de le faire devant un ami,—de peur de déchoir dans son estime :——Mais s'il a le cœur trop plein, et qu'un secret soupir belliqueux veuille s'exhaler, il le réservera pour l'oreille d'un frère, qui connaisse à fond son caractère, et ses véritables idées, dispositions et principes sur l'honneur : Ce que *j'espère* avoir été sous tous ces rapports, frère *Shandy*, il me messiérait de le dire :——je sais avoir été pire que je n'aurais dû l'être,—et peut-être même pire que je ne le pense : Mais tel que je suis, vous, mon cher frère *Shandy*, qui avez sucé les mêmes mamelles que moi, —et avec qui j'ai été élevé depuis mon berceau,—et à qui, depuis les premières heures de nos passe-temps enfantins jusqu'à celle-ci, je n'ai caché aucune action de ma vie, ni à peine une de mes pensées——Tel que je suis, frère, vous devez maintenant me connaître avec tous mes vices, et aussi avec toutes mes faiblesses, qu'elles viennent de mon âge, de mon caractère, de mes passions, ou de mon jugement.

Dites-moi donc, mon cher frère *Shandy*, d'après lequel de mes défauts, quand j'ai condamné la paix d'*Utrecht* et déploré que la guerre ne fût pas continuée avec vigueur un peu plus longtemps, vous avez pu penser que votre frère le faisait dans des vues indignes ;

ou qu'en désirant la guerre il était assez mauvais pour désirer qu'on tuât un plus grand nombre de ses semblables,—qu'on fît un plus grand nombre d'esclaves, et qu'on chassât de leurs paisibles habitations un plus grand nombre de familles, simplement pour son plaisir[1] :——Dites-moi, frère *Shandy*, sur lequel de mes actes fondez-vous cette opinion ? [*Du diable si j'en connais un seul, cher* Toby, *sauf celui en échange duquel je t'ai prêté cent livres pour continuer ces maudits sièges.*]

Si, quand j'étais écolier, je ne pouvais entendre battre un tambour sans que mon cœur battît avec lui—était-ce ma faute ?——M'étais-je donné cette propension ? ——Était-ce moi ou la Nature, qui sonnait l'alarme au-dedans ?

Quand *Guy*, comte de *Warwick*, et *Parismus* et *Parismenus* et *Valentin* et *Orson*, et les *Sept Champions d'Angleterre*[2] circulaient dans l'école,—n'étaient-ils pas tous achetés de mon argent de poche ? Était-ce de l'égoïsme, frère *Shandy* ? Quand nous lisions le siège de *Troie*, qui dura dix ans et huit mois,——quoique, avec un train d'artillerie tel que celui que nous avions à *Namur*, la ville eût pu être emportée en une semaine —n'étais-je pas aussi affligé de la destruction des *Grecs* et des *Troyens* qu'aucun autre enfant de l'école ? Ne m'a-t-on pas donné trois coups de férule, deux sur la main droite et un sur la gauche, pour avoir appelé *Hélène* une chienne ? Aucun de vous a-t-il versé plus de larmes sur *Hector* ? Et quand le roi *Priam* vint au camp réclamer son corps, et retourna en pleurant à *Troie* sans lui[3],—vous savez, frère, que je ne pus dîner.——

——Cela me convainquait-il de cruauté? ou bien, frère *Shandy*, parce que mon sang s'élançait vers le camp, et que mon cœur palpitait pour la guerre,——était-ce une preuve qu'il ne pouvait pas compatir aussi aux malheurs de la guerre?

Ô frère! c'est une chose pour un soldat de cueillir des lauriers,——et c'en est une autre de répandre des cyprès.———[*Qui t'a dit, mon cher* Toby, *que le cyprès était employé par les anciens dans les cérémonies funèbres?*]

——C'est une chose, frère *Shandy*, pour un soldat de hasarder sa vie——de sauter le premier dans la tranchée, où il est sûr d'être taillé en pièces :——C'est une chose, par esprit public et par soif de gloire, d'entrer le premier dans la brèche,——de se tenir au premier rang, et de marcher bravement avec les tambours et les trompettes sonnant, et les enseignes flottant à vos oreilles : ——C'est une chose, dis-je, frère *Shandy*, de faire cela——et c'en est une autre de réfléchir sur les misères de la guerre;——de contempler les désastres de contrées entières, et de considérer les intolérables fatigues et peines que le soldat lui-même, l'instrument de ces maux, est forcé de subir (pour six sols par jour, quand il peut les avoir).

Ai-je besoin qu'on me dise, cher *Yorick*, comme vous avez fait dans l'oraison funèbre de *Le Fèvre*, *Qu'une créature aussi douce et aussi aimable que l'homme, née pour l'amour, la miséricorde, et la bienveillance, n'était pas fermée pour cela?*——Mais pourquoi n'avez-vous pas ajouté, *Yorick*,——que si elle ne l'est pas par la

NATURE,——elle l'est par la NÉCESSITÉ?——Car qu'est-ce que la guerre? Qu'est-ce, *Yorick*, lorsqu'elle est fondée, comme l'était la nôtre, sur des principes de *liberté* et sur des principes d'*honneur*——qu'est-ce, si ce n'est le rassemblement d'hommes tranquilles et inoffensifs, les armes à la main pour contenir dans les bornes les ambitieux et les turbulents? Et le ciel m'est témoin, frère *Shandy*, que le plaisir que j'ai pris à ces choses,——et qu'en particulier la jouissance infinie qui s'attachait à mes sièges dans mon boulingrin, naissait en moi, et, je l'espère, dans le caporal aussi, de la conscience que nous avions tous deux de répondre, en les poussant, au grand but de notre création.

CHAP. XXXIII.

J'AI conté au lecteur chrétien——je dis *chrétien*——dans l'espérance qu'il l'est——et s'il ne l'est pas, j'en suis fâché——et je le prie seulement de considérer la chose en lui-même, et de ne pas jeter entièrement le blâme sur ce livre,——

Je lui ai conté, monsieur——car en bonne vérité, quand un homme conte une histoire de la façon étrange dont je conte la mienne, il est continuellement obligé d'aller en arrière et en avant pour maintenir le tout étroitement relié ensemble dans la pensée du lecteur ——et si, pour ma part, je ne prenais pas garde d'en agir ainsi plus que dans le principe, il est tant de choses indéterminées et équivoques qui surgissent avec tant de ruptures et de lacunes,—et avec si peu de service rendu par les étoiles que je suspends, pourtant, dans quelques-uns des passages les plus obscurs, sachant que le monde est sujet à perdre son chemin, malgré toute la lumière que le soleil lui-même peut lui donner en plein midi——et maintenant, vous le voyez, je me suis perdu moi-même!———

——Mais c'est la faute de mon père; et si jamais mon cerveau vient à être disséqué, vous distinguerez, sans lunettes, qu'il a laissé un grand fil inégal, comme vous en voyez parfois dans une pièce de batiste invendable, courant dans toute la longueur du tissu, et si maladroitement, que vous n'en pouvez pas couper une**, (ici je suspends encore une paire de lumières) ——ou une bande, ou un doigtier, sans qu'on le voie ou qu'on le sente.———

Quanto id diligentius in liberis procreandis cavendum, dit *Cardan*[1]. Tout bien considéré, et comme vous voyez qu'il m'est moralement impossible de revenir à mon point de départ———

Je recommence le chapitre.

CHAP. XXXIV.

J'AI conté au lecteur chrétien, au commencement du chapitre qui précédait le discours apologétique de mon oncle *Toby*,—quoique en usant d'un trope différent de celui que je vais employer, que la paix d'*Utrecht* fut à deux pas de créer la même froideur entre mon oncle *Toby* et son Dada, qu'entre la reine et le reste des puissances alliées.

Il y a parfois, pour un homme, une façon indignée de descendre de son cheval qui équivaut à lui dire : « J'irai à pied, monsieur, tout le reste de ma vie, plutôt que de faire encore un seul mille sur votre dos. » Or, on ne pouvait pas dire que mon oncle *Toby* fût descendu de la sorte de son cheval ; car, à parler strictement, on ne pouvait pas dire qu'il en fût descendu du tout———son cheval, bien plutôt, l'avait jeté bas———et assez *méchamment*, ce qui fit que mon oncle *Toby* prit la chose dix fois plus mal. Que les jockeys politiques décident la question comme ils voudront.———Le fait, dis-je, créa une sorte de froideur entre mon oncle *Toby* et son dada.———Il n'eut aucune occasion de s'en servir du mois de *mars* au mois de *novembre*, c'est-à-dire pendant l'été qui suivit la signature des articles, si ce n'est de temps à autre pour faire un petit tour, afin de veiller à la démolition des fortifications et du havre de *Dunkerque*, conformément aux stipulations.

Les *Français* furent si lents tout cet été-là à se mettre à la besogne ; et monsieur *Tugghe*, le député des magistrats de *Dunkerque*, présenta tant de pétitions touchantes à la reine,—suppliant Sa Majesté de ne faire tomber ses foudres que sur les ouvrages de guerre qui pouvaient avoir encouru son déplaisir,—mais d'épargner— d'épargner le môle, pour l'amour du môle, qui, dans son dénûment, ne pouvait plus être qu'un objet de pitié———et la reine (qui n'était qu'une femme) étant

d'une nature compatissante,—et ses ministres aussi, qui, au fond du cœur, ne désiraient pas que la ville fût démantelée, pour ces raisons particulières * * *
* * * * * * * * * * * * * * * *
* * * * * *⸺

* * * * * * * * * * * * * * * *
* * * * * * * * * * * * * * * *
* * * * * * * * ; en sorte que le tout marcha lourdement au gré de mon oncle *Toby*; à tel point que ce ne fut que trois grands mois après que le caporal et lui eurent construit la ville, et l'eurent mise en état d'être détruite, que les divers commandants, commissaires, députés, négociateurs et intendants, lui permirent de se mettre à l'œuvre.——Fatal intervalle d'inactivité!

Le caporal était d'avis de commencer la démolition en faisant une brèche aux remparts, ou principales fortifications de la ville——Non,—cela ne vaudra rien, caporal, dit mon oncle *Toby*, car, en nous y prenant de cette manière avec la ville, la garnison *anglaise* n'y sera pas en sûreté une heure; attendu que si les *Français* sont traîtres——Ils le sont en diable, s'il plaît à Votre Honneur, dit le caporal——Cela m'afflige toujours quand je l'entends, *Trim*, dit mon oncle *Toby*,—car ils ne manquent pas de bravoure personnelle; et si on fait une brèche aux remparts, ils pourront y entrer, et se rendre maîtres de la place quand il leur plaira :—— Qu'ils y entrent! dit le caporal, en levant des deux mains sa bêche de pionnier, comme s'il allait tout abattre autour de lui,—qu'ils y entrent, s'ils l'osent!

s'il plaît à Votre Honneur.——Dans des cas comme celui-ci, caporal, dit mon oncle *Toby*, faisant glisser sa main droite jusqu'au milieu de sa canne, et la tenant ensuite comme un bâton de commandement, l'index étendu,——un commandant n'a pas à considérer ce qu'ose,—ou n'ose pas l'ennemi ; il doit agir avec prudence. Nous commencerons par les ouvrages extérieurs, tant du côté de la mer que du côté de la terre, et particulièrement par le fort *Louis*, le plus éloigné de tous, que nous démolirons le premier,—et le reste, un à un, de droite et de gauche, à mesure que nous nous retirerons vers la ville ;——puis nous démolirons le môle,—ensuite nous comblerons le port,—et nous rentrerons alors dans la citadelle, que nous ferons sauter ; après quoi, caporal, nous nous embarquerons pour l'*Angleterre.*——Nous y sommes, dit le caporal, en revenant à lui——C'est vrai, dit mon oncle *Toby* ——en regardant l'église.

CHAP. XXXV.

UNE ou deux consultations illusoires, mais délicieuses, de cette espèce, entre mon oncle *Toby* et *Trim*, sur la démolition de *Dunkerque*,—ramenèrent pour un moment l'idée de ces plaisirs qui se dérobaient sous lui :——pourtant—pourtant tout se traînait pesamment——la magie laissait l'esprit d'autant plus faible ; ——le CALME, avec le SILENCE derrière lui, entra dans le parloir solitaire, et tira son voile de gaze sur la tête de mon oncle *Toby* ;——et l'INDIFFÉRENCE, à la fibre relâchée et au regard vague, s'assit tranquillement près de lui dans son fauteuil.——*Amberg* et *Rhinberg*, et *Limbourg* et *Huy*, et *Bonn*, une année,—et la perspective de *Landen*, et de *Trerebach*, et de *Drusen* et de *Dendermonde*, la suivante,—n'accéléraient plus la circulation de son sang :—Les sapes, et les mines, et les blindes, et les palissades, n'écartaient plus ce bel ennemi du repos de l'homme :——Mon oncle *Toby*, après avoir passé les lignes françaises, en mangeant son œuf à souper, ne pouvait plus pénétrer de là dans le cœur de la *France*,—traverser l'*Oise*, et laissant toute la *Picardie* ouverte derrière lui, marcher droit aux portes de *Paris*, et s'endormir uniquement sur des idées de gloire :——Il n'en était plus à rêver qu'il avait planté l'étendard royal sur la tour de la *Bastille*, ni à s'éveiller en le sentant flotter dans sa tête.

——De plus douces visions,—des vibrations plus faibles se glissèrent doucement dans son sommeil ;—la trompette de la guerre tomba de ses mains ; il prit le luth, doux instrument ! de tous le plus délicat ! le plus difficile !——Comment en joueras-tu, mon cher oncle *Toby* ?

CHAP. XXXVI.

MAINTENANT, parce que j'ai dit une ou deux fois, dans ma manière inconsidérée de parler, que j'étais sûr que les mémoires ci-après de la cour faite par mon oncle *Toby* à la veuve *Wadman*, si jamais je trouvais le temps de les écrire, deviendraient un des systèmes les plus complets, tant de la partie élémentaire que de la partie pratique de l'amour et des assiduités amoureuses, qui aient jamais été présentés au monde[1] ——allez-vous inférer de là que je vais commencer par une description de *ce qu'est l'amour*? examiner s'il est en partie dieu et en partie diable, comme le prétend Plotin——

——Ou, par une équation plus exacte, et en supposant que le total de l'amour soit comme dix—— déterminer avec *Ficinus*[2], «*Combien de parties—en a l'un—et combien en a l'autre;*»——ou bien s'il est en *totalité un grand diable*, de la tête à la queue, comme *Platon* a pris sur lui de le déclarer; opinion sur laquelle je ne donnerai pas mon avis :——mais mon avis sur *Platon* est qu'il paraît, d'après cela, avoir été un homme d'à peu près le même caractère et la manière de raisonner que le docteur *Baynyard*, qui, étant un grand ennemi des vésicatoires, dont il s'imaginait qu'une demi-douzaine à la fois mènerait aussi sûrement un homme à sa tombe, qu'un corbillard à six chevaux—— concluait témérairement que le diable lui-même n'était rien au monde qu'une énorme *Cantharide*[3].——

Je n'ai rien à dire aux gens qui se permettent cette monstrueuse liberté d'argumentation, que ce que *Naziance*[4] criait (*polémiquement parlant*) à *Philagrius*——

«Εὖγε!» *Fort bien! c'est un beau raisonnement, monsieur, sur ma foi!*——«ὅτι φιλοσοφεῖς ἐν πάθεσι»——*et vous cherchez bien noblement la vérité, quand vous philosophez sur elle dans vos humeurs et passions.*

On ne doit pas non plus s'imaginer, par la même raison, que je m'arrêterai à m'enquérir si l'amour est une maladie,——ou à m'embrouiller avec *Rhasis* et *Dioscorides*, à rechercher si son siège est dans le cerveau ou dans le foie ;—parce que cela me conduirait à un examen des deux manières très opposées, dont les malades ont été traités——l'une d'*Aétius*, qui commençait toujours par un clystère rafraîchissant de chènevis et de concombres pilés ;—qu'il faisait suivre de légères potions de lis d'eau et de pourpier—auxquelles il ajoutait une pincée de l'herbe *Hanea*, en poudre ;— et, lorsque *Aétius* osait la risquer,—sa bague de topaze.

——L'autre, celle de *Gordonius*[1], qui (dans son chapitre XV *De Amore*) ordonne de les fustiger « *ad putorem usque,* »——jusqu'à ce qu'ils puent.

Ce sont là des recherches dont mon père, qui avait amassé un grand fonds de connaissances de cette espèce, s'occupera beaucoup dans le cours des affaires de mon oncle *Toby* : Je dois dire, par anticipation, Que de ses théories sur l'amour (dont, soit dit en passant, il réussit à crucifier l'esprit de mon oncle *Toby* presque autant que ses amours elles-mêmes)—il ne mit qu'un seul point en pratique ;—et que, grâce à une toile cirée camphrée qu'il trouva moyen de faire prendre au tailleur pour du bougran, au moment où celui-ci confectionnait à mon oncle *Toby* une paire de culottes neuves, il produisit sur mon oncle *Toby* l'effet réclamé par *Gordonius*, sans son côté honteux.

Quels changements en résultèrent, on le lira en temps et lieu ; tout ce qu'il importe d'ajouter à cette anecdote, c'est que,——Quel qu'en fût l'effet sur mon oncle *Toby*,——elle en eut un déplorable sur la maison ; ——et si mon oncle *Toby* ne l'avait pas dissipée en fumée, comme il fit, elle aurait pu avoir aussi un déplorable effet sur mon père.

CHAP. XXXVII.

——CELA s'éclaircira de soi-même tout à l'heure. ——Tout ce que je soutiens, c'est que je ne suis pas obligé de commencer par une définition de l'amour ; et tant que je pourrai poursuivre mon histoire intelligiblement, à l'aide du mot lui-même, sans autres idées à cet égard que celles que j'ai en commun avec le reste du monde, pourquoi en différerais-je un moment avant le temps ?——Quand je ne pourrai pas aller plus loin,——et que je me trouverai empêtré de tous côtés dans ce mystérieux labyrinthe,——mon opinion arrivera alors naturellement,——et m'aidera à en sortir.

Quant à présent, j'espère être suffisamment compris en disant au lecteur que mon oncle *Toby tomba amoureux* :

—Non pas que la phrase soit en rien de mon goût ; car dire qu'un homme est *tombé* amoureux,—ou qu'il est *profondément* amoureux,—ou qu'il est plongé dans l'amour jusqu'aux oreilles,—et quelquefois même *pardessus la tête et les oreilles*,—entraîne une sorte d'induction idiomatique que l'amour est une chose *au-dessous* d'un homme :—ce qui est revenir à l'opinion de *Platon*, laquelle, tout divin qu'il est,—je tiens pour damnable et hérétique ;—mais en voilà assez là-dessus.

Que l'amour, donc, soit ce qu'il voudra,—mon oncle *Toby* tomba amoureux.

————Et peut-être bien, gentil lecteur, qu'avec une pareille tentation—tu aurais fait de même : Car jamais tes yeux n'ont contemplé, ni ta concupiscence convoité rien au monde de plus concupiscible que la veuve *Wadman*.

CHAP. XXXVIII.

POUR bien concevoir ceci,—demandez une plume et de l'encre—vous avez là du papier sous la main. ————Asseyez-vous, monsieur, peignez-la à votre fantaisie————aussi semblable à votre maîtresse que vous pourrez————aussi dissemblable à votre femme que vous le permettra votre conscience—c'est tout un pour moi————ne satisfaites en cela que votre imagination[1].

——Y eut-il jamais dans la nature rien de si charmant!—de si exquis?

——Alors, cher monsieur, comment mon oncle *Toby* aurait-il pu y résister?

Livre triplement heureux! tu auras, du moins, sous ta couverture, une page que la MALVEILLANCE ne noircira pas, et que l'IGNORANCE ne pourra dénaturer.

CHAP. XXXIX.

COMME *Susannah* fut informée par un message de Mrs. *Bridget*, que mon oncle *Toby* était tombé amoureux de sa maîtresse, quinze jours avant que la chose arrivât,—message dont *Susannah* communiqua le contenu à ma mère le lendemain,—cela me fournit l'occasion d'entamer les amours de mon oncle *Toby* une quinzaine avant leur existence.

J'ai à vous apprendre, Mr. *Shandy*, dit ma mère, une nouvelle qui vous surprendra grandement.———

Or, mon père tenait alors un de ses seconds lits de justice, et rêvait à part lui aux désagréments du mariage, quand ma mère rompit le silence.——

«——Mon frère *Toby*, dit-elle, va épouser Mrs. *Wadman.* »

——Alors, dit mon père, il ne pourra plus se coucher *diagonalement* dans son lit, le reste de sa vie.

C'était pour mon père une pénible vexation que ma mère ne demandât jamais la signification d'une chose qu'elle ne comprenait pas.

——Qu'elle ne soit pas une savante, disait mon père—c'est un malheur—mais elle pourrait vous adresser une question.—

Ma mère n'en adressait jamais.——Bref, elle sortit enfin du monde, sans savoir s'il *tournait* ou s'il restait *immobile*.——Mon père lui avait officieusement dit mille fois ce qui en était,—mais elle l'oubliait toujours.

C'est pourquoi une conversation entre eux allait-elle rarement au-delà d'une proposition,—d'une réponse et d'une réplique ; après quoi, elle s'arrêtait généralement pendant quelques minutes (comme dans l'affaire des culottes), et puis elle recommençait.

S'il se marie, ce sera tant pis pour nous,—dit ma mère.

Pas le moins du monde, dit mon père,—il peut aussi bien dissiper son avoir de cette manière que de toute autre.

——Certainement, dit ma mère. Ici finirent la proposition,—la réponse,—et la réplique dont je vous ai parlé.

Ce sera aussi un amusement pour lui,——dit mon père.

Un très grand, répondit ma mère, s'il a des enfants.——

——Le Seigneur ait pitié de moi!—se dit mon père à lui-même——* * * * * * * * * * * *
* * * * * * * * * * * * * * *
* * * * * * * * * * * * * * *
* * * * * * * * * * * * * * *
* * * * * * * *.

CHAP. XL.

JE commence maintenant à bien entrer dans mon sujet; et à l'aide d'un régime de légumes, avec quelques semences froides, je ne doute pas de pouvoir continuer l'histoire de mon oncle *Toby* et la mienne sur une ligne passablement droite. Or,

Inv.T.S   *Scul.T.S*[1]

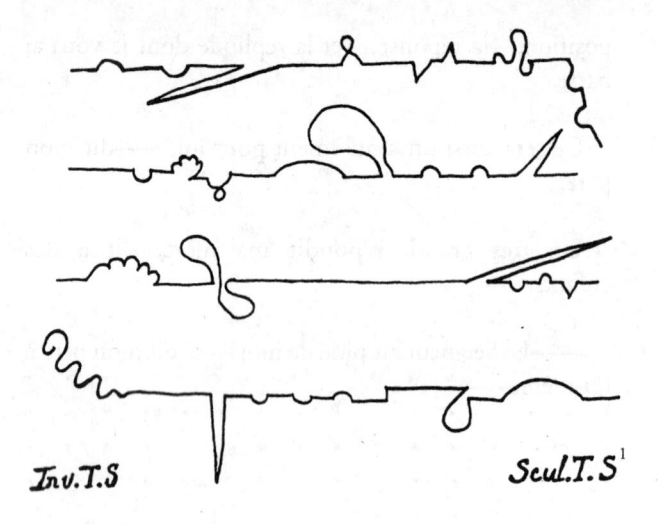

Telles sont les quatre lignes que j'ai suivies dans mes premier, deuxième, troisième et quatrième volumes. ——Dans le cinquième, j'ai été très sage,——la ligne précise que j'y ai décrite étant celle-ci :

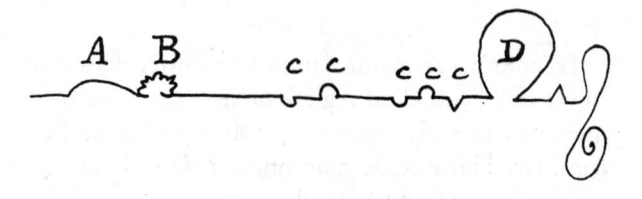

D'où il appert, qu'excepté à la courbe marquée A, où j'ai fait une excursion en *Navarre*,—et à la courbe dentelée B, qui représente la courte promenade que j'ai faite là avec la dame *Baussière* et son page,—je ne me suis pas permis la moindre digression jusqu'au moment où les diables de *Jean de la Casse* m'ont fait faire le rond que vous voyez marqué D.—car quant aux *c c c c c* ce ne sont que des parenthèses, et les *entrées* et *sorties* ordinaires à la vie des plus grands ministres d'État ; et quand on les compare à celles qu'ont faites les hommes,—ou à mes propres transgressions aux lettres A B D—ils se réduisent à rien.

Dans ce dernier volume-ci, j'ai fait mieux encore— car de la fin de l'épisode de *Le Fèvre*, jusqu'au commencement des campagnes de mon oncle *Toby*,—je me suis à peine écarté d'un pas de mon chemin.

Si je me corrige de ce train-là, il n'est pas impossible ———avec la permission des diables de Sa Grandeur de *Bénévent*———que j'arrive dorénavant à l'éminent mérite d'aller ainsi :

---

ce qui est une ligne aussi droite que j'ai pu la tirer avec la règle d'un maître d'écriture (empruntée à cet effet), et en n'inclinant ni à droite ni à gauche.

Cette *ligne droite*,—le sentier où doivent marcher les chrétiens ! disent les théologiens———

———L'emblème de la rectitude morale ! dit *Cicéron*———

———*La meilleure ligne !* disent les planteurs de choux———est la ligne la plus courte, dit *Archimède*, qui puisse être tirée d'un point à un autre.———

Je désirerais, mesdames, que Vos Seigneuries voulussent bien prendre la chose à cœur dans leurs toilettes du prochain anniversaire de la naissance du roi !

——Quel voyage !

Pouvez-vous me dire, je vous prie,——c'est-à-dire sans colère, avant que j'écrive mon chapitre sur les lignes droites——par quelle méprise——qui le leur a dit ——ou comment il s'est fait que vos hommes d'esprit et de génie ont tout le temps confondu cette ligne avec celle de la GRAVITATION ?

Fin du Sixième Volume.

LA
VIE
ET LES
OPINIONS
DE
TRISTRAM SHANDY,
GENTLEMAN.

Non enim excursus hic ejus, sed opus ipsum est.
PLINE. LIB. V, EPIST. 6[1].

VOL. VII.

CHAP. Ier.

NON——je crois avoir dit que j'écrirais deux volumes par an, pourvu que ce déplorable rhume qui me tourmentait alors, et que jusqu'à cette heure j'ai craint plus que le diable, voulût bien me le permettre[1]——et dans un autre endroit—(mais où, je ne puis me le rappeler maintenant) en parlant de mon livre comme d'une *machine*[2], et en posant ma plume et ma règle en croix sur la table, pour assurer plus de crédit à mon serment—j'ai juré que je continuerais d'aller de ce train-là pendant quarante ans, si seulement il plaisait à la Fontaine de la Vie[3] de m'accorder aussi longtemps la santé et la bonne humeur.

Or, quant à mon humeur, j'ai peu de chose à lui reprocher—et même tellement peu (à moins que ce ne soit un grief de me faire chevaucher sur un long bâton[4] et faire le sot dix-neuf heures sur vingt-quatre) qu'au contraire, j'ai beaucoup—beaucoup à la remercier : vous m'avez fait gaiement parcourir le sentier de la vie avec toutes ses charges (les soucis exceptés) sur mon dos ; dans aucun moment de mon existence, que je me rappelle, vous ne m'avez abandonné une seule fois, ni teint les objets qui se présentaient sur ma route, soit de noir, soit d'un vert blafard ; dans les dangers, vous avez doré d'espoir mon horizon, et quand la Mort elle-même vint frapper à ma porte—vous l'avez priée de revenir ; et vous l'avez fait d'un ton si gai d'insouciante indifférence, qu'elle douta de sa mission——

« —Il doit certainement y avoir là quelque méprise, » dit-elle.

Or, il n'y a rien au monde que j'exècre plus que d'être interrompu au milieu d'une histoire——et, en ce moment-là même, j'en contais à ma façon, à Eugenius, une fort mirifique d'une nonne qui s'imaginait être un mollusque, et d'un moine damné pour avoir mangé une moule ; et je lui démontrais les fondements et la justice de la procédure——

« —Jamais un si grave personnage a-t-il pu tomber dans un si infâme guêpier ? » dit la Mort. Tu l'as échappé belle, Tristram, dit Eugenius, en me prenant la main comme je finissais mon histoire——

Mais il n'y a pas moyen, Eugenius, de *vivre* sur ce pied-là, répliquai-je ; car comme cette *fille de putain* a découvert mon logis——

—Vous la nommez bien, dit Eugenius,—car c'est par le péché, nous dit-on, qu'elle est entrée dans le monde[1]——Je me soucie peu de la voie par laquelle elle est entrée, dis-je, pourvu qu'elle ne soit pas si pressée de m'emmener avec elle—car j'ai quarante volumes à écrire, à quarante mille choses à dire et à faire, que personne au monde ne dira et ne fera à ma place, excepté toi ; et comme tu vois qu'elle me tient par la gorge (car Eugenius pouvait à peine m'entendre parler à travers la table) et que je ne suis pas de force contre elle en rase campagne, ne ferais-je pas mieux, tandis qu'il me reste encore un peu de mes esprits dispersés, et que ces deux jambes d'araignée (je lui en tendais une) sont en état de me porter——ne ferais-je pas mieux, Eugenius, de fuir pour sauver ma vie ? c'est mon avis, mon cher Tristram, dit Eugenius——eh bien, par le ciel! je vais la mener d'un train dont elle ne se doute guère——car je galoperai, dis-je, sans regarder une seule fois derrière moi, jusqu'aux bords de la Garonne ; et si je l'entends piétiner sur mes talons ——je décamperai au mont Vésuve——et de là à Joppé[1], et de Joppé au bout du monde, où, si elle me suit, je prie Dieu qu'elle puisse se casser le cou——

——Elle court là plus de risques que toi, dit Eugenius.

L'esprit et l'affection d'Eugenius ramenèrent à mes joues le sang qui en était banni depuis plusieurs mois——c'était un déplorable moment pour se dire adieu ; il me conduisit à ma chaise——*Allons*! dis-je ; le postillon fit claquer son fouet——*je* partis comme un canon, et en une demi-douzaine de bonds j'entrai à Douvres.

CHAP. II.

QUE diable! dis-je en regardant la côte française ——un homme devrait connaître quelque chose de son propre pays avant de passer à l'étranger——et je n'ai pas jeté un coup d'œil dans l'église de Rochester, ni pris garde au dock de Chatham, ni visité Saint-Thomas à Canterbury[1], quoiqu'ils fussent tous trois sur mon chemin——

—Mais mon cas, il est vrai, est tout particulier——.

Sans donc discuter plus longtemps la question avec Thomas O' Becket, ou tout autre—je sautai dans le bateau, et au bout de cinq minutes nous mîmes à la voile, et nous voguâmes comme le vent.

Je vous prie, capitaine, dis-je en descendant dans la cabine, est-ce qu'un homme n'a jamais été surpris par la *Mort* dans ce passage ?

Eh! on n'a pas le temps d'être malade, répliqua-t-il——Quel damné menteur! car je suis malade comme un cheval, dis-je——quel cerveau!——sens dessus dessous!——hé bien! les cellules sont rompues et se déchargent l'une dans l'autre, et le sang, la lymphe, et les fluides nerveux, ainsi que les sels fixes et volatils[2], sont tous confondus en une seule masse——bon d—! tout tourne dedans comme un millier de tourbillons——Je donnerais un shilling pour savoir si je n'en écrirai pas plus clairement——

Mal au cœur! mal au cœur! mal au cœur! mal au cœur!——

—Quand aborderons-nous, capitaine!—ils ont le cœur dur comme une pierre——Oh! je suis mortellement malade!——donnez-moi cela, garçon——c'est le mal le plus déconfortant——Je voudrais être au fond de la mer—Madame, comment allez-vous ? Perdue ! perdue ! per——oh ! perdue ! monsieur— Est-ce la première fois ?——Non, c'est la deuxième, la troisième, la sixième, la dixième, monsieur—hé !— —quel trépignement au-dessus de notre tête !—Holà ! mousse ! qu'y a-t-il—

Le vent a tourné ! Sacrée Mort !—je vais donc la voir face à face.

Quelle chance !—il vient encore de tourner, monsieur——Oh ! que le diable l'emporte——

Capitaine, dit-elle, pour l'amour du ciel, abordons.

CHAP. III.

C'EST un grand inconvénient pour un homme pressé, qu'il y ait, de Calais à Paris, trois routes distinctes, en faveur desquelles il y a tant à dire par les divers députés des villes qui s'y rencontrent, qu'on perd aisément une demi-journée à décider celle qu'on prendra.

La première, la route par Lille et Arras, qui est la plus longue——mais la plus intéressante et la plus instructive.

La seconde, celle par Amiens, que vous devez prendre, si vous désirez voir Chantilly——

Et celle par Beauvais, que vous pouvez prendre, si vous voulez.

C'est pour cette raison que beaucoup de gens préfèrent aller par Beauvais.

CHAP. IV.

« MAINTENANT, avant de quitter Calais, » dirait un auteur de voyages, « il ne serait pas mal d'en rendre un peu compte. »—Et moi, je pense qu'il est fort mal—qu'un homme ne puisse traverser tranquillement une ville et la laisser en repos, quand elle n'a rien à démêler avec lui, mais qu'il doive se retourner et tirer sa plume à chaque ruisseau qu'il traverse, uniquement, sur ma conscience, pour le plaisir de la tirer ; car, si nous pouvons en juger d'après ce qui a été écrit là-dessus par tous ceux qui ont *écrit et galopé*—ou qui ont *galopé et écrit*, ce qui est encore une manière différente ; ou qui, pour aller plus vite que le reste, ont *écrit en galopant*, ce que je fais en ce moment——et d'après le grand Addison, qui avait toujours, pendue au c— sa sacoche de livres de classe[1], dont chaque coup écorchait la croupe de sa bête—il n'y a pas un seul galopeur de nous tous qui n'aurait pu ambler tranquillement sur sa propre terre (si tant est qu'il en eût une) et écrire tout aussi bien à pied sec ce qu'il avait à écrire.

Pour ma part, aussi vrai que le ciel est mon juge et que c'est à lui que j'adresserai toujours mon dernier appel—je ne connais pas plus Calais (sauf le peu que m'en a dit mon barbier en repassant son rasoir), que je ne connais en ce moment le *Grand Caire*; car il faisait sombre le soir que j'ai débarqué, et noir comme un four le matin que j'en suis parti, et pourtant, rien qu'en sachant à quoi m'en tenir, et en tirant ceci de cela dans une partie de la ville, et en épelant et assemblant ceci et cela dans une autre—je gagerais n'importe quels frais de voyage, d'écrire à l'instant sur Calais un chapitre aussi long que mon bras; et avec un détail si distinct et si satisfaisant de chaque article digne de la curiosité d'un étranger dans la ville—que vous me prendriez pour le secrétaire de la ville de Calais elle-même—et où serait la merveille, monsieur ? Democritus, qui riait dix fois plus que moi—n'était-il pas secrétaire de la ville d'*Abdere* ? et (j'oublie son nom), qui avait plus de prudence que nous deux, n'était-il pas secrétaire de la ville d'Éphèse[1] ?——mon chapitre serait, de plus, monsieur, écrit avec tant d'érudition, et de bon sens, et de vérité, et de précision——

—Ma foi—si vous ne me croyez pas, vous pouvez lire le chapitre pour votre peine.

CHAP. V.

CALAIS, *Calatium, Calusium, Calesium*[2].

Cette ville, si nous pouvons nous fier à ses archives, dont je ne vois aucune raison de mettre en question ici l'autorité—n'était *jadis* qu'un petit village, appartenant à l'un des premiers comtes de Guignes; et comme elle se vante à présent de n'avoir pas moins de quatorze mille habitants, sans compter quatre cent vingt familles distinctes dans la *basse ville*, ou les faubourgs——elle doit être parvenue peu à peu, je suppose, à son étendue actuelle.

Quoiqu'il y ait quatre couvents, il n'y a qu'une seule église paroissiale dans toute la ville; je n'ai pas eu occasion d'en prendre les dimensions exactes, mais il est assez facile de s'en former une idée passable—car comme il y a quatorze mille habitants dans la ville, si l'église les contient tous, elle doit être considérablement grande—et si elle ne les contient pas—c'est une très grande pitié qu'ils n'en aient pas une autre—elle est bâtie en forme de croix, et dédiée à la Vierge Marie; le clocher, qui a une flèche, est placé au milieu de l'église, et repose sur quatre piliers élégants et assez légers, mais suffisamment solides en même temps— elle est décorée de onze autels, dont la plupart sont plutôt beaux que magnifiques. Le maître-autel est un chef-d'œuvre en son genre; il est de marbre blanc, et, à ce qu'on m'a dit, il a près de soixante pieds de haut— s'il avait été beaucoup plus élevé, il l'aurait été autant que le mont Calvaire lui-même—je suppose donc qu'en bonne conscience, il doit être assez élevé.

Rien ne m'a plus frappé que la grande *Place*; bien que je ne puisse dire qu'elle soit bien pavée, ou bien bâtie; mais elle est au cœur de la ville, et la plupart des rues, surtout celles de ce quartier, y aboutissent toutes; s'il avait pu y avoir une fontaine dans tout Calais, ce qui ne se peut, à ce qu'il paraît, comme c'eût été un grand ornement, il n'y a pas de doute que les habitants l'auraient érigée au centre même de cette place,—qui n'est proprement pas carrée[1],—attendu qu'elle est de quarante pieds plus long de l'est à l'ouest que du nord au sud ; en sorte que les Français, en général, ont parfaitement raison de les appeler *Places* plutôt que *Squares*, car, à parler strictement, ils ne sont à coup sûr pas carrés.

L'hôtel de ville paraît n'être qu'un triste édifice, assez mal entretenu ; autrement c'eût été un second grand ornement pour cette place, mais il répond cependant à sa destination, et sert fort bien à la réception des magistrats qui s'y assemblent de temps en temps ; de sorte qu'il est présumable que la justice est régulièrement distribuée.

J'en avais beaucoup entendu parler, mais il n'y a rien du tout de curieux dans le *Courgain*[2] ; c'est un quartier distinct de la ville, habité seulement par des matelots et des pêcheurs ; qui se compose d'une quantité de petites rues proprement bâties, et la plupart en briques ; il est extrêmement populeux, mais comme cela peut s'expliquer par le genre de nourriture de ses habitants,—il n'y a là non plus rien de curieux. ——Un voyageur peut le visiter pour sa satisfaction— il ne doit pas négliger toutefois, sous aucun prétexte, de faire attention à la *Tour de Guet*[3], ainsi nommée d'après sa destination particulière, parce que en temps de guerre elle sert à découvrir et à signaler les ennemis qui approchent de la place, soit par mer ou par terre ; ——mais elle est prodigieusement haute, et elle attire si continuellement l'œil, que vous ne pourriez éviter de la remarquer quand vous le voudriez.

Ça a été un singulier désappointement pour moi de ne pouvoir obtenir la permission de lever un plan exact des fortifications, qui sont les plus fortes du monde, et qui, depuis le premier jour jusqu'au dernier, c'est-à-dire depuis l'époque où elles furent commencées par Philippe de France, comte de Boulogne[1], jusqu'à la guerre actuelle, où on y a fait beaucoup de réparations, ont coûté (comme je l'ai appris depuis d'un ingénieur en Gascogne)—plus de cent millions de livres. Il est fort remarquable que c'est à la *Tête de Gravelines*[2], et où la ville est naturellement le plus faible, qu'on a dépensé le plus d'argent ; en sorte que les ouvrages extérieurs s'étendent très loin dans la campagne, et conséquemment occupent un grand espace de terrain. —Quoi qu'il en soit, on a beau *dire* et beau *faire*, il faut reconnaître que Calais n'a jamais été à aucun égard si considérable par lui-même que par sa situation, et par ce facile accès en France qu'il a offert à nos ancêtres en toute occasion : il n'était pas non plus sans inconvénients ; car il n'était pas moins incommode pour les Anglais de ce temps-là, que Dunkerque l'a été pour nous dans le nôtre ; aussi le considérait-on comme la clef des deux royaumes, ce qui, sans aucun doute, est la raison pour laquelle il s'est élevé tant de débats à qui le garderait : de ces débats, le siège ou plutôt le blocus de Calais (car il était cerné par terre et par mer) fut le plus mémorable, attendu qu'il soutint toute une année les efforts d'Édouard III, et ne se termina à la fin que par la famine et l'excès de la misère ; la générosité d'*Eustache de Saint-Pierre*[3], qui s'offrit le premier comme victime pour ses compatriotes, a placé son nom au rang des héros. Comme cela ne prendra pas plus de cinquante pages, ce serait faire tort au lecteur de ne pas lui donner une relation détaillée de ce fait romanesque, ainsi que du siège lui-même, dans les propres termes de Rapin[1] :

CHAP. VI.

——MAIS courage! gentil lecteur!——Je le dédaigne——il me suffit de t'avoir en ma puissance ——mais user de l'avantage que la fortune de la plume vient de me donner sur toi, ce serait trop—— Non——! par ce feu tout-puissant qui échauffe le cerveau visionnaire, et éclaire les esprits dans les voies surnaturelles! plutôt que de forcer une créature délaissée à ce rude service, et de te faire payer, pauvre âme! pour cinquante pages que je n'ai aucun droit de te vendre,—nu comme je le suis, j'aimerais mieux brouter sur les montagnes, et sourire de ce que le vent du nord ne m'apporte ni ma tente ni mon souper.

—Ainsi donc, en avant, mon brave garçon! et dépêche-toi d'arriver à Boulogne.

CHAP. VII.

————BOULOGNE !———ah !—nous voici donc tous rassemblés—débiteurs et pécheurs devant le ciel ; quelle joyeuse collection d'individus nous formons !—mais je ne puis m'arrêter pour trinquer avec vous—je suis poursuivi moi-même comme par cent diables, et je serai rattrapé avant de pouvoir changer de chevaux :————au nom du ciel ! hâte-toi————C'est pour fait de haute trahison, dit un très petit homme, parlant aussi bas que possible à un homme très grand qui se trouvait près de lui————Ou bien pour meurtre, dit le grand homme————Bien trouvé, Six et As, dis-je. Non ; dit un troisième, ce gentleman a commis———— ————.

Ah ! ma chère fille[1] ! dis-je, comme elle trottinait en revenant de matines—vous paraissez aussi rose que le matin (car le soleil se levait, ce qui rendait le compliment d'autant plus gracieux)————Non ; ce ne peut être cela, dit un quatrième————(elle me fit une révérence—je baisai ma main) c'est pour dettes, continua-t-il : C'est certainement pour dettes, dit un cinquième ; je ne voudrais pas payer les dettes de ce gentleman, dit *As*, pour mille livres ; Ni moi, dit *Six*, pour six fois autant—Bien trouvé, une fois de plus, Six et As, dis-je ;—mais je n'ai d'autres dettes que celle de la NATURE, et je ne lui demande que de la patience, et je lui payerai jusqu'au dernier liard ce que je lui dois————Comment pouvez-vous avoir le cœur assez endurci, madame, pour arrêter un pauvre voyageur qui, sans molester personne, vaque à ses affaires légitimes ? Retenez cette face de mort, cette gueuse aux longues jambes,

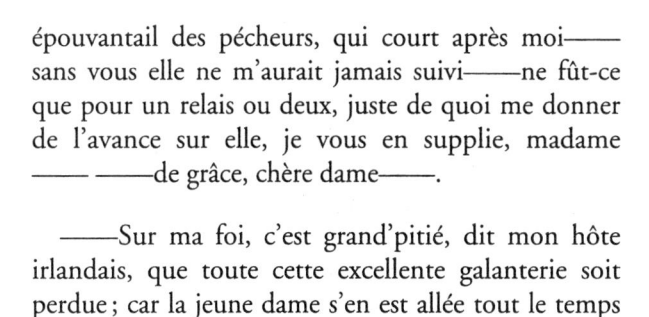

épouvantail des pécheurs, qui court après moi——
sans vous elle ne m'aurait jamais suivi——ne fût-ce
que pour un relais ou deux, juste de quoi me donner
de l'avance sur elle, je vous en supplie, madame
—— ——de grâce, chère dame——.

——Sur ma foi, c'est grand'pitié, dit mon hôte
irlandais, que toute cette excellente galanterie soit
perdue ; car la jeune dame s'en est allée tout le temps
hors de portée——.

——Imbécile ! dis-je.

——Ainsi vous n'avez rien *autre* chose à Boulogne,
qui soit digne d'être vu ?

—Par Jésus ! il y a le plus beau SÉMINAIRE pour les
HUMANITÉS——.

—Il ne peut y en avoir de plus beaux, dis-je.

CHAP. VIII.

QUAND la fougue des désirs d'un homme lance
ses idées quatre-vingt-dix fois plus vite que ne va sa
voiture—malheur à la vérité ! et malheur à la voiture et
à ses harnais (qu'ils soient faits de ce qu'on voudra) sur
lesquels il exhale le désappointement de son âme !

Comme je ne porte jamais de jugement général, ni
sur les hommes ni sur les choses, quand je suis en

colère, « *plus on se presse, moins on avance ;* » fut la seule observation que je fis, la première fois que la chose arriva ;—les deuxième, troisième, quatrième et cinquième fois, je m'en tins respectivement à chaque fait, et en conséquence, je ne blâmai que les deuxième, troisième, quatrième et cinquième postillons sans porter plus loin mes reproches ; mais le fait continuant à m'arriver depuis la cinquième jusqu'aux sixième, septième, huitième, neuvième et dixième fois, et sans une seule exception, je ne pus alors m'empêcher d'en faire une critique nationale que je formule en ces termes ;

Qu'il y a toujours, au départ, quelque chose qui cloche dans une chaise de poste française.

Ou la proposition peut encore se rédiger ainsi :

Un postillon français a toujours à descendre de cheval avant d'avoir fait trois cents pas hors de la ville.

Qu'est-ce qui va de travers à présent ?——Diable ! ——une corde de cassée !——un nœud de défait ! ——un crampon d'arraché !——une cheville à couper ! ——une broquette, une languette, une loquette, une courroie, une boucle, ou l'ardillon d'une boucle à raccommoder.——

Quelque vrai que soit tout ceci, je ne me crois jamais autorisé à excommunier à cette occasion, soit la chaise de poste, soit son postillon——et je ne me mets pas non plus en tête de jurer par le D— vivant, que j'aimerais dix mille fois mieux aller à pied——ou que je veux être damné si jamais je remonte dans une autre chaise ——mais j'expose froidement la chose devant moi, et je réfléchis qu'il y aura toujours quelque broquette, ou languette, ou loquette, ou cheville, ou boucle, ou ardillon de boucle qui manquera ou aura besoin d'être raccommodé, n'importe où je voyage——aussi je ne m'échauffe jamais, mais je prends le bien et le mal comme ils se rencontrent sur ma route, et je poursuis mon chemin :——Fais de même, mon garçon ! dis-je ; il avait déjà perdu cinq minutes à descendre de cheval pour prendre un morceau de pain noir, qu'il avait fourré dans la poche de la chaise, et il était remonté et allait à son aise, afin de mieux le savourer——En avant, mon garçon, et vivement, dis-je—mais du ton le plus persuasif possible, car je fis sonner une pièce de vingt-quatre sous contre la vitre, en prenant soin de lui en présenter le côté plat lorsqu'il retourna la tête : le chien fit une grimace d'intelligence de l'oreille droite à l'oreille gauche, et découvrit derrière son museau de suie une rangée de dents de perles telles qu'une *Souveraine* aurait mis en gage ses joyaux pour les avoir.——

Juste ciel ! { Quels masticateurs !——
               Quel pain !——

Et comme il finissait sa dernière bouchée, nous entrâmes dans la ville de Montreuil.

CHAP. IX.

IL n'y a pas dans toute la France de ville qui, à mon avis, ait meilleur aspect sur la carte que MONTREUIL[1] ;

——J'avoue qu'elle n'a pas si bon air dans le livre de poste ; mais quand vous venez à la voir—certes, elle a l'air pitoyable.

Il s'y trouve pourtant en ce moment quelque chose de fort beau ; et c'est la fille de l'aubergiste : Elle a passé dix-huit mois à Amiens, et six à Paris, à faire ses classes ; aussi tricote-t-elle, coud-elle, danse-t-elle, et pratique-t-elle ses petites coquetteries à merveille.——

—La friponne ! en s'y livrant pendant les cinq minutes que je suis resté à la regarder, elle a laissé échapper au moins une douzaine de mailles à un bas de fil blanc ——Oui, oui—je vois bien, fine matoise !—qu'il est long et étroit—vous n'avez pas besoin de l'attacher sur votre genou avec une épingle—et qu'il est à vous—et qu'il vous va parfaitement.——

——Et dire que la Nature a doué cette créature d'un *pouce de statue*!——

—Mais comme cet échantillon vaut tous leurs pouces——et que j'ai d'ailleurs ses pouces et ses doigts par-dessus le marché, s'ils peuvent me guider en rien, —et comme, de plus, *Janeton* (car c'est son nom) pose si bien pour un portrait——puissé-je ne jamais portraire davantage, ou plutôt, puissé-je tirer comme un cheval de trait, de toutes mes forces, tous les jours de ma vie,—si je ne la tire pas dans toutes ses proportions, et d'un crayon aussi précis que si je l'avais là dans la draperie la plus mouillée.——

—Mais Vos Honneurs préfèrent que je leur donne la longueur, la largeur et la hauteur perpendiculaire de la grande église paroissiale, ou un dessin de la façade de l'abbaye de Sainte-Austreberte, qui a été transportée d'Artois ici[1]—or, comme ces deux édifices sont, je suppose, juste dans le même état où les maçons et les charpentiers les ont laissés,—et que, si la croyance en Jésus-Christ dure aussi longtemps, il en sera de même dans cinquante ans—Vos Honneurs et Vos Révérences peuvent tous les mesurer à loisir——mais celui qui veut te mesurer, Janeton, doit le faire à présent—tu portes en toi les principes du changement; et, vu les chances d'une vie passagère, je ne répondrais pas de toi un moment. Avant que deux fois douze mois aient fui et disparu, tu peux grossir comme un potiron, et perdre tes formes——ou tu peux passer comme une fleur, et perdre ta beauté——tu peux même devenir une gueuse—et te perdre toi-même.——Je ne répondrais pas de ma tante Dinah, fût-elle en vie——et, ma foi, je répondrais à peine de son portrait——à moins qu'il ne fût peint par Reynolds[2]—

—Mais après avoir nommé ce fils d'Apollon, je veux qu'on me fusille si je continue mon dessin——

Vous devez donc vous contenter de l'original que, si la soirée est belle quand vous passerez à Montreuil, vous verrez à la portière de votre chaise, pendant que vous changerez de chevaux : mais, à moins que vous n'ayez une aussi mauvaise raison que la mienne pour vous hâter—vous ferez mieux de rester :—Elle est quelque peu *dévote* : mais cela, monsieur, c'est une tierce au neuf en votre faveur——

—Dieu me soit en aide! Je n'ai pu marquer un seul point : aussi me voilà pic, repic et capot[1] comme le diable.

CHAP. X.

TOUT bien considéré, et attendu de plus que la mort pourrait bien être plus près de moi que je ne l'imagine——je voudrais être à Abbeville, dis-je, ne fût-ce que pour voir comment on y carde et file——nous partîmes donc

de Montreuil à Nampont* *- poste et demie*
de Nampont à Bernay - - - poste
de Bernay à Nouvion - - - poste
De Nouvion à ABBEVILLE poste
——mais les cardeurs et fileurs étaient tous couchés.

CHAP. XI.

QUEL grand avantage que de voyager! Seulement cela échauffe; mais il y a à cela un remède que vous pourrez trouver dans le chapitre suivant.

---

* Voir le livre des routes de poste français[2], page 36, édition de 1762.

CHAP. XII.

SI j'étais en position de stipuler avec la mort, comme je le fais en ce moment avec mon apothicaire, comment et où je prendrai son clystère——je m'opposerais certainement à ce que ce fût devant mes amis ; aussi je ne pense jamais sérieusement au mode et au genre de cette grande catastrophe, lesquels en général occupent et tourmentent ma pensée autant que la catastrophe même, sans tirer constamment le rideau dessus en formant le vœu que le Dispensateur de toutes choses permette qu'elle ne m'arrive pas dans ma propre maison—— mais plutôt dans quelque auberge décente——chez moi, je le sais,——le chagrin de mes amis, et les derniers services de m'essuyer le front et de rajuster mon oreiller, que me rendra la main tremblante de la pâle Affection, me crucifieront tellement l'âme que je mourrai d'un mal dont mon médecin ne se doutera pas ; mais dans une auberge, le peu de froids services dont j'aurais besoin seraient achetés avec quelques guinées et me seraient rendus avec une attention impassible, mais ponctuelle——mais remarquez ceci. Cette auberge ne devrait pas être celle d'Abbeville——quand il n'y aurait pas d'autre auberge dans l'univers, je rayerais celle-ci de la capitulation : ainsi

Que les chevaux soient à la chaise à quatre heures précises du matin——Oui, à quatre heures, monsieur, ——ou, par Geneviève ! je ferai dans la maison un tapage à réveiller les morts.

CHAP. XIII.

« *RENDEZ-les semblables à une roue*[1] » est un amer sarcasme, comme le savent tous les érudits, contre le *grand tour*, et cette inquiète ardeur à le faire que David prévoyait prophétiquement devoir hanter dans la suite les enfants des hommes ; aussi, dans l'opinion du grand évêque Hall, c'est une des plus rudes imprécations que David ait jamais lancées contre les ennemis du Seigneur——et comme s'il eût dit : « Je ne leur souhaite pas d'autre mal que de toujours rouler »——Autant de mouvement, continue l'évêque (car il était très gros)——c'est autant de trouble ; et autant de repos, par la même analogie, c'est autant de béatitude céleste.

Or moi (qui suis très mince), je pense différemment ; qu'autant de mouvement c'est autant de vie, et autant de joie——et que rester immobile, ou n'aller que lentement, c'est la mort et le diable——

Holà ! oh !——tout le monde est endormi !—— amenez les chevaux——graissez les roues——attachez la malle——et mettez un clou à cette moulure——je ne veux pas perdre un moment——

Or, la roue dont nous parlons, et *dans laquelle* (mais non *sur laquelle*, car ce serait en faire une roue d'Ixion[2]) David voue ses ennemis, devait certainement être, d'après la constitution de l'évêque, une roue de chaise de poste, qu'il y en eût ou non à cette époque en Palestine——et ma roue, par la raison contraire, doit aussi certainement être une roue de charrette, accomplissant plaintivement sa révolution une fois par siècle, et de cette espèce dont, si j'avais à devenir commentateur, je ne me ferais nul scrupule d'affirmer qu'il existe une grande quantité dans ce pays montueux.

J'aime les Pythagoriciens (bien plus que je n'oserais jamais le dire à ma chère Jenny) pour leur « Χωρισμὸν ἀπὸ τοῦ Σώματος εἰς τὸ Καλῶς Θιλοσοφεῖν »——[leur] « *sortir du corps afin de bien penser.* » Aucun homme ne pense juste tant qu'il est dedans, aveuglé qu'il doit être par ses humeurs congéniales, et tiré de différents côtés, comme nous l'avons été, l'évêque et moi, par une fibre trop lâche et trop tendue——La RAISON est moitié SENS ; et la mesure du ciel même n'est que la mesure de nos appétits et concoctions[1] du moment——

——Mais qui des deux, en cette occasion, pensez-vous avoir le plus tort ?

Vous, certainement : dit-elle, de déranger toute une maison de si bonne heure.

CHAP. XIV.

——Mais elle ne savait pas que j'avais fait vœu de ne pas me raser que je ne fusse à Paris ;——et pourtant je hais de faire des mystères de rien ;——c'est la froide circonspection d'une de ces petites âmes d'après lesquelles Lessius[1] (*lib.* XIII, *de moribus divinis, cap.* 24) a fait son évaluation, où il avance qu'un mille hollandais[2], multiplié cubiquement, fournira assez de place, et de reste, pour en contenir huit cent mille millions, ce qu'il suppose être un aussi grand nombre d'âmes (en comptant depuis la chute d'Adam) qu'il peut y en avoir de damnées jusqu'à la fin du monde.

D'après quoi il a fait cette seconde évaluation——à moins que ce ne soit d'après la bonté paternelle de Dieu——ce que j'ignore——mais je sais encore bien moins ce que pouvait avoir dans la tête Franciscus Ribera, qui prétend qu'il ne faudra pas moins d'un espace de deux cents milles italiens[3], multiplié par lui-même, pour en contenir le même nombre——il doit certainement s'être fondé sur quelques-unes des vieilles âmes Romaines dont il avait lu l'histoire, sans réfléchir combien, par un déclin graduel et des plus tabide, dans le cours de dix-huit cents ans, elles devaient inévitablement s'être rétrécies de façon à être réduites presque à rien à l'époque où il écrivait.

Du temps de Lessius, qui paraît le plus modéré, elles étaient aussi petites qu'on peut l'imaginer——

——Nous les voyons moindres *aujourd'hui*——

Et l'hiver prochain nous les verrons moindres encore ; en sorte que si nous continuons d'aller de peu à moins, et de moins à rien, je n'hésite pas un moment à affirmer que de ce train-là, nous n'aurons plus d'âmes du tout, dans un demi-siècle, et comme au-delà de cette époque je doute également de l'existence de la foi chrétienne, il y aura cela d'avantageux que l'une et les autres seront usées juste en même temps——

Bienheureux Jupiter! et bienheureux tous les autres dieux et déesses du paganisme! Car alors vous reviendrez tous sur la scène, avec Priapus[1] à votre queue ——quel joyeux temps!—mais où suis-je? et dans quelles délicieuses orgies vais-je me jeter[2]? moi—— moi qui dois être enlevé au milieu de mes jours[3], et ne plus goûter de la vie que ce que j'en emprunte à mon imagination——paix à toi, généreuse folle! et laisse-moi continuer mon chemin.

CHAP. XV.

——« HAÏSSANT donc, dis-je, de faire des mystères de *rien* »——je confiai mon secret au postillon, dès que je fus hors du pavé; il répondit au compliment par un claquement de fouet; sur quoi le limonier ayant pris le trot et l'autre cheval une espèce d'entre-deux, nous arrivâmes en dansant à *Ailly aux clochers*, fameux aux temps jadis par les plus beaux carillons du monde; mais nous le traversâmes en dansant sans musique—— les carillons se trouvant grandement dérangés—(comme ils le sont tous, en réalité, dans toute la France).

Faisant donc toute la diligence possible,

d'*Ailly aux clochers*, j'allai à Hixcourt,
de Hixcourt à Pequignay, et
de Pequignay[4] à AMIENS,

ville sur laquelle je n'ai à vous donner d'autre information que celle que je vous ai déjà donnée——à savoir ——que Janeton y fut mise à l'école.

CHAP. XVI.

DANS tout le catalogue de ces tribulations variables qui viennent souffler dans les voiles d'un homme, il n'en est pas d'une nature plus taquinante et plus tourmentante que celle que je vais décrire——et à laquelle (à moins que vous ne voyagiez avec un courrier en avant, ce que font nombre de gens pour la prévenir)—il n'y a aucun remède : et cette tribulation, la voici.

Que vous soyez dans la disposition la plus favorable pour dormir——que vous traversiez peut-être le plus beau pays—sur les meilleures routes,—et dans la voiture la plus commode du monde pour le faire——et même fussiez-vous certain de pouvoir dormir d'une traite pendant cinquante milles, sans ouvrir une seule fois les yeux——et plus encore, fussiez-vous aussi démonstrativement convaincu que vous pouvez l'être d'aucune des vérités d'Euclide, de vous trouver à tous égards aussi bien endormi qu'éveillé——et peut-être mieux ——Cependant l'incessante obligation de payer pour les chevaux à chaque relais,——avec la nécessité de mettre à cet effet votre main dans votre poche, et d'en tirer et compter trois livres quinze sous (sou à sou), mettent fin à tout ce que vous ne pouvez exécuter de ce projet dans un espace de plus de six milles (ou, supposé qu'il y ait poste et demie, dans un espace de neuf milles)———quand il s'agirait du salut de votre âme.

—Nous serons à deux de jeu, dis-je ; car je vais mettre la somme exacte dans un morceau de papier, et je la tiendrai prête dans ma main tout le long du chemin. « Maintenant je n'aurai rien à faire, » dis-je (en me disposant à dormir), « qu'à laisser tomber doucement ceci dans le chapeau du postillon, sans mot dire. »———Mais voilà qu'il manque deux sous de plus pour le pourboire———ou qu'il y a une pièce de douze sous de Louis XIV qui ne passe pas———ou une livre et quelques liards redus du dernier relais, que Monsieur avait oubliés ; altercations qui le réveillent (car un homme endormi ne peut pas très bien disputer) : cependant le doux sommeil est encore recouvrable, et la chair pourrait encore l'emporter sur l'esprit[1], et se remettre de ces coups—mais alors, par le ciel ! vous n'avez payé que pour une seule poste—tandis qu'il y a poste et demie ; et ceci vous oblige à tirer votre livre de poste, dont l'impression est si fine, qu'elle vous force à ouvrir les yeux, que vous le vouliez ou non : puis, monsieur le Curé vous offre une prise de tabac———ou un pauvre soldat vous montre sa jambe———ou un moine vous tend son tronc———ou la prêtresse de la citerne veut arroser vos roues———qui n'en ont pas besoin———mais elle jure que si, par sa *prêtrise* (en vous renvoyant le mot) :———alors vous avez tous ces points à discuter, ou à peser dans votre esprit et en le faisant, les facultés intellectuelles s'éveillent si complètement

———que vous n'avez qu'à les rendormir comme vous pourrez.

Ce fut entièrement à une de ces infortunes que je dus de ne pas passer sans m'arrêter près des écuries de Chantilly———

———Mais le postillon affirmant d'abord, puis me soutenant en face que la pièce de deux sous n'était pas marquée, j'ouvris les yeux pour m'en convaincre—et y voyant la marque aussi claire que mon nez—je sautai hors de ma chaise en colère, et je vis spleenétiquement tout ce qu'il y avait à Chantilly.—Je n'en ai fait l'épreuve que pendant trois postes et demie, mais je crois que c'est le meilleur mobile du monde pour voyager rapidement; car, dans cette disposition, peu d'objets vous paraissent attrayants—vous n'avez rien, ou que peu de chose qui vous arrête. C'est ce qui fit que je traversai Saint-Denis sans même tourner la tête du côté de l'abbaye———

———La richesse de son trésor! quelle baliverne!—à part les joyaux, qui sont tous faux, je ne donnerais pas trois sous de tout ce qui s'y trouve, si ce n'est de la *lanterne de Judas*[1]———et encore pas même de cela, n'était que, comme il commence à faire sombre, elle pourrait être de quelque utilité.

CHAP. XVII.

CLIC, clac——clic, clac——clic, clac——c'est donc là Paris! dis-je (fidèle à mon humeur)——et c'est là Paris!——hum!——Paris! m'écriai-je, en répétant le nom pour la troisième fois——

La première, la plus belle, la plus brillante——

——Les rues, pourtant, en sont sales ;

Mais elle a meilleur air, je suppose, qu'elle ne sent ——Clic, clac——clic, clac——Quel embarras tu fais!——comme s'il importait à ces bonnes gens d'être avertis qu'un homme à face pâle, et vêtu de noir, a eu l'honneur d'entrer à Paris, à neuf heures du soir, mené par un postillon en veste jaune tannée, à revers de calmande rouge——clic, clac——clic, clac——clic, clac ——je voudrais que ton fouet——

——Mais c'est l'esprit de ta nation ; ainsi claque— claque à ton aise.

Ah!——Et personne ne cède le côté du mur!—— mais si, dans l'École de l'Urbanité même, les murs sont emb—nés—comment faire autrement ?

Et je t'en prie, quand allume-t-on les lanternes ? Quoi?—jamais dans les mois d'été!——Oh! c'est le temps des salades.——Oh! très bien! salade et soupe— soupe et salade—salade et soupe, *encore*[1]——

——C'en est *trop* pour des pécheurs.

Maintenant, je ne puis supporter une pareille barbarie. Comment ce déraisonnable cocher peut-il adresser tant d'infamies à ce maigre cheval ? Ne voyez-vous pas, l'ami, que les rues sont si abominablement étroites, qu'il n'y a pas place, dans tout Paris, pour tourner une brouette ? Dans la ville la plus magnifique de l'univers entier, il n'eût pas été mal de les laisser une idée plus larges ; et encore, si seulement chaque rue l'était assez pour qu'un homme pût savoir (ne fût-ce que pour sa propre satisfaction) de quel côté il y marche.

Une—deux—trois—quatre—cinq—six—sept—huit—neuf—dix.—Dix boutiques de traiteurs ! et deux fois autant de barbiers ! et le tout dans un espace de trois minutes en voiture ! on croirait que tous les cuisiniers du monde, dans quelque grande et joyeuse réunion avec les barbiers, se sont dit, d'un commun accord—Allons tous vivre à Paris : les Français aiment la bonne chère—ils sont tous *gourmands*——nous occuperons un haut rang ; s'ils font leur dieu de leur ventre[1]——leurs cuisiniers doivent être des messieurs : et attendu que la *perruque fait l'homme*, et que le perruquier fait la perruque——ergo, les barbiers ont dit : nous occuperons un plus haut rang encore—nous serons au-dessus de vous tous—nous serons au moins Capitouls[2]*—pardi ! nous porterons tous l'épée——

---

* Premier magistrat à Toulouse, etc., etc., etc.

—Et on jurerait (à la lueur de la chandelle,—mais il n'y a pas à s'y fier) qu'ils ont continué à faire ainsi jusqu'à ce jour.

CHAP. XVIII.

LES Français sont certainement mal compris : ————mais si la faute en est à eux, en ce qu'ils ne s'expliquent pas suffisamment ; ou ne parlent pas avec cette exacte ponctualité et précision qu'on aurait le droit d'attendre sur un point d'une telle importance, et qui, de plus, est tellement exposé à être contesté par nous————ou si la faute n'incomberait pas tout à fait de notre côté, en ce que nous ne comprenons pas toujours assez nettement leur langue pour savoir « ce qu'ils veulent dire »————je ne le déciderai pas ; mais il est évident pour moi que quand ils affirment « *Que qui a vu Paris a tout vu,* » ils doivent entendre parler de ceux qui l'ont vu à la lumière du jour.

Quant à la lueur dans chandelles—je l'abandonne ————j'ai dit précédemment qu'il n'y avait pas à s'y fier—et je le répète encore ; non pas que les lumières et les ombres soient trop accentuées—ou les teintes confondues—ou qu'il n'y ait ni beauté, ni harmonie, etc... car ce n'est pas la vérité—mais c'est une lueur incertaine en ce sens, Que sur la totalité des cinq cents grands hôtels dont on vous fait le dénombrement dans Paris—et des cinq cents bonnes choses, à calculer modérément (car ce n'est accorder qu'une bonne chose par hôtel), qui, à la lueur de la chandelle, sont les meilleures *à voir*, *à sentir*, *à entendre* et *à comprendre* (ce qui, par parenthèse, est une citation de Lilly[1])——du diable si un de nous sur cinquante peut bien mettre le nez dessus.

Ceci ne fait pas partie du calcul des Français : c'est tout simplement.

Que d'après le dernier recensement fait dans l'année 1716, depuis laquelle il y a eu des augmentations considérables, Paris contient neuf cents rues ; (à savoir)

Dans le quartier appelé la *Cité*—il y a cinquante-trois rues.
Dans celui de Saint-*Jacques*-la-Boucherie, cinquante-cinq rues.
Dans celui de Sainte-*Opportune*, trente-quatre rues.
Dans le quartier du *Louvre*, vingt-cinq rues.
Dans celui du *Palais-Royal*, ou Saint-*Honoré*, quarante-neuf rues.
Dans celui de *Mont. Martyr*, quarante et une rues.
Dans celui de Saint-*Eustache*, vingt-neuf rues.
Dans celui de *Halles*, vingt-sept rues.
Dans celui de Saint-*Denis*, cinquante-cinq rues.
Dans celui de Saint-*Martin*, cinquante-quatre rues.
Dans celui de Saint-*Paul*, ou de la *Mortellerie*, vingt-sept rues.
Dans celui de la *Grève*, trente-huit rues.
Dans celui de Sainte-*Avoye*, ou de la *Verrerie*, dix-neuf rues.
Dans celui du *Marais*, ou du *Temple*, cinquante-deux rues.

CHAP. XVIII [707]

Dans celui de Saint-*Antoine*, soixante-huit rues.

Dans celui de la *Place Maubert*, quatre-vingt-une rues.

Dans celui de Saint-*Benoît*, soixante rues.

Dans celui de Saint-*André-des-Arcs*, cinquante et une rues.

Dans le quartier du *Luxembourg*, soixante-deux rues.

Et dans celui de Saint-Germain, cinquante-cinq rues[1], dans chacune desquelles vous pouvez vous promener ; et quand vous les aurez vues, avec toutes leurs dépendances, bien en plein jour—leurs portes, leurs ponts, leurs places, leurs statues----et que vous aurez en outre pèleriné à toutes leurs églises paroissiales, sans omettre, à aucun prix, Saint-*Roch* et Saint-*Sulpice*---et que, pour couronner le tout, vous aurez visité les quatre palais que vous pouvez voir, à votre choix, avec ou sans les statues et les tableaux—

——Alors vous aurez vu——

——mais c'est ce que personne n'a besoin de vous dire, car vous le lirez vous-même sur le portique du Louvre en ces termes :

La terre n'a pas un tel peuple !—aucun peuple n'a eu une telle ville que Paris ! —Chantons tra deri dera*.

Les Français ont une manière *gaie* de traiter tout ce qui est grand ; et c'est tout ce qu'on en peut dire.

---

* Non Orbis gentem, non urbem gens habet ullam
  ——— ——— ——— ulla parem.

CHAP. XIX.

EN écrivant le mot *gaie* (comme à la fin du dernier chapitre), cela fait venir à l'esprit (c'est-à-dire à celui d'un auteur) le mot *spleen*——surtout si on a quelque chose à en dire : non que par aucune analyse—ou par aucun tableau d'intérêt ou de généalogie, il se trouve beaucoup plus de fondement d'alliance entre eux qu'entre la lumière et l'obscurité, ou entre les deux choses les plus hostiles et les plus opposées du monde ——seulement c'est un artifice des auteurs d'entretenir une bonne intelligence entre les mots, comme font les politiques entre les hommes—ne sachant pas jusqu'à quel point ils peuvent se trouver dans la nécessité de les placer près les uns des autres—Cette question étant réglée maintenant, et afin de pouvoir placer mon mot entièrement à ma fantaisie, je l'écris ici—

SPLEEN.

En quittant Chantilly, j'ai déclaré que c'était là le meilleur mobile du monde pour voyager rapidement ; mais je n'ai présenté cela que comme affaire d'opinion, je reste toujours dans les mêmes sentiments—seulement je n'avais pas alors assez d'expérience des effets de ce mobile pour ajouter que bien que vous alliez d'un train à tout briser, vous n'en êtes pas moins, en même temps, mal à votre aise. C'est pourquoi je renonce absolument et pour toujours à ce moyen, et le laisse cordialement au service de qui voudra—il m'a gâté la digestion d'un bon souper, et m'a procuré une diarrhée bilieuse qui m'a ramené à la première disposition avec laquelle j'étais parti——et je vais maintenant décamper pour les bords de la Garonne—

——Non;——je ne puis m'arrêter un moment pour vous décrire le physique des habitants—leur génie—leurs mœurs—leurs usages—leur législation—leur religion—leur gouvernement—leurs manufactures—leur commerce—leurs finances, avec toutes les ressources et sources cachées qui les alimentent : quelque autorisé que je puisse être à le faire, pour avoir passé trois jours et deux nuits parmi eux, et avoir, durant tout ce temps, fait de ces choses l'unique objet de mes recherches et de mes réflexions——

Toutefois—toutefois, il faut repartir——les routes sont pavées—les relais sont courts—les jours sont longs—il n'est pas plus de midi—Je serai à Fontainebleau avant le roi——

—Y va-t-il ? Pas que je sache——

CHAP. XX.

MAINTENANT je hais d'entendre une personne, surtout si c'est un voyageur, se plaindre qu'on n'aille pas aussi vite en France qu'en Angleterre ; tandis qu'on va beaucoup plus vite, *consideratis considerandis*[1] ; en entendant toujours par là que si l'on pèse leurs voitures avec les montagnes de bagages qu'on y met devant et derrière—et que l'on considère ensuite leurs chétifs chevaux, et le peu qu'ils leur donnent—c'est une merveille qu'on avance du tout : leur traitement est tout à fait anti-chrétien, et, à cet égard, il est évident pour moi qu'un cheval de poste français ne saurait que faire au monde, n'étaient les mots ****** et ****** qui le soutiennent autant que si vous lui donniez un picotin d'avoine : or, comme ces mots ne coûtent rien, j'aspire de toute mon âme à les dire au lecteur, mais c'est là la question—il faut les dire crûment, et avec la plus distincte articulation, sans quoi ils n'atteindront pas le but—et cependant, si je le fais crûment—Leurs Révérences pourront bien en rire dans la chambre à coucher—mais je sais parfaitement qu'elles en médiront au parloir : c'est pourquoi je suis depuis quelque temps à tourner et à retourner dans ma tête, mais inutilement, par quel moyen net, ou par quelle invention à facettes, je pourrais les moduler de manière, tout en satisfaisant l'*oreille* que le lecteur veut bien me *prêter* —à ne pas mécontenter l'autre qu'il garde pour lui-même.

———Mon encre me brûle les doigts d'essayer—— et quand je l'aurai fait——la conséquence sera pire ——elle brûlera (je le crains) mon papier.

———Non ;——je n'ose pas——

Mais si vous désirez savoir comment l'*abbesse* des Andouillettes et une novice de son couvent tranchèrent la difficulté (seulement souhaitez-moi d'abord tout le succès imaginable)—je vous le dirai sans le moindre scrupule.

CHAP. XXI.

L'ABBESSE du couvent des Andouillettes, que, si vous consultez la grande collection des cartes provinciales qui se publie en ce moment à Paris, vous trouverez situé dans les montagnes qui séparent la Bourgogne de la Savoie, étant menacée d'une *Ankylose*, ou raideur d'articulation (la *synovie* de son genou s'était durcie par suite des longues matines), et ayant essayé de tous les remèdes————d'abord des prières et actions de grâces; puis des invocations à tous les saints du ciel, indistinctement————puis en particulier à chaque saint qui avant elle avait eu la jambe roide————puis en la touchant avec toutes les reliques du couvent, et principalement avec le fémur de l'homme de Lystre[1], qui avait été impotent dès sa jeunesse————puis en l'enveloppant dans son voile quand elle se mettait au lit ————puis en y ajoutant son rosaire en croix————puis en appelant à son aide le bras séculier, et oignant sa jambe avec des huiles et de la graisse chaude d'animaux————puis la traitant avec des fomentations émollientes et fondantes————puis avec des cataplasmes de guimauve, de mauve, de bon Henri, de lis blanc et de sénégré————puis prenant les bois, j'entends leur fumée, et tenant son scapulaire en travers de son giron———— puis des décoctions de chicorée sauvage, de cresson d'eau, de cerfeuil, de myrtille et de cochléaria————et comme rien de tout cela ne lui réussissait, on la décida enfin à essayer des bains chauds de Bourbon——ayant donc au préalable obtenu du Visiteur général la permission de prendre soin de son existence—elle ordonna de tout préparer pour son voyage : une novice du couvent, d'environ dix-sept ans, qui souffrait d'un panaris au doigt du milieu, pour l'avoir constamment trempé dans les vieux cataplasmes de l'abbesse, etc. —lui avait inspiré tant d'intérêt, que, négligeant une vieille nonne affligée de sciatique, qui aurait pu être pour toujours rétablie par les bains chauds de Bourbon, elle choisit Margarita, la petite novice, pour sa compagne de voyage[1].

Une vieille calèche, appartenant à l'abbesse, et doublée de ratine verte, fut, par son ordre, ramenée à la lumière du soleil—le jardinier du couvent, choisi comme muletier, fit sortir les deux vieilles mules, pour leur épiler le croupion, tandis qu'une paire de sœurs laies s'occupaient, l'une à repriser l'étoffe, et l'autre à recoudre les lambeaux de galon jaune que la dent du temps avait rongés——le garçon jardinier repassa le chapeau du muletier dans de la lie de vin chaude—— et un tailleur se mit harmonieusement à la besogne, sous un appentis vis-à-vis du couvent, en assortissant quatre douzaines de sonnettes pour les harnais, et en sifflant dans le ton de chaque sonnette à mesure qu'il l'attachait avec une courroie——

——Le charpentier et le forgeron des Andouillettes tinrent un conseil au sujet des roues ; et à sept heures, le lendemain matin, tout avait bon air, et était prêt à la porte du couvent pour les bains chauds de Bourbon—

deux rangées de malheureux s'y tenaient prêts depuis une heure.

L'abbesse des Andouillettes, soutenue par Margarita, la novice, s'avança lentement vers la calèche, toutes deux vêtues de blanc, avec leurs rosaires noirs pendant sur leur poitrine——

——Il y avait dans ce contraste une solennelle simplicité : elles montèrent dans la calèche ; les nonnes, dans le même costume, doux emblème d'innocence, occupaient chacune une croisée, et quand l'abbesse et Margarita levèrent la tête—chacune (la pauvre nonne à la sciatique exceptée)—chacune souleva en l'air le bout de son voile—puis baisa la main de lis qui le laissait aller : la bonne abbesse et Margarita posèrent saintement leurs mains sur leur poitrine—levèrent les yeux vers le ciel—puis vers elles—et eurent l'air de dire : « Dieu vous bénisse, chères sœurs. »

Je déclare que cette histoire m'intéresse, et que j'aurais voulu être là.

Le jardinier, que j'appellerai maintenant le muletier, était un petit compère vigoureux et trapu, bon enfant, aimant à jaser et à boire, et se troublant fort peu la cervelle des *comment* et *quand* de la vie ; aussi avait-il hypothéqué un mois de ses gages du couvent pour se procurer une outre, ou tonneau de vin en cuir, qu'il avait placée derrière la calèche, avec une grande casaque de couleur brune par-dessus, pour la garantir du soleil ; et comme le temps était chaud, et que notre homme, nullement chiche de sa peine, marchait dix fois plus qu'il ne chevauchait—il trouva plus d'occasions que n'en réclamait la nature de tomber sur l'arrière de sa voiture; si bien qu'à force d'allées et de venues il arriva que tout son vin s'était écoulé par l'issue *légale* de l'outre, avant qu'une moitié du voyage fût accompli.

L'homme est un animal d'habitudes. La journée avait été étouffante—la soirée était délicieuse—le vin était généreux—le coteau bourguignon où il croissait était escarpé—au pied, un petit bouchon tentateur, placé au-dessus de la porte d'une fraîche chaumière, vibrait en pleine harmonie avec les désirs—un air doux bruissait distinctement à travers les feuilles—« Venez— venez, muletier altéré—entrez ici. »

——Le muletier était un fils d'Adam. Je n'ai pas besoin d'en dire davantage. Il donna à chacune des mules un grand coup de fouet, et regardant en même temps à la face l'abbesse et Margarita—comme pour leur dire : « Je suis là »—il donna à ses mules un second et rude cinglon—comme pour leur dire : « Allez toujours »——et s'échappant par-derrière, il entra dans la petite auberge située au pied du coteau.

Le muletier, comme je vous l'ai dit, était un joyeux et gazouillant petit compère, qui ne songeait pas au lendemain, ni à ce qui l'avait précédé, ni à ce qui devait le suivre, pourvu qu'il eût son content de Bourgogne, et une petite causerie en le buvant; il entama donc une longue conversation, disant comme quoi il était jardinier en chef du couvent des Andouillettes, etc., etc., et que par amitié pour l'abbesse et mademoiselle Margarita, qui n'en était qu'à son noviciat, il était venu avec elles des frontières de la Savoie, etc.--, etc.-- ; et comme quoi l'abbesse avait gagné une tumeur blanche par ses dévotions——et quelle légion d'herbes il lui avait fournies pour mollifier ses humeurs, etc., etc. et que si les eaux de Bourbon ne guérissaient pas cette jambe—elle pourrait aussi bien boiter des deux—etc., etc., etc.—Il arrangea son histoire de telle sorte, qu'il en oublia absolument l'héroïne—et avec elle la petite novice, et, ce qui était un point plus chatouilleux à oublier—les deux mules ; or, les mules sont des créatures qui abusent du monde autant que leurs parents ont abusé d'elles-mêmes—et qui, n'étant pas à même de rendre la pareille *par voie de descendance* (comme le sont hommes, femmes et bêtes)—le font de côté, et en longueur, et à reculons—et en montant, et en descendant, et de toutes les manières possibles.——Les philosophes, avec toute leur morale, n'ont jamais bien considéré ceci—comment notre pauvre muletier, plongé dans les vignes du Seigneur, aurait-il pu le considérer du tout ? il n'y songea nullement—il est donc temps que nous le fassions laissons-le en plein dans son élément, le plus heureux et le plus insouciant des mortels——et pour un moment retournons aux mules, à l'abbesse et à Margarita.

Par la vertu des deux derniers coups de fouet du muletier, les mules avaient continué tranquillement, guidées par leur propre conscience, de gravir le coteau, et elles étaient parvenues à moitié chemin ; quand la plus âgée, une malicieuse et rusée vieille diablesse, au détour d'un angle, jetant un regard de côté et ne voyant pas de muletier derrière elle——

Par ma fi! dit-elle en jurant, je n'irai pas plus loin ——Et si cela m'arrive, répliqua l'autre, ils pourront faire un tambour de ma peau.——

Et là-dessus, d'un commun accord, elles s'arrêtèrent court——

CHAP. XXII.

——ALLEZ donc, dit l'abbesse.

——P----st——st——cria Margarita.

S---t——st-t——st--t—s--hu——siffla l'abbesse.

——Hu—u—e——Hu—e—e—hua Margarita, en plissant ses charmantes lèvres de manière à produire un cri moitié ululation, moitié sifflet.

—Pan—pan—pan—tambourina l'abbesse des Andouillettes, avec le bout de sa canne à pomme d'or, contre le fond de la calèche——

——La vieille mule lâcha un p—

CHAP. XXIII.

NOUS sommes perdues, à jamais perdues, mon enfant, dit l'abbesse à Margarita——nous allons rester ici toute la nuit——nous serons volées——nous serons violées——

——Nous serons violées, dit Margarita, à coup sûr.

Sancta Maria ! s'écria l'abbesse (oubliant l'O !)— pourquoi ai-je cédé à cette maudite roideur d'articulation ! pourquoi ai-je quitté le couvent des Andouillettes ? et pourquoi n'as-tu pas permis à ta servante de descendre impolluée dans sa tombe ?

Ô mon doigt ! mon doigt ! cria la novice, prenant feu au mot de *servante*—pourquoi ne me suis-je pas contentée de le mettre ici ou là, n'importe où, plutôt que dans ce défilé ?

——Défilé ! dit l'abbesse.

Défilé——dit la novice ; car la terreur avait troublé leur jugement——l'une ne savait ce qu'elle disait ——ni l'autre ce qu'elle répondait.

Ô ma virginité ! virginité ! s'écria l'abbesse.

——inité !——inité ! dit la novice en sanglotant.

CHAP. XXIV.

MA chère mère, dit la novice, revenant un peu à elle-même,——il est deux certains mots qui, m'a-t-on dit, peuvent forcer tout cheval, âne ou mulet, de gravir, bon gré, mal gré, une côte; quelque entêté ou récalcitrant qu'il soit, du moment qu'il les entend prononcer, il obéit. Ce sont des mots magiques! s'écria l'abbesse toute saisie d'horreur—Non; repartit Margarita avec calme—mais ce sont des mots criminels—Quels sont-ils? interrompit l'abbesse : Ils sont criminels au premier degré, répondit Margarita,—ils sont mortels—et si nous sommes violées, et que nous mourions sans absolution, nous serons toutes deux——mais vous pouvez les prononcer de vous à moi, dit l'abbesse des Andouillettes——Ils ne peuvent pas être prononcés du tout, ma chère mère, dit la novice; ils feraient monter à la face tout le sang qu'on a dans le corps——Mais vous pouvez me les murmurer à l'oreille, dit l'abbesse.

Ô ciel! n'avais-tu aucun ange gardien à envoyer à l'auberge au bas de la côte? N'y avait-il d'inoccupé aucun esprit généreux et bienveillant——aucun agent de la nature pour arracher le muletier de son banquet, par quelque frisson prémonitoire courant le long de l'artère qui conduisait à son cœur?——aucune douce harmonie pour lui rappeler l'idée charmante de l'abbesse et de Margarita avec leurs noirs rosaires!

Debout! debout!——mais il est trop tard—les horribles mots se prononcent en ce moment même——

——et comment les dire?—Vous qui pouvez parler de tout ce qui existe sans souiller vos lèvres——apprenez-le-moi——guidez-moi——

CHAP. XXV.

TOUS les péchés, dit l'abbesse devenant casuiste dans la détresse où elles se trouvaient, sont considérés par le confesseur de notre couvent comme mortels ou véniels : il n'y a pas d'autre division. Or, un péché véniel étant le plus léger et le moindre de tous les péchés,—si on le partage en deux—soit en n'en prenant que la moitié, et laissant le reste—soit en le prenant tout entier, et le partageant amicalement entre une autre personne et vous—il se trouve nécessairement réduit à rien.

Or, je ne vois aucun péché à dire *bou, bou, bou, bou, bou,* cent fois de suite ; et il n'y a non plus aucune turpitude à prononcer la syllabe *gre, gre, gre, gre, gre,* fût-ce depuis Matines jusqu'à Vêpres : C'est pourquoi, ma chère fille, continua l'abbesse des Andouillettes,—je vais dire *bou,* et tu diras *gre*; et puis alternativement, comme il n'y a pas plus de péché dans *fou* que dans *bou*—Tu diras *fou*— et j'arriverai avec *tre* (comme fa, sol, la, ré, mi, ut, à Complies). Et effectivement, l'abbesse, donnant le ton, attaqua ainsi :

L'abbesse,	Bou--bou--bou--
Margarita,	——gre,--gre,--gre

Margarita,	Fou--fou--fou--
L'abbesse,	——tre,--tre,--tre.

Les deux mules répondirent à ces accents par un mutuel coup de queue; mais cela n'alla pas plus loin. ——Cela va venir, dit la novice,

L'abbesse,	Bou–bou–bou–bou–bou–bou–
Margarita,	—gre, gre, gre, gre, gre, gre.

Encore plus vite, cria Margarita.

Fou, fou, fou, fou, fou, fou, fou, fou, fou.

Encore plus vite, cria Margarita.

Bou, bou, bou, bou, bou, bou, bou, bou, bou.

Encore plus vite—Dieu me protège! dit l'abbesse —Elles ne nous comprennent pas, s'écria Margarita —Mais le Diable nous entend, dit l'abbesse des Andouillettes.

CHAP. XXVI.

QUELLE étendue de pays j'ai parcourue!—de combien de degrés je me suis rapproché du soleil, et combien de belles et bonnes villes j'ai vues, pendant le temps que vous avez mis, madame, à lire et à méditer cette histoire ! J'ai vu FONTAINEBLEAU et SENS, et JOIGNY, et AUXERRE, et DIJON, la capitale de la Bourgogne, et CHALONS, et Mâcon, la capitale du Mâconnais, et une vingtaine d'autres encore sur la route de LYON——et maintenant que je les ai traversées——je pourrais aussi bien vous parler d'autant de villes marchandes dans la lune, que vous dire un seul mot de celles-là : j'aurai beau faire, voilà pour le moins ce chapitre-ci, et peut-être même le suivant, entièrement perdus——

—Eh mais, c'est une étrange histoire, Tristram !

——Hélas ! madame, si elle eût roulé sur quelque mélancolique dissertation à propos de la croix—de la paix de l'humilité, ou du contentement de la résignation——je n'aurais pas été embarrassé : ou si j'eusse songé à l'écrire sur les plus pures abstractions de l'âme, et cette nourriture de sagesse, de sainteté et de contemplation dont doit se sustenter à jamais l'esprit de l'homme (séparé du corps)——vous en seriez revenue avec un meilleur appétit——

——Je voudrais ne l'avoir jamais écrite : mais comme je n'efface jamais rien[1]——employons quelque honnête moyen de nous l'ôter sur-le-champ de la tête.

——Je vous prie, passez-moi mon bonnet de fou ——je crains que vous ne soyez assise dessus, madame ——il est sous le coussin——Je vais le mettre——

Miséricorde! vous l'avez sur la tête depuis une demi-heure.———Alors qu'il y reste, avec un

Traderi, deri
Et un traderi, dera
Et un lanture—lu
   Lire---lon—fa.

Et maintenant, madame, nous pouvons nous hasarder, j'espère, à avancer un peu.

CHAP. XXVII.

———TOUT ce que vous avez à dire de Fontainebleau (en cas qu'on vous le demande), c'est qu'il est situé à environ quarante milles (*un peu* au sud) de Paris, au milieu d'une grande forêt———Qu'il a quelque chose de grand———Que le roi y va une fois tous les deux ou trois ans, avec toute sa cour, pour le plaisir de la chasse—et que durant ce carnaval cynégétique, tout gentleman anglais à la mode (sans vous oublier vous-même) peut se procurer un ou deux chevaux pour prendre part à la chasse, en ayant soin seulement de ne pas dépasser le roi———

Cependant il y a deux raisons pour que vous vous dispensiez de le répéter tout haut à tout le monde.

Premièrement, parce que cela rendra lesdits chevaux plus difficiles à obtenir; et

Secondement, c'est qu'il n'y a pas un mot de vrai dans tout cela.———*Allons!*

Quant à SENS———vous pouvez l'expédier en un mot———« *C'est un siège archiépiscopal.* »

———Pour JOIGNY—moins on en dit, je pense, et mieux cela vaut.

Mais pour AUXERRE—j'en pourrais parler toujours : car lors de mon *grand tour* en Europe, dans lequel, après tout, mon père (ne se souciant pas de me confier à personne) m'accompagna lui-même, avec mon oncle Toby, et Trim, et Obadiah, et, en vérité, avec presque toute la maison, sauf ma mère, qui, étant occupée d'un projet de tricoter à mon père une paire de grandes culottes d'estame—(la chose est toute naturelle)—et ne désirant pas être dérangée, resta au logis, à SHANDY HALL, pour tenir tout en ordre pendant notre expédition ; dans ce voyage, dis-je, mon père, dont les recherches étaient toujours de nature à récolter même dans un désert, en nous retenant deux jours à Auxerre———m'a suffisamment laissé à dire sur cette ville : bref, partout où allait mon père———mais ce fut encore plus remarquable dans ce voyage en France et en Italie, qu'à toute autre époque de sa vie———sa route avait l'air de se trouver si fort en dehors de celle où tous les autres voyageurs avaient passé avant lui—il voyait les rois et les cours, et les soies de toute couleur, sous des jours si étranges———et ses remarques et raisonnements sur les caractères, les mœurs et coutumes des pays que nous traversâmes étaient si opposés à ceux de tous les autres mortels, et particulièrement à ceux de mon oncle Toby et de Trim—(pour ne rien dire de moi-même)—et pour couronner le tout—les événements et embarras que nous rencontrions et dans lesquels nous tombions perpétuellement, grâce à ses systèmes et à son opiniâtreté—étaient d'une contexture si bizarre, si mêlée et si tragi-comique—et le tout réuni apparaît sous une nuance et une teinte si différentes de tout autre tour qui ait jamais été fait en Europe—Que je me hasarderai à déclarer—que la faute en doit être à moi, et à moi seul—si celui de mon père n'est pas lu par tous les voyageurs et lecteurs de voyages, jusqu'à ce qu'on cesse de voyager,—ou, ce qui revient au même—jusqu'à ce que le monde, finalement, se mette en tête de rester tranquille.——

——Mais ce riche ballot ne doit pas être ouvert à présent ; sauf un ou deux petits fils, et simplement pour débrouiller le mystère du séjour de mon père à Auxerre.

——Puisque j'en ai fait mention—ce fil est trop léger pour le tenir en suspens, et quand je l'aurai tissu, ce sera une affaire faite.

Frère Toby, dit mon père, nous allons aller, pendant que le dîner cuit—à l'abbaye de Saint-Germain, ne serait-ce que pour voir ces corps si fort recommandés par M. Séguier.——J'irai voir n'importe qui, dit mon oncle Toby, car il fut la complaisance même à chaque pas du voyage——Dieu m'assiste! dit mon père—ce ne sont que des momies——Alors il n'est pas nécessaire de se raser, dit mon oncle Toby——Se raser ! non—s'écria mon père—cela aura davantage un air de famille d'y aller avec nos barbes longues—Nous partîmes donc pour l'abbaye de Saint-Germain, le caporal donnant le bras à son maître et formant l'arrière-garde.

Tout cela est très beau, et très riche, superbe et magnifique, dit mon père s'adressant au sacristain[1], qui était un jeune frère de l'ordre des Bénédictins—mais le but de notre curiosité est de voir les corps dont M. Séguier a donné au monde une description si exacte.—Le sacristain fit un salut, et après avoir allumé une torche qu'il avait toujours toute prête à cet effet dans la sacristie, il nous conduisit au tombeau de saint Heribald——C'était, dit le sacristain en posant sa main sur la tombe, un prince renommé de la maison de Bavière, qui, sous les règnes successifs de Charlemagne, Louis-le-Débonnaire et Charles-le-Chauve, jouit d'une grande autorité dans le gouvernement, et contribua principalement à établir partout l'ordre et la discipline——

Alors il a été aussi grand, dit mon oncle, sur le champ de bataille que dans le cabinet——j'ose dire que c'était un vaillant soldat——C'était un moine—dit le sacristain.

Mon oncle Toby et Trim cherchèrent quelque consolation dans les yeux l'un de l'autre—mais ne l'y trouvèrent pas : mon père frappa des deux mains sur sa braguette, ce qui était un geste à lui quand quelque chose le chatouillait fortement ; car, quoiqu'il détestât les moines et l'odeur même d'un moine, plus que tous les diables de l'enfer——Cependant, le coup portant plus rudement sur mon oncle Toby et sur Trim que sur lui-même, c'était un triomphe relatif, et qui le mit de la meilleure humeur du monde.

——Et dites-moi, comment appelez-vous ce personnage ? dit mon père, d'un ton presque badin : Cette tombe, dit le jeune Bénédictin, les yeux baissés, contient les os de sainte MAXIMA, qui vint de Ravenne dans le but de toucher le corps——

——De saint MAXIMUS, dit mon père, entrant subitement en lice avec son saint devant lui—c'étaient deux des plus grands saints de tout le matyrologe, ajouta mon père——Excusez-moi, dit le sacristain ——c'était pour toucher les os de saint Germain, le fondateur de cette abbaye——Et qu'est-ce qu'elle y gagna ? dit mon oncle Toby——Qu'est-ce qu'y gagne toute femme ? dit mon père——LE MARTYRE ; répliqua le jeune Bénédictin, faisant un salut jusqu'à terre, et prononçant le mot d'un ton si humble, mais si positif, que mon père en fut désarmé pour un moment. On suppose, continua le Bénédictin, que sainte Maxima repose dans cette tombe depuis quatre cents ans, et deux cents ans avant sa canonisation——C'est là un avancement bien lent, frère Toby, dit mon père, dans cette armée de martyrs.——Furieusement lent, s'il plaît à Votre Honneur, dit Trim, à moins qu'on ne puisse l'acheter——Je préférerais plutôt vendre mon grade et quitter le service, dit mon oncle Toby——Je suis assez de votre avis, frère Toby, dit mon père.

CHAP. XXVII

———Pauvre sainte Maxima! se dit mon oncle Toby bas à lui-même, comme nous nous éloignions de sa tombe : C'était une des plus gentilles et des plus belles dames d'Italie ou de France, poursuivit le sacristain ———Mais qui diantre s'est couché ici à côté d'elle? dit mon père, en indiquant avec sa canne un grand tombeau, tandis que nous marchions———C'est saint Optat[1], monsieur, répondit le sacristain———Et bien placé est saint Optat! dit mon père. Et quelle est l'histoire de saint Optat? continua-t-il. Saint Optat, repartit le sacristain, était un évêque———

——Je m'en doutais, par le ciel! s'écria mon père, en l'interrompant———Saint Optat!———Comment saint Optat aurait-il pu échouer? Tirant donc vivement son portefeuille, et le jeune Bénédictin lui tenant la torche pendant qu'il écrivait, il y nota saint Optat comme une nouvelle preuve à l'appui de son système sur les noms de baptême, et j'oserai dire qu'il était si désintéressé dans la recherche de la vérité, qu'un trésor trouvé dans le tombeau de saint Optat ne l'eût pas rendu à moitié si riche : Sa courte visite aux morts avait été aussi fructueuse que toutes celles qui leur furent jamais rendues, et son imagination fut si grandement charmée de tout ce qui s'y était passé,—qu'il se décida sur-le-champ à rester un jour de plus à Auxerre.

—Je verrai demain le reste de ces braves gens, dit mon père, comme nous traversions la place———Et tandis que vous leur rendrez cette visite, frère Shandy, dit mon oncle Toby—le caporal et moi nous monterons aux remparts.

CHAP. XXVIII.

————C'EST ici le plus embrouillé de tous les écheveaux————car, dans le dernier chapitre, jusqu'à l'endroit du moins où il m'a mené par *Auxerre*, j'ai fait à la fois deux voyages différents, et cela du même trait de plume——car je suis tout à fait sorti d'Auxerre dans le voyage que j'écris maintenant, et j'en suis à moitié dehors dans celui que j'écrirai plus tard————Il n'y a qu'un certain degré de perfection en toute chose; et, en poussant un peu au-delà, je me suis mis dans une situation où jamais voyageur ne s'est trouvé avant moi; car en ce moment je traverse la place du marché d'Auxerre avec mon père et mon oncle Toby, pour aller dîner————et en ce moment aussi, j'entre à Lyon, avec ma chaise de poste brisée en mille morceaux——et, qui plus est, je suis en ce moment même dans un beau pavillon bâti par Pringello*[1] sur le bord de la Garonne, que m'a prêté monsieur Sligniac, et où je suis en train d'écrire cette rapsodie.

————Laissez-moi me recueillir, et poursuivre mon voyage[2].

---

* Le même Don Pringello, le fameux architecte *espagnol* dont mon cousin Antony a fait une mention si honorable dans une scolie au conte qui lui est attribué.

Vid. p. 129, petite édit.

CHAP. XXIX.

J'EN suis enchanté, dis-je, en faisant à part moi mon calcul, comme j'entrais à pied dans Lyon——car ma chaise avait été entassée pêle-mêle avec mon bagage sur une charrette, qui se traînait lentement devant moi——je suis ravi, dis-je, qu'elle soit toute brisée en morceaux, car maintenant je puis aller directement par eau à Avignon, ce qui m'économisera cent vingt milles sur mon voyage, et ne me coûtera que sept livres ——et de là, continuai-je, en suivant mon calcul, je puis louer une paire de mules—ou d'ânes (car personne ne me connaît), et traverser presque pour rien les plaines du Languedoc——Je gagnerai à ce malheur quatre cents livres de plus, clair et net, dans ma bourse ; et du plaisir ! valant——valant le double de cette somme. Avec quelle rapidité, continuai-je, en frappant des mains, je descendrai le Rhône rapide, avec le VIVARAIS à ma droite et DAUPHINÉ à ma gauche, et voyant à peine les anciennes villes de VIENNE, de *Valence* et de Viviers ! Quelle flamme cela rallumera dans ma lampe, d'arracher une grappe rougissante à l'Hermitage et à la Côte-Rôtie, quand je passerai comme un trait à leur pied ! et quel nouvel élan pour le sang ! de voir sur les rives s'avancer et reculer ces châteaux romanesques dont de courtois chevaliers ont jadis délivré les malheureux prisonniers——et de contempler avec le vertige, les rocs, les montagnes, les cataractes, et tout ce tourbillon que produit la Nature, entraînant avec elle tous ses grands ouvrages——

À mesure que j'allais de ce pas, il me semblait que ma chaise, dont le naufrage avait eu assez grand air au premier abord, diminuait de plus en plus de stature; la fraîcheur de la peinture avait disparu—la dorure avait perdu son lustre—et tout l'ensemble apparaissait à mes yeux si pauvre—si piètre!—si misérable! et, en un mot, tellement au-dessous de la calèche même de l'abbesse des Andouillettes—que j'ouvrais justement la bouche pour la donner au diable—quand un pétulant raccommodeur de voitures, traversant lestement la rue, me demanda si Monsieur voulait faire réparer sa chaise ——Non, non, dis-je en secouant la tête de côté— Monsieur préférerait-il la vendre? reprit le raccommodeur—De tout mon cœur, dis-je—le fer vaut quarante livres—les glaces en valent autant—et vous pouvez prendre le cuir par-dessus le marché.

—Quelle mine d'argent m'a rapportée cette chaise de poste! dis-je pendant qu'il m'en comptait le prix. C'est là ma méthode habituelle en matière de tenue de livres, du moins à l'égard des malheurs de la vie— j'en tire un dernier de chaque, à mesure qu'ils m'adviennent——

——Dis, ma chère Jenny, dis pour moi au monde comment je me conduisis lors d'un malheur, le plus accablant de son genre qui pût arriver à un homme fier, comme il doit l'être, de sa virilité——

C'est assez, dis-tu, en t'approchant tout près de moi, comme je me tenais debout, mes jarretières à la main, et réfléchissant à ce qui *ne* venait *pas* de se passer—— C'est assez, Tristram, et je suis satisfaite, dis-tu, en

me murmurant ces paroles à l'oreille :**** ** ****
***** *******;——****** *** ******
——tout autre homme serait rentré sous terre——

———À quelque chose malheur est bon, dis-je.

———J'irai passer six semaines dans le pays de Galles, et je boirai du petit-lait de chèvre—et je gagnerai sept années d'existence de plus à cet accident. C'est pourquoi je m'estime inexcusable de blâmer la Fortune aussi souvent que je l'ai fait, pour m'avoir assailli toute ma vie de tant de petits maux, comme une méchante duchesse, ainsi que je l'ai appelée : certes, si j'ai aucune raison de lui en vouloir, c'est de ne pas m'en avoir envoyé de grands—une vingtaine de bonnes maudites pertes, bien éclatantes, m'auraient valu autant qu'une pension.

———Une de cent livres par an, ou à peu près, est tout ce que je désire—je ne voudrais pas avoir l'ennui de payer l'impôt foncier pour plus.

CHAP. XXX.

POUR ceux qui s'y connaissent et appellent vexations des VEXATIONS, il ne saurait y en avoir de plus grande que de passer la meilleure partie d'une journée à Lyon, la plus opulente et la plus florissante ville de France, et la plus riche en antiquités—et de ne pouvoir la visiter. En être empêché par *n'importe* quoi, doit être une vexation ; mais en être empêché *par* une vexation——ce doit être assurément ce que la philosophie appelle à bon droit

VEXATION
sur
VEXATION.

J'avais pris mes deux tasses de café au lait (ce qui, par parenthèse, est excellent pour la consomption ; mais il faut faire bouillir le lait et le café ensemble—autrement ce n'est que du café et du lait)—et comme il n'était que huit heures du matin et que le bateau ne partait qu'à midi, j'avais le temps de voir assez de Lyon pour en lasser la patience de tous les amis que j'ai dans le monde. Je vais faire un tour à la cathédrale, dis-je en regardant ma liste, et voir, en premier lieu, le merveilleux mécanisme de cette grande horloge de Lippius de Bâle——

Or, de toutes les choses du monde, celle que je comprends le moins, c'est la mécanique——je n'ai pour elle ni génie, ni goût, ni disposition, et j'ai le cerveau si complètement inapte aux choses de cette espèce, que je déclare solennellement n'avoir jamais pu encore comprendre les principes du mouvement d'une cage d'écureuil, ou de la roue d'un simple repasseur de couteaux —quoique, pendant bien des heures de ma vie, j'aie contemplé l'une avec une grande dévotion—et que je me sois arrêté près de l'autre avec autant de patience que jamais chrétien ait pu le faire——

J'irai voir le mouvement surprenant de cette grande horloge, dis-je, en premier : puis je rendrai visite à la grande bibliothèque des Jésuites, et je me procurerai, s'il est possible, le spectacle des trente volumes de l'histoire générale de la Chine, écrite (non en tartare, mais) en chinois, et, qui plus est, en caractères chinois.

Or, j'entends presque aussi peu la langue chinoise que le mécanisme de l'horloge de Lippius ; aussi, pourquoi ces deux articles se coudoyaient-ils en tête de ma liste[1]——je le livre aux curieux comme un problème de la Nature. J'avoue que cela ressemble à un des caprices de Sa Seigneurie ; et ceux qui la courtisent sont aussi intéressés que moi à connaître son humeur.

Quand j'aurai vu ces curiosités, dis-je, en m'adressant à demi à mon *valet de place*[2], debout derrière moi——nous, nous ne ferons pas mal d'aller à l'église de Saint-Irénée, voir le pilier où le Christ fut attaché ——et, après cela, la maison où demeurait Ponce-Pilate[3]——C'était dans la ville prochaine, dit le *valet de place*—à Vienne ; J'en suis ravi, dis-je, en me levant vivement de ma chaise, et en arpentant la chambre avec des enjambées deux fois aussi grandes que mon pas ordinaire——« car j'en serai d'autant plus tôt au *Tombeau des deux Amants.* »

Quelle était la cause de ce mouvement, et pourquoi je fis de si longues enjambées en prononçant ces paroles——je pourrais également le livrer aux curieux ; mais comme aucun principe d'horlogerie n'y est intéressé——autant vaut pour le lecteur que je l'explique moi-même.

CHAP. XXXI.

OH ! c'est une douce époque dans la vie de l'homme, lorsque (le cerveau étant mou et fibrilleux, et plus semblable à de la bouillie qu'à toute autre chose) ——on lit l'histoire de deux tendres amants, séparés l'un de l'autre par de cruels parents, et par la destinée plus cruelle encore——

Amandus——Lui
Amanda[1]——Elle——

chacun d'eux ignorant le sort de l'autre,

Lui——à l'Est,
Elle——à l'Ouest.

Amandus, captif des Turcs, et emmené à la cour de l'Empereur de Maroc, où la princesse de Maroc, tombant amoureuse de lui, le retient vingt ans prisonnier pour l'amour de son Amanda——

Elle—(Amanda) tout ce temps errant pieds nus, et les cheveux épars, sur les rocs et les montagnes, s'enquérant d'Amandus——Amandus! Amandus!—faisant redire son nom à tous les échos des monts et des vallées——

Amandus! Amandus!

s'asseyant désespérée à la porte de chaque ville et de chaque cité——Est-ce qu'Amandus?—Est-ce que mon Amandus est entré?——jusqu'à ce que,——à force de faire le tour du monde, dans un sens et dans l'autre——un hasard inespéré les amenant, au même instant de la nuit, quoique de côtés différents, à la porte de Lyon, leur ville natale, et chacun d'eux s'écriant d'une voix bien connue,

> Est-ce qu'Amandus
> Est-ce que mon Amanda } vit encore ?

ils volent dans les bras l'un de l'autre, et tombent tous deux morts de joie.

Il est, dans la vie de tout aimable mortel, une douce époque où une telle histoire offre au cerveau plus de *pabulum*[1] que tous les *débris*, *croûtes* et *rouilles* d'antiquité que les voyageurs peuvent cuisiner pour lui.

——Ce fut tout ce qui s'arrêta sur la partie droite du tamis de mon cerveau, de ce que Spon[2] et autres, dans leurs relations de Lyon, y avaient fait *passer*; et trouvant, en outre, dans quelque itinéraire, mais Dieu sait dans lequel——Qu'il avait été érigé hors des portes et consacré à la fidélité d'Amandus et d'Amanda un tombeau où, jusqu'à cette heure, les amants venaient les prendre à témoin de leur sincérité,——je n'ai jamais pu de ma vie tomber dans un guêpier de cette espèce, sans voir surgir au bout, d'une façon ou d'une autre, ce *tombeau des amants*——et, qui plus est, il avait pris sur moi un tel empire, que je pouvais rarement penser à Lyon ou en parler—et quelquefois même apercevoir un *gilet de Lyon*, sans que ce fragment d'antiquité se présentât à mon imagination; et j'ai souvent dit, dans ma folle manière d'aller mon train——quoique, j'en ai peur, avec quelque irrévérence ——« que je regardais ce sanctuaire (tout négligé qu'il fût) comme aussi précieux que celui de la Mecque, et si peu au-dessous, excepté en richesse, de la Santa Casa[1] elle-même, qu'un jour ou l'autre j'irais en pèlerinage (sans avoir d'autre affaire à Lyon) tout exprès pour lui rendre visite. »

Aussi, dans la liste de mes *Videnda*[2] à Lyon, celui-ci, quoique *le dernier*—n'était pas, vous le voyez, *le moindre*; faisant donc une douzaine ou deux d'enjambées plus longues que de coutume à travers ma chambre, juste au moment où la pensée m'en passa dans le cerveau, je descendis tranquillement dans la *Basse-cour*[3], afin de sortir; et ayant demandé mon mémoire—comme j'étais incertain si je reviendrais à mon auberge, je venais de le payer——et j'avais donné, en outre, dix sous à la servante et je recevais les derniers compliments de Monsieur Le Blanc et ses souhaits d'un voyage agréable en descendant le Rhône——quand je fus arrêté à la porte——

CHAP. XXXII.

——C'ÉTAIT par un pauvre âne qui venait d'y tourner, avec une paire de grands paniers sur le dos, afin de ramasser une aumône de têtes de navets et de feuilles de choux, et qui se tenait incertain, les deux pieds de devant en dedans du seuil, et les deux pieds de derrière du côté de la rue, comme ne sachant pas très bien s'il devait entrer ou non.

Or, c'est un animal (quelque pressé que je puisse être) que je n'ai pas le cœur de frapper——il possède une patience à endurer les souffrances, si naturellement inscrite dans ses regards et son maintien, et qui plaide si puissamment pour lui, qu'elle me désarme toujours ; et à un tel point que je n'aime pas à lui parler durement : au contraire, n'importe où je le rencontre—soit à la ville ou à la campagne—attelé à une charrette ou chargé de paniers—soit en liberté ou en esclavage ——j'ai toujours, pour ma part, quelque chose de civil à lui dire ; et comme un mot en amène un autre (s'il est aussi désœuvré que moi)——j'entre généralement en conversation avec lui et certainement mon imagination n'est jamais aussi occupée qu'à construire ses réponses d'après les indications de sa physionomie —et quand celles-ci ne me guident pas assez profondément——à voler de mon propre cœur dans le sien, et à voir ce qu'il est naturel à un âne—aussi bien qu'à un homme, de penser en cette occasion. En fait de toutes les classes d'êtres au-dessous de moi, c'est la seule créature avec laquelle je puisse le faire ; quant aux perroquets, aux corneilles, etc.——je n'échange jamais un mot avec eux——non plus qu'avec les singes, etc., à peu près pour la même raison ; ils agissent comme les autres parlent, par routine, et me rendent également silencieux ; bien plus, mon chien et mon chat, quoique je fasse grand cas de tous deux——(et quant à mon chien, il parlerait s'il pouvait)—néanmoins, pour une cause ou une autre, ils ne possèdent aucun talent pour la conversation——Je ne puis, avec eux, prolonger l'entretien au-delà de la *proposition*, de la *réponse* et de la *réplique*, qui terminaient les conversations de mon père avec ma mère dans ses lits de justice——et ces parties du discours articulées—c'en est fait du dialogue——

—Mais avec un âne, je puis causer indéfiniment[1].

Allons, mon brave, dis-je,—voyant qu'il était impossible de passer entre lui et la porte——vas-tu entrer, ou sortir ?

L'âne retourna la tête pour regarder dans la rue——

Bien—répliquai-je—nous attendrons ton maître une minute :

——Il remua sa tête pensive, et regarda fixement du côté opposé——

Je te comprends parfaitement, répondis-je——si tu fais ici un pas mal à propos, il t'assommera de coups ——Eh bien, une minute n'est qu'une minute, et si elle évite une bastonnade à un de mes semblables, elle ne sera pas réputée mal employée.

Pendant cette conversation, l'âne mangeait la tige d'un artichaut, et dans la petite lutte chagrine de la nature entre la faim et l'insipidité de ce végétal, il l'avait laissée tomber de sa bouche et ramassée une demi-douzaine de fois——Dieu t'assiste, Jeannot! dis-je; tu fais là un amer déjeuner—et tu as bien d'amères journées de travail—et bien des coups amers, j'en ai peur, pour salaire——quelle que soit la vie pour les autres, elle est pour toi tout—tout amertume.——Et en ce moment ta bouche, si on en connaissait l'état véritable, est aussi amère, j'ose dire, que la suie—(car il avait rejeté sa tige d'artichaut), et tu n'as peut-être pas un ami dans le monde pour te donner un macaron. ——En disant cela, j'en tirai une feuille que je venais d'acheter, et je lui en donnai un—et maintenant que je le raconte, mon cœur m'accuse d'avoir agi plutôt par plaisanterie, et pour voir *comment* un âne mangerait un macaron——que par un sentiment de bienveillance.

Quand l'âne eut mangé son macaron, je le pressai d'entrer——le pauvre animal était lourdement chargé ——ses jambes semblaient trembler sous lui——il tendait plutôt à reculer, et son licol, que je tirai, se cassa net dans ma main——il me regarda mélancoliquement au visage—«Ne me frappez pas avec—mais si vous le voulez, vous le pouvez»——Si je le fais, dis-je, je veux être dam——.

Le mot n'était prononcé qu'à moitié, comme celui de l'abbesse des Andouillettes—(il n'y avait donc pas de péché)—quand un individu qui entrait fit tomber une grêle de coups sur la croupe de la pauvre bête, ce qui mit fin à la cérémonie.

Au Diable!

m'écriai-je――――mais l'interjection était équivoque ――――et de plus, je pense, mal placée―car un bout d'osier qui sortait du panier de l'âne avait accroché la poche de mes culottes, au moment où celui-ci passait précipitamment près de moi, et l'avait déchirée dans la direction la plus désastreuse que vous puissiez imaginer――――de sorte que le

Au diable! à mon avis, aurait dû venir ici――――mais je le laisse à décider par

Les
CRITIQUES DE REVUES
de
MES CULOTTES

que j'ai apportées tout exprès avec moi.

CHAP. XXXIII.

QUAND tout fut réparé, je redescendis dans la *basse-cour* avec mon valet de place, afin de me rendre au Tombeau des deux Amants, etc.—et je fus une seconde fois arrêté à la porte――――non par l'âne—mais par l'individu qui l'avait frappé ; et qui, dans l'intervalle, avait pris possession (comme cela n'est pas rare après une défaite) du terrain même qu'avait occupé l'âne.

C'était un commis qui m'était envoyé du bureau de poste, un rescrit à la main, pour réclamer le payement de quelque six livres et tant de sous.

À quel propos ? dis-je.——C'est de la part du Roi, répliqua le commis en levant les épaules——

——Mon bon ami, dis-je——aussi sûr que je suis moi——et que vous êtes vous——

——Et qui êtes-vous ? dit-il.——Ne me troublez pas[1], dis-je.

CHAP. XXXIV.

——Mais c'est une vérité indubitable, continuai-je, en m'adressant au commis et ne changeant que la forme de mon affirmation——que je ne dois au roi de France que mon bon vouloir, car c'est un très honnête homme, et je lui souhaite toute la santé et toute la joie du monde——

Pardonnez-moi[2]—répliqua le commis ; vous lui devez six livres quatre sous pour la prochaine poste d'ici à Saint-Fons, sur la route d'Avignon——laquelle étant une poste royale, vous payez double pour les chevaux et le postillon——autrement cela n'eût pas monté à plus de trois livres deux sous——

——Mais je ne vais pas par terre, dis-je.

——Vous le pouvez, si cela vous plaît, repartit le commis———

Votre très humble serviteur——dis-je en lui faisant un profond salut——

Le commis, avec toute la sincérité d'un grave savoir-vivre—m'en rendit un aussi profond.——Jamais je ne fus de ma vie plus déconcerté par un salut.

——Le diable emporte le caractère sérieux de ces gens-là! dis-je—(à part), ils ne comprennent pas plus l'IRONIE que cet——

La comparaison était là tout près avec ses paniers—mais quelque chose me scella les lèvres—et je ne pus prononcer le mot—

Monsieur, dis-je, en me recueillant—ce n'est point mon intention de prendre la poste——

—Mais vous le pouvez—dit-il, en persistant dans sa première réponse—vous pouvez prendre la poste, si cela vous plaît——

—Et ajouter du sel à mon hareng salé, dis-je, si cela me plaît——

—Mais cela ne me plaît pas—

—Mais vous devez payer, que vous le fassiez ou non——

Oui, pour le sel[1], dis-je (je le sais)——

—Et pour la poste aussi, ajouta-t-il. Miséricorde! m'écriai-je——

Je voyage par eau—je descends le Rhône cette après-midi—mon bagage est sur le bateau—et je viens de payer neuf livres pour mon passage——

C'est tout égal[1]—dit-il.

Bon Dieu! quoi! payer pour la route que je prends! et pour la route que je *ne* prends *pas*!

——*C'est tout égal*, répliqua le commis——

——C'est le diable, dis-je—mais je me ferai enfermer dans dix mille Bastilles avant——

Ô Angleterre! Angleterre[2]! terre de la liberté, et pays du bon sens! toi la plus tendre des mères—et la plus douce des nourrices! m'écriai-je, en mettant un genou en terre au début de mon apostrophe——

Le Directeur de la conscience de madame Le Blanc survint en ce moment, et voyant en prière une personne vêtue de noir, la face aussi pâle que la cendre—et paraissant plus pâle encore par le contraste et la misère de son costume—il demanda si j'avais besoin des secours de l'Église——

Je vais par EAU—dis-je—et en voici un autre qui voudrait me faire payer pour aller par HUILE[3].

CHAP. XXXV.

COMME je sentis que le commis du bureau de poste voulait avoir ses six livres quatre sous, il ne me restait qu'à lui dire là-dessus quelque chose de piquant qui valût la somme :

Et je débutai ainsi——

——Et je vous prie, monsieur le commis, en vertu de quelle loi de courtoisie un étranger sans défense est-il traité juste à rebours d'un Français en pareille circonstance ?

En aucune façon, dit-il.

Excusez-moi ; dis-je—car vous avez commencé, monsieur, par déchirer mes culottes—et maintenant vous en voulez à ma poche——

Tandis que—si vous aviez pris d'abord ma poche, comme vous faites à vos compatriotes—et qu'ensuite vous m'eussiez laissé c—nu—j'aurais été une bête de me plaindre——

Tel que cela est——

——C'est contraire à la *loi de nature*.

——C'est contraire à la *raison*.

———C'est contraire à l'ÉVANGILE.

Mais non à ceci———dit-il———en me mettant un papier dans la main.

Par le roy[1].

——— ———Voilà un préambule énergique, dis-je ———et je poursuivis ma lecture——— — — — —
— — — — — — — — — —
— — — — — — — — — —
— — — — — — — — — —
— — — — — — — — — —

———Il appert de tout cela, dis-je, ayant lu un peu trop rapidement, que si un homme part de Paris en chaise de poste———il lui faut voyager ainsi tout le reste de sa vie,———ou payer tout comme.———Excusez-moi, dit le commis, l'esprit de l'ordonnance est———Que si vous partez avec l'intention de courir la poste de Paris à Avignon, etc., vous ne pouvez pas changer d'intention ou de manière de voyager sans avoir préalablement payé aux fermiers les deux postes qui suivent celle où le repentir vous prend———et cela est fondé, continua-t-il, sur ce que les REVENUS ne doivent pas souffrir de votre *légèreté*———

———Oh! par le ciel! m'écriai-je———si la légèreté est imposable en France———il ne nous reste qu'à conclure la meilleure paix possible———

ET AINSI FUT CONCLUE LA PAIX[2];

——Et si elle est mauvaise—comme Tristram Shandy en a posé la pierre angulaire—nul autre que Tristram Shandy ne doit être pendu.

CHAP. XXXVI.

QUOIQUE je sentisse que j'avais dit assez de choses remarquables au commis pour équivaloir à six livres quatre sous, je n'en étais pas moins déterminé à inscrire cet abus parmi mes remarques avant de quitter la place; je mis donc la main dans la poche de mon habit pour les chercher, et—(ce qui, par parenthèse, pourra servir d'avertissement aux voyageurs de prendre, à l'avenir, un peu plus de soin de *leurs* remarques) « les miennes avaient *disparu* »——Jamais voyageur mécontent ne fit autant de tapage et de tintamarre au sujet de ses remarques que j'en fis, moi, en cette occasion.

Ciel! terre! mer! feu! m'écriai-je, en appelant tout à mon aide, hormis ce que j'aurais dû y appeler—Mes remarques ont disparu!—que ferai-je?—Monsieur le commis! de grâce, ai-je laissé tomber des remarques pendant que je me tenais près de vous?——

Vous en avez laissé tomber bon nombre de fort singulières, répliqua-t-il——Bah! dis-je, celles-là étaient en petite quantité, et ne valaient pas plus de six livres deux sous—mais les autres forment un gros paquet ——Il secoua la tête——Monsieur Le Blanc! Madame Le Blanc! avez-vous vu des papiers à moi?—et vous, la servante de la maison, courez en haut!—François, courez après elle!——

——Il me faut mes remarques——c'étaient, m'écriai-je, les meilleures remarques qu'on ait jamais faites—les plus sages—les plus spirituelles——Que ferai-je?—de quel côté me tourner?

Sancho Pança, quand il perdit l'ÉQUIPEMENT de son âne, ne poussa pas d'exclamations plus amères[1].

CHAP. XXXVII.

QUAND le premier transport fut passé, et que les registres du cerveau commencèrent à revenir un peu de la confusion où les avait jetés ce mélange de contrariétés—l'idée me vint alors que j'avais laissé mes remarques dans la poche de ma voiture—et qu'en la vendant, j'avais en même temps vendu mes remarques avec elle au raccommodeur de voitures.

Je laisse cet espace vide, afin que le lecteur puisse le remplir du jurement qui lui est le plus familier——Pour ma part, si jamais j'ai proféré un jurement *complet* dans aucun des moments de loisir de ma vie, je crois que ce fut dans celui-ci——
*** **** **, dis-je—et ainsi mes remarques à travers la France, qui étaient aussi pleines d'esprit qu'un œuf est plein de substance, et qui valaient quatre cents guinées comme ce même œuf vaut un denier—

Je viens de les vendre ici à un raccommodeur de voitures—pour quatre Louis d'or—et je lui ai donné (par le ciel !) une chaise de poste qui en valait six, par-dessus le marché ; si c'eût été à Dodsley, à Becket[1], ou à tout autre honorable libraire, qui quittât le commerce et eût besoin d'une chaise de poste—ou qui y débutât—et eût besoin de mes remarques, et avec elles de deux ou trois guinées—j'aurais pu le supporter——mais à un raccommodeur de voitures !—conduisez-moi à l'instant chez lui, François—dis-je—le valet de place mit son chapeau, et prit les devants—quant à moi, j'ôtai le mien en passant devant le commis, et je suivis François.

CHAP. XXXVIII.

QUAND nous arrivâmes chez le raccommodeur de voitures, la maison et la boutique étaient toutes deux fermées ; c'était le huit de *septembre*, jour de la nativité de la bienheureuse Vierge Marie, mère de Dieu—

——Tantarra—ra—tan—tivi——tout le monde était allé planter un Mai—gambadant ici—cabriolant là—personne ne se souciait de moi ni de mes remarques ; je m'assis donc sur un banc près de la porte, en philosophant sur mon sort : mais par un hasard plus heureux que je n'en rencontre d'habitude, je n'avais pas attendu une demi-heure, que la maîtresse arriva pour enlever de ses cheveux ses papillotes, avant d'aller au Mai——

Les Françaises, soit dit en passant, aiment les Mais *à la folie*[1]—c'est-à-dire autant que leurs matines—— donnez-leur seulement un Mai, que ce soit en mai, en juin, en juillet ou en septembre—elles ne calculent jamais les époques——il est le bienvenu——c'est pour elles le manger, le boire, le blanchissage et le logement——et si nous avions la politique, n'en déplaise à Vos Honneurs, (vu que le bois est un peu rare en France) de leur envoyer des Mais en abondance——

Les femmes les planteraient, et cela fait, elles danseraient alentour (de compagnie avec les hommes) jusqu'à en devenir tous aveugles.

La femme du raccommodeur de voitures rentra, comme je vous l'ai dit, pour enlever de ses cheveux ses papillotes——la toilette ne s'arrête devant aucun homme——elle arracha donc son bonnet pour commencer à les défaire, tout en ouvrant la porte, et sur ce, une d'elles tomba à terre——et je reconnus immédiatement mon écriture——

—Ô Seigneur! m'écriai-je—vous avez toutes mes remarques sur la tête, madame!——*J'en suis bien mortifiée*[2], dit-elle——il est heureux, pensai-je, qu'elles se soient arrêtées là—car si elles avaient pu pénétrer plus avant, elles auraient causé une telle confusion dans la caboche d'une Française—Qu'il eût mieux valu pour elle rester défrisée jusqu'au jour de l'éternité.

Tenez[1]—dit-elle—et sans aucune idée de la nature de ma souffrance, elle les ôta de ses boucles, et les mit gravement, une à une, dans mon chapeau——une était tortillée dans ce sens-ci——une autre dans celui-là——ah! par ma foi, quand elles seront publiées, dis-je,——

Elles seront encore plus tortillées.

CHAP. XXXIX.

ET maintenant à l'horloge de Lippius! dis-je, de l'air d'un homme qui en a fini avec tous ses embarras ——rien ne peut nous empêcher de la voir, ainsi que l'histoire de la Chine, etc. excepté le temps, dit François——car il est presque onze heures—alors il faut d'autant plus nous hâter, dis-je, en allongeant le pas vers la cathédrale.

Je ne puis dire, en conscience, que j'aie éprouvé le moindre chagrin de m'entendre dire par un des chanoines mineurs, comme j'entrais par la porte de l'ouest, —Que la grande horloge de Lippius était toute détraquée et qu'elle ne marchait plus depuis plusieurs années——J'en aurai d'autant plus de temps, pensai-je, pour examiner l'histoire de la Chine; et d'ailleurs, je pourrai donner au monde une meilleure description de l'horloge délabrée que je n'aurais pu le faire dans son état florissant——

———Et là-dessus je courus au collège des Jésuites.

Or il en est du projet de jeter un coup d'œil sur l'histoire de la Chine en caractères chinois—comme de maint autre que je pourrais citer, qui ne frappe l'imagination qu'à distance ; car à mesure que j'approchai du collège—mon sang se refroidit—ma fantaisie passa peu à peu, si bien qu'à la fin je n'aurais pas donné un noyau de cerise pour la satisfaire———La vérité est que mon temps était court, et que mon cœur m'entraînait au Tombeau des Amants———Plaise à Dieu, dis-je, en mettant la main sur le marteau, que la clef de la bibliothèque soit perdue ; cela revint au même———

Car tous les JÉSUITES *avaient la colique*[1]—et à un degré absolument inconnu à la mémoire du plus vieux praticien.

CHAP. XL.

COMME je connaissais la topographie du Tombeau des Amants aussi bien que si j'avais vécu vingt ans à Lyon, à savoir qu'il se trouvait au tournant de ma main droite, juste en dehors de la porte qui conduit au faubourg de Vaise———je dépêchai François au bateau, afin de pouvoir rendre l'hommage que je devais depuis si longtemps, sans avoir de témoin de ma faiblesse.— Je me dirigeai vers le Tombeau avec toute la joie imaginable———et quand je vis la porte qui l'interceptait à ma vue, mon cœur s'enflamma———

—Tendres et fidèles esprits! m'écriai-je en m'adressant à Amandus et à Amanda—longtemps—longtemps ai-je tardé à verser cette larme sur votre tombe————Je viens————Je viens————

Quand je fus venu—il n'y avait pas de tombe où la verser.

Que n'aurais-je pas donné pour que mon oncle Toby me sifflât son Lillabullero!

CHAP. XLI.

PEU importe comment, ou dans quelle humeur—mais je m'enfuis du Tombeau des Amants—ou plutôt je ne m'*en* enfuis pas—(car il n'existait rien de pareil), et j'arrivai au bateau juste à temps pour ne pas perdre mon passage;—et avant que j'eusse vogué une cinquantaine de toises, le Rhône et la Saône se rencontrèrent, et m'emportèrent gaiement entre eux deux.

Mais j'ai décrit ce voyage sur le Rhône avant de l'avoir fait————

————Je suis donc maintenant à Avignon—et comme il n'y a rien à y voir que la vieille maison où résidait le duc d'Ormond[1], et rien pour m'arrêter qu'une courte remarque à faire sur la ville, dans trois minutes vous me verrez traverser le pont sur un mulet, avec François à cheval, mon portemanteau derrière lui, et le propriétaire des deux bêtes, arpentant le chemin devant nous, un long fusil sur l'épaule et une épée sous le bras, de peur que d'aventure nous ne nous sauvions avec ses montures. Si vous aviez vu ma culotte à mon entrée dans Avignon,——Quoique vous l'eussiez mieux vue, je pense, quand je mis le pied à l'étrier—vous n'auriez pas trouvé la précaution déplacée, ni eu le cœur de la prendre en mauvaise part : quant à moi, je la pris très bien, et je résolus de lui faire présent de ma culotte, quand nous serions à la fin de notre voyage, pour la peine qu'elle lui avait donnée de s'armer de pied en cap contre elle.

Avant d'aller plus loin, laissez-moi me débarrasser de ma remarque sur Avignon, que voici ; Je trouve mal qu'un homme, par la seule raison que son chapeau lui a été enlevé de dessus la tête, par hasard, le premier soir de son arrivée à Avignon,——vienne nous dire « qu'Avignon est plus sujette aux grands vents qu'aucune autre ville de France : » c'est pourquoi je n'attachai aucune importance à cet accident avant d'avoir questionné à ce sujet le maître de l'auberge, qui m'affirma sérieusement qu'il en était ainsi——et apprenant de plus que le climat venteux d'Avignon était passé en proverbe dans le pays d'alentour—je l'inscrivis purement pour demander aux savants quelle en peut être la cause——quant à la conséquence, je la vis—car ils sont tous là ducs, marquis et comtes——du diable s'il y a un baron dans tout Avignon——de sorte qu'il n'y a guère moyen de leur parler par un jour de vent.

Je te prie, l'ami, dis-je, tiens-moi mon mulet un moment——car j'avais besoin de retirer une de mes bottes à genouillère qui me blessait le talon——mon homme était debout, complètement oisif, à la porte de l'auberge, et comme je m'étais mis en tête qu'il avait quelque emploi dans la maison ou dans l'écurie, je lui mis la bride dans la main, et je m'occupai de ma botte :——quand j'eus fini, je me tournai pour lui reprendre ma mule et le remercier——

——*Mais Monsieur le Marquis* était rentré——

CHAP. XLII.

J'AVAIS maintenant tout le midi de la France, des bords du Rhône à ceux de la Garonne, à traverser sur mon mulet à loisir——*à loisir*——car j'avais laissé la Mort, le Seigneur le sait——et Lui seul le sait——à quelle distance loin de moi !——« J'ai suivi bien des gens en France, dit-elle——mais jamais d'un train aussi vif »——Elle me suivait toujours,——et toujours je la fuyais——mais je la fuyais gaiement——toujours elle me poursuivait—mais comme quelqu'un qui poursuit sa proie sans espoir——à mesure qu'elle s'attardait, chaque pas qu'elle perdait adoucissait son aspect—— pourquoi la fuir de ce train ?

Aussi, malgré tout ce qu'avait dit le commis de la poste, je changeai encore une fois mon *mode* de voyager ; et après une course aussi précipitée et aussi bruyante, il plut à ma fantaisie de penser à mon mulet, et de me suggérer que je pourrais traverser les riches plaines du Languedoc sur son dos, aussi lentement que son pied pourrait tomber.

Il n'y a rien de plus agréable pour un voyageur ——ni de plus terrible pour les auteurs de voyages, qu'une vaste et riche plaine ; principalement, si elle ne possède ni grandes rivières, ni ponts ; et ne présente à l'œil que le tableau monotone de l'abondance : car une fois qu'ils vous ont dit qu'elle est délicieuse ! ou ravissante ! (selon le cas)—que le sol est fertile, et que la nature y répand toutes ses largesses, etc... il leur reste sur les bras une vaste plaine dont ils ne savent que faire—et qui leur est de peu ou point d'utilité, si ce n'est pour les conduire à quelque ville ; et cette ville ne leur est guère plus utile que comme un nouveau point de départ pour gagner la plaine voisine——et ainsi de suite.

C'est là une terrible besogne ; jugez si je ne me tire pas mieux de mes plaines.

CHAP. XLIII.

JE n'avais pas fait plus de deux lieues et demie, que l'homme au fusil commença à regarder son amorce.

À trois reprises différentes, je m'étais *terriblement* attardé en arrière, d'un demi-mille au moins à chaque fois; une fois en profonde conférence avec un fabricant de tambours qui en faisait pour les foires de *Beaucaire* et de *Tarascon*—et dont je ne comprenais pas les procédés de fabrication——

La seconde fois, je ne saurais à proprement parler dire que je m'arrêtai———car ayant rencontré une paire de Franciscains encore plus pressés que moi et n'ayant pu trouver ce que je cherchais———j'étais revenu sur mes pas avec eux——

La troisième était une affaire de négoce avec une commère, au sujet d'un panier à bras de figues de Provence pour quatre sous; l'affaire aurait été conclue sur-le-champ, sans un cas de conscience qui se présenta au dernier moment; car lorsque les figues furent payées, il se trouva qu'il y avait au fond du panier deux douzaines d'œufs recouverts de feuilles de vigne—comme je n'avais pas eu l'intention d'acheter des œufs—je ne les réclamais en aucune façon—quant à l'espace qu'ils occupaient—que signifiait cela? J'avais assez de figues pour mon argent————

—Mais c'était mon intention d'avoir le panier—et c'était celle de la commère de le garder, car sans lui, elle ne savait que faire de ses œufs——et à moins que je ne gardasse le panier, je savais aussi peu que faire de mes figues, qui étaient déjà trop mûres, et la plupart crevées d'un côté : ceci amena une courte contestation, qui aboutit à diverses propositions relatives à ce que nous devions faire——

—Comment nous disposâmes de nos œufs et de nos figues, je vous défie, ainsi que le diable lui-même, s'il n'avait pas été là (et je suis persuadé qu'il y était), de former à cet égard la moins probable des conjectures : Vous lirez tout cela———non pas cette année, car je me hâte d'arriver à l'histoire des amours de mon oncle Toby—mais vous le lirez dans la collection des aventures de mon voyage à travers cette plaine———et que pour cette raison j'appelle mes

Histoires de la Plaine
ou
Simples Histoires.

Jusqu'à quel point ma plume, comme celle d'autres voyageurs, s'est fatiguée dans ce voyage par un chemin si aride—le monde peut en juger—mais les impressions qui m'en restent, et qui vibrent en ce moment toutes ensemble, me disent que c'est l'époque la plus fructueuse et la plus occupée de ma vie ; car comme je n'avais fait avec l'homme au fusil aucune convention relativement au temps—à force de m'arrêter et de causer avec chaque personne que je rencontrais n'allant pas au grand trot—de joindre tous les voyageurs qui se trouvaient devant moi—d'attendre tous ceux qui étaient derrière—de héler tous ceux qui arrivaient par des chemins de traverse—d'arrêter toute espèce de mendiants, de pèlerins, de ménétriers, de moines—de ne pas passer près d'une femme grimpée sur un mûrier, sans faire l'éloge de sa jambe, et sans la tenter à entrer en conversation au moyen d'une prise de tabac——— Bref, à force de saisir toutes les anses et poignées, quelles qu'en fussent la grandeur et la forme, que le hasard me tendait dans ce voyage—je changeai ma *plaine* en *cité*—j'étais toujours en compagnie, et en compagnie très variée; et comme mon mulet aimait la société autant que moi-même, et qu'il avait toujours, de son côté, quelques propositions à faire à chaque bête qu'il rencontrait—je suis convaincu que nous aurions pu passer dans Pall-Mall ou dans la rue Saint-James, un mois de suite, sans rencontrer autant d'aventures—et d'occasions d'observer la nature humaine.

Oh! il existe chez le Languedocien une franchise tellement vive qu'elle détache en un instant tous les plis de son vêtement—et que quoi qu'il y ait dessous, cela ressemble tant à la simplicité d'un âge meilleur que chantent les poètes—que je veux duper mon imagination, et croire qu'il en est ainsi.

C'était sur la route entre Nîmes et Lunel, où se trouve le meilleur vin Muscat de toute la France, lequel, par parenthèse, appartient aux honnêtes chanoines de Montpellier—et malheur à l'homme qui en a bu à leur table, et qui leur en chicane une seule goutte.

——Le soleil était couché—l'ouvrage était terminé; les nymphes avaient renoué leurs cheveux—et les pâtres se préparaient pour la fête——Mon mulet s'arrêta court——C'est le fifre et le tambourin, dis-je——Je me meurs de frayeur, répondit-il——Ils courent au signal du plaisir, dis-je, en lui donnant un coup d'éperon——Par saint Bougre[1], et tous les saints qui se trouvent derrière la porte du Purgatoire, dit-il—(en prenant la même résolution que les mules de l'abbesse

des Andouillettes) je ne ferai point un pas de plus——
——C'est fort bien, monsieur, dis-je——Je ne discuterai jamais avec personne de votre famille, tant que je vivrai ; sautant donc de dessus son dos, et lançant une botte dans ce fossé-ci, et l'autre dans ce fossé-là—— je m'en vais danser, dis-je——ainsi restez où vous êtes.

À mon approche, une fille du Travail, au teint hâlé, se leva du groupe pour venir à moi. Ses cheveux, d'un châtain foncé tirant sur le noir, étaient relevés en un chignon, à l'exception d'une seule tresse.

Il nous manque un cavalier, dit-elle, en avançant les deux mains comme pour me les offrir——Et un cavalier vous aurez, dis-je, en les prenant toutes deux.

Ah ! Nanette, si tu avais été attifée comme une duchesse !

——Mais cette maudite fente à ta jupe !

Nanette ne s'en tourmentait pas.

Nous n'aurions pu nous en tirer sans vous, dit-elle, en laissant aller une de mes mains, avec une politesse instinctive, et en me conduisant avec l'autre.

Un jeune garçon boiteux, qu'Apollon avait gratifié d'une flûte et à laquelle il avait de son chef ajouté un tambourin, préluda agréablement en s'asseyant sur la butte——Rattachez-moi de suite cette tresse, dit Nanette, en me mettant un bout de cordon dans la main——Cela m'apprit à oublier que j'étais un étranger——Son chignon tomba—Il y avait sept ans que nous nous connaissions.

Le jeune garçon frappa la note sur son tambourin—sa flûte suivit, et nous nous mîmes à sauter——« Le diable emporte cette fente ! »

La sœur du jeune garçon, d'une voix dérobée au ciel, chanta alternativement avec son frère——c'était une ronde *gasconne*.

> VIVA LA JOIA !
> FIDON LA TRISTESSA !

Les nymphes entrèrent à l'unisson, et leurs pâtres à l'octave au-dessous——

J'aurais donné un écu pour voir cette fente recousue—Nanette n'aurait pas donné un sou—*Viva la joia !* était sur ses lèvres—*Viva la joia* était dans ses yeux. Une étincelle passagère d'amitié traversa l'espace entre nous——Elle avait l'air aimable !——Pourquoi ne pas vivre et finir mes jours ainsi ? Juste dispensateur de nos joies et de nos chagrins, m'écriai-je, pourquoi un homme ne pourrait-il pas se fixer ici au sein du contentement—et danser, et chanter, et dire ses prières, et aller au ciel avec cette fille brune[1] ? Elle penchait capricieusement la tête de côté, et sa danse était insidieuse—Il est temps d'aller danser ailleurs, dis-je ; et changeant donc seulement de partners et d'orchestre, je dansai de Lunel à Montpellier——de là à Pézenas, et Béziers——je dansai à travers Narbonne, Carcassonne et Castelnaudary, jusqu'à ce qu'enfin ma danse m'amenât dans le pavillon de Perdrillo, où tirant un papier rayé de noir afin de pouvoir aller droit, sans digression ni parenthèse, dans les amours de mon oncle Toby——

Je commençai ainsi[1]——

FIN du SEPTIÈME VOLUME.

LA

VIE

ET LES

OPINIONS

DE

TRISTRAM SHANDY,
Gentleman.

Non enim excursus hic ejus, sed opus ipsum est.
    Pline. Lib. v, Epist. 6[1].

VOL. VIII.

CHAP. Ier.

———MAIS doucement———car dans ces plaines joyeuses et sous ce soleil fécondant, où en ce moment même tout être vivant court à la vendange, au son de la flûte et du violon et en dansant, et où à chaque pas qu'on fait, le jugement est la dupe de l'imagination, je défie, malgré tout ce qui a été dit sur les *lignes droites*, en diverses pages de mon livre—je défie le meilleur planteur de choux qui ait jamais existé, qu'il plante en arrière ou en avant, cela fait peu de différence dans le compte (excepté qu'il encourra plus de responsabilité dans un cas que dans l'autre)—je le défie de procéder froidement, méthodiquement et canoniquement, à planter ses choux un à un, en lignes droites, et à des distances stoïques, surtout si les fentes aux jupes ne sont pas recousues—sans écarter de temps à autre les jambes ou se jeter de côté dans quelque digression illégitime———Dans la *Glaceterre*, la *Brumeterre*, et certains autres pays que je sais bien—cela se peut———

Mais dans ce clair climat de fantaisie et de transpiration, où toute idée, sensible ou insensible, s'exhale—dans cette terre, mon cher Eugenius—dans cette fertile terre de chevalerie et de fictions, où je suis assis en ce moment, dévissant mon écritoire pour écrire les amours de mon oncle Toby, et avec tous les méandres décrits par JULIA à la recherche de son DIEGO juste en face de la fenêtre de mon cabinet—si tu ne viens pas me prendre par la main——

Quelle œuvre deviendra vraisemblablement cette histoire !

Commençons-la.

CHAP. II.

IL en est de l'AMOUR comme du COCUAGE——

——Mais voilà que je parle de commencer un livre, et j'ai depuis longtemps dans l'esprit une chose à communiquer au lecteur, qui, si elle ne lui est pas communiquée maintenant, ne pourra jamais l'être tant que je vivrai (tandis que ma COMPARAISON peut lui être communiquée à toute heure du jour)——Je vais simplement la mentionner, et puis je commencerai tout de bon.

Voici la chose.

C'est que de toutes les diverses manières de commencer un livre, actuellement en usage dans le monde connu, je suis convaincu que ma manière de faire est la meilleure——Je suis certain que c'est la plus religieuse——car je commence par écrire la première phrase—— et je m'en rapporte au Tout-Puissant pour la seconde.

Il y aurait de quoi guérir à jamais un auteur de l'absurdité et de la folie d'ouvrir sa porte et d'appeler ses voisins, ses amis et ses parents, ainsi que le Diable et tous ses suppôts, avec leurs marteaux et engins, etc., rien que d'observer comment une de mes phrases suit l'autre, et comment mon plan suit le tout.

Je voudrais que vous vissiez avec quelle confiance, à moitié levé et cramponné au bras de mon fauteuil, je regarde en l'air——attrapant l'idée, quelquefois même avant qu'elle soit à moitié arrivée——

Je crois, en conscience, que j'intercepte mainte pensée que le ciel destinait à un autre.

Pope*[1] et son portrait ne sont rien auprès de moi ——nul martyr n'est si plein de foi ou de feu——je voudrais pouvoir ajouter de bonnes œuvres——mais je n'ai ni

Zèle ni Colère——ni
Colère ni Zèle——

et jusqu'à ce que les dieux et les hommes s'accordent à les appeler du même nom——le plus fieffé TARTUFFE en science—en politique—ou en religion, n'allumera jamais en moi une étincelle, ou n'aura jamais un mot plus dur, ou un plus mauvais accueil que ce qu'il va lire dans le chapitre suivant.

---

* Voir le portrait de Pope.

CHAP. III.

——Bonjour!——bonjour!——vous avez donc mis votre manteau de bonne heure!——mais la matinée est froide, et vous avez eu raison——mieux vaut être bien monté que d'aller à pied——et les obstructions aux glandes sont dangereuses——Et comment vont la concubine—ta femme—et tes petits enfants des deux côtés? Et quand avez-vous eu des nouvelles du vieux père et de sa femme—de vos sœur, tante, oncle et cousins——J'espère qu'ils sont remis de leurs coryzas, toux, véroles, maux de dents, fièvres, rétentions d'urine, sciatiques, tumeurs et maux d'yeux. ——Quel diable d'apothicaire! tirer tant de sang—donner un si infâme purgatif—vomitif—cataplasme—emplâtre—potion—clystère—cautère?——Et pourquoi tant de grains de calomel? Santa Maria! et une telle dose d'opium! mettant en danger, pardi! toute votre famille, de la tête à la queue——Par le vieux masque en velours noir de ma grand-tante Dinah! je crois qu'il n'y avait pas lieu à cela.

Or ce masque étant un peu pelé au menton à force d'avoir été mis et ôté, *avant* qu'elle eût été engrossée par le cocher—personne de notre famille ne voulut le porter après. Recouvrir le MASQUE, c'était plus qu'il ne valait——et porter un masque pelé, ou au travers duquel on pouvait être vu à moitié, c'était pire que de n'en point avoir du tout——

C'est là, s'il plaît à Vos Révérences, la raison pour laquelle dans toute notre nombreuse famille, depuis les quatre dernières générations, nous ne comptons pas plus d'un archevêque[1], d'un juge *gallois*, de quelque trois ou quatre aldermen, et d'un seul jongleur——

Dans le seizième siècle, nous nous glorifions d'au moins une douzaine d'alchimistes.

CHAP. IV.

« IL en est de l'Amour comme du Cocuage »——le patient est au moins le *troisième*, et généralement le dernier de la maison à savoir ce qui en est : cela vient, comme tout le monde sait, de ce que nous avons une demi-douzaine de mots pour une seule chose ; et tant que ce qui dans ce récipient-ci du corps humain est *Amour*—peut être *Haine* dans celui-là——*Sentiment* un pied et demi plus haut——et *Sottise*———non, madame,—pas là——je veux dire à l'endroit que je désigne, en ce moment, de mon index——comment pouvons-nous nous en tirer ?

De tous les hommes mortels, et immortels aussi, ne vous en déplaise, qui ont jamais monologué sur ce mystérieux sujet, mon oncle Toby était le moins propre à pousser ses recherches au travers d'un tel conflit de sensations ; et il les aurait laissées toutes aller leur train, comme nous faisons de pires questions, pour voir ce qu'elles deviendraient——si la prénotification qu'en avait donnée Bridget à Susannah, et les manifestes répétés de Susannah au monde à cet égard, n'eussent mis mon oncle Toby dans la nécessité d'examiner l'affaire.

CHAP. V.

POURQUOI les tisserands, les jardiniers et les gladiateurs—ou tout homme à la jambe desséchée (par suite de quelque mal au *pied*)—ont-ils toujours eu quelque tendre nymphe qui se mourait en secret d'amour pour eux, sont des points bien et dûment établis et expliqués par les anciens et modernes physiologistes[1].

Un buveur d'eau, pourvu qu'il le soit de profession et qu'il la boive sans fraude ni tromperie, se trouve précisément dans la même catégorie ; non pas qu'à la première vue il y ait aucune conséquence, ou apparence de logique à dire, « qu'un ruisseau d'eau froide tombant goutte à goutte dans l'intérieur de mon corps puisse allumer une torche dans celui de ma Jenny— »

——La proposition ne frappe personne ; au contraire, elle semble aller contre le cours naturel des causes et des effets——

Mais cela prouve la faiblesse et l'imbécillité de la raison humaine.

——« Et en parfaite santé, avec cela ? »

—La plus parfaite—madame, que l'amitié elle-même pût me souhaiter——

——« Et ne rien boire ! —rien que de l'eau ? »

—Impétueux fluide ! Du moment que tu appuies contre les écluses du cerveau—vois comme elles cèdent !——

La Curiosité entre à la nage, faisant signe à ses demoiselles de la suivre—elles plongent au centre du courant——

L'Imagination s'assied rêveuse sur le bord, en suivant des yeux le courant, elle change les pailles et les joncs en mâts de misaine et de beaupré——Et le Désir, sa robe retroussée d'une main jusqu'au genou, cherche à les saisir de l'autre lorsqu'elles passent en nageant auprès de lui——

Ô vous, buveurs d'eau ! est-ce donc au moyen de cette source trompeuse que vous avez si souvent gouverné et fait tourner le monde comme une roue de moulin—broyant la face des faibles[1]—leur pulvérisant les côtes—leur écrasant le nez, et changeant parfois jusqu'à la forme et l'aspect de la nature——

—Si j'étais de vous, dit Yorick, je boirais plus d'eau, Eugenius.—Et si j'étais de vous, Yorick, répliqua Eugenius, j'en ferais autant.

Ce qui prouve que tous deux avaient lu Longin[2]——

Pour ma part, je suis décidé à ne lire jamais d'autre livre que le mien, tant que je vivrai[1].

CHAP. VI.

J'EUSSE désiré que mon oncle Toby eût été un buveur d'eau ; car alors on se serait expliqué pourquoi, du premier moment qu'elle le vit, la veuve Wadman sentit remuer en elle quelque chose en sa faveur—Quelque chose !—quelque chose.

—Quelque chose, peut-être, de plus que l'amitié—de moins que l'amour—quelque chose—m'importe quoi—n'importe où—Je ne voudrais pas donner un seul crin de la queue de mon mulet, et être obligé de l'arracher moi-même (en effet, le drôle n'en a guère de trop, et n'est pas médiocrement vicieux par-dessus le marché), pour être mis dans le secret par Vos Honneurs——

Mais la vérité est que mon oncle Toby n'était pas un buveur d'eau ; il n'en buvait ni de pure, ni de mélangée, ni d'aucune manière, ni en aucun lieu, excepté par hasard dans quelques postes avancés, où on ne pouvait se procurer de meilleure boisson—ou dans le temps qu'il était en traitement, et que le chirurgien lui disant que cela distendrait ses fibres, et les mettrait plus vite en contact——mon oncle Toby en buvait pour avoir la paix.

CHAP. VI

Or, comme tout le monde sait que dans la nature il n'y a pas d'effet sans cause, et qu'il est également connu que mon oncle Toby n'était ni tisserand—ni jardinier ou gladiateur——à moins qu'en tant que capitaine, vous vouliez le considérer comme tel—mais comme il n'était en réalité que simple capitaine d'infanterie—et que d'ailleurs le tout roule sur une équivoque——Il ne nous reste qu'à supposer que la jambe de mon oncle Toby——mais cela ne pourrait guère nous servir dans la présente hypothèse, à moins que la cause en eût été quelque mal *au pied*—or sa jambe n'était amaigrie par aucune maladie du pied—car la jambe de mon oncle Toby n'était pas amaigrie du tout. Elle était un peu roide et gauche par suite d'un manque d'usage absolu pendant les trois ans qu'il avait gardé la chambre dans la maison de ville de mon père ; mais elle était potelée et musculeuse, et à tous autres égards, elle était aussi bonne et promettait autant que l'autre.

Je déclare que je ne me rappelle aucune opinion ou aucun passage de ma vie, où mon esprit ait été plus en peine qu'en ce moment de joindre les deux bouts et de torturer le chapitre que je venais d'écrire, dans l'intérêt du chapitre suivant : on croirait que j'ai pris plaisir à me jeter dans des difficultés de cette espèce, simplement pour faire de nouvelles expériences sur la manière d'en sortir——Esprit inconsidéré que tu es ! quoi ! les embarras inévitables dont, comme auteur et comme homme, tu es environné de tous côtés——ne suffisent-ils pas, Tristram, sans qu'il faille t'empêtrer encore plus ?

N'est-ce point assez que tu sois endetté, et que tu aies dix charretées de tes cinquième et sixième volumes encore—encore invendus, et que tu sois presque au bout de ton rouleau pour trouver à t'en défaire[1] ?

À l'heure qu'il est, n'es-tu pas tourmenté par le maudit asthme que tu as gagné en Flandre[2] en patinant contre le vent ? et n'y a-t-il pas deux mois à peine, que dans un accès d'hilarité, en voyant un cardinal lâcher de l'eau comme un choriste (à deux mains), tu t'es rompu un vaisseau dans la poitrine, à la suite de quoi, en deux heures, tu as perdu deux pintes de sang ? Et si tu en avais perdu encore autant, la Faculté ne t'a-t-elle pas dit———que cela aurait monté à un gallon ?———

CHAP. VII.

———Mais pour l'amour du ciel, ne parlons ni de pintes ni de gallons———menons notre histoire droit devant nous ; elle est si délicate et si embrouillée qu'elle supporterait à peine la transposition d'un simple iota ; et, de manière ou d'autre, vous m'avez lancé au beau milieu———

—De grâce, mettons-y plus de soin.

CHAP. VIII.

MON oncle Toby et le caporal étaient partis avec tant d'ardeur et de précipitation, pour prendre possession du terrain dont nous avons si souvent parlé, et ouvrir leur campagne en même temps que le reste des alliés; qu'ils en avaient oublié un des articles les plus nécessaires de tous; ce n'était ni une bêche de pionnier, ni une pioche, ni une pelle—

—C'était un lit pour se coucher; en sorte que comme Shandy-Hall n'était pas meublé à cette époque, et que la petite auberge où mourut le pauvre Le Fèvre n'était point encore bâtie, mon oncle Toby fut contraint d'accepter un lit chez Mrs. Wadman, pour une ou deux nuits, jusqu'à ce que le caporal Trim (qui, aux talents d'un excellent valet, groom, cuisinier, couturier, chirurgien, et ingénieur, joignait aussi ceux d'un excellent tapissier) en eût construit un dans la maison de mon oncle Toby, avec l'aide d'un charpentier et d'une paire de tailleurs.

Une fille d'Ève, car telle était la veuve Wadman, et tout ce que j'ai l'intention d'en dire, c'est—

—« *Qu'elle était une femme parfaite;* »—ferait mieux d'être à cinquante lieues—ou dans son lit bien chaud—ou à jouer avec la gaine d'un couteau[1]—ou occupée à tout ce qu'il vous plaira—que de faire d'un homme l'objet de son attention, quand la maison et tout le mobilier lui appartiennent.

Cela ne fait rien en plein air et en plein midi, alors qu'une femme a la faculté, physiquement parlant, de voir un homme sous plus d'un aspect—mais ici, par son âme, elle ne peut le voir sous aucun aspect sans lui associer quelque partie de son ameublement——jusqu'à ce que, par suite du renouvellement de telles associations, il se trouve compris dans son inventaire——

——Et alors bonsoir.

Mais ce n'est point ici une question de Système ; car cela, je l'ai dit plus haut——ni une question de Bréviaire——car je ne m'occupe que de mes propres croyances——ni une question de Fait——au moins que je sache ; mais c'est une question copulative et servant d'introduction à ce qui suit.

CHAP. IX.

Je n'en parle pas sous le rapport de la grossièreté de la toile ou de leur propreté—ou de la force de leurs goussets——mais, je vous prie, les chemises de nuit ne diffèrent-elles pas des chemises de jour en ceci autant qu'en aucune chose du monde ; Qu'elles dépassent tellement les autres en longueur, que quand vous êtes couché dedans, elles tombent au-delà des pieds presque autant que les chemises de jour restent en deçà ?

Les chemises de nuit de la veuve Wadman (comme c'était la mode, je suppose, sous les règnes du roi Guillaume et de la reine Anne[1]) étaient, quoi qu'il en soit, taillées sur ce patron ; et si la mode a changé (car en Italie elles sont réduites à rien)——tant pis pour le public ; elles avaient de long deux aunes et demie de Flandre, de sorte qu'en accordant deux aunes à une femme de moyenne taille, il lui restait une demi-aune pour en faire ce qu'elle voulait.

Or, par suite des petites douceurs qu'elle s'était accordées, l'une après l'autre, pendant les nombreuses nuits froides et décembresques d'un veuvage de sept années, les choses en étaient arrivées insensiblement à cette habitude, introduite depuis les deux dernières années dans les règlements de la chambre à coucher— Qu'aussitôt que Mrs. Wadman s'était mise au lit, et qu'elle avait allongé ses jambes au fond, ce dont elle avertissait toujours Bridget—Bridget, avec toute la décence convenable, après avoir soulevé les draps au pied du lit, prenait la demi-aune de toile en question, et lorsqu'elle l'avait doucement, et des deux mains, tirée en bas jusqu'à sa plus grande extension, puis resserrée latéralement au moyen de quatre à cinq plis plats, elle ôtait de sa manche une grosse épingle, avec laquelle, la pointe dirigée vers elle, elle attachait fortement les plis ensemble, un peu au-dessus de l'ourlet ; cela fait, elle bordait le tout ferme, au pied, et souhaitait une bonne nuit à sa maîtresse.

C'était une habitude constante, et sans autre modification que celle-ci : Par les nuits grelottantes et orageuses, quand Bridget débordait le pied du lit, etc.

―――elle ne consultait, pour faire sa besogne, d'autre thermomètre que celui de ses propres dispositions, et elle s'en acquittait donc debout―à genoux―ou accroupie, suivant les divers degrés de foi, d'espérance et de charité, qu'elle éprouvait cette nuit-là pour sa maîtresse. À tout autre égard, l'*étiquette* était sacrée, et aurait pu le disputer à la plus machinale étiquette de la plus inflexible chambre à coucher de la Chrétienté.

Le premier soir, aussitôt que le caporal eut conduit en haut mon oncle Toby, ce qui eut lieu vers dix heures―――Mrs. Wadman se jeta dans son fauteuil, en croisant son genou droit sur son genou gauche, ce qui lui donnait un point d'appui pour son coude ; elle posa sa joue sur la paume de sa main, et se penchant en avant, elle rumina jusqu'à minuit les deux côtés de la question.

Le second soir, elle alla à son bureau, et ayant ordonné à Bridget de lui apporter une paire de chandelles neuves et de les laisser sur la table, elle prit son contrat de mariage, et le lut avec grande attention : et le troisième soir (qui était le dernier du séjour de mon oncle Toby), quand Bridget eut tiré la chemise de nuit, et qu'elle essayait d'y enfoncer la grosse épingle―――

―――D'un coup des deux talons à la fois, mais en même temps, du coup le plus naturel qui pût être lancé dans sa situation―――car en supposant que ***** *** * * fût le soleil de son méridien, c'était un coup nord-est―――Mrs. Wadman lui fit sauter l'épingle des doigts―――l'*étiquette*, qui y était attachée, tomba ―――tomba à terre, et fut brisée en mille atomes.

Tout cela prouvait clairement que la veuve Wadman était amoureuse de mon oncle Toby.

CHAP. X.

LA tête de mon oncle Toby était, à cette époque, remplie d'autres choses, en sorte que ce ne fut qu'à la démolition de Dunkerque, quand toutes les autres affaires de l'Europe eurent été réglées, qu'il trouva le loisir de rendre sa politesse à Mrs. Wadman.

Cela produisit un armistice (pour parler au point de vue de mon oncle Toby——car, à celui de Mrs. Wadman, c'était un chômage)——de près de onze ans. Mais dans tous les cas de cette nature, comme c'est le second coup, à quelque distance de temps qu'il arrive, qui engage la lutte——je préfère, pour cette raison, appeler ces amours les amours de mon oncle Toby avec Mrs. Wadman, plutôt que les amours de Mrs. Wadman avec mon oncle Toby.

Ce n'est pas là une distinction sans importance.

Il n'en est pas de ceci comme de la question de *blanc bonnet*——et *bonnet blanc*, qui a si souvent divisé Vos Révérences entre elles——car il y a ici une différence dans la nature des choses——

Et, permettez-moi de vous le dire, gentlemen, une grande différence.

CHAP. XI.

OR, comme la veuve Wadman aimait mon oncle Toby——et que mon oncle Toby n'aimait pas la veuve Wadman, il n'y avait rien à faire pour la veuve Wadman, que de continuer à aimer mon oncle Toby——ou d'y renoncer.

La veuve Wadman ne voulait ni l'un ni l'autre——

——Bonté du ciel !——mais j'oublie que je suis moi-même un peu de son caractère ; car toutes les fois qu'il arrive, ce qui n'est pas rare vers les équinoxes, qu'une divinité terrestre est si fort ceci, et cela, et autre chose encore, que je n'en puis déjeuner pour elle——qui ne s'inquiète guère si je déjeune ou non——

——Malédiction sur elle ! et là-dessus je l'envoie en Tartarie, et de Tartarie à la *Terre de feu*, et ainsi de suite jusqu'au diable : bref, il n'y a pas de niche infernale où je ne porte et ne colloque sa divinité.

Mais comme le cœur est tendre, et que les passions, dans ces marées, montent et descendent dix fois en une minute, je la ramène aussitôt ; et comme je suis extrême en tout, je la place au centre même de la voie lactée——

Ô la plus brillante des étoiles! tu répandras ton influence sur quelqu'un———

———Le diable l'emporte et son influence aussi———car, à ce mot, je perds toute patience———grand bien lui fasse!———Par tout ce qui est velu et balafré, m'écriai-je, en ôtant mon bonnet fourré, et en le tortillant autour de mon doigt———je ne donnerais pas douze sous d'une douzaine de cette espèce!

———Mais c'est un excellent bonnet aussi (le mettant sur ma tête et l'enfonçant jusqu'aux oreilles)—et chaud—et doux; surtout si vous le caressez dans le sens convenable—mais, hélas! ce ne sera jamais ma destinée———(et voilà ma philosophie qui fait encore naufrage)

———Non; je ne mettrai jamais le doigt dans le pâté[1] (voici que je brise ma métaphore)———

Croûte et mie
Dedans et dehors
Dessus et dessous———je le déteste, je le hais, je le répudie———le cœur me soulève à sa vue———

Ce n'est que poivre,
    ail,
    estragon,
    sel, et
    fiente du diable———par le grand archicuisinier des cuisiniers, qui ne fait rien, je pense, du matin au soir, que de s'asseoir au coin du feu, et d'in-

venter pour nous des plats inflammatoires, je n'y voudrais pas toucher pour tout l'univers——

——Ô Tristram! Tristram! s'écria Jenny.

Ô Jenny! Jenny! répliquai-je, et je passe au douzième chapitre.

CHAP. XII.

——« N'y pas toucher pour tout l'univers, » ai-je dit——

Seigneur! Comme je me suis échauffé l'imagination avec cette métaphore!

CHAP. XIII.

CE qui montre, que Vos Révérences et Vos Honneurs en disent ce qu'ils voudront (car quant à *penser* ——tous ceux qui pensent vraiment—pensent à peu près de même sur cet article et sur maint autre) ——que l'Amour est certainement, au moins alphabétiquement[1], une des plus

. A gitantes
  B ouleversantes

C onfondantes
D iaboliques affaires de la vie————la plus
E xtravagante
F utile
G alochante
H ourvarisante
I diote (le K manque) et
L yrique de toutes les passions humaines : en même temps, la plus
M éfiante
N igaudisante
O bstruante
P ersécutante
S ifflante
R idicule—quoique, par parenthèse, le R eût dû passer le premier—Mais, bref, il est de la nature que disait un jour mon père à mon oncle Toby, à la fin d'une longue dissertation sur ce sujet————« Vous ne sauriez guère, » dit-il, « combiner deux idées sur cette matière, frère Toby, sans faire un hypallage[1] »————Qu'est-ce que c'est que cela ? s'écria mon oncle Toby.

La charrette avant le cheval, repartit mon père————

————Et qu'a-t-il à y faire ? s'écria mon oncle Toby————

Rien, dit mon père, que d'y entrer————ou de la planter là.

Or, la veuve Wadman, comme je vous l'ai déjà dit, ne voulait faire ni l'un ni l'autre.

Elle se tenait pourtant toute harnachée et caraçonnée, pour épier les événements.

CHAP. XIV.

LES Destinées, qui prévoyaient toutes certainement ces amours de la veuve Wadman et de mon oncle Toby, avaient, depuis la création de la matière et du mouvement (et avec plus de courtoisie qu'elles n'en mettent d'ordinaire aux choses de cette espèce), établi un enchaînement de causes et d'effets si étroitement liés l'un à l'autre, qu'il n'eût guère été possible à mon oncle Toby d'habiter une autre maison dans le monde, ou d'occuper un autre jardin dans la Chrétienté que cette même maison et ce même jardin qui étaient contigus et parallèles à ceux de Mrs. Wadman; ceci, avec l'avantage d'un épais berceau situé dans le jardin de Mrs. Wadman, mais planté contre la haie de celui de mon oncle Toby, fournit à la veuve toutes les occasions nécessaires à sa tactique amoureuse; elle pouvait observer les mouvements de mon oncle Toby, et elle assistait également à ses conseils de guerre; et, comme le cœur sans défiance de mon oncle avait permis au caporal, sur la demande de Bridget, d'établir une porte de communication en osier pour étendre les promenades de la veuve, cette porte lui permit d'arriver jusqu'à la porte même de la guérite; et quelquefois, par reconnaissance, de faire une attaque, et de tenter de faire sauter mon oncle Toby au fond même de sa guérite.

CHAP. XV.

C'EST grand'pitié——mais il est prouvé par les observations de chaque jour, qu'un homme peut, comme une chandelle, être allumé par les deux bouts—pourvu que la mèche soit suffisante ; si elle ne l'est pas—tout est dit ; et si elle l'est—et qu'on l'allume par en bas, comme la flamme, en ce cas, a généralement le malheur de s'éteindre d'elle-même—tout est encore dit.

Pour ma part, si je pouvais toujours choisir ma manière d'être brûlé—car je ne puis supporter l'idée d'être brûlé comme une bête—j'obligerais ma ménagère à m'allumer constamment par en haut ; car alors je brûlerais décemment jusqu'à la bobèche, c'est-à-dire de la tête au cœur, du cœur au foie, du foie aux entrailles, et ainsi de suite par les veines et artères mésaraïques, à travers tous les détours et insertions latérales des intestins et de leurs tuniques jusqu'au cœcum——

——Je vous prie, docteur Slop, dit mon oncle Toby, en l'interrompant comme il prononçait le mot *cœcum*, dans une conversation avec mon père, le soir que ma mère accoucha de moi——je vous prie, dit mon oncle Toby, de m'apprendre ce que c'est que le cœcum ; car, tout vieux que je suis, j'avoue que j'ignore encore où il est situé.

Le *Cæcum*, répondit le docteur Slop, est situé entre l'*Iléon* et le *Côlon*——

——Chez un homme ? dit mon père.

——Il en est exactement de même chez une femme, s'écria le docteur Slop——

C'est plus que je n'en sais, dit mon père.

CHAP. XVI.

——ET ainsi, pour s'assurer des deux systèmes, Mrs. Wadman résolut d'avance de n'allumer mon oncle Toby ni par un bout ni par l'autre ; mais, s'il était possible, de l'allumer, comme la chandelle d'un prodigue, par les deux bouts à la fois.

Or, si Mrs. Wadman avait fouillé pendant sept années de suite, avec l'aide de Bridget, tous les magasins d'équipement militaire, tant de cavalerie que l'infanterie, depuis le grand arsenal de Venise jusqu'à la Tour de Londres (exclusivement), elle n'aurait pu y trouver de *blinde* ni de *mantelet* aussi propre à ses desseins que celui que la convenance des affaires de mon oncle Toby lui avait mis sous la main.

Je crois ne vous l'avoir pas dit——mais je n'en sais rien——peut-être bien que si——quoi qu'il en soit, c'est une de ces mille choses qu'il vaut mieux recommencer que de disputer à propos d'elles—Sachez donc que n'importe la ville ou la forteresse à laquelle travaillait le caporal, durant le cours de leur campagne, mon oncle Toby prenait toujours soin d'avoir dans l'intérieur de sa guérite, à main gauche, un plan de la place, attaché en haut par deux ou trois épingles, mais flottant en bas, pour laisser la facilité de le rapprocher de l'œil, etc... si l'occasion l'exigeait; en sorte que lorsqu'elle était résolue à une attaque, Mrs. Wadman n'avait rien de plus à faire, après être parvenue à la porte de la guérite, que d'étendre la main droite, et avancer en même temps du pied gauche, pour saisir la carte, le plan, l'élévation, ou n'importe ce que c'était, et, le cou allongé à mi-chemin,—l'attirer à elle; làdessus, mon oncle Toby était sûr de prendre feu——car il saisissait aussitôt de la main gauche l'autre coin de la carte, et avec le bout de sa pipe, tenue dans la droite, il commençait une explication.

Quand l'attaque en était arrivée à ce point;—— le monde comprendra naturellement les raisons de la première manœuvre de Mrs. Wadman——laquelle consistait à enlever aussi tôt que possible la pipe de la main de mon oncle Toby; ce que, sous un prétexte ou un autre, mais généralement sous celui de désigner plus distinctement quelque redoute ou parapet sur la carte, elle effectuait avant que mon oncle Toby (pauvre âme!) eût fait avec sa pipe plus d'une demi-douzaine de toises.

—Cela obligeait mon oncle Toby à faire usage de son index.

La différence qui en résultait dans l'attaque était celle-ci : Qu'en promenant sur la carte, comme dans le premier cas, le bout de son index contre le bout de la pipe de mon oncle Toby, Mrs. Wadman aurait pu parcourir sans aucun effet les lignes depuis Dan jusqu'à Bersabée[1], si les lignes de mon oncle Toby s'étaient prolongées aussi loin ; car, comme il n'y avait aucune chaleur artérielle ou vitale dans le bout de la pipe, il ne pouvait exciter aucune sensation——ni communiquer le feu par pulsation——ni le recevoir par sympathie——tout s'en allait en fumée.

Tandis qu'en suivant de près l'index de mon oncle Toby avec le sien, à travers tous les petits détours et dentelures des ouvrages——en le pressant quelquefois de côté——en appuyant sur son ongle——en le faisant trébucher——puis en le touchant ici——puis là, et ainsi de suite——cela mettait au moins quelque chose en mouvement.

Quoique ce ne fût qu'une légère escarmouche, et à distance du corps principal, elle entraînait pourtant tout le reste ; car alors, comme la carte tombait d'habitude, l'envers appuyé contre un des côtés de la guérite, mon oncle Toby, dans la simplicité de son âme, mettait sa main à plat dessus, afin de continuer son explication, et Mrs. Wadman, par une manœuvre aussi prompte que la pensée, ne manquait pas non plus de placer la sienne tout contre ; ceci à l'instant ouvrait une communication suffisante pour laisser passer et repasser tout sentiment dont peut être susceptible une personne experte dans la partie élémentaire et pratique de l'art de faire l'amour——

En élevant (comme auparavant) son index sur une ligne parallèle à celui de mon oncle Toby——Mrs. Wadman forçait inévitablement le pouce de prendre part à l'action——et l'index et le pouce une fois engagés, la main tout entière suivait naturellement. La tienne, cher oncle Toby ! n'était plus jamais maintenant à sa vraie place——Mrs. Wadman avait toujours à la relever, ou, par les coups, les impulsions et les pressions équivoques les plus gracieux qu'une main à écarter soit capable de recevoir——elle avait à la faire dévier de l'épaisseur d'un cheveu de sa propre route à elle-même.

Tandis que ceci avait lieu, comment aurait-elle pu oublier de lui faire sentir que c'était sa jambe à elle (et aucune autre) qui, au fond de la guérite, se pressait légèrement contre son mollet à lui——De sorte que mon oncle Toby se trouvait ainsi attaqué et poussé vigoureusement sur ses deux ailes——était-il donc étonnant que cela mît de temps à autre son centre en désordre ?——

——Le diable l'emporte ! dit mon oncle Toby.

CHAP. XVII.

CES attaques de Mrs. Wadman, vous le concevrez facilement, étaient de diverses espèces, et différaient l'une de l'autre comme les attaques dont l'histoire est remplie, et pour les mêmes raisons. Un observateur superficiel aurait peine à accorder que ce fussent des attaques——ou s'il l'accordait, il les confondrait toutes ensemble——mais je n'écris pas pour ces gens-là : il sera assez temps d'être un peu plus exact dans la description que j'en ferai quand j'en serai là, ce qui n'arrivera pas de quelques chapitres ; tout ce que j'ai à ajouter dans celui-ci, c'est que dans un tas de papiers et dessins originaux, dont mon père avait pris soin de faire un rouleau à part, se trouve un plan de Bouchain[1] parfaitement conservé (et qui continuera de l'être tant que j'aurai la possibilité de conserver quoi que ce soit), à un des coins duquel, en bas, à droite, se voient encore les marques d'un doigt et d'un pouce barbouillés de tabac, et qui, il y a toutes les raisons du monde de l'imaginer, appartenaient à Mrs. Wadman, car le côté opposé de la marge, que je suppose avoir été celui de mon oncle Toby, est absolument propre : C'est là, ce semble, la preuve authentique de l'une de ces attaques, car il existe des vestiges de deux piqûres, en partie rebouchées, mais encore visibles à l'autre coin de la carte, et qui sont indubitablement les trous des épingles qui l'attachaient dans la guérite——

Par tout ce qui est sacerdotal ! je fais plus de cas de cette précieuse relique, avec ses *stigmates* et ses *piqûres*, que de toutes les reliques de l'Église romaine——toujours en exceptant, quand j'écris sur ces matières, les pointes qui entrèrent dans la chair de sainte *Radegonde* dans le désert, et que, sur votre route de FESSE à CLUNY, les religieuses de ce nom vous montreront pour l'amour de Dieu[2].

CHAP. XVIII.

JE crois, n'en déplaise à Votre Honneur, dit Trim, que les fortifications sont entièrement détruites——et que le bassin est de niveau avec le môle——Je le crois aussi, répliqua mon oncle Toby, avec un soupir à demi étouffé—mais va au parloir, Trim, chercher le traité ——il se trouve sur la table.

Il y est resté six semaines, répondit le caporal, mais ce matin même la vieille a allumé le feu avec—

——Alors, dit mon oncle Toby, on n'a plus que faire de nos services. C'est d'autant plus triste, n'en déplaise à Votre Honneur, dit le caporal; là-dessus, il jeta sa bêche dans la brouette placée à côté de lui, d'un air de désolation le plus expressif qu'on puisse imaginer, et il se détournait lourdement pour chercher sa pioche, sa pelle de pionnier, ses piquets, et tout son petit matériel de guerre, afin de l'emporter du champ de bataille——quand un hélas ! parti de la guérite, qui, bâtie de minces planches de sapin, renvoya le son plus lamentable à son oreille, l'en empêcha.

——Non, se dit le caporal, je ferai cela demain matin avant le lever de Son Honneur. Retirant donc sa bêche de la brouette, avec un peu de terre dessus, comme pour niveler quelque chose au pied du glacis ——mais en réalité avec l'intention de se rapprocher de son maître pour le distraire——il leva une ou deux mottes——en tailla les bords avec sa bêche, et leur ayant donné un ou deux faibles coups avec le dos, il s'assit aux pieds de mon oncle Toby, et commença en ces termes.

CHAP. XIX.

C'EST mille fois dommage——mais je crois, n'en déplaise à Votre Honneur, que je vais dire une bêtise pour un soldat——

Un soldat, s'écria mon oncle Toby, interrompant le caporal, n'est pas plus exempt de dire une bêtise, Trim, qu'un homme de lettres——Mais il n'en dit pas si souvent, n'en déplaise à Votre Honneur, repartit le caporal——Mon oncle Toby fit un signe de tête approbatif.

C'est mille fois dommage donc, dit le caporal, en jetant les yeux sur Dunkerque et sur le môle, comme *Servius Sulpicius*[1], à son retour d'Asie (lorsqu'il faisait voile d'Égine à Mégare) jeta les siens sur Corinthe et le Pirée——

——« C'est mille fois dommage, n'en déplaise à Votre Honneur, de détruire ces ouvrages——mais c'eût été mille fois dommage de les laisser debout ! »——

——Tu as raison, Trim, dans les deux cas, dit mon oncle Toby——C'est la raison, continua le caporal, pour laquelle, depuis le commencement de leur démolition jusqu'à la fin——je n'ai pas une seule fois sifflé, ni chanté, ni ri, ni pleuré, ni parlé de nos anciens faits d'armes, ni raconté à Votre Honneur aucune histoire, bonne ou mauvaise——

——Tu as beaucoup de qualités, Trim, dit mon oncle Toby, et je ne regarde pas comme la moindre d'entre elles, qu'étant conteur[1] comme tu l'es, dans le nombre des histoires que tu m'as dites, soit pour m'amuser dans mes heures de souffrance, soit pour me distraire dans mes heures de gravité——tu m'en aies rarement conté une mauvaise——

——C'est, n'en déplaise à Votre Honneur, qu'excepté celle d'un *roi de Bohême et de ses sept châteaux*[2], —elles sont toutes vraies; car elles me concernent toutes——

Le sujet ne m'en plaît pas moins pour cela, Trim, dit mon oncle Toby : Mais, je te prie, quelle est cette histoire? Tu as excité ma curiosité.

Je vais la raconter immédiatement à Votre Honneur, dit le caporal—Pourvu, dit mon oncle Toby, en jetant de nouveau un regard attendri sur Dunkerque et sur le môle——pourvu qu'elle ne soit pas gaie; aux histoires de ce genre, Trim, l'auditeur doit toujours apporter sa quote-part du plaisir; et la disposition où je me trouve en ce moment ferait tort à toi, Trim, et à ton histoire——Elle n'est gaie en aucune façon, repartit le caporal——Je n'en voudrais pas non plus une tout à fait sérieuse, ajouta mon oncle Toby——Elle n'est ni l'un ni l'autre, répliqua le caporal, mais elle conviendra parfaitement à Votre Honneur——Alors je t'en remercierai de tout mon cœur, s'écria mon oncle Toby ; commence donc, Trim, je t'en prie.

Le caporal fit un salut ; et quoique ce ne soit pas une chose aussi facile que le monde se l'imagine que d'ôter avec grâce une flasque casquette Montero——ni d'un iota moins difficile, à mon sens, pour un homme accroupi par terre, de faire un salut aussi respectueux que le caporal avait coutume d'en faire, néanmoins, en laissant la paume de sa main droite, qui était tournée vers son maître, glisser en arrière sur le gazon, un peu au-delà de son corps, pour lui donner plus de carrière——et en pressant en même temps sans effort sa casquette entre le pouce et les deux premiers doigts de sa main gauche, ce qui réduisit le diamètre de la casquette de telle sorte qu'on eût pu dire qu'elle était plutôt insensiblement serrée—que violemment dégonflée——le caporal s'acquitta de ces deux gestes d'une meilleure façon que ne le promettait sa posture ; et ayant toussé deux fois, pour trouver le ton qui conviendrait le mieux à son histoire, et davantage à l'humeur de son maître, Trim échangea un simple regard de tendresse avec mon oncle Toby, et débuta ainsi.

Histoire du roi de Bohême et de ses sept châteaux

IL était une fois un certain roi de Bo--hê——

Comme le caporal traversait les frontières de la Bohême, mon oncle Toby l'obligea de faire halte pour un moment ; Trim était parti nu-tête, ayant laissé sa casquette Montero par terre à côté de lui depuis qu'il l'avait ôté à la fin du dernier chapitre.

——L'œil de la Bonté épie tout——de sorte qu'avant que le caporal eût prononcé les cinq derniers mots de son histoire, mon oncle Toby avait deux fois touché sa casquette Montero du bout de sa canne, interrogativement——comme pour dire, Pourquoi ne la mets-tu pas, Trim ? Trim la ramassa avec la plus respectueuse lenteur, et jetant un regard humilié sur la broderie du devant, qui était terriblement ternie et, qui plus est, éraillée dans plusieurs des feuilles principales et des parties les plus hardies du dessin, il la remit à terre entre ses pieds, pour moraliser dessus.

——Ce n'est que trop vrai de tout point, ce que tu vas dire, s'écria mon oncle Toby——

« *Rien en ce monde, Trim, n'est fait pour durer toujours.* »

——Mais quand les gages de ton amitié et de ton souvenir s'usent, cher Tom, dit Trim, que pouvons-nous dire ?

Il n'y a pas lieu, Trim, dit mon oncle Toby, d'en dire davantage ; et quand on se creuserait la tête jusqu'au jour du Jugement, je crois, Trim, que ce serait impossible.

Le caporal, voyant que mon oncle Toby avait raison, et que l'esprit humain songerait en vain à tirer de sa casquette une plus pure morale, la mit sur sa tête sans plus chercher; et se passant la main sur le front pour en effacer une ride pensive que le texte et la doctrine y avaient engendrée de concert, il revint, du même air et du même ton de voix, à son histoire du roi de Bohême et de ses sept châteaux.

Suite de l'histoire du roi de Bohême et de ses sept châteaux.

IL était une fois un certain roi de Bohême, mais sous quel règne, sauf le sien, il m'est impossible d'en informer Votre Honneur——

Je ne te le demande en aucune façon, Trim, s'écria mon oncle Toby.

——C'était, n'en déplaise à Votre Honneur, un peu avant l'époque où les géants commencèrent à cesser d'engendrer;—mais en quelle année de Notre-Seigneur c'était——

——Je ne donnerais pas un sou pour le savoir, dit mon oncle Toby.

——Seulement, n'en déplaise à Votre Honneur, cela donne meilleure mine à une histoire——

——C'est ton affaire, Trim, ainsi orne-la à ta guise; et prends n'importe quelle date, continua mon oncle Toby, en lui jetant un regard aimable—prends dans le monde entier la date que tu préféreras, et applique-la à ton récit—tu es cordialement le bienvenu——

Le caporal salua ; car chaque siècle, et chaque année de ce siècle, depuis la création du monde jusqu'au déluge de Noé ; et depuis le déluge de Noé jusqu'à la naissance d'Abraham ; à travers tous les pèlerinages des patriarches jusqu'au départ des Israélites de l'Égypte——et à travers toutes les dynasties, olympiades, urbeconditas, et autres époques mémorables des différentes nations du monde, jusqu'à la venue du Christ, et depuis ce moment jusqu'à celui même où le caporal racontait son histoire——mon oncle Toby venait de lui mettre à ses pieds ce vaste empire du temps et tous ses abîmes ; mais comme la PUDEUR touche à peine du doigt ce que la LIBÉRALITÉ lui offre des deux mains[1]—le caporal se contenta de la *pire* année de toute la botte ; et pour empêcher Vos Honneurs de la majorité et de la minorité, de vous arracher la chair des os en discutant « Si cette année-là n'est pas toujours la dernière vieille année du dernier vieil almanach »—— je vous dirai nettement que oui ; mais par une raison différente de celle que vous supposez——

——C'était l'année voisine de lui——laquelle étant l'année de Notre-Seigneur mil sept cent douze[2], où le duc d'Ormond faisait le diable en Flandre——le caporal la prit et se remit en marche avec elle pour la Bohême.

Suite de l'histoire du roi de Bohême
et de ses sept châteaux.

L'AN de Notre-Seigneur mil sept cent douze, il était, s'il plaît à Votre Honneur——

———À te dire vrai, Trim, dit mon oncle Toby, toute autre date m'aurait plu davantage, non seulement à cause de la triste tache faite cette année-là à notre histoire par la retraite de nos troupes, et par le refus de couvrir le siège du Quesnoy, dont Fagel poussait cependant les travaux avec une si incroyable vigueur—mais encore dans l'intérêt même de ton histoire, Trim parce que s'il s'y trouve—et d'après ce qui t'est échappé, je soupçonne en partie que c'est un fait—s'il s'y trouve des géants———

Il n'y en a qu'un, s'il plaît à Votre Honneur———

———C'est tout aussi mauvais que vingt, repartit mon oncle Toby———tu aurais dû le reculer de quelque sept ou huit cents ans, pour le mettre hors de la portée des critiques et autres gens ; je t'engagerais donc, si jamais tu la racontes encore———

———Si je vis assez, n'en déplaise à Votre Honneur, pour la raconter une seule fois d'un bout à l'autre, je ne la raconterai jamais plus, dit Trim, ni à homme, ni à femme, ni à enfant———Bah—bah ! dit mon oncle Toby—mais il le dit d'un ton d'encouragement si aimable, que le caporal reprit son histoire avec plus d'ardeur que jamais.

Suite de l'histoire du roi de Bohême et de ses sept châteaux.

IL était, s'il plaît à Votre Honneur, dit le caporal, élevant la voix et frottant joyeusement les paumes de ses deux mains, un certain roi de Bohême———

——Laisse entièrement la date de côté, Trim, dit mon oncle Toby, en se penchant en avant et posant doucement sa main sur l'épaule du caporal pour adoucir l'interruption——laisse-la entièrement de côté, Trim ; une histoire se passe parfaitement de toutes ces minuties, à moins qu'on ne soit bien sûr de son fait ——Sûr de son fait! dit le caporal, en secouant la tête——

Parfaitement ; répondit mon oncle Toby, il n'est pas facile, Trim, pour un homme nourri, comme toi et moi, dans le métier des armes, et qui voit rarement devant lui plus loin que le bout de son mousquet, et derrière au-delà de son havresac, d'en savoir bien long sur cette matière——Dieu bénisse Votre Honneur! dit le caporal, séduit par la *manière* de raisonner de mon oncle Toby autant que par le raisonnement lui-même, il a autre chose à faire ; à part les batailles, les marches ou son service en garnison—il a, s'il plaît à Votre Honneur, son fusil à fourbir—son fourniment à mettre en état—son uniforme à raccommoder—lui-même à raser et à tenir propre, de façon à avoir toujours la même apparence qu'à la parade ; quel besoin, ajouta le caporal d'un air triomphant, un soldat a-t-il, s'il plaît à Votre Honneur, de rien entendre à la *géographie*?

——Tu veux dire la *chronologie*, Trim, dit mon oncle Toby ; car la géographie lui est d'un usage indispensable ; il doit connaître parfaitement chacun des pays où sa profession l'amène, et leurs limites ; il doit connaître chaque ville et bourg, village et hameau, avec les canaux, les routes et chemins creux qui y mènent il n'a pas à passer une rivière ou un ruisseau, Trim, dont il ne doive être capable de te dire, à première vue, le nom—dans quelle montagne elle prend sa source—quel en est le cours—jusqu'où elle est navigable—où elle est guéable—où elle ne l'est pas; il doit connaître la fertilité de chaque vallée, aussi bien que le paysan qui la laboure; et être capable de décrire, ou, s'il en est requis, de te donner une carte exacte de toutes les plaines et défilés, des forts, des montées, des bois et des marais, à travers lesquels son armée doit marcher; il en doit connaître les produits, les plantes, les minéraux, les eaux, les animaux, les saisons, les climats, les chaleurs et les froids, les habitants, les coutumes, le langage, la politique et même la religion.

Autrement pourrait-on concevoir, caporal, continua mon oncle Toby, en se levant dans sa guérite, car il commença à s'échauffer à cet endroit de son discours[1]—comment Marlborough aurait conduit son armée des bords de la Meuse à Belbourg; de Belbourg à Kerpenord—(ici le caporal ne put rester plus longtemps assis) de Kerpenord, Trim, à Kalsaken; de Kalsaken à Newdorf; de Newdorf à Laudenbourg; de Laudenbourg à Mildenheim; de Mildenheim à Elchingen; d'Elchingen à Giengen; de Giengen à Balmerchoffen; de Balmerchoffen à Schellenberg, où il fondit sur les ouvrages de l'ennemi; força le passage du Danube, traversa le Lech—poussa ses troupes au cœur de l'Empire, en marchant à leur tête à travers Fribourg, Hohenwert et Shonevelt, jusqu'aux plaines de Blenheim et de Hochstedt?——Si grand capitaine qu'il fût, caporal, il n'aurait pu avancer d'un pas, ni accomplir un seul jour de marche sans l'aide de la *géographie*——Quant à la *chronologie*, j'avoue, Trim, continua mon oncle Toby, en se rasseyant froidement dans sa guérite, que de toutes les sciences, c'est celle dont un soldat paraîtrait pouvoir le mieux se passer, n'étaient les lumières qu'elle doit lui donner un jour, en déterminant l'époque de l'invention de la poudre ; qui, par ses effets terribles, renversant tout devant elle comme la foudre, est devenue pour nous une nouvelle ère de perfectionnements militaires, et a changé si complètement la nature de l'attaque et de la défense, tant sur terre que sur mer, et donné l'éveil à tant d'art et d'habileté, que le monde ne saurait apporter trop d'exactitude à fixer l'époque précise de sa découverte, ni consacrer trop de recherches pour savoir quel grand homme en est l'auteur, et quelles circonstances lui ont donné naissance.

Je suis loin de contester, continua mon oncle Toby, ce que les historiens[1] s'accordent à reconnaître, que l'an de Notre-Seigneur 1380, sous le règne de Wenceslas, fils de Charles IV——un certain prêtre, nommé Schwartz, apprit aux Vénitiens l'usage de la poudre, dans leurs guerres contre les Génois ; mais il est certain qu'il ne fut pas le premier, car si nous devons en croire Don Pedro, évêque de Léon—Comment les prêtres et les évêques en sont-ils venus, s'il plaît à Votre Honneur, à se mettre si fort martel en tête au sujet de la poudre à canon ? Dieu le sait, dit mon oncle Toby——sa providence fait sortir du bien de toute chose—Don Pedro affirme donc, dans sa chronique du roi Alphonse, qui soumit Tolède, Qu'en l'année 1343, c'est-à-dire trente-sept ans accomplis avant l'autre époque, le secret de la poudre était bien connu, et employé alors avec succès, tant par les Maures que par les Chrétiens, non seulement dans leurs combats navals, mais dans nombre de leurs plus mémorables sièges en Espagne et en Barbarie—Et tout le monde sait que le moine Bacon avait écrit expressément sur la poudre à canon, et en avait généreusement donné la recette au monde plus de cent cinquante ans avant la naissance de Schwartz—Et que les Chinois, ajouta mon oncle Toby, nous embarrassent, nous et tous nos calculs, bien davantage encore, en se vantant d'avoir inventé la poudre plusieurs centaines d'années même avant lui——

——C'est un tas de menteurs, je crois, s'écria Trim——

——Ils s'abusent de manière ou d'autre, là-dessus, dit mon oncle Toby, comme cela m'est démontré par le misérable état actuel de leur architecture militaire, qui ne consiste qu'en un fossé avec un mur en briques, dépourvu de flancs—et quant à ce qu'ils nous donnent pour un bastion à chacun des angles, c'est construit d'une façon si barbare, que tout le monde le prendrait—————Pour un de mes sept châteaux, n'en déplaise à Votre Honneur, dit Trim.

Mon oncle Toby, quoique dans le plus grand embarras pour trouver une comparaison, refusa très courtoisement l'offre de Trim—jusqu'à ce que Trim lui ayant dit qu'il en avait encore une demi-douzaine en Bohême, dont il ne savait comment se défaire——mon oncle Toby fut si touché de la plaisanterie cordiale du caporal——qu'il discontinua sa dissertation sur la poudre à canon——et pria le caporal de reprendre sur-le-champ son histoire du roi de Bohême et de ses sept châteaux.

Suite de l'histoire du Roi de Bohême et de ses sept châteaux.

CE *malheureux* roi de Bohême, dit Trim——Était-il donc malheureux ? s'écria mon oncle Toby, car il s'était tellement plongé dans sa dissertation sur la poudre à canon et autres affaires militaires, que, quoiqu'il eût invité le caporal à continuer, cependant les nombreuses interruptions qu'il avait faites n'étaient pas assez présentes à son esprit pour expliquer l'épithète——Était-il donc *malheureux*, Trim ? dit mon oncle Toby d'un ton pathétique——Le caporal, après avoir envoyé le *mot* et tous ses synonymes au diable, commença aussitôt à repasser dans son esprit les principaux incidents de l'histoire du roi de Bohême, qui, prouvant tous qu'il avait été l'homme le plus heureux qui eût jamais existé dans le monde——mirent le caporal au pied du mur : car il ne se souciait pas de rétracter son épithète——encore moins de l'expliquer——et moins que tout de torturer les faits (comme font les savants) dans l'intérêt d'un système——il regarda donc mon oncle Toby pour lui demander assistance——mais voyant que c'était précisément ce que mon oncle Toby attendait de lui——après un hum et un hem, il reprit——

Le roi de Bohême, n'en déplaise à Votre Honneur, repartit le caporal, était *malheureux*, en tant——Que prenant grand plaisir et délectation à la navigation et à toute espèce d'affaires maritimes——il *arriva* qu'il n'y avait pas un seul port de mer dans tout le royaume de Bohême——

Comment diable y en aurait-il eu—Trim? s'écria mon oncle Toby; car la Bohême étant tout à fait dans les terres, il ne pouvait en être autrement——Cela aurait pu se faire, dit Trim, s'il avait plu à Dieu——

Mon oncle Toby ne parlait jamais de l'essence et des attributs naturels de Dieu qu'avec défiance et hésitation——

——Je ne crois pas, répliqua mon oncle Toby, après une pause——car étant dans les terres, comme je l'ai dit, et ayant la Silésie et la Moravie à l'est; la Lusace et la Haute Saxe au nord; la Franconie à l'ouest, et la Bavière au sud, la Bohême n'aurait pu être poussée vers la mer sans cesser d'être la Bohême——et la mer, d'un autre côté, n'aurait pu arriver jusqu'à la Bohême sans submerger une grande partie de l'Allemagne, et détruire des millions d'infortunés habitants qui n'auraient pu se défendre contre elle——Quel scandale! s'écria Trim—Ce qui dénoterait, ajouta mon oncle Toby, avec douceur, un tel manque de compassion dans celui qui en est le père——que je pense, Trim——que la chose n'aurait pu arriver d'aucune façon.

Le caporal fit le salut d'un homme sincèrement convaincu; et poursuivit.

Or, il *arriva* que le roi de Bohême alla se promener par un beau soir d'été, avec la reine et ses courtisans ——Bien, ici le mot *arriva* est juste, Trim, s'écria mon oncle Toby; car le roi de Bohême et sa femme auraient pu se promener ou ne pas le faire;——c'était une affaire de futur contingent, qui pouvait arriver ou ne pas arriver, suivant que le hasard en ordonnerait.

Le roi Guillaume, s'il plaît à Votre Honneur, dit Trim, était d'avis que tout ce qui nous arrive était prédestiné pour nous dans ce monde; aussi disait-il souvent à ses soldats que « chaque balle avait son billet[1] ». C'était un grand homme, dit mon oncle Toby——Et je crois jusqu'à ce jour, continua Trim, que le coup de feu qui me mit hors de combat à la bataille de Landen ne fut dirigé contre mon genou que pour me faire quitter le service, et me faire entrer à celui de Votre Honneur, où je serais bien mieux soigné dans mes vieux jours——On n'aura jamais, Trim, d'autre explication à en donner, dit mon oncle Toby.

Le cœur du maître et celui du valet étaient également sujets à des débordements subits;——il y eut un instant de silence.

En outre, dit le caporal, reprenant la parole——mais d'un ton plus gai——sans ce coup de feu, je n'aurais jamais été amoureux, n'en déplaise à Votre Honneur——

Tu as donc été amoureux, Trim? dit mon oncle Toby, en souriant——

En plein! repartit le caporal——par-dessus la tête et les oreilles! s'il plaît à Votre Honneur. Et je te prie, quand? où?——et comment cela est-il arrivé?——Je n'en ai pas entendu dire un mot jusqu'à présent, dit mon oncle Toby :———J'ose dire, répondit Trim, qu'il n'y avait pas dans le régiment un tambour ou fils de sergent qui ne le sût———Il est grandement temps que je le sache aussi———dit mon oncle Toby.

Votre Honneur se rappelle avec chagrin, dit le caporal, la déroute complète et le désordre de notre camp et de notre armée à l'affaire de Landen[1]; chacun dut s'en tirer comme il put; et sans les régiments de Wyndham, de Lumley et de Galway, qui couvrirent la retraite par le pont de Neerspeeken, le roi lui-même aurait eu de la peine à s'échapper———il était, comme Votre Honneur le sait, vivement pressé des deux côtés———

Vaillant mortel! s'écria mon oncle Toby, saisi d'enthousiasme—en ce moment, où tout est perdu, je le vois passer au galop devant moi, caporal, à la gauche, pour ramener avec lui les restes de la cavalerie anglaise au secours de la droite, et arracher, s'il est encore possible, le laurier du front de Luxembourg———je le vois avec le nœud de son écharpe que vient d'emporter une balle, redonnant une nouvelle ardeur au pauvre régiment de Galway—courant le long de la ligne—puis faisant volte-face et chargeant Conti à la tête des siens ———Bravo! Bravo, par le ciel! s'écria mon oncle Toby —il mérite une couronne———Aussi pleinement qu'un voleur la corde, exclama Trim.

Mon oncle Toby connaissait la loyauté du caporal; —autrement la comparaison n'eût pas été du tout de son goût———elle ne se trouva pas non plus tout à fait d'accord avec la pensée du caporal, quand il l'eut faite

——mais il n'y avait pas à y revenir——il ne lui restait donc qu'à poursuivre.

Comme le nombre des blessés était prodigieux, et que personne n'avait le temps de songer à autre chose qu'à sa propre sûreté—Cependant Talmash, dit mon oncle Toby, opéra la retraite de l'infanterie avec une grande prudence——Mais on me laissa sur le champ de bataille, dit le caporal. On t'y laissa, pauvre garçon ! répliqua mon oncle Toby——Si bien que ce ne fut que le lendemain à midi, continua le caporal, que je fus échangé, et placé dans une charrette avec treize ou quatorze autres, pour être transporté à notre hôpital.

Il n'y a pas de partie dans tout le corps, n'en déplaise à Votre Honneur, où une blessure cause une torture plus intolérable qu'au genou[1]——

Excepté à l'aine ; dit mon oncle Toby. N'en déplaise à Votre Honneur, repartit le caporal, le genou, à mon avis, doit certainement être le plus douloureux, à cause de tous les tendons et de tous les je ne sais quoi qui s'y trouvent.

C'est pour cette raison, dit mon oncle Toby, que l'aine est infiniment plus sensible——attendu qu'on trouve non seulement autant de tendons et de je ne sais quoi (car je connais aussi peu que toi leurs noms) ——tout autour——mais en outre ***——

Mrs. Wadman, qui s'était trouvée tout ce temps-là dans son bosquet—retint aussitôt son haleine—ôta l'épingle qui attachait sa coiffe sous son menton, et se tint debout sur une jambe——

La dispute se soutint amicalement et à forces égales pour quelque temps entre mon oncle Toby et Trim ; puis Trim se rappelant à la fin qu'il avait souvent pleuré des souffrances de son maître, et jamais des siennes—inclina à s'avouer vaincu, mais mon oncle Toby n'y voulut pas consentir——Cela ne prouve rien, Trim, dit-il, que la générosité de ton caractère——

Si bien que c'est encore une question indécise jusqu'à ce jour de savoir——si la douleur d'une blessure à l'aine (*Cœteris paribus*[1]) est plus forte que la douleur d'une blessure au genou——ou

Si la douleur d'une blessure au genou n'est pas plus forte que la douleur d'une blessure à l'aine.

CHAP. XX.

LA douleur de mon genou, continua le caporal, était excessive en elle-même ; et l'incommodité de la charrette et la dureté des chemins terriblement raboteux—la rendant, pire encore—chaque pas était la mort pour moi ; en sorte que, et la perte du sang, et le manque de soins, et de plus la fièvre que je sentais venir——(Pauvre garçon! dit mon oncle Toby) tout cela ensemble, s'il plaît à Votre Honneur, était plus que je n'en pouvais supporter.

Je racontais mes souffrances à une jeune femme, dans une maison de paysan, où notre charrette, qui était la dernière de la file, avait fait halte ; on m'y avait porté et la jeune femme avait tiré de sa poche un cordial dont elle avait versé quelques gouttes sur du sucre, et voyant qu'il m'avait réconforté, elle m'en avait donné une deuxième et une troisième fois—— Je lui racontais donc, s'il plaît à Votre Honneur, le supplice où j'étais, et je lui disais qu'il était si intolérable que j'aimerais bien mieux m'étendre sur le lit qui se trouvait dans un coin de la chambre et vers lequel je tournais la tête—et y mourir, que d'aller plus loin ——elle essaya de m'y conduire, mais je m'évanouis dans ses bras. C'était une bonne âme, comme le verra Votre Honneur, dit le caporal en s'essuyant les yeux.

Je croyais l'*amour* une chose joyeuse, dit mon oncle Toby.

C'est la chose la plus sérieuse (quelquefois) qu'il y ait au monde, s'il plaît à Votre Honneur.

Sur les instances de la jeune femme, continua le caporal, la charrette des blessés partit sans moi : elle avait assuré que j'expirerais immédiatement si on m'y remettait. Si bien que lorsque je revins à moi——je me trouvai dans une cabane silencieuse et tranquille, où il n'y avait que la jeune femme, le paysan et sa femme. J'étais couché en travers du lit dans le coin de la chambre, ma jambe blessée posée sur une chaise, et la jeune femme à côté de moi, tenant d'une main sous mon nez le coin de son mouchoir trempé dans du vinaigre, et de l'autre me frottant les tempes.

Je la pris d'abord pour la fille du paysan (car ce n'était point une auberge)—et je lui offris alors une petite bourse contenant dix-huit florins que mon pauvre frère Tom (ici Trim s'essuya les yeux) m'avait envoyée comme souvenir, par une recrue, juste au moment de partir pour Lisbonne——

——Je n'ai pas encore conté cette lamentable histoire à Votre Honneur——ici Trim s'essuya les yeux une troisième fois.

La jeune femme appela le vieillard et sa femme dans la chambre, pour leur montrer l'argent, et m'obtenir ainsi crédit pour un lit et toutes les petites choses dont j'aurais besoin, jusqu'à ce que je fusse en état d'être transporté à l'hôpital——Allons, dit-elle en refermant la petite bourse—je serai votre banquier—mais comme cet emploi seul n'occupera pas tout mon temps, je serai aussi votre garde-malade.

À la manière dont elle dit cela, ainsi qu'à son costume, que je commençai alors à regarder plus attentivement—je vis que la jeune femme ne pouvait pas être la fille du paysan.

Elle était en noir de la tête aux pieds, et ses cheveux étaient cachés sous une bande de batiste serrée sur le front : c'était, s'il plaît à Votre Honneur, une de ces religieuses non cloîtrées dont Votre Honneur sait qu'il y a bon nombre en Flandre——Par ta description, Trim, dit mon oncle Toby, j'ose dire que c'était une jeune Béguine, de cet ordre qu'on ne trouve que dans les Pays-Bas espagnols—si ce n'est aussi à Amsterdam ——elles diffèrent des autres religieuses en ce qu'elles peuvent quitter le cloître si elles veulent se marier; elles visitent et soignent les malades par état—— j'aimerais mieux, pour ma part, que ce fût par bonté d'âme.

——Elle m'a souvent répété, dit Trim, qu'elle le faisait pour l'amour du Christ—Cela ne me plaisait pas.——Je crois, Trim, que nous avons tort tous les deux, dit mon oncle Toby—nous le demanderons ce soir à Mr. Yorick chez mon frère Shandy——fais-m'en souvenir; ajouta mon oncle Toby.

La jeune Béguine, continua le caporal, s'était à peine donné le temps de me dire « qu'elle serait ma garde, » qu'elle sortit à l'instant pour en commencer l'office et me préparer quelque chose——et après un court intervalle—que pourtant je trouvai long—elle revint avec de la flanelle, etc., etc., et après m'avoir vigoureusement fomenté le genou pendant une paire d'heures, etc., et fait un bol de gruau léger pour mon souper— elle me souhaita une bonne nuit, et promit de revenir de bonne heure le lendemain matin.——Elle me souhaitait, n'en déplaise à Votre Honneur, ce que je ne devais point avoir. Ma fièvre[1] fut très forte cette nuit-là—et sa tournure me causa un violent trouble intérieur—à chaque instant je coupais le monde en deux —pour lui en donner la moitié—et à chaque instant je pleurais, de n'avoir qu'un havresac et dix-huit florins à partager avec elle——Pendant toute la nuit, la belle Béguine se tenait, comme un ange, près de mon lit, soulevant mon rideau, et m'offrant des potions cordiales—et je ne fus éveillé de mon rêve que par son arrivée à l'heure promise pour me les donner en réalité. Le fait est qu'elle me quittait à peine ; et j'étais si accoutumé à recevoir la vie de ses mains, que le cœur me manquait, et que je changeais de couleur quand elle sortait de la chambre : et pourtant, continua le caporal (faisant une des plus étranges réflexions du monde)——

——« *Ce n'était pas de l'amour*»——car durant les trois semaines qu'elle resta presque constamment avec moi, à fomenter de sa main mon genou, nuit et jour—je puis dire en conscience, n'en déplaise à Votre Honneur—que * * * * * * * * * * * * * * * une seule fois.

C'est fort étrange, Trim, dit mon oncle Toby——

Je le trouve aussi—dit Mrs. Wadman.

Pas une seule fois, dit le caporal.

CHAP. XXI.

——Mais cela n'est pas étonnant, continua le caporal, voyant mon oncle Toby y rêver—car l'amour, n'en déplaise à Votre Honneur, est exactement comme la guerre ; un soldat peut avoir échappé aux balles pendant trois semaines entières jusqu'au *samedi* soir, —et néanmoins être frappé au cœur le *dimanche* matin——*C'est ce qui arriva ici*, n'en déplaise à Votre Honneur, avec cette seule différence—que ce fut le *dimanche* dans l'après-midi que je tombai violemment amoureux tout d'un coup——l'amour, s'il plaît à Votre Honneur, éclata sur moi comme une bombe ——en me laissant à peine le temps de dire : « Dieu me bénisse. »

Je croyais, Trim, dit mon oncle Toby, qu'on ne tombait jamais amoureux si soudainement.

Si fait, n'en déplaise à Votre Honneur, quand on est sur la voie——répliqua Trim.

Je t'en prie, dit mon oncle Toby, apprends-moi comment la chose est arrivée.

——Avec beaucoup de plaisir, dit le caporal, en faisant un salut.

CHAP. XXII.

JUSQUE-LÀ, poursuivit le caporal, j'avais échappé à l'amour, et j'aurais continué de même jusqu'au bout, s'il n'en avait pas été ordonné autrement——il n'y a pas à résister à notre destinée.

Ce fut un dimanche, dans l'après-midi, comme je l'ai dit à Votre Honneur——

Le vieillard et sa femme étaient sortis——

Tout était calme et silencieux comme à minuit dans la maison——

Il n'y avait pas un canard, pas un caneton dans la cour——

——Quand la belle Béguine entra pour me voir.

Ma blessure était en bonne voie de guérison—— l'inflammation avait disparu depuis quelque temps, mais il lui avait succédé, au-dessus et au-dessous du genou, une démangeaison tellement insupportable que je n'en avais pas fermé l'œil de toute la nuit.

Laissez-moi voir, dit-elle en s'agenouillant par terre parallèlement à mon genou, et mettant sa main sur la partie inférieure——Cela ne demande qu'à être frotté, dit la Béguine; y ramenant donc les draps, elle commença à me frotter le dessous du genou avec l'index de la main droite, en le guidant avant et arrière sur le bord de la flanelle qui retenait l'appareil.

Au bout de cinq à six minutes, je sentis légèrement le bout de son second doigt——qui bientôt se posa à plat contre l'autre, et elle continua à frotter de la sorte tout autour pendant assez longtemps, alors il me vint dans l'esprit que j'allais tomber amoureux—Je rougis en voyant quelle main blanche elle avait—Jamais, n'en déplaise à Votre Honneur, je ne verrai de ma vie une main aussi blanche——

——À cet endroit-là : dit mon oncle Toby——

Bien qu'il y eût là de quoi désespérer sérieusement le caporal—il ne put s'empêcher de sourire.

La jeune Béguine, continua le caporal, voyant que cela me rendait grand service—après m'avoir frotté quelque temps avec deux doigts—se mit enfin à me frotter avec trois—jusqu'à ce que peu à peu, ayant abaissé le quatrième, elle me frotta avec toute la main : Je ne veux plus jamais redire un seul mot sur les mains, n'en déplaise à Votre Honneur——mais celle-là était plus douce que le satin——

——Je t'en prie, Trim, fais-en l'éloge tant que tu voudras, dit mon oncle Toby ; j'en écouterai ton histoire avec d'autant plus de plaisir——Le caporal remercia très sincèrement son maître ; mais n'ayant rien de plus à dire sur la main de la Béguine——il passa aux effets qu'elle avait produits.

La belle Béguine, dit le caporal, continua de me frotter avec toute sa main au-dessous du genou—jusqu'à ce que la crainte me vint que son zèle ne la fatiguât——« J'en ferais mille fois plus, » dit-elle, « pour l'amour du Christ »——En disant cela, elle passa sa main par-dessous la flanelle jusqu'au-dessus de mon genou, dont je m'étais plaint aussi, et elle le frotta également.

Je m'aperçus alors que je commençais à devenir amoureux——

Comme elle continuait à frotte-frotte-frotter—je sentis, s'il plaît à Votre Honneur, l'amour gagner de dessous sa main toutes les parties de mon corps——

Plus elle frottait et plus ses frottements étaient prolongés——plus le feu s'allumait dans mes veines—— si bien qu'à la fin, à la suite de deux ou trois frottements plus longs que le reste——ma passion s'éleva au plus haut degré——Je saisis sa main———

——Et alors tu la pressas sur tes lèvres, Trim, dit mon oncle Toby——et tu lui fis une déclaration.

Si l'intrigue amoureuse du caporal se termina précisément de la manière indiquée par mon oncle Toby, peu importe ; il suffit qu'elle contînt en elle l'essence de tous les romans d'amour qui aient jamais été écrits depuis le commencement du monde.

CHAP. XXIII.

AUSSITÔT que le caporal eut fini l'histoire de ses amours—ou plutôt mon oncle Toby pour lui— Mrs. Wadman sortit sans bruit de son bosquet, remit l'épingle de sa coiffe, passa la porte d'osier, et s'avança lentement vers la guérite de mon oncle Toby : la disposition où Trim avait mis l'esprit de mon oncle

Toby était une occasion trop favorable pour la laisser échapper——

——L'attaque fut résolue : elle était encore facilitée par l'ordre que mon oncle Toby avait donné au caporal d'emporter dans la brouette la pelle de pionnier, la bêche, la pioche, les piquets et tous les ustensiles de guerre qui gisaient épars sur l'emplacement de Dunkerque—Le caporal s'était mis en marche—le champ était libre.

Or considérez, monsieur, quelle absurdité c'est, soit qu'on se batte, soit qu'on écrive, soit qu'on fasse toute autre chose (rimée ou non) qu'un homme a occasion de faire—d'agir d'après un plan : car si jamais Plan, indépendamment de toutes les circonstances, méritait d'être enregistré en lettres d'or (j'entends dans les archives de Gotham[1])—c'était certainement le PLAN d'attaque de Mrs. Wadman contre mon oncle Toby dans sa guérite, et À LA FAVEUR DE SON PLAN—— Or le plan qui y était suspendu en cette occurrence était le Plan de Dunkerque—et l'histoire de Dunkerque n'offrant que des idées de soumission, cela détruisait toute l'impression qu'elle pouvait produire : et d'ailleurs, eût-elle pu surmonter cet obstacle—la manœuvre des doigts et des mains dans l'attaque de la guérite était tellement surpassée par celle de la belle Béguine dans l'histoire de Trim—que précisément alors cette attaque particulière, en dépit de son succès antérieur—devenait la plus piètre attaque qu'on pût faire——

Oh! rapportez-vous-en aux femmes là-dessus. Mrs. Wadman avait à peine ouvert la porte d'osier, que son génie se jouait déjà de ce changement de circonstances.

——En un moment, elle improvisa une nouvelle attaque.

CHAP. XXIV.

——JE suis à moitié folle, capitaine Shandy, dit Mrs. Wadman, en portant à son œil gauche son mouchoir de batiste, comme elle approchait de la porte de la guérite de mon oncle Toby——un atome——un grain de sable—quelque chose——je ne sais quoi m'est entré dans cet œil——regardez-y, je vous prie——ce n'est pas dans le blanc—

En disant cela, Mrs. Wadman se glissa tout à côté de mon oncle Toby, et en se serrant sur le coin du banc, elle le mit à même d'y regarder sans se lever ————Regardez-y—dit-elle.

Âme honnête! tu y regardas avec autant d'innocence de cœur que jamais enfant ne regarda dans une lanterne magique; et c'eût été un aussi grand péché de te gronder.

——Si un homme veut absolument regarder dans des choses de cette nature——je n'ai rien à en dire—

Mon oncle Toby ne le faisait jamais : et je réponds qu'il serait resté tranquillement assis sur un sofa de *juin* à *janvier* (ce qui, vous savez, comprend les mois chauds et froids de l'année) ayant à côté de lui un œil aussi beau que celui de Rhodope de Thrace*[1], sans être capable de dire s'il était noir ou bleu.

La difficulté était d'arriver à en faire regarder un à mon oncle Toby.

La voilà surmontée. Et

Je le vois là-bas, tenant à la main sa pipe qui pend et dont les cendres tombent——regardant——et regardant ——puis se frottant les yeux——et regardant de nouveau, deux fois d'aussi bon cœur que Galilée cherchant une tache dans le soleil[2].

——Mais en vain ! car, par toutes les facultés qui animent cet organe——l'œil gauche de la veuve Wadman brille en ce moment aussi clair que le droit ——il n'y a dedans ni atome, ni grain de sable, ni poussière, ni paille, ni fétu, ni parcelle de matière opaque qui y flotte——il n'y a rien dedans, mon cher oncle paternel, qu'un feu léger et délicieux, qui de toutes les parties, dans toutes les directions, se glisse furtivement dans le tien——

---

* Rhodope Thracia tam inevitabili fascino instructa, tam exacte oculus intuens attraxit, ut si in illam quis incidisset, fieri non posset, quin caperetur.——Je ne sais qui.

———Si tu cherches un moment de plus cet atome, oncle Toby———tu es perdu.

CHAP. XXV.

UN œil est par-dessus tout au monde exactement semblable à un canon, en ce sens que ce n'est pas tant l'œil ou le canon en lui-même que la portée de l'œil[1]———et celle du canon, qui les met en état l'un et l'autre de produire de si grands effets. Je ne trouve pas la comparaison mauvaise : Quoi qu'il en soit, comme elle est faite et placée en tête du chapitre, autant pour l'utilité que pour l'agrément, tout ce que je désire en retour, c'est que toutes les fois que je parlerai des yeux de Mrs. Wadman (à l'exception d'une seule dans la phrase suivante), vous l'ayez présente à l'esprit.

Je proteste, madame, dit mon oncle Toby, que je ne vois rien du tout dans votre œil.

Ce n'est pas dans le blanc, dit Mrs. Wadman ; mon oncle Toby regarda de tout son pouvoir dans la pupille———

Or, de tous les yeux qui furent jamais créés———depuis les vôtres, madame, jusqu'à ceux de Vénus elle-même, qui certes étaient aussi voluptueux que jamais tête en ait contenu———il n'y eut jamais œil aussi propre à ravir le repos de mon oncle Toby, que l'œil qu'il regardait———ce n'était pas, madame, un œil rou-

lant——un œil batifolant ou lascif—ce n'était pas
non plus un œil étincelant—pétulant ou impérieux
—à grandes prétentions, ou d'une exigence effrayante,
ce qui aurait fait cailler à l'instant ce lait de la nature
humaine dont était fait mon oncle Toby——mais
c'était un œil plein d'aimables salutations——et de
douces réponses——parlant——non comme la trompette d'un orgue mal fait, du ton grossier de maint œil
avec lequel je cause——mais murmurant doucement
——comme les faibles et derniers accents d'une sainte
expirante——« Comment pouvez-vous vivre seul et
délaissé, capitaine Shandy, sans un sein où reposer
votre tête——ou à qui confier vos soucis ? »

C'était un œil———

Mais j'en deviendrai amoureux moi-même, si j'en
dis un mot de plus.

——C'est ce qui arriva à mon oncle Toby.

CHAP. XXVI.

RIEN ne montre les caractères de mon père et de
mon oncle Toby sous un point de vue plus intéressant,
que leur différente manière de se conduire en présence
du même événement——car je n'appelle pas l'amour
un malheur, dans la persuasion que le cœur d'un
homme en devient toujours meilleur——Grand Dieu !

que devait être celui de mon oncle Toby, qui sans cela était déjà la bonté même.

Mon père, à ce qu'il paraît d'après plusieurs de ses papiers, était très sujet à cette passion avant son mariage——mais par suite d'une petite sorte d'impatience aigrelette et bouffonne de son caractère, toutes les fois que l'amour l'empoignait, il refusait de s'y soumettre en chrétien; mais il se mettait à jurer, pester, éclater et frapper du pied, à faire le diable, et à écrire contre l'œil victorieux les plus amères Philippiques que jamais homme ait écrites——il en est une en vers sur un œil quelconque, qui pendant deux ou trois nuits de suite l'avait privé de tout repos, et que, dans le premier transport de son ressentiment, il avait commencée ainsi:

« C'est le Diable——à lui seul il commet plus de mal
Que n'en firent jamais Païens, Juifs ou Turcs*[1] »

Bref, pendant toute la durée du paroxysme, mon père n'avait à la bouche qu'injures et gros mots, ressemblant presque à une malédiction——seulement il ne la lançait pas avec autant de méthode qu'Ernulphus——il était trop impétueux; ni avec la politique d'Ernulphus——car bien que mon père, avec l'ardeur la plus intolérante, maudît à tort et à travers tout ce qui pouvait sous le ciel aider et favoriser son amour——cependant il ne terminait jamais son chapitre de malédictions sans se maudire lui-même par-dessus le

---

* Cette Philippique sera imprimée avec la Vie de Socrate, etc., etc., de mon père.

marché, comme un des fous et des sots les plus fieffés, disait-il, qui eût jamais été lâché dans ce monde.

Mon oncle Toby, au contraire, prit la chose comme un agneau——il se tint coi, et laissa le poison agir sans résistance dans ses veines——dans les irritations les plus aiguës de sa blessure (comme pour celle de son aine), il ne lui échappa jamais un seul mot d'impatience ou de mécontentement——il n'accusa ni le ciel, ni la terre——il ne pensa ni ne parla mal de qui que ce soit, sous aucun rapport ; il demeura assis, solitaire et pensif, avec sa pipe——en regardant sa jambe estropiée——et poussant un sentimental hélas ! qui, confondu avec la fumée, n'incommoda aucun mortel.

Il prit la chose comme un agneau——dis-je.

À la vérité, il s'était d'abord mépris ; le matin même il était parti à cheval avec mon père, afin de sauver, s'il était possible, un beau bois que le Doyen et son Chapitre faisaient abattre pour le donner aux pauvres*, et qui, se trouvant juste en face de la maison de mon oncle Toby, lui était singulièrement utile pour sa description de la bataille de Wynnendale[1]——en trottant trop vivement pour le sauver——sur une selle dure ——et sur un cheval qui l'était encore plus, etc., etc., il advint que la partie séreuse du sang passa entre cuir et chair dans les régions inférieures de mon oncle Toby——la première cloque qui en fut la suite, mon oncle Toby (qui n'avait aucune expérience de l'amour)

---

* Mr. Shandy doit vouloir dire les pauvres *d'esprit*[2] ; attendu que le doyen et son chapitre se partagèrent entre eux l'argent.

la prit pour une partie intégrante de cette passion—et au moment où elle creva, celle de l'amour ayant persisté——mon oncle Toby demeura convaincu que sa blessure ne s'était pas arrêtée à la peau——mais qu'elle avait pénétré jusqu'au cœur.

CHAP. XXVII.

LE monde rougit d'être vertueux——Mon oncle Toby connaissait peu le monde; aussi, quand il se sentit amoureux de la veuve Wadman, il n'imagina pas qu'il en dût faire plus de mystère que si Mrs. Wadman lui eût fait une coupure au doigt avec un couteau ébréché : S'il en eût été autrement——comme il avait toujours regardé Trim comme un humble ami ; et que chaque jour de sa vie il voyait de nouvelles raisons de le traiter comme tel——cela n'aurait rien changé à la manière dont il l'informa de l'affaire.

« Je suis amoureux, caporal, » dit mon oncle Toby.

CHAP. XXVIII.

AMOUREUX !——dit le caporal—votre Honneur se portait très bien avant-hier, quand je racontais à Votre Honneur l'histoire du roi de Bohême—Bohême !

dit mon oncle Toby----longtemps rêveur----Qu'est devenue cette histoire, Trim ?

—Elle s'est perdue[1], s'il plaît à Votre Honneur, d'une manière ou d'une autre, entre nous deux—mais Votre Honneur était alors aussi exempt d'amour que je le suis——cela m'est arrivé juste quand tu as emporté la brouette—avec Mrs. Wadman, dit mon oncle Toby——Elle m'a laissé une balle ici—ajouta mon oncle Toby—en indiquant sa poitrine——

——N'en déplaise à Votre Honneur, elle ne peut pas plus soutenir un siège que voler—s'écria le caporal——

——Mais comme nous sommes voisins, Trim,—la meilleure voie, je pense, est de le lui faire savoir civilement d'abord—dit mon oncle Toby.

Si j'osais, dit le caporal, différer d'avis avec Votre Honneur——

—Autrement, pourquoi t'en parlerais-je, Trim ? dit mon oncle Toby avec douceur——

—Eh bien, n'en déplaise à Votre Honneur, je commencerais en retour à diriger sur elle une bonne attaque foudroyante—et je remettrais à plus tard à lui avouer civilement mon amour—car si elle apprend à l'avance que Votre Honneur est amoureux——Le Seigneur lui soit en aide !—elle ne s'en doute pas plus à présent, Trim, dit mon oncle Toby—que l'enfant qui est à naître——

Précieuses âmes !———

Mrs. Wadman avait raconté le fait, avec toutes ses circonstances, à Mrs. Bridget, vingt-quatre heures auparavant ; et en ce moment même elle tenait conseil avec elle, touchant quelques soupçons relatifs à l'issue de l'affaire, que le Diable, qui ne gît jamais mort dans un fossé, lui avait mis en tête—sans lui laisser la moitié du temps nécessaire pour achever tranquillement son *Te Deum*———

J'ai terriblement peur, dit la veuve Wadman, dans le cas où je l'épouserais, Bridget—que le pauvre capitaine ne jouisse pas d'une bonne santé, avec sa monstrueuse blessure à l'aine———

Elle peut bien, madame, n'être pas aussi grande que vous le pensez, répliqua Bridget—et je crois, d'ailleurs, ajouta-t-elle—qu'elle est cicatrisée———

———J'aimerais à le savoir—simplement pour lui-même, dit Mrs. Wadman———

—Nous en saurons le fort et le faible dans dix jours—répondit Mrs. Bridget, car tandis que le capitaine vous adressera ses hommages—je suis certaine que Mr. Trim me fera la cour—et je le laisserai faire tant qu'il voudra—ajouta Bridget—pour tirer de lui toute la vérité———

Leurs mesures furent arrêtées à l'instant———et mon oncle Toby et le caporal prirent les leurs de leur côté.

Maintenant, dit le caporal, en posant sa main gauche sur sa hanche, et faisant de la droite un moulinet qui promettait le succès—et rien de plus——si Votre Honneur veut me permettre de lui soumettre le plan de cette attaque——

——Tu me feras excessivement plaisir, Trim, dit mon oncle Toby—et comme je prévois que tu devras m'y servir d'*aide de camp*[1], voici, pour commencer, caporal, un écu pour arroser ton brevet.

Alors, s'il plaît à Votre Honneur, dit le caporal (après avoir fait un salut pour son brevet)—nous commencerons par tirer du grand coffre de campagne les habits galonnés de Votre Honneur, afin de les bien aérer, et en relever le bleu et l'or des manches—et je friserai à neuf votre perruque blanche à la Ramillies—et je ferai venir un tailleur pour retourner la mince culotte d'écarlate de Votre Honneur——

—Je préférerais prendre celle de peluche rouge, dit mon oncle Toby——Elle est trop rude—dit le caporal.

CHAP. XXIX.

——Tu brosseras mon épée avec un peu de blanc d'Espagne——Elle ne ferait que gêner Votre Honneur, répliqua Trim.

CHAP. XXX.

——Mais il faudra remettre à neuf les deux rasoirs de Votre Honneur—et je repasserai ma casquette Montero, et je mettrai l'uniforme du pauvre lieutenant Le Fèvre, que Votre Honneur m'a donné à porter pour l'amour de lui—et aussitôt que Votre Honneur sera rasé de frais—et qu'il aura mis sa chemise blanche, avec son habit bleu et or ou son bel écarlate——tantôt l'un, tantôt l'autre—et que tout sera prêt pour l'attaque—nous avancerons hardiment comme pour affronter un bastion; et tandis que Votre Honneur occupera Mrs. Wadman, à droite, dans le parloir ——j'attaquerai Mrs. Bridget, à gauche, dans la cuisine; et une fois maîtres du passage, je réponds, dit le caporal, en faisant claquer ses doigts au-dessus de sa tête—que la victoire est à nous.

J'espère que je m'en tirerai bien, dit mon oncle Toby—mais je déclare, caporal, que j'aimerais mieux marcher sur le bord d'une tranchée——

—Une femme, c'est tout autre chose—dit le caporal.

—Je le suppose, dit mon oncle Toby.

CHAP. XXXI.

SI rien au monde de ce que disait mon père avait pu impatienter mon oncle Toby, à l'époque de ses amours, c'était l'usage pervers que faisait toujours mon père d'une expression de l'ermite Hilarion[1]; qui, en parlant de son abstinence, de ses veilles, de ses flagellations et autres parties instrumentales de sa religion—disait—un peu plus facétieusement qu'il ne convenait à un ermite—« que c'étaient les moyens qu'il employait pour forcer son *âne* (voulant dire son corps) à cesser de regimber ».

Mon père en était enchanté ; ce n'était pas seulement une manière laconique d'exprimer—mais aussi de ravaler en même temps les désirs et appétits de la partie infime de nous-mêmes ; en sorte que pendant nombre d'années de la vie de mon père, il se servit constamment de cette expression—jamais il n'employa le mot *passions*—mais celui d'*âne* à sa place——Aussi aurait-on pu dire véritablement de lui qu'il avait passé tout ce temps-là sur les os ou le dos de son propre âne, ou de celui de quelque autre individu.

Je dois ici vous signaler la différence qui existe entre
    L'Âne de mon père
       et mon dada—afin de maintenir les personnages aussi séparés que possible dans notre esprit, tant que nous cheminerons ensemble.

Car mon dada, si vous vous en souvenez un peu, n'est nullement une bête vicieuse; il n'a pas en lui un seul poil ou un seul trait de l'âne——C'est la petite pouliche folâtre qui vous enlève à l'heure présente—c'est une lubie, un papillon, un tableau, une bagatelle—un siège d'oncle Toby—ou un *n'importe quoi* qu'un homme s'arrange pour enfourcher et galoper dessus loin des soucis et sollicitudes de la vie—C'est une bête aussi utile que pas une de la création—et je ne vois réellement pas comment le monde pourrait s'en passer———

——Quant à l'âne de mon père———oh! montez-le—montez-le—montez-le—(cela fait trois fois, n'est-ce pas?)—non, ne le montez pas:—c'est une bête concupiscente—et malheur à l'homme qui ne l'empêche pas de regimber.

CHAP. XXXII.

EH bien! cher frère Toby, dit mon père, la première fois qu'il le vit depuis qu'il était tombé amoureux—comment va votre ÂNE?

Or, mon oncle Toby pensant plus à la *partie* où il avait eu l'ampoule, qu'à la métaphore d'Hilarion—et nos préoccupations ayant (vous le savez) un aussi grand pouvoir sur le sort des mots que sur la forme des choses, il s'était imaginé que mon père, qui n'était pas très cérémonieux dans le choix des termes, avait demandé des nouvelles de la partie malade en l'appelant par son propre nom; et quoique ma mère, le docteur Slop et M. Yorick fussent assis dans le parloir, il crut plus poli de se conformer au terme qu'avait employé mon père. Quand un homme est placé entre deux inconvenances, et qu'il doit en commettre une—j'ai toujours observé—que n'importe celle qu'il choisisse, le monde le blâmera—je ne serais donc pas étonné qu'il blâmât mon oncle Toby.

Mon C—l[1], dit mon oncle Toby, va beaucoup mieux—frère Shandy——Mon père avait fondé de grandes espérances sur son Âne dans cet assaut, et il l'y aurait ramené; mais le docteur Slop étant pris d'un rire immodéré—et ma mère s'étant écriée Dieu nous bénisse!—l'Âne de mon père fut repoussé du champ de bataille—et le rire alors devenant général—il n'y eut pas moyen de le ramener à la charge de quelque temps——

La conversation continua donc sans lui.

Tout le monde, dit ma mère, prétend que vous êtes amoureux, frère Toby—et nous espérons que cela est vrai.

Je suis aussi amoureux, je crois, sœur, répliqua mon oncle Toby, qu'un homme l'est communément——Hum! fit mon père——Et quand vous en êtes-vous aperçu? demanda ma mère——

——Quand l'ampoule a crevé, répliqua mon oncle Toby.

La réplique de mon oncle Toby mit mon père de bonne humeur—aussi chargea-t-il à pied.

CHAP. XXXIII.

COMME les Anciens s'accordent à reconnaître, frère Toby, dit mon père, qu'il y a deux espèces diverses et distinctes d'*amour*, selon les parties différentes qui en sont affectées—le Cerveau ou le Foie——je pense que, quand un homme est amoureux, il lui appartient un peu de considérer dans lequel de ces deux amours il est tombé.

Qu'importe, frère Shandy, repartit mon oncle Toby, quelle espèce d'amour c'est, pourvu qu'un homme se marie, aime sa femme, et lui fasse quelques enfants?

——Quelques enfants! s'écria mon père, en se levant de sa chaise et regardant ma mère en face, tout en se frayant un passage entre sa chaise et celle du docteur Slop—quelques enfants! s'écria mon père, répétant les expressions de mon oncle Toby, tout en allant et venant——

——Ce n'est pas, mon cher frère Toby, reprit mon père, se remettant tout d'un coup et s'approchant du dossier de la chaise de mon oncle Toby—ce n'est pas que je serais fâché de t'en voir une vingtaine—au contraire, je m'en réjouirais—et je serais, Toby, aussi tendre qu'un père pour eux tous—

Mon oncle Toby passa imperceptiblement sa main derrière sa chaise, pour serrer celle de mon père——

——Bien plus, continua celui-ci en gardant dans la sienne la main de mon oncle Toby—tu possèdes, mon cher Toby, une si grande quantité du lait de la nature humaine, et si peu de ses aspérités—que c'est pitié que le monde ne soit pas peuplé de créatures qui te ressemblent ; et si j'étais un monarque asiatique, ajouta mon père, s'échauffant à l'idée de ce nouveau projet—je t'obligerais, pourvu que cela ne diminuât par tes forces —ou ne desséchât pas trop vite ton humide radical— ou n'affaiblît ni ta mémoire ni ton imagination, frère Toby, effet que ces exercices pris immodérément sont sujets à produire—à cela près, cher Toby, je te procurerais la plus belle femme de mon empire, et je t'obligerais, *nolens, volens*[1], à me donner un sujet par *mois*——

Comme mon père prononçait le dernier mot de sa phrase—ma mère prit une prise de tabac.

Mais moi, je ne voudrais pas, dit mon oncle Toby, faire un enfant, *nolens, volens*, c'est-à-dire que je le voulusse ou non, pour plaire au plus grand prince de la terre——

——Et ce serait cruel à moi, frère Toby, de t'y forcer ; dit mon père—mais c'est une supposition faite pour te prouver que ce n'est pas ton acte de faire un enfant—dans le cas où tu en serais capable—mais ton système de l'Amour et du mariage que je voudrais rectifier——

Il y a du moins, dit Yorick, beaucoup de raison et de bon sens dans l'opinion du capitaine Shandy sur l'amour ; et dans le nombre des heures mal employées de ma vie dont j'aurai à répondre, doivent compter celles où j'ai lu un si grand nombre de poètes et de rhéteurs fleuris, dont je n'ai jamais pu en extraire autant——

Je souhaiterais, Yorick, dit mon père, que vous eussiez lu Platon[1] ; car il vous aurait appris qu'il y a deux AMOURS—Je sais qu'il y avait deux RELIGIONS chez les Anciens, répliqua Yorick——une—pour le vulgaire, et une autre pour les savants ; mais je crois qu'un SEUL AMOUR aurait fort bien pu leur servir à tous—

Non pas ; repartit mon père—et pour les mêmes raisons : car de ces amours, suivant le commentaire de Ficinus sur Velasius, l'un est *rationnel*——
——l'autre est *naturel*——
le premier, l'ancien——sans mère——où Vénus n'avait rien à faire : le second engendré de Jupiter et de Dioné—

——Je vous prie, frère, dit mon oncle Toby, qu'est-ce qu'un homme qui croit en Dieu a à faire à cela ? Mon père ne put s'arrêter pour répondre, de peur de rompre le fil de son discours——

Ce dernier, continua-t-il, participe entièrement de la nature de Vénus.

Le premier, qui est la chaîne d'or[1] qui pend du ciel, excite à l'amour héroïque, qui comprend en lui et allume le désir de la philosophie et de la vérité——le second excite au *désir*, simplement——

——Je crois la procréation des enfants aussi avantageuse au monde, dit Yorick, que la découverte de la longitude[2]——

——À coup sûr, dit ma mère, l'*amour* entretient la paix dans le monde——

——Au *logis*—ma chère, j'en conviens——Il remplit la terre, dit ma mère——

Mais il conserve le ciel vide—ma chère; repartit mon père.

——C'est la Virginité, s'écria Slop d'un ton triomphant, qui remplit le Paradis[3].

Bien riposté, nonne! dit mon père.

CHAP. XXXIV.

MON père avait dans ses disputes un genre d'escarmouche si tranchant et si piquant, poussant et pourfendant, et donnant à chacun tour à tour un coup en guise de souvenir—que s'il y avait vingt personnes dans une compagnie—en moins d'une demi-heure il était sûr de les avoir toutes contre lui.

Ce qui ne contribuait pas peu à le laisser ainsi sans allié, c'est que s'il y avait un poste moins tenable que le reste, il ne manquait pas de s'y jeter ; et, pour lui rendre justice, une fois qu'il y était, il s'y défendait si vaillamment que ç'aurait été un chagrin, pour tout homme brave ou généreux, de l'en voir chassé.

Aussi Yorick, tout en l'attaquant souvent—ne pouvait jamais prendre sur lui d'y mettre toute sa force.

La VIRGINITÉ du docteur Slop, à la fin du dernier chapitre, avait pour cette fois mis Yorick du côté de l'assiégé ; et il commençait à faire sauter tous les couvents de la Chrétienté aux oreilles de Slop, quand le caporal Trim entra dans le parloir pour informer mon oncle Toby que sa mince culotte d'écarlate, dans laquelle devait se faire l'attaque de Mrs. Wadman, ne pouvait pas servir, attendu qu'en la décousant pour la retourner, le tailleur avait trouvé qu'elle l'avait déjà été——Eh bien, retournez-la de nouveau, frère, dit vivement mon père, car elle le sera encore bien des fois avant que l'affaire soit terminée——Elle est aussi pourrie que de la boue, dit le caporal——Alors, de toute nécessité, dit mon père, commandes-en une nouvelle paire, frère——car bien que je sache, continua mon père, en se retournant vers la compagnie, que la veuve Wadman est depuis plusieurs années profondément amoureuse de mon frère Toby, et qu'elle a usé de tous les artifices et ruses féminines pour le faire tomber dans la même passion, cependant, aujourd'hui qu'elle le tient——sa fièvre va décroître——

——Elle a atteint son but.

Dans ce cas, continua mon père, auquel Platon, j'en suis convaincu, n'a jamais pensé——l'Amour, vous voyez, n'est pas tant un SENTIMENT qu'une CONDITION dans laquelle un homme entre, comme ferait mon frère Toby dans un *corps*——qu'il aime le service ou non, peu importe——une fois qu'il y est—il se comporte comme s'il l'aimait ; et saisit chaque occasion pour se montrer homme de cœur.

L'hypothèse, comme toutes celles de mon père, était assez plausible, et mon oncle Toby n'avait à y objecter qu'un seul mot—que Trim se tenait prêt à appuyer ——mais mon père n'avait pas tiré sa conclusion——

C'est pourquoi, continua mon père (en posant de nouveau la question) quoique tout le monde sache que Mrs. Wadman *aime* mon frère Toby—et que mon frère Toby, de son côté, *aime* Mrs. Wadman, et qu'aucun obstacle dans la nature n'empêche les violons de jouer dès ce soir, néanmoins je garantis qu'ils ne joueront pas d'ici à un an.

Nous avons mal pris nos mesures, dit mon oncle Toby, en lançant à Trim un regard d'interrogation.

Je gagerais ma casquette Montero, dit Trim——Or la casquette Montero de Trim était, je vous l'ai dit, son éternel gage; et comme il l'avait remise à neuf le soir même, afin d'aller à l'attaque—l'enjeu en avait acquis plus d'importance——Je gagerais, s'il plaît à Votre Honneur, ma casquette Montero contre un shilling— s'il était convenable, continua Trim (en faisant un salut), de proposer un pari devant Vos Honneurs——

——Il n'y a rien d'inconvenant à cela, dit mon père—c'est une façon de parler; car en disant que tu gagerais ta casquette Montero contre un shilling—tout ce que tu entends—c'est que tu crois——

——Eh bien, qu'est-ce que tu crois?

Que la veuve Wadman, s'il plaît à Votre Honneur, ne peut pas tenir dix jours——

Et comment, l'ami, s'écria Slop d'un ton railleur, as-tu acquis cette connaissance des femmes?

En tombant amoureux d'une religieuse papiste, dit Trim.

C'était une Béguine, dit mon oncle Toby.

Le docteur Slop était trop en colère pour écouter cette distinction; et mon père, saisissant l'occasion pour tomber de droite et de gauche sur tout l'ordre des Nonnes et Béguines, un tas de sottes et puantes pécores——Slop n'y put tenir——et mon oncle Toby ayant quelques mesures à prendre au sujet de sa culotte—et Yorick au sujet du quatrième point de son sermon—en vue de leurs différentes attaques du lendemain—la compagnie se sépara : et mon père, laissé seul avec une demi-heure devant lui avant son coucher, demanda une plume, de l'encre et du papier, et écrivit à mon oncle Toby la lettre d'instructions suivante[1] :

Mon cher frère Toby,

CE que je vais te dire se rapporte à la nature des femmes, et à la manière de leur faire la cour ; et peut-être est-il heureux pour toi—quoique ce le soit moins pour moi—que tu aies occasion de recevoir une lettre d'instructions sur ce chapitre, et que je sois capable de te l'écrire.

Si c'eût été le bon plaisir de celui qui dispose de nos lots—et que tu n'eusses pas souffert de ce savoir, j'aurais été bien aise que tu eusses trempé en ce moment ta plume dans l'encre à ma place ; mais puisque ce n'est pas là le cas————et que Mrs. Shandy est actuellement près de moi, à se préparer pour se mettre au lit——j'ai jeté ensemble, sans ordre, et comme ils me sont venus à l'esprit, les conseils et renseignements que je crois pouvoir t'être utiles, voulant, en ceci, te donner un témoignage de mon affection ; et ne doutant pas, mon cher Toby, de la manière dont il sera reçu.

En premier lieu, à l'égard de tout ce qui concerne la religion dans cette affaire——et quoique je sente, à la chaleur de ma joue, que je rougis en commençant à te parler sur ce sujet, moi qui sais bien, malgré ta discrétion naturelle, combien peu de ses devoirs tu négliges —je crois devoir cependant t'en rappeler particulièrement un (tant que durera ta cour) que je ne voudrais pas te voir oublier; et c'est de ne jamais te mettre en campagne, que ce soit le matin ou l'après-midi, sans d'abord te recommander à la protection du Tout-Puissant, pour qu'il te défende du Malin.

Rase-toi entièrement la tête au moins une fois tous les quatre ou cinq jours, mais plus souvent si tu le peux; de peur que si, par distraction, tu ôtes ta perruque devant elle, elle ne soit à même de découvrir combien de tes cheveux ont été abattus par le Temps ——et combien par Trim.

—Il vaut mieux éloigner de son imagination toute idée de calvitie[1].

Porte toujours dans ton esprit, et agis d'après elle comme une sûre maxime, Toby——

« *Que les femmes sont timides* : » Et il est heureux qu'elles le soient——autrement il n'y aurait rien à faire avec elles.

Que tes culottes ne soient pas trop serrées, ou qu'elles ne pendent pas trop lâches sur tes cuisses, comme les chausses de nos ancêtres.

——Un juste milieu prévient toute induction.

Quelque chose que tu aies à dire, que ce soit plus ou moins, n'oublie pas de l'articuler d'une voix faible et douce. Le silence et tout ce qui en approche évoque dans le cerveau des rêves de mystère nocturne; c'est pourquoi, si tu peux l'éviter, ne jette jamais par terre les pincettes ni le tisonnier.

Évite toute espèce de plaisanterie et de facéties dans tes conversations avec elle, et fais en même temps tout ce qui sera en ton pouvoir pour écarter d'elle tous les livres et écrits qui ont cette tendance ; il existe certains traités de dévotion qu'il serait bon que tu pusses l'engager à lire—mais ne souffre pas qu'elle ouvre Rabelais ou Scarron, ou Don Quichotte[1]——

——Tous ces livres excitent le rire ; et tu sais, cher Toby, qu'il n'y a pas de passion aussi sérieuse que la luxure.

Attache une épingle au-devant de ta chemise avant d'entrer dans son parloir.

Et s'il t'est permis de t'asseoir sur le même sofa, et qu'elle te donne occasion de poser ta main sur les siennes—garde-toi d'en profiter——tu ne saurais poser ta main sur les siennes, sans qu'elle juge de la température des tiennes. Laisse cela, et autant d'autres choses que tu pourras, tout à fait indécis ; de la sorte, tu auras pour toi sa curiosité, et si elle n'est pas conquise par cela, et que ton ÂNE continue à regimber, ce qu'il y a de grandes raisons de supposer——Tu devras commencer par te faire tirer d'abord quelques onces de sang au-dessous des oreilles, suivant l'habitude des anciens Scythes, qui guérissaient par ce moyen les appétits les plus immodérés.

Avicenne, après cela, est d'avis d'oindre la partie avec du sirop d'ellébore, en faisant usage des évacuations et purgations convenables——et je crois qu'il a raison. Mais tu ne devras manger que peu ou point de chair de chèvre ou de cerf——et absolument pas de chair d'ânon; et t'abstenir soigneusement——c'est-à-dire autant que tu le pourras, de paons, de grues, de foulques, de plongeons et de poules d'eau——

Quant à ta boisson—je n'ai pas besoin de te dire que ce doit être l'infusion de Verveine et de l'herbe Hanea, dont Ælien rapporte de si grands effets; mais si ton estomac s'en blase—discontinues-en l'usage de temps en temps, et remplace-la par des concombres, des melons, du pourpier, du nénuphar, du chèvrefeuille et de la laitue[1].

Je ne vois plus rien à te dire quant à présent——

——À moins de la déclaration d'une nouvelle guerre ——Je souhaite donc, cher Toby, que tout aille pour le mieux.

Et je reste ton affectionné frère,

Walter Shandy.

CHAP. XXXV.

PENDANT que mon père écrivait sa lettre d'instructions, mon oncle Toby et le caporal étaient occupés à tout préparer pour l'attaque. Comme on avait renoncé à retourner la culotte d'écarlate (du moins pour l'instant), il n'y avait aucun motif de retarder l'attaque au-delà du lendemain matin ; en conséquence elle fut résolue pour onze heures.

Venez, ma chère, dit mon père à ma mère—nous ne remplirons que notre devoir de frère et sœur, si vous et moi nous nous rendons chez mon frère Toby——pour le soutenir dans son attaque.

Mon oncle Toby et le caporal étaient habillés depuis quelque temps, quand mon père et ma mère entrèrent, et comme l'horloge sonnait onze heures, ils étaient déjà en marche pour sortir—mais ce récit est digne d'être exposé ailleurs qu'à la fin du huitième volume d'un ouvrage tel que celui-ci[1].——Mon père n'eut que le temps de mettre sa lettre d'instructions dans la poche de l'habit de mon oncle Toby——et de se joindre à ma mère pour lui souhaiter une heureuse attaque.

J'aimerais, dit ma mère, à regarder par le trou de la serrure, par *curiosité*——Appelez la chose par son vrai nom, ma chère, dit mon père—

Et regardez par le trou de la serrure aussi longtemps que vous voudrez.

FIN DU HUITIÈME VOLUME.

LA

VIE

ET LES

OPINIONS

DE

TRISTRAM SHANDY,

GENTLEMAN.

—*Si quid urbaniusculè lusum a nobis, per Musas et Charitas et omnium poetarum Numina, Oro te, ne me malè capias*[1].

VOL. IX.

DÉDICACE
À UN
GRAND[1]

AYANT eu, *a priori*, l'intention de dédier *Les Amours de mon oncle Toby* à Mr.****——je trouve plus de raisons, *a posteriori*, pour les dédier à Lord *******.

Je déplorerais du fond de l'âme que cela m'exposât à la jalousie de Leurs Révérences, parce que *a posteriori*, en latin de cour, signifie baiser les mains pour obtenir une promotion—ou toute autre chose.

Mon opinion de Lord ******* n'est ni meilleure ni pire que celle que j'avais de Mr.****. Les honneurs, comme les empreintes d'une monnaie, peuvent donner une valeur idéale et locale à un morceau de vil métal; mais l'Or et l'Argent passeront partout, sans autre recommandation que leur propre poids.

La même bienveillance qui m'avait fait penser à offrir une demi-heure d'amusement à Mr.****, hors de fonctions—agit avec plus de force à présent, attendu qu'une demi-heure d'amusement sera plus utile et plus délassante après le travail et la peine qu'après un repas philosophique.

Il n'est point d'*Amusement* aussi parfait qu'un changement total d'idées; il n'est pas d'idées qui diffèrent si totalement que celles des Ministres et celles des innocents Amoureux : c'est pourquoi quand je viens à parler d'Hommes d'État et de Patriotes, et que je les désigne par des marques qui préviendront dans l'avenir toute confusion et toute erreur à leur égard—je me propose de dédier ce volume à quelque aimable berger,

Dont la science orgueilleuse n'a jamais égaré les pensers
Sur les pas de l'Homme d'État ou sur la voie du Patriote ;
Mais dont la *simple Nature* a réalisé les espérances, en lui donnant
Un ciel plus humble qu'une éminence couronnée de nuages ;
Un monde *indompté* situé dans les profondeurs du bois ;—
Une île plus heureuse au sein des vastes mers,—
Et où, admis à jouir du même ciel,
Ses *Chiens fidèles* lui tiendront compagnie[1].

Bref, en présentant à son Imagination toute une nouvelle série d'objets, je ferai inévitablement *diversion* à ses contemplations passionnées d'amoureux languissant. En attendant,

Je suis,
L'AUTEUR.

CHAP. Ier.

JE prends à témoin toutes les puissances du temps et du hasard[1], qui les unes et les autres nous arrêtent dans nos carrières en ce monde, que je n'avais pas encore pu en arriver aux amours de mon oncle Toby jusqu'au moment où la *curiosité* de ma mère, ainsi qu'elle expliqua la chose,——ou une impulsion différente, comme le prétendait mon père——lui fit désirer de les regarder par le trou de la serrure.

« Appelez la chose, ma chère, par son vrai nom, dit mon père, et regardez par le trou de la serrure aussi longtemps que vous voudrez. »

La fermentation de cette petite humeur aigrelette, habituelle à mon père et dont j'ai déjà souvent parlé, pouvait seule lui avoir soufflé une pareille insinuation——il était pourtant franc et généreux de sa nature, et en tout temps accessible à la conviction ; aussi à peine fut-il arrivé au dernier mot de cette disgracieuse repartie, que sa conscience la lui reprocha.

Ma mère était en train de se balancer conjugalement, son bras gauche passé sous le bras droit de mon père, de telle sorte que l'intérieur de sa main était posé sur le dos de celle de son mari—elle leva les doigts et les laissa retomber—cela pouvait à peine s'appeler une tape, ou, si c'en était une——un casuiste aurait été embarrassé de dire si c'était une tape de remontrance ou une tape d'aveu : mon père, qui était la sensibilité même de la tête aux pieds, la classa convenablement— La conscience redoubla le coup—il tourna soudain le visage d'un autre côté, et ma mère, supposant qu'il allait tourner aussi le corps, pour rentrer chez lui, fit un mouvement oblique de sa jambe droite, en gardant la gauche comme centre, et se trouva si bien en face de lui, qu'en tournant la tête, il rencontra ses yeux——— Nouvelle confusion ! il vit mille raisons d'annuler le reproche, et autant de s'en adresser un à lui-même ——dans ce cristal mince, bleu, froid et transparent, dont toutes les humeurs jouissaient d'un tel calme que le moindre point ou atome[1] de désir se serait vu au fond, s'il y en avait eu——mais il n'y en avait pas ——et comment je me trouve être si dissolu moi-même, particulièrement peu avant les équinoxes du printemps et de l'automne——le Ciel le sait——Ma mère——madame——ne l'était à aucune époque, ni par nature, ni par éducation, ni par exemple.

Un courant de sang tempéré circulait régulièrement dans ses veines pendant tous les mois de l'année, ainsi que dans tous les moments critiques du jour et de la nuit ; elle n'ajoutait non plus aucune chaleur à ses humeurs par les effervescences manuelles des traités de dévotion, auxquels la nature est souvent forcée de trouver un sens qu'ils ne possèdent pas en eux-mêmes ——Et quant à l'exemple de mon père, il était si éloigné de l'exciter ou de l'encourager à quoi que ce soit de pareil, qu'il fit l'affaire de toute sa vie de détourner de sa tête toute idée de ce genre——La

Nature avait tout fait pour lui éviter cette peine, et, ce qui n'était pas une mince inconséquence, mon père le savait——Et me voici assis, ce 12 août 1766[1], en jaquette violette et en pantoufles jaunes, sans perruque ni bonnet, accomplissant de la façon la plus tragi-comique sa prédiction « Que, pour cette raison même, je ne penserais ni n'agirais en rien comme aucun autre enfant ».

L'erreur de mon père avait été d'attaquer le motif de ma mère au lieu de l'acte même : car certainement les trous de serrure ont été faits pour d'autres usages ; et à considérer l'acte comme contredisant une proposition vraie, et niant qu'un trou de serrure fût ce qu'il était ——cela devenait une violation de la nature ; et, comme tel, vous voyez, criminel.

C'est pour cette raison, n'en déplaise à Vos Révérences, que les trous de serrure sont l'occasion de plus de mal et de péchés que tous les autres trous du monde réunis.

——ce qui m'amène aux amours de mon oncle Toby.

CHAP. II[1].

QUOIQUE le caporal eût tenu sa parole de refriser à neuf la grande perruque à la Ramillies de mon oncle Toby, le temps lui avait manqué pour en tirer de grands effets : elle était restée plusieurs années aplatie dans le coin de sa vieille malle de campagne ; et comme les mauvais plis ne sont pas faciles à redresser et que l'usage des bouts de chandelle n'est pas toujours bien compris, ce n'était pas une besogne aussi commode qu'on aurait pu le désirer. Le caporal, d'un air joyeux et les deux bras étendus, s'était rejeté vingt fois en arrière, pour lui donner, s'il se pouvait, un meilleur air——si le SPLEEN y avait jeté un coup d'œil, il en aurait coûté un sourire à Sa Seigneurie ——car la perruque frisait partout ailleurs qu'où le caporal eût voulu qu'elle frisât ; et là où une ou deux boucles, à son avis, lui auraient fait honneur, il aurait aussi vite ressuscité un mort.

Telle elle était——ou plutôt telle elle aurait paru sur un autre front ; mais l'air charmant de bonté qui régnait sur celui de mon oncle Toby s'assimilait si souverainement tout ce qui l'entourait, et la Nature, en outre, avait écrit en si beaux caractères GENTLEMAN sur chaque trait de son visage, que même son chapeau à galons d'or terni, et sa large cocarde de taffetas fripé lui seyaient. Et quoique en eux-mêmes ils ne valussent pas un fétu, du moment que mon oncle Toby les mettait, ils acquéraient de l'importance, et paraissaient, en somme, avoir été choisis par la main de la Science, pour le faire paraître à son avantage.

Rien au monde n'y aurait plus puissamment contribué que l'uniforme bleu et or de mon oncle Toby——*si la Quantité n'eût pas, dans une certaine mesure, été nécessaire à la Grâce*[1] : dans un espace de quinze ou seize ans, depuis qu'il était fait, et par suite de l'inactivité complète de la vie de mon oncle Toby, qui sortait rarement plus loin que le boulingrin——son uniforme bleu et or lui était devenu si misérablement étroit, que c'était avec la plus grande difficulté que le caporal avait pu l'y faire entrer : le relevage des manches n'avait donné aucun avantage.——Il était pourtant galonné au bas du dos et sur les coutures des côtés, etc. à la mode du règne du roi Guillaume ; et pour abréger toute description, il reluisait tellement au soleil ce matin-là, et avait un air si métallique et si guerrier, que si mon oncle Toby avait eu l'idée de faire son attaque en armure[2], rien n'aurait pu en imposer autant à son imagination.

Quant à la mince culotte d'écarlate, elle avait été décousue entre les jambes par le tailleur, et laissée *sens dessus dessous*——

——Oui, madame,——mais tenons nos idées en bride. Il suffit de dire qu'elle avait été jugée immettable la veille au soir, et comme il n'y avait pas d'alternative dans la garde-robe de mon oncle Toby, il fit sa sortie en culotte de peluche rouge.

Le caporal avait endossé l'uniforme du pauvre Le Fèvre ; et ses cheveux retroussés sous sa casquette Montero, qu'il avait remise à neuf pour la circonstance, il marchait à trois pas de distance de son maître : une bouffée d'orgueil militaire avait enflé sa chemise au poignet ; et au-dessus, à un cordon de cuir noir, dont le nœud se terminait par un gland, pendait le bâton du caporal——Mon oncle Toby portait sa canne comme une pique.

——Cela a bonne mine, du moins, se dit mon père.

CHAP. III.

MON oncle Toby tourna plus d'une fois la tête en arrière, pour voir comment il était soutenu par le caporal ; et le caporal, chaque fois, fit un petit moulinet avec son bâton—mais sans rodomontade ; et avec l'accent le plus doux du plus respectueux encouragement, il pria Son Honneur « de n'avoir pas peur ».

Or, mon oncle Toby avait peur ; et cruellement : il ignorait (ainsi que mon père le lui avait reproché) autant le bon bout que le mauvais d'une femme, et il ne se trouvait donc jamais complètement à l'aise auprès d'aucune——à moins qu'elle ne fût dans le chagrin ou l'infortune ; alors sa pitié était infinie, et le chevalier de roman le plus courtois n'aurait pas été plus loin, du moins sur une jambe, pour essuyer une larme de l'œil d'une femme ; et pourtant, excepté la fois où Mrs. Wadman l'y avait induit, il n'en avait jamais regardé une fixement ; et il disait souvent à mon père, dans la simplicité de son cœur, que c'était presque (sinon tout à fait) aussi mal que de dire une obscénité.——

——Et quand cela serait ? disait mon père.

CHAP. IV.

ELLE ne peut pas, dit mon oncle Toby, faisant halte quand ils furent à vingt pas de la porte de Mrs. Wadman—elle ne peut pas, caporal, le prendre en mauvaise part.——

——Elle le prendra, s'il plaît à Votre Honneur, dit le caporal, juste comme la veuve du Juif, à Lisbonne, le prit de mon frère Tom.——

——Et comment était-ce? demanda mon oncle Toby, en faisant volte-face entière vers le caporal.

Votre Honneur, répondit le caporal, connaît les malheurs de Tom; mais cette affaire n'a rien de commun avec eux, à ceci près que si Tom n'avait pas épousé la veuve——ou qu'il eût plu à Dieu qu'après leur mariage, ils n'eussent mis que du porc dans leurs saucisses, l'honnête garçon n'aurait pas été arraché de son lit chaud, et traîné à l'inquisition——C'est un endroit maudit—ajouta le caporal, en secouant la tête,—quand une fois une pauvre créature s'y trouve, elle y reste toujours, n'en déplaise à Votre Honneur.

C'est très vrai, dit mon oncle Toby, tout en regardant gravement la maison de Mrs. Wadman.

Rien, continua le caporal, n'est si triste qu'un emprisonnement à vie—ni si doux que la liberté, s'il plaît à Votre Honneur.

Rien, Trim——dit mon oncle Toby, en rêvant——

Tant qu'un homme est libre—s'écria le caporal, en faisant ainsi un moulinet avec son bâton——

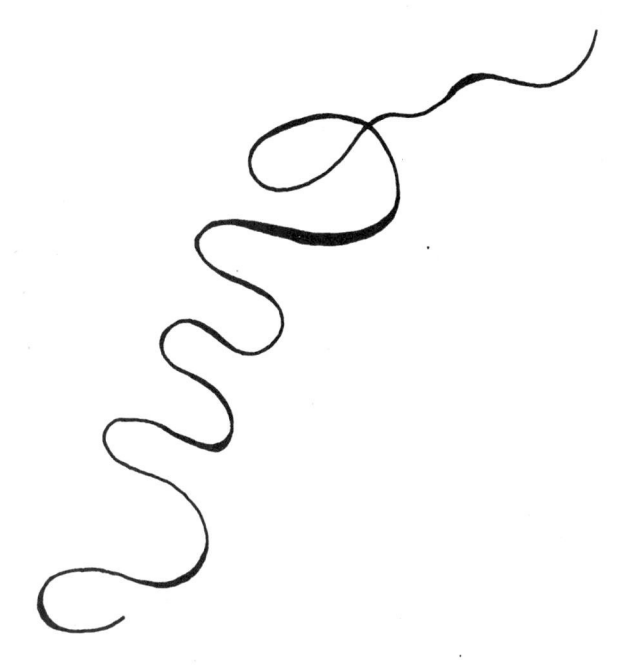

Un millier des plus subtils syllogismes de mon père n'aurait pu en dire davantage en faveur du célibat[1].

Mon oncle Toby regarda attentivement sa maisonnette et son boulingrin[2].

Le caporal avait inconsidérément évoqué l'Esprit de la réflexion avec sa baguette; et il ne lui restait plus qu'à le renvoyer avec son histoire; et c'est ce que fit le caporal dans cette forme d'Exorcisme absolument anticlérical.

CHAP. V.

COMME la place de Tom, s'il plaît à Votre Honneur, était commode—et le temps chaud—cela lui fit songer sérieusement à s'établir dans le monde ; et comme il arriva, vers cette époque, qu'un Juif qui tenait une boutique de saucisses dans la même rue, eut la malchance de mourir d'une strangurie, et de laisser sa veuve à la tête d'un commerce prospère——Tom pensa (puisque chacun à Lisbonne soignait de son mieux ses intérêts) qu'il ne pouvait y avoir de mal à offrir ses services à la veuve pour continuer son commerce : aussi, sans autre introduction auprès d'elle que d'acheter dans sa boutique une livre de saucisses—Tom partit—calculant en chemin, à part lui, qu'au pis-aller, il aurait au moins une livre de saucisses pour son argent—mais que si les choses marchaient bien, il se trouverait au pinacle, attendu qu'il aurait non seulement une livre de saucisses—mais une femme et—une boutique de saucisses, n'en déplaise à Votre Honneur, par-dessus le marché.

Tous les domestiques de la maison, depuis le premier jusqu'au dernier, souhaitèrent à Tom un heureux succès ; et je puis m'imaginer, s'il plaît à Votre Honneur, le voir en ce moment même, avec sa veste et sa culotte de basin, et son chapeau un peu de côté, passer gaiement dans la rue, en brandissant son bâton, et adressant un sourire et un mot joyeux à chaque personne qu'il rencontre :——Mais, hélas! Tom, tu ne souris plus, s'écria le caporal, en regardant de côté le sol, comme s'il eût apostrophé son frère dans son cachot.

Pauvre garçon! dit mon oncle Toby, d'un ton pénétré.

C'était bien, s'il plaît à Votre Honneur, le cœur le plus honnête et le plus enjoué qui ait jamais battu——

——Alors, il te ressemblait, Trim, dit vivement mon oncle Toby.

Le caporal rougit jusqu'au bout des doigts,—une larme de modestie sentimentale[1]—une autre de reconnaissance pour mon oncle Toby—et une troisième de chagrin pour les malheurs de son frère, jaillirent dans son œil, et coulèrent doucement ensemble sur sa joue; celle de mon oncle Toby s'enflamma comme fait une lampe à une autre; et saisissant le devant de l'habit de Trim (qui avait été celui de Le Fèvre) comme pour soulager sa jambe estropiée, mais en réalité pour satisfaire un plus noble sentiment——il garda le silence pendant une minute et demie; après quoi, il retira sa main, et le caporal, faisant un salut, continua l'histoire de son frère et de la veuve du Juif.

CHAP. VI.

QUAND Tom, s'il plaît à Votre Honneur, arriva à la boutique, il ne s'y trouvait qu'une pauvre jeune négresse[1], qui, avec une touffe de plumes blanches légèrement attachées au bout d'un long roseau, chassait les mouches—sans les tuer.———C'est un joli tableau, dit mon oncle Toby—elle avait souffert de la persécution, Trim, et elle en avait appris la miséricorde———

———N'en déplaise à Votre Honneur, elle était bonne par nature autant que par suite de ses souffrances ; et il y a dans l'histoire de cette pauvre moricaude délaissée des circonstances qui attendriraient un cœur de pierre, dit Trim ; et quelque triste soir d'hiver, quand Votre Honneur sera disposé à les entendre, je les lui raconterai avec le reste de l'histoire de Tom, car elles en font partie———

Eh bien, ne l'oublie pas, Trim, dit mon oncle Toby.

Un nègre a une âme, n'en déplaise à Votre Honneur, dit le caporal (d'un air de doute).

Je ne suis pas très versé, caporal, dit mon oncle Toby, dans ces matières ; mais je suppose que Dieu ne voudrait pas le laisser sans, pas plus que toi ou moi——

——Ce serait placer bien cruellement l'un au-dessus de l'autre, dit le caporal.

Assurément, dit mon oncle Toby. Pourquoi donc, s'il plaît à Votre Honneur, une négresse doit-elle être traitée plus mal qu'une blanche ?

Je n'en vois aucune raison, dit mon oncle Toby——

——Si ce n'est, s'écria le caporal, en secouant la tête, qu'elle n'a personne pour prendre son parti——

——C'est précisément cela, Trim, dit mon oncle Toby,——qui la recommande à notre protection ——ainsi que ses frères ; c'est la fortune de la guerre qui a placé *aujourd'hui* le fouet entre nos mains—— où sera-t-il demain ? Le ciel le sait !——mais qu'il soit où il voudra, Trim, le brave n'en usera point avec dureté.

——Dieu nous en préserve ! dit le caporal.

Amen, répondit mon oncle Toby, en posant sa main sur son cœur.

Le caporal en revint à son histoire, et la continua ————mais avec un embarras que, par-ci par-là, un lecteur de ce monde ne sera pas en état de comprendre ; car, par suite de ses brusques et nombreuses transitions, d'un sentiment tendre et cordial à un autre, et en se détournant ainsi de sa route, il avait perdu le ton de voix enjoué qui donnait un sens et de l'entrain à son récit : il essaya deux fois de le reprendre, mais il n'y put parvenir à son gré ; poussant donc un vigoureux hem ! pour rallier ses esprits en retraite, et en même temps aidant d'un côté la nature de son bras gauche posé sur sa hanche, et la soutenant de l'autre de son bras droit un peu étendu—le caporal se rapprocha autant qu'il put de la note primitive, et, dans cette attitude, continua son histoire.

CHAP. VII.

COMME Tom, n'en déplaise à Votre Honneur, n'avait en ce moment rien à démêler avec la jeune Mauresque, il passa dans l'arrière-boutique pour parler à la veuve du Juif de son amour——et de la livre de saucisses en question ; et comme c'était, je l'ai déjà dit à Votre Honneur, un garçon au cœur franc et joyeux, et qui portait son caractère écrit sur sa physionomie et sur son maintien, il prit une chaise, et sans trop de cérémonie, mais en même temps avec beaucoup de civilité, il la plaça tout près de la veuve à la table, et s'assit.

Il n'y a rien de si gauche, n'en déplaise à Votre Honneur, que de faire la cour à une femme qui prépare des saucisses——Tom commença donc un discours sur elles ; d'abord, gravement,——« comment on les faisait——avec quelles viandes, herbes et épices »——Puis, un peu plus gaiement——« Avec quels boyaux——et s'ils ne crevaient jamais——Si les plus gros n'étaient pas les meilleurs »——et ainsi de suite——en prenant soin seulement, tout en avançant, d'assaisonner plutôt trop peu que trop ce qu'il avait à dire des saucisses ; ——afin d'avoir ses coudées franches——

C'est pour avoir négligé cette précaution-là, dit mon oncle Toby, en mettant la main sur l'épaule de Trim, que le comte De la Motte perdit la bataille de Wynendale : il s'engagea trop précipitamment dans le bois ; sans cela, Lille ne serait pas tombé dans nos mains, pas plus que Gand et Bruges, qui suivirent son exemple. L'année était si avancée, continua mon oncle Toby, et la saison devint si terrible, que si les choses n'avaient pas tourné comme elles firent, nos troupes auraient péri en rase campagne.———

———Pourquoi donc, n'en déplaise à Votre Honneur, les batailles ne seraient-elles donc pas, comme les mariages, écrites d'avance dans le ciel[1] ?—Mon oncle Toby réfléchit.———

La religion le poussait à dire une chose, et sa haute idée de l'art militaire le portait à en dire une autre ; de sorte que, n'étant pas en état de formuler une réponse exactement à son gré———mon oncle Toby ne dit rien du tout, et le caporal acheva son histoire.

Tom s'apercevant, s'il plaît à Votre Honneur, qu'il gagnait du terrain, et que tout ce qu'il avait dit au sujet des saucisses était pris en bonne part, se mit à aider un peu la veuve à les fabriquer.———D'abord en tenant l'ouverture de la saucisse tandis que de la main elle y enfonçait la viande———puis en coupant les ficelles à la longueur convenable, et en les tenant en main, pendant qu'elle les prenait une à une———puis en les lui mettant en travers de la bouche, afin qu'elle pût les prendre à mesure qu'elle en avait besoin———et ainsi de suite, peu à peu, jusqu'à se hasarder enfin à nouer lui-même la saucisse, tandis qu'elle tenait le boyau.———

——Or, une veuve, n'en déplaise à Votre Honneur, choisit toujours un second mari aussi peu semblable au premier que possible : si bien que l'affaire était plus qu'à demi réglée dans l'esprit de la veuve, avant que Tom en eût dit un mot.

Elle feignit pourtant de se défendre, en empoignant une saucisse :——Tom immédiatement en saisit une autre——

Mais voyant que celle de Tom était plus cartilagineuse——

Elle signa la capitulation——Tom la scella ; et ce fut la fin de l'affaire.

CHAP. VIII.

TOUTES les femmes, continua Trim, (commentant son histoire) depuis la première jusqu'à la dernière, s'il plaît à Votre Honneur, aiment la plaisanterie ; la difficulté est de savoir comment elles veulent qu'on la leur serve ; et il n'y a pas d'autre moyen de le savoir qu'en essayant, comme nous faisons avec notre artillerie sur le champ de bataille, et en levant ou abaissant les culasses, jusqu'à ce que nous atteignions le but.——

——La comparaison me plaît, dit mon oncle Toby, mieux que la chose elle-même——

——Parce que Votre Honneur, dit le caporal, aime la gloire plus que le plaisir.

J'espère, Trim, répondit mon oncle Toby, que j'aime le genre humain avant tout ; et comme la science des armes tend évidemment au bien et au repos du monde——et que particulièrement cette branche que nous en avons cultivée ensemble dans notre boulingrin n'a pas d'autre objet que d'arrêter les pas de l'AMBITION, et de retrancher la vie et la fortune du *petit nombre* contre le pillage du *plus grand*——toutes les fois que le tambour battra à nos oreilles, je compte, caporal, que ni toi ni moi nous ne serons assez dépourvus d'humanité et de sympathie fraternelle pour ne pas faire volte-face et marcher en avant.

En prononçant ces paroles, mon oncle Toby fit volte-face et marcha d'un pas ferme, comme à la tête de sa compagnie——et le fidèle caporal, le bâton à l'épaule, et frappant de la main sur la basque de son habit en faisant le premier pas——descendit l'avenue immédiatement derrière lui.

——Que diable se passe-t-il dans leurs deux caboches? cria mon père à ma mère——Dieu me pardonne, ils assiègent en forme madame Wadman, et ils marchent autour de sa maison pour tracer les lignes de circonvallation.

J'ose dire, dit ma mère——Mais arrêtez, cher monsieur——car ce que ma mère osa dire à cette occasion——et ce que dit mon père de son côté——avec ses réponses à elle et ses répliques à lui, sera lu, relu, paraphrasé, commenté et discuté—ou pour tout dire en un mot, sera feuilleté par la Postérité dans un chapitre à part——Je dis par la Postérité—et peu m'importe de répéter le mot—car qu'a fait ce livre de plus que la Legation of Moses[1], ou Le conte du tonneau[2], pour ne pas surnager avec eux sur l'abîme du Temps?

Je ne discuterai pas là-dessus : le Temps passe trop vite : chaque lettre que je trace me dit avec quelle rapidité la Vie suit ma plume; ses journées et ses heures, plus précieuses, ma chère Jenny! que les rubis qui ornent ton cou, s'envolent sur nos têtes comme de légers nuages un jour de vent, pour ne plus revenir

——tout fuit——tandis que tu tresses cette boucle de cheveux——vois! elle grisonne; et chaque fois que je baise ta main pour te dire adieu, et chaque absence qui suit, sont des préludes à cette éternelle séparation que nous allons bientôt subir[1].——

——Le ciel ait pitié de nous deux!

CHAP. IX.

QUANT à ce que le monde pensera de cette éjaculation[1]——je n'en donnerais pas une obole.

CHAP. X.

MA mère, son bras gauche toujours passé dans le bras droit de mon père, était parvenue avec lui à cet angle fatal du vieux mur du jardin, où le docteur Slop avait été culbuté par Obadiah monté sur le cheval de carrosse : comme cet angle faisait directement face à la maison de Mrs. Wadman, quand il y arriva, mon père jeta un regard de côté, et voyant mon oncle Toby et le caporal à dix pas environ de la porte, il se retourna——« Arrêtons-nous un moment, dit mon père, et voyons avec quelles cérémonies mon frère Toby et son valet Trim feront leur première entrée ——cela ne nous retiendra pas une minute : » ajouta mon père.——Peu importe quand ce serait dix minutes, dit ma mère.

——Cela ne nous retiendra pas la moitié d'une; dit mon père.

Le caporal entamait précisément l'histoire de son frère Tom et de la veuve du Juif : l'histoire continua—continua——il y eut des épisodes——elle revint sur ses pas, et continua——continua; c'était à n'en pas finir——le lecteur l'a trouvée très longue——

——Dieu ait pitié de mon père! Il pesta cinquante fois à chaque nouvelle attitude, et voua le bâton du caporal, avec tous ses moulinets et brandissements, à autant de diables qui voudraient les accepter.

Quand des dénouements pareils à ceux qu'attendait mon père sont en suspens dans les balances du Destin, l'esprit a l'avantage de changer trois fois de principe d'attente, sans quoi il n'aurait pas la force d'aller jusqu'au bout.

La curiosité gouverne le *premier moment*; et le deuxième moment est tout économie pour justifier la dépense du premier——quant aux troisième, quatrième, cinquième et sixième moments, et ainsi de suite jusqu'au jour du jugement—c'est une affaire de point d'Honneur.

Je n'ai pas besoin qu'on me dise que les moralistes ont attribué tout ceci à la Patience; mais cette Vertu, ce me semble, a, de son propre, une étendue suffisante de domaines, et assez à y faire, sans envahir le peu de châteaux démantelés que l'Honneur a conservés sur la terre.

Mon père, à l'aide de ces trois auxiliaires, attendit du mieux qu'il put la fin de l'histoire de Trim; et ensuite jusqu'à la fin du panégyrique de mon oncle Toby sur les armes dans le chapitre suivant; mais les voyant, au lieu de marcher droit à la porte de Mrs. Wadman, faire tous deux volte-face et descendre l'avenue dans un sens diamétralement opposé à son attente—il éclata tout à coup avec cette sensibilité d'humeur un peu aigrelette qui, dans certaines situations, distinguait son caractère de celui de tous les autres hommes.

CHAP. XI.

————« QUE diantre se passe-t-il dans leurs deux caboches ? » s'écria mon père--etc.----

Je crois, dit ma mère, qu'ils font des fortifications——

————Pas sur le terrain de Mrs. Wadman ! s'écria mon père en reculant——

Je suppose que non : dit ma mère.

Je voue au diable, dit mon père, en élevant la voix, toute la science des fortifications, avec toutes ses niaiseries de sapes, de mines, de blindes, de gabions, de fausses braies et de cuvettes——

————Ce sont de sottes choses————dit ma mère.

Or, ma mère avait une habitude, et, par parenthèse, je ferais à l'instant même le sacrifice de ma jaquette violette, et de mes pantoufles jaunes par-dessus le marché, si quelques-unes de Vos Révérences voulaient l'imiter—et c'était de ne jamais refuser son assentiment et consentement à aucune des propositions que mon père lui posait, simplement parce qu'elle ne la comprenait pas, ou qu'elle n'avait aucune idée du mot principal ou du terme d'art sur lequel roulait cette opinion ou proposition. Elle se contentait de faire tout ce que ses parrains et marraines avaient promis en son nom—mais pas davantage; et elle se serait servie vingt ans de suite d'un mot difficile—et elle y aurait répondu également, si c'eût été un verbe, dans tous ses temps et modes, sans se donner la peine d'en demander la signification.

C'était une source éternelle de chagrin pour mon père, et cela cassait le cou, dès le début, à plus de bonnes conversations entre eux, que n'aurait pu le faire la plus pétulante contradiction——le peu qui survécut de celle-ci le dut aux *cuvettes*——

——« Ce sont de sottes choses; » dit ma mère.

——Particulièrement les *cuvettes*; répliqua mon père.

Cela suffit—il goûta les douceurs du triomphe—et poursuivit.

—Ce n'est pas qu'à proprement parler, ce soit le terrain de Mrs. Wadman, dit mon père, se reprenant en partie—attendu qu'elle n'en a que l'usufruit——

——Cela fait une grande différence—dit ma mère——

—Dans la tête d'un imbécile, répliqua mon père——

À moins qu'il ne lui arrive d'avoir un enfant—dit ma mère——

——Mais il faut d'abord qu'elle persuade à mon frère Toby de lui en faire un——

——Sans doute, Mr. Shandy, dit ma mère.

——Et encore s'il faut en venir à la persuasion ——dit mon père—le Seigneur ait pitié d'eux!

Amen : dit ma mère, *piano*.

Amen : s'écria mon père, *fortissimè*.

Amen : répéta ma mère——mais avec une telle cadence plaintive de pitié personnelle, qu'elle cassa toutes les fibres de mon père—il prit soudain son almanach ; mais avant qu'il pût l'ouvrir, la congrégation d'Yorick, en sortant de l'église, équivalut à une pleine réponse à la moitié de ce qu'il voulait y chercher—et ma mère, en lui disant que c'était jour de communion—lui laissa aussi peu de doute sur le reste—Il remit donc son almanach dans sa poche.

Le premier Lord de la Trésorerie, songeant aux *voies et moyens*, n'aurait pu rentrer chez lui d'un air plus embarrassé.

CHAP. XII.

EN revoyant la fin du dernier chapitre, et en examinant l'ensemble de ce que j'ai écrit, je reconnais qu'il est nécessaire d'insérer dans cette page-ci et les trois suivantes une bonne quantité de matière hétérogène[1] pour maintenir ce juste équilibre entre la sagesse et la folie, sans lequel un livre ne tiendrait pas debout une seule année : et ce n'est pas une pauvre digression traînante (sans laquelle, n'était le nom, autant vaudrait ne pas quitter la grande route royale) qui fera l'affaire ——non ; si digression il y a, il faut une bonne digression frétillante, et sur un sujet frétillant aussi, où ni le cheval ni son cavalier ne puissent être attrapés qu'au rebond.

La seule difficulté, c'est d'éveiller les facultés propres à rendre ce service : L'IMAGINATION est capricieuse —l'ESPRIT ne doit pas être recherché—et la PLAISANTERIE (toute bonne fille qu'elle est) ne vient pas à volonté, quand même on déposerait un empire à ses pieds.

——Le meilleur moyen pour un homme, c'est de dire ses prières——

Seulement, si cela lui rappelle ses infirmités et défauts, tant de l'esprit que du corps—pour cette raison, il se trouvera plus mal après les avoir dites qu'auparavant—pour d'autres raisons, il se trouvera mieux.

Pour ma part, il n'y a pas sous le ciel un moyen, soit moral, soit mécanique, auquel j'aie pu penser, que je n'aie pas essayé sur moi en pareil cas : quelquefois en m'adressant directement à l'âme elle-même, et en discutant cent et cent fois la question avec elle, suivant l'étendue de ses facultés——

——Je n'ai jamais pu les élargir d'un pouce——

Puis, en changeant de système, et en essayant ce que pourraient exercer sur le corps la tempérance, la sobriété et la chasteté[1] : Ce sont de bonnes choses en elles-mêmes, disais-je—elles sont bonnes absolument;—elles sont bonnes relativement;—elles sont bonnes pour la santé—elles sont bonnes pour le bonheur dans ce monde—elles sont bonnes pour le bonheur dans l'autre——

Bref, elles étaient bonnes pour tout, sauf pour la chose requise; et là elles n'étaient bonnes à rien, qu'à laisser l'âme juste comme le ciel l'avait faite : quant aux vertus théologales de la Foi et de l'Espérance, elles lui donnent du courage; mais alors, la Douceur, cette pleurnicheuse vertu (comme mon père l'appelait toujours), le lui retire entièrement, de sorte que vous vous trouvez exactement au point d'où vous êtes parti.

Or, dans tous les cas communs et ordinaires, il n'est rien que j'aie trouvé réussir aussi bien que ceci——

——Certainement, s'il y a quelque fond à faire sur la Logique, et que je ne sois pas aveuglé par l'amour-propre, il doit y avoir en moi quelque chose du vrai génie, ne fût-ce que sur ce seul symptôme, que je ne sais pas ce que c'est que l'Envie : car je ne découvre jamais une invention ou un procédé tendant au perfectionnement de l'art d'écrire, que je ne le publie à l'instant, en désirant que tout le monde puisse écrire aussi bien que moi.

——Ce qu'on fera certainement, quand on pensera aussi peu.

CHAP. XIII.

OR, dans les cas ordinaires, c'est-à-dire quand je suis simplement stupide, et que les idées s'éveillent pesamment et passent gommeuses par ma plume——

Ou que je suis entré, je ne sais comment, dans une froide veine de misérable style sans métaphore, que je ne puis alléger pour le *salut de mon âme*; si bien que je serais obligé de continuer à écrire comme un commentateur *hollandais* jusqu'à la fin du chapitre, à moins qu'il n'y fût porté remède——

——Je ne m'arrête jamais un seul moment à conférer avec ma plume et mon encre; car si une prise de tabac, ou bien un ou deux tours dans ma chambre ne font pas mon affaire—je prends aussitôt un rasoir; et après en avoir essayé le tranchant sur la paume de ma main, sans plus de cérémonie, excepté de me savonner d'abord la barbe, je le rase complètement; en prenant soin seulement, si j'en laisse un poil, que ce n'en soit pas un gris : cela fait, je change de chemise—endosse un meilleur habit—envoie chercher ma dernière perruque—passe à mon doigt ma bague de topaze; et, en un mot, m'habille de la tête aux pieds de mon mieux.

Cette fois il faut que le diable d'enfer y soit, si cela ne réussit pas : car considérez, monsieur, que comme tout homme aime à être présent à l'opération du rasoir sur sa propre barbe (quoiqu'il n'y ait pas de règle sans exception), et qu'il s'assied inévitablement en face de lui-même tout le temps qu'elle dure, au cas qu'il y mette la main—la Situation, comme toutes les autres, a des idées à elle à faire entrer dans le cerveau.——

——Je le maintiens, les conceptions d'un homme à barbe rude deviennent de sept années plus nettes et plus juvéniles par une seule opération ; et si elles ne couraient pas le risque d'être complètement rasées, elles pourraient, par de continuelles coupes de la barbe, être portées au plus haut degré de sublimité—Comment Homère a-t-il pu écrire avec une aussi longue barbe ? Je l'ignore——et comme cela contredit mon hypothèse, je m'en soucie peu——Mais revenons à la Toilette.

Ludovicus Sorbonensis[1] en fait entièrement une affaire du corps (ἐξωτερικὴ πρᾶξις) comme il l'appelle——mais il se trompe : l'âme et le corps sont des copartageants dans tout ce qu'ils acquièrent : Un homme ne peut pas s'habiller sans que ses idées ne s'habillent en même temps ; et s'il se met élégamment, chacune d'elles se présente à son imagination aussi élégante que lui—en sorte qu'il n'a rien à faire qu'à prendre sa plume et à écrire comme lui-même.

C'est pourquoi lorsque Vos Honneurs et Vos Révérences voudront savoir si ce que j'ai écrit est propre et convenable à lire, ils seront aussi en état d'en juger par l'examen du compte de ma blanchisseuse que par celui de mon livre : il y a un certain mois où je puis faire voir que j'ai sali trente et une chemises à nettoyer mon style ; et au bout du compte, j'ai été plus injurié, plus maudit, plus critiqué et plus vilipendé, et j'ai eu plus de têtes mystiques en branle contre moi pour ce que j'avais écrit dans ce seul mois, que pour ce que j'avais écrit pendant tous les autres mois de l'année réunis.

——Mais Leurs Honneurs et Révérences n'avaient pas vu mes comptes.

CHAP. XIV.

COMME je n'ai jamais eu l'intention de commencer la Digression pour laquelle je viens de faire toute cette préparation, avant d'être arrivé au quinzième chapitre——je puis faire de celui-ci l'usage que je jugerai convenable——J'en ai vingt en ce moment tout prêts——Je pourrais en faire mon chapitre des Boutonnières[1]——

Ou mon chapitre des *Pouah*, qui doit venir après——

Ou mon chapitre des *Nœuds*, au cas où Leurs Révérences en aient fini avec eux——mais ils pourraient me mener à mal : le plus sûr est de suivre la méthode des savants, et d'élever moi-même des objections contre ce que j'ai écrit, bien que, je le déclare à l'avance, je ne sache pas plus que mes talons comment y répondre.

Et d'abord, on peut dire qu'il existe dans mon livre une piètre espèce de satire *thersitique*[2] aussi noire que l'encre avec laquelle elle est écrite——(et, par parenthèse, quiconque parle ainsi est redevable au Commissaire général de l'armée *grecque* pour avoir souffert que le nom d'un homme aussi laid et aussi mal embouché que *Thersite* restât sur ses contrôles——car il lui a fourni une épithète)——dans ces sortes de productions, objectera-t-on, tous les lavages et frottages du monde personnels ne feront aucun bien à un génie décadent——mais c'est juste le contraire, attendu que plus sale est le drôle, et mieux il y réussit généralement.

À cela, je n'ai pas——au moins sous la main—— d'autre réponse à faire que l'archevêque de Bénévent a écrit son *sale* roman de Galateo[1], comme tout le monde sait, en habit violet et en veste et culotte violettes ; et que la pénitence qui lui fut imposée d'écrire un commentaire sur le livre des Révélations, toute sévère qu'elle parût à une partie du monde, fut loin d'être jugée telle par l'autre, rien qu'à cause de ce *Costume*.

Une autre objection à mon remède, c'est son défaut d'universalité ; attendu que la partie relative à l'emploi du rasoir, et à laquelle est accordée tant d'importance, se trouve, par une loi invariable de la nature, complètement interdite à une moitié de l'espèce humaine : tout ce que je puis dire, c'est que les femmes auteurs, soit d'Angleterre, soit de France, doivent forcément s'en passer——

Quant aux dames espagnoles——je ne suis nullement en peine pour elles——

CHAP. XV.

VOICI enfin venu le quinzième chapitre, et il n'apporte rien qu'une triste preuve de « la rapidité avec laquelle nos plaisirs nous échappent en ce monde ! »

Car en parlant de ma digression——je déclare devant le ciel que je l'ai faite ! Quelle étrange créature que l'homme ! dit-elle.

C'est très vrai, dis-je——mais il vaudrait mieux chasser toutes les choses de nos têtes, et revenir à mon oncle Toby.

CHAP. XVI.

QUAND mon oncle Toby et le caporal furent arrivés au bout de l'avenue, ils se rappelèrent que leur affaire les appelait de l'autre côté; ils firent donc volte-face, et marchèrent droit à la porte de Mrs. Wadman.

Je me porte caution pour Votre Honneur; dit le caporal, en touchant de la main sa casquette Montero, comme il passait devant pour frapper à la porte ——Mon oncle Toby, contrairement à sa manière invariable de traiter son fidèle serviteur, ne répondit rien en bien ou en mal; le fait est qu'il n'avait pas tout à fait coordonné ses idées; il souhaitait une autre conférence, et pendant que le caporal montait les trois marches devant la porte—il toussa deux fois—à chaque émission de toux une partie des plus modestes esprits de mon oncle Toby s'envola vers le caporal, qui resta une bonne minute le marteau suspendu dans sa main, sans trop savoir pourquoi. Bridget se tenait en embuscade à l'intérieur, l'index et le pouce sur le loquet, morfondue d'attendre; et Mrs. Wadman, avec un œil prêt à être de nouveau défloré, était assise, haletante, derrière le rideau de la fenêtre de sa chambre à coucher, à épier leur approche.

Trim! dit mon oncle Toby——mais comme il articulait le mot, la minute expira, et Trim laissa tomber le marteau.

Mon oncle Toby, voyant tout espoir d'une conférence assommé du coup———siffla son Lillibullero.

CHAP. XVII.

COMME l'index et le pouce de Mrs. Bridget étaient sur le loquet, le caporal ne frappa point autant de fois que le fait peut-être le tailleur de Votre Honneur——J'aurais pu prendre mon exemple un peu plus près de moi ; car je dois au mien vingt-cinq guinées au moins, et j'admire la patience de cet homme——

——Mais ceci n'intéresse pas du tout le public : seulement c'est une maudite chose que d'être endetté ; et il semble exister dans les finances de certains pauvres princes, et dans celles de notre famille particulièrement, une fatalité qui fait qu'aucune Économie ne peut les tenir sous clef : pour ma part, je suis persuadé qu'il n'existe pas sur terre de prince, de prélat, de pape, ou de potentat, grand ou petit, plus désireux dans l'âme que je ne le suis d'être en règle avec le monde ——ou qui prenne plus de mesures propres à y arriver. Jamais je ne donne plus d'une demi-guinée——ni ne me promène en bottes——ni ne marchande de curedents——ni ne dépense un shilling en articles de mode, dans l'année ; et pendant les six mois que je passe à la campagne, j'y suis sur un si petit pied, que, malgré toute la bonne volonté du monde, je dépasse Rousseau[1] de la longueur d'une mesure——car je ne garde chez moi ni homme, ni petit garçon, ni cheval, ni vache, ni chien, ni chat, ni rien qui mange ou boive, excepté une pauvre maigre Vestale[1] (pour entretenir mon feu), qui généralement a aussi mauvais appétit que moi——mais si vous croyez que cela fait de moi un philosophe ——je ne donnerais pas, mes bonnes gens, un fétu de votre jugement.

La vraie philosophie————mais il n'y a pas moyen de traiter ce sujet-là pendant que mon oncle siffle son Lillibullero.

——Entrons dans la maison.

CHAP. XVIII.

CHAP. XIX.

CHAP. XX.

```
     *  *  *  *  *  *  *  *  *
*  *  *  *  *  *  *  *  *  *
*  *  *  *  *  *  *.

   *  *  *  *  *  *  *  *  *  *
*  *  *  *  *  *  *  *  *  *
*  *  *  *  *  *  *  *  *  *
*  *  *  *  *
```

——Vous verrez l'endroit exact, madame ; dit mon oncle Toby.

Mrs. Wadman rougit——regarda vers la porte——pâlit——rougit encore légèrement——reprit son teint naturel——rougit plus que jamais ; ce que, par égard pour le lecteur ignorant, je traduis ainsi——

« Seigneur ! Je ne saurais y regarder !——
Que dirait le monde si j'y regardais ?
Je m'évanouirais si j'y regardais !—
Je voudrais pouvoir y regarder—
Il ne saurait y avoir de péché à y regarder.
——J'y regarderai. »

Tandis que tout ceci trottait dans l'imagination de Mrs. Wadman, mon oncle Toby s'était levé du sofa et avait franchi la porte du parloir pour donner en conséquence ses ordres à Trim dans le passage——

* * * * * * * * * *
* * * * ——Je crois qu'elle est dans la mansarde, dit mon oncle Toby——Je l'y ai vue ce matin, s'il plaît à Votre Honneur, répondit Trim ——Alors, je t'en prie, va la chercher de suite, Trim, dit mon oncle Toby, et apporte-la au parloir.

Le caporal n'approuva pas cet ordre, mais il y obéit de bon cœur. Le premier sentiment ne dépendait pas de sa volonté—le second en dépendait ; il mit donc sa sa casquette Montero, et partit aussi vite que le lui permettait son genou estropié. Mon oncle Toby rentra dans le parloir, et se rassit sur le sofa.

——Vous mettrez le doigt sur l'endroit—dit mon oncle Toby.——Je n'y toucherai certainement pas, se dit Mrs. Wadman.

Ceci exige une seconde traduction :—et prouve le peu d'instruction qu'on retire des simples mots—il nous faut remonter aux sources premières[1].

Or, pour éclaircir le brouillard qui pèse sur ces trois pages, il me faut m'efforcer moi-même d'être aussi clair que possible.

Passez trois fois vos mains sur vos fronts—mouchez vos nez—nettoyez vos émonctoires—éternuez, mes bonnes gens !——Dieu vous bénisse——

Maintenant, prêtez-moi toute l'assistance que vous pourrez.

CHAP. XXI.

COMME il y a cinquante motifs différents (en comptant tous les motifs——tant civils que religieux) pour lesquels une femme prend un mari, elle commence par les examiner et peser soigneusement, puis elle les sépare et démêle dans sa pensée lequel de tous ces motifs est le sien ; ensuite, par conversation, enquête, argumentation et induction, elle recherche et découvre si elle tient le bon——et si elle le tient ——alors en le tirant doucement de ce sens-ci et de celui-là, elle en arrive à juger s'il ne se brisera pas dans l'opération.

L'image sous laquelle *Slawkenbergius* grave ceci dans l'imagination du lecteur, au commencement de sa troisième Décade, est si burlesque, que le respect que je porte au beau sexe ne me permet pas de la citer——autrement elle n'est pas dénuée de fantaisie.

« Elle commence, dit Slawkenbergius, par arrêter l'âne, en tenant son licou de la main gauche (de peur qu'il ne s'échappe), elle fourre sa main droite au fin fond de son panier pour l'y chercher—Y chercher quoi ?—Vous ne l'en saurez pas plus tôt pour m'interrompre, dit Slawkenbergius »——

« Je n'ai rien, bonne dame, que des bouteilles vides ; » dit l'âne.

« Je suis chargé de tripes ; » dit le second.

——Et tu ne vaux guère mieux, dit-elle au troisième ; car il n'y a dans tes paniers que des chausses et des pantoufles—et elle passe au quatrième et au cinquième, et ainsi de suite, un par un, tout le long de la file, jusqu'à ce qu'arrivant à l'âne qui en est porteur, elle renverse le panier sens dessus dessous, regarde la chose—la considère—la compare à l'échantillon—la mesure—l'étend—la mouille—la sèche—puis met sa dent à la chaîne et à la trame à la fois——

——De quoi ? pour l'amour du Christ !

J'ai résolu, répondit Slawkenbergius, que toutes les puissances de la terre n'arracheront jamais ce secret de mon sein.

CHAP. XXII.

NOUS vivons dans un monde assiégé de tous côtés de mystères et d'énigmes[1]—ainsi cela ne fait rien——autrement il semble étrange que la Nature, qui fait si bien répondre chaque chose à sa destination, et qui ne manque jamais, ou rarement, à moins que ce ne soit par amusement, de donner à tout ce qui lui passe par les mains une forme et une aptitude telles que, soit qu'elle destine à la charrue, à la caravane, à la charrette—ou à tout autre emploi, la créature qu'elle modèle, fût-ce même un ânon, vous êtes sûr d'avoir la chose qu'il vous faut; il semble étrange que la Nature en même temps savette si éternellement sa besogne, en faisant une chose aussi simple qu'un homme marié.

Si c'est dans le choix de l'argile——ou si l'argile se gâte à la cuisson; dont l'excès peut rendre un mari trop croustillant (vous savez) d'une part——ou pas assez, faute de chaleur, de l'autre——ou si cette grande Artiste n'est point assez attentive aux petites exigences platoniques *de cette partie* de l'espèce, pour l'usage de laquelle elle fabrique *celle-ci*——ou si parfois Sa Seigneurie ne sait guère quelle sorte de mari conviendra—je ne sais; mais nous en causerons après souper.

Il suffit que ni l'observation même, ni le raisonnement auquel elle donne lieu, n'aillent point du tout au but——et même aillent plutôt contre, puisque à l'égard de l'aptitude de mon oncle Toby à l'état de mariage il n'y eut jamais rien de mieux : elle l'avait formé de l'argile la meilleure et la plus tendre—— qu'elle avait mélangée de son propre lait, et dans laquelle elle avait soufflé le plus doux esprit——elle l'avait fait tout aimable, généreux et humain——elle lui avait rempli le cœur de candeur et de confiance, et elle en avait disposé toutes les avenues pour la communication des plus tendres offices——elle avait, en outre, tenu compte des autres causes pour lesquelles le mariage a été institué——

Et en conséquence *   *   *   *   *   *
*   *   *   *   *   *   *   *   *   *
*   *   *   *   *   *   *   *   *   *
*   *   *   *   *   *   *

La DONATION n'avait pas été annulée par la blessure de mon oncle Toby.

Or ce dernier article était tant soit peu apocryphe ; et le Diable, qui est le grand perturbateur de nos croyances en ce monde, avait soulevé à ce sujet des scrupules dans la cervelle de Mrs. Wadman ; et comme un vrai diable qu'il était, il avait fait en même temps sa propre affaire en réduisant la Valeur de mon oncle Toby en ce genre à *des bouteilles vides, des tripes, des chausses* et *des pantoufles.*

CHAP. XXIII.

MRS. Bridget avait gagé tout le petit trésor d'honneur que possède en ce monde une pauvre soubrette, qu'elle saurait le fond de l'affaire en dix jours; et son espoir se fondait sur un des *postulats* de la nature les plus concessibles; à savoir que tandis que mon oncle Toby ferait l'amour à sa maîtresse, le caporal ne pourrait trouver rien de mieux à faire que de la courtiser elle-même——« *Et je le laisserai faire tant qu'il voudra, dit Bridget, pour savoir de lui la vérité.* »

L'amitié a deux vêtements, un de dessus et un de dessous. Bridget, avec l'un, servait les intérêts de sa maîtresse—et avec l'autre, elle faisait la chose qui lui plaisait le plus; si bien qu'elle avait autant d'enjeux sur la blessure de mon oncle Toby que le Diable lui-même——Mrs. Wadman n'en avait qu'un—et comme ce pouvait bien être son dernier (sans décourager Mrs. Bridget, ou déprécier ses talents), elle était décidée à tenir ses cartes elle-même.

Elle n'avait pas besoin d'encouragement : un enfant aurait pu lire dans le jeu de mon oncle——il y avait une telle ingénuité, une telle simplicité dans sa manière d'abattre les atouts qu'il avait——avec une si confiante ignorance du *dix et as*[1]——et c'était tellement à découvert et sans défense qu'il se plaçait sur le même sofa que la veuve Wadman, qu'un cœur généreux aurait pleuré de lui gagner la partie.

Quittons la métaphore.

CHAP. XXIV.

————ET l'histoire aussi—s'il vous plaît : car bien que je me sois hâté tout le temps vers cet endroit, avec la plus vive impatience, et sachant également que ce serait le morceau le plus exquis que j'eusse à offrir au monde, néanmoins maintenant que j'y suis arrivé, qui le voudra sera le bienvenu à prendre ma plume, et à continuer l'histoire à ma place—Je vois les difficultés des descriptions que je vais avoir à donner—et je sens mon incapacité.

C'est du moins une consolation pour moi d'avoir perdu quelque quatre-vingts onces de sang[1] cette semaine, dans une fièvre des moins critique qui m'a attaqué au commencement de ce chapitre : de sorte qu'il me reste encore quelque espoir qu'elle a plutôt affecté les parties séreuses ou globuleuses[2] du sang que la *vapeur* subtile du cerveau————quoi qu'il en soit—une Invocation ne saurait faire de mal————et je laisse complètement à l'*Invoqué* le soin de m'inspirer ou de m'injecter comme bon lui semblera.

INVOCATION.

DOUX esprit de la plus charmante humeur qui jadis te posais sur la plume facile de mon bien-aimé Cervantès! Toi qui chaque jour te glissais par sa jalousie, et changeais par ta présence le crépuscule de sa prison en un éclatant midi——qui imprégnais son petit vase d'eau d'un nectar céleste, et tout le temps qu'il écrivit l'histoire de Sancho et de son maître, jetas ton manteau mystique sur son moignon flétri*, et le tins étendu contre tous les maux de sa vie[1]——

——Viens ici, je t'en conjure!——vois cette culotte!——c'est tout ce que j'ai au monde——cette déplorable déchirure lui a été faite à Lyon———

Mes chemises! Vois quel schisme mortel s'est déclaré entre elles—car les pans sont en Lombardie, et le reste ici—Je n'en avais jamais eu que six, et une rusée sorcière de blanchisseuse de Milan m'a rogné les *devants* de cinq—Pour lui rendre justice, elle l'a fait avec quelque raison—car je revenais d'Italie[2].

Et pourtant, malgré tout cela, malgré un briquet à pistolet qui m'a, en outre, été escamoté à Sienne, et les deux fois que j'ai payé cinq pauls pour deux œufs durs,

---

* Il avait perdu la main à la bataille de *Lépante*.

la première à Raddicoffini, et la seconde à Capoue—
je ne pense pas qu'un voyage en France et en Italie,
pourvu qu'un homme soit maître de lui tout le long de
la route, soit une si mauvaise chose que certaines gens
voudraient vous le faire croire[1] : il faut bien qu'il y ait
des hauts et des bas, ou bien comment diable parvien-
drions-nous dans les vallées où la Nature dresse tant de
tables de festin.—Il est absurde d'imaginer qu'on vous
prêtera gratis des voitures à démantibuler, et, à moins
que vous ne payiez douze sous pour graisser vos roues,
comment le pauvre paysan mettrait-il du beurre sur
son pain?—Réellement nous demandons trop—et
pour une livre ou deux de trop, exigées pour votre
souper et votre lit—ce qui ne fait après tout qu'un
shilling, neuf pence et demi——qui voudrait pour si
peu bouleverser sa philosophie ? Pour l'amour du ciel
et de vous-même, payez——payez à mains ouvertes,
plutôt que de laisser le *Désappointement* s'asseoir lan-
guissamment sur les yeux de votre belle Hôtesse et de
ses filles assistant sur le seuil de la porte à votre départ
——et d'ailleurs, mon cher monsieur, vous obtenez de
chacune d'elles un fraternel baiser qui vaut bien une
livre sterling——du moins cela m'est arrivé——

——Car en trottant pendant toute la route dans ma
tête, les amours de mon oncle Toby m'avaient produit
le même effet que si c'eussent été les miennes——je
me trouvais dans le plus parfait état de bonté et de
bienveillance, et je sentais vibrer en moi la plus douce
harmonie à chaque oscillation de ma chaise ; en sorte
que, fussent-elles raboteuses ou unies, les routes n'y
apportaient aucune différence ; tout ce que je voyais,
tout ce qui m'intéressait touchait quelque ressort secret
de sentiment ou d'enthousiasme.

———C'étaient les sons les plus ravissants que j'eusse jamais entendus ; et je baissai aussitôt la glace de devant pour les entendre plus distinctement———C'est Maria[1] ; dit le postillon, remarquant que j'écoutais———Pauvre Maria ! continua-t-il, (en se penchant de côté pour me la laisser voir, car il se trouvait juste entre nous) elle est assise sur une butte, jouant ses vêpres sur son chalumeau, avec sa petite chèvre à côté d'elle.

Le jeune gars prononça ces mots avec un accent et un regard en si parfait accord avec un cœur sensible, qu'à l'instant je fis vœu de lui donner une pièce de vingt-quatre sous, à mon arrivée à *Moulins*———

———Et qui est la *pauvre Maria* ? dis-je.

L'amour et la pitié de tous les villages d'alentour, dit le postillon———il n'y a que trois ans, le soleil ne brillait pas sur une fille aussi belle, aussi vive d'esprit et aussi aimable, et *Maria* méritait un meilleur sort que de voir ses bans arrêtés par les intrigues du curé de la paroisse qui les avait publiés———

Il continuait, quand Maria, qui avait fait une courte pause, reporta son chalumeau à sa bouche, et recommença son air———c'étaient les mêmes sons ;———mais dix fois plus doux : C'est la prière du soir à la Vierge, dit le jeune homme———mais qui lui a appris à la jouer—ou comment s'est-elle procuré son chalumeau, personne ne le sait ; nous pensons que c'est le ciel qui lui a accordé l'un et l'autre, car, depuis qu'elle a l'esprit dérangé, cela paraît être sa seule consolation———elle a toujours eu son chalumeau à la main, et elle joue dessus cette *prière* presque nuit et jour.

Le postillon raconta cela avec tant de mesure et d'éloquence naturelle que je ne pus m'empêcher de déchiffrer sur sa figure quelque chose au-dessus de sa condition, et que j'aurais tiré de lui sa propre histoire, si la pauvre Maria n'avait pas complètement pris possession de moi.

Nous étions en ce moment presque arrivés à la butte où Maria était assise : elle était en mince casaquin blanc, ses cheveux, à l'exception de deux boucles, relevés dans un filet de soie, avec quelques feuilles d'olivier un peu fantastiquement entrelacées d'un côté——elle était belle, et si j'ai jamais senti toute la force d'un serrement de cœur honnête, ce fut au moment où je la vis——

——Dieu l'assiste ! pauvre demoiselle ! dit le postillon ; on a dit pour elle plus de cent messes, dans toutes les paroisses et les couvents d'alentour,——mais sans effet ; nous avons toujours l'espoir, comme elle retrouve la raison à de courts intervalles, que la Vierge finira par la lui rendre tout à fait ; mais ses parents, qui la connaissent mieux, en désespèrent, et pensent qu'elle l'a perdue pour toujours.

Comme le postillon disait cela, MARIA fit une cadence si mélancolique, si tendre et si plaintive, que je sautai hors de ma chaise pour la secourir, et je me trouvai assis entre elle et sa chèvre, avant d'être revenu de mon enthousiasme.

Maria me regarda attentivement pendant quelque temps, et puis elle regarda sa chèvre——puis moi ——et puis de nouveau sa chèvre, et ainsi de suite, alternativement——

——Eh bien, Maria, dis-je doucement——Quelle ressemblance trouvez-vous?

Je supplie le candide lecteur de croire que c'était d'après l'humble conviction de la sorte de *Bête* qu'est l'homme,——que je fis cette question; je n'aurais pas voulu laisser échapper une plaisanterie déplacée en la vénérable présence du Malheur, au prix de tout l'esprit qu'a jamais éparpillé Rabelais——et pourtant j'avoue que mon cœur me la reprocha, et que l'idée seule m'en fut si cuisante, que je jurai de me vouer à la Sagesse, et de parler gravement le reste de mes jours——et de ne plus jamais——jamais essayer de plaisanter avec homme, femme ou enfant, si longtemps que j'aurais à vivre.

Quant à leur écrire des folies——je crois que j'avais fait une réserve—mais je laisse au monde à en juger.

Adieu, Maria!—adieu, pauvre infortunée demoiselle!——quelque jour, mais pas *aujourd'hui*, je pourrai recueillir tes chagrins de tes propres lèvres——mais je me trompais; car en ce moment elle prit son chalumeau, et me fit avec un tel récit de douleur, que je me levai, et d'un pas chancelant et irrégulier regagnai doucement ma chaise.

——Quelle excellente auberge à Moulins!

CHAP. XXV.

QUAND nous serons à la fin de ce chapitre (mais pas avant), il nous faudra tous revenir aux deux chapitres laissés en blanc, au sujet desquels mon honneur gît tout saignant depuis une demi-heure——J'arrête le sang en ôtant une de mes pantoufles jaunes, et en la lançant de toute ma force à l'autre bout de ma chambre, avec cette déclaration à son talon——

——Que quelle que soit la ressemblance qu'il puisse avoir avec la moitié des chapitres qui ont été écrits dans le monde, ou qui, autant que j'en sache, peuvent s'y écrire en ce moment——ç'a été aussi accidentel que l'écume du cheval de Zeuxis[1] : d'ailleurs, je regarde avec respect un chapitre où *il n'y a simplement rien*, et à considérer tout ce qu'il y a de pis dans le monde ——Ce n'est en aucune façon un sujet convenable de satire——

——Pourquoi donc l'avoir laissé ainsi ? Et ici, sans attendre ma réponse, on m'appellera averlan, rustre, landore, malotru, goguelu, dendin, talvassier, challan et ch—en lit——et d'autant d'autres surnoms dégoûtants que jamais les fouaciers de Lerné en jetèrent au nez des bergers du roi Gargantua[2]——Et je les laisserai faire, comme dit Bridget, tant qu'ils voudront ; car comment eût-il été possible qu'ils prévissent la nécessité où j'étais d'écrire le vingt-cinquième chapitre de mon livre avant le dix-huitième, etc. ?

———Aussi, je ne le prends pas en mauvaise part ——Tout ce que je désire, c'est que ce soit une leçon pour le monde « *de laisser les gens raconter leurs histoires à leur guise* ».

Dix-huitième Chapitre.

COMME Mrs. Bridget ouvrit la porte avant que le caporal eût fini de frapper, l'intervalle entre le coup de marteau et l'introduction de mon oncle Toby dans le parloir fut si court, que Mrs. Wadman n'eut que juste le temps de sortir de derrière le rideau——de poser une Bible sur la table, et de faire un ou deux pas vers la porte pour le recevoir.

Mon oncle Toby salua Mrs. Wadman de la façon dont les femmes étaient saluées par les hommes en l'an de Notre-Seigneur mil sept cent treize——puis faisant volte-face, il marcha de front avec elle au sofa, et en trois mots fort nets——quoique pas avant de s'asseoir ——ni après s'être assis———mais tout en s'asseyant, il lui dit « *qu'il était amoureux* »——de façon que mon oncle Toby alla plus loin dans sa déclaration qu'il ne le voulait.

Mrs. Wadman abaissa naturellement les yeux sur une reprise qu'elle venait de faire à son tablier, s'attendant à tout instant que mon oncle Toby allait continuer ; mais n'ayant aucun talent pour l'amplification, et l'Amour en outre étant de tous les sujets celui qu'il possédait le moins——Mon oncle, après avoir dit à Mrs. Wadman qu'il l'aimait, en resta là, et laissa la chose opérer à sa manière.

Mon père était toujours dans le ravissement de ce système de mon oncle Toby, comme il l'appelait faussement, et il disait souvent que si son frère Toby avait ajouté à son procédé une pipe de tabac——il aurait avec cela, si l'on pouvait se fier à un proverbe espagnol, trouvé accès dans les cœurs de la moitié des femmes du globe.

Mon oncle Toby ne comprit jamais ce que mon père voulait dire, et je ne prétends pas en tirer autre chose que la condamnation d'une erreur où est le gros des hommes——à l'exception des Français, qui, du premier au dernier, croient à cet axiome presque autant qu'à la PRÉSENCE RÉELLE, « *Que parler d'amour, c'est le faire* ».

——J'aimerais autant me mettre à faire du boudin noir avec la même recette.

Poursuivons : Mrs. Wadman resta assise dans l'attente que mon oncle Toby en ferait autant, jusqu'à presque la première vibration de cette minute où le silence de part et d'autre devient généralement indécent : alors, se rapprochant un peu plus de lui, et levant les yeux tout en rougissant un peu——elle ramassa le gant——ou le discours (si vous l'aimez mieux), et entama avec mon oncle Toby la conversation suivante.

Les soins et les soucis de l'état de mariage sont très grands, dit Mrs. Wadman. Je le suppose—dit mon oncle Toby : aussi quand une personne, continua Mrs. Wadman, est aussi à l'aise que vous—aussi heureuse que vous l'êtes, capitaine Shandy, par vous-même, par vos amis et par vos amusements—je me demande quelles raisons peuvent vous porter vers cet état——

——Elles sont écrites dans notre livre de prières[1], dit mon oncle Toby.

Mon oncle Toby s'avança jusque-là avec circonspection, et ne dépassa pas l'endroit où il avait pied, laissant Mrs. Wadman voguer sur l'abîme comme elle voudrait.

——Quant aux enfants—dit Mrs. Wadman—qui sont peut-être le but principal de l'institution, et le désir naturel, je suppose, de tous les parents—cependant ne voyons-nous pas tous que ce sont des chagrins assurés et des consolations fort incertaines ? Et qu'y a-t-il là, cher monsieur, pour racheter les peines de cœur—quelle compensation à toutes les tendres et inquiètes appréhensions d'une mère souffrante et faible qui les met au jour ? Je déclare, dit mon oncle Toby, ému de pitié, que je n'en connais pas ; à moins que ce ne soit le plaisir qu'il a plu à Dieu——

——Une bagatelle ! dit Mrs. Wadman.

Dix-neuvième Chapitre.

OR, il y a une telle infinité de notes, de tons, de dialectes, de chants, d'airs, de mines et d'accents, dans lesquels le mot *bagatelle* peut être prononcé en pareil cas, chacun d'eux présentant un sens et une signification aussi différents l'un de l'autre qu'*ordure* de *propreté*—Que les Casuistes (car c'est une affaire de conscience à ce titre-là) n'en comptent pas moins de quatorze mille qui peuvent être innocents ou coupables.

En lançant le mot *bagatelle*, Mrs. Wadman fit monter le sang modeste de mon oncle Toby à ses joues—sentant alors en lui-même qu'il avait de façon ou d'autre perdu pied, il s'arrêta court, et sans entrer plus avant soit dans les chagrins, soit dans les plaisirs du mariage, il posa sa main sur son cœur, et fit l'offre de les prendre tels quels, et de les partager avec elle.

Quand mon oncle Toby eut dit cela, il ne se soucia pas de le répéter; mais jetant les yeux sur la Bible que Mrs. Wadman avait posée sur la table, il la prit, et tombant, chère âme! sur le passage le plus intéressant de tous pour lui—le siège de Jéricho—il se mit à le lire—laissant sa proposition de mariage, comme sa déclaration d'amour, opérer à sa manière sur Mrs. Wadman. Or, elle n'opéra ni comme astringent, ni comme laxatif ; ni comme l'opium, ou le quinquina, ou le mercure, ou le nerprun, ou aucune des drogues dont la nature a fait présent au monde—en somme, elle n'opéra pas du tout chez Mrs. Wadman, et la cause en fut qu'il y avait déjà quelque chose qui y opérait——Bavard que je suis ! J'ai dit par avance ce que c'était une douzaine de fois ; mais le sujet est encore brûlant——allons[1].

CHAP. XXVI.

IL est naturel à un parfait étranger, qui va de Londres à Édimbourg, de s'informer, avant de partir, à quelle distance est York; qui est situé à peu près à moitié chemin——et personne ne s'étonne s'il continue et questionne sur la commune, etc.--

Il était tout aussi naturel à Mrs. Wadman, dont le premier mari avait été affligé toute sa vie d'une Sciatique, de désirer savoir quelle distance il y a de la hanche à l'aine; et jusqu'à quel point ses sentiments auraient vraisemblablement à souffrir plus ou moins, dans un cas que dans l'autre.

En conséquence, elle avait lu d'un bout à l'autre l'Anatomie de *Drake*. Elle avait parcouru *Wharton* sur le cerveau, et emprunté Graaf sur les Os et les Muscles[1]*, mais elle n'en avait rien pu tirer.

Elle avait raisonné également d'après ses propres facultés——posé des théorèmes——tiré des conséquences, et n'était arrivée à aucune conclusion.

---

* Ce doit être une méprise de Mr. Shandy; car Graaf a écrit sur le suc pancréatique, et sur les parties de la génération.

Pour tout éclaircir, elle avait deux fois demandé au docteur Slop « si le pauvre capitaine Shandy paraissait devoir jamais se rétablir de sa blessure———? »

———Il est rétabli, avait répondu le docteur Slop———

Quoi ! tout à fait ?

———Tout à fait : madame———

Mais qu'entendez-vous par un rétablissement ? avait dit Mrs. Wadman.

Le docteur Slop était le pire homme du monde pour les définitions ; aussi Mrs. Wadman n'en put-elle tirer aucun éclaircissement : bref, il ne lui restait pour en obtenir, qu'à s'adresser à mon oncle Toby lui-même.

Il y a dans une enquête de ce genre un accent d'humanité qui endort le SOUPÇON———et je suis à moitié persuadé que le serpent en approcha passablement dans son entretien avec Ève ; car, sans cela, la propension du sexe à être trompé, n'aurait pu être assez grande pour lui donner la hardiesse de jaser avec le Diable ———Mais il y a un accent d'humanité———comment le décrirai-je ?—c'est un accent qui couvre la partie d'un vêtement, et donne au questionneur le droit d'être aussi minutieux que votre chirurgien ordinaire.

« ———Était-ce sans relâche ?—

———Était-ce plus tolérable au lit ?

——Pouvait-il avec se coucher également sur les deux côtés ?

—Était-il capable de monter à cheval ?

——Le mouvement lui était-il contraire ? » et cætera ; tout cela était dit si tendrement, et si bien dirigé vers le cœur de mon oncle Toby, que chaque item s'y enfonçait dix fois plus avant que les maux eux-mêmes——mais quand Mrs. Wadman fit un détour par Namur pour arriver à l'aine de mon oncle Toby ; et qu'elle l'entraîna à attaquer la pointe de la contrescarpe avancée et, *pêle-mêle* avec les Hollandais, à prendre la contre-garde de Saint-Roch l'épée à la main—puis que, faisant résonner de tendres notes à son oreille, elle le conduisit tout sanglant par la main hors de la tranchée, et en s'essuyant les yeux comme on le portait à sa tente——Ciel ! Terre ! Mer !—tout fut soulevé—les sources de la nature montèrent au-dessus de leur niveau—un ange de merci s'assit à côté de lui sur le sofa—son cœur s'embrasa—et en eût-il eu un millier, qu'il les aurait tous déposés aux pieds de Mrs. Wadman.

—Et en quel endroit, cher monsieur, dit Mrs. Wadman, un peu catégoriquement, avez-vous reçu cette triste blessure ?——En faisant cette question, Mrs. Wadman jeta un léger regard vers la ceinture de la culotte de peluche rouge de mon oncle Toby, s'attendant naturellement à ce que mon oncle Toby, comme la réponse la plus courte, mettrait son index sur l'endroit——Il en arriva autrement——car mon oncle Toby ayant reçu sa blessure devant la porte Saint-

Nicolas, dans une des traverses de la tranchée opposée à l'angle saillant du demi-bastion de Saint-Roch, il pouvait, en tout temps, ficher une épingle sur l'espace même du terrain qu'il occupait, quand la pierre le frappa : ce fut là ce qui s'adressa immédiatement au sensorium de mon oncle Toby——et en même temps à sa grande carte de la ville et citadelle de Namur et de ses environs, qu'il avait achetée et collée sur une planche, avec l'aide du caporal, pendant sa longue maladie——cette carte était restée depuis lors dans le grenier, avec d'autres articles militaires, et en conséquence, le caporal fut dépêché au grenier pour l'aller chercher.

Mon oncle Toby, avec les ciseaux de Mrs. Wadman, mesura trente toises depuis l'angle de retour devant la porte Saint-Nicolas, et lui posa le doigt sur la place avec une modestie si virginale, que la déesse de la Décence, en personne—et si elle n'y était pas, ce fut son ombre—secoua la tête, et d'un doigt agité devant ses yeux—défendit à la veuve d'expliquer à mon oncle sa méprise.

Infortunée Mrs. Wadman !——

——Car il n'y a qu'une apostrophe à toi qui puisse donner de la chaleur à la suite de ce chapitre——mais mon cœur me dit que, dans une telle crise, une apostrophe n'est qu'une insulte déguisée, et plutôt que d'en adresser une à une femme dans le malheur—que ce chapitre aille au Diable,—pourvu que quelque critique damné, *de service*, veuille bien prendre la peine de l'emporter avec lui.

CHAP. XXVII.

LA carte de mon oncle Toby fut descendue dans la cuisine.

CHAP. XXVIII.

——ET voici la *Meuse*—et ceci c'est la *Sambre*; dit le caporal, la main droite un peu étendue vers la carte, et la gauche sur l'épaule de madame Bridget—mais non sur l'épaule près de lui—et ceci, dit-il, c'est la ville de Namur——et ceci la citadelle—et là se trouvaient les Français—et là Son Honneur et moi-même——et c'est dans cette maudite tranchée, Mrs. Bridget, dit le caporal en la prenant par la main, qu'il reçut la blessure qui l'a frappé si misérablement *ici*——En prononçant ces mots il appuya légèrement le dos de la main de Bridget contre la partie sur laquelle il s'apitoyait——et la laissa tomber.

Nous pensions, monsieur Trim, que c'était plus au milieu——dit Mrs. Bridget——

Cela nous eût perdus à jamais—dit le caporal.

——Et ruiné ma pauvre maîtresse également—dit Bridget.

Le caporal ne répondit à cette repartie qu'en donnant à Mrs. Bridget un baiser.

Allons—allons—dit Bridget—en tenant la paume de sa main gauche parallèle à l'horizon et faisant glisser les doigts de l'autre dessus, d'une façon qui eût été impossible s'il y avait eu la moindre verrue ou protubérance——C'est entièrement faux, s'écria le caporal, avant qu'elle eût à moitié fini sa phrase——

—C'est un fait, dit Bridget, je le tiens de témoins croyables.

————Sur mon honneur, dit le caporal, mettant la main sur son cœur, et rougissant, en parlant, d'un honnête ressentiment—c'est une histoire, Mrs. Bridget, aussi fausse que l'enfer——Ce n'est pas, dit Bridget l'interrompant, que moi ou ma maîtresse nous nous souciions le moins du monde que cela soit ou non————c'est seulement que, quand on est marié, on serait bien aise d'avoir au moins une de ces choses-là——

Il fut assez malheureux pour Mrs. Bridget d'avoir commencé l'attaque en jouant des mains ; car immédiatement le caporal * * * * * *
* * * * * * * * * * * *
* * * * * * * * * * * *
* * * * *.

CHAP. XXIX.

CE fut comme la lutte passagère dans les paupières humides d'une matinée d'avril : « Bridget devait-elle rire ou pleurer ? »

Elle saisit un rouleau à pâtisserie——il y avait dix à parier contre un qu'elle aurait ri——

Elle le posa——elle pleura ; et si une seule de ses larmes avait eu le moindre goût d'amertume, le caporal aurait été peiné au fond du cœur d'avoir employé cet argument ; mais le caporal comprenait mieux le sexe que mon oncle Toby, au moins de la différence *d'une quatrième majeure à une tierce*[1], et en conséquence il attaqua Mrs. Bridget de cette manière.

Je sais, Mrs. Bridget, dit le caporal en lui donnant le baiser le plus respectueux, que tu es bonne et modeste par nature, et que tu es, avec cela, une fille si généreuse au fond de l'âme, que, si je te connais bien, tu ne voudrais pas blesser un insecte, encore moins l'honneur d'un si galant et digne homme que mon maître, quand tu serais sûre de devenir une comtesse——mais tu as été poussée et trompée, chère Bridget, comme c'est souvent le cas des femmes « de faire plaisir aux autres plus qu'à elles-mêmes—— »

Les yeux de Bridget ruisselèrent aux sensations excitées par le caporal.

——Dis-moi——dis-moi donc, ma chère Bridget, continua le caporal, en lui prenant la main qui pendait morte à son côté——et en lui donnant un second baiser——qui t'a induite en erreur par ce soupçon ?

Bridget sanglota une ou deux fois——puis elle rouvrit les yeux——que le caporal essuya avec le bas de son tablier——et alors elle lui ouvrit son cœur et lui raconta tout.

CHAP. XXX.

MON oncle Toby et le caporal avaient poussé séparément leurs opérations pendant la plus grande partie de la campagne, et s'étaient ainsi privés de toute communication sur leurs agissements particuliers, aussi complètement que s'ils eussent été séparés l'un de l'autre par la *Meuse* ou la *Sambre*.

Mon oncle Toby, de son côté, s'était présenté toutes les après-midi dans ses uniformes rouge et argent, et bleu et or, alternativement, et sous ces deux costumes avait soutenu une infinité d'attaques, sans savoir que c'étaient des attaques—il n'avait donc rien à communiquer——

Le caporal, lui, en s'attaquant à Bridget, avait obtenu des avantages considérables——et conséquemment avait beaucoup de communications à faire——mais la nature de ces avantages——aussi bien que la manière dont il les avait remportés, exigeaient un historien si précis, que le caporal n'osa pas s'y aventurer ; et si sensible qu'il fût à la gloire, il eût préféré aller à jamais tête nue et sans lauriers que de torturer un seul instant la pudeur de son maître——

——Ô le meilleur des braves et honnêtes serviteurs!—mais je t'ai déjà apostrophé une fois, Trim

———et si je pouvais aussi faire ton apothéose (c'est-à-dire) en bonne compagnie———je le ferais *sans cérémonie* à la page suivante.

CHAP. XXXI.

OR mon oncle Toby avait un soir posé sa pipe sur la table, et comptait en lui-même, sur le bout de ses doigts (en commençant par le pouce), toutes les perfections de Mrs. Wadman, une par une ; et comme il lui arriva deux ou trois fois de suite, soit en en omettant quelqu'une, soit en en comptant d'autres deux fois, de s'embrouiller tristement avant de pouvoir dépasser le doigt du milieu——Je t'en prie, Trim ! dit-il en reprenant sa pipe,——apporte-moi une plume et de l'encre : Trim apporta également du papier.

Prends-en une feuille entière[1]——Trim ! dit mon oncle Toby, en lui faisant signe en même temps avec sa pipe de prendre une chaise et de s'asseoir près de lui à la table. Le caporal obéit——plaça le papier droit devant lui——prit une plume et la trempa dans l'encre.

—Elle a mille vertus, Trim ! dit mon oncle Toby——

Dois-je les inscrire, s'il plaît à Votre Honneur ? dit le caporal.

——Mais il faut les prendre par ordre, repartit mon oncle Toby ; car, de toutes, Trim, celle qui me séduit le plus, et qui est une garantie pour tout le reste, c'est la tournure compatissante et la singulière humanité de son caractère—Je proteste, ajouta mon oncle Toby, en regardant le plafond——Que si j'étais mille fois son frère, elle ne pourrait pas faire de plus constantes ou de plus tendres questions sur mes souffrances——bien que maintenant elle n'en fasse plus.

Le caporal ne répondit à la protestation de mon oncle Toby que par un petit accès de toux—il trempa une seconde fois sa plume dans l'encrier, et mon oncle Toby lui désignant du bout de sa pipe l'extrémité du haut de la feuille de papier au coin à gauche——le caporal écrivit le mot
HUMANITÉ - - - - - - - - - - - - - ainsi.

Je t'en prie, caporal, dit mon oncle Toby, aussitôt que Trim eut fini————combien de fois Mrs. Bridget s'enquiert-elle de la blessure de la rotule de ton genou que tu as reçue à la bataille de Landen ?

Jamais, n'en déplaise à Votre Honneur.

Ceci, caporal, dit mon oncle Toby, d'un ton aussi triomphant que la bonté de sa nature pouvait le lui permettre————Ceci prouve la différence du caractère de la maîtresse et de la suivante————si la fortune de la guerre m'eût départi le même accident, Mrs. Wadman en aurait demandé cent fois toutes les circonstances————Elle aurait, n'en déplaise à Votre Honneur, fait dix fois autant de questions sur l'aine de Votre Honneur————La douleur, Trim, est également cruelle,

————et la Compassion a autant à s'exercer sur l'une que sur l'autre————

————Dieu bénisse Votre Honneur! s'écria le caporal————qu'a à faire la compassion d'une femme avec une blessure à la rotule du genou d'un homme? Si celle de Votre Honneur avait été brisée en dix mille éclats à l'affaire de Landen, Mrs. Wadman s'en serait aussi peu troublé la cervelle que Bridget; attendu, ajouta le caporal, tout en baissant la voix et en parlant très distinctement, pour expliquer————

« Que le genou est à une grande distance du corps de la *place*,————tandis que l'aine, comme le sait Votre Honneur, est sur la *courtine* même. »

Mon oncle Toby poussa un long sifflement———— mais sur un ton à peine perceptible à travers la table.

Le caporal s'était trop avancé pour reculer————en trois mots il raconta le reste————

Mon oncle Toby posa sa pipe sur le garde-feu, aussi doucement que s'il eût été tissu des effiloques d'une toile d'araignée————

————Allons chez mon frère Shandy, dit-il.

CHAP. XXXII.

J'AURAI juste le temps, pendant que mon oncle Toby et Trim se rendent chez mon père, de vous informer que Mrs. Wadman, quelques lunes avant celle-ci, avait pris ma mère pour confidente; et que Mrs. Bridget, qui avait à porter le fardeau de son propre secret, outre celui du secret de sa maîtresse, s'était heureusement déchargée de tous deux sur Susannah, derrière le mur du jardin.

Quant à ma mère, elle ne vit nullement dans tout cela de quoi faire le moindre bruit——mais Susannah suffisait par elle-même à tous les buts et projets que l'on pouvait avoir en exportant un secret de famille; car elle le communiqua immédiatement par signes à Jonathan——et Jonathan en fit de même à la cuisinière, pendant qu'elle arrosait une longe de mouton rôtie; la cuisinière le vendit avec de la graisse pour un denier au postillon, qui le troqua avec la fille de la laiterie pour quelque chose d'à peu près de même valeur——et quoique murmurées à l'oreille dans le grenier à foin, la RENOMMÉE emporta les notes dans sa trompette d'airain, et les fit retentir sur le faîte de la maison—En un mot, il n'y eut pas une vieille femme dans le village, ou à cinq milles à la ronde, qui ne connût les difficultés du siège de mon oncle Toby, et quels étaient les articles secrets qui avaient retardé la reddition.——

Mon père, qui avait pour habitude de transformer de force tous les événements du monde en hypothèse, au moyen de quoi jamais personne ne crucifia la Vérité au même point que lui——venait justement d'apprendre la nouvelle quand mon oncle Toby se mit en marche ; et prenant feu soudain à l'offense faite à son frère, il démontrait à Yorick, quoique ma mère fût présente——non seulement « que les femmes avaient le diable au corps et que le gros de l'affaire n'était que libertinage ; » mais que tous les maux et désordres d'ici-bas, de quelque espèce ou nature qu'ils fussent, depuis la première chute d'Adam, jusqu'à celle de mon oncle Toby (inclusivement), étaient dus, de façon ou d'autre, à ce même appétit déréglé.

Yorick s'employait à tempérer un peu l'hypothèse de mon père, quand mon oncle Toby entra dans la chambre, avec une bienveillance infinie et le pardon peints dans ses regards, à sa vue, l'éloquence de mon père se ralluma contre la passion qu'il attaquait——et comme il n'était pas très scrupuleux dans le choix de ses expressions quand il était en colère——aussitôt que mon oncle Toby se fut assis près du feu, et eut rempli sa pipe, mon père éclata de la manière suivante.

CHAP. XXXIII.

——QU'IL ait fallu pourvoir à la continuation de la race d'un Être aussi grand, aussi sublime et aussi divin que l'homme—je suis loin de le nier—mais la philosophie parle librement de tout; et je persiste donc à penser et à soutenir que c'est une pitié que cela se fasse au moyen d'une passion qui rabaisse nos facultés, et fait reculer toute la sagesse, toutes les contemplations et les opérations de l'âme——une passion, ma chère, continua mon père, en s'adressant à ma mère, qui assimile et égale les sages aux fous, et nous fait sortir de nos cavernes et cachettes plutôt comme des satyres et des bêtes à quatre pattes que comme des hommes.

Je sais qu'on dira, continua mon père (se servant de la *Prolepse*[1]), qu'en elle-même, et prise simplement ——comme la faim, ou la soif, ou le sommeil—— c'est une affaire qui n'est ni bonne ni mauvaise—ni honteuse, ni autrement.——Pourquoi donc la délicatesse de *Diogène* et de *Platon* en était-elle si révoltée? et d'où vient que lorsque nous allons faire et planter un homme, nous soufflons la chandelle? et par quelle raison se fait-il que tout ce qui en dépend—les ingrédients—les préparations—les instruments, et tout ce qui y sert, soient tenus pour ne pouvoir être présentés à un esprit pur dans aucune langue, traduction ou périphrase quelconque?

——L'acte de tuer et de détruire un homme, continua mon père, en élevant la voix—et en se tournant vers mon oncle Toby—vous le voyez, est glorieux—et les armes avec lesquelles nous l'accomplissons sont honorables——Nous marchons en les portant sur nos épaules——Nous nous carrons avec elles à nos côtés——Nous les dorons——Nous les ciselons——Nous les incrustons de pierres——Nous les enrichissons——Et même, si ce n'est qu'un *gredin* de canon, nous lui gravons un ornement sur la culasse[1].——

——Mon oncle Toby posa sa pipe pour réclamer une plus douce épithète——et Yorick se levait pour battre en brèche l'hypothèse entière——

——Quand Obadiah s'élança au milieu de la chambre avec une plainte qui réclamait une attention immédiate.

Voici ce qu'il en était :

Mon père, soit par une ancienne coutume du fief, soit comme possesseur laïque des grandes dîmes, était obligé d'entretenir, pour le service de la Paroisse, un Taureau auquel Obadiah avait conduit sa vache rendre une visite *inopinée*, un certain jour de l'été précédent——Je dis un certain jour—parce que le hasard voulut que ce fût le jour où Obadiah épousa la servante de mon père——de sorte qu'une époque rappelait l'autre. Aussi, quand la femme d'Obadiah fut en mal d'enfant—Obadiah rendit grâces à Dieu——

———Maintenant, dit Obadiah, je vais avoir un veau : et tous les jours Obadiah allait voir sa vache.

Elle mettra bas lundi—ou mardi—ou mercredi, au plus tard———

La vache n'en fit rien———non—elle ne mettra bas que la semaine prochaine———la vache tardait terriblement———enfin, au bout de la sixième semaine, les soupçons d'Obadiah (qui était bon homme) tombèrent sur le Taureau.

Or, la paroisse étant très grande, le Taureau de mon père, pour dire la vérité, n'était pas en état de suffire à ses fonctions ; il s'était pourtant, de façon ou d'autre, attelé à sa besogne—et comme il s'en acquittait d'un air grave, mon père avait de lui une haute opinion.

———La plupart des bourgeois, n'en déplaise à Votre Honneur, dit Obadiah, croient que c'est la faute du Taureau———

———Mais une vache ne peut-elle pas être stérile ? repartit mon père, en se tournant vers le docteur Slop.

Cela n'arrive jamais : dit le docteur Slop, mais la femme de cet homme peut être accouchée avant terme, tout naturellement———Dis-moi, l'enfant a-t-il des cheveux sur la tête ?—ajouta le docteur Slop———

———Il est aussi poilu que moi, dit Obadiah.——— Obadiah n'avait pas été rasé depuis trois semaines ———Whu-u-u,------s'écria mon père, en commençant sa phrase par un sifflement d'exclamation——et voilà comme, frère Toby, mon pauvre Taureau, qui est le meilleur taureau qui ait jamais p—ssé, et qui aurait pu faire l'affaire d'Europe[1] elle-même à une époque plus pure——s'il avait eu seulement deux jambes de moins, aurait pu être traîné devant la Cour des Divorces et être perdu de réputation——ce qui, pour un Taureau banal, frère Toby, revient au même que de perdre la vie——

Seigneur Dieu! dit ma mère, qu'est-ce que c'est que toute cette histoire?——

Un COQ-à-L'ÂNE[2], dit Yorick——Et un des meilleurs en son genre que j'aie jamais entendus.

Fin du Neuvième Volume.

DOSSIER

DOSSIER

CHRONOLOGIE

1713 Naissance de Laurence Sterne, à Clonmel, en Irlande, le 24 novembre.
1723 Part vivre chez son oncle en Angleterre, dans le Yorkshire.
1733-1737 Études à Jesus College, à Cambridge.
1738 Vicaire de Sutton-on-the-Forest, près de York.
1741 Mariage avec Elizabeth Lumley.
1747 Naissance de leur fille Lydia.
1759 Publication du texte satirique *A Political Romance*, à l'occasion d'une controverse impliquant les autorités ecclésiastiques locales. Le texte est interdit par le clergé local.
Publication des deux premiers volumes de *The Life and Opinions of Tristram Shandy, Gentleman*, à York, à compte d'auteur.
1760 Acquisition par le grand éditeur londonien Dodsley des droits de la deuxième édition des deux premiers volumes, des deux volumes suivants, et des deux premiers tomes des sermons, publiés la même année sous le titre *The Sermons of Mr Yorick*.
Portrait de Sterne par Joshua Reynolds.
1761 Publication des volumes III et IV de *Tristram Shandy*.
1762 Publication des volumes V et VI de *Tristram Shandy*. Le roman est à présent publié à Londres par Becket et de Hondt.
Voyage en France, à Paris et dans le sud-ouest de la France.
1764 Retour en Angleterre.
1765 Publications des volumes VII et VIII de *Tristram Shandy* et des volumes III et IV des *Sermons*.
Voyage en France et en Italie.

1767 Publication du volume IX de *Tristram Shandy*. Liaison avec Eliza Draper, à qui est adressé le *Bramine's Journal (Journal to Eliza)*.
1768 Publication des tomes I et II de *A Sentimental Journey through France and Italy*.
Mort de Sterne à Londres, le 18 mars.
1769 Publication des tomes V, VI et VII des *Sermons*.

STERNE ET L'EUROPE

Sterne romancier français

L'œuvre de Sterne s'inscrit dans une généalogie littéraire française. Si l'auteur de *Tristram Shandy* n'hésite pas à revendiquer Rabelais, Scarron ou même Béroalde de Verville comme des écrivains avec qui il se sent des affinités particulières, Voltaire est cité dans le texte, et la publication de *Candide* la même année que les deux premiers volumes de *Tristram Shandy* renforce encore cette parenté. Nombre d'écrivains français ont par la suite rendu hommage à Sterne, parfois par allusions, parfois par citations, parfois simplement par un esprit qu'ils partageaient. Diderot en est bien entendu l'un des plus grands admirateurs, et si *Jacques le fataliste* diffère de *Tristram Shandy* dans son rapport au déterminisme, la philosophie du récit, qui revisite le genre du dialogue, rapproche le texte de Diderot de celui de Sterne. Plus tard, c'est à la fois le *Voyage sentimental* et *Tristram Shandy* qui portent leur empreinte sur des écrivains comme Joseph de Maistre, dont le *Voyage autour de ma chambre* est parfois publié en un volume avec le *Voyage sentimental*, comme Nodier, dont l'*Histoire du roi de Bohême et de ses sept châteaux* développe en particulier un récit commencé par Trim mais jamais achevé, comme Balzac, qui cite la lettre de Walter à Toby sur le mariage dans *La Physiologie du mariage* ou le mouvement de la cane de Trim en exergue à *La Peau de chagrin*, comme Stendhal, qui mentionne le paradoxe du narrateur relatant sa propre naissance dans la *Vie de Henry Brulard*, ou comme Hugo, qui place en exergue à *Han d'Islande* un passage de la danse de l'ours blanc de Walter Shandy. Et la littérature du XXe siècle, chez Perec par exemple, retrouve parfois dans le roman de Sterne un esprit commun avec ses propres expérimentations.

La première traduction complète d'une œuvre de Sterne est due à Frénais qui publie en 1769 le *Voyage sentimental*. La critique est unanime à saluer l'ouvrage. En 1776 paraît la première traduction incomplète de *Tristram Shandy*, toujours due à Frénais : à l'instar du romancier, celui-ci tente l'aventure avec les livres I à IV du roman de Sterne, pour prendre le pouls du monde. En 1785, deux suites à cette traduction paraissent : la première est due à Bonnay, qui suit Frénais en s'écartant à loisir du texte, tandis que la seconde, due à La Baume, recherche au contraire l'exactitude. En 1801, paraît une nouvelle traduction du *Voyage sentimental*, due à Crassous, et qui se veut beaucoup plus fidèle que celle de Frénais. De nombreuses rééditions des deux traductions dans la première moitié du XIXe siècle contribuent à la fortune de Sterne, ainsi qu'une nouvelle traduction, en 1828, par Moreau-Christophe. En 1841, Janin traduit à nouveau le *Voyage sentimental* dans une édition abondamment illustrée par Johannot et Jacque, dans l'esprit des grands livres illustrés du XIXe siècle, comme ceux de Grandville. La même année, Defauconprêt, d'une part, et Léon de Wailly, de l'autre, publient leur propre version du même texte, tandis que ce dernier fait paraître l'année suivante sa traduction de *Tristram Shandy*, fréquemment rééditée. En 1866, Fournier publie une autre version du *Voyage sentimental*. En 1890, paraît la traduction d'Edmond Hédouin de *Tristram Shandy*, dont la présente édition reprend le texte — celui-ci avait déjà publié une traduction du *Voyage sentimental* en 1875. Au XXe siècle, c'est la traduction de ce dernier texte par Digeon, en 1934, qui relance l'intérêt pour Sterne, mais il faut attendre la traduction de Mauron en 1946 pour voir une nouvelle version de *Tristram Shandy*. Et la publication de la traduction de Guy Jouvet aux éditions Tristram entre 1998 et 2004 redonne à lire le texte de Sterne dans une version très contemporaine.

Sterne sur le continent

En Allemagne, le triomphe de la littérature anglaise dans la seconde moitié du XVIIIe siècle passe aussi par Sterne. *Tristram Shandy* y est lu dans les revues, par extraits, avant les traductions complètes, en particulier celle de Johann Joachim Christoph Bode, publiée à partir de 1774. Comme dans d'autres pays, les imitations de Sterne fleurissent et contribuent à la fortune en allemand du roman comique, dans la lettre, sinon l'esprit de l'auteur de *Tristram Shandy*. En Allemagne, c'est Jean Paul qui incarne le shandéisme des Lumières. Catherine II de Russie apparaît dans la liste des souscripteurs de la traduction allemande de Bode, et c'est peut-être dans cette langue qu'elle a découvert *Tristram Shandy*. Mais c'est plutôt le *Voyage sentimental* qui inspire les écrivains russes au XVIII siècle : *Tristram Shandy* n'est traduit en russe qu'au début du XIX siècle (entre 1804 et 1807) par Mikhail Kaisarov. Il faut de fait attendre le roman de Pouchkine, *Eugène Oneguine* (1825-1832), pour rencontrer cette même convergence d'esprit avec le Sterne de *Tristram Shandy*.

En Italie, à l'inverse, si le *Voyage sentimental* connaît une renommée importante, malgré une mise à l'index en 1819, il n'existe aucune traduction complète de *Tristram Shandy* avant 1922. Carlo Bini en publie des épisodes à partir de 1829 ; le romancier Carlo Dossi s'inspire manifestement de ce roman dans son *Vita di Alberto Pisani* (1870). Il faut attendre le modernisme italien, Luigi Pirandello en particulier, Italo Svevo aussi, et plus tard Italo Calvino, pour rencontrer une parenté artistique avec le shandéisme. En Espagne, comme au Portugal, *Tristram Shandy* n'est traduit pour la première fois que dans la seconde moitié du XX siècle, même si l'influence de cet ouvrage sur un certain nombre d'écrivains de langue espagnole est indéniable (Borges, Cortazar), et que le texte était connu par les traductions françaises, ou dans sa version originale.

En Europe centrale, c'est par la langue allemande, et par la médiation de Vienne que Sterne est connu : l'anglomanie austro-hongroise de la fin du XVIII siècle procède aussi de la fin de la guerre de sept ans et du rejet de l'alliance avec la France. La première traduction en hongrois du *Voyage sentimental* date de 1791, même si elle est faite à partir des versions française et allemande, puisque le traducteur ignorait l'anglais... Et s'il faut attendre le XX siècle pour bénéficier d'une version hongroise complète de *Tristram Shandy*, c'est par le biais de l'Allemagne que ce texte est connu et cité. Dans la culture croate, c'est de même par l'allemand, ainsi que par l'anglais, que Sterne est connu. En Pologne, c'est par l'anglais et le français que Sterne pénètre la littérature, et si, comme souvent, le *Voyage sentimental* est traduit au XIXᵉ siècle, il faut attendre le milieu du XXᵉ pour voir une traduction de *Tristram Shandy*. Une partie de l'Europe se reconnaît donc dans le shandéisme, se l'approprie, le réinvente dans sa langue[1].

---

1. Ces renseignements proviennent des différents essais contenus dans P. de Vood et J. Neubauer (éd.), *The Reception of Laurence Sterne in Europe*, Londres, New York, Thoemmes Continuum, 2004, ainsi que de A.B. Howes, *Sterne : the Critical Heritage*, Londres et Boston, Routledge & Kegan Paul, 1974.

ILLUSTRER STERNE

Les textes de Sterne sont traversés par une réflexion sur l'image : ils se donnent à voir, et donc à illustrer, et appartiennent en retour au monde de la gravure et de la peinture. L'histoire de l'illustration des ouvrages de Sterne commence avec Hogarth, qui, à la demande de Sterne, propose deux gravures pour la deuxième édition de *Tristram Shandy*, et elle se poursuit jusqu'à nos jours, avec par exemple la bande dessinée de Martin Rowson (*The Life and Opinions of Tristram Shandy, Gentleman*, Londres, Picador, 1995). W. B. Gerard, qui a étudié cette histoire[1], a recensé plus de 140 artistes et environ 1 300 illustrations. Il indique 28 éditions illustrées de *Tristram Shandy* (contre 57 du *Voyage sentimental*). En France également, on peut noter des éditions abondamment illustrées, comme celle du *Voyage sentimental* illustré par Johannot et Jacque en 1841 — traduction et illustration ont souvent partie liée dans l'histoire du livre. Sterne n'est au demeurant pas le seul auteur du XVIIIe siècle anglais à bénéficier d'un traitement visuel : Swift, qui avait initialement identifié dix scènes des *Voyages de Gulliver* pouvant donner lieu à gravure, comme Smollett, dont le *Roderick Random* a par exemple été illustré par un artiste aussi connu que Rowlandson, font partie de ces auteurs dont l'œuvre se développe dans un rapport à l'image. Le caricaturiste Thomas Rowlandson illustre également en 1809 *The Beauties of Sterne*[2]. Certains des illustrateurs de Sterne au XVIIIe siècle jouissent d'une importante notoriété, et produi-

---

1. W. B. Gerard, *Laurence Sterne and the Visual Imagination*, Aldershot et Burlington, Ashgate, 2006.
2. L. Sterne, *The Beauties of Sterne*, embellished by caricatures by Rowlandson, from original drawings by Newton, London, Thomas

sent des gravures pour accompagner nombre d'œuvres littéraires (Thomas Stothard ou Daniel Dodd par exemple). Certaines scènes, comiques ou sentimentales, de *Tristram Shandy*, comme du *Voyage sentimental*, ont offert prétexte à tableaux ou gravures, par des artistes aussi célèbres qu'Angelica Kauffmann, George Romney ou Joseph Wright of Derby.

Le texte de Sterne se prête à l'illustration, non pas tant par la précision du détail dans la description, mais par l'attitude générale des personnages, par la composition des scènes, par un narrateur qui se veut à l'occasion, en particulier dans le *Voyage sentimental*, observateur discret, ainsi que par le recours du narrateur à la vision du lecteur. L'illustration par Hogarth de Trim lisant le sermon ouvre la voie à une longue tradition de représentation de cette scène, comme si le texte de Sterne, mais aussi les premières gravures servaient de matrice aux illustrations suivantes. C'est aussi le coin du feu de Shandy Hall que la gravure de Hogarth permet de fixer et que l'on retrouve dans nombre d'éditions illustrées. Les images de Maria (livre VII) font partie des passages obligés dans toute illustration du livre (ainsi que dans le *Voyage sentimental* où le personnage apparaît également) : ils permettent de renforcer la veine « sentimentale » de l'ouvrage, Maria incarnant la beauté mélancolique. L'oncle Toby apparaît comme l'un des emblèmes de l'illustration de *Tristram Shandy*, en particulier à partir du tableau de Charles Leslie, *Uncle Toby and the Widow Wadman* (1830), qui s'appuie plus particulièrement sur le chapitre 24 du livre IX. Au XXe siècle, cette tradition se poursuit : une édition de 1926, illustrée par Roland Wheelwright, donne 16 illustrations polychromes ; l'édition de l'artiste John Baldessari comporte 39 photocollages (1988). Mais la plus célèbre illustration de Sterne, reprise dans mainte édition, est peut-être le portrait de Sterne par Reynolds (1760).

Tegg, 1809. L'ouvrage, publié pour la première fois en 1782, rassemble des morceaux choisis en privilégiant les épisodes « sentimentaux ».

BIBLIOGRAPHIE

Œuvres de Laurence Sterne

EN ANGLAIS

The Life and Opinions of Tristram Shandy, Gentleman

Première édition :

Volumes I et II : York [Printed by Ann Ward], 1760.

Volumes III et IV : London, Printed for R. and J. Dodsley, 1761.

Volumes V et VI : London, Printed for T. Becket and P. A. Dehondt, 1762.

Volumes VII et VIII : London, Printed for T. Becket and P. A. Dehondt, 1765.

Volume IX : London, Printed for T. Becket and P. A. Dehondt, 1767.

Édition Florida :

Tomes I et II : The text, edited by Melvyn and Joanna New, Gainesville, University Press of Florida, 1978.

Tome III : The notes, by Melvyn New with Richard A. Davies and W. G. Day, Gainesville, University Press of Florida, 1984.

Autre édition consultée :

The Life and Opinions of Tristram Shandy, Gentleman, edited by Melvyn New, Harmondsworth, Penguin, 1997 [reprend le texte et une partie des notes de l'édition Florida].

A Sentimental Journey through France and Italy by Mr. Yorick
  Première édition :
  Tomes I et II : London, printed for R. and J. Dodsley, 1768.

  Édition Florida :
  Tome VI : *A Sentimental Journey* and Continuation of the *Bramine's Journal*, edited by Melvyn New and W. G. Day, Gainesville, University Press of Florida, 2002.

The Journal to Eliza
  Edited with an introduction and notes by Ian Jack, Oxford, Oxford University Press, 1968 ; « The World's Classics », 1984, p. 127-188 [avec *A Sentimental Journey* et *A Political Romance*].

A Political Romance
  Edited with an introduction and notes by Ian Jack, Oxford, Oxford University Press, 1968 ; « The World's Classics », 1984, p. 189-230 [avc *A Sentimental Journey* et *The Journal to Eliza*].

Correspondance
  Letters of Laurence Sterne, edited by Lewis P. Curtis, Oxford, The Clarendon Press, 1935.

  Édition Florida :
  Tomes VII et VIII : *The Letters of Laurence Sterne*, eds. Melvyn New and Peter de Voogd, Part One, 1739-1764, Part Two, 1765-1768, Gainesville, University Press of Florida, 2008.

Sermons
  Édition Florida :
  Tome IV : The text, edited by Melvyn New, Gainesville, University Press of Florida, 1996.
  Tome V : The notes, by Melvyn New, Gainesville, University Press of Florida, 1996.

EN FRANÇAIS

La Vie et les opinions de Tristram Shandy, Gentleman, traduit de l'anglais par M. Frénais, Paris, Ruault (Volland), 1776, 2 vol.

- *Suite de la Vie et des opinions de Tristram Shandy*, traduites de l'anglois de Stern [par Charles-François de Bonnay], Paris, 1785, 2 vol.
- *Suite et fin de la Vie et des opinions de Tristram Shandy*, suivies de mélanges, lettres, pensées, bons mots et mémoires, traduits de l'anglois de Stern, par M. D[e]. L[a]. B[aume], Paris, 1785.
- *La Vie et les opinions de Tristram Shandy, gentilhomme*, traduction de l'anglais, préface et notes par Guy Jouvet, Paris, Tristram, 2004.

Voyage sentimental en France et en Italie
- *Voyage sentimental, par M. Sterne, sous le nom d'Yorick*, traduit de l'anglais par M. Frénais, Amsterdam et Paris, 1769.

Textes critiques

BONY, Alain, « Terminologie chez Sterne », *Poétique*, n° 29 (1977), p. 28-49.

CASH, Arthur H. et J. M. Stedmond (éd), *The Winged Skull : Papers from the Laurence Sterne Bicentenary Conference*, Londres, Methuen, 1971.

CASH, Arthur H., *Laurence Sterne : The Early & Middle Years*, Londres, Methuen, 1975.

CASH, Arthur H., *Laurence Sterne : The Later Years*, Londres, Methuen, 1986.

CHKLOVSKI, Viktor, « Le roman parodique », dans *Sur la théorie de la prose*, trad. Guy Verret, Lausanne, L'Âge d'Homme, 1973, p. 211-244.

DAY, W. G. (1984), « Locke May Not Be the Key », dans

Valerie Grosvenor Myer (éd.), *Laurence Sterne : Riddles and Mysteries*, Londres et Totowa, Vision and Barnes and Noble, p. 75-83.

DESCARGUES, Madeleine, *Correspondances. Étude critique de la correspondance de Laurence Sterne dans son œuvre*, Paris, Didier, 1993.

DUPAS, Jean-Claude, *Sterne ou le vis-à-vis*, Lille, Presses Universitaires de Lille, 1984.

FLUCHÈRE, Henri, *Laurence Sterne, de l'homme à l'œuvre. Biographie critique et essai d'interprétation de* Tristram Shandy, Paris, Gallimard, 1961.

JEFFERSON, D. W., « *Tristram Shandy* and the Tradition of Learned Wit », *Essays in Criticism*, Vol. 1 (1951), p. 225-248.

KEYMER, Thomas, *Sterne, The Moderns, and the Novel*, Oxford, Oxford University Press, 2002.

KEYMER, Thomas (éd.), *The Cambridge Companion to Laurence Sterne*, Cambridge, Cambridge University Press, 2009.

LAMB, Jonathan, *Sterne's Fiction and the Double Principle*, Cambridge, Cambridge University Press, 1989.

MCMASTER, Juliet, « Walter Shandy, Sterne, and Gender : A Feminist Foray », *English Studies in Canada*, Vol. 15 (1989), p. 441-458.

MOGLEN, Helene, *The Philosophical Irony of Laurence Sterne*, Gainesville, University Press of Florida, 1975.

NEW, Melvyn, *Laurence Sterne as Satirist : A Reading of* Tristram Shandy, Gainesville, University of Florida Press, 1970.

NEW, Melvyn (éd.), *Critical Essays on Laurence Sterne*, New York, G. K. Hall & Co., 1998.

ROSS, Ian Campbell, *Laurence Sterne : A Life*, Oxford, Oxford University Press, 2001.

TADIÉ, Alexis, *Sterne's Whimsical Theatres of Language*, Burlington, Ashgate, 2003.

TRAUGOTT, John (1954), *Tristram Shandy's World : Sterne's Philosophical Rhetoric*, Berkeley, University of California Press.

WATTS, Carol (1996), « The Modernity of Sterne », dans David Pierce and Peter de Voogd (éd.), *Laurence Sterne in Moder-*

nism and Postmodernism, Amsterdam/Atlanta, GA, Rodopi, p. 19-38.

The Shandean : An Annual Volume Devoted to Laurence Sterne and His Works, published by the Laurence Sterne Trust, gen. ed. Peter J. De Voogd, 1989.

NOTES

VOLUME I

FRONTISPICE
Page 54.

1. L'illustration de Hogarth apparaît avec la deuxième édition du roman. Sterne avait espéré, grâce à un intermédiaire, que le célèbre artiste illustre cette scène pour la faire figurer en frontispice.

PAGE DE GARDE
Page 55.

1. La page de garde ne comporte ni nom d'auteur, ni nom d'imprimeur, Sterne ayant fait imprimer la première édition à son compte. La citation d'Épictète provient de son *Enchiridion* et indique que « les hommes sont tourmentés non par les choses, mais par les opinions qu'ils ont des choses ». Montaigne, chez qui Sterne a peut-être trouvé la citation, l'utilise en ouverture de l'essai : « Que le goust des biens et des maux despend en bonne partie de l'opinion que nous en avons ».

DÉDICACE
Page 57.

1. *Pitt* : cette dédicace à l'homme politique anglais apparaît avec la deuxième édition du roman. William Pitt fut en particulier ministre de la Guerre pendant la guerre de Sept Ans (1756-1763).

2. *Coin retiré* : Sterne habitait le village de Sutton-on-the-Forest, à quelques kilomètres de la ville de York.

CHAP. Ier

Page 59.

1. *Température* : il faut entendre le mot au sens de « tempérament ».

2. *Humeurs* : Sterne se repose ici sur la théorie galénique des humeurs qui détermine le tempérament. Selon Galien, il existe quatre humeurs : le sang, la pituite, la bile jaune et la bile noire. Elles donnent respectivement un tempérament sanguin (gai), flegmatique (voire lymphatique), bilieux (enclin à la colère) et atrabilaire (mélancolique). La santé varie en fonction de l'équilibre et du déséquilibre des humeurs.

3. *Esprits animaux* : les esprits sont de petits corps ténus, invisibles. Ils sont, selon les époques, divisés en deux, trois ou quatre catégories. À l'époque de Sterne, on distingue deux types principaux d'esprits : vitaux et animaux. Les esprits animaux ont pour siège le cerveau et pour fonction d'imprimer le mouvement, contrairement aux esprits vitaux qui sont mêlés au sang. La science de Sterne sur ce sujet, comme sur tant d'autres, provient vraisemblablement de Ephraim Chambers, *Cyclopædia : or, an Universal Dictionary of Arts and Sciences* (Londres, 1728), article « Spirits ». La première page annonce le jeu ironique du roman autour des possibilités ouvertes par ces théories médicales. Il n'est pas impossible par ailleurs, comme l'a suggéré Françoise Pellan, que Sterne trouve dans le *Traité de la sagesse* de Pierre Charron, en particulier dans le chapitre intitulé « Devoir des parens & enfans », une réflexion sur les « devoirs » des parents avant la naissance de l'enfant : de cette période, Charron dit qu'elle « donne la subsistance, la trempe, le temperament, le naturel » (*De la Sagesse*, 1601 ; « dernière édition », Paris, 1630, p. 626). (Voir « Sterne's Indebtedness to Charron », *The Modern Language Review*, vol. 67, n° 4 (oct. 1972), p. 752-755.)

CHAP. II

Page 60.

1. *Homunculus* : littéralement, un petit homme ; le terme renvoie aux débats sur la procréation et désigne ici l'embryon.

Page 61.

1. *Articulations* : voir Rabelais, *Cinquième livre*, chapitre 9, p. 772 : « ces arbres nous sembloyent hommeaux terrestres, non en ce différentes des bestes que elles n'eussent cœur, gresse, chair, veines, artères, ligamens, nerfs, cartilages et mouelles, humeurs, matrice, cerveau et articulations congrues ».

2. *Le chancelier d'Angleterre* : personnage en charge de la justice du royaume.

3. *Puffendorff* : Samuel von Pufendorf (1632-1694), philosophe et juriste allemand, auteur de travaux importants sur la loi naturelle. L'invocation des mânes de Cicéron et de Pufendorf au sujet des droits de l'homuncule donne la tonalité de l'érudition de Tristram et de ses usages. — On a respecté l'orthographe de Sterne pour les noms propres.

CHAP. III

Page 62.

1. *Philosophe naturel* : la philosophie naturelle, à l'époque moderne, analyse les causes des phénomènes physiques. Walter Shandy est défini pendant tout le roman comme un homme de science.

2. *Neuf mois avant qu'il vînt au monde* : tout le roman joue sur les systèmes de temps et les paradoxes qui en découlent.

CHAP. IV

Page 63.

1. *Voyage du Pèlerin* : œuvre célèbre de John Bunyan, publiée en 1678, qui relate le voyage du personnage principal vers le salut. Le texte connut de nombreuses éditions.

2. *Montaigne* : la référence aux *Essais* vient de l'essai « Sur des vers de Virgile » (*Essais*, III, 5, édition Villey-Saulnier, nouvelle édition, PUF, 1965, p. 847) : « Je m'ennuie que mes essais servent les dames de meuble commun seulement, et de meuble de sale. Ce chapitre me fera du cabinet. J'ayme leur commerce un peu privé. Le publique est sans faveur et sans saveur. » Le roman compte plusieurs références directes à Montaigne, l'un des modèles stylistiques et philosophiques de Sterne : la célèbre traduction de Montaigne par Florio fut publiée en 1603 ; Sterne possédait dans sa bibliothèque la traduction de Cotton dans une édition de 1685, ainsi que le texte français.

3. *Ab Ovo* : littéralement « depuis l'œuf ». Horace établit l'opposition entre *ab ovo* et *in medias res* pour parler de l'ordonnancement idéal du discours qui ne saurait remonter aux origines, mais doit emporter l'auditeur au milieu des faits, comme le fait Homère avec la guerre de Troie (Horace, *Art poétique*, v. 147-148). Sterne joue ici avec le sens littéral de l'expression, et marque au paragraphe suivant la distance ironique avec ses références littéraires.

Page 64.

1. *Turquie* : le père de Tristram a retiré des bénéfices du commerce avec l'Asie mineure, grâce à la compagnie du Levant ; ces revenus commerciaux permettent la subsistance de la famille Shandy et l'oisiveté apparente de tous ses membres.

Page 65.

1. *Association d'idées* : référence indirecte à la théorie de John Locke de l'association des idées, énoncée dans l'*Essai concernant l'entendement humain*. Pour Locke, les idées chimériques, comme par exemple l'idée du centaure, sont des idées composées d'idées simples dont les qualités qui les produisent n'ont jamais été unies dans le monde extérieur.

2. *Le sagace Locke* : les références à Locke parcourent le roman, certaines sont ironiques, d'autres au contraire sérieuses ; l'humour vient ici de la juxtaposition de la doctrine philosophique et d'une situation triviale.

Page 66.

1. *Westminster* : célèbre école de Londres.

CHAP. V

2. *1718* : la date de naissance de Tristram est ici livrée avec une référence oblique au thème du catholicisme, puisque le 5 novembre est l'anniversaire du complot des poudres ourdi par le catholique Guy Fawkes.

CHAP. VI

Page 67.

1. *Parfaitement étrangers l'un à l'autre* : Tristram initie le thème de l'amitié croissante du narrateur et du lecteur.

Page 68.

1. *Diem præclarum* : jour de gloire.

2. *Raconter mon histoire à ma manière* : la liberté est essentielle à la conception sternienne de la narration.

3. *Fou à grelots* : Tristram se présente souvent sous les allures du fou du roi.

CHAP. VII

Page 69.

1. *Le centre* : l'univers du roman est à la fois extrêmement étroit, puisqu'il est réduit à quelques kilomètres de diamètre, mais cependant fort large, puisqu'au volume VII par exemple, Tristram parcourt la France.

Page 70.

1. *Didius* : sous le personnage de Didius se dissimule Francis Topham (1713-1770), juriste de York, à qui Sterne s'était opposé, et qu'il caricature également dans *A Political Romance*. On peut voir plus généralement dans le personnage de Didius l'archétype du juriste.

2. *Kunastrokius* : ce personnage contient une allusion au médecin et collectionneur Richard Mead (1673-1754), souvent objet de pièces satiriques, en particulier à cause de son comportement sexuel (auquel le sobriquet de Kunastrokius fait allusion).

Page 71.

1. *Dada* : le terme traduit l'anglais *hobbyhorse*; à l'origine, le *hobbyhorse* est un cheval de bois utilisé dans les spectacles de danses folkloriques anglaises, qui prend la forme d'un bâton au bout duquel se trouve une tête de cheval et qui est attaché à la taille du danseur. Dans le roman, cette métaphore définit l'idée fixe des différents personnages, et permet de les caractériser par ce biais. Au XVIIe siècle le mot pouvait également désigner une prostituée.

CHAP. VIII

2. *De gustibus non est disputandum* : tous les goûts sont dans la nature. — *Dadas* : on voit ici un exemple parmi bien d'autres de la façon dont Tristram file la métaphore du dada.

CHAP. IX

Page 75.

1. *Balance du peintre* : référence au peintre Roger de Piles et à sa théorie, exposée dans son *Cours de peinture par principes* (Paris, 1708, p. 489), de la «balance des peintres» : «quelques personnes ayant souhaité de sçavoir le degré de merite de chaque Peintre d'une réputation établie, m'ont prié de faire comme une Balance dans laquelle je misse d'un côté le nom du Peintre & les partes les plus essentielles de son Art dans le degré qu'il les a possedées, & de l'autre côté le poids de merite qui leur convient, en sorte que ramassant toutes les parties comme elles se trouvent dans les Ouvrages de chaque Peintre, on puisse juger combien pese le tout».

2. *Tout ensemble* : en français dans le texte.

3. *Dodsley* : James Dodsley (1724-1797), célèbre éditeur londonien, en particulier de *Tristram Shandy*, à partir du volume III, la première édition des deux premiers volumes ayant paru à York à compte d'auteur.

4. *Candide, Mlle Cunégonde* : référence aux personnages principaux du conte de Voltaire *Candide ou l'optimisme*, paru en 1759 et immédiatement traduit en anglais.

CHAP. X

Page 77.

1. *Rossinante* est le nom du cheval de Don Quichotte.

2. *Chasteté exemplaire* : référence à Miguel de Cervantès, *L'Ingénieux Hidalgo Don Quichotte de la Manche* (traduction par César Oudin et François Rosset, revue par Jean Cassou, «Bibliothèque de la Pléiade», 1955, Partie I, chapitre XV, p. 121-122) : «Sancho ne s'était point inquiété de mettre des entraves à Rossinante, s'assurant sur ce qu'il le connaissait si doux et si peu concupiscent que toutes les cavales des prairies de Cordoue ne l'eussent pas induit en péché. Or, la fortune voulut, et le diable (qui ne dort pas toujours) qu'il y eût paissant par cette vallée une troupe de petites cavales galiciennes qui appartenaient à certains muletiers yangois [...]. Il advint donc qu'il prit envie à Rossinante de se regaillardir un peu avec mesdames les cavales, et, comme il les eut flairées, sortant de

son pas naturel et ordinaire sans demander congé à son maître, il prit un petit trot assez leste et s'en alla leur communiquer sa nécessité. »

3. *Tempérance* : l'idée d'équilibre des humeurs détermine aussi bien les conditions de la procréation humaine que le caractère du cheval.

Page 78.

1. *Poudrè d'or* : *sic* et en français dans le texte.

Page 79.

1. *Méchante saillie* : l'opposition entre le véritable esprit et le mauvais esprit parcourt le roman. La distinction était particulièrement mise en valeur dans les comédies de la Restauration anglaise de la seconde moitié du XVIIe siècle.

2. *Pouls* : le pouls de Yorick exprime ses émotions, qui sont ressenties de façon physique aussi bien que psychologique. Dans le *Voyage sentimental*, Sterne met encore davantage en valeur la physiologie du sentimentalisme.

Page 80.

1. *De vanitate mundi et fugâ sæculi* : de la vanité du monde et de la fuite du temps.

2. *L'esprit et le jugement* : opposition philosophique, héritée de Locke, sur laquelle Tristram reviendra dans la préface (voir volume III, chap. XVIII, n. 1, p. 299).

Page 81.

1. *Communibus annis* : au cours d'une année ordinaire.

Page 82.

1. *La Manche* : région d'où est originaire Don Quichotte.

Page 84.

1. *Une esquisse de sa vie et de sa conversation* : comme pour Walter et bien sûr Tristram, comprendre Yorick c'est lire sa vie et sa conversation.

CHAP. XI

2. Le nom de *Yorick* est aussi celui du fou du roi dans *Hamlet* de Shakespeare. Sterne adopte également le nom pour le personnage principal de son *Voyage sentimental*, et publie ses

sermons sous le nom de plume de Yorick, établissant ainsi un réseau dans toute son œuvre autour de ce nom. L'emploi de ce nom de plume pour la publication de ses sermons lui valut au demeurant quelques critiques.

Page 85.

1. *Horwendillus* est le nom du père de Hamlet dans les sources de la pièce de Shakespeare (les textes du clerc danois des XIIe-XIIIe siècles, Saxo Grammaticus, connus sous le titre de *Saxonis Gesta Danorum*). Dans le *Voyage sentimental*, Yorick renvoie également au personnage de Horwendillus.

Page 86.

1. *Cet ouvrage* : *Tristram Shandy* ne contient comme récit de voyage que le volume VII qui se déroule essentiellement en France.

Page 87.

1. *Humeur* : on a déjà vu Sterne s'appuyer sur cette théorie pour définir les personnages du roman. Le caractère hétéroclite de Yorick participe de la bigarrure générale du récit.

2. *Gaîté de cœur* : en français dans le texte.

Page 88.

1. *Fracas* : en français dans le texte.

Page 89.

1. *Esprit* : cette définition de la gravité provient de La Rochefoucauld, maxime 257 : « La gravité est un mystère du corps inventé pour cacher les défauts de l'esprit » (La Rochefoucauld, *Maximes*, éd. 1678, dans *Œuvres complètes*, « Bibliothèque de la Pléiade », 1964, p. 438).

2. *Bon mot* : en français dans le texte.

3. *Drôlerie* : voir le portrait que donne Hamlet de Yorick (*Hamlet*, acte V, sc. 1) : « Hélas ! pauvre Yorick ! Je l'ai connu, Horatio, c'était un garçon d'une drôlerie infinie, d'une verve prodigieuse. Mille fois il m'a porté sur son dos ; et maintenant... cela me fait horreur d'y penser ! Mon cœur se soulève. Ici pendaient ces lèvres que j'ai embrassées tant de fois. Où sont à présent vos facéties, vos cabrioles, vos chansons, vos explosions de joie qui faisaient rire toute la table aux éclats ? Plus une blague à présent pour vous moquer de votre propre grimace ? »

(trad. J.-M. Déprats, éd. G. Venet, « Folio théâtre », p. 307-309).

CHAP. XII

Page 91.

1. *Eugenius* : derrière ce nom se trouve en partie le grand ami de Sterne, John Hall-Stevenson.

Page 93.

1. *Sacrifier* : ce passage est souvent repris au XVIIIe siècle dans des anthologies telles que *The Beauties of Sterne ; including all his pathetic tales, and most distinguished observations on life. Selected for the heart of sensibility* (traduit en français sous le titre : *Les Beautés de Sterne, formées de plusieurs de ses Lettres et de ses Sermons, des morceaux les plus touchants, des descriptions les plus graves et des observations sur la vie les plus judicieuses*, Paris, Desenne, 1800, 2 vol.). Dans ce recueil, ce passage permet d'illustrer la catégorie « revanche ».

2. *Avant lui* : référence à *Henry VIII* de Shakespeare, acte III, sc. II, v. 355-358.

Page 95.

1. *Sancho Pança* : cette citation du domestique de Don Quichotte s'inscrit dans le réseau de références au roman de Cervantès qui parcourt le roman. À Don Quichotte qui suggère que sa femme pourrait être reine, Sancho Pança répond : « J'en doute, moi, répliqua Sancho Pança, car je tiens qu'encore que Dieu fît pleuvoir des royaumes sur la terre, pas un ne viendrait bien sur la tête de Marie Gutierrez » (I, VII, *op. cit.*, p. 73). L'intonation cervantesque de Yorick, jusqu'à son dernier souffle, reprend le caractère hétéroclite du personnage.

2. *Rires* : voir chap. XI, p. 89 et n. 3.

3. *Hélas ! Pauvre YORICK !* : ces mots sont prononcés par Hamlet après que les fossoyeurs ont déterré le crâne de Yorick à la première scène du dernier acte de *Hamlet* (voir chap. XI, p. 89 et n. 3). Si les éditeurs de l'édition Florida rappellent qu'il n'était pas rare d'inscrire des épitaphes et autres mentions élégiaques en lettres blanches sur du papier noir, la noirceur de la page marque ici à la fois la mort de Yorick et peut-être aussi,

par anticipation dans un récit qui s'efforce de dire toute la vie du héros de sa conception à sa fin, la mort de Tristram.

CHAP. XIII

Page 99.

1. *Rapsodie* : on a pu noter l'importance de la métaphore musicale dans l'œuvre de Sterne (voir par exemple W. Freedman, *Laurence Sterne and the Origins of the Musical Novel*, Athens, University of Georgia Press, 1978), comme si la musique servait aussi de principe de composition et d'appréhension du texte.

CHAP. XIV

Page 101.

1. Comme *Tom Pouce*, *Jack Hickathrift*, parfois aussi appelé Tom, est un personnage du folklore populaire, de petite taille, qui s'attaque à un géant.

2. La ville de *Lorette*, siège d'une apparition de la Vierge, se trouve sur la côte est de l'Italie, non loin d'Ancône.

3. *Éviter* : on voit ici l'union de la métaphore de la narration comme voyage et du thème de la liberté.

Page 102.

1. *Je ne suis pas encore né* : énonciation ironiquement impossible, puisqu'elle présuppose d'être né pour pouvoir être prononcée, qui servira plus tard de prétexte à Henry Brulard pour raconter sa naissance : « Après tant de considérations générales, je vais naître », écrit-il (Stendhal, *Vie de Henry Brulard*, dans *Œuvres intimes*, éd. V. Del Litto, « Bibliothèque de la Pléiade », t. II, p. 550) ; puis vers la fin, il répète, en modifiant : « Je vais naître, comme dit Tristram Shandy, et le lecteur va sortir des enfantillages » (*ibid.*, p. 909). Naturellement, Tristram ne dit pas tout à fait cela...

2. *Chaque année* : le rythme de publication de *Tristram Shandy*, jusqu'au volume VIII, est effectivement de deux petits volumes à la fois, même si le rythme se ralentit à partir du volume V en raison de la maladie de Sterne. On voit ici se poursuivre le thème de l'écriture et de la vie, transposé au monde de l'imprimerie.

CHAP. XV

Page 105.

1. *Femme sole* : *sic* et en français dans le texte.

Page 106.

1. *Toties quoties* : aussi souvent que nécessaire.

CHAP. XVI

Page 108.

1. *Stilton* et *Grantham* : deux relais de poste sur la route de Londres, distants d'une cinquantaine de kilomètres.

Page 109.

1. *Trent* : rivière qui coule dans le nord de l'Angleterre, à hauteur de Nottingham.

CHAP. XVII

Page 110.

1. *Treize mois après* : c'est en fait la naissance de Tristram qui survient treize mois plus tard.

CHAP. XVIII

Page 111.

1. *Le fameux Docteur Maningham* : Richard Manningham (1685-1759) était le plus célèbre médecin obstétricien de son époque, auteur en particulier de *Artis obstetricariae compendium* (1739-1740).

2. *9 mars 1759* : il s'agit vraisemblablement de la date à laquelle Sterne écrit ces lignes. — *Jenny* : variante sur le personnage de la Muse ou de la confidente de l'écrivain ; Jenny revient à plusieurs reprises dans le roman, en particulier vers la fin, lorsque Tristram sent ses forces l'abandonner. Les biographes de Sterne ont souligné que le romancier songe peut-être ici à l'actrice Catherine Fourmantel à qui il était lié au moment de la composition des deux premiers volumes.

Page 112.

1. *Shandy Hall* : la maison de Sterne, à Coxwold, dans le nord du Yorkshire, porte à présent le nom des Shandy.

Page 113.

1. Le règne de la reine *Elizabeth* Ire, l'un des plus longs de l'histoire de l'Angleterre, s'étend de 1558 à sa mort en 1601.

Page 115.

1. *Grand Monarque* : la référence au pouvoir despotique de Louis XIV et à la ruine de la France fait partie des clichés de l'époque.

Page 116.

1. Principal théoricien de l'absolutisme, *Robert Filmer* (1588-1653) est l'auteur en particulier de *Patriarcha* (1680), ouvrage qui sert à Locke pour la réfutation de la doctrine absolutiste dans le premier *Traité sur le gouvernement civil*.

2. *Gouvernement mixte* : forme de gouvernement qui tempère la monarchie absolue par l'introduction d'éléments constitutionnels.

Page 117.

1. *Te Deum* : hymne religieux chanté pour célébrer une victoire.

Page 118.

1. *Sentimentales* : le terme a une longue histoire, associée en partie à Sterne. Non seulement Sterne utilise l'adjectif dans le titre de son récit de voyage en France, *Voyage sentimental*, mais surtout le terme renvoie à une forme d'écriture qui privilégie l'expression directe des sentiments, la transcription instantanée des émotions, la communion des âmes. Si le *Voyage sentimental* en fournit bien évidemment le meilleur exemple, la plume de Yorick conduite par les battements de son cœur, cette dimension est également présente dans de nombreux passages de *Tristam Shandy*.

CHAP. XIX

Page 119.

1. *D'une humeur grave et sombre* : le lecteur est bien entendu lui aussi soumis à la théorie des tempéraments.

2. *Noms de baptême* : la théorie des prénoms de Walter est l'objet de nombreux embarras au cours du roman. Plus généralement, l'œuvre de Sterne ne recule pas devant les jeux avec

l'usage des noms, qu'il s'agisse de celui de Tristram, baptisé ainsi en dépit des mises en garde de son père, et qui servait à l'occasion à désigner Sterne, ou de Yorick, dont le nom, emprunté à Shakespeare, permet la construction d'un personnage de *Tristram Shandy*, du narrateur du *Voyage sentimental*, et fournit un nom de plume à Sterne.

3. *Dulcinée* : maîtresse imaginaire de Don Quichotte. — *Hermes Trismégiste* est un auteur mythique de l'Antiquité, à qui sont attribués un certain nombre de textes de philosophie et de médecine. À la Renaissance, il est en particulier identifié comme le fondateur de l'alchimie. — *Nyky et Simkin* : diminutifs de Nicolas et de Simon. Sous cette forme, ces prénoms étaient associés respectivement au diable et à un être simple. — *Césars et Pompées* : la référence à l'empereur et au général romains complète les désirs de grandeur de Walter pour son fils.

4. *Nicodémisés* : disciples du Christ. Il est possible, comme le suggèrent les éditeurs de l'édition Florida, que Sterne pense ici à l'annotation du prologue de *Gargantua* par Le Duchat : « Des raisons ridicules [...] nous ont fait attacher à certains noms propres des idées particulières. Ainsi, le cocuage et le nom de Jean étant deux choses communes, les cocus ont été appelés Jeans. On a dit Gautier pour bon compagnon, par allusion à gaudir ; Nicodème pour sot, à cause de nice et de nigaud » (*Gargantua*, Prologue, dans *Œuvres*, édition augmentée de pièces inédites des songes de Pantagruel, Ouvrages posthumes avec l'explication en regard, des remarques de Le Duchat, de Bernier, de Le Motteux, de Voltaire, etc. et d'un nouveau commentaire historique et philologique par Esmangeart et Éloi Johanneau, Paris, Dalibon, 1823, t. 1, p. 33). Il peut aussi s'agir du pharisien de l'Évangile selon saint Jean, personnage incrédule, réduit au silence par le Christ (Évangile selon saint Jean, 3, 1-21).

Page 120.

1. *Piano* : l'utilisation du vocabulaire de la nuance renforce la perception du roman selon des modes musicaux.

2. *Argumentum ad hominem* : argument qui s'adresse direc-

tement à l'interlocuteur plutôt qu'il ne porte sur le sujet de la controverse.

Page 121.

1. *Theodidaktos* : littéralement « enseigné par Dieu ».

2. *Parmi les anciens* : la liste comporte les orateurs classiques, de Cicéron, qui sert de référence à plusieurs reprises dans le roman, Quintilien, l'auteur romain de l'*Institution oratoire*, à Isocrate, fondateur d'une école de rhétorique et maître d'Aristote, et Longin, philosophe grec du IIIe siècle avant Jésus-Christ qui fut longtemps considéré comme l'auteur du *Traité du sublime*. S'il s'agit là des figures les plus renommées de la rhétorique classique, ces listes de noms, fréquentes sous la plume de Sterne, n'ont d'autre logique que le plaisir de l'énumération plus ou moins arbitraire, parfois empruntée à d'autres sources. — *Parmi les modernes* : la liste des orateurs modernes correspond aussi à certains des orateurs les plus fréquentés, qu'il s'agisse du Hollandais Gerhard Johann Vossius (1577-1649), de l'Allemand Caspar Schoppe dit Scioppius (1576-1649), du Français Pierre de la Ramée (1515-1572) ou de l'Anglais Thomas Farnaby (1575-1647).

3. Richard *Crakanthorpe* (1567-1624) et Franciscus *Burgersdicius* (1590-1635) sont tous deux logiciens, l'un anglais, l'autre hollandais.

4. L'argument *ad ignorantiam* s'attaque à l'ignorance présumée de l'opposant dans le débat.

Page 122.

1. *Jesus College* : Sterne a lui-même été élève dans ce collège de l'université de Cambridge.

2. *Vive la Bagatelle* : en français dans le texte.

Page 124.

1. *Epsom* : petite ville du sud de l'Angleterre.

2. *Tristram* : forme déviée de *Tristan*.

3. *In rerum naturâ* : dans l'ordre du monde.

4. *Épiphonème* : exclamation qui conclut un discours. — *Érotèse* : forme de question rhétorique qui permet d'afficher le contraire de ce que l'on veut dire.

CHAP. XX

Page 127.

1. L'anecdote est rapportée par *Pline le Jeune* (61-112), mais concerne Pline l'Ancien (*Lettres,* livre 3, 5, 10, trad. A.-M. Guillemin, Les Belles Lettres, 1969, p. 107 : « il n'est pas de livre si mauvais qui ne puisse être utile par quelque endroit »).

2. *Parismus* et *Parismenus* : ce sont les deux parties d'un célèbre roman de chevalerie, attribué à Emanuel Ford, publié entre 1597 et 1599. Il fut réimprimé de nombreuses fois sous différentes formes. — *Sept Champions d'Angleterre* : Sterne fait allusion ici à la légende populaire des sept champions de la Chrétienté qui circulait sous diverses formes au XVIIIe siècle.

Page 128.

1. *République des lettres* : communauté de gens de lettres qui s'appuyait en particulier sur un réseau de correspondance très développé.

2. *Par le moyen d'une petite Canule* : en français dans le texte.

3. *Thomas d'Aquin* (1225-1274), philosophe et docteur de l'Église. Son autorité renforce l'ironie de l'apostrophe qui suit.

4. *Chose impossible* : en français dans le texte.

Page 129.

1. *Mémoire...* : comme l'indique la note, rajoutée par Sterne à la deuxième édition pour attester de son authenticité, ce document provient de Heinrich van Deventer, *Observations importantes sur le manuel des accouchemens,* trad. du latin par Jacques Jean Bruhier d'Ablaincourt, Paris, Guillaume Cavelier, 1733, p. 366-368.

Page 132.

1. *À le père* : la reprise humoristique de la formule du mémoire est renforcée par le changement de « mère » en « père »...

CHAP. XXI

Page 133.

1. *Tout en commençant sa phrase* : le narrateur interrompt ici le personnage, dans un des nombreux jeux avec les niveaux de

narration. Toby ne pourra finir sa phrase qu'au Livre II, chap. VI.

2. John *Dryden* (1631-1700), poète, dramaturge et essayiste, auteur de nombreux textes (les préfaces dont il est ici question) qui constituent autant de manifestes.

3. Le règne d'*Anne*, fille de Jacques II, s'étend de 1702 à 1714. — Joseph *Addison* (1672-1719), poète et fondateur, avec Richard Steele, du périodique *The Spectator*. L'essai n° 371 (May 6, 1712) vante ainsi la supériorité de la comédie anglaise due à la nouveauté et à la variété de ses personnages. La médiocrité du climat anglais était un *topos* de la description de l'Angleterre, et la nécessité de divertissements propres à disperser la mélancolie est par exemple défendue par Addison dans l'essai n° 179 (September 25, 1711).

Page 134.

1. *Acmè* : sommet. Comme chez Rabelais, le goût de la liste apparaît clairement ici, et ressortit à l'ironie sternienne.

2. *Comme la guerre engendre la pauvreté...* : chanson populaire très ancienne.

Page 135.

1. *Caractère* : citation du deuxième vers du poème de Pope, « Epistle to a Lady » (1743).

Page 138.

1. Le *siège de Namur* a lieu en 1695, pendant la guerre de la ligue d'Augsbourg. Il se termine par la défaite des armées françaises, mais les pertes humaines sont considérables des deux côtés. Les références au siège de Namur au cours du roman proviennent de la traduction anglaise de la monumentale *Histoire d'Angleterre* en dix volumes (La Haye, 1724-1727) de Paul de Rapin de Thoyras. Sterne a trouvé les termes de fortification dans la *Cyclopædia* d'Ephraim Chambers : si leur exactitude est avérée (Chambers publie aussi des schémas explicatifs), leur utilisation par Sterne a bien évidemment pour effet de renforcer l'impénétrabilité de la chimère de Toby.

2. Le lieu exact de la blessure de l'oncle *Toby* constitue l'un des enjeux du livre, et de l'intérêt de Mrs Wadman pour le personnage. Cette question revient au volume IX.

Page 139.

1. *Copernic* (1473-1543) a montré que le mouvement apparent des planètes vers l'arrière s'explique par le fait que nous n'observons jamais les planètes à partir du centre de leur orbite (la lune exceptée).

Page 140.

1. *Contrariété d'humeurs* : la différence des humeurs explique en partie les rapports entre les frères, qui sont cependant aussi gouvernés par une communauté de sentiments.

2. *In foro scientiæ* : sur la place de la science.

3. *Lillabullero* : ou Lillibullero, célèbre chanson anti-catholique de la fin du XVIIe siècle, dont les paroles sont de Thomas Wharton et la musique peut-être de Purcell. La version française est connue sous le titre de *Marche du Prince d'Orange*.

Page 141.

1. *Argumentum ad Verecundiam* : argument fondé sur l'invocation de l'autorité. — *Ex Absurdo* : raisonnement par l'absurde. — *Ex Fortiori* : argument qui invoque un argument plus sûr.

2. *Ars Logica* : l'art de la logique.

3. *Dispute* : catégorie de la rhétorique.

Page 142.

1. *Argumentum Fistulatorium* : jeu de Tristram sur les différentes catégories de la rhétorique : il s'agit ici de l'argument fondé sur le fait de siffler un air (« Lillabullero », voir la n. 3, p. 140). — *Baculinum* : argument reposant sur l'emploi du bâton. — *Crumenam* : bourse de l'adversaire, d'où argument financier. — *Tripodium* : cet argument, inventé par Sterne, porte sur la troisième jambe. — *Ad Rem* : l'indéfini du mot « chose » répond à l'argument précédent dans toutes ses connotations.

CHAP. XXII

2. Sterne cite souvent l'évêque Joseph *Hall* (1574-1656), auteur satirique.

Page 143.

1. *En mon absence* : Tristram joue sur deux niveaux temporels tout au long de la narration : le temps de l'écriture et le

temps pendant lequel se déroulent les événements. Pendant les digressions, le temps des personnages continue de s'écouler.

2. *Machine* : Tristram a plusieurs fois recours à l'image de la machinerie, ou du mouvement d'horlogerie, pour décrire le fonctionnement de son récit.

Page 144.

1. *Époux* : possible référence au livre des *Psaumes* 19, 5, comme le suggère l'édition Florida.

CHAP. XXIII

Page 145.

1. *Momus* critiqua le fait qu'Héphaïstos avait oublié de pratiquer dans la poitrine des hommes une petite fenêtre pour voir leurs pensées. L'histoire, qui vient de Lucien, se trouve dans l'*Anatomie de la mélancolie* de Burton, où Sterne la trouve certainement (Robert Burton, *Anatomie de la mélancolie*, trad. B. Hoepffner et C. Goffaux, José Corti, 2000, t. 1, p. 104).

2. *L'impôt des fenêtres* : l'impôt sur les fenêtres existait en Angleterre comme en France.

Page 146.

1. *Cause finale* : la cause efficiente est, selon Aristote, celle qui produit le changement, alors que la cause finale est le but de celle-ci.

2. *Maison* : *Hamlet*, acte III, sc. I, v. 131-132, p. 175 : « Fermez les portes sur lui, qu'il n'aille pas faire le pitre en dehors de sa propre maison. »

Page 147.

1. Dans l'*Énéide*, *Virgile* décrit au livre IV la façon dont la Renommée (*Fama*) transporte le récit des amours de Didon et Énée.

2. *Italiens* : il s'agit des musiciens italiens, et en particulier, ici, des castrats.

3. *Forte* : avec force.

4. *Ad populum* : pour le peuple.

5. *Évacuations* : l'un des sujets favoris de la satire.

Page 148.

1. *Non-Naturels* : terme de médecine désignant les six facteurs externes considérés comme essentiels à la santé, mais qui

peuvent causer des maladies (tels que l'air, le sommeil, l'exercice, etc.).

CHAP. XXV
Page 151.

1. *Os ilium* : la description anatomique, renvoyant à des os précis, permet d'approcher, mais peut-être pas de déterminer, le lieu exact de la blessure de l'oncle Toby.

VOLUME II

PAGE DE GARDE
Page 155.

1. Le deuxième volume, paru en même temps que le premier, comporte la même page de garde.

CHAP. Ier
Page 157.

1. *Assez de place* : Tristram joue ici avec la forme matérielle du livre. Le format adopté faisait qu'effectivement le nombre de pages d'un volume était limité, et qu'il était littéralement nécessaire de commencer un autre volume pour relater les difficultés de l'oncle Toby.

2. *Saint-Nicolas* : l'un des faubourgs de Namur, au-delà de la Meuse.

3. *La Meuse* et *la Sambre* : deux rivières de Belgique, la Sambre étant un affluent de la Meuse. La ville de Namur se trouve à leur confluent.

Page 158.

1. *Ravelin* : comme la *demi-lune,* la *contrescarpe* ou le *glacis,* ces termes de fortification appartiennent au vocabulaire militaire, et donc à la chimère, au dada, de l'oncle Toby.

2. *L'obscurité* du discours de la chimère, hermétique aux autres personnages, est l'un des thèmes dominants du roman.

Page 159.

1. *Hippocrate,* médecin grec (environ 460-377 av. J.-C.). — *James Mackenzie,* l'une des sources médicales de Sterne : ce

médecin écossais est l'auteur en particulier d'une *History of Health and the Art of Preserving it* (*Histoire de la santé et de l'art de la conserver*, 1758), où il soutient que certaines passions telles que la peur ou la douleur troublent la digestion.

CHAP. II

Page 162.

1. *Essai sur l'entendement humain* : publié en 1695, l'ouvrage de Locke, traduit par Coste sous le titre *Essai philosophique concernant l'entendement humain*, un des traités de philosophie les plus importants de l'époque, est l'une des sources importantes de Sterne, même s'il s'en démarque également (voir la Préface).

Page 163.

1. *La cause de l'obscurité...* : ce passage s'appuie sur Locke, *Essai philosophique concernant l'entendement humain*, II, 29, 3 (trad. Coste, 5ᵉ édition, Amsterdam et Leipzig, 1755, p. 288) : « La cause de l'obscurité des Idées simples, c'est ou des organes grossiers, ou des impressions foibles & transitoires faites par les Objets, ou bien la foiblesse de la mémoire qui ne peut les retenir comme elle les a reçues. »

Page 164.

1. *L'emploi incertain des mots* : Locke identifie au livre III de l'*Essai* les problèmes liés à un mauvais usage des mots et suggère un programme de construction d'une langue philosophique. C'est sur l'usage flottant des mots que repose une partie de l'humour de *Tristram Shandy*.

2. *Club Arthur* : Arthur's Chocolate House, qui devint le club Arthur's au XIXᵉ siècle, était un café célèbre de Londres, où l'on pouvait consommer des boissons diverses, et également placer des paris.

Page 165.

1. *Upostasis* : les catégories de l'essence et de la substance font l'objet de nombreux débats dans la scolastique.

CHAP. III

Page 166.

1. *Éléphant* : dans *Notes and Queries* (2007, 54 (4), p. 466-

467), Ala Alryyes suggère que la référence à l'éléphant vient à la fois de Plutarque et de Swift. Swift parle de géographes qui remplacent les villes absentes, sur les cartes, par des éléphants, tandis que Plutarque évoque les historiens qui placent en marge de leurs textes ou de leurs cartes des remarques qui échappent à leur savoir. La référence suggère que les documents de l'oncle Toby relèvent de l'affabulation.

2. *Gobesius* : le nom est fictif, même si le personnage est censé avoir écrit un traité d'architecture militaire et d'artillerie.

3. *Vauban* : la ligne de fortifications construite par l'architecte français Sébastien Le Prestre de Vauban (1633-1707), dont Namur fait partie. — *Salsines* : aussi orthographiée Salzinnes, l'abbaye se trouve à proximité de Namur.

Page 167.

1. *Blondel* : cette liste provient en partie de l'article « Fortification » de l'encyclopédie de Chambers, *Cyclopædia*. À l'article « fortification », Chambers détaille en particulier l'architecture militaire selon Vauban et selon Blondel (1618-1686), avec dessins à l'appui. Ici encore, c'est l'effet de liste plutôt que les références individuelles que recherche Sterne.

2. *Bibliothèque* : le parallèle entre la chevalerie pour Don Quichotte et la science des fortifications pour l'oncle Toby indique clairement toute la dimension chimérique de cette science. La référence est au chapitre 6 du Livre 1 de *Don Quichotte* : « De l'exacte et plaisante enquête que le curé et le barbier firent en la librairie de notre ingénieux gentilhomme » (*op. cit.*, p. 62 *sq.*).

3. Niccolò Fontana dit *Tartaglia* (1499-1557), mathématicien italien, auteur en particulier de travaux de balistique.

Page 168.

1. Les références à *Maltus* (Francis ou François Malthus, ingénieur anglais venu en France à la demande de Louis XIII), spécialiste de balistique et auteur en particulier d'une *Pratique de la guerre*, ainsi que les références à Galileo Galilei (1564-1642) et à Evangelista Torricelli (1608-1647), proviennent de Chambers.

2. *Latus rectum* : terme de géométrie des coniques pour désigner certaines lignes droites. Sterne a trouvé cette référence

dans Chambers, qui indique aussi l'équivalence avec *paramètre*, et dans l'article «paramètre» fait référence à la parabole et à l'hyperbole.

3. *Serpent* : référence à *Ecclésiastique* 21, 2 : «Fuyez le péché comme un serpent».

4. L'*humide radical* est une humeur qui est le principe de la vie.

CHAP. IV

Page 169.

1. *Cum grano salis* : avec un grain de sel.

Page 171.

1. Étienne *Ronjat* (1657-1737), médecin français de Guillaume III d'Angleterre.

CHAP. V

Page 172.

1. *Belle modération* : on notera le parallèle avec Jonathan Swift, *Le Conte du tonneau*, section IX : «Mais quand l'imagination d'un homme *enfourche* sa raison, quand la fantaisie est aux prises avec les sens, et que l'entendement et le bon sens élémentaires sont chassés du logis, le premier prosélyte qu'il fait c'est lui-même, et une fois cette étape franchie, il n'a guère de difficultés à en recruter d'autres ; une forte hallucination opérant tout aussi fortement de l'*extérieur* que de l'*intérieur*» (trad. G. Lamoine, Aubier-Montaigne, 1980, p. 211-212).

2. *L'esprit de mon oncle Toby* : ce traitement de la question de la durée renvoie directement à Locke et à l'*Essai* (voir ci-dessous, n. 1, p. 186).

3. *La Bourse* : le «Royal Exchange», centre du commerce de la ville de Londres, et où Walter Shandy, qui tient ses revenus du commerce avec la Turquie, se serait rendu régulièrement. On trouvera par exemple dans *The Spectator*, n° 69, une description de cette institution.

Page 173.

1. *James Butler* : Trim porte donc le même nom que James Butler, second duc d'Ormond (1665-1745), lord lieutenant

d'Irlande à deux reprises, et successeur du duc de Marlborough à la tête des armées en 1712. Il participa au siège de Namur.

Page 174.

1. *Landen* : bataille de 1693 où l'armée française infligea une lourde défaite aux armées de Guillaume III. La blessure au genou de Trim sera également l'objet de soins attentifs au volume IX. Elle annonce aussi la blessure de Jacques, dans le conte de Diderot, *Jacques le Fataliste*.

Page 176.

1. *Ichnographie* : plan ou carte d'un lieu.

2. *Polygone…* : Chambers, à l'article « fortification », propose un dessin d'un hexagone avec toutes les fortifications (et le vocabulaire technique) afférantes : Sterne s'est vraisemblablement appuyé sur cette page de la *Cyclopædia* pour ce passage.

Page 179.

1. *Épitase* : partie du poème dramatique qui, venant après la protase ou exposition, contient les incidents essentiels et le nœud de la pièce.

CHAP. VI

Page 181.

1. *Son* ***** : la question fait partie des débats qui opposent, au XVIIIe siècle, les obstétriciens et les sages-femmes.

2. *Aposiopèse* : figure de rhétorique qui marque une interruption abrupte du discours.

3. *Le Poco piu et le Poco meno* : un peu plus et un peu moins. Ces termes renvoient, en tout cas pour le premier, au langage artistique, dont on a pu montrer que Sterne le connaissait grâce à l'*Analyse de la beauté* de Hogarth.

CHAP. VII

Page 183.

1. Le désarmement du port de *Dunkerque* en 1713 fait partie des conditions qui mettent fin à la guerre de succession d'Espagne (traité d'Utrecht) (voir volume VI, chap. XXXIV).

2. La référence n'est pas à *Aristote*, mais à des textes publiés sous le titre de *Aristotle's Masterpiece*, et en particulier à une

section, *Aristotle's Book of Problems*, qui répond à toutes sortes de questions concernant la sexualité, l'accouchement, etc.

CHAP. VIII

Page 185.

1. *Toby a sonné* : c'est au début du chapitre VI du volume II que Toby propose de sonner pour savoir ce qui se passe à l'étage, mais il a été interrompu dans sa phrase au chapitre XXI du volume I.

Page 186.

1. *Idées* : dans l'*Essai*, Locke définit la durée à partir de la succession des idées : « la réflexion que nous faisons sur cette suite de différentes idées qui paroissent l'une après l'autre dans notre esprit, est ce qui nous donne l'idée de la *Succession*; & nous appelons *Durée* la distance qui est entre quelque partie de cette succession, ou entre les apparences de deux idées qui se présentent à notre esprit » (II, 14, 3, *op. cit.*, p. 135).

2. *Entre les actes* : les spectacles au XVIIIe siècle intégraient effectivement des divertissements musicaux entre les actes d'une pièce.

Page 187.

1. *Un nouveau chapitre* : de même que Tristram avait besoin d'un nouveau livre à la fin du volume I, on le voit fréquemment jouer avec la forme narrative des chapitres, ce jeu s'accentuant au fur et à mesure de la progression de l'ouvrage.

CHAP. IX

2. Les biographes de Sterne ont noté que le *docteur Slop* était une caricature d'un médecin obstétricien de York, John Burton. Le catholicisme de Slop fait partie des cibles de la raillerie de Sterne.

3. *Sesquipédalité* : le traducteur a choisi de copier le mot anglais « *sesquipedality* » qui vient du latin « *sesquipedalia verba* », expression utilisée par Horace pour désigner les mots d'un pied et demi. Il s'agit évidemment d'insister sur la rondeur de Slop.

4. *Horse-Guards* : régiment monté, chargé en particulier de la protection des bâtiments royaux.

5. Sterne renvoie fréquemment à l'*Analyse de la beauté* du peintre et dessinateur anglais William *Hogarth* (1697-1764), parue en 1753, où Hogarth préconise en particulier la simplicité du trait pour croquer une action. Rappelons que Hogarth est l'auteur des deux gravures de la première édition illustrée de *Tristram Shandy*.

Page 188.

1. Le mathématicien William *Whiston* (1667-1752) soutenait (à tort) que la comète de 1680 était la même que celle qui avait provoqué le Déluge, et plus généralement que les comètes revenaient à intervalles.

Page 189.

1. *Transubstancié* : référence ironique à la doctrine de la transsubstantiation, Slop étant catholique.

CHAP. X

Page 190.

1. *Le fantôme dans Hamlet* : le père de Hamlet apparaît à celui-ci à l'acte I, scène v.

2. *Majesté de la boue* : référence à Pope, *Dunciad*, II, v. 302.

Page 191.

1. Simon Stevin ou *Stevinus* (1548-1620), ingénieur et mathématicien hollandais, également spécialiste d'art militaire.

CHAP. XI

Page 192.

1. *Conversation* : cette définition de l'écriture selon Tristram explique le ton conversationnel, les adresses au lecteur, toute la posture de conteur du narrateur.

Page 193.

1. *Main obstétricale* : citation de Pope, *Dunciad*, IV, v. 393-394.

2. *Lucina* : épithète de Junon, qui préside à la naissance des enfants. Elle vient en particulier aider Myrrha à accoucher.

3. *Pilumnus* : dieu protecteur des nouveau-nés.

4. Cette liste identifie ironiquement les *instruments* d'obstétrique comme instruments de salut et de délivrance. La seringue

est la petite canule déjà mentionnée dans le mémoire aux docteurs de la Sorbonne qui permet le baptême *intra utero*.

CHAP. XII

Page 195.

1. Le dramaturge et critique John *Dennis* (1658-1734), célèbre pour sa détestation des jeux de mots.

2. *Du Cange* : Charles du Fresne, sieur du Cange (1610-1688), philologue et historien français. La référence et la discussion sur l'étymologie du mot « courtine » vient de la *Cyclopædia* de Chambers.

Page 196.

1. *Ouvrages à cornes* : en français dans le texte.

Page 197.

1. *Chirurgien-accoucheur* : en français dans le texte.

2. *Au chapitre cinq* : en fait au chap. II, p. 162.

Page 198.

1. *Litteræ humaniores* : humanités.

Page 200.

1. *Irascible humeur* : l'expression vient de Shakespeare, *Jules César*, acte IV, sc. III, v. 119-121.

CHAP. XIV

Page 201.

1. *Brutus et Cassius* : dans la pièce de Shakespeare, *Jules César*, acte IV, sc. II.

Page 202.

1. *Le fameux chariot* : Stevinus aurait construit un char à voiles pour Maurice de Nassau, prince d'Orange, auprès de qui il travaillait.

2. *Peireskius* : Nicolas-Claude Fabri de Peiresc (1580-1637), astronome et importante figure de la république des lettres.

Page 203.

1. *Tam citus erat...* : la traduction donnée par Toby est exacte. L'anecdote est rapportée par John Wilkins dans *Mathematicall Magick* (1648), t. II.

CHAP. XVII

Page 208.

1. *Attitude* : l'importance de la pose de Trim est marquée par l'illustration de Hogarth, introduite dans la deuxième édition de *Tristram Shandy*. De manière générale, la description des gestes a une importance considérable dans tout le roman, car ils appuient le langage et se substituent parfois à lui.

Page 209.

1. *Encyclopédie des arts et des sciences* : c'est là le titre de l'encyclopédie de Chambers. La remarque indique la dimension encyclopédique du roman de Sterne, qui s'approprie (et détourne) les modes de l'encyclopédie.

2. Pour Hogarth, la *ligne de beauté* est la ligne ondoyante qui introduit la variété dans le tableau : elle doit être tracée avec vivacité (*Analyse de la beauté*, chap. VII).

Page 210.

1. Le *sermon* ici reproduit a effectivement été prononcé par Sterne en 1750, publié immédiatement et intégré au recueil de sermons de Sterne.

Page 214.

1. *Devant nous* : citation du livre de la *Sagesse*, 9, 16.

2. *Bon* : ce paragraphe commente la première épître de l'apôtre Jean, 3, 20-21 : « Que si notre cœur nous condamne, que ne fera point Dieu qui est plus grand que notre cœur, et qui connaît toutes choses ? Mes bien-aimés, si notre cœur ne nous condamne point, nous avons de la confiance devant Dieu. »

Page 215.

1. *L'être* : voir n. 1, p. 210.

2. *L'Écriture* : l'idée de l'endurcissement de l'homme par le péché intervient en particulier au livre des *Proverbes* 28, 14 et au livre des *Hébreux*, 3, 13.

3. *Ténèbres* : cette expression biblique se trouve dans de nombreux textes, par exemple dans le *Deutéronome*, 5, 22, ou dans les *Psaumes* 97, 2.

NOTES 975

Page 217.

1. *Réveillé* : premier livre des *Rois*, 18, 27.

Page 218.

1. *Sept* : contrairement aux catholiques qui reconnaissent sept sacrements, les anglicans n'en comptent que deux (baptême et communion).

Page 219.

1. *Planètes* : dans le système ptolémaïque, on comptait effectivement sept planètes.

2. *Devant moi* : paraphrase de la parabole du pharisien et du publicain, Luc, 18, 9-14.

Page 220.

1. *Lettre de la loi* : référence à l'épître de Paul aux *Romains*, 2, 13, et 7, 6 ainsi qu'à la seconde épître aux *Corinthiens* 3, 6, où la lettre est opposée à l'esprit.

Page 221.

1. *Par-dessus tout* : référence au livre de Jérémie, 17, 9.

2. *Paix* : référence au livre de Jérémie 6, 14.

Page 222.

1. *David* : premier livre de Samuel, 24, 4-5.

2. *Urie* : David exigea qu'Urie, le mari de Bethsabée, fût tué pour qu'il puisse épouser celle-ci. L'histoire figure au deuxième livre de Samuel, 11.

3. *Nathan* : l'histoire de David et Nathan figure au chap. 12 du deuxième livre de Samuel.

Page 223.

1. *Tu auras confiance en Dieu* : citation de la première épître de l'apôtre Jean, 3, 21 ; voir ci-dessus n. 2, p. 214.

Page 224.

1. *Tour* : ce paragraphe fusionne plusieurs passages de l'*Ecclésiastique*.

2. *Temple* : l'église connue sous le nom de Temple Church.

Page 225.

1. *Corps de Garde* : en français dans le texte.

Page 226.

1. *Coup de main* : en français dans le texte.
2. *Tables* : sur lesquelles sont inscrits les dix Commandements.

Page 229.

1. *Religion* : les rites religieux.
2. *Soleil* : *Ecclésiaste*, 5, 12.

Page 230.

1. *Saint-errant* : variation sur le chevalier errant, destinée à souligner l'imposture de l'Église catholique.

Page 232.

1. *Portugal* : référence à l'Inquisition dans ce pays.

Page 233.

1. *Fruits* : Évangile selon saint Matthieu, 7, 20.

Page 234.

1. *Cadi* : juge.

Page 235.

1. *Éloquence* : selon Sterne, la qualité première des sermons est de procéder du cœur et non de la tête, idée sur laquelle il revient au volume IV, chapitre XXVI. C'est pourquoi Trim a le cœur gros en lisant ce sermon.

Page 238.

1. *Terre* : allusion au fantôme dans *Hamlet*.
2. *Sermons* : rappelons que Sterne publie ses sermons sous le nom de Yorick.

CHAP. XVIII

Page 239.

1. *En Soveraines* : *sic* et en français dans le texte.

CHAP. XIX

Page 240.

1. *Scène* : Sterne construit également le monde de Shandy Hall sous les espèces d'une scène de théâtre.

Page 241.

1. *Enfance* : allusion à la tirade de Jacques dans *Comme il vous plaira* de Shakespeare (acte II, sc. VII, v. 139 *sq.*).

2. *In infinitum* : à l'infini.

3. *Disloquées* : expression utilisée par Hamlet pour parler du temps : « Le temps est disloqué » (acte I, sc. V, v. 185).

Page 242.

1. *Sorite* : argument paradoxal. Zénon de Cition (335-264 av. J.-C.) est le fondateur de l'école stoïque. Chrysippe est un philosophe stoïcien (281-205 av. J.-C.), disciple de Zénon.

2. *Ruiné* : les éditeurs de l'édition Florida identifient cet emprunt à George Berkeley, « Essay Towards Preventing the Ruin of Great-Britain ».

3. *Veut* : Shakespeare, *Roméo et Juliette*, acte V, sc. I, v. 75.

Page 244.

1. Pour Descartes, la *glande pinéale* est le siège de l'âme. Les remarques de Walter ne viennent pas d'une lecture de Descartes, mais de la consultation de Chambers.

Page 245.

1. Joseph Francis *Borri*, médecin et charlatan italien (1627-1695) célèbre pour ses théories hérétiques. Le prénom dont l'affuble Tristram signifie « très couillon ». Borri trouva un moment refuge au Danemark, d'où vient le médecin Thomas Bartholine (*Bartholin* en anglais) (1616-1680).

2. *Metheglingius* : nom inventé par Sterne pour railler la distinction entre *animus* (l'esprit) et *anima* (l'âme).

3. *Medulla oblongata* : bulbe rachidien.

Page 246.

1. *Sept sens* : on ajoutait parfois la parole et l'entendement aux cinq sens traditionnels.

2. *Causa sine quâ non* : condition indispensable.

Page 247.

1. *De Partu difficili* : invention de Sterne, comme l'explique la note de Sterne lui-même, qui provient elle-même d'un texte de John Burton, *A Letter to William Smellie, MD* [*Medical Doctor*] de 1753 sur les accouchements.

2. *Avoir-du-poids* : système de mesure des masses utilisé en Grande-Bretagne pour certaines marchandises.

Page 248.

1. *Secourez-nous* : citation de Shakespeare, *Hamlet*, acte I, sc. IV, v. 130 : « Anges et ministres de la grâce, secourez-nous ! »

2. *Par les pieds* : référence à une discussion que l'on trouve également dans les œuvres de Burton.

Page 249.

1. *Césarienne* : le paragraphe est emprunté à Chambers.

Page 252.

1. *Le sage Alquise*, ami d'Urgande, apparaît dans *Don Quichotte*. — *Don Bélianis de Grèce* : auteur de l'un des poèmes dédicatoires à Don Quichotte, et héros d'un roman de chevalerie qui se trouve dans la bibliothèque de Don Quichotte. — *Urgande* la méconnaissable, fée amie d'Amadis de Gaule, à qui le premier poème de *Don Quichotte* est adressé. Le premier ouvrage sur lequel tombent le curé et le barbier dans la bibliothèque de don Quichotte est *Amadis de Gaule*.

VOLUME III

PAGE DE GARDE

Page 255.

1. Avec le volume III, Sterne publie son roman chez Dodsley, où il avait fait paraître la réédition des deux premiers volumes. La citation est de John de Salisbury, évêque de Chartres au XIIe siècle, et signifie : « Je ne crains pas l'opinion des foules ignorantes ; je leur demande simplement d'épargner ma petite œuvre où j'ai toujours voulu passer de l'humour au sérieux et du sérieux à l'humour. »

CHAP. Ier

Page 258.

1. *Chapitre des souhaits* : finalement jamais écrit...

CHAP. II

Page 259.

1. *Un foulard des Indes* : de tissu indien.

Page 260.

1. Le peintre Joshua *Reynolds* (1723-1792), président de la Royal Academy de 1768 jusqu'à sa mort, est l'un des plus grands portraitistes du XVIIIe siècle. Ses conférences sur la peinture, publiées sous le titre *Discourses on Art*, sont des contributions théoriques importantes. Le portrait de Sterne par Reynolds date de 1760.

CHAP. IV

Page 261.

1. *Vous froissez l'autre* : le thème du costume permet à Tristram de développer l'idée du rapport entre l'esprit et le corps, essentielle pour le roman, en même temps que de broder une lignée d'auteurs costumés. Swift joue aussi de la métaphore du vêtement dans *Le Conte du tonneau* : « la religion n'est-elle pas un *manteau*, l'honnêteté une *paire de souliers*, usés dans la saleté, l'amour de soi un *surtout*, la vanité une *chemise* et la conscience une *paire de culottes* qui, couvrant aussi bien la lubricité que l'obscénité, s'ôte en glissant aisément pour satisfaire les deux ? » (Jonathan Swift, *Le Conte du tonneau, op. cit.*, p. 140).

Page 262.

1. *Montaigne* : les noms dans cette liste proviennent de l'article « Stoïques » de l'encyclopédie de Chambers. Sterne y ajoute Montaigne, l'une des références importantes pour le roman.

2. *Ces neuf derniers mois* : il s'agit des neuf mois écoulés depuis la publication des deux premiers volumes. La durée est symbolique dans le contexte d'un roman sur la naissance.

3. *Critiques mensuels* : la réception des deux premiers volumes de *Tristram Shandy* avait été très bonne. C'est en revanche la réception des sermons qui avait été mitigée, certains chroniqueurs reprochant à Sterne l'utilisation du nom de Yorick.

Page 263.

1. *Tous les deux* : cette scène sentimentale, qui souligne la grandeur d'âme de Toby, était parfois citée au XVIIIe siècle en exemple.

CHAP. V

Page 264.

1. *Scarlatti d'Avison* : les concertos de Domenico Scarlatti furent publiés en Angleterre par Avison.

CHAP. VII

Page 267.

1. *Hymen* : Hyménaeos était le dieu qui conduisait le cortège nuptial.

CHAP. VIII

Page 268.

1. *Cabal-istique* : jeu de mots sur l'étymologie du mot « cheval ».

CHAP. X

Page 270.

1. En 1685, le duc de *Monmouth* (1649-1685), fils illégitime de Charles II, tenta de renverser son oncle, le roi Jacques II, parce qu'il s'était converti au catholicisme. Il fut exécuté pour rébellion.

Page 272.

1. *Cervantesque* : voir volume I, chap. XII, où le ton de Yorick est rapporté également à Cervantès.

Page 273.

1. *Excommunication* : le texte de cette excommunication date du XIIe siècle et est effectivement dû à l'évêque de Rochester. Il fut à nouveau publié en Angleterre au XVIIIe siècle, dans une période où les sentiments anti-catholiques étaient particulièrement forts.

CHAP. XI

Page 277.

1. *Dathan* et *Abiram* : le chapitre 16 du livre des *Nombres* raconte la rébellion de certains chefs contre Moïse, dont Dathan et Abiram. Ils moururent engloutis par la terre qui s'est ouverte sous leurs pieds.

Page 279.

1. *Que la louable troupe...* : Sterne ne traduit pas cette phrase, ajoutée par le traducteur.

Page 281.

1. *Minime* : moitié d'une semi-brève en musique.

Page 283.

1. Marcus Terentius *Varro* (116-27 av. J.-C.), écrivain latin, qui figure dans la liste des stoïques données par Tristram plus haut. La référence vient ici de l'*Anatomie de la mélancolie* de Burton (3, 4, 1, 3 ; *op. cit.*, t. 3, p. 1722-1723 : « Hésiode calcule qu'il existe au moins 30 000 dieux, Varron 300 Jupiter différents »).

Page 285.

1. *Cid Hamet* Benengeli est le chroniqueur des aventures de Don Quichotte dans le roman de Cervantès.

CHAP. XII

Page 286.

1. David *Garrick* (1717-1779), célèbre acteur anglais du XVIIIe siècle. Il s'agit du monologue de *Hamlet* que certains critiques accusaient Garrick de ne pas dire correctement.

Page 287.

1. *Ce nouveau livre* : il s'agit bien évidemment de *Tristram Shandy* dont le narrateur se vante qu'il est fait « sans suivre de règle » (volume IV, chap. x).

2. René Le *Bossu* (1631-1680), auteur en particulier du *Traité du poème épique* (1693), qui se tourne vers les Anciens pour en décliner les principes.

3. *Pyramide* : dans tout le passage qui suit, Tristram emprunte à Reynolds — dans une lettre au périodique *The Idler* 76 (1759) — son ironie à l'endroit du connaisseur à peine rentré d'Italie, à la fois dans la description de la pyramide et dans la liste des peintres et de leurs qualités. À cette liste, Sterne rajoute Titien, Rubens et Corrège.

Page 288.

1. *Apollon* : le dieu était aussi dieu des arts.

2. *Mercure* : le dieu romain était aussi dieu de la science.

3. *Poisson de Dieu* : blasphème courant.

Page 289.

1. Le code de *Justinien* est la plus importante compilation de droit romain. Elle est l'œuvre d'une commission présidée par Tribonien.

CHAP. XIII

Page 291.

1. *L'année 10* : la ville de Lille fut en fait prise en 1708.

CHAP. XIV

Page 292.

1. *In petto* : en secret.

2. *Philippique* : la deuxième philippique de Cicéron, prononcée contre Marc Antoine.

CHAP. XVII

Page 295.

1. *À déterminer* : ce point était débattu dans les traités d'obstétrique de l'époque.

CHAP. XVIII

Page 296.

1. *Pantoufles* : en français dans le texte ; ces remarques vestimentaires font partie de la mise en scène du narrateur.

Page 297.

1. *Modes simples* : ce passage s'appuie sur l'*Essai* de Locke, livre II, chapitre 14, § 3. (Voir volume II, chap. VIII, n. 1, p. 186.

2. *Nos idées* : l'humour de la scène tient. dans le fait que Toby, qui se désintéresse des idées centrales de la philosophie de Locke, tombe accidentellement sur la définition de la durée.)

Page 299.

1. *Préconception* : citation, avec quelques embellissements narratifs, de l'*Essai* de Locke, Livre II, chap. 14, § 3.

2. *Succession de nos idées* : citation de Locke, livre II, chap. 14, § 19.

Page 300.

1. *'Lanterne* : citation de Locke, *Essai*, livre II, chap. 14, § 9.

CHAP. XIX

2. *Lucien* de Samosate (v. 120-v. 180), satiriste grec, auteur en particulier de l'*Histoire véritable*. Avec Rabelais et Cervantès, il incarne la tradition satirique à laquelle appartient également Sterne.

CHAP. XX

Page 301.

1. Le siège de *Messine* en Sicile eut lieu en 1719, c'est-à-dire un an après le temps de l'action. Il s'agit d'une autre instance des jeux de Sterne avec la temporalité, mêlant le temps des événements et le temps de la narration.

Page 302.

1. *Préface de l'auteur* : de la même façon, dans le *Voyage sentimental*, Sterne déplace la préface, prétextant trouver enfin le temps de l'écrire.

2. *Agélaste* : mot inventé par Rabelais pour désigner celui qui ne rit jamais, c'est pourquoi il ne peut savoir ce qu'est l'esprit.

3. Lié au mythe de Déméter, *Triptolème* parcourt le monde en semant des grains de blé. Il est aussi le juge des morts, ce qui explique peut-être la mention de son nom dans un contexte où il est question de jugement. — *Phutatorius* : personnage fictif dont le nom signifie « copulateur ».

4. *Esprit et jugement* : pour Locke, les deux opérations sont effectivement séparées. L'esprit assemble les idées, alors que le jugement les distingue (volume II, chap. 11, § 2, p. 109).

Page 303.

1. *Didius* : juriste fictif, qui apparaît pour la première fois au chap. III du volume I. Son ouvrage majeur signifie : « Des illusions du pet et illustrations ».

2. L'adresse aux *critiques* est l'un des thèmes majeurs de *Tristram Shandy*, dont on trouve chez Rabelais de nobles antécédents. Dans *Le Conte du tonneau*, Swift s'adresse de la même

façon aux critiques, et introduit une « digression sur les critiques ».

3. Ces noms sont tous fictifs, et ont pour sens, respectivement, monopole, baise-cul, ventripotent et dormeur.

Page 304.

1. *Dehors* : voir Rabelais, *Tiers Livre*, chap. 31 (*op. cit.*, p. 442) : « contemplez la forme d'un homme attentif à quelque estude : vous voiez en luy toutes les artères du cerveau bendées comme la chorde d'une arbaleste pour luy fournir dextrement espritz suffisans à emplir les ventricules du sens commun, de l'imagination et appréhension, de la ratiocination et résolution, de la mémoire et recordation, et agilement courir de l'un à l'aultre par les conduictz manifestes en anatomie sus la fin du retz admirable onquel se terminent les artères... De mode que en tel personnaige studieux, vous voirez suspendues toutes les facultéz naturelles, cesser tous sens extérieurs, brief vous le jugerez n'estre en soy vivent, estre hors soy abstraict par ecstase... ».

Page 305.

1. *Nouvelle-Zemble* : archipel de l'Arctique.

Page 306.

1. *Secourez-nous* : citation de *Hamlet*, acte I, sc. IV, v. 39. (Voir volume II, chap. XIX, n. 1, p. 248.)

2. *Asiatique* : ce trajet imaginaire le mène jusque chez les Tartares, entre la mer Caspienne et l'océan Pacifique.

Page 308.

1. *Le monde entier* : toute cette dissertation sur l'influence du climat sur le tempérament fait partie des idées reçues du siècle, en Angleterre comme en France.

2. Parfois considéré comme un auteur unique, la *Suidas* est une encyclopédie grecque. Cette référence et la mention de l'induction dialectique, reconnue par Suidas, viennent de Chambers.

Page 309.

1. *Esculape* : dieu de la médecine dans l'Antiquité.

Page 310.

1. Les noms de *John O' Nokes* et de *Tom O' Stiles* sont utilisés fréquemment pour désigner deux adversaires au tribunal.

Page 311.

1. *Chaise de canne* : voir Rabelais, *Tiers Livre*, chap. 16 (*op. cit.*, p. 384) : « Que nuist sçavoir tousjours et tousjours apprendre, feust-ce d'un sot, d'un pot, d'une degoufle, d'une moufle, d'une pantoufle ? »

2. *Cette question de l'esprit et du jugement* : Tristram mentionne initialement ces deux concepts comme deux composantes de son livre ; il rappelle que pour Locke il s'agit de deux facultés séparées, l'une (l'esprit) permettant de distinguer les idées tandis que l'autre (le jugement) les assemble, en cela semblables au hoquet et au pet. Pour analyser ce qui les oppose, l'exemple de la chaise sur laquelle il est assis lui permet de les comparer aux deux boules qui surplombent le dossier, afin de clarifier leur indépendance en même temps que leur nécessaire complémentarité. S'il se démarque ici de Locke, ce n'est pas par différend doctrinal, par goût de la querelle philosophique, mais avant tout pour répondre aux anti-shandéens qui trouvaient trop peu de jugement dans l'attitude de Sterne.

Page 314.

1. *Affranchir le monde...* : c'est effectivement l'ambition de Locke.

2. *Magna Carta* : la Grande Charte fonde les libertés et les principes constitutionnels de l'Angleterre.

CHAP. XXI

Page 316.

1. La tonalité de ce paragraphe est clairement morale et religieuse (les éditeurs de l'édition Florida suggèrent une influence de John Norris, *Practical Discourses Upon Several Divine Subjects*, 1693), Sterne exploitant ici comme en d'autres endroits du roman le contraste avec la cause de cette lamentation (le gond mal huilé).

CHAP. XXII

Page 318.

1. *Marston Moor* : cette bataille eut lieu pendant la guerre civile anglaise, non loin de la ville de York, le 2 juillet 1644, et vit la défaite des forces royalistes.

CHAP. XXIV

Page 323.

1. Marcus *Pacuvius* (v. 220-v. 130 av. J.-C.), l'un des grands auteurs tragiques latins. — *Bossu* : voir plus haut, chap. XII, n. 2, p. 287. — *Ricaboni* : Luigi ou Louis Riccoboni, dit Lélio (1676-1753), comédien, directeur de théâtre, et critique italien.

2. *Vis à vis* : en français dans le texte ; petite voiture à deux places.

Page 326.

1. *Béliers* : toutes les informations qui suivent sur le vocabulaire militaire proviennent de Chambers, y compris la référence à l'historien Marcellinus (environ 330-395). Alexandre fit le siège de Tyr en 332 av. J.-C.

CHAP. XXV

Page 327.

1. Giulio *Alberoni* (1664-1752), cardinal italien, premier ministre espagnol, dont les intrigues pour placer Philippe V sur le trône de France furent déjouées par l'alliance entre le Régent et l'Angleterre.

Page 329.

1. La ville de *Spire*, en Rhénanie, est complètement détruite par les troupes de Louis XIV en 1689 lors des guerres de succession du palatinat. — *Brisach* : aussi connue sous le nom de Breisach, cette ville d'Allemagne fut fortifiée par Vauban.

2. *Marquis de L'Hospital* : Guillaume François Antoine de L'Hôpital (1661-1704) était un mathématicien français, Jacques *Bernouilli* (1654-1705), un mathématicien suisse, et les *Act. Erud. Lips. an. 1695*, une revue scientifique publiée à Leipzig sous le titre *Acta Eruditorium*. Ces informations proviennent de la même phrase de l'article « Bridge » de Chambers.

CHAP. XXIX

Page 333.

1. *Longitude* : ce n'est qu'au XVIIIe siècle que l'on commence à déterminer la longitude avec précision.

CHAP. XXXII

Page 337.

1. *Ennasin* : île imaginaire où débarque Pantagruel au chap. 9 du *Quart Livre*. Ennasin signifie « nez coupé » : « Les hommes et femmes ressemblent aux Poictevins rouges, exceptez que tous, hommes, femmes, et petitz enfans ont le nez en figure d'un as de treuffles. Pour ceste cause, le nom antique de l'isle estoit Ennasin » (*op. cit.*, p. 561-562).

CHAP. XXXIV

Page 341.

1. *Ex confesso* : de son propre aveu.
2. *Pomme* : Locke explique dans le *Second Traité sur le gouvernement civil* que la propriété peut exister dans l'état de nature, si l'homme mêle son travail aux fruits de la nature.
3. *Tribonien* : voir volume III, chap. XII, n. 1, p. 289.

Page 342.

1. *Louis* et *Des Eaux* : comme cela a déjà été noté par d'autres éditeurs, la mention de Louis XIV et celle de « Des Eaux », ainsi que les autres noms, proviennent d'une liste qui figure à l'article « Code » de l'encyclopédie de Chambers. Il s'agit du code des eaux, et non d'un personnage qui porterait ce nom.

CHAP. XXXV

Page 344.

1. *Bruscambille* : nom de scène pour la farce du comédien Jean Gracieux (1575-1634), auteur en particulier de *Prologues tant sérieux que facétieux* (1610).

Page 345.

1. *Votre Honneur...* : Tristram est coutumier de ces adresses au lecteur.

2. *Prignitz* : le nom ne semble pas devoir renvoyer à autre chose qu'une région d'Allemagne : il s'agit probablement d'une invention de Sterne, de même que le nom de Scroderus. — *Parœus* : il s'agit du médecin français Ambroise Paré (1509-1590). Sterne renvoie au roi François IX : il s'agit bien entendu de Charles IX. — Guillaume *Bouchet* (1513-1594) était un libraire, imprimeur et écrivain français, auteur de *Sérées*, publiées entre 1584 et 1598, qui se présentent sous la forme de comptes rendus de trente-six soirées. Ces soirées sont peut-être le fruit de ses lectures et de sa composition plus que le compte rendu fidèle de conversations. Ces deux références, comme l'ont noté les éditeurs de l'édition Florida, proviennent d'une note de John Ozell à la traduction anglaise de *Gargantua*. — *Slawkenbergius* : auteur fictif, dont une partie des œuvres est publiée au début du Livre IV.

CHAP. XXXVI

3. *Pamphagus* et *Coclès* : personnages du colloque d'Érasme, « La Chasse aux bénéfices ».

Page 346.

1. *Tappecoue* : Rabelais, *Quart Livre*, chap. 13 : « La poultre toute effrayée se mist au trot, à petz, à bonds, et au gualot, à ruades, fressuratdes, doubles pedales, et petarrades : tant qu'elle rua bas Tappecoue, quoy qu'il se tint à l'aube du bast de toutes ses forces » (*op. cit.*, p. 576-577).

2. *Ab. urb. con.* : *ab urbe condita*, soit l'origine de la datation dans le système romain. On ne donnera donc pas ici la date de la deuxième guerre punique.

3. *Lisez* : l'injonction répétée fait partie de la définition de la chimère du lecteur.

4. *Paraleipomenon* : mot grec signifiant les choses omises. Il s'agit aussi du nom grec du livre des *Chroniques* de la Bible.

5. La *page marbrée*, dans l'édition originale de *Tristram Shandy*, est unique sur chaque exemplaire. Il s'agit d'une peinture, en couleur, figurant le papier qui se trouve à l'intérieur des reliures des livres de l'époque. Pliée pour s'intégrer au texte, cette page marbrée renvoie ainsi à la structure matérielle du livre tout entier.

CHAP. XXXVII

Page 349.

1. *Pœniteat* : citations du colloque d'Érasme, « La Chasse aux bénéfices ». La traduction exacte des répliques est : « Ce nez ne me déplaît pas » et « Il n'y a pas de raison pour qu'il te déplaise ».

CHAP. XXXVIII

Page 350.

1. *Disgrazias* : mésaventures.

Page 351.

1. George *Whitefield* (1714-1770), figure centrale du méthodisme.

Page 353.

1. *Institutes* : textes juridiques.
2. *Silésie* : région d'Europe centrale.
3. Selon Chambers, où Sterne a trouvé l'information, les Tartares de *Crimée* brisent le nez de leurs enfants, se refusant à avoir le nez devant les yeux.

Page 354.

1. Sterne a vraisemblablement trouvé le récit de cette opération à l'article « Nose » de Chambers, ainsi que certains des détails concernant la structure du nez.

Page 355.

1. *Ad mensuram suam legitimam* : à sa propre taille.

Page 357.

1. *Ponocrates* et *Grandgousier* : au chap. 40 de *Gargantua*, Gargantua demande à Grandgousier : « Pourquoy... est-ce que Frere Jean a si beau nez ? — Parce (respondit Grandgousier) que ainsi Dieu l'a voulu, lequel nous faict en telle forme et telle fin, selon son divin arbitre, que faict un potier ses vaisseaulx. — Par ce (dist Ponocrates) qu'il feut des premiers à la foyre des nez. Il print des plus beaulx et plus grands. — Trut avant (dist le moine). Selon vraye philosophie monasticque c'est parce que ma nourrice avoit les tetins moletz : en la laictant, mon nez y

enfondroit comme en beurre, et là s'eslevoit et croissoit comme la paste dedans la met. Les durs tetins de nourrices font les enfants camus » (*op. cit.*, p. 119-120). On reconnaît la source de la théorie d'Ambroise Paré ci-dessus.

CHAP. XL

Page 359.

1. Dans l'apologie de Raymond Sebond, Montaigne, s'attarde sur la question du raisonnement des animaux et en particulier des chiens (II, 12, *op. cit.*, p. 462 *sq.*).

2. *Medius terminus* : proposition moyenne.

3. Ce paragraphe s'appuie sur Locke, *Essai*, IV, 17, § 18.

CHAP. XLI

Page 360.

1. *Papier à fil* : « *thread-paper* », papier à embobiner le fil.

CHAP. XLII

Page 364.

1. C'est aussi la dimension encyclopédique de Slawkenbergius qui apparaît ici.

VOLUME IV

PAGE DE GARDE

Page 367.

1. Publié en même temps que le volume III, le volume IV reprend la même page de garde.

CONTE DE SLAWKENBERGIUS

Page 369.

1. La ville de *Strasbourg* est prise par Louis XIV en 1681.

Page 377.

1. *Sainte Radegonde* (519-587), reine des Francs et fondatrice du monastère Sainte-Croix de Poitiers.

Page 381.

1. *La reine Mab* : personnage mentionné dans une tirade de

l'acte I, sc. IV, v. 53-92, de *Romeo et Juliette* de Shakespeare (trad. J.-M. Déprats, «Bibliothèque de la Pléiade», t. I) : «Parmi les fées, c'est l'accoucheuse, et elle vient, / Pas plus grosse qu'une pierre d'agate / À l'index d'un échevin, / Traînée par un attelage de petits atomes, / Se poser sur le nez des hommes quand ils dorment».

2. *Quedlinberg* : ville de Saxe-Anhalt.

Page 382.

1. Le *Tiers-Ordre de Saint François* désigne les personnes vivant dans le monde, laïcs ou prêtres, qui suivent l'exemple de saint François d'Assise. — Les Filles du *Calvaire* sont une congrégation bénédictine fondée en 1617 à Poitiers, puis transférée à Paris. — *Prémontrées* : ordre fondé au XIIe siècle, qui suit la règle de saint Augustin. — *Clunistes* : l'ordre bénédictin de Cluny a été fondé en 909. Odon de Cluny fut le second abbé de Cluny, de 926 à 942. — *Chartreuses* : relevant de l'ordre des Chartreux, fondé au XIe siècle.

2. Le feu de *saint Antoine* est le nom courant de l'ergotisme, maladie de la peau, provoquée par l'ergot du seigle. C'est l'une des explications médicales de la sorcellerie. — La légende de *sainte Ursule* et des onze mille vierges veut que sainte Ursule ait été tuée par les Huns ainsi que les onze mille vierges qui l'auraient accompagnée.

Page 383.

1. C'est à la fin du XVIe siècle que la ville de Strasbourg adopte la doctrine de *Luther*.

Page 385.

1. *Chrysippe* : voir p. 242, n. 1. — *Crantor* : philosophe qui enseignait la doctrine de Platon au IVe siècle avant J.-C.

Page 386.

1. *Faculté* : il s'agit évidemment de la faculté de médecine.

Page 389.

1. *Petitio principii* : pétition de principe, raisonnement fallacieux.

2. *Stagnation du sang* : cette définition de la mort provient

de Chambers, comme la plupart des remarques médicales de ce passage.

Page 390.

1. *Ex mero motu* : expression juridique signifiant « par sa propre volonté ».

Page 391.

1. *Martin Luther* : cette discussion provient du dictionnaire de Bayle, article « Luther ». La citation latine est également donnée par Bayle et partiellement traduite par la lecture de Walter.

2. *Vid. Idea.* : après s'être appuyé sur Chambers pour proposer une parodie de discours médical, Sterne offre une parodie du langage juridique. Les éditeurs de l'édition Florida notent à juste titre que l'inspiration en est rabelaisienne, dans les jugements du juge Bridoye (*Tiers Livre*, chap. 39-42).

Page 394.

1. *Alexandrie* : la bibliothèque d'Alexandrie est considérée comme la plus importante du monde antique.

2. *Un bonnet carré* : mortier, porté par les universitaires en costume d'apparat.

Page 395.

1. *Contradictions* : la puissance de Dieu ne souffre pas de contradiction.

2. *Cinq* : voir Descartes, « Première méditation » : « Et même, comme je juge quelquefois que les autres se méprennent, même dans les choses qu'ils pensent savoir avec le plus de certitude, il se peut faire qu'il ait voulu que je me trompe toutes les fois que je fais l'addition de deux et de trois, ou que je nombre les côtés d'un carré, ou que je juge de quelque chose encore plus facile, si l'on se peut imaginer rien de plus facile que cela. »

Page 397.

1. Ces noms de sectes sont évidemment parodiques, et complètent la référence rabelaisienne à l'oracle de la dive bouteille (*Tiers Livre*, chap. 47).

Page 398.

1. Catégories de la poétique d'*Aristote*, revues par la tradition. La catastrophe est ce qui amène la conclusion d'une pièce,

la péripétie est le changement de direction d'une tragédie, la protase constitue la première partie d'une pièce, l'épitase est la partie de la pièce où se noue l'action, la catastase est intercalée entre épitase et catastrophe.

Page 401.

1. *Valladolid* : Diego de Valladolid est un personnage du *Don Quichotte* de Cervantès.

CHAP. III

Page 411.

1. *Makay* : il s'agit du général Hugh Mackay, revenu en Hollande pour prêter main forte aux forces opposées aux armées françaises, et tombé à Steinquerque (voir volume V, chap. XXI).

CHAP. VI

Page 415.

1. *Transition* : Sterne emprunte ici au vocabulaire musical pour souligner l'importance du mouvement, de la transition, de l'éphémère.

CHAP. VII

2. Ces premières phrases sont empruntées au sermon de Sterne n° 34, « Trust in God ».

Page 416.

1. *École d'Athènes* : célèbre fresque de Raphaël, qui fait partie des *Stanze* du Vatican.

CHAP. VIII

Page 417.

1. *Ressort secret* : la référence provient du sermon déjà cité, « Trust in God », comme le note l'édition Florida.

Page 418.

1. *George ou Edward* : le roi George III et son frère Edward.

CHAP. X

Page 421.

1. Principe de l'écriture sternienne, sur lequel Tristram revient à plusieurs reprises au cours de la narration.

2. *Longin* : l'auteur du traité sur le sublime ne fait pas directement allusion à l'incendie du temple de Diane à Éphèse, la nuit de la naissance d'Alexandre, histoire répandue dans l'Antiquité. Une note du traducteur anglais, indiquée par l'édition Florida, rappelle que Plutarque condamne cette description chez Hégésias, soulignant que la froideur de l'expression aurait suffi à éteindre le temple. C'est à cette note que Sterne fait ici allusion.

3. *Avicenne* : philosophe et médecin arabe (980-1037). — Fortunio *Licetus* (1577-1657), médecin et philosophe.

Page 422.

1. *De omni scribili* : de tout ce qui est écrit.

2. *Enfans celebres* : tout le passage et les références proviennent de l'ouvrage d'Adrien Baillet (1649-1706), *Des Enfants devenus célèbres par leurs études et par leurs écrits*, publié à Paris en 1688. La note est en français dans le texte.

CHAP. XII

Page 424.

1. Au début du livre de *Job*, celui-ci possède, entre autres, cinq cents ânesses.

CHAP. XIII

Page 426.

1. *Lire* : le paradoxe déjà noté du rapport entre le temps de l'écriture et le temps de la vie, celle-là faisant partie de celle-ci, produit l'humour du paradoxe.

Page 427.

1. *Horace* : référence au « *medias res* » d'Horace, déjà aperçu au début du roman (volume I, chap. IV).

2. *Année* : c'est effectivement, à ce stade, le rythme de publication de *Tristram Shandy*.

CHAP. XIV

Page 429.

1. *Mon propre nom* : le fait que Tristram reçoive son nom du curé a conduit certains critiques à suggérer une filiation entre celui-ci et Tristram.

CHAP. XV

Page 431.

1. *Manteau* : référence à *Don Quichotte*, livre II, chap. 68 (*op. cit.*, p. 1016) : « Dieu bénisse celui qui inventa le sommeil, manteau qui couvre toutes les humaines pensées, aliment qui ôte la faim, eau qui fait fuir la soif, feu qui réchauffe le froid et froid qui modère la chaleur, enfin, monnaie générale, avec laquelle l'on achète toutes choses ! »

Page 432.

1. *Montaigne* : référence au chapitre « De l'experience » (*Essais*, III, 13) : « Ils jouyssent les autres plaisirs comme ils font celluy du sommeil, sans les cognoistre. À celle fin que le dormir mesme ne m'eschapat ainsi stupidement, j'ay autresfois trouvé bon qu'on me le troublat pour que je l'entrevisse. »

Page 432.

1. *Côté de la Verité* : citation de Baillet, à l'article « Liceti ».

CHAP. XVII

Page 435.

1. *Mystères* : Tristram reprend la même formule au chap. XXII du volume IX. Les éditeurs de l'édition Florida montrent que la formule se retrouve également dans certains sermons de Sterne et qu'elle provient des *Practical discourses* de Norris et de l'*Essai* de Locke (IV, 22).

Page 436.

1. *Solon* : législateur athénien des VIIe-VIe siècles av. J.-C. — *Lycurgue* (800-730 av. J.-C.), législateur de Sparte.

CHAP. XIX

Page 439.

1. *Péchés* : allusion au livre de l'*Exode*, 20, 5.

2. *Enfant de la colère* : expression biblique qui renvoie au fait que tous les enfants naissent dans le péché.

Page 440.

1. *Envoyés au diable* : tout le passage s'appuie sur les principes de la médecine médiévale et sur la théorie des humeurs,

souvent invoquée dans la littérature satirique : Cyrano de Bergerac explique par exemple dans les *États et empires du soleil* que c'est grâce à l'équilibre entre chaleur radicale et humide radical qu'il n'est pas consumé par le soleil lors de son voyage vers cet astre.

CHAP. XX

Page 442.

1. *Évêque* : plusieurs éditeurs ont noté l'allusion probable à l'évêque William Warburton (1698-1779). Sterne cite son grand ouvrage, *The Divine Legation of Moses*, au chap. VIII du volume IX. Warburton, à l'origine enthousiaste à l'égard de *Tristram Shandy*, perdit progressivement patience avec l'ouvrage, ainsi qu'avec son auteur qui ne suivait pas ses conseils moraux.

2. *Sorbonne* : voir volume I, chap. XX.

CHAP. XXI

Page 443.

1. *Menagiana* : Gilles Ménage (1613-1692), grammairien français, dont les propos ont été recueillis après sa mort sous le titre de *Menagiana*.

Page 444.

1. *Sidrach, Misach, Abdenago* : dans le livre biblique de Daniel, trois amis de Daniel sauvés du bûcher babylonien.

CHAP. XXII

Page 445.

1. *Livre* : ce thème du livre qui contient tous les livres revient à plusieurs reprises dans le roman, et définit le roman comme une encyclopédie (voir la Préface).

2. *François IX* : il s'agit en fait de Charles IX.

Page 446.

1. *Duodénums* : Tristram revient à plusieurs reprises sur les vertus médicales du rire et sur sa physiologie. Voir Swift, *Le Conte du tonneau* (*op. cit.*, p. 223) : « Le lecteur *superficiel* sera porté à *rire*, ce qui dégage la poitrine et les poumons, est un souverain remède contre la *mélancolie*, et le plus innocent des *diurétiques*. »

CHAP. XXIII

2. *Ces grands dîners* : dîners auxquels les prêtres ou les évêques se rendaient pour vérifier que le travail paroissial était bien exécuté par leurs subordonnés. Ils étaient l'occasion de débauches.

CHAP. XXV

Page 458.

1. *Un vide de dix pages* : en fait il manque neuf pages, la pagination reprenant, dans l'édition originale, sur la page de droite, page impaire, par un chiffre pair. Cette inversion s'avère difficile à reproduire dans les éditions mécanisées de nos jours, ce qui révèle la compréhension très fine qu'avait Sterne des possibilités de l'imprimerie. La présente édition est l'une des rares à respecter la nature du texte original.

2. *Expériences sur les chapitres* : de fait, Sterne joue avec les chapitres, à la fois en arrachant le chap. XXIV, en suggérant qu'il lui faut commencer de nouveaux chapitres pour avoir la place de conter son récit, ou encore en déplaçant les chapitres, la préface tout d'abord, et puis, au volume IX, les chap. XVIII et XIX.

Page 459.

1. *Turpilius* : peintre romain du Ier siècle, dont l'*Encyclopédie* de Diderot rappelle qu'il était gaucher et que, selon Pline, on n'avait jamais vu de peintre gaucher avant lui. — Le peintre allemand *Holbein* (1497-1543) était également gaucher.

2. *Bande dextre* : la bande est un terme d'héraldique désignant l'armoirie formée par deux lignes tirées diagonalement et représentant un baudrier. La bande senestre est à l'inverse de la bande dextre et dénote souvent la bâtardise.

Page 461.

1. *Le ton...* : le thème musical est fréquent dans le roman, ainsi que l'idée de l'équilibre entre les parties (voir le début du chap. XXV).

2. *Homenas* : Homenaz, au chap. 48 du *Quart Livre* de Rabelais, est l'évêque des Papimanes.

3. *Montaigne* écrit dans les *Essais* (I, 26) : « au bout d'un long et enuyeux chemin, je vins à rencontrer une piece haute,

riche et esleve jusques aux nuës. Si j'eusse trouvé la pente douce et la montée un peu alongée, cela eust esté excusable : c'estoit un precipice si droit et si coupé que, des six premieres paroles, je conneuz que je m'envolois en l'autre monde. De là je descouvris la fondriere d'où je venois, si basse et si profonde, que je n'eus onques plus le cœur de m'y ravaler. Si j'estoffois l'un de mes discours de ces riches despouilles, il esclaireroit par trop la bestise des autres. »

CHAP. XXVI

Page 463.

1. L'opposition classique entre la *tête* et le *cœur* indique bien l'importance de l'expressivité dans la composition. Sterne reprend les mêmes formules dans l'un de ses sermons, pour contraster les écritures avec la rhétorique fausse.

CHAP. XXVII

Page 465.

1. *Shilling* : selon le « Profane Oaths Act » de 1745, l'amende pour un juron était de cinq shillings pour un noble, de deux pour quelqu'un d'un statut inférieur, et d'un shilling pour un soldat, marin, travailleur ordinaire, etc. Douze pence font un shilling.

Page 466.

1. Un jeu de mots coquin associe le *yard*, unité de mesure, au membre viril.

Page 467.

1. *Dictionnaire de Johnson* : le dictionnaire publié par Samuel Johnson pour la première fois en 1755 est la référence principale pour les questions de langue.

2. Le temple de *Janus* était fermé en temps de paix, et ouvert en temps de guerre.

3. *Acrites* et *Mythogeras* : les noms ont pour sens « confus » et « porteur de mythe ».

Page 468.

1. *De concubinis retinendis* : de l'entretien des concubines.

Page 470.

1. *Légers comme l'air* : référence à *Othello*, acte III, sc. III, v. 326-328 : « des vétilles légères comme l'air/ Sont pour le jaloux des confirmations aussi fortes/ Que les preuves des Saintes Écritures ».

2. *Euclide* : mathématicien grec (325-265 av. J.-C.) ; ses *Éléments* sont l'un des textes fondateurs des mathématiques, en particulier de la géométrie dite euclidienne.

Page 472.

1. *D'une drôlerie infinie* : voir volume I, chap. XI, n. 3, p. 89.

CHAP. XXVIII

Page 473.

1. *Contre le feu* : jeu de mots qui renvoie aux maladies vénériennes, parfois désignées par l'expression « parties sexuelles en feu ».

Page 475.

1. *De re concubinariâ* : du concubinage.

CHAP. XXIX

2. *Sanctos* : la forme correcte est « in nomine patris et filii et spiritus sancti ».

3. *La première syllabe...* : plusieurs éditeurs de *Tristram Shandy* ont noté que cette référence provenait d'une note d'Ozell, le traducteur de Rabelais. La référence au pape Léon III est fantaisiste.

Page 476.

1. *Stradling* : nom fréquent pour un plaignant dans un procès.

Page 477.

1. Ce passage provient effectivement de Henry Swinburne, *A Briefe Treatise of Testaments and Last Wills*, publié pour la première fois en 1590 et constamment réédité. Un peu plus loin, les deux références au traité juridique de Robert Broke, *La graunde abridgement*, publié à titre posthume en 1573, et au juriste Edward Coke (1552-1634) viennent directement de Swinburne.

Page 479.

1. La cour *prérogative*, à peu près équivalente à la cour souveraine de l'ancien régime, était la cour par laquelle le roi exerçait son autorité et ses privilèges.

2. *Signific.* : la citation vient également de Swinburne, ainsi que la référence au juriste italien Baldus de Ubaldis (1327-1400).

Page 480.

1. *Liberorum* : l'expression latine est traduite dans la phrase précédente. Ce passage est toujours tiré de Swinburne.

2. *Lévitique* : le lévitique stipule un certain nombre d'interdictions sexuelles.

3. John *Selden* (1584-1654), juriste anglais.

4. *Argumentum commune* : cet argument — inventé — s'ajoute à la liste des arguments invoqués par Tristram ; il signifie un argument qui s'applique à tous.

CHAP. XXXI

Page 483.

1. *L'affaire du Mississipi* : on voit ici poindre l'intérêt de Walter pour les questions économiques, même si cette entreprise financière, animée par le ministre des Finances de la France, John Law (1671-1729), finit par faire faillite.

Page 484.

1. *Tantum valet, quantum sonat* : devise latine signifiant « Sa valeur est à la mesure de sa renommée ».

CHAP. XXXII

Page 488.

1. *Commence* : c'est donc au chap. XXXII du volume IV que peut enfin véritablement commencer le récit de la vie et des opinions de Tristram, tout ce qui précède n'ayant été qu'entrée en matière.

Page 489.

1. *Cervantesque* : les amours de l'oncle Toby, comme d'autres épisodes ou personnages du roman, sont donc placées sous le

signe de l'auteur du *Quichotte*. Ce n'est qu'au volume IX qu'elles seront contées.

Page 490.

1. Comme le pantagruélisme, le *shandéisme* est bon pour la santé, et ses effets sont perceptibles sur le corps, grâce à l'analyse physiologique qu'en donne Tristram. Voir *Pantagruel* (*op. cit.*, p. 313) : « si désirez estre bons Pantagruelistes (c'est à dire vivre en paix, joye, santé, faisant tousjours grande chère)... ».

2. *Nègres* : Sancho Pança explique : « Que me fait à moi que mes vassaux soient nègres ? Y aura-t-il autre chose à faire que d'en charger des navires et les amener en Espagne... » (*Don Quichotte*, livre I, chap. 29, *op. cit.*, p. 282).

Page 491.

1. *Cette vilaine toux...* : c'est la santé faiblissante de Sterne que l'on perçoit ici, et dont il se plaint dans sa correspondance (voir par exemple *Letters*, éd. New et de Voogd, t. VII, lettre 99, p. 285 ; et lettre 114, p. 327).

VOLUME V

PAGE DE GARDE

Page 493.

1. Sterne a trouvé les citations latines d'Horace et d'Érasme chez Burton. La citation d'Horace est tirée des *Satires*, livre I, 4, v. 104-105 : « S'il m'arrive de parler avec un peu trop de gaîté, c'est un droit qu'il faut m'accorder » (trad. F. Villeneuve, Les Belles Lettres, 1932, p. 65). La citation d'Érasme provient de l'*Éloge de la folie* : « il ne manquera sans doute pas de détracteurs pour la diffamer disant que ce sont des bagatelles les unes plus légères qu'il ne sied à théologien, les autres trop mordantes pour convenir à la modestie chrétienne » (trad. C. Blum, Lafont, coll. « Bouquins », 1992, p. 8). Sterne y ajoute le commentaire de Burton : « ce n'est pas moi mais Démocrite qui parle ». Une troisième citation latine, attribuée au second concile de Carthage, a été rajoutée en exergue de l'édition de 1767 : « Si quelque religieux ou moine prononce des grossièretés, des plaisanteries, et des paroles qui provoquent le rire, qu'il soit dénoncé. »

DÉDICACE

Page 495.

1. John *Spencer* (1734-1783), ami de Sterne.

CHAP.. Ier

Page 497.

1. *De Stilton à Stamford* : ces deux villes sont distantes de vingt kilomètres environ.

Page 498.

1. *Du même pas* : Ferriar, qui avait débusqué les emprunts de Sterne à d'autres œuvres pour mieux le critiquer dans ses *Illustrations of Sterne*, avait le premier noté que ce passage provient de l'*Anatomie de la mélancolie* de Burton, où l'auteur parle des auteurs : « Tels des apothicaires, nous réalisons de nouveaux mélanges tous les jours, versons d'un récipient dans un autre... » (*op. cit.*, t. I, p. 28). L'ironie de cet emprunt vient du fait que Sterne, en empruntant à un passage de Burton qui souligne l'absence d'originalité des auteurs, dénonce le plagiat par un plagiat.

2. Aussi appelé Zarathoustra, *Zoroastre* (VIIe-VIe siècle av. J.-C.) est le fondateur du zoroastrisme (ou religion parsie). L'ouvrage dont Sterne donne le titre grec (*Peri phuséôs*) est *De la nature*.

3. *Shekinah* : terme hébreu désignant la demeure ou la présence de Dieu. — *Chrysostome* : saint Jean Chrysostome (344-407), l'un des pères de l'Église grecque.

4. *Horace* : référence à l'épître 19 du livre I, v. 19-20 : « Ô imitateurs, troupeau servile, combien de fois votre vaine agitation a remué ma bile ou excité ma joie ! »

Page 499.

1. *Main-morte* : terme juridique signifiant qu'un bien appartenant à une congrégation peut être transféré à perpétuité.

Page 500.

1. *Reine de Navarre* : Marguerite de Valois (1553-1615) fut la première femme du roi Henri IV.

Page 502.

1. *Sainte Brigitte* : il y a deux saintes de ce nom, l'une irlandaise (451-525), l'autre suédoise (1303-1373), et fondatrice d'un ordre religieux. Cette liste de saints rassemble des fondateurs d'ordres religieux : saint François (1181-1226) de l'ordre des Franciscains ; saint Dominique (1170-1221) de l'ordre des Dominicains ; saint Benoît (480-547) de l'ordre des Bénédictins. Saint Basile (329-379), père de l'Église, est l'auteur de la règle qui servit à la fondation de l'église d'orient.

2. *Ordre de la Merci* : l'ordre de Notre-Dame-de-la-Merci est un ordre religieux fondé au XIIIe siècle.

Page 504.

1. *Curé d'Estella* : il s'agit probablement de Diego d'Estella (1524-1578), auteur en particulier d'un manuel de méditation.

CHAP. II

Page 506.

1. Il y a sans doute ici une allusion à la vie politique, relevée par divers commentateurs : Lord Bute (1713-1792), proche conseiller du roi George III, serait le *cheval écossais*, et *Patriote* renverrait à Pitt, qui avait perdu son poste de ministre à la mort de George II.

Page 507.

1. Nicolas *Sanson* (1600-1667) était un cartographe célèbre.

Page 508.

1. *Agrippine* : Sterne tire l'épisode de l'*Anatomie de la mélancolie* de Burton (2, 3, 5, 1 ; *op. cit.*, t. 2, p. 1023) : en fait, selon Burton, Tacite indique qu'Agrippine était incapable de modérer ses passions ; le récit de sa douleur en apprenant la mort de son fils vient de l'*Énéide*. Cette « erreur » montre bien que Sterne ne recherche nullement l'érudition pour l'exactitude de la notation, mais pour l'effet induit.

CHAP. III

Page 509.

1. Tous les noms de cette liste proviennent de Burton (2, 3, 1, 1 ; *op. cit.*, t. 2, p. 945).

2. La remarque, qui s'appuie en fait sur Plutarque, provient de Burton (2, 3, 5, 1 ; *op. cit.*, t. 2, p. 1027) : « pleurer nos amis est une passion naturelle, c'est une passion aussi irrésistible que de se lamenter et d'être en deuil ».

3. *Sénèque...* : la référence vient du même paragraphe de Burton : « une grand partie du chagrin est évacuée par les larmes ».

4. Tous ces épisodes sont mentionnés dans Burton.

5. Burton (*ibid.*) indique que « les Italiens se débarrassent le plus souvent des soucis et du chagrin [...] par le sommeil ; les Danois, les Allemands, les Polonais et les Bohémiens par la boisson ».

Page 510.

1. *Dit le grand orateur...* : Sterne trouve la substance de cette histoire dans l'*Anatomie de la mélancolie* (*ibid.*), où Burton écrit : « Cicéron fut fort chagriné, au début, par la mort de sa fille Tulliola, jusqu'à ce que quelques préceptes philosophiques aient ragaillardi son esprit ».

Page 511.

1. *Sel attique* : forme d'esprit particulièrement raffinée.

Page 512.

1. *Nous devons tous mourir* : la citation provient toujours du même chapitre de l'*Anatomie de la mélancolie*.

2. *Les monarques...* : citation de Joseph Hall, *Epistles*, II, 9.

3. *Mourir...* : tout le passage qui suit s'appuie, avec de petites variations, sur le même chapitre de Burton : « Nous devons dire adieu au monde [...] et, après avoir fini de jouer notre rôle, partir à tout jamais. Les tombes et les monuments ont un destin semblable, *La destinée impose aussi des limites aux monuments*; les royaumes, les provinces, les villes et les cités ont, eux aussi, leur cycle puis disparaissent. À l'époque où Troie était florissante, Mycènes était la plus belle cité de Grèce, *elle aurait aimé diriger toute la Grèce*, mais cette cité, hélas, et *Ninive, en Assyrie, ont été détruites*. Le même destin a touché Thèbes en Égypte et Délos, *le lieu de réunion de toute la Grèce*, en Béotie, et Babylone, *la plus grande ville sur laquelle le soleil ait jamais brillé*, dont il ne reste plus rien que des murs et des ruines. » Comme

l'on voit, Sterne trouve aussi les villes anciennes chez Burton ; l'intérêt de cette liste n'est pas dans leur référence précise, même si le lecteur reconnaît les grandes cités antiques, mais dans les noms, eux-mêmes altérés, seules traces de ces villes disparues.

Page 513.

1. *Souviens-toi que tu es un homme* : citation de la même subdivision de l'*Anatomie* de Burton, effectivement attribuable à Servius Sulpicius Rufus, dans une lettre à Cicéron.

Page 514.

1. *Zante* : Tristram fait allusion à plusieurs reprises au fait que Walter a d'abord exercé son métier dans la compagnie du Levant, avant de revenir s'établir à Shandy Hall. (Voir volume I, chap. IV, n. 1, p. 64.)

2. Le mythe du *Juif errant* renvoie au personnage condamné à errer toute sa vie sur la terre entière.

Page 515.

1. *Le labeur...* : citation de Burton (2, 3, 2, 1 ; *op. cit.*, t. 2, p. 961) : « Giovanni Pontano avait demandé qu'une courte phrase soit inscrite sur sa tombe, à Naples : *Labeur, tristesse, chagrin, maladie, dénuement et malheur, le service de maîtres orgueilleux, le joug pesant de la superstition et le deuil de nos meilleurs amis, &c., sont les condiments de la vie.* »

2. *Mon fils est mort* : voir *Pantagruel*, chapitre 3, où Gargantua pleure la mort de sa Badebec : « Ma femme est morte, et bien, par Dieu ! (*da jurandi*) je ne la resusciteray pas par mes pleurs : elle est bien, elle est en paradis pour le moins, si mieulx ne est [...] Autant nous en pend à l'œil, Dieu gard le demourant ! Il me fault penser d'en trouver une aultre » (p. 182).

3. Citation de Sénèque rapportée par Burton (2, 3, 5, 1 ; *op. cit.*, t. 2, p. 1032).

4. Citation de Burton (*ibid.*).

5. Citation de la dernière phrase de l'essai sur la mort de Francis Bacon.

6. Ce passage provient de Joseph Hall, *Epistles* (III, 2).

Page 516.

1. Ce passage s'appuie à la fois sur l'essai sur la mort de Bacon et sur l'essai de Montaigne « De l'expérience » qui, citant l'*Énéide* de Virgile (« pulchrumque mori succurrit in armis », je pense qu'il est beau de mourir en combattant), développe l'idée : « La mort est plus abjecte, plus languissante et penible dans un lict qu'en un combat » (III, 13, p. 1097).

2. *Quand la mort est...* : Sterne a trouvé cette sentence d'Épicure chez Burton (*ibid.*).

3. Toutes ces anecdotes proviennent de l'essai sur la mort de Bacon.

CHAP. IV

Page 517.

1. *Cornelius Gallus* : l'anecdote est ancienne ; Bacon l'a peut-être trouvée dans l'essai de Montaigne, « Que philosopher, c'est apprendre à mourir ».

CHAP. V

Page 518.

1. *Rapin* de Thoyras (1661-1725) est l'auteur d'une importante *Histoire d'Angleterre*, que Sterne consulte en écrivant *Tristram Shandy*.

CHAP. VI

Page 519.

1. *Dardanelles* : détroit qui sépare la partie européenne de la partie asiatique de la Turquie.

Page 520.

1. L'éloquence véritable procède du *cœur*. L'éloquence naturelle de Trim est célébrée en divers endroits du roman.

CHAP. VII

Page 521.

1. *Imperfections des mots* : tout le livre III de l'*Essai* de Locke est consacré au langage. Sterne pense en particulier au chap. 9 intitulé « De l'Imperfection des Mots ».

Page 523.

1. *Barbati* : littéralement les « barbus », c'est-à-dire les philosophes.

2. L'idée classique du rapport étroit entre le regard et l'*âme* est énoncée par exemple par Cicéron dans *L'Orateur* : « Comme le visage est le miroir de l'âme, les yeux en sont les interprètes » (chap. XVIII, trad. A. Yon, Les Belles Lettres, 1964, p. 22).

Page 524.

1. Les *larmes* traduisent l'émotion de Susannah et la puissance de l'éloquence sentimentale de Trim. C'est à l'aide d'objets simples, un chapeau, plus tard une canne, que Trim développe son discours.

CHAP. VIII

Page 526.

1. *Vieux chapeaux* : allusion sexuelle à l'organe féminin. Les *robes vertes* renvoient à l'acte sexuel.

CHAP. IX

2. Le roi *Guillaume III*, venu de Hollande en 1688, à la faveur de la « Glorieuse Révolution », régna jusqu'en 1702.

CHAP. X

Page 528.

1. *Ne se sent pas* : autre allusion à l'essai sur la mort de Francis Bacon.

Page 529.

1. Voir Montaigne, *Essais*, I, 20 : « et en quelque maniere qu'on se puisse mettre à l'abri des coups, fut ce soubs la peau d'un veau, je ne suis pas homme qui y reculasse. Car il me suffit de passer à mon aise ; et le meilleur jeu que je me puisse donner, je le prens, si peu glorieux au reste et exemplaire que vous voudrez. »

CHAP. XII

Page 532.

1. *Vie de Socrate* : John Gilbert Cooper publia son ouvrage, *The Life of Socrates*, en 1749.

Page 533.

1. *Être ou ne pas être* : référence au célèbre monologue de *Hamlet*, acte III, sc. 1, v. 55.

2. Flavius *Josèphe* (37-100), historien romain, auteur en particulier d'une *Guerre des Juifs*.

3. *Alexandre le Grand* : les armées d'Alexandre pénétrèrent jusque dans les vallées aujourd'hui au Pakistan ; Alexandre serait mort en 323 av. J.-C. à Babylone.

4. *La voie du commerce* : le mouvement parodique identifie ici la route du savoir et la route des épices.

CHAP. XIII

Page 534.

1. Certains auteurs, Warburton en particulier, défendaient une interprétation allégorique du livre de *Job*, sans rapport avec le personnage historique.

CHAP. XV

Page 536.

1. *Violon* : ce chapitre qui met en scène deux musiciens accordant leur instrument renforce le thème musical dans le roman de Sterne. Le compositeur Michael Nyman a écrit un opéra d'une dizaine de minutes, *I'll stake my cremona to a Jew's trump*, fondé sur ce chapitre.

2. *Calliope* : muse de la poésie lyrique.

3. *Crémone* : violon fabriqué dans la ville de Crémone, en Italie.

CHAP. XVI

Page 538.

1. *Xénophon* : l'écrivain grec Xénophon (430-355 av. J.-C. env.) a composé un traité d'éducation, la *Cyropédie*, dont le personnage principal est Cyrus. La *Tristrapédie* suit ce modèle ; dans l'exhaustivité recherchée par Walter elle se propose également d'être une encyclopédie.

2. *Adolescence* : ce passage s'appuie sur le traité d'éducation de Obadiah Walker, *Of Education, Especially of Young Gentlemen* (1673), l'une des sources de la *Tristrapédie*.

Page 539.

1. *Jean de la Casse* : Giovanni della Casa, auteur du *Galateo* (1558), traité de bonnes manières célèbre aux XVIIe et XVIIIe siècles, au même titre que *L'Homme de cour* de Gracian.

2. L'*almanach de Rider* faisait environ une vingtaine de pages.

3. *Célèbres* : dans une lettre de janvier 1760, Sterne explique à son correspondant : « I wrote not to be *fed*, but to be *famous* » (« J'écris non pas pour me nourrir mais pour être célèbre »), inversant une formule réputée du critique Colley Cibber (« J'écris davantage pour me nourrir que pour être célèbre »).

Page 540.

1. *Guerre* : si, comme on a pu le noter, Sterne trouve cette référence chez Warburton, il y a sans doute là comme un écho de la chimère de Toby.

Page 541.

1. *Lait* : écho de l'essai de Montaigne, « De la coustume » (I, 23) : « Mais le principal effect de sa puissance [de la coutume], c'est de nous saisir et empieter de telle sorte, qu'à peine soit-il en nous de nous r'avoir de sa prinse, et de r'entrer en nous, pour discourir et raisonner de ses ordonnances. De vray, parce que nous les humons avec le laict de nostre naissance, et que le visage du monde se presente en cet estat à nostre premiere veuë, il semble que nous soyons nais à la condition de suyvre ce train. »

2. *Inutile* : le paradoxe d'une écriture toujours à la recherche de la coïncidence entre l'événement et sa description affecte également la *Tristrapédie*.

CHAP. XX

Page 546.

1. *Steinkerque* : bataille de 1692 où le comte Solms (1636-1693) fut défait par les armées françaises emmenées par le duc de Luxembourg. Tout le récit et les références qui suivent proviennent de l'*Histoire de l'Angleterre* de Rapin.

CHAP. XXI

Page 548.

1. Si c'est à la bataille de *Landen* que Trim fut blessé, Solms y trouva la mort.

CHAP. XXVI

Page 552.

1. *Diables* : référence à Rabelais, *Pantagruel*, « Prologue de l'auteur » (*op. cit.*, p. 169) : « Pourtant, affin que je face fin à ce prologue, tout ainsi come je me donne à mille panerés de beaulx diables, corps et âme, trippes et boyaulx, en cas que j'en mente en toute l'hystoire d'un seul mot. »

Page 553.

1. *Moi-même* : le paradoxe joue à la fois avec l'impossible poursuite du temps et avec l'idée, énoncée au chap. XVI, que Walter écrit la *Tristrapédie* pour lui.

CHAP. XXVII

2. Le *basilicon* est une sorte d'onguent.

Page 554.

1. John *Spencer* (1630-1693) est l'auteur d'un *De Legibus Hebræorum Ritualibus* où l'on trouve effectivement un chapitre sur la circoncision (*De sede vel subjecto circumcisionis*, De la fondation ou au sujet de la circoncision). — *Maimonide* : le philosophe juif (1135-1204) apparaît dans Spencer.

CHAP. XXVIII

Page 556.

1. Ces trois notes en grec proviennent de Spencer. Yorick associe à chacune une idée : la première parle d'une maladie incurable, l'anthrax ; la seconde explique que les nations circoncises sont les plus peuplées ; la troisième insiste sur la propreté.

2. Cette quatrième note en grec parle effectivement de la circoncision d'une armée entière. Sanchoniathon est un écrivain phénicien antique.

Page 557.

1. L'opposition entre *polémique* et *pratique* renvoie au fait que l'anglicanisme du XVIIIe siècle souhaitait se démarquer des querelles doctrinales.

2. Le combat entre *Gymnaste* et *Tripet* se déroule au chap. 35 de *Gargantua*. Toute la description qui suit provient de la traduction anglaise de Rabelais dont Sterne fait usage.

CHAP. XXX

Page 559.

1. *Rien* : l'ironie aux dépens de Walter est patente.

CHAP. XXXI

Page 561.

1. *Politien* : l'idée peut venir du penseur italien Angelo Poliziano (1454-1494), mais elle fait partie des clichés sur l'origine de la société, depuis Aristote.

2. *Hésiode* : auteur grec du VIIIe siècle av. J.-C, dont *Les Travaux et les jours* contient la citation en grec (citée plus bas par Yorick) : « La maison, puis la femme, et le bœuf laboureur ».

Page 562.

1. *Enfant* : cette question est au cœur de la doctrine de Robert Filmer, théoricien de l'absolutisme, de même que la question abordée plus bas de la place de la mère.

Page 563.

1. Le code de *Justinien* indique seulement, dans une section consacrée à l'adoption : « Les femmes [...] n'ont aucune puissance, même sur leurs enfants naturels » (livre I, titre XI, § 10).

CHAP. XXXII

Page 565.

1. *Sagesse* : citation du chapitre X de Walker, *Of Education*.

2. *Idée déterminée* : Locke explique ainsi au livre III de l'*Essai* : « Les Mots ne signifient autre chose dans leur première & immédiate signification, que les idées qui sont dans l'esprit de celui qui s'en sert » (III, 2, 2, *op. cit.*, p. 325).

CHAP. XXXIII

Page 566.

1. *Trésor* : citation de Burton (*Anatomie de la Mélancolie*, 1, 2, 4, 7 ; *op. cit.*, t. 1, p. 618). Il s'agit d'une variation sur le verset de l'*Ecclésiastique*, 30, 15 : « Santé et vigueur valent mieux que tout l'or du monde. »

CHAP. XXXIV

Page 567.

1. Francis Bacon, *lord Verulam* (1561-1626). Sterne trouve l'invocation à Verulam dans l'ouvrage de James Mackenzie, *The History of Health and the Art of Preserving it* (1726) ainsi que la citation du début du chapitre suivant, qui provient de l'ouvrage de Bacon, *Historia Vitæ et Mortis*.

Page 568.

1. *Ars longa, Vita brevis* : aphorisme d'Hippocrate, qui signifie : « Art long, vie brève. »

CHAP. XXXV

Page 570.

1. *Édifia la sienne* : la métaphore de la construction fait écho à la définition donnée par Tristram du travail préparatoire à la composition de son récit, au chap. XXXII du volume IV.

CHAP. XXXVI

2. Jan Baptist *Van Helmont* (1579-1644), chimiste hollandais.

3. *Triste* : la devise, « Après le coït, tous les animaux sont tristes », est attribuée à Aristote.

CHAP. XXXVII

Page 571.

1. Le *siège de Jéricho* par les armées israélites de Josué prit fin lorsque celles-ci firent tomber les murailles grâce à leurs trompettes.

2. Le *siège de Limerick* eut lieu en 1690.

CHAP. XXXIX

Page 575.

1. *Phimosis* : contraction du prépuce.

CHAP. XL

Page 577.

1. *Sermon* : c'est au chapitre XVII du volume II que Trim a lu le sermon.

2. *Occlusifs* : ce discours médical vient de Bacon par l'intermédiaire de l'encyclopédie de Chambers.

CHAP. XLII

Page 578.

1. *De la Croix...* : l'expression signifie « depuis le moment où on apprend à lire, jusqu'au moment où on lit le dernier livre de la Bible » (le livre de *Malachie*).

2. *Tupto* : marquer le rythme.

3. *Autre monde* : tout ce passage avec ses références à Jules César Scaliger (1484-1558), célèbre humaniste et médecin, à Pietro Damiani (1007-1072), évêque d'Ostie, et à Baldus de Ubaldis (1327-1400), juriste déjà mentionné à la n. 2 de la p. 479 du chap. XXIX du volume IV, provient de Walker, *Of Education* (p. 109).

Page 579.

1. *Pratiquer* : cette anecdote provient de Plutarque. Elle concerne le roi de Sparte, Eudamidas, et Xenocrate, un disciple de Platon.

2. *Passage* du *nord-ouest* : passage mythique qui relierait l'Atlantique au Pacifique ; l'expression est souvent utilisée comme métaphore.

3. La théorie des *verbes auxiliaires*, parodiée au chapitre suivant, provient vraisemblablement de Walker, *Of Education*, chap. 11.

4. *Virgile* : allusion probable à un passage des *Bucoliques* (trad. E. de Saint-Denis, Les Belles Lettres, 1987, t. III, v. 92-93, p. 111) : « Vous qui cueillez des fleurs et les fruits des fraisiers rampants, sauvez-vous d'ici, garçons ; un froid serpent se cache dans l'herbe ».

Page 580.

1. *Pelegrini* : la référence à l'humaniste italien Matteo Pellegrini (1595-1652) vient à Sterne de Walker, *Of Education*, p. 137, qui mentionne à la ligne précédente Raymond Lulle (1232-1315).

CHAP. XLIII

Page 582.

1. Ce passage est adapté par Victor Hugo en exergue de *Han d'Islande* («Qui est-ce qui l'a vu ?»).

VOLUME VI

PAGE DE GARDE

Page 585.

1. Publié en même temps que le volume V, le volume VI reprend la même page de garde.

CHAP. II

Page 588.

1. *Prédicaments* : les dix prédicats d'Aristote dans sa *Métaphysique* sont les modes de l'être.

2. *Vincent Quirino* : cette anecdote concernant l'humaniste Vincenzo Quirino, aussi appelé Quirinus, vient à Sterne de l'ouvrage d'Adrien Baillet, *Des enfants devenus célèbres par leurs études ou par leurs écrits* (1688), qui donne également la référence au cardinal Bembo, humaniste vénitien. Comme en d'autres moments du texte, c'est l'effet de liste et l'accumulation d'anecdotes qui importent, non pas la nature des références. Les anecdotes qui suivent proviennent également de l'ouvrage de Baillet, à l'exception de celle qui concerne Alphonsus Tostatus, exégète espagnol, aussi connu sous le nom d'Alonso Fernández de Madrigal (1410-1455), évêque d'Avila, qui provient de Walker, *Of Education*. Les références à la précocité du juriste Hugo Grotius (1583-1645), à l'*érudit allemand* Caspar Schoppe, dit Scioppius (1576-1649), au philologue hollandais Daniel Heinsius (1580-1655), à Politien, l'humaniste italien, déjà aperçu au volume V, chap. XXXI (n. 1), à Blaise Pascal, à Sca-

liger, ou encore au savant espagnol du XVe siècle Ferdinand de Cordoue, figurent toutes dans Baillet.

Page 589.

1. *Peireskius* : voir volume II, chap. XIV, n. 2, p. 202.

Page 590.

1. *Forme substantielle* : cette catégorie aristotélicienne désigne l'unité de l'espèce qui se reproduit dans chaque individu.

2. *Antéchrist* : Ferdinand de Cordoue a effectivement été soupçonné d'être l'antéchrist. Baillet en rapporte l'anecdote sous le titre « L'anonyme de l'an 1445 ».

3. Maurus *Servius* Honoratus, grammairien de la fin du IVe siècle. Selon Baillet, où Sterne a trouvé la référence, c'est Beroalde l'ancien qui livra une critique des commentaires de Servius sur Virgile. — Martianus *Capella* est un auteur latin du Ve siècle après J.-C. dont Grotius, toujours selon Baillet, a donné l'édition. — Justus *Lipsius* (1547-1606), humaniste hollandais. La note de bas de page vient effectivement de l'entrée consacrée à Lipse par Baillet.

CHAP. III

Page 592.

1. L'édition Florida rappelle que la destruction du *nez* était un signe de maladie vénérienne (à cause du mercure utilisé pour soigner ces maladies).

CHAP. V

Page 593.

1. *Marcus Antoninus*, empereur romain (121-180). Son fils Commode lui succède. L'anecdote provient de Walker, *Of Education.*

Page 594.

1. *Grégoire de Nazianze* : théologien (329-390) qui fit ses études avec le futur empereur Julien, lequel prôna un retour au paganisme. Sterne trouve l'anecdote chez Walker, *Of Education*, ainsi que l'anecdote suivante concernant Démocrite et Protagoras.

2. *Pellegrina* : voir volume V, chap. XLII, et n. 1, p. 580.

CHAP. VI

Page 596.

1. *Histoire de Le Fèvre* : cette histoire fait partie des « morceaux choisis » les plus célèbres de *Tristram Shandy* au XVIIIe siècle, à cause de son contenu « sentimental ».

2. La ville de *Dendermonde*, ou Termonde, fut prise en 1706.

3. *Je ne la dirige pas* : la liberté de l'écriture trouve ici encore une façon de s'exprimer. Sterne reprend la même formulation dans une lettre de septembre 1767 (*Letters*, éd. New et de Voogd, t. VIII, lettre 225, p. 619).

CHAP. VII

Page 604.

1. Il s'agit du régiment mené par David Leslie-Melville, 3e duc de *Leven* (1660-1728).

Page 605.

1. James Douglas, duc d'*Angus* (1671-1692), a été tué à la bataille de Steinkirk.

2. *Bréda* : ville néerlandaise du Brabant.

CHAP. VIII

Page 606.

1. Une *loi positive* est une loi imposée par une autorité, alors qu'une *loi naturelle* émane de la justice ou de la raison.

CHAP. X

Page 609.

1. *Citerne* : citation de l'*Ecclésiaste*, 12, 6 : « Avant que la chaîne d'argent soit rompue, que la bandelette d'or se retire, que la cruche se brise sur la fontaine, et que la roue se rompe sur la citerne. »

Page 610.

1. *Non* : l'écriture reproduit le mouvement de la mort, dans un passage dont le sentimentalisme fut fort admiré par les critiques contemporains de Sterne. La *Critical Review* parle ainsi d'une « beauté pathétique » (vol. 13, 1762, p. 68) et tout l'épi-

sode permet de faire ressortir, selon le critique, Toby et Trim comme des personnages propres à émouvoir le lecteur sentimental.

CHAP. XI

Page 611.

1. *À la Water-land* : Référence à Daniel Cosgrove Waterland (1683-1740), théologien anglais dont Sterne connaissait les œuvres.

Page 612.

1. Le dictionnaire italien-anglais de Ferdinando *Altieri* fut publié à Londres en 1726.

Page 613.

1. Sterne a publié ses sermons, dans la première édition, sous le titre de *The Dramatic Sermons of Mr Yorick*. Il s'agit là d'un des multiples jeux auxquels se livre Sterne entre les personnages de fiction et le monde de l'édition.

2. *Senza l'arco* : toutes ces expressions appartiennent évidemment au registre musical. On a déjà noté l'utilisation par Sterne des métaphores musicales pour définir l'expression des sermons de Yorick (voir volume I, chap. XII).

3. *Papier bleu* : plusieurs commentateurs y ont vu une attaque contre le périodique intitulé *Critical Review*, qui était effectivement pourvu d'une couverture bleue. Le périodique avait donné un compte rendu moyennement enthousiaste de *Tristram Shandy* et avait critiqué l'ami de Sterne, John Hall-Stevenson.

Page 614.

1. *Écriture italienne* : écriture cursive, légèrement penchée.

2. *Ritratto* : portrait, en italien. Toute cette description souligne l'attention extrême portée par le roman à la matérialité du texte, à son apparence intime, à la trace de l'écriture.

Page 615.

3. *Blonederdondergewdenstronke* : ce nom fantaisiste d'exégète hollandais n'est pas sans évoquer certain baron Thunder-ten-tronckh.

CHAP. XII

Page 616.

1. Le prince *Eugène* de Savoie-Carignan (1663-1736), commandant militaire au service des Habsbourg, mène la campagne de 1716-1718 contre les Turcs.

CHAP. XIII

Page 617.

1. *Belgrade* : victoire importante des armées menées par le prince Eugène lors de la campagne contre les Ottomans, en août 1717.

CHAP. XVI

Page 621.

1. *Lits de justice* : séances du parlement, en présence du roi.

CHAP. XVII

2. Philippus *Cluverius* (1580-1622), historien allemand, auteur en particulier d'une *Germania Antiqua* (1616).

3. *Herculi* : il s'agit du peuple germanique des Hérules. L'erreur de Sterne suggère un jeu de mots (inconscient ?) sur Hercule. — *Bugiens* : il s'agit des Ruges, voisins des Goths au nord.

Page 623.

1. *Écrire à jeun* : voir Rabelais, *Gargantua*, « Prologue de l'auteur » (*op. cit.*, p. 5) : « Car, à la composition de ce livre seigneurial, je ne perdiz ne emploiay oncques plus, ny aultre temps que celluy qui estoit estably à prendre ma réfection corporelle, sçavoir est beuvant et mangeant. »

CHAP. XVIII

Page 628.

1. *Convenance* : le dialogue entre Walter Shandy et sa femme a pu être interprété comme la marque d'une infériorité de la mère du narrateur. Plus récemment, la critique a eu tendance à considérer que la répétition des énoncés de Walter construit Mme Shandy en personnage au contraire parfaitement maître des codes rhétoriques.

CHAP. XIX

2. Albertus *Rubenius* est le fils du peintre Pierre Paul Rubens et l'auteur d'un ouvrage sur les mœurs vestimentaires antiques, *De Re Vestiaria Veterum* (1665). L'ouvrage contient effectivement des descriptions de vêtements anciens, mais il se peut que Sterne ait simplement utilisé la table des matières pour composer sa liste : par exemple, le résumé du chapitre 6 de l'ouvrage de Rubens contient la mention de la Chlamys, de l'Éphode, de la Pænula, du cucullus, de la lacerna. Il a pu aussi trouver la référence ailleurs. Si tous ces vêtements ont bien existé, c'est comme d'habitude dans le plaisir de la liste que tient leur intérêt, et non dans leur référence précise.

Page 629.

1. *Suétone* : (v. 69-v. 130), cité par Rubens, plus connu pour sa *Vie des douze Césars*, est également l'auteur d'un *De Genere Vestium*. Rubens ne discute pas les chaussures dont Tristram donne la liste ci-dessous. Celle-ci provient plus probablement de l'ouvrage *Des Mœurs et des usages des Romains* (1739) de Lefevre de Morsan dont Sterne connaissait vraisemblablement la version anglaise. La compilation de cette liste est révélatrice de la méthode de Sterne. Là où Lefevre de Morsan est analytique, commençant par distinguer deux catégories, la chaussure ouverte et la chaussure fermée, puis déclinant les différents types à partir de cette division initiale, ou encore soulignant les différents types de « *buskin* », Sterne génère l'effet humoristique en prélevant les termes et en les disposant en liste, sans ordre ni logique aucune.

Page 630.

1. *Juvénal* : Lefevre de Morsan mentionne la chaussure cloutée, mais Sterne y ajoute une allusion à la satire 16 de Juvénal, v. 23-25 : « C'est une entreprise digne d'un déclamateur comme Vagellius, aussi têtu qu'un mulet, que de se frotter, quand on n'a que ses deux jambes, à tant de bottes et de milliers de clous » (*Satires*, trad. P. de Labriolle et F. Villeneuve, Les Belles Lettres, 1971, p. 199).

Page 631.

1. *Scaliger* : certains de ces humanistes apparaissent effectivement dans l'ouvrage de Rubens.

2. *Bayfius* : auteur d'un *De Re Vestiaria*, cité par Rubens.

3. *Agrafes* : une porte d'agrafe est un petit anneau qui permet d'accrocher une agrafe à un vêtement.

CHAP. XX

Page 632.

1. *Poco-curante* : référence au personnage de *Candide* («Voilà le plus heureux de tous les hommes, car il est au-dessus de tout ce qu'il possède», *Candide ou l'optimisme*, 1759, éd. F. Deloffre, «Folio classique», p. 133). L'indifférence de Mme Shandy est ici soulignée.

CHAP. XXI

Page 633.

1. *Honte* : depuis le début du roman, Tristram taxe le lecteur d'inattention ou de défaut d'imagination.

2. *Marlborough* : il s'agit de John Churchill, premier duc de Marlborough (1650-1722), à la tête des armées alliées pendant la guerre de succession d'Espagne.

Page 634.

1. *Terrain* : l'édition Florida identifie une citation d'un ouvrage de John Muller, *A Treatise... of Fortification* (1746). Tout l'intérêt de la citation vient du fait que Tristram la rejette, ne voulant pas être interrompu par de telles remarques.

CHAP. XXII

Page 636.

1. *Gazette* : il s'agit du périodique *The London Gazette*.

Page 637.

1. *Liège et Ruremonde* : deux batailles remportées par Marlborough en 1702, pendant la deuxième année de la guerre de succession d'Espagne.

CHAP. XXIII

Page 638.

1. *Limbourg* : il s'agit effectivement d'étapes dans le dérou-

lement de la troisième année de la guerre. L'énumération vient ici justifier non pas le savoir mais la construction d'une maquette. L'énumération est reprise au chap. XXXV du volume VI pour marquer le contraste avec le nouvel état, amoureux, de Toby.

Page 639.

1. *Dendermonde* : toutes ces villes correspondent à des batailles de la guerre de succession d'Espagne, dont Sterne tire le récit de l'ouvrage de Rapin. La liste met en valeur le caractère protéiforme de la ville-maquette construite par Toby et Trim.

Page 640.

1. *Mains* : c'est en 1708 qu'a lieu le siège de Lille par le prince Eugène de Savoie, qui prend ensuite Gand et Bruges dans la foulée.

CHAP. XXIV

Page 641.

1. *Montero* : genre de casquette qui tire son nom du fait qu'elle était portée en Espagne.

Page 643.

1. *Ramillies* : ainsi nommée pour commémorer la victoire de Ramillies sur les armées françaises en 1706, il s'agit d'une perruque avec une longue tresse, commencée et terminée par un nœud.

CHAP. XXV

Page 645.

1. *Motte de terre de la vallée* : allusion au livre de Job, 21, 33.

2. Le *romarin* est symbole d'immortalité et est souvent associé aux cérémonies funéraires.

3. *Bègue* : référence à Isaïe 32, 4 et 35, 6.

CHAP. XXIX

Page 650.

1. *Garrick* : l'acteur anglais, correspondant de Sterne, apparaît déjà au volume III, chapitre 12.

2. Le *foie* est traditionnellement considéré comme le siège des passions.

CHAP. XXX

Page 651.

1. Cette liste de noms recherche, comme à l'ordinaire, l'effet d'accumulation, encore accentué ici par le mélange de personnages réels (le naturaliste italien Ulisse Aldrovandi 1522-1605) et la prolifération des noms fantaisistes tirés de la géographie de la Turquie.

2. *K****** : Marie-Aurore, comtesse de Königsmark. Voltaire a dit de l'épisode : « Tant d'esprit et d'agréments étaient perdus auprès d'un homme tel que le roi de Suède » (*Histoire de Charles XII*).

Page 652.

1. La *paix d'Utrecht*, signée en 1713, marque la fin de la guerre de succession d'Espagne.

CHAP. XXXI

2. *Mary* : Mary Tudor, reine d'Angleterre entre 1553 et 1558, aurait dit qu'à sa mort on trouverait le mot « Calais » gravé sur son cœur.

Page 653.

1. *Tertullus* : avocat romain, accusateur de l'apôtre Paul (Actes 24 : 1-8).

CHAP. XXXII

Page 656.

1. *Plaisir* : Dans la préface de l'*Anatomie*, Burton parle en particulier de « l'intolérable misère subie par les pauvres soldats, si souvent blessés, affamés, assoiffés, &c. » (*op. cit.*, t. I, p. 82). Toute l'apologie de l'oncle Toby reprend en partie la tonalité de l'attaque contre la guerre donnée par Burton dans sa préface. Elle fait écho également à la défense du métier de soldat par Don Quichotte au chapitre 38 de la première partie du roman de Cervantès.

2. *Sept champions d'Angleterre* : voir le chapitre xx du volume I pour les références à Parismus et Parismenus, ainsi qu'aux

sept champions d'Angleterre. Guy, Earl of Warwick, est un héros légendaire dont les exploits sont connus en Angleterre comme en France ; Valentin et Orson sont des personnages d'une chanson de geste française du XIIIe siècle, reprise plus tard en Angleterre.

3. *Sans lui* : l'épisode est un peu différent dans l'*Iliade*, chant XXIV, puisque Priam rapporte la dépouille d'Hector.

CHAP. XXXIII

Page 659.

1. Ce n'est pas Jérôme *Cardan* qui est l'auteur de la citation, mais le médecin français Jean Fernel (1497-1558) : Sterne trouve la référence chez Burton : « Quelles précautions ne devrions-nous pas observer lorsque nous engendrons nos enfants ? » (1, 2, 1, 6 ; *op. cit.*, t. 1, p. 357).

CHAP. XXXVI

Page 664.

1. *Monde* : comme souvent, Tristram appuie ses projets d'écriture sur une volonté encyclopédique. Burton, dans les deux premières sections de la troisième partition de l'*Anatomie*, développe une telle encyclopédie de l'amour, où Sterne va puiser quelques références.

2. *Ficinus* : l'humaniste italien, Marsile Ficin (1433-1499).

3. *Cantharide* : aphrodisiaque ; la citation peut être attribuée au Dr Baynard et à John Floyer, les auteurs de *History of Cold-Bathing* (*Histoire des bains froids*).

4. *Naziance* : il a déjà été question de Grégoire de Nazianze au chapitre III. La citation en grec signifie : « Bravo ! Vous philosophez dans la souffrance. »

Page 665.

1. *Gordonius* : Bernard de Gordon, médecin français du XIIIe siècle, dont le texte le plus célèbre est *Practica dicta Lilium medicine* (1305).

CHAP. XXXVIII

Page 667.

1. La page blanche joue avec les conventions de représentation de la femme aimée, prenant au piège le lecteur (évidemment masculin), qui ne peut ni dessiner sur cette page (ce serait

éliminer tout l'univers des possibles) ni ne pas dessiner (ce serait désobéir à Tristram).

CHAP. XL

Page 672.

1. *Inv. TS, Scul. TS* : expressions figurant sous les gravures et désignant le dessinateur (l'inventeur, d'après le latin « *invenit* ») et le graveur (« *sculpsit* »), soit Tristram dans les deux cas...

VOLUME VII

PAGE DE GARDE

Page 675.

1. L'exergue est de Pline le Jeune : « Rien de tout cela n'est une digression, c'est l'œuvre même » (*Lettres*, livre V, lettre 6). Dans une lettre où Sterne parle de son voyage en France, il compare les détours qu'il emprunte à des digressions.

CHAP. Ier

Page 677.

1. *Permettre* : Tristram avait mentionné ce programme au chapitre XIII du volume IV, et l'on sait qu'il s'agit effectivement du rythme de publication du roman. La santé de Sterne va en s'aggravant au cours de ces années, et l'on voit transparaître, dans la toux de Tristram, la conscience de ce mal qui empire.

2. *Machine* : c'est en particulier au chap. XXII du volume I que Tristram met en avant le mécanisme de son ouvrage. Il fait écho au mouvement d'horlogerie constitué par la famille (indiqué au chap. VI du volume V).

3. *Fontaine de la Vie* : expression biblique fréquente.

4. *Bâton* : rappelons que le dada, le « *hobbyhorse* », se présente sous la forme d'un bâton surmonté d'une tête de cheval.

Page 678.

1. *Monde* : citation de l'épître aux Romains, 5 :12.

Page 679.

1. *Joppé* : nom antique de Jaffa.

CHAP. II

Page 680.

1. C'est dans la cathédrale de *Canterbury* que Thomas Becket (1120-1170) fut assassiné. Tristram mentionne les autres villes comme autant d'étapes sur la route de Londres à Douvres. À son habitude, il ne fait que les mentionner.

2. Les *sels volatils* sont ceux qu'on fait respirer pour ranimer les esprits. Ils sont à l'opposé des *sels fixes* (comme la soude).

CHAP. IV

Page 682.

1. Joseph *Addison* est l'auteur d'un récit de voyage, *Remarks on Several Parts of Italy*, publié en 1705. Sa *sacoche* renvoie à la préface où il mentionne un certain nombre de voyageurs en Italie et où il se propose de comparer les auteurs classiques avec la réalité du pays. Voir aussi p. 133, n. 3.

Page 683.

1. *Éphèse* : il s'agit d'Héraclite, le « philosophe qui pleure », parce qu'il prend en pitié les choses humaines, qui est fréquemment opposé à Démocrite, le « philosophe qui rit », qui était originaire d'Abdère, en Thrace.

CHAP. V

2. *Calesium* : tout le voyage en France s'appuie sur l'ouvrage de Jean-Aimar Piganiol de la Force, *Nouveau voyage de France, avec un itinéraire et des cartes faites exprès qui marquent exactement les routes qu'il faut suivre pour voyager dans toutes les provinces de ce royaume*, paru à Paris en 1724. L'important ici n'est pas le détail des emprunts mais le fait que Sterne s'appuie sur un ouvrage imprimé pour décrire son voyage.

Page 685.

1. *Carrée* : jeu de mots sur le fait qu'une place en anglais se dit « square », c'est-à-dire « carré ».

2. *Courgain* : quartier de Calais.

3. *Tour de Guet* : en français dans le texte.

Page 686.

1. *Philippe de France, comte de Boulogne* : il s'agit de Philippe de France (1201-1234), fils de Philippe II Auguste, comte de Boulogne. Tous ces renseignements historiques (mais pas l'imprécision orthographique) proviennent de Piganiol de la Force.

2. *Tête de Gravelines* : nom donné à l'une des fortifications.

3. Lors du siège de Calais (1346-1347), *Eustache de Saint-Pierre* est l'un des six « bourgeois de Calais », qui se présentèrent devant Édouard III d'Angleterre, la corde au cou, pour sauver la ville. C'est chez Piganiol de la Force que Sterne trouve l'anecdote.

Page 687.

1. *Rapin* : rappelons que Sterne utilise également l'*Histoire d'Angleterre* de Rapin de Thoyras.

CHAP. VII

Page 688.

1. *Ma chère fille* : en français dans le texte.

CHAP. IX

Page 691.

1. *Montreuil* : il s'agit de Montreuil-sur-mer. Dans le *Voyage sentimental*, Yorick passe également à Montreuil, où il croise la fille de l'aubergiste.

Page 693.

1. *Ici* : l'ironie de Sterne à l'encontre de ceux qui préfèrent les mesures des bâtiments aux plaisirs offerts par la contemplation des jeunes filles est manifeste.

2. *Reynolds* : ce n'est pas la première référence au grand peintre anglais Joshua Reynolds (voir volume III, chap. II), qui figure à plusieurs reprises dans le cours du roman comme un modèle pour l'art du portrait (alors que les références à Hogarth concernent plutôt la ligne serpentine et la composition des tableaux).

Page 694.

1. *Pic, repic et capot* : ces termes viennent du jeu de piquet.

CHAP. X

2. *Livre des routes de poste français* : ouvrage publié annuellement, que Sterne utilise pour suivre le parcours sur la carte, ce qui mène un peu plus loin à quelques paradoxes narratifs.

CHAP. XIII

Page 696.

1. *Roue* : citation des *Psaumes* 83, 13 : « Rendez-les, mon Dieu, comme une roue qui tourne sans cesse. » Le *grand tour* mentionné plus bas est le voyage en France et en Italie, d'une année environ, effectué par les fils de l'aristocratie au XVIIIe siècle.

2. *Ixion* : dans la mythologie grecque, Zeus punit Ixion pour s'être accouplé à Héra (donnant ainsi naissance à la râce des centaures) en le faisant attacher à une roue enflammée qui tourne sans fin.

Page 697.

1. *Concoctions* : les éditeurs de l'édition Florida ont identifié la source de tout ce passage, y compris la citation grecque, comme venant de John Norris, *Practical Discourses* (1691).

CHAP. XIV

Page 698.

1. La référence au jésuite Leonardus *Lessius* (1554-1623) et à son *De perfectionibus moribusque divinis* provient directement de Burton, (*Anatomie*, 2, 2, 3, 1), de même que la référence plus bas au jésuite Francisco *Ribera* (1537-1591) : « Pour Francisco de Ribera, l'Enfer est un feu réel localisé au centre de la terre, de 200 milles italiens de diamètre, et il le définit par ces mots : *du sang est sorti de la terre — sur mille six cents stades*, &c. Mais selon Leys, cet enfer localisé serait de taille bien inférieure, un mille hollandais de diamètre, entièrement rempli de feu et de soufre ; car, comme il le démontre dans son livre, cet espace, une fois multiplié au cube, donne une sphère qui peut contenir huit cent mille millions de corps damnés (en comptant six

pieds carrés par corps), ce qui est amplement suffisant » (*op. cit.*, t. II, p. 806).

2. *Mille hollandais* : un peu moins de six kilomètres.

3. *Mille italien* : environ un kilomètre et demi.

Page 699.

1. *Priapus* : dieu grec de la fertilité.

2. *Me jeter* : le passage provient de Burton (*Anatomie*, 1, 3, 2, 4 ; t. 1, p. 698).

3. *Au milieu de mes jours* : citation du livre des *Psaumes*, 102, 24.

CHAP. XV

4. *Hixcourt* et *Pequignay* sont en fait respectivement Flixecourt et Picquigny. Le traducteur, Alfred Hédouin, avait corrigé les déformations de Sterne, rétablies ici.

CHAP. XVI

Page 701.

1. *L'esprit* : référence à l'épître de saint Paul aux Galates, 5, 17.

Page 702.

1. *Lanterne de Judas* : il s'agit effectivement d'une relique conservée dans le trésor de Saint-Denis.

CHAP. XVII

Page 703.

1. *Encore* : en français dans le texte.

Page 704.

1. *Ventre* : citation de l'épître de Paul aux Philippiens (3 :19) : « [...] qui font leur Dieu de leur ventre ; qui mettent leur gloire dans leur propre honte ; et qui n'ont de pensées et d'affections que pour la terre ». Sterne se moque ici de la mauvaise réputation, à l'époque, des Français pour la cuisine : contrairement à l'Angleterre qui vivait dans l'abondance, les Français manquaient de tout. Une gravure de William Hogarth, « O the Roast Beef of Old England (The Gate of Calais) » illustre parfaitement ce contraste entre un moine anglais ventru et des soldats français faméliques.

2. *Capitouls* : cette mention des magistrats toulousains renvoie probablement à l'affaire Calas (Jean Calas fut condamné par un capitoul), qui se déroula à Toulouse et fut l'occasion de la composition du *Traité sur la tolérance* (1763) de Voltaire. Les mots *gourmands* et *pardi* sont en français dans le texte.

CHAP. XVIII

Page 706.

1. *Lilly* : référence à la grammaire latine de Lily, *A Short Introduction of Grammar*, de William Lily et John Colet. La citation provient d'une note dans la définition de la catégorie du nom.

Page 707.

1. *Rues* : cette liste provient de Germain Brice, *Description de la ville de Paris : et de tout ce qu'elle contient de plus remarquable*, dont la première édition, de 1684, est constamment revue par la suite. Si Sterne recopie les mentions des rues, il retire de la liste de Brice, pour renforcer l'obscurité de Paris, le nombre des lanternes qui éclairent ces rues...

CHAP. XX

Page 709.

1. *Consideratis considerandis* : toutes choses bien considérées.

CHAP. XXI

Page 711.

1. *Lystre* : référence aux actes des apôtres 14, 7-9 : « Or il y avait à Lystre un homme perclus de ses jambes, qui était boiteux dès le ventre de sa mère, et qui n'avait jamais marché. Cet homme entendit la prédication de Paul ; et Paul, arrêtant les yeux sur lui, et voyant qu'il avait la foi et qu'il serait guéri, Il lui dit à haute voix : Levez-vous et tenez-vous droit sur vos pieds. Aussitôt il se leva en sautant, et commença à marcher. »

Page 712.

1. *Compagne de voyage* : tout le passage, en apparence à tonalité médicale, regorge d'allusions sexuelles.

CHAP. XXVI

Page 721.

1. *Je n'efface jamais rien* : écho du fait que c'est la plume de Tristram qui mène l'histoire. (Voir aussi par exemple volume VI, chap. VI.)

CHAP. XXVII

Page 725.

1. Le *sacristain* en question est évidemment Piganiol de la Force, chez qui Sterne recopie toutes ces informations touristiques.

Page 727.

1. *Optat* : le sens du nom de l'évêque d'Auxerre, qui vient du verbe latin *optare* (souhaiter, choisir) fascine particulièrement Walter.

CHAP. XXVIII

Page 728.

1. *Pringello* : auteur fictif d'un divertissement en vers publié par l'ami de Sterne, John Hall-Stevenson (le cousin Antony), dans *Crazy Tales* (1762). (Voir ci-dessous chap. XLIII.)

2. *Poursuivre mon voyage* : le paradoxe narratif qui fait du récit de la vie le sujet même de la narration est ici poussé à son comble par Tristram.

CHAP. XXX

Page 733.

1. *Pourquoi...* : c'est bien entendu parce que toutes ces références proviennent de Piganiol, ainsi que la mention de l'horloge de Lyon, fabriquée par Nicolas Lipius.

2. *Valet de place* : en français dans le texte ; il s'agit d'un valet qui se met au service des voyageurs.

3. On a parfois rapporté que *Ponce Pilate* était né à Lyon.

CHAP. XXXI

Page 734.

1. *Amandus* et *Amanda* sont les amants parfaits, leur nom signifiant « celui qui doit être aimé » et « celle qui doit être

aimée ». L'histoire de la tombe des deux amants se trouve dans Piganiol.

Page 735.

1. *Pabulum* : nourriture.

2. Jacob *Spon* (1647-1685), voyageur français, auteur en particulier d'un important *Recherche des antiquités et curiosités de la ville de Lyon* (1673).

Page 736.

1. *Santa Casa* : lieu de pèlerinage à Lorette, en Italie ; la maison de la Vierge, à Nazareth, aurait été transportée à Lorette pour échapper aux Turcs.

2. *Videnda* : choses méritant d'être vues.

3. *Basse-cour* : en français dans le texte.

CHAP. XXXII

Page 738.

1. *Indéfiniment* : « Je pourrais deviser avec mon âne », dit Sancho Pança (*Don Quichotte*, 1re partie, chap. 25, *op. cit.*, p. 219) ; mais c'est aussi le thème sentimental qui apparaît ici.

CHAP. XXXIII

Page 741.

1. *Ne me troubles pas* : le jeu du narrateur avec les noms propres atteint ici son point le plus paradoxal. Dans le *Voyage sentimental*, Yorick a lui aussi du mal à s'identifier, préférant montrer du doigt son nom dans *Hamlet*.

CHAP. XXXIV

2. *Pardonnez-moi* : en français dans le texte.

Page 742.

1. *Sel* : allusion à la gabelle, impôt sur le sel.

Page 743.

1. *C'est tout égal* : en français dans le texte.

2. Le thème de l'*Angleterre*, terre de liberté, est fréquent dans la littérature du XVIIIe siècle, en particulier en contraste avec la France, terre de l'absolutisme.

3. *Huile* : allusion à l'huile utilisée par les catholiques pour l'extrême-onction.

CHAP. XXXV

Page 745.

1. *Par le roy* : en français dans le texte.

2. *Paix* : il s'agit du traité de Paris de 1763 qui met fin à la guerre de sept ans.

CHAP. XXXVI

Page 747.

1. *Amères* : Sancho Pança se fait dérober son âne au chap. 23 de *Don Quichotte* (1re partie, *op. cit.*, p. 200) : « Ô fils de mes entrailles, né en ma propre maison, jouet de mes enfants, délices de ma femme, envie de mes voisins, soulagement de mes fardeaux, et finalement l'entretien et nourriture de la moitié de ma personne, car, de vingt-six maravédis que tous les jours tu me gagnais, je fournissais la moitié de ma dépense ! »

CHAP. XXXVII

Page 748.

1. *Dodsley* et *Becket* : éditeurs londoniens. Les frères Dodsley publient les volumes III et IV de *Tristram Shandy*, ainsi que la deuxième édition des volumes I et II ; à partir du volume V, Sterne donne son roman à Becket et Dehondt, qui le publient jusqu'à la fin.

CHAP. XXXVIII

Page 749.

1. *À la folie* : en français dans le texte.

2. *J'en suis bien mortifiée* : en français dans le texte.

Page 750.

1. *Tenez* : en français dans le texte.

CHAP. XXXIX

Page 751.

1. *Colique* : la raison en est l'expulsion de France des jésuites en 1764.

CHAP. XLI

Page 752.

1. *Ormond* : James Butler, deuxième duc d'Ormonde, passa la fin de sa vie en Avignon, où il mourut en 1745. Que Tristram préfère voir sa maison plutôt que le palais des Papes traduit bien ses préférences politiques et religieuses.

CHAP. XLIII

Page 758.

1. *Bougre* : il n'existe évidemment pas de saint Bougre, mais la référence à l'épisode de l'abbesse d'Andouillettes indique un renvoi au jeu avec «bougre» et «foutre». Ces connotations sexuelles sont renforcées dans le passage par la référence à la ronde du plaisir.

Page 760.

1. *Fille brune* : personnage de ballade anglaise, emblème de la constance des femmes en amour.

Page 761.

1. *Je commençai ainsi* : le procédé n'est pas rare chez Sterne, de commencer un nouveau récit à la fin d'un Livre. L'exemple extrême d'une telle interruption par la fin du volume est constitué par la fin du second volume du *Journal sentimental* : «En étendant le bras, je saisis la femme de chambre par— Fin du Livre II.»

VOLUME VIII

PAGE DE GARDE

Page 763.

1. La page de garde du volume VIII est identique à celle du volume VII, les deux volumes ayant été publiés simultanément.

CHAP. II

Page 767.

1. *Pope* : il s'agit du poète Alexander Pope (1688-1744) ; il existe de nombreux portraits de Pope.

CHAP. III

Page 769.

1. *Archevêque* : l'arrière grand-père de Laurence Sterne était effectivement archevêque. Il profite de cette notation pour faire proliférer une liste fictive d'ancêtres.

CHAP. V

Page 770.

1. C'est sans doute chez Montaigne que Sterne trouve cette réflexion des *physiologistes* anciens et modernes ; voir « Des boyteux », livre III, chapitre 11 : « La philosophie ancienne [...] dict que, les jambes et cuisses des boiteuses ne recevant, à cause de leur imperfection, l'aliment qui leur est deu, il en advient que les parties genitales, qui sont au dessus, sont plus plaines, plus nourries et vigoureuses. Ou bien que, ce defaut empeschant l'exercice, ceux qui en sont entachez dissipent moins leurs forces et en viennent plus entiers aux jeux de Venus. Qui est aussi la raison pourquoy les Grecs descrioient les tisserances d'estre plus chaudes que les autres femmes : à cause du mestier sedentaire qu'elles font, sans grand exercice du corps. »

Page 771.

1. *Faibles* : citation de Isaïe, 3 :15 : « Pourquoi foulez-vous aux pieds mon peuple ? Pourquoi meurtrissez-vous de coups le visage des pauvres ? »

2. *Longin* : référence à un passage du *Traité du Sublime* (dans *Œuvres diverses du sieur D*** avec le Traité du Sublime ou du Merveilleux*, trad. Boileau, Paris, Barbin, 1675, p. 16) où se trouve l'échange suivant entre Alexandre et Parmenion, après que Darius a proposé à Alexandre la moitié de l'Asie avec sa fille en mariage : « *Pour moi*, lui disoit Parmenion, *si j'estois Alexandre j'accepterois ces offres. Et moi aussi*, repliqua ce Prince, *si j'estois Parmenion.* »

Page 772.

1. *Tant que je vivrai* : c'est toujours le thème encyclopédique du livre qui se suffit à lui-même qui affleure ici.

CHAP. VI

Page 774.

1. *Défaire* : effectivement, la livraison précédente (volumes V et VI) s'était assez mal vendue.

2. *Flandre* : voir volume I, chap. v, p. 67.

CHAP. VIII

Page 775.

1. *Couteau* : l'allusion sexuelle est fort claire.

CHAP. IX

Page 777.

1. Le règne de *Guillaume* III va de 1689 à sa mort en 1702, et celui de la reine *Anne* de 1702 à sa mort en 1714.

CHAP. XI

Page 781.

1. *Doigt dans le pâté* : le proverbe prend ici des connotations sexuelles.

CHAP. XIII

Page 782.

1. *Alphabétiquement* : il n'est pas impossible, comme cela a été noté, que Sterne s'inspire ici de *Don Quichotte* (1re partie, chap. XXXIV, *op. cit.*, p. 337-338) : « Va, non seulement il possède les quatre ssss qu'on attribue aux vrais amoureux, mais un A, B, C tout entier. Écoute-moi pour voir si je le dis bien par cœur. Il est selon moi, *aimant, bon, cavalier, donnant, enflammé, fidèle, généreux, honoré, illustre, loyal, modeste, noble, offrant, premier, qualifié, riche,* et les quatre ssss qu'on lui attribue, puis *tacite,* et *véridique* ; l'*x* ne lui convient pas, c'est une lettre dure ; l'*iyi* a déjà été nommé, et le *z, zélé* pour ton honneur. » Cervantès se gausse par ailleurs de cette pratique, dans le prologue : « Moins encore sais quels auteurs j'ai suivis en icelui, afin de les mettre au commencement, comme ils font tous selon l'ordre de l'A, B, C, commençant par Aristote, et achevant par Xénophon, Zoïle ou Zeuxis... » (*op. cit.*, p. 12). Mais le goût de la liste est également rabelaisien (voir par

exemple «les jeux de Gargantua», *Gargantua, op. cit.*, p. 65-67).

Page 783.

1. *Hypallage* : figure de rhétorique qui consiste à qualifier certains noms d'une phrase par des adjectifs qui conviennent à d'autres noms de la même phrase.

CHAP. XVI

Page 788.

1. *Bersabée* : dans la Bible, cette ville marque le point méridional d'Israël, alors que *Dan* est la ville la plus septentrionale ; l'expression désigne donc l'étendue du royaume.

CHAP. XVII

Page 790.

1. *Bouchain* : épisode de la guerre de succession d'Espagne, qui vit Marlborough prendre la ville de Bouchain en 1711.

2. *Dieu* : inutile de préciser toutes les connotations sexuelles de l'épisode, indiquons simplement que *clunis* est le mot latin pour fesse.

CHAP. XIX

Page 792.

1. *Servius Sulpicius* (105-43 av. J.-C.) est l'auteur de la lettre à Cicéron sur la mort, citée par Burton, puis par Tristram au chapitre III du volume V. Trim reprend la formulation citée par Walter Shandy dans ce même chapitre (voir n. 25), elle-même empruntée à Burton.

Page 793.

1. *Conteur* : plusieurs des personnages de *Tristram Shandy* sont de grands conteurs, à commencer par le narrateur lui-même. La prégnance de l'oralité dans l'écriture apparaît encore ici.

2. *Sept châteaux* : on sait que Nodier s'est inspiré de ce passage pour composer son roman du même titre (1830).

Page 797.

1. *Mains* : plusieurs commentateurs ont identifié cette référence comme une allusion à un tableau de Guido Reni (1575-1642), *Libéralité et modestie*.

2. *Mil sept cent douze* : la dernière année de la guerre de succession d'Espagne fut marquée par des désaccords au sein des troupes alliées. Le duc d'Ormonde, en particulier, refusa de soutenir le prince Eugène et se retira avec ses troupes.

Page 800.

1. *Discours* : tout ce qui suit vient de Rapin : c'est le plaisir de l'énumération qui prime, et l'effet de vitesse de la progression de Marlborough donné par la succession des noms de villes.

Page 801.

1. *Historiens* : en fait d'historiens, l'information vient de l'article « gun-powder » de la *Cyclopædia* de Chambers, que Sterne utilise avec quelques variantes et erreurs pour tout le paragraphe. *Wenceslas* (1361-1419) a été empereur à partir de 1378. La référence au *moine Bacon* concerne le philosophe Roger Bacon (1214-1292).

Page 805.

1. *Chaque balle avait son billet* : cette expression sera reprise par Diderot dès le début du conte, dans la bouche de Jacques, pour exprimer la prédestination : « Mon capitaine ajoutait que chaque balle qui partait d'un fusil avait son billet » (*Jacques le Fataliste et son maître*, éd. Y. Belaval, « Folio classique », 1973, p. 35).

Page 806.

1. La bataille de *Landen*, qui s'est déroulée en 1693, fut en effet particulièrement sanglante. Le prince de Conti commandait les armées françaises avec le maréchal de Luxembourg. Wyndham, Lumley, Galway et, plus loin, Talmash sont des officiers des armées anglaises.

Page 807.

1. *Genou* : c'est également au genou que le Jacques de Diderot est blessé.

Page 808.

1. *Cæteris paribus* : toutes choses égales par ailleurs.

CHAP. XX

Page 811.

1. *Fièvre* : dans un de ces mouvements entre la fiction et le monde réel qu'il affectionne, Sterne commente cet épisode dans le *Journal à Eliza* (21 avril 1767) : « C'est un esprit prophétique qui a dicté la description de la mauvaise nuit passée par le Caporal Trim lorsque la belle Béguine lui occupait l'esprit, — car chaque nuit, et pour ainsi dire chaque moment de sommeil, depuis le jour où nous nous sommes quittés, est une répétition de cette même description. »

CHAP. XXIII

Page 817.

1. *Gotham* : nom d'un village dont les habitants sont d'une folie proverbiale.

CHAP. XXIV

Page 819.

1. *Rhodopis de Thrace* vivait au VIe siècle avant J.-C. L'épisode et la note viennent de Burton (*Anatomie*, 3, 2, 2, 3, *op. cit.*, t. 2, p. 1315) : « La Thracienne Rhodopis maniait cette rhétorique muette avec tant d'habileté qu'elle aurait presque pu diriger son regard sur n'importe qui (dit Calasiris) et l'ensorceler sans que cette personne ait la moindre possibilité de s'échapper. »

2. *Une tache dans le soleil* : on sait que la découverte des taches du soleil est attribuée à Galilée.

CHAP. XXV

Page 820.

1. *Œil* : c'est cette scène dont le tableau de Charles Robert Leslie, *My Uncle Toby and the Widow Wadman* (1831), saisit tout l'humour.

CHAP. XXVI

Page 822.

1. *Turcs* : la citation, attribuée à Benedetto Varchi, provient de Burton (*Anatomie*, 3, 2, 4, 1, *op. cit.*, t. 2, p. 1458).

Tristram a mentionné au chap. III du volume V que son père composait une *Vie de Socrate*.

Page 823.

1. *Wynnendale* : cette bataille s'est déroulée en 1708.

2. *Esprit* : citation de Matthieu 5, 3 (« Bienheureux les pauvres d'esprit, parce que le royaume des cieux est à eux »).

CHAP. XXVIII

Page 825.

1. *Perdue* : Trim ne la retrouvera pas.

Page 827.

1. *Aide de camp* : en français dans le texte.

CHAP. XXXI

Page 829.

1. *Hilarion* : l'ascète saint Hilarion traitait son corps d'âne, et prétendait l'affamer pour qu'il ne rue plus. L'histoire est contée par Burton (*Anatomie*, 3, 2, 5, 1, *op. cit.*, t. 2, p. 1467).

CHAP. XXXII

Page 831.

1. *C—l* : jeu de mots en anglais sur « *ass* » qui désigne un âne et « *arse* » qui renvoie à la partie charnue qui prolonge le bas du dos.

CHAP. XXXIII

Page 833.

1. *Nolens, volens* : que vous le vouliez ou non.

Page 834.

1. *Platon* : cette discussion sur l'amour, que l'on trouve dans *Le Banquet*, vient à Sterne de Burton (Anatomie, 3, 1, 1, 2, *op. cit.*, t. 2, p. 1188) avec les références à Velasius et à Ficin, dont les *Commentaires sur le* Banquet *de Platon* sont cités.

Page 835.

1. *Chaîne d'or* : image ancienne selon laquelle Zeus, dans l'*Iliade,* dit que même si une chaîne d'or était jetée du ciel sur la terre, et que tous les dieux tiraient ensemble, ils ne parviendraient pas à le faire descendre sur terre.

2. *Longitude* : voir volume III, chap. xxix.

3. *Paradis* : citation de Burton (Anatomie, 3, 2, 5, 3, *op. cit.*, t. 2, p. 1519) : « Considère en outre la liberté, le bonheur, la sécurité dont jouit un homme célibataire ; en comparaison il est au paradis. »

CHAP. XXXIV

Page 839.

1. *Lettre d'instructions* : cette lettre est reprise par Balzac dans *La physiologie du mariage*.

Page 840.

1. *Calvitie* : probablement parce que la calvitie est parfois associée à la virilité.

Page 841.

1. *Don Quichotte* : la généalogie de Rabelais, de Scarron, de Cervantès est bien celle de *Tristram Shandy*, autre ouvrage qui provoque le rire.

Page 842.

1. *Laitue* : tout ce passage médical provient de Burton (Anatomie, 3, 2, 5, 1, *op. cit.*, t. 2, p. 1468 et 1469) : « Ces aliments contraires qu'il convient de consommer sont le concombre, le melon, le pourpier, le nénuphar, la rue, le chèvrefeuille, l'ammi, la laitue […]. Les femmes d'Athènes […] mettaient dans leur lit, selon Elien, cette herbe appelée agnus-castus, laquelle les débarrassait des flammes ardentes de l'amour. »

CHAP. XXXV

Page 843.

1. *À la fin…* : comme à son habitude, Sterne construit une forme de suspens livresque, encore augmenté du fait que deux années vont s'écouler avant la parution du volume IX.

VOLUME IX

PAGE DE GARDE

Page 845.

1. Le dernier volume paraît seul, toujours chez Becket. L'exergue en latin est modelé sur deux passages de Burton :

« Quoique vous préfériez amusement plus urbain, par les muses et les charités et la grâce de tous les poètes, je vous le demande, ne me jugez pas mal. »

DÉDICACE

Page 847.

1. *Un grand* : il s'agit de William Pitt, déjà dédicataire des volumes I et II dans l'édition de Londres.

Page 848.

1. *Compagnie* : adapté de Pope, *Essai sur l'homme* (trad. M. D. S.****, [s. l.], [s.n.], 1736, t. I, v. 97-112, p. 9-10) : « Une science orgueilleuse n'aprit point à son ame à s'élever aussi haut que l'orbe du Soleil, & que la voye lactée. Et cependant la simple nature lui donna l'espérance d'un Ciel plus bas au-delà d'une montagne dont le sommet est enveloppé dans les nuages, d'un monde moins dangereux dans l'épaisseur des forêts ; de quelqu'isle plus heureuse, située au milieu d'une plaine liquide, où ce pauvre esclave retrouve encore une fois son païs natal ; nul démon ne l'y tourmente, & point de Chrétiens altérés de l'or. Dexister satisfait ses désirs naturels : il ne souhaite point les aîles des Anges, ni le feu des Séraphins ; mais il croit que son chien fidéle admis dans le même Ciel, lui tiendra compagnie. »

CHAP. Ier

Page 849.

1. *Hasard* : citation de l'*Ecclésiaste* 9 :11.

Page 850.

1. *Atome* : référence à Matthieu 7 :3 : « Pourquoi vois-tu la paille qui est dans l'œil de ton frère, et n'aperçois-tu pas la poutre qui est dans ton œil ? »

Page 851.

1. *1766* : la mise en scène du narrateur s'accompagne d'une notation de date qui correspond effectivement à la date de composition du volume IX.

CHAP. II

Page 852.

1. *Chapitre II* : comme pour le *Voyage sentimental* qu'il compose à la suite du volume IX de *Tristram Shandy*, Sterne recommence chaque chapitre à la page. L'aération de la page influe sur la lecture, modifie l'espace de réflexion du lecteur, et permet de mettre en valeur le jeu avec les chapitres dix-huit et dix-neuf. Les chapitres apparaissent comme autant de scènes de théâtre, comme autant d'épisodes d'un conte oral, à lire et à raconter.

Page 853.

1. *Grâce* : allusion à Hogarth, *Analyse de la beauté* (*op. cit.*, p. 72) : « La beauté de l'habillement des Orientaux, qui est si supérieure à celle des habits européens, dépend autant de la quantité que de la richesse des étoffes. En un mot, la quantité est ce qui ajoute de la grandeur à la grâce, mais il faut également éviter ici tout excès, sans quoi on tombe dans le lourd et le ridicule. »

2. *En armure* : il y a peut-être là un jeu avec le sens de l'expression au XVIIIe siècle, qui désigne le fait de porter un préservatif (attesté à partir des années 1780).

CHAP. IV

Page 857.

1. *Célibat* : le mouvement de la canne de Trim étant un argument en faveur de la liberté, il doit se « lire » de bas en haut. On sait que sa fortune est grande : Balzac le cite par exemple en exergue de *La Peau de chagrin*.

2. *Boulingrin* : parterre de gazon entouré de bordures.

CHAP. V

Page 860.

1. *Modestie sentimentale* : c'est la sensibilité de Trim qui apparaît une nouvelle fois ici.

CHAP. VI

Page 861.

1. *Une pauvre jeune négresse* : le traitement de l'esclavage

s'accompagne souvent au XVIIIe siècle d'une dimension « sentimentale ». Dans sa correspondance, Sterne indique à l'ancien esclave Ignatius Sancho, qui lui demandait d'écrire quelque chose au sujet de l'esclavage, que cet épisode est la réponse partielle à sa requête. (Voir la lettre à Ignatius Sancho, 27 juillet 1766, *Letters, op. cit.*, t. 8, p. 504-505.)

CHAP. VII

Page 865.

1. *Ciel* : expression proverbiale selon laquelle les mariages sont célébrés au ciel.

CHAP. VIII

Page 868.

1. *Legation of Moses* : *The Divine Legation of Moses* (1738) est une œuvre de l'évêque Warburton, à laquelle Sterne fait allusion à plusieurs reprises dans *Tristram Shandy* (voir par exemple volume IV, chap. XX, et n. 1, p. 442). Warburton se trouvait au centre de nombreuses querelles philosophiques et religieuses au XVIIIe siècle.

2. *Le Conte du tonneau* : œuvre satirique de Swift, parue en 1704, ironiquement dédiée à la postérité ; c'est l'une des inspirations de Sterne.

Page 869.

1. *Subir* : le ton se fait plus poignant ici, en partie à cause des échos, relevés par l'édition Florida, de *Psaumes* 78, 39, *Job* 7, 9, *Proverbes* 31, 10.

CHAP. IX

Page 870.

1. *Éjaculation* : courte prière prononcée dans des moments de danger ou sous l'effet de l'émotion.

CHAP. XII

Page 876.

1. *Hétérogène* : on se souvient que Tristram arrache le chapitre XXIV du volume IV parce qu'il rompait l'homogénéité de l'ouvrage…

Page 877.

1. *Chasteté* : l'édition Florida note qu'il y a là référence au catéchisme anglican.

CHAP. XIII

Page 880.

1. *Ludovicus Sorbonensis* : nom imaginaire qui renvoie aux docteurs de la Sorbonne du volume I et à la satire de l'érudition. L'expression en grec, plus bas, signifie « matière externe ».

CHAP. XIV

Page 882.

1. *Mon chapitre des boutonnières* : Tristram renouvelle à intervalles ses promesses de chapitres à écrire.

2. *Thersitique* : référence au guerrier homérique Thersite, caractérisé par son persiflage.

Page 883.

1. *Galateo* : peut-être y a-t-il là une allusion au fait que della Casa, l'auteur du *Galateo*, avait commencé sa carrière littéraire comme auteur de vers satiriques.

CHAP. XVII

Page 887.

1. *Rousseau* : on voit que l'idéal rousseauiste de l'état de nature était déjà mythique en Angleterre.

Page 888.

1. *Vestale* : les vestales sont les prêtresses romaines qui entretiennent le feu dans le temple de la déesse du foyer, Vesta.

CHAP. XX

Page 892.

1. *Sources premières* : la question de la traduction, en particulier de la traduction du langage des gestes en mots, parcourt *Tristram Shandy* comme le *Voyage sentimental*. Dans ce dernier récit, le narrateur se trouve précisément confronté à la nécessité de traduire sans cesse, pour lui et pour le bénéfice du lecteur : « On gagne beaucoup à pouvoir expliquer en termes intelligibles les regards, les gestes & toutes leurs différentes inflexions. Je m'en suis fait une telle habitude, que je n'exerce presque cet

art que machinalement. Je ne marche point dans les rues de Londres, que je ne traduise tout du long du chemin, & je me suis souvent trouvé dans des cercles dont j'aurois pu rapporter, quoiqu'on n'y eût pas dit quatre mots, vingt conversations différentes, ou les écrire, sans risquer de dire quelque chose qui n'auroit pas été vrai » (*Voyage sentimental*, trad. M. Frénais, Genève, Barde, Manget et Cie, 1786, t. I, p. 127). L'inadéquation du langage parlé est bien entendu au cœur de la philosophie shandéenne du récit. Les « ressorts » de la sensibilité de Tristram sont également activés quelques pages plus loin.

CHAP. XXII

Page 895.

1. *Énigmes* : l'expression survient également au chap. XVII du volume IV (voir aussi n. 1, p. 435).

CHAP. XXIII

Page 897.

1. *Dix et as* : expression du jeu de whist qui indique une position gagnante dans laquelle on possède la carte immédiatement supérieure et inférieure au joueur qui vous précède.

CHAP. XXIV

Page 899.

1. *Sang* : les derniers livres de Tristram Shandy sont parcourus de ces pertes de sang qui évoquent la maladie de Sterne.

2. *Globuleuses* : le sang était à l'époque considéré comme composé de globules (rouges) et de sérum (jaunâtre).

Page 900.

1. *Les maux de sa vie* : on a pu noter qu'il y a là une allusion à deux passages différents de *Don Quichotte*. Dans le prologue, Cervantès écrit : « Et par ainsi que pouvait produire mon esprit stérile et mal cultivé, sinon l'histoire d'un enfant sec, endurci, fantasque, rempli de diverses pensées, jamais imaginées de personne, comme celui qui s'est engendré en une prison, là où toute incommodité a son siège et tout triste bruit sa demeure ? » Et le chapitre 45 de la deuxième partie s'ouvre sur une invocation au soleil : « Ô Soleil, par l'assistance duquel l'homme

engendre l'homme, c'est toi que je prie de me favoriser et d'éclairer l'obscurité de mon génie, afin que je puisse de point en point faire le récit du gouvernement du grand Sancho Pança, car sans toi je me sens tiède, sans courage et confus ! » (*op. cit.*, p. 845).

2. *Italie* : les éditeurs de l'édition Florida voient dans l'épisode de la chemise une connotation sexuelle, probablement liée à la contraction de la syphilis.

Page 901.

1. *Un voyage en France et en Italie...* : allusion à Smollett, que Sterne surnomme Smelfungus, soit champignon malodorant. À propos du *Voyage en France et en Italie* de Smollett, Sterne écrit dans le *Voyage sentimental* : « Le savant Smelfungus voyagea de Boulogne à Paris, de Paris à Rome, & ainsi de suite. Le savant Smelfungus avoit la jaunisse. Accablé d'une humeur sombre, tous les objets qui se présenterent à ses yeux lui parurent décolorés & défigurés... Il nous a donné la relation de ses voyages : ce n'est qu'un triste détail de ses pitoyables sensations » (*op. cit.*, t. I, p. 67).

Page 902.

1. *Maria* : le personnage revient dans le *Voyage sentimental* et est l'occasion, pour Yorick, d'un moment de sensibilité extrême : « Je m'assis auprès d'elle, & elle me permit d'essuyer ses pleurs avec mon mouchoir... J'essuyai les miens à mon tour... & je sentis en moi des sensations qui ne pouvoient certainement provenir d'aucune combinaison de matiere & de mouvement » (*op. cit.*, t. II, p. 70).

CHAP. XXV

Page 905.

1. *Zeuxis* (464-398 av. J.-C.), peintre grec de très grande renommée. L'histoire du cheval est cependant attribuée à un autre peintre grec, Nealces, qui, selon Pline l'Ancien, aurait ajouté l'écume de la bouche du cheval en jetant de dépit son pinceau sur le tableau.

2. *Gargantua* : référence à *Gargantua* (I, 25, *op. cit.*, p. 78-79), où les fouaciers de Lerné outragent grandement les bergers.

Page 909.

1. *Livre de prières* : ce livre contient les prières pour le service anglican, et indique effectivement les raisons du mariage, en particulier la procréation, mentionnée par Mrs Wadman.

Page 911.

1. *Allons* : en français dans le texte.

CHAP. XXVI

Page 912.

1. Il s'agit de James *Drake* (1667-1707), auteur d'un célèbre traité d'anatomie, *Anthropologia Nova, or a New System of Anatomy* (1707) ; du médecin Thomas *Wharton* (1614-1673), auteur lui aussi d'un texte d'anatomie, *Adenographia* (1656) ; et de Regnier de *Graaf* (1641-1673), médecin hollandais, auteur lui aussi d'un traité d'anatomie. C'est naturellement dans Chambers que Sterne trouve ces références, ainsi que le contenu de la note, à l'article « anatomie ».

CHAP. XXIX

Page 919.

1. *Tierce* : une quarte majeure, au piquet, est la combinaison de l'as, du roi, de la dame et du valet de la même couleur. Elle est beaucoup plus forte qu'une tierce, combinaison de trois cartes qui se suivent.

CHAP. XXXI

Page 923.

1. *Une feuille entière* : cette feuille que doit prendre Trim n'est pas sans rappeler celle qui est offerte au lecteur pour dessiner le portrait de la même Mrs. Wadman (volume VI, chap. XXXVIII).

CHAP. XXXIII

Page 928.

1. *Prolepse* : figure de rhétorique qui indique l'anticipation.

Page 929.

1. *Culasse* : Françoise Pellan a montré que tout ce passage s'appuie sur le *Traité de la sagesse* de Pierre Charron, publié en 1601, que Sterne connaissait par sa traduction anglaise, proba-

blement publiée en 1612. Les propos de Charron sont eux-mêmes inspirés de Montaigne.

Page 931.

1. La princesse *Europe*, fille du roi de Tyr, fut enlevée par Zeus métamorphosé en taureau blanc.

2. *Coq-à-l'âne* : la traduction proposée rend le sens de la formule anglaise (« *a cock and a bull story* »), « une histoire à dormir debout », mais le contexte de l'expression renvoie à la dimension sexuelle de l'épisode, et de tout l'ouvrage.

Préface d'Alexis Tadié	7
Note sur l'édition	48

LA VIE ET LES OPINIONS DE TRISTRAM SHANDY, GENTLEMAN

Volume I	55
Volume II	155
Volume III	255
Volume IV	367
Volume V	493
Volume VI	585
Volume VII	675
Volume VIII	763
Volume IX	845

DOSSIER

Chronologie	935
Sterne et l'Europe	937
Illustrer Sterne	941
Bibliographie	943
Notes	948

COLLECTION FOLIO

Dernières parutions

5056. Jean Rouaud — *La femme promise*
5057. Philippe Le Guillou — *Stèles à de Gaulle* suivi de *Je regarde passer les chimères*
5058. Sempé-Goscinny — *Les bêtises du Petit Nicolas. Histoires inédites - 1*
5059. Érasme — *Éloge de la Folie*
5060. Anonyme — *L'œil du serpent. Contes folkloriques japonais*
5061. Federico García Lorca — *Romancero gitan*
5062. Ray Bradbury — *Le meilleur des mondes possibles et autres nouvelles*
5063. Honoré de Balzac — *La Fausse Maîtresse*
5064. Madame Roland — *Enfance*
5065. Jean-Jacques Rousseau — *« En méditant sur les dispositions de mon âme... »*
5066. Comtesse de Ségur — *Ourson*
5067. Marguerite de Valois — *Mémoires*
5068. Madame de Villeneuve — *La Belle et la Bête*
5069. Louise de Vilmorin — *Sainte-Unefois*
5070. Julian Barnes — *Rien à craindre*
5071. Rick Bass — *Winter*
5072. Alan Bennett — *La Reine des lectrices*
5073. Blaise Cendrars — *Le Brésil. Des hommes sont venus*
5074. Laurence Cossé — *Au Bon Roman*
5075. Philippe Djian — *Impardonnables*
5076. Tarquin Hall — *Salaam London*
5077. Katherine Mosby — *Sous le charme de Lillian Dawes*
5078. Arto Paasilinna — *Rauno Rämekorpi Les dix femmes de l'industriel*
5079. Charles Baudelaire — *Le Spleen de Paris*
5080. Jean Rolin — *Un chien mort après lui*

5081. Colin Thubron — *L'ombre de la route de la Soie*
5082. Stendhal — *Journal*
5083. Victor Hugo — *Les Contemplations*
5084. Paul Verlaine — *Poèmes saturniens*
5085. Pierre Assouline — *Les invités*
5086. Tahar Ben Jelloun — *Lettre à Delacroix*
5087. Olivier Bleys — *Le colonel désaccordé*
5088. John Cheever — *Le ver dans la pomme*
5089. Frédéric Ciriez — *Des néons sous la mer*
5090. Pietro Citati — *La mort du papillon. Zelda et Francis Scott Fitzgerald*
5091. Bob Dylan — *Chroniques*
5092. Philippe Labro — *Les gens*
5093. Chimamanda Ngozi Adichie — *L'autre moitié du soleil*
5094. Salman Rushdie — *Haroun et la mer des histoires*
5095. Julie Wolkenstein — *L'Excuse*
5096. Antonio Tabucchi — *Pereira prétend*
5097. Nadine Gordimer — *Beethoven avait un seizième de sang noir*
5098. Alfred Döblin — *Berlin Alexanderplatz*
5099. Jules Verne — *L'Île mystérieuse*
5100. Jean Daniel — *Les miens*
5101. Shakespeare — *Macbeth*
5102. Anne Bragance — *Passe un ange noir*
5103. Raphaël Confiant — *L'Allée des Soupirs*
5104. Abdellatif Laâbi — *Le fond de la jarre*
5105. Lucien Suel — *Mort d'un jardinier*
5106. Antoine Bello — *Les éclaireurs*
5107. Didier Daeninckx — *Histoire et faux-semblants*
5108. Marc Dugain — *En bas, les nuages*
5109. Tristan Egolf — *Kornwolf. Le Démon de Blue Ball*
5110. Mathias Énard — *Bréviaire des artificiers*
5111. Carlos Fuentes — *Le bonheur des familles*
5112. Denis Grozdanovitch — *L'art difficile de ne presque rien faire*
5113. Claude Lanzmann — *Le lièvre de Patagonie*
5114. Michèle Lesbre — *Sur le sable*

5115.	Sempé	*Multiples intentions*
5116.	R. Goscinny/Sempé	*Le Petit Nicolas voyage*
5117.	Hunter S. Thompson	*Las Vegas parano*
5118.	Hunter S. Thompson	*Rhum express*
5119.	Chantal Thomas	*La vie réelle des petites filles*
5120.	Hans Christian Andersen	*La Vierge des glaces*
5121.	Paul Bowles	*L'éducation de Malika*
5122.	Collectif	*Au pied du sapin*
5123.	Vincent Delecroix	*Petit éloge de l'ironie*
5124.	Philip K. Dick	*Petit déjeuner au crépuscule*
5125.	Jean-Baptiste Gendarme	*Petit éloge des voisins*
5126.	Bertrand Leclair	*Petit éloge de la paternité*
5127.	Musset-Sand	*« Ô mon George, ma belle maîtresse... »*
5128.	Grégoire Polet	*Petit éloge de la gourmandise*
5129.	Paul Verlaine	*Histoires comme ça*
5130.	Collectif	*Nouvelles du Moyen Âge*
5131.	Emmanuel Carrère	*D'autres vies que la mienne*
5132.	Raphaël Confiant	*L'Hôtel du Bon Plaisir*
5133.	Éric Fottorino	*L'homme qui m'aimait tout bas*
5134.	Jérôme Garcin	*Les livres ont un visage*
5135.	Jean Genet	*L'ennemi déclaré*
5136.	Curzio Malaparte	*Le compagnon de voyage*
5137.	Mona Ozouf	*Composition française*
5138.	Orhan Pamuk	*La maison du silence*
5139.	J.-B. Pontalis	*Le songe de Monomotapa*
5140.	Shûsaku Endô	*Silence*
5141.	Alexandra Strauss	*Les démons de Jérôme Bosch*
5142.	Sylvain Tesson	*Une vie à coucher dehors*
5143.	Zoé Valdés	*Danse avec la vie*
5144.	François Begaudeau	*Vers la douceur*
5145.	Tahar Ben Jelloun	*Au pays*
5146.	Dario Franceschini	*Dans les veines ce fleuve d'argent*
5147.	Diego Gary	*S. ou L'espérance de vie*
5148.	Régis Jauffret	*Lacrimosa*
5149.	Jean-Marie Laclavetine	*Nous voilà*
5150.	Richard Millet	*La confession négative*

5151.	Vladimir Nabokov	*Brisure à senestre*
5152.	Irène Némirovsky	*Les vierges* et autres nouvelles
5153.	Michel Quint	*Les joyeuses*
5154.	Antonio Tabucchi	*Le temps vieillit vite*
5155.	John Cheever	*On dirait vraiment le paradis*
5156.	Alain Finkielkraut	*Un cœur intelligent*
5157.	Cervantès	*Don Quichotte I*
5158.	Cervantès	*Don Quichotte II*
5159.	Baltasar Gracian	*L'Homme de cour*
5160.	Patrick Chamoiseau	*Les neuf consciences du Malfini*
5161.	François Nourissier	*Eau de feu*
5162.	Salman Rushdie	*Furie*
5163.	Ryûnosuke Akutagawa	*La vie d'un idiot*
5164.	Anonyme	*Saga d'Eiríkr le Rouge*
5165.	Antoine Bello	*Go Ganymède!*
5166.	Adelbert von Chamisso	*L'étrange histoire de Peter Schlemihl*
5167.	Collectif	*L'art du baiser*
5168.	Guy Goffette	*Les derniers planteurs de fumée*
5169.	H.P. Lovecraft	*L'horreur de Dunwich*
5170.	Léon Tolstoï	*Le Diable*
5171.	J.G. Ballard	*La vie et rien d'autre*
5172.	Sebastian Barry	*Le testament caché*
5173.	Blaise Cendrars	*Dan Yack*
5174.	Philippe Delerm	*Quelque chose en lui de Bartleby*
5175.	Dave Eggers	*Le grand Quoi*
5176.	Jean-Louis Ezine	*Les taiseux*
5177.	David Foenkinos	*La délicatesse*
5178.	Yannick Haenel	*Jan Karski*
5179.	Carol Ann Lee	*La rafale des tambours*
5180.	Grégoire Polet	*Chucho*
5181.	J.-H. Rosny Aîné	*La guerre du feu*
5182.	Philippe Sollers	*Les Voyageurs du Temps*
5183.	Stendhal	*Aux âmes sensibles* (à paraître)
5184.	Alexandre Dumas	*La main droite du sire de Giac* et autres nouvelles

5185. Edith Wharton — *Le miroir* suivi de *Miss Mary Pask*
5186. Antoine Audouard — *L'Arabe*
5187. Gerbrand Bakker — *Là-haut, tout est calme*
5188. David Boratav — *Murmures à Beyoğlu*
5189. Bernard Chapuis — *Le rêve entouré d'eau*
5190. Robert Cohen — *Ici et maintenant*
5191. Ananda Devi — *Le sari vert*
5192. Pierre Dubois — *Comptines assassines*
5193. Pierre Michon — *Les Onze*
5194. Orhan Pamuk — *D'autres couleurs*
5195. Noëlle Revaz — *Efina*
5196. Salman Rushdie — *La terre sous ses pieds*
5197. Anne Wiazemsky — *Mon enfant de Berlin*
5198. Martin Winckler — *Le Chœur des femmes*
5199. Marie NDiaye — *Trois femmes puissantes*
5200. Gwenaëlle Aubry — *Personne*
5201. Gwenaëlle Aubry — *L'isolée* suivi de *L'isolement*
5202. Karen Blixen — *Les fils de rois et autres contes*
5203. Alain Blottière — *Le tombeau de Tommy*
5204. Christian Bobin — *Les ruines du ciel*
5205. Roberto Bolaño — *2666*
5206. Daniel Cordier — *Alias Caracalla*
5207. Erri De Luca — *Tu, mio*
5208. Jens Christian Grøndahl — *Les mains rouges*
5209. Hédi Kaddour — *Savoir-vivre*
5210. Laurence Plazenet — *La blessure et la soif*
5211. Charles Ferdinand Ramuz — *La beauté sur la terre*
5212. Jón Kalman Stefánsson — *Entre ciel et terre*
5213. Mikhaïl Boulgakov — *Le Maître et Marguerite*
5214. Jane Austen — *Persuasion*
5215. François Beaune — *Un homme louche*
5216. Sophie Chauveau — *Diderot, le génie débraillé*
5217. Marie Darrieussecq — *Rapport de police*
5218. Michel Déon — *Lettres de château*
5219. Michel Déon — *Nouvelles complètes*

5220.	Paula Fox	*Les enfants de la veuve*
5221.	Franz-Olivier Giesbert	*Un très grand amour*
5222.	Marie-Hélène Lafon	*L'Annonce*
5223.	Philippe Le Guillou	*Le bateau Brume*
5224.	Patrick Rambaud	*Comment se tuer sans en avoir l'air*
5225.	Meir Shalev	*Ma Bible est une autre Bible*
5226.	Meir Shalev	*Le pigeon voyageur*
5227.	Antonio Tabucchi	*La tête perdue de Damasceno Monteiro*
5228.	Sempé-Goscinny	*Le Petit Nicolas et ses voisins*
5229.	Alphonse de Lamartine	*Raphaël*
5230.	Alphonse de Lamartine	*Voyage en Orient*
5231.	Théophile Gautier	*La cafetière* et autres contes fantastiques
5232.	Claire Messud	*Les Chasseurs*
5233.	Dave Eggers	*Du haut de la montagne, une longue descente*
5234.	Gustave Flaubert	*Un parfum à sentir ou Les Baladins* suivi de *Passion et vertu*
5235.	Carlos Fuentes	*En bonne compagnie* suivi de *La chatte de ma mère*
5236.	Ernest Hemingway	*Une drôle de traversée*
5237.	Alona Kimhi	*Journal de Berlin*
5238.	Lucrèce	*«L'esprit et l'âme se tiennent étroitement unis»*
5239.	Kenzaburô Ôé	*Seventeen*
5240.	P.G. Wodehouse	*Une partie mixte à trois* et autres nouvelles du green
5241.	Melvin Burgess	*Lady*
5242.	Anne Cherian	*Une bonne épouse indienne*
5244.	Nicolas Fargues	*Le roman de l'été*
5245.	Olivier Germain-Thomas	*La tentation des Indes*
5246.	Joseph Kessel	*Hong-Kong et Macao*
5247.	Albert Memmi	*La libération du Juif*

5248.	Dan O'Brien	*Rites d'automne*
5249.	Redmond O'Hanlon	*Atlantique Nord*
5250.	Arto Paasilinna	*Sang chaud, nerfs d'acier*
5251.	Pierre Péju	*La Diagonale du vide*
5252.	Philip Roth	*Exit le fantôme*
5253.	Hunter S. Thompson	*Hell's Angels*
5254.	Raymond Queneau	*Connaissez-vous Paris ?*
5255.	Antoni Casas Ros	*Enigma*
5256.	Louis-Ferdinand Céline	*Lettres à la N.R.F.*
5257.	Marlena de Blasi	*Mille jours à Venise*
5258.	Éric Fottorino	*Je pars demain*
5259.	Ernest Hemingway	*Îles à la dérive*
5260.	Gilles Leroy	*Zola Jackson*
5261.	Amos Oz	*La boîte noire*
5262.	Pascal Quignard	*La barque silencieuse (Dernier royaume, VI)*
5263.	Salman Rushdie	*Est, Ouest*
5264.	Alix de Saint-André	*En avant, route !*
5265.	Gilbert Sinoué	*Le dernier pharaon*
5266.	Tom Wolfe	*Sam et Charlie vont en bateau*
5267.	Tracy Chevalier	*Prodigieuses créatures*
5268.	Yasushi Inoué	*Kôsaku*
5269.	Théophile Gautier	*Histoire du Romantisme*
5270.	Pierre Charras	*Le requiem de Franz*
5271.	Serge Mestre	*La Lumière et l'Oubli*
5272.	Emmanuelle Pagano	*L'absence d'oiseaux d'eau*
5273.	Lucien Suel	*La patience de Mauricette*
5274.	Jean-Noël Pancrazi	*Montecristi*
5275.	Mohammed Aïssaoui	*L'affaire de l'esclave Furcy*
5276.	Thomas Bernhard	*Mes prix littéraires*
5277.	Arnaud Cathrine	*Le journal intime de Benjamin Lorca*
5278.	Herman Melville	*Mardi*
5279.	Catherine Cusset	*New York, journal d'un cycle*
5280.	Didier Daeninckx	*Galadio*
5281.	Valentine Goby	*Des corps en silence*
5282.	Sempé-Goscinny	*La rentrée du Petit Nicolas*
5283.	Jens Christian Grøndahl	*Silence en octobre*
5284.	Alain Jaubert	*D'Alice à Frankenstein (Lumière de l'image, 2)*

5285.	Jean Molla	*Sobibor*
5286.	Irène Némirovsky	*Le malentendu*
5287.	Chuck Palahniuk	*Pygmy* (à paraître)
5288.	J.-B. Pontalis	*En marge des nuits*
5289.	Jean-Christophe Rufin	*Katiba*
5290.	Jean-Jacques Bernard	*Petit éloge du cinéma d'aujourd'hui*
5291.	Jean-Michel Delacomptée	*Petit éloge des amoureux du silence*
5292.	Mathieu Terence	*Petit éloge de la joie*
5293.	Vincent Wackenheim	*Petit éloge de la première fois*
5294.	Richard Bausch	*Téléphone rose et autres nouvelles*
5295.	Collectif	*Ne nous fâchons pas!* *Ou L'art de se disputer au théâtre*
5296.	Collectif	*Fiasco! Des écrivains en scène*
5297.	Miguel de Unamuno	*Des yeux pour voir*
5298.	Jules Verne	*Une fantaisie du docteur Ox*
5299.	Robert Charles Wilson	*YFL-500*
5300.	Nelly Alard	*Le crieur de nuit*
5301.	Alan Bennett	*La mise à nu des époux Ransome*
5302.	Erri De Luca	*Acide, Arc-en-ciel*
5303.	Philippe Djian	*Incidences*
5304.	Annie Ernaux	*L'écriture comme un couteau*
5305.	Élisabeth Filhol	*La Centrale*
5306.	Tristan Garcia	*Mémoires de la Jungle*
5307.	Kazuo Ishiguro	*Nocturnes. Cinq nouvelles de musique au crépuscule*
5308.	Camille Laurens	*Romance nerveuse*
5309.	Michèle Lesbre	*Nina par hasard*
5310.	Claudio Magris	*Une autre mer*
5311.	Amos Oz	*Scènes de vie villageoise*
5312.	Louis-Bernard Robitaille	*Ces impossibles Français*
5313.	Collectif	*Dans les archives secrètes de la police*

5314.	Alexandre Dumas	*Gabriel Lambert*
5315.	Pierre Bergé	*Lettres à Yves*
5316.	Régis Debray	*Dégagements*
5317.	Hans Magnus Enzensberger	*Hammerstein ou l'intransigeance*
5318.	Éric Fottorino	*Questions à mon père*
5319.	Jérôme Garcin	*L'écuyer mirobolant*
5320.	Pascale Gautier	*Les vieilles*
5321.	Catherine Guillebaud	*Dernière caresse*
5322.	Adam Haslett	*L'intrusion*
5323.	Milan Kundera	*Une rencontre*
5324.	Salman Rushdie	*La honte*
5325.	Jean-Jacques Schuhl	*Entrée des fantômes*
5326.	Antonio Tabucchi	*Nocturne indien* (à paraître)
5327.	Patrick Modiano	*L'horizon*
5328.	Ann Radcliffe	*Les Mystères de la forêt*
5329.	Joann Sfar	*Le Petit Prince*
5330.	Rabaté	*Les petits ruisseaux*
5331.	Pénélope Bagieu	*Cadavre exquis*
5332.	Thomas Buergenthal	*L'enfant de la chance*
5333.	Kettly Mars	*Saisons sauvages*
5334.	Montesquieu	*Histoire véritable et autres fictions*
5335.	Chochana Boukhobza	*Le Troisième Jour*
5336.	Jean-Baptiste Del Amo	*Le sel*
5337.	Bernard du Boucheron	*Salaam la France*
5338.	F. Scott Fitzgerald	*Gatsby le magnifique*
5339.	Maylis de Kerangal	*Naissance d'un pont*
5340.	Nathalie Kuperman	*Nous étions des êtres vivants*
5341.	Herta Müller	*La bascule du souffle*
5342.	Salman Rushdie	*Luka et le Feu de la Vie*
5343.	Salman Rushdie	*Les versets sataniques*
5344.	Philippe Sollers	*Discours Parfait*
5345.	François Sureau	*Inigo*

COLLECTION FOLIO

Dernières parutions

5251.	Pierre Péju	*La Diagonale du vide*
5252.	Philip Roth	*Exit le fantôme*
5253.	Hunter S. Thompson	*Hell's Angels*
5254.	Raymond Queneau	*Connaissez-vous Paris?*
5255.	Antoni Casas Ros	*Enigma*
5256.	Louis-Ferdinand Céline	*Lettres à la N.R.F.*
5257.	Marlena de Blasi	*Mille jours à Venise*
5258.	Éric Fottorino	*Je pars demain*
5259.	Ernest Hemingway	*Îles à la dérive*
5260.	Gilles Leroy	*Zola Jackson*
5261.	Amos Oz	*La boîte noire*
5262.	Pascal Quignard	*La barque silencieuse (Dernier royaume, VI)*
5263.	Salman Rushdie	*Est, Ouest*
5264.	Alix de Saint-André	*En avant, route!*
5265.	Gilbert Sinoué	*Le dernier pharaon*
5266.	Tom Wolfe	*Sam et Charlie vont en bateau*
5267.	Tracy Chevalier	*Prodigieuses créatures*
5268.	Yasushi Inoué	*Kôsaku*
5269.	Théophile Gautier	*Histoire du Romantisme*
5270.	Pierre Charras	*Le requiem de Franz*
5271.	Serge Mestre	*La Lumière et l'Oubli*
5272.	Emmanuelle Pagano	*L'absence d'oiseaux d'eau*
5273.	Lucien Suel	*La patience de Mauricette*
5274.	Jean-Noël Pancrazi	*Montecristi*
5275.	Mohammed Aïssaoui	*L'affaire de l'esclave Furcy*
5276.	Thomas Bernhard	*Mes prix littéraires*
5277.	Arnaud Cathrine	*Le journal intime de Benjamin Lorca*
5278.	Herman Melville	*Mardi*
5279.	Catherine Cusset	*New York, journal d'un cycle*
5280.	Didier Daeninckx	*Galadio*
5281.	Valentine Goby	*Des corps en silence*

5282.	Sempé-Goscinny	*La rentrée du Petit Nicolas*
5283.	Jens Christian Grøndahl	*Silence en octobre*
5284.	Alain Jaubert	*D'Alice à Frankenstein (Lumière de l'image, 2)*
5285.	Jean Molla	*Sobibor*
5286.	Irène Némirovsky	*Le malentendu*
5287.	Chuck Palahniuk	*Pygmy* (à paraître)
5288.	J.-B. Pontalis	*En marge des nuits*
5289.	Jean-Christophe Rufin	*Katiba*
5290.	Jean-Jacques Bernard	*Petit éloge du cinéma d'aujourd'hui*
5291.	Jean-Michel Delacomptée	*Petit éloge des amoureux du silence*
5292.	Mathieu Terence	*Petit éloge de la joie*
5293.	Vincent Wackenheim	*Petit éloge de la première fois*
5294.	Richard Bausch	*Téléphone rose et autres nouvelles*
5295.	Collectif	*Ne nous fâchons pas!* *Ou L'art de se disputer au théâtre*
5296.	Collectif	*Fiasco! Des écrivains en scène*
5297.	Miguel de Unamuno	*Des yeux pour voir*
5298.	Jules Verne	*Une fantaisie du docteur Ox*
5299.	Robert Charles Wilson	*YFL-500*
5300.	Nelly Alard	*Le crieur de nuit*
5301.	Alan Bennett	*La mise à nu des époux Ransome*
5302.	Erri De Luca	*Acide, Arc-en-ciel*
5303.	Philippe Djian	*Incidences*
5304.	Annie Ernaux	*L'écriture comme un couteau*
5305.	Élisabeth Filhol	*La Centrale*
5306.	Tristan Garcia	*Mémoires de la Jungle*
5307.	Kazuo Ishiguro	*Nocturnes. Cinq nouvelles de musique au crépuscule*
5308.	Camille Laurens	*Romance nerveuse*
5309.	Michèle Lesbre	*Nina par hasard*
5310.	Claudio Magris	*Une autre mer*
5311.	Amos Oz	*Scènes de vie villageoise*

5312.	Louis-Bernard Robitaille	*Ces impossibles Français*
5313.	Collectif	*Dans les archives secrètes de la police*
5314.	Alexandre Dumas	*Gabriel Lambert*
5315.	Pierre Bergé	*Lettres à Yves*
5316.	Régis Debray	*Dégagements*
5317.	Hans Magnus Enzensberger	*Hammerstein ou l'intransigeance*
5318.	Éric Fottorino	*Questions à mon père*
5319.	Jérôme Garcin	*L'écuyer mirobolant*
5320.	Pascale Gautier	*Les vieilles*
5321.	Catherine Guillebaud	*Dernière caresse*
5322.	Adam Haslett	*L'intrusion*
5323.	Milan Kundera	*Une rencontre*
5324.	Salman Rushdie	*La honte*
5325.	Jean-Jacques Schuhl	*Entrée des fantômes*
5326.	Antonio Tabucchi	*Nocturne indien* (à paraître)
5327.	Patrick Modiano	*L'horizon*
5328.	Ann Radcliffe	*Les Mystères de la forêt*
5329.	Joann Sfar	*Le Petit Prince*
5330.	Rabaté	*Les petits ruisseaux*
5331.	Pénélope Bagieu	*Cadavre exquis*
5332.	Thomas Buergenthal	*L'enfant de la chance*
5333.	Kettly Mars	*Saisons sauvages*
5334.	Montesquieu	*Histoire véritable et autres fictions*
5335.	Chochana Boukhobza	*Le Troisième Jour*
5336.	Jean-Baptiste Del Amo	*Le sel*
5337.	Bernard du Boucheron	*Salaam la France*
5338.	F. Scott Fitzgerald	*Gatsby le magnifique*
5339.	Maylis de Kerangal	*Naissance d'un pont*
5340.	Nathalie Kuperman	*Nous étions des êtres vivants*
5341.	Herta Müller	*La bascule du souffle*
5342.	Salman Rushdie	*Luka et le Feu de la Vie*
5343.	Salman Rushdie	*Les versets sataniques*
5344.	Philippe Sollers	*Discours Parfait*
5345.	François Sureau	*Inigo*

172054

*Composition Interligne
Impression Maury-Imprimeur
45330 Malesherbes
le 04 juin 2012.
Dépôt légal : juin 2012.
Numéro d'imprimeur : 173965.*

ISBN 978-2-07-043650-7. / Imprimé en France.